COLLECTION FOLIO

Joseph Kessel

La piste fauve

Gallimard

© *Éditions Gallimard, 1954.*

Né en Argentine en 1898 de parents russes ayant fui les persécutions antisémites, Joseph Kessel passe son enfance entre l'Oural et le Lot-et-Garonne, où son père s'est installé comme médecin. Ces origines cosmopolites lui vaudront un goût immodéré pour les pérégrinations à travers le monde.

Après des études de lettres classiques, Kessel se destine à une carrière artistique lorsque éclate la Première Guerre mondiale. Engagé volontaire dans l'artillerie puis dans l'aviation, il tirera de son expérience son premier grand succès, *L'équipage* (1923), qui inaugure une certaine littérature de l'action qu'illustreront par la suite Malraux et Saint-Exupéry.

À la fin des hostilités, il entame une double carrière de grand reporter et de romancier, puisant dans ses nombreux voyages la matière de ses œuvres. C'est en témoin de son temps que Kessel parcourt l'entre-deux-guerres. Parfois l'écrivain délaisse la fiction pour l'exercice de mémoire — *Mermoz* (1938), à la fois biographie et recueil de souvenirs sur l'aviateur héroïque qui fut son ami —, mais le versant romanesque de son œuvre exprime tout autant une volonté journalistique : *La passante du Sans-Souci* (1936) témoigne en filigrane de la montée inexorable du nazisme.

Après la Seconde Guerre mondiale, durant laquelle il joue un rôle actif dans la Résistance, Joseph Kessel renoue avec ses activités de journaliste et d'écrivain, publiant entre autres *Le tour du malheur* (1950) et son grand succès *Le lion* (1958). En 1962, il entre à l'Académie française.

Joseph Kessel est mort en 1979.

PREMIÈRE PARTIE

MAU-MAU

I

C'ÉTAIT L'ÂGE D'OR

Il faut un jour et une nuit d'avion pour aller de France au Kenya.

J'arrivai au *Norfolk Hotel* de Nairobi vers quatre heures du matin. Il pleuvait. Et l'air était moite, gluant. Un boy noir, ensommeillé, vêtu d'une longue robe blanche, serrée d'une ceinture bleue, me fit traverser une cour fortement éclairée, semée d'arbres aux fleurs obscures et encadrée de bâtiments à un étage, profilés comme des bungalows. Au creux d'une galerie couverte se trouvait ma chambre — presque entièrement occupée par un lit sur lequel tombait une moustiquaire. Le boy posa ma valise et me laissa. Je ne pensais qu'à dormir. Mais j'étouffais sous la moustiquaire et la chambre même m'oppressait avec son écriteau énorme : *Surtout fermez bien votre porte*. Je résolus d'aller respirer dehors.

À peine étais-je dans la galerie que, d'un recoin, trois hommes surgirent, trois noirs, hâves, couverts de haillons kaki. Le premier tenait une large et longue lame effilée des deux côtés, le second une hache au tranchant luisant. Le troisième portait un arc et des flèches.

Ce dernier, qui savait quelques mots d'anglais, me dit, pour s'excuser d'avoir pu effrayer un blanc...

— Nous pas Kikuyus... nous tribu wakamba... nous gardes de nuit...

— Contre qui ? lui demandai-je.

Alors son visage prit l'expression close, indéfinissable, que je devais surprendre par la suite sur tant de visages noirs lorsqu'ils prononçaient le mot qui, désormais, ne cessa plus de m'obséder :

— MAU-MAU

*

Je m'éveillai aux environs de midi. Il faisait très beau. La saison des longues pluies dans l'Est africain était faite de ces alternances.

La grande véranda de l'hôtel, ombragée de feuillages délicats, fourmillait de monde. C'était l'heure des boissons, avant le déjeuner et l'on buvait beaucoup au Kenya. Des boys en robe blanche, coiffés de calottes bleues ou rouges et d'autres en casaques lie-de-vin circulaient silencieusement sur leurs pieds nus, élastiques.

Derrière les verres de gin rose, de bière mousseuse, de pims aux fruits exotiques, ou de whisky doré, des hommes et des femmes, habillés d'étoffes légères, causaient avec animation. Le soleil, les costumes des boys, les fleurs vives, la couleur des breuvages formaient un tableau plaisant à l'extrême.

Mais tous ces gens étaient armés, les femmes comme les hommes. Pistolets et revolvers de tout calibre pendaient aux ceintures, s'étalaient sur les hanches, gonflaient les sacs à main.

De la table qu'il occupait, un homme, jeune et blond, en bras de chemise, me fit signe : c'était un journaliste anglais qui arrivait de Corée, bon reporter, bon camarade.

— D'un front à un autre, vous voyez... me dit-il.

— Riez de nous tant qu'il vous plaira, mon garçon, mais bientôt vous aurez aussi votre arsenal personnel, répliqua son compagnon.

Il avait près de soixante-dix ans, une débonnaire figure, couleur de brique, des yeux clairs et sages.

— Vous avez bien fait de choisir cet hôtel, reprit-il. C'est tout ce qui reste du vieux Nairobi. Nous venions ici autrefois à cheval. On réglait ses notes de champagne une fois l'an — et quelles notes ! Et pour appeler les boys on tirait des coups de fusil.

Il plissa sa lèvre tristement et acheva :

— J'aime mieux ne pas songer à l'effet, aujourd'hui, d'une plaisanterie de ce genre.

— Allons grand-père, dit alors mon camarade avec gentillesse et curiosité, allons, parlez-nous de l'âge d'or.

Le vieil homme nous considéra l'un et l'autre assez longuement, puis il murmura :

— Oui, c'était l'âge d'or, le début du siècle, l'époque des grandes conquêtes, des grandes aventures individuelles. Le chemin de fer venait à peine d'être terminé qui reliait la côte à Nairobi et les premiers pionniers découvraient les hauts plateaux fertiles qui vont de 1500 m à 3000 m, cet extraordinaire paradis, si frais sous l'équateur.

« Ces pionniers étaient pauvres pour la plupart, hardis et durs. Les uns venaient par le rail, munis en tout et pour tout d'un sac de semences et d'un ballot de colporteur — et d'un fusil. D'autres avaient cheminé depuis l'Afrique du Sud dans leurs chariots couverts et attelés de douze paires de bœufs.

« Quelques Anglais de grand nom achetaient des territoires immenses. Et tous, ils avaient la foi, profonde, absolue, dans les droits et les destinées de l'Européen, du Blanc... Oui, c'était l'âge d'or...

Le vieil homme secoua pensivement les cendres de sa pipe. Je lui demandai :

— Et maintenant ?

— Un cauchemar, dit-il. Venez avec moi. On comprend mieux sur place.

Il me conduisit à sa voiture.

*

— Voyez-vous, commença le vieux planteur, quand nous sommes arrivés ici, nous avons trouvé la tribu la plus nombreuse, la plus cohérente et la plus intelligente de l'Est africain, celle des Kikuyus, qui cultivait ses terres depuis des siècles. Ces terres furent délimitées et déclarées réserve, c'est-à-dire, d'une façon inaliénable, le bien de la tribu. Aucun blanc n'y pouvait prendre pied. Par contre, il fut interdit aux Kikuyus d'acheter — fût-ce un pouce — du sol dans les collines et les vallées qui entouraient leur réserve. Ce territoire fut d'ailleurs appelé : les Hauts Plateaux du Blanc. Et, comme, alors, les terres des Kikuyus leur suffisaient, et amplement, tout sembla pour le mieux dans le meilleur des mondes...

Notre voiture s'arrêta net. Des chevaux de frise et des sacs de sable obstruaient la route.

— *Damn it !* dit le vieil homme. J'oublie toujours qu'en plein milieu de la ville, les postes de police sont devenus des forteresses.

Il exécuta la manœuvre voulue et reprit :

— Le premier malheur — je ne trouve pas d'autre mot — fut que notre présence arrêta les épidémies et les guerres tribales qui décimaient la population. Les Kikuyus, polygames infatigables, se sont multipliés sans mesure. Et depuis longtemps leur réserve ne suffit plus à les nourrir.

Notre voiture s'arrêta encore mais, cette fois, pour laisser passer deux camions sur les plates-formes desquels on avait monté d'énormes cages métalliques. Elles étaient pleines de prisonniers noirs.

— Le deuxième malheur, continua le vieil homme aux yeux sages, fut l'emplacement même de Nairobi. Rien ne désignait cet endroit pour y bâtir la capitale du Kenya. Mais quand les ingénieurs du chemin de fer eurent posé les rails — après dix ans de labeur épique — jusqu'à ce plateau, ils durent souffler avant d'aborder les plus hautes chaînes. Ils réunirent ici le matériel, les approvisionnements, la main-d'œuvre nécessaires. La ville est née de cette halte, de ce hasard. Et le hasard ne s'est pas montré généreux...

Je ne pus qu'approuver : Nairobi était en effet d'une laideur extrême, triste, terne, avec ses bâtiments disparates et ses quartiers mal ajustés.

— Le pire, cependant, n'était pas là, dit le vieil homme, mais dans le fait que Nairobi se trouvait à la lisière du territoire des Kikuyus. Or, ils y étouffaient et la ville, toujours en croissance, avait besoin d'eux... Admirez le résultat.

Nous avions dépassé le centre de la cité, ses grands hôtels, ses banques, ses magasins de luxe, puis le quartier hindou, et nous avions pris la route de l'aérodrome. Elle était bordée par la misère, la lèpre, la malédiction des taudis pour les noirs. Débris de caisses et de tôle ondulée, boue et paille, matériaux innommables avaient servi à la construction. Ils vivaient là, entassés, parfois par dizaines de mille et ils n'avaient pas le droit de loger ailleurs.

— Les voici, poursuivit le vieil homme, les mécaniciens, les ajusteurs, les électriciens, les téléphonistes, les chauffeurs kikuyus. Quand nous sommes arrivés ici, leur tribu ne connaissait même pas l'usage de la roue et vivait sous le chaume des millénaires. Et cela remonte à cinquante ans seulement. Aujourd'hui, ils rêvent aux bicyclettes et au cinéma. Quand nous sommes arrivés ici, les Kikuyus avaient des coutumes tribales gouvernées par les sorciers qui nous semblaient étranges et parfois barbares, mais qu'ils vénéraient et qui leur servaient à la fois de tradition, de morale et de religion. Comment pouvaient-elles survivre dans cette promiscuité, dans ce chaos de misère et de miracles ?

« Les missions ont essayé sans doute de remplir ce vide. Et sans doute beaucoup de Kikuyus portent — étrangement attachés à leurs noms ataviques — les prénoms chrétiens de John, Peter ou Marie. Mais l'immense majorité des noirs ont vu dans cet enseignement une sorcellerie nouvelle ou, simplement, un moyen de s'instruire. Et très vite, ils ont fondé leurs propres églises, indépendantes, qui mêlent aux formes extérieures du christianisme la polygamie, la circoncision des jeunes filles et les sacrifices païens.

« En même temps, au prix d'un labeur et de sacrifices étonnants, quelques Kikuyus avaient réussi d'aller en Europe. On les y avait traités en égaux. Ils en revenaient avec des diplômes dont ils étaient justement fiers. Que retrouvaient-ils ici, chez eux ? Une condition de parias. Alors ils ont dit que l'homme blanc n'était qu'un étranger en Afrique et un usurpateur. Et ils étaient écoutés avec avidité par ceux qui, chaque jour, manquaient davantage de terre dans la réserve et par le nouveau prolétariat noir de Nairobi. Et au cœur de ces revendications nouvelles couvait l'antique sauvagerie africaine. L'âge du Mau-Mau était arrivé.

Le vieil homme me contemplait fixement, mais ce n'était pas moi qu'il regardait. Il parla d'une voix plus lente.

— Vous allez me demander ce qu'est ce mouvement. Je ne saurai vous le dire avec netteté. Ni moi, ni aucun blanc — car il s'agit ici du tréfonds le plus obscur de l'âme africaine. On ignore même ce que signifie le terme Mau-Mau. Les uns assurent qu'il vient du mont Mau — et ça n'a guère de sens car ce mont est hors du territoire kikuyu. D'autres, prétendent qu'il veut dire voracité, impatience... D'autres enfin estiment qu'on est en présence d'un très vieux mot voué aux rites de magie noire. Quoi qu'il en soit, je vais vous raconter comment, pour nous, les événements se sont développés.

« Il y a un peu plus de deux ans, des rapports singuliers commencèrent de parvenir aux postes de police, aux chefs de districts. Des Kikuyus, employés sur les propriétés des blancs, se plaignaient qu'on les eût traînés de force à des réunions où, sous les pires menaces, ils avaient dû prêter un serment terrible. Ils devaient accepter de mourir s'ils n'aidaient pas une société secrète, appelée Mau-Mau, à chasser les blancs du Kenya. On leur faisait boire alors du sang d'animal dans une corne de bouc et on les faisait passer sept fois sous un arceau sur lequel étaient piqués des yeux de bélier.

« Rares étaient ceux qui avaient le courage de parler. Sur la plupart des initiés qui tremblaient encore de la peur ancestrale, ces cérémonies magiques avaient un pouvoir absolu.

« Aussi, les premiers rapports ne furent pas pris au sérieux. Mais on s'aperçut bientôt que les gens qui s'étaient plaints disparaissaient. On retrouvait leurs cadavres mutilés singulièrement, rituellement. Puis, dans les *chambas* de la réserve, sous les huttes des métayers, dans les clairières des forêts, dans les taudis noirs de Nairobi, on surprit des réunions étranges qui se dispersaient dès que paraissait un blanc mais qui laissaient derrière des ustensiles mystérieux, des objets de culte barbare.

« Alors, les autorités commencèrent de s'inquiéter. Mais il était trop tard. Avec une rapidité prodigieuse, avec un art consommé, le Mau-Mau avait tressé sa trame. Est-ce le fait des noirs seuls — habiles depuis des siècles aux sociétés secrètes — ou, comme on le murmure, une influence étrangère, je n'en sais rien, mais, soit par persuasion, soit par terreur, de hutte en hutte, de village en village, de forêt en forêt, de propriété en plantation, de taudis en taudis, la conspiration avait gagné la tribu entière. Car — phénomène tout nouveau et extraordinaire — les femmes, objet de mépris jusque-là, simples bêtes de somme et à enfantements, les femmes aussi étaient appelées au serment fatidique. On estime à 90 % le nombre de ceux et de celles qui l'ont prêté. C'est-à-dire qui doivent sous peine des pires châtiments — physiques et surnaturels — assistance absolue aux membres actifs, résolus, fanatiques. Et ceux-là, ils sont des dizaines de milliers, toute la nouvelle génération. La génération du Mau-Mau. »

Nous roulions très lentement. Autour de la voiture grouillait une noire foule, maigre, pieds nus, déguenillée. Sur les visages sombres, pas un sourire, pas un de ces éclats de gaieté si habituels chez les nègres. Dans les regards dirigés vers nous il y avait du défi, de la haine, au mieux une indifférence brutale.

Quelque part, dans le faubourg, un coup de feu rententit. Le vieux planteur haussa les épaules.

— Une patrouille qui abat un noir suspect ou un noir qui tire sur un policier, dit-il. Cela arrive tous les jours.

Il reprit le chemin du *Norfolk* en ajoutant :

— Ce n'est pas moi, de toute façon, qui reverrai l'âge d'or au Kenya.

II

LA VALLÉE MAUDITE

Du haut de l'escarpement, le projecteur fixait son faisceau sur un immense trou d'ombre. On en avait amené cent par avion de Grande-Bretagne. Ils avaient illuminé le palais de Buckingham, à l'occasion du mariage d'Élisabeth II qui, alors, était encore princesse.

Maintenant, celui que devait protéger la voiture de police avec laquelle j'étais venu, éclairait une scène d'une autre nature.

Au fond de la vallée de Mathari, à la lisière est de Nairobi, gisait un amoncellement apocalyptique de planches, de morceaux de boue, de paille et de tôle tordue. C'étaient les matériaux qui, le matin encore, avaient formé des habitations. C'était là que, la veille encore, vivaient sept mille Kikuyus. Banlieue lépreuse, entassement sans nom, jungle de bidonville, cette zone était inaccessible au recensement, à la surveillance. Les hors-la-loi y venaient chercher abri de la ville toute proche et même des lointaines collines. Pour les Mau-Mau, leurs prestations de serment, leurs tribunaux secrets, leurs exécutions implacables, il n'était pas d'asile plus clos, plus sûr que ce labyrinthe de taudis.

Leur destruction avait été décidée. Sept mille habitants, cernés sans préavis, triés à la hâte, avaient dû quitter leurs demeures. Ceux qu'on avait laissés en liberté s'étaient portés vers la Réserve noire déjà surpeuplée jusqu'à l'étouffement. Puis les bulldozers avaient rasé les villages. Mais les ruines mêmes étaient suspectes. Des équipes spécialisées devaient dès le lendemain les étudier, les scruter, y relever les traces, les signes, les cadavres laissés par les cellules du Mau-Mau.

Pour empêcher que, dans la nuit, on ne vînt effacer signes et vestiges, ou emporter les corps décomposés, le projecteur braquait son faisceau sur la vallée sinistre de Mathari.

La voiture de police où j'avais pris place faisait partie d'une meute de surveillance qui patrouillait Nairobi dès la tombée de la nuit et jusqu'au matin. Chaque patrouille comportait le même armement, le même équipage et avait reçu pour nom distinctif un nom de fauve : Lion, Léopard, Loup, Panthère... Celle qui m'avait emmené s'appelait Tigre.

Notre voiture s'étant arrêtée près du projecteur, l'officier de police qui la commandait brancha sa radio et parla au quartier général de contrôle :

— Ici Tigre, ici Tigre, dit-il. Nous avons contacté les gens du projecteur. Tout va bien. Quels sont les ordres ? Terminé.

Quelques secondes s'écoulèrent pendant lesquelles le paysage insensiblement pénétrait en moi. Le disque du projecteur, œil de cyclope monstrueux... La tente abritant les soldats qui le maniaient... des buissons sombres... une terre éventrée... une masure pour les askaris de garde, mornes silhouettes accroupies devant un feu fumant... Plus bas, les ténèbres, sauf, dans le cône de lumière inhumaine, les débris des villages écrasés.

Soudain, au-dessus de ce lugubre et sinistre univers, une voix se fit entendre, une douce et limpide voix de femme, aux intonations délicates et filées, au timbre émouvant.

Le Q. G. de contrôle répondait :

— Allô, Tigre. Allô, Tigre, disait la voix angélique, bien reçu votre message. Restez sur place. Bande suspecte signalée aux environs du projecteur. Appelez chaque trente minutes. Terminé.

L'officier auprès duquel j'étais assis sur la banquette avant coupa la communication d'un geste brusque et avec un puissant juron. Un autre blasphème lui répondit de l'arrière où se trouvait le deuxième officier de la patrouille. Seul, l'askari qui tenait sur ses genoux la mitraillette et les chargeurs demeura silencieux.

— Il n'est que minuit, dit mon voisin. Nous sommes bons pour huit heures de veille ici... Les damnés salauds...

— Qu'ils aillent se faire... dit l'autre officier.

Mais ni leurs visages, ni leur ton, n'étaient en accord avec la violence des mots. Rudes, simples et résignés, ils portaient la sagesse grossière et inaltérable des soldats de métier. Depuis la guerre, ces deux hommes veillaient sur ce qui restait de l'Empire britannique. Ils avaient « fait » la Palestine, Gibraltar, Chypre, le canal de Suez, la Malaisie. Ils sentaient et s'exprimaient encore comme des troupiers de Kipling.

Ils ramassèrent leurs membres secs et durs pour une longue attente, allumèrent des cigarettes. Celui de l'arrière dit à celui de l'avant :

— Remets donc le jus à la radio. On va écouter les copains.

L'appareil grésilla, puis nous entendîmes les patrouilles Léopard, Loup, Panthère donner leurs positions. Je les suivais en pensée à travers la ville déserte, scellée par le couvre-feu. Elles quittaient la station principale de la police sur la Kingsway et roulaient à travers le centre de Nairobi, quelques avenues, quelques blocs d'immeubles où se trouvaient les grands hôtels, les sièges des administrations et des sociétés européennes. Puis venaient les quartiers hindous qui détenaient tout le commerce et où, dans la journée, des hommes graves, bronzés, barbus, enturbannés, se tenaient au fond des magasins, des boutiques, des bazars, des échoppes et où passaient, avec un port de reine, les femmes en sari. Enfin les faubourgs... D'un côté, vers le nord et l'ouest, ceux des blancs privilégiés : maisons belles et moelleuses, ceinturées de pelouses, de fleurs, d'arbres embaumés. De l'autre côté, au sud et à l'est, la lèpre maudite de la banlieue africaine.

C'était là surtout que les patrouilles avaient à travailler.

Un chuintement étrange vint interrompre les appels de la radio. Du fond des ténèbres, une fusée pourpre monta, s'élargit, éclaira toute la vallée et ses décombres. La soudaineté de cette illumination nous avait tous fait tressaillir.

— C'est comme à la guerre, dis-je à mon voisin.

— Mais *c'est* la guerre, répliqua-t-il, en serrant ses fortes mâchoires. Seulement, on ne veut pas l'avouer. Chaque jour, on trouve de nouveaux cadavres. Chaque jour on surprend de nouveaux rebelles en train de prêter leur infect serment.

Je demandai :

— Celui qui engage, sous peine de mort, à ne rien

révéler de la conspiration et à tout faire pour chasser les blancs ?

L'officier haussa les épaules et dit :

— Celui-là n'est encore qu'un jeu d'enfants. Il est pour la masse, pour les initiés du premier degré. Mais il y en a trois autres, qui sont de pire en pire.

— Vous en connaissez les termes ?

Il y eut un léger silence, puis, à l'arrière, l'autre officier me répondit :

— Nous ne devons pas les révéler. Ce sont les ordres.

Sans cesse et du bas jusqu'en haut de l'échelle officielle, j'avais trouvé à ce sujet le même refus, la même répugnance. Le colonel O'Rourke, lui-même, grand chef de la police du Kenya, — et c'était pourtant un vieil Irlandais plein d'un humour cynique, — m'avait dit avec un étrange malaise :

— Non, vraiment, n'insistez pas... C'est trop pervers, trop satanique pour être répété.

J'avais espéré faire rompre la consigne, à la faveur d'une veille commune, par la vertu de la camaraderie d'une nuit. En vain.

Pour changer de conversation, mon voisin me parla de la France. Il y était passé au temps de la Libération. Il aimait Paris.

Paris... Ce nom me sembla étranger, abstrait, irréel, vide de sens. Le monde, c'était le projecteur, le feu de campement, les visages des askaris plus noirs que l'ombre, et ces voix pressées, dures, de policiers qui se croisaient régulièrement dans la nuit avec la voix suave, angélique.

Un appel jaillit, plus rapide, plus pressant :

— Allô contrôle ! Allô contrôle ! Ici Loup ! Ici Loup ! Nous avons vu groupe de cinq près du cinéma Sehlan, dans le marécage. Nous le prenons en chasse. Terminé.

La voix de femme, tranquille et douce, répondit :
— Bonne chance, Loup... Je vous envoie Léopard en renfort. Terminé.

Dès lors, à un rythme très vif, les communications se succédèrent.

— Allô John ! Allô John ! Braque ton phare sur le marécage.

— Allô Gilbert ! Allô Gilbert, je les tiens dans mon rayon. Tu les vois ?

— Oui John, je les vois. Nous tirons. Eux aussi...

— Passe de l'autre côté, Gilbert, on les aura entre deux feux.

Puis :

— Allô, contrôle, allô contrôle. Ici Léopard... Nous en avons tué deux.

Et la voix suave :

— *Good show*[1], Léopard. Venez faire rapport d'urgence.

Puis :

— Allô contrôle, allô contrôle. Ici Loup. Nous avons un blessé.

Et la voix si douce :

— Restez sur place, Loup. Envoyons ambulance.

Et quelques instants plus tard :

— Allô Buffle, allô Buffle ! Allez chercher Mme Gilbert chez elle et amenez-la à l'hôpital pour y accueillir son mari... Terminé.

La radio grésilla, se tut. Cet extraordinaire drame radiophonique était clos.

— Terminé ! Terminé ! gronda mon voisin. Rien ne sera terminé tant qu'on laissera debout ces nids de vipères, ces taudis de rebelles. Ceux-là, — et il montrait la vallée d'où montait une nouvelle fusée

---

1. Bien joué !

pourpre, — il y a longtemps qu'ils auraient dû être détruits. Et les autres, tous les autres, il faut les brûler tous avec leurs maudits Kiukes[1]. Tous les milliers et les milliers de Kiukes dedans. Et qu'on ne me dise pas qu'ils sont innocents. Il y en a quatre-vingt dix sur cent qui ont prêté leur saleté de serment. Je sais ce que je dis.

Cette fureur s'exhala longuement : un vieux camarade avait été blessé, peut-être à mort.

Le temps passait. Le projecteur maintenait son faisceau. Les appels de la radio continuaient à la même cadence. Les fusées également. Mes compagnons dormaient à tour de rôle. Moi, je ne pouvais pas.

Pour me distraire, pour échapper à l'oppression qui me gagnait, je me reportai à un souvenir très beau et tout proche. Dans l'après-midi de ce même jour, j'avais visité, presque aux portes de Nairobi, le parc des animaux sauvages. Là dans la savane herbue, hérissée d'épineux, veillée par les monts bleuissants, rosés et dorés de la sublime vallée du Rift qui commence au cœur de l'Afrique pour aller jusqu'à la mer Rouge, là bondissaient les antilopes et les gazelles, se pavanaient les autruches, déambulaient les girafes. Là, des guépards jouaient avec leurs petits qui semblaient des chats merveilleux. Et des lions passaient entre les fourrés profonds. Sur cette virginité magnifique flottaient les caravanes des nuages aux formes les plus belles...

Il eût fallu bien peu de temps à la voiture où je me trouvais pour gagner cette féerie, cet éden. Mais elle restait figée, engluée près du projecteur qui veillait sur la vallée maudite, tandis que les patrouilles

---

1. Terme de mépris pour désigner les Kikuyus.

continuaient de tisser leur navette à travers la ville traquée par la haine et la peur et tandis que dans les rares clubs de nuit quelques couples dansaient, portant, les femmes comme les hommes, à la taille ou à la ceinture, un revolver tout armé.

*

Je rentrai à l'hôtel épuisé, mais je ne pus me coucher tout de suite. Le journal de Nairobi, l'*East African Standard*, avait déjà paru.

Il publiait qu'un village suspect de la banlieue de Nairobi, appelé Kariobangui, allait être démoli au cours de la matinée. Je pris le premier taxi que je trouvai en station devant le *Norfolk*.

Le chauffeur kikuyu portait un cache-poussière troué, des culottes et une chemise couverte de pièces. Il avait une figure ronde, assez niaise et de grands yeux humides. Une expression d'effroi les remplit quand il connut le but de notre course...

— Beaucoup troubles là-bas... beaucoup... murmura-t-il. Demander permission police.

Je lui dis que je possédais tous les papiers nécessaires et il se décida à partir. Sa connaissance de l'anglais était rudimentaire, mais sa voix et ses manières étaient douces, aimables. Je tâchai de le rassurer, le fis parler de sa famille, lui donnai des cigarettes. À mi-chemin nous étions si bien en confiance qu'il s'arrêta pour m'offrir une bouteille de Coca-Cola. Malgré mon peu de goût pour cette boisson, je l'avalai en son honneur. Et tout alla bien jusqu'au moment où nous quittâmes la grande route pour prendre sur la gauche un très mauvais chemin de terre. Alors mon chauffeur se mit à répéter :

— Troubles... beaucoup troubles...

Je ne prêtais guère attention à ses soupirs. Un singulier sentiment me venait, à mesure que nous avancions sur le chemin de terre : le sentiment d'avoir déjà vu ce paysage, mais sous une autre lumière et comme en rêve. Puis je me souvins : la nuit passée dans la voiture de police, le projecteur braqué sur la vallée du Mathari et ses villages rasés. Nous étions dans la même vallée et presque au même endroit.

— Kariobangui... murmura le chauffeur.

J'aperçus alors, au flanc de la ravine, une autre de ces agglomérations hideuses — tôle ondulée, boue, toile de sacs, ferraille indescriptible, chaume pourri — où les noirs s'entassaient, faute de mieux. Des soldats et des policiers blancs et noirs cernaient le village d'un cordon serré. À travers ce filtre, passaient l'un après l'autre, comme une file d'insectes, des hommes, des femmes surtout, emportant tout leur bien sur le dos. Certains poussaient devant eux quelques chèvres. D'autres traînaient un chariot primitif.

À la lisière du village, assis au volant d'une jeep, un officier supérieur britannique surveillait les opérations... Il avait un visage hautain et désagréable. Je lui montrai mes autorisations.

— S'il vous plaît de manger la poussière des bulldozers, à votre guise ! dit-il en haussant les épaules.

Les monstrueuses machines étaient déjà en plein travail. Elles attaquaient de partout les bâtisses sordides et fragiles. Le village, morceau par morceau, craquait, s'effondrait, devenait une informe litière. Dans les débris, des habitants, les traits sans aucune expression, fouillaient à l'endroit où s'était élevée leur demeure. Je m'arrêtai longtemps auprès d'un très vieux noir. Il retirait des décombres, avec une patience infinie, des clous un à un.

— C'est triste, n'est-ce pas..., dit une voix à mes côtés.

L'homme qui me parlait était jeune et portait l'uniforme des volontaires du Kenya. Il reprit :

— Triste, mais nécessaire... Venez voir.

Il me conduisit le long d'une ruelle encore intacte. Au bout, il y avait trois cadavres qu'on venait de déterrer. Les chairs en décomposition montraient des traces de blessures atroces.

— Travail du Mau-Mau, dit le jeune homme. Et nous commençons seulement nos découvertes. Ils avaient ici leurs tribunaux secrets, leurs tueurs, leurs conseils de direction. De là, les émissaires rayonnaient sur tout le pays. Et les familles servaient d'otages aux courriers. C'était une jungle où toutes les maisons se ressemblaient, où l'on pouvait passer d'un bout à l'autre du village sans se montrer dans la rue, où tous les habitants étaient complices. Il a fallu faire table rase.

L'odeur de la putréfaction se mêlait aux nuages de poussière rouge et fauve soulevée par les bulldozers. À la lisière de Kariobangui, les fourmis humaines continuaient leur marche vers une destination et un destin inconnus. Au sommet de la ravine, entre des haies de cactus, poussaient de grandes fleurs sauvages et dans le grand ciel africain voguaient les nuages du Kenya, les plus beaux du monde...

Mon taxi était à la place où je l'avais laissé, mais le chauffeur n'était pas là. Je le trouvai bientôt. Il se tenait au garde-à-vous, devant la voiture de l'officier supérieur anglais. Ses épaules tremblaient et sur sa peau sombre perçaient de larges gouttes claires : la sueur de l'angoisse. D'une main qui lui obéissait mal, il remettait des papiers dans sa poche. M'apercevant, le major renvoya mon chauffeur d'un geste.

— Moi toujours documents en règle... Moi jamais faire mal... balbutiait celui-ci en reprenant le chemin du retour.

Il se calma cependant à mesure qu'il s'éloignait de Kariobangui. Et quand nous eûmes atteint la route asphaltée, il me dit avec un sourire timide :

— Regardez mon village... s'appeler Buru-Buru.

Dans la direction qu'il indiquait, j'aperçus, au milieu d'une grande plaine verte, quelques huttes pointues et rondes, très espacées.

— Buru-Buru jamais trouble, s'écria le chauffeur. Pas de place cacher gens. Blancs jamais casser Buru-Buru.

Je lui demandai :

— Il n'y a pas de Mau-Mau chez vous ?

Son visage se décomposa d'un seul coup. La mâchoire inférieure s'affaissa, et les perles blêmes de l'angoisse parurent de nouveau sur sa peau noire. Il chuchota :

— Rien savoir Mau-Mau... Jamais entendre parler de Mau-Mau.

Il mentait visiblement, absurdement. Mais qui aurait pu lui en vouloir ? Il était la figure vivante, pitoyable, pantelante, de milliers et de milliers de Kikuyus, engagés comme lui dans des tenailles terribles. D'un côté les blancs avec leurs soldats, leur police, leurs triages incessants, leurs prisons. De l'autre côté, la secte noire frénétique, fanatique, qui imposait la lutte contre ces mêmes blancs sous peine des pires représailles... Les cadavres de Kariobangui en portaient suffisamment témoignage... Et lui, comme des milliers d'autres, ne demandait qu'à mener sa petite vie, son humble, sa pauvre vie.

Écartelé entre ces forces impitoyables, peut-être avait-il prêté le serment funeste.

Et peut-être, un jour, s'il avait trop peur, il le tiendrait.

*

Je prenais le thé, cet après-midi, sur la véranda de l'hôtel *Norfolk* quand mon chauffeur de Kariobangui se glissa près de moi. Il était très agité et ses grands yeux limpides avaient l'expression des chiens perdus.

— Ma femme venir à pied de Buru-Buru, me souffla-t-il à l'oreille. Demain police casser Buru-Buru.

Je revis en un instant les petites fourmis multicolores qui s'en allaient vers l'inconnu ; je revis le vieil homme qui cherchait des clous. Des yeux humides de chien perdu étaient fixés sur moi. Je donnai un billet d'une livre au chauffeur.

À peine avait-il disparu que je me rappelai tout ce qu'on m'avait dit des Kikuyus : dissimulés, fourbes, menteurs, sachant profiter des faiblesses, de la sentimentalité des blancs. J'éprouvai l'aigre rancœur de la dupe.

Le lendemain cependant, le journal annonça que la destruction de Buru-Buru avait été décidée, mais remise. Le lendemain aussi, un des boys de l'hôtel apporta dans ma chambre un ananas qui lui avait été remis pour moi par une pauvre femme kikuyu.

III

LE MORT VIVANT

Le mont Kenya commençait à se dissoudre dans le crépuscule. Des ombres et des nuées profondes enveloppaient ses flancs couverts d'une massive et sombre verdure. Mais l'arête pure et violente du sommet neigeux formait contre le ciel tropical une manière d'estampe merveilleuse.

Le mont Kenya... La roche sacrée des tribus primitives... La jungle des bambous, la forêt secrète et sauvage où piétinent les hordes d'éléphants, où glisse le léopard, où charge le rhinocéros... L'asile impénétrable, la végétale citadelle des bandes mau-mau.

Ce lieu de grandeur barbare, ce pic de mystérieuse éternité se dressait juste en face de la terrasse où je me tenais et la trompeuse lumière du soir le rapprochait d'une manière saisissante.

Je pensais à l'homme qui, le premier, m'avait parlé du mont Kenya, de sa beauté, de sa faune, de sa vie farouche. Un Français, un ami. Il s'appelait Gabriel. Il appartenait à cette race de jeunes hommes qui, engagés dans la première guerre de ce siècle avant que d'entrer dans l'existence, n'avaient plus jamais accepté de couler des jours tranquilles.

Le mort vivant

Il avait choisi, pour sa part, l'Afrique équatoriale, la savane sans bornes, la course aux grands fauves, les coups du hasard, les jeux du risque et du plaisir. Puis, un jour, aux environs de Nanyuki et face au mont Kenya, il avait bâti une maison magnifique. Un avion de tourisme qu'il pilotait lui-même par-dessus déserts et forêts vierges le menait souvent en France. Il me pressait alors de revenir avec lui pour connaître sa demeure et les enchantements qui l'environnaient. Je promettais chaque fois, et chaque fois, empêché par quelque détour imprévu, remettais le voyage. Il en fut ainsi jusqu'à la deuxième guerre de ce siècle. Et mon ami est mort et sa maison qu'il avait appelée *Mawingo* (ce qui veut dire en swahili le nuage) est devenue un hôtel.

J'y avais loué une chambre à terrasse. Elle donnait sur le mont que mon ami avait si souvent contemplé. Ses récits emplissaient ma mémoire : je reconnaissais l'odeur acide des plantes grimpantes dans le patio et, montant du fond de l'étang, le hurlement des crapauds buffles. Maintenant, derrière la crête, et sur la neige bleuissante se levait la lune australe.

Ce charme, comme féerique, fut rompu avec brutalité. Un projecteur très puissant, fixé au sommet du mur de la maison, venait de s'allumer et deux voix me hélaient d'en bas :

— Ne restez pas sur la terrasse, — disait l'une.

Et l'autre :

— Vous faites une trop bonne cible.

Je me penchai et vis deux jeunes Anglais en blouson, armés chacun d'un gros revolver et d'une mitraillette. Ils avaient des visages frais et gais. Je leur criai :

— Que se passe-t-il donc ?

Les jeunes hommes se mirent à rire. De mon

accent ou de mon ignorance, je l'ignore. Mais l'un répondit :

— Ici, chaque nuit est dangereuse.

Et le second reprit :

— Il n'y a pas si longtemps que l'hôtel a subi un raid.

Je leur demandai alors de venir boire un peu de whisky avec moi.

C'est par eux que j'ai appris l'existence de l'homme sorti de sa tombe, l'histoire du mort vivant et que je l'ai vu lui-même, le lendemain.

*

Le soleil à son zénith tombait d'aplomb sur les hauts barbelés qui entouraient le poste de police de Nanyuki et sur les sacs de sable qui en gardaient l'entrée. À l'intérieur de l'enceinte rectangulaire se trouvait le poste lui-même, longue baraque de planches couverte de tôle ondulée et, un peu à l'écart, les petites huttes circulaires et blanches coiffées de chaume qui servaient de logis aux askaris (policiers noirs) et à leur famille. Des femmes vêtues d'étoffes éclatantes et qui allaient merveilleusement à leurs sombres visages circulaient d'une case à l'autre avec des cris aigus. Des enfants nus et noirs couraient derrière elles. Des askaris, en longues tuniques bleu foncé et avec de larges chapeaux relevés d'un côté, coiffant leurs figures d'ébène, manœuvraient le long des buissons tout croulants de fleurs tropicales.

Un vieux Tourkana les considérait d'un regard plein de mépris. C'était un nomade venu de la frontière du nord où sa tribu hantait les espaces déserts qui s'étendaient jusqu'à l'Abyssinie. Il servait de pisteur et de guide aux patrouilles de police ; il pouvait faire cent kilomètres sans changer de souffle à travers les forêts et la jungle. Il savait lire les empreintes les plus infimes et deviner le sens d'une branche cassée.

L'officier anglais qui commandait le poste me dit :
— J'ai fait chercher celui que vous désirez voir.

J'aperçus alors entre deux askaris un nègre, court de taille et trapu ; il était enveloppé d'un manteau kaki râpé et déteint, rebut de l'armée. Bombé de front, lippu de mufle, il avait des yeux bridés, sagaces et d'une tristesse infinie.

— Tu peux parler, lui dit l'officier.

Et l'homme se mit à parler d'une voix faible, pesante, monotone. Il usait du swahili, cette langue que les Arabes, grands marchands d'esclaves, ont enseignée jadis à toutes les tribus de l'intérieur dont ils tiraient leur noir bétail.

Et voici le récit, tel qu'il me fut traduit phrase par phrase.

— Je m'appelle Erissa Nanga, fils de Attikou, dit le noir tout d'abord.

Il semblait remuer difficilement ses lèvres pleines et sa respiration soufflait un peu. Il reprit :

— C'est du Congo belge que je suis venu dans ce pays avec mes trois frères, il y a longtemps, longtemps, longtemps, longtemps.

Il répéta ce mot en swahili, plusieurs fois encore et ferma à demi les yeux comme pour marquer la mesure indéfinie et infinie des jours écoulés.

Enfin, il continua :

— Je suis entré dans la maison *Mawingo* comme jardinier. Quand le *Bwana* (maître) français n'a plus été sur la terre et quand *Mawingo* est devenu un hôtel, je suis resté et tout allait bien. Mais une nuit et le *Bwana* chef sait laquelle (Nanga s'était tourné vers l'officier de police) j'ai entendu de grands coups contre la porte de la hutte où je dormais avec ma concubine dans le quartier des serviteurs. J'ai demandé qui me réveillait ainsi. Et il me fut répondu que c'était la police. Que pouvais-je faire alors ? J'ai ouvert la porte et j'ai vu en effet sur le seuil des hommes habillés avec des tuniques d'askaris, des chapeaux d'askaris et leurs fusils... Ils m'ont demandé qui habitait les huttes de chaque côté de la mienne. J'ai répondu que dans l'une vivaient mes deux frères et dans l'autre deux femmes servantes. Ils m'ont dit de les faire sortir tous. Que pouvais-je alors ? Je les ai fait sortir et les hommes habillés en askaris nous ont ordonné d'aller en avant d'eux vers la forêt ou bien ils nous tueraient. J'ai su à ce moment qu'ils étaient de faux askaris, mais que pouvais-je alors ?

Nanga fit une pause, son visage n'avait pas changé d'expression mais, de ses yeux étroits, commençaient de sourdre une terreur, une hantise animales. Sa voix était plus sifflante quand il parla de nouveau.

— Nous avons été vers le mont Kenya et dans la nuit, sous les arbres, et à travers les bambous qui se touchaient comme les doigts de ma main, nous avons suivi des sentiers invisibles, nous avons marché loin, loin, loin, loin...

Il reprit le mot comme en rêve, comme en transe. Puis il dit :

— Nous sommes arrivés à une petite clairière. Là il y avait beaucoup d'hommes et de femmes de la tribu des Kikuyus assis autour des feux. Ils nous ont entourés et ils ont commencé à nous battre mes frères et moi très cruellement. Ils nous battaient surtout aux yeux si bien que j'étais comme aveugle. Puis, un de leurs grands chefs nous a forcés à manger de la viande corrompue et à boire du sang d'un crâne de bouc et il nous a ordonné de faire un serment terrible contre les blancs. J'ai crié que je ne pouvais pas le faire parce que je n'étais pas de leur tribu et que je venais du Congo belge et que des sorcelleries inconnues portaient grand malheur. Mes frères ont parlé de même. Alors le chef a gardé les femmes servantes comme concubines et les hommes habillés en askaris nous ont emmenés, mes frères et moi, plus haut dans la forêt. Nous avons marché beaucoup, beaucoup, beaucoup, beaucoup.

Erissa Nanga avait baissé les paupières et il semblait que jamais n'aurait de terme la litanie qui filtrait de ses lèvres sombres et lourdes ; enfin il rouvrit ses yeux pleins d'une peine et d'une résignation infinies.

— Nous nous sommes arrêtés au pied d'un arbre immense, dit-il, et nous avons reçu l'ordre de creuser chacun un trou de la largeur du corps ; puis je me suis couché au fond du mien. Il était trop petit. Les hommes habillés en askaris m'ont dit de lever les genoux vers mon menton et d'ouvrir la bouche ; alors dans ma bouche l'un d'eux a tiré un coup de revolver et la nuit de la tombe est venue sur moi.

Ni les yeux, ni la face, ni la voix de Nanga n'avaient changé d'expression. Il poursuivit du même souffle :

— Ce n'est pas le froid qui m'a réveillé, c'est le sang qui coulait dans ma gorge et mes oreilles et m'étouffait. J'ai senti sur la poitrine de la terre et des branches. Il n'y en avait pas trop pour ma force. J'ai pu sortir du trou et je m'en suis allé à travers la forêt du mont Kenya tâchant de descendre. Le sang coulait toujours et je ne pouvais plus respirer. J'avais peur de mourir, j'avais peur d'être découvert par mes ennemis. Mes pieds ont glissé ; je suis tombé ; heureusement c'était dans une petite rivière. L'eau a lavé mon sang, m'a donné des forces nouvelles. J'ai marché encore, encore, encore, encore, encore.

La voix de Nanga était à peine perceptible. L'officier de police me dit alors :

— Une de nos patrouilles l'a trouvé au bord de la route. On l'a porté à l'hôpital. Il a guéri très vite. Par miracle, la balle n'avait pas touché les vertèbres, elle est sortie par ici.

Une cicatrice pâle dans la peau noire se voyait à la base gauche du cou. Le grand vieillard tourkana vint l'effleurer.

— Nous n'avons jamais pu découvrir les deux autres corps, dit encore l'officier.

Je pensais aux splendeurs du mont Kenya telles que me les avait décrites mon ami disparu et je regardais son ancien serviteur qui s'était levé du sépulcre pour en rapporter la sauvage horreur d'aujourd'hui.

IV

LES POTENCES DE GITHUNGURI

Les trois auto-mitrailleuses avançaient lentement et en file indienne sur la route rouge qui menait à Githunguri où se déroulait l'extraordinaire procès que je voulais voir. Plus loin, ce fut un camion chargé de soldats si blonds et frais de visage, qu'ils avaient, presque tous, un air enfantin : ils appartenaient à un bataillon arrivé tout récemment d'Angleterre par avion. Puis, aux abords mêmes de Githunguri, parut, sur quatre jeeps, une patrouille du King's African Rifles. Ceux-là, étaient des soldats noirs de métier, recrutés parmi les tribus les plus guerrières du Kenya, du Tanganyika et des deux Rhodésies, grands, légers, rapides et ardents à tuer.

Je pensai à haute voix :

— On fait bonne garde autour de ce procès.

Mes compagnons gardèrent un instant le silence, comme pour se consulter. Ils portaient, tous les deux, l'uniforme des officiers de réserve de la police du Kenya. Pourtant, celui qui conduisait la voiture était un Anglais qui avait fait, contre les Italiens, la campagne d'Éthiopie et l'autre était un Italien qui — bien qu'il habitât le pays depuis un tiers de siècle — avait été interné en Afrique du Sud pendant quatre ans, comme étranger ennemi. Maintenant, ils défendaient ensemble leur patrie commune — le Kenya — où chacun possédait des terres fécondes, contre le même adversaire.

L'Anglais parla le premier entre ses dents :

— Ces précautions sont peut-être excessives ou même superflues, mais nous avons été surpris trop fort et trop souvent pour rien négliger.

— Surtout que Githunguri, dit alors l'Italien, est pour les Kikuyus rebelles un lieu sacré.

Il passa la main sur sa brillante chevelure blanche et s'anima soudain.

— On vous a sûrement parlé de ces écoles indépendantes que les Kikuyus « éclairés » ont fondées avec l'autorisation du Gouvernement local ?

— Oui, dis-je, parce que celles de ce Gouvernement étaient loin de suffire aux besoins de la population et que celles des missions imposaient une conversion obligatoire.

— C'est vrai, dit l'Anglais sans hésiter. Nous avons été de damnés fous.

— Seulement, reprit l'Italien, ces écoles indépendantes, au lieu d'être des foyers d'instruction, sont devenues des foyers de révolte. Un instituteur noir arrivait dans un village de la Réserve, se faisait construire une hutte, ouvrait son cours. Les enfants, les adolescents, affluaient. Le Gouvernement ne surveillait rien, ne contrôlait rien. Certes l'instituteur enseignait à lire, à écrire — en kikuyu, bien entendu — mais chaque leçon exaltait aussi le nationalisme noir, les revendications des terres, la haine de l'usurpateur blanc.

« Mieux encore : dans nos plantations mêmes, ces instituteurs de la brousse venaient nous trouver en bons apôtres. Ils nous proposaient d'ouvrir un cours — contre un salaire dérisoire, ou même sans

Les potences de Githunguri

salaire du tout. Tout ce qu'ils demandaient, c'était une hutte et l'audience des enfants illettrés. Qui aurait eu le cœur de leur opposer un refus ? Et, sur nos propres domaines, à nos propres métayers, ils apprenaient la guerre sainte contre nous-mêmes. Le Cheval de Troie à la manière indigène.

L'Anglais dit entre ses dents :

— Là, encore, nous avons été de damnés fous.

— Et savez-vous, s'écria l'Italien, savez-vous combien il est sorti d'élèves de ces écoles avant qu'on eût pensé à les fermer ? Des dizaines et des dizaines de mille. Voilà les cadres, voilà l'inspiration, voilà la véritable armée du Mau-Mau.

Il passa, de nouveau, la main sur sa chevelure argentée et reprit :

— Et savez-vous d'où venaient les instituteurs de brousse, les instituteurs de haine ?

Il montra le plateau couvert de bâtiments dont nous approchions :

— De là, dit-il. De l'école des professeurs indépendants. De Githunguri.

Un haut treillage métallique qui enveloppait tout le sommet du plateau arrêta notre voiture. La barrière par où on accédait à l'intérieur s'ouvrit lentement entre des sacs de sable. Tandis qu'elle grinçait sur ses gonds, mon compagnon anglais me dit :

— Quant au directeur de cette école, c'était, jusqu'au jour où, enfin, on s'est décidé à le mettre en prison, c'était Jomo Kenyatta.

Les askaris de garde nous laissèrent entrer sans vérification. Au Kenya, pour les bagarres, les chicanes routières, les cordons de contrôle et les postes de police, la meilleure pièce d'identité est la couleur de la peau. Un blanc passe toujours.

Je réfléchissais à cela et au nom que je venais

d'entendre. Jomo Kenyatta... le plus haï et le plus vénéré en cette partie du monde. Armé d'un prestige immense et fascinant, Jomo Kenyatta...

Soudain, le nom disparut de mes pensées et, avec lui, tout le faisceau des problèmes, des angoisses, des tragédies qu'il personnifiait. Une admiration éblouie tenait entièrement le champ de ma conscience.

Il n'était point de pays plus fécond que le Kenya, ni plus généreux en surprises de cette sorte. Au hasard des routes et des pistes, surgissaient sans cesse des paysages si vastes et sublimes que la respiration s'arrêtait et que soucis, questions et doutes se trouvaient emportés, balayés comme par un souffle d'éternité.

Ainsi, ce matin, sur l'escarpement de Githunguri...

Les terres rouges, ondulées en collines d'une merveilleuse douceur et pureté, portaient des cultures qui allaient du vert le plus tendre — celui du jeune maïs — au vert épanoui, gras et luisant des feuilles énormes des bananiers. Partout éclataient les arbres à fleurs : flamboyants, jacarandas, bougainvillées et ces étranges fruits de feu doré qu'on appelait les Flammes de Nandy. Les huttes rondes couvertes de chaume et groupées par famille s'égrenaient comme des essaims de champignons enchantés. On était à la saison des pluies. Tout semblait verni d'eau et de lumière et dans l'immense ciel, les nuages passaient qui sont, dans ce pays, les plus beaux du monde.

Au nord, le mont Kenya dressait sa masse magnifique et sa cime de neige. Au sud, tant l'air était pur, on voyait le profil des collines lointaines du Tanganyika...

Les deux hommes qui m'accompagnaient — l'Anglais et l'Italien — contemplaient, eux aussi, cette paisible et grandiose perfection. Ils étaient accoutumés à de tels spectacles, mais l'habitude ne les avait pas blasés. Les splendeurs du Kenya étaient leur orgueil, leur joie, leur poésie, leur bien.

Leurs regards disaient :

— Nul au monde ne saura nous chasser de ce pays. Il est le nôtre.

Alors, je pensai de nouveau à l'homme qui avait vécu sur ce plateau, et qui, pendant des années, avait nourri ses yeux du spectacle infini des collines et des monts. Il avait fait construire l'église que je voyais, surmontée sans doute de la croix chrétienne, mais vouée à un rite schismatique et idolâtre, adapté à son propre goût. Il avait dirigé l'école des instituteurs de brousse, formant ceux qui formaient le cœur de la rébellion. Je pensai de nouveau à Jomo Kenyatta. Lui aussi n'avait-il point dit — et avec quelle force :

— Ce pays est le mien.

J'essayai, à travers les articles sur lui que j'avais lus, à travers son livre, *Face au Mont Kenya*, écrit dans un anglais superbe, à travers la tradition orale des gens qui l'avaient connu — j'essayai d'imaginer, de retrouver le personnage dont le surnom signifiait *Flèche Ardente*.

Par quel miracle d'intuition, de volonté, de passion à s'instruire, un petit garçon kikuyu élevé dans toutes les tradidions, tous les fétichismes de sa tribu, avait-il pu arriver jusqu'à l'université de Londres, y briller parmi ses condisciples, acquérir des diplômes, y enseigner ?

Il avait passé plus de dix ans en Europe, partagé la vie des intellectuels libéraux de la capitale anglaise, épousé une femme blanche. Il avait connu Paris et ses cafés, Moscou et ses doctrines.

Mais il restait fidèle à son pays, à ses montagnes

sacrées, à ses forêts mystérieuses, aux rites de son peuple — même les plus barbares. Dans son livre, il défendait les docteurs sorciers, la circoncision affreuse des jeunes filles. Et, quand Paul Robeson vint à Londres pour un film africain *Sanders of the River*, c'est Jomo Kenyatta qui apprit au grand chanteur nègre les chansons séculaires.

Ils habitèrent ensemble près de Charing Cross. Quelles nuits enfiévrées de rêves, de revendications, d'espoir et de sauvages tumultes intérieurs ont dû vivre ces deux hommes, puissants par la stature et la chair, brûlant par l'imagination et au goût prononcé pour l'alcool ! Ces deux hommes exceptionnels, humiliés depuis leur naissance parce qu'ils étaient des hommes noirs.

Et Jomo Kenyatta revint au Kenya. C'était après la guerre. Il avait environ cinquante ans. Lui-même ne pouvait donner son âge avec plus de précision car — pareil en cela au plus humble, au plus primitif des Kikuyus — il ignorait la date de sa naissance. Il fut accueilli, par toute sa tribu, avec transport, comme un chef marqué par le destin. Pour les noirs évolués, il était le porte-étendard, le flambeau, la gloire de leur race. Pour les autres — les innombrables — il était le sorcier suprême, l'homme de souveraine magie.

En vérité, il répondait à ces deux visages. Large et profond de poitrine, épais de ventre, les lèvres lourdes et épanouies, le menton prolongé par une toison de bouc, le front haut et puissant, les yeux d'un brillant, d'une acuité, d'un magnétisme presque insoutenables, il recevait de toute la tribu des offrandes qui lui rendaient la vie opulente et facile.

Sa bibliothèque était immense. Les poètes, les romanciers, les philosophes, les anciens et les modernes s'y trouvaient alignés. Son cuisinier était incomparable. Et il aimait à prendre ses repas sur le gazon qui environnait sa demeure, ayant sous les yeux le merveilleux paysage que j'ai tenté de décrire, devisant avec ses amis ou ses hôtes à la manière des sages antiques.

Mais, en même temps, il avait six femmes dans la réserve kikuyu. Mais, en même temps, il s'adonnait à des libations effrénées. Mais, en même temps, il proférait des oracles.

Ainsi, sur l'escarpement de Githunguri entre *son* église et *son* école, président du Conseil africain, dominant tout l'Est du continent, avait régné Jomo Kenyatta, le savant, le pape, le grand sorcier...

Maintenant, condamné à sept ans de prison. Et la prison c'était le désert terrible de la Northern Frontier.

— Que pensez-vous de Jomo Kenyatta ? demandai-je à mes deux compagnons.

— Quand je l'ai rencontré pour la première fois, il m'a accueilli par une citation du Dante, dit l'Italien.

Mais l'Anglais s'écria :

— Venez donc voir le fruit de ses travaux.

Nous pénétrâmes dans une longue baraque de bois couverte de tôle ondulée, qui avait été l'école de Kenyatta et où l'on jugeait les massacreurs de Lari.

*

Le village de Lari, avant le 25 mars, comptait trois cents habitants à une cinquantaine de kilomètres de Nairobi, sur les premiers contreforts des monts Kinankop, en bordure de la réserve indigène.

Il ne différait en rien, dans sa structure, des autres villages kikuyus. Il n'avait pas de rue, pas de centre et pas même de forme. Chaque famille avait, sur sa *chamba* (son lopin de terre), planté ses huttes de boue et de chaume, basses, rondes et pointues, à la manière ancestrale. Le chef de la famille occupait la plus importante et chacune de ses femmes en avait une pour elle et les enfants qu'elle avait su donner au maître. Une case plus petite servait à serrer les outils et les récoltes. Une clôture rudimentaire isolait le groupement. L'ensemble de ces enclos, semés en tous sens, répandus au hasard, formait une sorte de champignonnière désordonnée et charmante poussant à même la terre rouge, parmi le vert brillant des cultures.

Mais, s'il était pareil d'aspect à tous les villages de la tribu, celui de Lari recelait une profonde différence intérieure. Son vieux chef et nombre de ses habitants avaient gardé une fidélité entière au gouvernement anglais. Beaucoup, même, servaient dans la *home-guard*. Les membres de cette milice locale armés de lances, de massues, d'arcs et de flèches, étaient destinés à repousser une attaque éventuelle des rebelles, mais, au vrai, ils étaient surtout précieux en qualité d'informateurs, de témoins, de guides, et de pisteurs contre les Mau-Mau.

Or, dans la journée du 25 mars, les *home-guards* de Lari furent appelés, une fois de plus, pour aider à une opération de sécurité que la police effectuait dans les environs. La nuit vint. Le village s'endormit sous ses toits de chaume. Ou sembla s'endormir. Car, dans certains enclos, au cœur de la grande hutte, des hommes veillaient. Et d'autres venaient les rejoindre, se glissant des villages voisins ou de la brousse proche. Et tous, ils portaient des *pangas*, ces longues et larges lames emmanchées dans un morceau de bois et tellement nécessaires aux

Kikuyus — hommes et femmes — pour tous leurs travaux domestiques ou agricoles — qu'on ne peut jamais dire si elles sont un outil familier ou une arme terrible.

Ces ombres se mirent en marche vers l'enclos du vieux chef de Lari et vers les *chambas* de ses partisans. Soudain, une inhumaine clameur, un hurlement démoniaque monta dans la nuit africaine. En même temps, les paillotes encerclées s'embrasèrent et le carnage commença.

Il aurait dû être bref. Les hommes capables de résistance étaient loin, en effet, et les huttes marquées pour l'extermination abritaient seulement leurs femmes, leurs enfants et des vieillards. Les agresseurs étaient venus pour châtier ceux qu'ils jugeaient des traîtres et pour faire un exemple. Ils avaient à tuer vite. Mais, quand ils virent couler le premier sang, tout changea. Ils furent, d'un seul coup, la proie des plus atroces génies de leur race, des plus exigeantes divinités de leur ciel. Ils avaient beau porter des vêtements européens et avoir vécu parmi les signes de la civilisation blanche, ils voyaient couler le sang... Le sang chaud... le sang des sacrifices... Déjà, quand ils égorgeaient un bouc, le rouge suc les rendait fous et ils lacéraient, déchiquetaient de leurs *pangas* l'animal encore fumant. Ici, le sang qui jaillissait sous le tranchet de ces mêmes *pangas*, était sang humain, plus généreux, plus enivrant encore. L'Afrique millénaire prit vie de nouveau en cette fureur de cannibale. À la lueur des huttes qui flambaient, se déchaîna l'orgie du massacre, la jouissance de l'holocauste, la fête immémoriale, la bacchanale du sang. Les *pangas* dépeçaient, tailladaient, charcutaient les peaux et les chairs. Et le sang giclait à la figure des meurtriers. On ouvrait le ventre des femmes enceintes pour en arracher le fruit saignant et pour y mordre à pleine bouche. Un frénétique ouvrit la gorge d'un enfant, et but à même la carotide béante...

Tout cela fut raconté, le lendemain, par quelques témoins — des femmes surtout. S'étant jetées dans la brousse, elles avaient pu échapper à un carnage qui avait fait cent cinquante victimes dont les cadavres n'étaient plus que lambeaux, que charpie. Ces mêmes témoins reconnurent parmi les habitants de leur propre village et ceux des villages voisins, les forcenés qu'ils avaient vus, la nuit précédente, à la lueur des flammes, en plein délire sanglant.

Deux cents furent arrêtés. C'était trop pour un seul tribunal. On résolut de les diviser en plusieurs groupes.

Le procès se déroulait sur le plateau de Githunguri, dans l'ancienne école de Jomo Kenyatta.

*

Ma première impression fut celle de l'irréalité la plus complète.

Vers le milieu de la longue salle scolaire, baraque de planches aux grandes vitres nues, et contre le mur de gauche, des noirs étaient assis sur trois rangées de bancs disposés en gradins. Ils étaient pieds nus. Leurs poignets étaient enchaînés et chacun portait, attaché autour du cou, un énorme numéro qui lui couvrait la poitrine. Ces numéros allaient de 1 à 26.

Des askaris à chéchias écarlates, armés de mitraillettes, veillaient sur chaque flanc de cet étrange échafaudage, sommé par l'écusson de la Grande-Bretagne.

Les potences de Githunguri

Dans le fond de la salle, juché sur une estrade en bois brut, et derrière une sorte de caisse, siégeait un juge anglais en robe rouge et perruque blanche. Un officier en béret noir, un gros revolver au poing et un Sten Gun sur les genoux, veillait à la sécurité du juge.

Lui faisant face, on voyait des hommes en robe noire. Mais, les uns portaient perruques blanches, c'étaient les avocats anglais, et les autres turbans multicolores, c'étaient les avocats hindous.

Entre le tribunal du juge et les bancs des avocats, un greffier sikh penchait sur une table, encombrée d'encriers, de tampons, de cachets et de documents, sa longue barbe luisante et soigneusement enfermée dans un filet.

Enfin, dans le coin de droite, il y avait deux personnages plus singuliers encore. Ils étaient drapés dans une ample couverture qui dissimulait entièrement leurs corps. Les figures noires et plates, desséchées à l'extrême, étaient coiffées d'une calotte brodée de fleurs et d'insignes. D'énormes boucles d'oreilles descendaient jusque sur leurs épaules et ils avaient au cou de larges colliers d'argent. Ils demeuraient immobiles et muets, dans une pose de vieilles femmes. En vérité, c'étaient deux chefs kikuyus — et sorciers réputés, dévoués au gouvernement, qui servaient d'assesseurs au juge.

Ainsi, la loi anglaise, avec toutes ses coutumes, sa procédure et son appareil scrupuleux, était appliquée dans l'école de Jomo Kenyatta aux massacreurs de Lari.

Le mécanisme était d'une monotonie insoutenable. Le témoin de l'heure — un officier de police — établissait comment avaient été reconnus les accusés. Il citait, en anglais, les noms des hommes et des femmes qui les avaient désignés en les touchant à l'épaule. Puis, un interprète kikuyu traduisait. Puis, les avocats intervenaient pour faire préciser les détails. Et l'interprète traduisait de nouveau. Cela durait depuis des jours (on en était à la vingtième séance) et devait durer des jours encore.

Toute mon attention se porta sur les noirs accusés. Au-dessus des pancartes qui portaient leurs numéros respectifs, et comme décapités par eux, tête rase et cous nus, leurs traits prenaient une valeur saisissante. Il y avait là des hommes de tous les âges et de toutes les corpulences, et de tous les types. C'était un bas-relief qui résumait un peuple entier.

J'étudiais longuement, avidement, les faces dénudées. Mais, en toute honnêteté, je n'arrivais pas à découvrir sur elles le reflet du brasier horrible qui, dans la nuit du 25 mars, avait consumé Lari.

Sans doute, il y avait le numéro 18, prognathe, avec sa bouche toujours entrouverte, ses dents massives projetées en avant, sa langue large pendant à demi et ses prunelles de fou. Sans doute, il y avait le numéro 5, avec ses yeux fixes et violents, son profil décharné, ses joues creuses. Sans doute le numéro 12 avait les épaules furieuses et le front bas et bombé du tueur.

Mais les autres !

Le numéro 17, ce pauvre petit vieux... Le numéro 3, homme mûr à face de bonze plein de sage douceur... Et les deux jeunes garçons, le numéro 24 et le numéro 25, qui, de temps à autre, chuchotaient en souriant... J'en avais croisé de semblables dans les rues de Nairobi, sur les chemins des plantations, sous la robe blanche des serveurs d'hôtel, sous la casquette des chauffeurs de taxi...

La voix monocorde, lente, traînante du témoin disait des noms :
— Kimani, fils de Katanga...
— Njenga, fils de Matha...
— Katenga, fils de Kuguri...

Au-dessus des numéros fatidiques, les têtes s'inclinaient doucement. Ces hommes avaient été des cultivateurs paisibles sur leurs *chambas*, dans les huttes de chaume. Quelle puissance, un soir, les avait-elle changés en déments, en démons, acharnés contre les vieillards, les femmes, les nouveau-nés de leur propre tribu, de leur propre village ?

Était-ce le serment terrible du Mau-Mau ? Ou le sang africain ?

Je portais mes yeux sur le juge... Entre sa robe rouge et sa perruque blanche, il avait un visage jeune, affable, poli. On l'appelait « Votre Honneur » comme dans une Cour de Londres. Je regardais les assesseurs — sorciers-chefs à la peau ridée de vieilles femmes. Ils ne bougeaient pas. Je regardais les avocats anglais et hindous et le greffier sikh. Rien ne s'ajustait entre la procédure et les accusés. Il n'y avait pas de commune mesure entre le crime, les criminels et la forme de justice qui leur était appliquée. Le mécanisme tournait à vide, à faux. Tout semblait un rêve incohérent et absurde...

À une suspension de séance, je fus présenté à un officier vêtu, comme tous les autres, d'un short et d'une chemise kaki à manches courtes. Il était robuste et jovial, les joues rouges, les dents carnassières. Il avait une plantation aux environs et on l'avait mobilisé pour la durée du procès.

— Cette histoire idiote va durer des siècles, me dit-il en agitant avec impatience la crosse de sa mitraillette. Heureusement, pour me soutenir le moral, il y a cette musique.

Alors, seulement, je remarquai, venant de l'extérieur, un bruit régulier, cadencé de marteaux.

— Ce sont les gibets qu'on prépare à l'avance, me dit le planteur avec un large et cordial sourire de toutes ses fortes dents. Je voudrais bien être celui qui, sous ces maudits pieds noirs, va tirer la trappe.

Le juge rentra, dans sa robe rouge. Tout le monde se leva, comme dans une Cour d'Angleterre.

— Votre Honneur, commença l'un des avocats...

Ses propos étaient rythmés par les marteaux des charpentiers, qui dressaient les potences sur le plateau divin de Githunguri.

V

EXORCISME

« Si je révèle au gouvernement ou à n'importe quel Européen les actions du Mau-Mau — que ce serment me tue.

« Si je donne quelque information sur un membre de cette société — que ce serment me tue.

« Si je prête secours à un Européen — que ce serment me tue.

« Si je n'aide pas à chasser les Européens du Kenya — que ce serment me tue.

« Si je suis envoyé avec quatre autres frères Mau pour frapper un ennemi européen de cette société et si je refuse — que ce serment me tue.

« Quand sonnera la corne de guerre, si je quitte la ferme de l'Européen où je travaille sans l'avoir égorgé — que ce serment me tue. »

Ces formules, ces versets que les délégués et les maîtres jureurs du Mau-Mau faisaient répéter à leurs initiés chaque jour et chaque nuit m'avaient été communiqués à Nairobi, au siège du C. I. D. ou Département des Investigations Criminelles. Ce n'avait pas été sans peine. Il m'avait fallu, pour les obtenir, une haute recommandation.

Quand l'inspecteur auquel j'avais été adressé acheva de m'en dicter le texte, je lui demandai de me décrire les rites qui accompagnaient le serment. Il tapota quelques instants sur l'étui qui contenait son fort revolver d'ordonnance et me dit :

— Je ne sais pas jusqu'où j'ai le droit de parler... Un instant, s'il vous plaît.

Il décrocha son téléphone, s'entretint avec son chef. Puis il alla chercher un dossier qui portait « Très secret » sur la couverture, le feuilleta, y prit des pages dactylographiées qu'il découpa soigneusement et me tendit ce qui restait. En voici la traduction :

« Les initiés sont invités à l'endroit où le serment doit être administré sous prétexte d'une réunion pour boire du thé ou de l'alcool, ou encore d'une réunion scolaire. Les initiés sont toujours mandés par messagers durant les heures d'obscurité, en général tôt dans la soirée.

« Arrivés à l'endroit prescrit, les initiés sont priés de s'asseoir dans un bâtiment voisin. Là, ils sont reçus par ceux qui vont aider à la cérémonie. Parfois, de l'alcool a été distribué gratuitement.

« Les initiés sont emmenés hors de la "hutte de réception" et conduits par paires dans la "hutte au serment".

« Devant cette hutte, l'un de ceux qui forment l'escorte frappe à la porte et donne le mot de passe. Ce mot a été différent chaque fois, ce qui montre qu'il n'y a point de mot de passe général. La porte de la "hutte au serment" s'ouvre alors et les initiés sont menés dans un coin et forcés de se dépouiller de tous les objets métalliques en leur possession, pièces de monnaie, montres, vestons et chaussures, s'ils en portent. On peut dire assurément que tous les effets d'origine européenne sont enlevés, excepté les vêtements les plus essentiels qui couvrent la personne de l'initié.

« Puis les initiés sont conduits dans une autre partie de la hutte ou du bâtiment, vers une entrée en forme d'arche faite de feuilles de bananiers étroitement tressées. À l'ordinaire deux hommes mènent les rites de la cérémonie qui se déroule alors. L'un d'eux place sur la tête des initiés un *rukwaro*, c'est-à-dire un anneau fait d'herbes et de branches. L'autre passe en même temps, autour des poignets des initiés, des anneaux de même matière et de la taille d'un bracelet.

« Une petite quantité de terre est placée dans la main gauche des initiés, puis un *kiongoro* (fleur de bananier) contenant un mélange de sang de chèvre et de terre, est promené *sept* fois autour de la tête des initiés par l'un des chefs de la cérémonie. Ensuite, du mélange de sang et de terre on retire un bâtonnet et chaque initié est obligé de le tenir dans sa main droite et de répéter les termes du serment.

« Parfois, les initiés doivent se tenir à l'intérieur d'un grand anneau placé sur le sol et sont forcés de faire *sept* tours sur eux-mêmes à l'intérieur de l'anneau. Alors, l'un des chefs de la cérémonie tient la fleur de bananier devant les initiés et leur explique la nature du serment qu'ils vont prêter. Les initiés répètent le serment après le meneur de jeu et tournent en même temps *sept* fois le bâtonnet dans la fleur de bananier.

« Quand l'initié a répété tous les termes du serment, la fleur de bananier est promenée *sept* fois autour de sa tête et il doit plonger *sept* fois sa langue dans le sang et la terre mélangés au fond de la fleur de bananier.

« Les initiés sont alors emmenés de la "hutte au serment" et reconduits à la "hutte de réception". Là on leur fait manger un petit morceau de viande de chèvre. Après quoi ils peuvent s'en aller, les objets qui leur appartiennent leur ayant été déjà rendus dans la "hutte au serment".

« Toute résistance de la part des initiés est sévèrement réprimée par quantité de "lieutenants" armés de *simis* (sabres kikuyus).

« Seule une faible lampe brûle dans la hutte au serment et les meneurs de la cérémonie demeurent dans une obscurité à peu près complète.

« Le serment est administré aussi bien aux femmes qu'aux hommes.

« La chèvre dont on tire le sang pour la fleur de bananier et la viande pour les initiés est tuée par les meneurs de la cérémonie avant que celle-ci ne commence.

« Chaque initié est tenu de payer une somme d'argent, — à l'ordinaire soixante shillings (trois mille francs) après l'initiation. »

*

Parmi les garçons que j'avais rencontrés au Kenya, je m'étais lié d'amitié avec un grand Irlandais aux yeux verts et rieurs, d'une culture étendue, engagé dans la police pour le temps du Mau-Mau. Je lui résumai assez fidèlement les renseignements que j'avais reçus du C. I. D.

Quand j'eus terminé, je vis la lueur ironique familière animer ses yeux verts et il dit :

— Ces messieurs n'ont pas été très généreux. Moi-même, pauvre policier campagnard, j'aurais pu vous en donner tout autant, d'après les aveux reçus dans la région. Le C. I. D. vous a communiqué seulement le cérémonial des initiations les plus élémentaires, celles du premier et du second degrés. Mais il y en a quatre en tout et les deux dernières constituent, en vérité, les rites majeurs, à la fois terribles, répugnants et décisifs.

Je me souvins alors avec quel soin l'inspecteur du C. I. D. avait découpé son dossier et demandai à mon compagnon :

— Vous connaissez la formules et les gestes de ces degrés supérieurs ?

— Non, dit-il. Nous n'avons affaire qu'aux pauvres diables qui travaillent sur les fermes. Ils prêtent le serment le plus banal, celui des associés, des complices. Les autres, qui consacrent les chefs et les meurtriers-jurés, ont lieu dans des clairières secrètes, au clair de lune ou bien dans les taudis inaccessibles de Nairobi. Là, des yeux de bélier sont accrochés aux épines d'une arche, — là on fait des incantations sur le cadavre d'un chat noir étranglé, — et là ce n'est pas du sang de chèvre qu'on mélange à la terre, mais du sang humain...

Le grand Irlandais secoua lentement sa tête aux longs cheveux tirant sur le roux et reprit :

— Et nul ne sait qui a formulé les paroles du serment, ni quelle autorité désigne et délègue les chefs de cérémonie et les maîtres-jureurs.

Une sorte d'angoisse métaphysique passa dans ses yeux verts, si habitués à rire.

— Pourtant, dit-il, je suis né dans ce pays et, enfant, j'ai joué avec les enfants noirs...

Quand son regard eut repris son expression accoutumée, il ajouta :

— Je vous emmènerai à une cérémonie dont je dois assurer demain la protection.

Et le lendemain, après une course folle en jeep à travers de fauves chemins défoncés, bordés d'épineux, d'euphorbes et de huttes coniques, après avoir grimpé et dévalé des collines plantées d'oliviers sauvages, nous arrivâmes sur un vaste plateau dénudé, couvert d'herbe courte et poussiéreuse. Une foule d'ouvriers agricoles kikuyus s'y trouvait réunie.

— Ils viennent des plantations voisines, me dit mon compagnon en sautant de sa jeep, mitraillette en bandoulière. Ils ont tous prêté le serment Mau-Mau ; ils l'ont tous avoué. Et beaucoup de leur propre mouvement, parce qu'ils avaient été amenés à jurer par force. Mais ceux-là mêmes n'y peuvent plus rien. Le serment est sur eux, en eux, dans leur sang. La magie tribale, la terreur séculaire du surnaturel sont ici toutes-puissantes.

— Alors ? demandai-je.

— Alors, dit gravement le grand Irlandais aux yeux verts, il faut un contre-poison, un autre pouvoir surnaturel. Il faut ce que nous appelons le serment de purification. En un mot, l'exorcisme.

Nous approchions de la foule des noirs.

— Maintenant, ne bougeons plus et regardons. C'est tout ce qu'un blanc, ici, peut faire, dit mon compagnon.

Les Kikuyus formaient un cercle assez vaste. Au milieu se tenait un noir d'âge mûr, enveloppé dans un vieux manteau européen de couleur brune. Un vieux chapeau de feutre était enfoncé jusqu'à ses yeux. Il portait au cou un large collier d'argent qui était l'insigne des sorciers et des chefs. Plusieurs aides et gardes du corps l'entouraient. Sa tête était mise à prix par le Mau-Mau.

Un mouton fut amené à ce groupe. Des mains

noires lui fermèrent la bouche et les narines et le tinrent ainsi jusqu'à l'étouffement. C'était la manière habituelle de tuer pour les sacrifices.

Les mêmes mains noires enlevèrent la peau de la bête morte, commençant par la patte droite et allant en diagonale vers la patte gauche arrière, puis de la patte droite arrière à la patte gauche avant.

Alors le sorcier prit deux longs bâtonnets aigus qu'il fit passer à travers le cœur du mouton, tandis que ses aides recueillaient dans un bol de terre le sang ainsi versé.

Ensuite furent enlevés l'estomac et les entrailles. Et la nourriture digérée fut placée dans le bol avec le contenu de la vésicule biliaire.

Au milieu d'un silence tendu, pesant et comme douloureux (on entendait les respirations siffler, haleter) les premiers préparatifs pour l'exorcisme se trouvaient achevés.

Le sorcier fit un signe et ses aides apportèrent au milieu du cercle un arbuste assez haut. Ils le fendirent à coups de *pangas* presque jusqu'au sommet, écartèrent les deux moitiés et en plantèrent les extrémités dans le sol.

Le sorcier s'approcha lentement de cette manière d'arche feuillue, prit les entrailles du mouton et les enroula une à une autour de chaque portant de l'arche et, au bout des entrailles, attacha des touffes de paille creuse. Puis il prit trois cornes de bouc et les fixa sur chacun des portants et au sommet de l'arche. Puis il prit le bol où se trouvaient mêlés le sang du cœur, la nourriture digérée et le suc de la vésicule biliaire, y ajouta de l'eau et trois poudres qu'il retira de sa sacoche, et plaça le bol sous l'arche, exactement au milieu, d'aplomb avec le sommet orné de la corne de bouc.

Le sorcier fit du regard le tour de l'assistance. Et j'oubliai qu'il portait une absurde défroque européenne, tant ses yeux, seuls, comptaient, noyés d'une ombre lourde et magnétique, chargés de l'inaccessible nuit africaine...

Il tomba à genoux d'un côté de l'arche près du bol. Et, l'un après l'autre, les exorcisés vinrent se placer, à genoux, de l'autre côté. Et le sorcier plongeait les touffes de paille dans le contenu du bol et les faisait sucer à trois reprises par l'homme qui lui faisait face. Chaque fois l'homme répétait :

— *Je jure de maudire le Mau-Mau de toutes les manières et par tous les moyens.*

Et le sorcier au collier d'argent promenait par trois fois autour de son vieux chapeau de feutre les touffes de paille trempées dans les viscères, la bile et le sang du mouton étouffé...

La cérémonie était terminée. Cependant une dizaine de Kikuyus ne s'étaient pas agenouillés devant l'arche.

— Ceux-là, me dit l'Irlandais, sont les plus touchés, les plus possédés par le serment Mau-Mau. Ils ont besoin d'une purification plus puissante encore, de l'exorcisme majeur : le *Guitathi*...

À quelque distance de l'arche, sous un auvent de feuillage, était dressée une pyramide d'ossements blanchis. Arrivé devant elle, mon compagnon poursuivit :

— Le véritable *Guitathi* est une pierre creuse, sacrée depuis des siècles et qui servait à l'épreuve de la vérité, au jugement de Dieu. Celui qui enfonçait un bâtonnet à l'intérieur et proférait un mensonge était sûr du malheur pour lui et pour sa famille... Ici, la tradition remplace la pierre rituelle par quatre vertèbres d'éléphant. Mais la magie de ces os est tout aussi puissante...

En effet, alors que, sous l'arche, le comportement des exorcisés avait été paisible, ici, près du *Guitathi*, les noirs tremblaient de tous leurs membres. Et leurs lèvres étaient grises et trempées d'écume lorsqu'ils enfonçaient les bâtonnets dans les trous des vertèbres d'éléphant en murmurant d'une voix à peine perceptible :

— Je jure de ne plus jamais prêter le serment Mau-Mau...

Lorsque le dernier eut proféré ces paroles, je me tournai vers le grand Irlandais.

— De ceux-là, au moins, lui dis-je, vous pouvez maintenant être sûr.

Sa réponse fut assez lente à venir.

— Il est arrivé souvent que, deux heures après le *Guitathi*, les gens purifiés ont repris le serment Mau-Mau... Voilà l'Afrique.

Une singulière angoisse emplissait de nouveau les yeux verts et joyeux.

VI

NOTES

Dîner avec de hauts fonctionnaires. L'un d'eux m'a demandé en riant :

— Devinez dans quelle maison de la ville on a dû faire passer neuf boys par la cérémonie de l'exorcisme ?

— Neuf boys ! dis-je. Ce devait être une grande maison.

— Je vous crois... Celle de Sir Evelyn Baring lui-même, gouverneur du Kenya.

Un autre convive intervint.

— Le gouverneur, dit-il, sa femme, son aide de camp et son secrétaire parlent très bien le français. Et c'est la langue qu'ils emploient à table pour ne pas être compris de leurs serviteurs.

À quoi un troisième répondit :

— Ma femme et moi, pour la même raison, nous nous entretenions à table en allemand... Or, un beau jour, c'est dans cette langue que le boy en chef s'est adressé à nous. Il avait déjà appris.

*

Je partais pour une région particulièrement troublée. En me prêtant un revolver, mon ami G... me recommande :

— Surtout ne le perdez pas, ne l'oubliez pas. Vous auriez à payer cent livres d'amende (cent mille francs). C'est le tarif.

— Sérieusement ?

— Très sérieusement. Les autorités craignent tant de voir des armes à feu tomber dans les mains des Mau-Mau qu'on punit même les gens chez lesquels on en vole. Tenez.

Et G... me montre une coupure de journal. J'y lis qu'une bande s'est introduite par effraction chez un colon de Thompson Falls en son absence et lui a dérobé un pistolet et deux fusils de chasse. Il a été condamné à trois cents livres d'amende pour « manque de précautions dans la garde d'armes à feu ».

*

Thompson Falls.

Avant d'arriver à cette localité, vu, sur la route, un écriteau destiné aux conducteurs d'automobile :

PRENEZ GARDE AUX HIPPOPOTAMES

*

Dans la propriété où je séjourne, deux gardiens de la tribu El Gayo patrouillent toute la nuit. Ils sont armés d'arcs et de flèches, car on n'ose pas donner d'armes à feu aux indigènes en dehors des corps réguliers.

— Ce n'est pas très sérieux, dis-je.

— Plus que vous ne pensez, dit mon hôte. Au fameux raid sur le poste de police de Naïvasha, qui a été pour les assaillants un succès complet, le seul homme qu'ils ont perdu a été tué par un archer noir.

*

Un des plus anciens planteurs que je rencontre à Nairobi m'a raconté en hochant la tête :
— C'est incroyable, mais vrai. Mon vieux boy qui est avec moi depuis trente ans est venu me trouver hier en cachette des autres pour me dire : « Bwana (maître), si la nuit je t'appelle et te crie que dans l'autre bungalow ta fille est mourante, même alors, ne sors pas de ta maison. »

*

On fabrique déjà des histoires comiques sur la terreur Mau-Mau.

Un colon rentre, une nuit, très tard. Comme il se déshabille, il entend un bruit suspect, se retourne. Trois noirs brandissant des *pangas* sont sur le seuil de sa chambre. Il est le plus rapide et tire avant qu'ils aient eu le temps d'agir. Les agresseurs s'enfuient. Le colon barricade toutes les portes, se couche et dort assez mal. Il se réveille de bonne heure, avec un appétit terrible, ouvre sa maison, va vers les huttes des boys, demande à déjeuner.

On lui apporte, comme à l'ordinaire, le thé, le lait, la marmelade d'oranges, les œufs frits au bacon, bref, tout — sauf du pain. Il appelle le cuisinier — un Kikuyu — et lui demande :

— Qu'est-ce qui se passe ? Tu as oublié de faire cuire le pain ?

— Oh ! non, *Bwana*, dit le cuisinier kikuyu avec un doux sourire. Je ne pensais pas te revoir ce matin.

*

À Nyeri, dans la cour du superintendant de police, un colonel faisait une démonstration de dressage avec cinq chiens policiers magnifiques. Comme je les admirais, il m'a expliqué avec orgueil :

— Ils ont de qui tenir. Leur père était pisteur en Allemagne au camp de prisonniers de guerre où j'étais enfermé. Et c'est lui qui m'a fait prendre à deux tentatives d'évasion. Quand nous avons été libérés, je l'ai emmené ici...

Il se tourne vers sa meute et dit :

— Mau-Mau.

Les yeux des cinq chiens deviennent sanglants, leur poil se hérisse et ils se jettent avec une fureur enragée sur un mannequin qui porte des haillons sentant le nègre.

*

Hier après-midi, j'ai hélé un chauffeur noir, dans le centre de Nairobi qui, dès l'abord, m'a intrigué. Il était vêtu, — et bien vêtu, — à l'européenne et de la façon la plus naturelle. L'ovale était allongé, le nez mince, la bouche bien formée, ombragée par une petite moustache. Une expression singulièrement attentive et résolue veillait dans ses yeux, effilés vers les pommettes.

— Où dois-je vous conduire, sir ? m'a-t-il demandé dans un anglais assez pur et d'une voix assurée.

— Je voudrais aller dans les quartiers... les quartiers...

Je m'embarrassais. J'hésitais à prononcer les mots « indigène »... « noir ». Une lueur ironique est passée, me sembla-t-il, dans le regard du chauffeur. Il a suggéré :
— Sans doute les lotissements africains ?
— C'est cela, ai-je dit.
Le chauffeur m'a mesuré des yeux. À l'ordinaire, les Europénes ne s'aventuraient pas dans ces lieux sans escorte. Or, je n'étais même pas armé.
— Très bien, sir, a-t-il dit avec un sourire indéfinissable.
Tout en lui était différent des autres noirs à qui j'avais eu affaire. Je n'ai pu m'empêcher de lui demander :
— Est-ce que vous êtes Kikuyu ?
— Mais certainement, sir, a dit le chauffeur.
Je l'ai laissé mener à sa guise.
Et d'abord il m'a conduit, passé la ceinture des quartiers hindous, à un groupe de charmants petits cottages, bâtis à la manière anglaise, parmi des nappes de gazon et des arbres fleuris.
— C'est là que j'habite, a-t-il dit en arrêtant son taxi.
Je l'ai regardé avec incrédulité. Il avait de nouveau son sourire indéfinissable. Il a dit :
— On a construit cela récemment pour les Africains. J'ai une chambre et une salle de bains. Mais il y a très peu de maisons comme ça et le loyer est très cher.
Il a pressé sur son klaxon. Une jeune noire, vêtue d'une robe à ramages, est venue sur le seuil de la demeure.
— Ma femme, a dit le chauffeur.
Il lui a fait signe. Elle s'est approchée et, en vérité, j'ai douté du témoignage de mes yeux. Il n'y

avait aucune mesure commune entre cette créature saine, droite, fière, au regard libre et ces êtres décharnés, courbés avant l'âge, au visage morne et désespéré qu'étaient les femmes kikuyus de pauvre condition.

Instinctivement, j'ai cherché sur le front de celle-ci, à la lisière des cheveux, ce sillon indélébile qu'y trace à l'ordinaire la courroie nécessaire au port des fardeaux écrasants. La peau était fraîche et lisse.

Le chauffeur m'a considéré un bref instant, mais avec une gravité étonnante.

— Voilà ce que peuvent être les Kikuyus ! disait tout son visage.

Puis il s'est engagé, à dessein, parmi les quartiers indigènes, dans la misère la plus atroce, les plus sordides ruelles, la plus fétide puanteur. Il connaissait à fond ce dédale de crasse, de détritus, d'ordures, de corps squelettiques, de figures hostiles.

Je lui ai demandé :

— Vous êtes né ici, à Nairobi ?

Il ne s'est pas retourné de mon côté, mais je n'oublierai jamais l'intensité sourde, la vibration contenue de sa voix :

— Tout le Kenya est ma patrie, a-t-il dit.

J'ai gardé le silence jusqu'au moment où nous sommes passés devant un marché à ciel ouvert, mais ceint de murs, le *Old Bunma Market*, que j'ai eu envie de visiter.

— Très bien, sir, je vous accompagne, a dit le chauffeur.

Le tour a été vite achevé de ce lieu lamentable. Dans des alcôves minuscules, les marchands en haillons offraient à une foule déguenillée un peu de maïs ou de miel, du thé sans sucre dans des tasses d'étain bosselées, quelques galettes moisies, parfois un œuf et du tabac à priser. Pas une plaisanterie, pas un rire. On vendait, on achetait dans une sorte de morne accablement.

La plupart de ces hommes me considéraient avec indifférence. Parfois, cependant, une expression dure ou cruelle s'allumait dans les regards à mon passage. Alors, le chauffeur disait quelques paroles brèves dans sa langue natale. Les yeux s'apaisaient. Nous sommes arrivés ainsi au dernier secteur du marché où s'amoncelaient guidons rouillés de bicyclettes, chaînes rompues, pignons édentés, pneus en lambeaux.

— Les garages du *Old Burma*, a dit mon chauffeur avec son éternel demi-sourire...

Mais tout à coup le sourire s'est effacé. Trois jeunes noirs venaient à nous, fort bien habillés à l'européenne. L'un d'eux, d'une singulière élégance, paraissait le chef. Et pour la première fois j'ai vu le visage impassible de mon chauffeur se crisper sous l'effet de l'inquiétude ou de la crainte. Il s'est mis à parler d'un ton vif, pressé, respectueux... Le jeune noir m'a toisé, m'a pesé du regard. Puis il a dit, dans un anglais parfait et avec une insultante intonation protectrice :

— Dans ce cas, pas d'objection...

C'était hier après-midi. Ce matin, j'apprends que des Mau-Mau ont abattu un policier dans le « Vieux Marché Birman » une heure après mon passage, face aux « garages » de bicyclettes.

*

Lu dans le journal de Nairobi :
« Deux rhinocéros ont permis à un prisonnier des

Mau-Mau d'échapper à son gardien au plus haut et au plus épais de la forêt des Aberdares.

« Capturé deux semaines plus tôt, ce noir était employé par les Mau-Mau en guise de porteur et devait charrier sur sa tête de lourds fardeaux, tout en étant attaché à un gardien armé.

« Cette semaine, comme le prisonnier et son gardien traversaient une piste, ils rencontrèrent deux rhinocéros. Le Mau-Mau, pris de panique, jeta ses armes et se débarrassa de l'entrave qui attachait à lui le prisonnier. Celui-ci, alors, saisit sa chance et lança son chargement à la tête du terroriste. Puis il se glissa au creux de la jungle, tandis que les deux rhinocéros chargeaient.

« Ce fut tout ce qu'il vit d'eux et des Mau-Mau. »

*

Raconté l'histoire précédente à un intendant forestier qui vit depuis vingt ans au cœur des taillis de bambous. Elle lui a paru toute naturelle, mais il m'a dit :

— Il y a bien d'autres choses qui se passent dans la jungle, et que l'on n'ose pas raconter. Voici, par exemple... Un missionnaire kikuyu a été enlevé par des Mau-Mau. Il a refusé de renier sa foi et de prêter leur serment. Ils l'ont pendu et enterré sous l'arbre qui avait servi à l'exécution. Des pisteurs, — hommes et chiens, — étaient sur la trace du meurtre. Les assassins ont eu peur que le cadavre fût découvert. Ils l'ont déterré et enterré ailleurs. La même crainte les a fait agir ainsi deux fois encore. Enfin, se sentant traqués de plus en plus près, ils ont déterré le cadavre une dernière fois et, pour abolir la preuve du crime, ils ont mangé la chair en décomposition.

Il y a trois cinémas à Nairobi où l'on montre surtout des films américains. Je demandais un soir lequel des trois donnait un « western ».

— Aucun, me répondit-on. Les « westerns » sont interdits depuis le troubles. Ces films pourraient donner des idées aux Mau-Mau.

*

On m'a montré aujourd'hui dans la rue, à Nairobi, une femme très belle, accompagnée d'une infirmière. Je m'étonnai de la voir ainsi escortée, car elle semblait en parfaite santé.

Elle a des crises nerveuses terribles, me dit-on. Elle a trop entendu parler des rites Mau-Mau. Elle est persuadée que son cuisinier kikuyu, chassé depuis lors, a versé dans ses aliments une poudre noire, maléfique. Le plus étonnant de l'histoire, c'est que la police, sur son insistance, ayant fait analyser les restes des plats, on a trouvé, en effet, des résidus de poudre noire. Mais les techniciens chimistes l'ont déclarée inoffensive.

*

Sur la véranda du *Norfolk Hotel*, à Nairobi...

Deux jeunes hommes s'abordent. L'un est un fonctionnaire, vêtu avec une grande élégance. Mais il considère l'autre d'un regard envieux, l'autre qui porte un blouson militaire sale, et, en bandoulière, avec une négligence affectée, une mitraillette.

— Comment va ? demande le premier.

— Très occupé, répond le second.
Et, avec une négligence affectée :
— J'ai abattu onze *Kiukes* dans une semaine.

À une table voisine, une vieille dame parfumée lit une lettre à une autre vieille dame parfumée :
— Écoutez, chérie, ce que m'annonce la chère Daphné : « Mon petit Tim a eu aujourd'hui son premier Mau-Mau. » N'est-ce pas ravissant, chérie ? Comme son premier lion ou son premier buffle...

*

Harvey B... possède une ferme isolée du côté de Thompson Falls, un des secteurs les plus dangereux... À une trentaine de kilomètres habitait son meilleur ami, son ami fraternel.

Depuis quelque temps, Harvey était très inquiet pour lui. Des revers de fortune, une grave déception amoureuse, l'amenaient sans cesse à parler de suicide. Un soir, par la télépathie inexplicable du sentiment, Harvey fut certain que son ami allait se tuer dans la nuit qui approchait. Il décida d'aller le voir. Mais le téléphone sonna et, du poste de police le plus proche, l'officier de garde avertit Harvey qu'une bande de Mau-Mau était signalée aux alentours de sa plantation. Harvey renonça à son projet et appela son ami. L'autre avait une voix si rompue, si triste, si *morte* que Harvey courut à sa voiture. Il mettait en marche, lorsque la sonnerie du téléphone retentit encore. C'était de nouveau le poste de police. Les premiers renseignements se trouvaient confirmés, aggravés. « Ne sortez à aucun prix ! » dit l'officier en raccrochant.

Harvey avait une femme et deux enfants. Il n'osa point les laisser seuls.

Dans la nuit, son ami se tua.
La bande Mau-Mau ne donna pas signe de présence.

*

Les imaginations s'enfièvrent. Il est des gens qui ne peuvent pas admettre que les Kikuyus — ces nègres, ces sauvages, ces singes — soient capables d'engendrer un ou plusieurs hommes assez doués pour concevoir et organiser une campagne comme celle du Mau-Mau. Un blanc seul peut les diriger, assurent-ils. Et ce blanc, on le connaît, on le nomme, ou du moins on le devine.

— Qu'est devenu le jeune D... ? murmure-t-on. Son père, après avoir quitté sa femme blanche, a épousé deux filles kikuyus et en a eu six enfants. Le jeune D... a été élevé avec eux. C'est un Kikuyu dans l'âme. Et maintenant où est-il ? Personne ne le sait... Un jour on aura des surprises...

— Et ce géant dont les bottes laissent des empreintes énormes en lisière des forêts, là où passent toujours les bandes Mau-Mau qui, elles, vont pieds nus ? Vous rappelez-vous le faux prêtre irlandais à taille de colosse venu de la frontière abyssine et qui a disparu presque aussitôt ? Un Russe, évidemment.

— N'oubliez pas que les Soviets ont dans Addis-Abeba une mission sanitaire qui compte trois cents personnes. Ce ne sont pas seulement des docteurs et des infirmières.

— Et cet Autrichien — ou ce Tchèque — ou ce Polonais d'allure militaire que l'on voyait sans cesse dans la réserve...

Bottes de sept lieues, émissaires de l'Europe orientale, planteurs renégats — autant de visions que suscite le mystère des jungles, hantées par l'éléphant, le rhinocéros et des bandes acharnées. Mais, dans le domaine du réel — et non celui des fantômes —, un chef existe pour ces bandes, un noir, un Kikuyu, dont on sait le nom et l'histoire et qui prend des dimensions de légende.

Il s'appelle Dedan Kimathi. Il est né dans la Réserve indigène, aux environs du centre administratif de Nyeri dont la situation — entre les Aberdares et le mont Kenya — est la plus exposée. Il a suffisamment suivi les cours scolaires pour parler, lire et écrire en anglais. Pendant la guerre il a servi dans les troupes indigènes et y a obtenu le grade de sergent. Puis il a longtemps travaillé, aux abords de Nyeri, en qualité de comptable et de scribe, dans une coopérative laitière, dirigée par le chef kikuyu le plus farouchement dévoué à la cause anglaise — le chef Muhoya. Là, Dedan Kimathi s'était montré un employé consciencieux et paisible. Rien ne le distinguait des autres, sauf une balafre au visage et l'absence de trois doigts à la main gauche, marques de la grande guerre. Il vivait entre son bureau et sa hutte, sans se faire remarquer.

Quand les troubles Mau-Mau commencèrent, il disparut soudain. Et bientôt son nom se répandit d'une manière étonnante.

Les domestiques arrêtés pour le meurtre de la famille Ruck disaient qu'ils avaient reçu les ordres d'un homme appelé Dedan Kimathi... Les Mau-Mau agonisants, ramassés après leurs rencontres avec la troupe ou la police, prononçaient ce même nom dans leur dernier souffle... Les informateurs kikuyus dénonçaient son influence grandissante, le signalaient partout.

On arrêta des dizaines de noirs à la main gauche mutilée, à la joue balafrée. Ce n'était jamais Dedan Kimathi. Et le nom continuait à grandir.

La rumeur populaire s'empara de lui. Les femmes sous les huttes en menaçaient leurs enfants indociles. On racontait qu'il marchait plus vite et plus loin et plus haut que tout homme vivant. La distance, le temps, les montagnes n'existaient pas pour lui. Et il était le plus brave et il était le plus cruel.

En vérité, Dedan Kimathi agit de façon à soutenir sa légende. La vie des siens ne compte pas plus pour lui que celle des adversaires. Il frappe et s'évanouit. Et il se déplace avec une rapidité presque surnaturelle.

Un soir, une jeep de police roulait en direction de Nairobi. L'officier conduisait. Trois askaris, armés jusqu'aux dents, le protégeaient. Ils étaient encore à cinquante kilomètres de la ville, lorsqu'ils aperçurent un Kikuyu posté au milieu du chemin et leur faisant des signes. L'officier arrêta sa voiture. Le Kikuyu, humblement, pria d'être emmené jusqu'à Nairobi où sa femme allait mettre au monde un enfant. L'officier pensa que, s'adressant à la police, cet homme était sûr et fidèle. Il lui fit signe de monter... Aux abords de Nairobi le pauvre noir sauta de la jeep avec une souplesse singulière et disparut dans les faubourgs. Et quand la voiture arriva au poste de police, on y découvrit une feuille de papier portant en anglais ces lignes : « Merci pour le transport. J'avais absolument besoin d'être à Nairobi cette nuit. Dedan Kimathi. »

L'outlaw n° 1, dont la tête, depuis longtemps, était mise à prix pour 500 livres sterling, s'était fait transporter par des policiers pour une opération du Mau-Mau.

VII

UN MEURTRE RITUEL

Bowyer, le 10 novembre.
Meiklejohn, le 1er décembre.
Fergusson et Bingley, le 3 janvier.
Ruck, sa femme et son petit garçon, le 20 janvier.

Tous les colons et planteurs du Kenya répètent ces noms et ces dates avec tristesse et fureur, comme une litanie et comme une menace. Les noms sont ceux d'autres planteurs et colons tués par les Mau-Mau et les dates sont celles des meurtres qui furent toujours marqués d'une atroce frénésie.

Et toujours les circonstances furent identiques. Peu après la tombée de la nuit, alors que, leur travail terminé, ces hommes — seuls ou avec leur famille — se détendaient dans la paix du soir, une troupe noire entourait silencieusement la demeure. Ses membres semblaient connaître à merveille et les détours de la maison et les habitudes des maîtres. Salle de bains, chambre à coucher, cuisine, salle à manger — les assassins allaient droit là où il fallait, portés sans bruit par leurs pieds nus. Soudain la porte s'ouvrait, livrant passage à une bande grimaçante, hurlante, démoniaque. Tous ils avaient des *pangas* au poing et tous il frappaient. Chaque fois on retrouva les corps des victimes hachés, lacérés, en pièces. Il en fut ainsi même pour le petit garçon des Ruck qui avait six ans à peine.

Ces crimes n'avaient aucune commune mesure avec l'attaque du poste de police de Naïvasha, avec le massacre de Lari, avec les embuscades contre les forces armées et les raids contre les enclos des *Home Guards* noirs. Ils ne faisaient point partie d'un plan de guerre ou même de guerilla. Sursauts de férocité spontanée, crises de fièvre meurtrière contre le blanc, rien ne les expliquait, sinon le plaisir de tuer pour tuer.

Ce fut précisément ce caractère de désordre et de gratuité dans l'extermination qui effraya les colons et planteurs. Tous se sentirent menacés, surtout que, pour deux cas au moins, les serviteurs kikuyus les plus familiers de la maison avaient renseigné, aidé les assassins. Il importait peu qu'ils eussent agi de bon gré, en accord avec les Mau-Mau, ou que, ayant prêté le serment par force, la terreur superstitieuse et la menace des *pangas* les eussent poussés contre leurs maîtres. L'ennemi virtuel était partout — dehors et dedans. Dès la nuit tombée, chacun pouvait s'attendre à voir jaillir de l'ombre les noirs bourreaux fanatiques. Alors on enferma les boys au crépuscule, et tous les actes de la vie quotidienne — nourriture, lecture, ablutions, — ne furent accomplis qu'avec une arme à portée de la main. Le revolver devint une sorte d'ustensile de ménage. Si bien que les prix montèrent d'un seul coup. On paya jusqu'à 60 000 francs un pistolet d'occasion.

Puis — et en partie à cause de ces précautions, — des semaines passèrent sans nouvel attentat — ou du moins qui fût couronné de succès. On resta sur le qui-vive, dans les demeures isolées, mais les nerfs, peu à peu, connurent quelque répit

Pourtant, un jour...

*

C'était un dimanche, vers midi. Je me trouvais dans une merveilleuse propriété sur le bord du lac Naïvasha. Les amis qui m'avaient accueilli chez eux, leurs enfants (un grand fils et deux jeunes filles), quelques voisins, étaient réunis dans une vaste pièce pleine de beaux livres. On s'était baigné dans la piscine, on s'était séché au soleil, sur la pelouse. Un vent très faible faisait remuer les pointes des cyprès, les feuilles en fleur des jacarandas et des « averses d'or ». Le lac bleuissait au loin et sur la cime du Longanot flottaient des nuages légers et transparents. Des oiseaux étranges venaient boire à la vasque de la terrasse et y trempaient leur plumage étincelant.

— C'est l'heure des nouvelles, dit quelqu'un.

Notre hôte tourna le bouton de la radio et se tint près de l'appareil. Les autres continuèrent à boire leur whisky et à converser gaiement. Soudain, nous entendîmes en même temps la voix de notre hôte crier :

— Oh ! Dieu de Dieu !

Et celle du speaker, nette et froide :

— Au pied du mont Kenya, un nouveau meurtre horrible a été commis hier. Une femme et ses deux enfants ont été assassinés par les Mau-Mau. C'étaient des émigrants italiens : les Melancelli. On célèbre les obsèques cet après-midi à la mission italienne de la Consolata.

*

La boucherie avait eu lieu dans le district de Nyeri, aux environs d'un village qui s'appelait Karatina.

Le très petit poste de police y était conçu à la manière de tous les autres postes. Dans un quadrilatère situé à l'écart des huttes et entouré d'une haute clôture métallique se dressait une maison de pierre dont la porte était renforcée par des sacs de sable. Trois cases indigènes abritaient les askaris et leurs familles. Des femmes, des enfants, des poulets, animaient l'intérieur de l'enclos.

L'officier qui commandait le poste étant allé à Nyeri pour affaire de service, je m'adressai à son adjoint. C'était un tout jeune soldat du régiment du Kenya, sérieux, aimable, efficace. Il se tenait — avec deux askaris — derrière un comptoir et délivrait des laissez-passer à des Kikuyus de son secteur.

— Ils n'ont plus le droit de bouger de leurs villages, me dit-il, sans faire contrôler et timbrer leurs papiers. Excusez-moi...

J'attendis sans impatience. La petite pièce avait une atmosphère nette, triste et prenante. La file noire qui s'étirait devant le comptoir me fascinait. Un homme âgé, pauvrement habillé à l'européenne, avec des souliers éculés, son vieux chapeau à la main, timide, s'inclinait sans cesse. Deux femmes aux oreilles normales, à robes bleues et jaunes, tenaient des petits colis bien ficelés. Chez une autre femme, les bouts inférieurs des oreilles détachés du cartilage pendaient à mi-distance de l'épaule et elle portait dans ces cavités d'énormes ornements faits d'étoffes multicolores. Et il y avait encore une femme, enveloppée, celle-là, dans une toile de sac, presque nue, sauvage, primitive ; au défaut de son cou remuait une sorte de lézard brun, merveilleusement gentil et lisse — son nouveau-né. Enfin venaient deux jeunes hommes ; leurs guenilles laissaient voir des muscles secs et puissants.

Comme toujours, une profonde pitié me venait pour ces misérables qui, sur leur propre sol, étaient obligés, pour faire quelques pas, de quémander et montrer des chiffons de papier auxquels ils ne comprenaient rien.

Et, en même temps, comme toujours, ils suscitaient un soupçon terrifiant. Ces hommes, ces femmes avaient peut-être, sans doute, prêté serment au Mau-Mau et peut-être, sans doute, étaient-ils capables d'aider des assassins pareils à ceux qui l'avant-veille avaient massacré la femme et les enfants Melancelli.

Pour échapper à ces pensées, je me mis à examiner les notices clouées au bois d'un mur. Elles étaient rédigées en anglais et en swahili — cette langue passe-partout de l'Est Africain — et dans les mêmes termes que dans tous les postes de police de la mère Angleterre.

Hue and Cry
portaient-elles pour titre et donnaient le signalement de Kikuyus recherchés pour crime. L'une surtout attira mon attention. Je la copiai.

Stanley Mathenge, fils de Murugui ; 28 ans, mince, 1 m 78 ; habillé à l'européenne, six mille shillings (30 000 francs) de prime, très dangereux, opère parfois avec Dedan Kimathi.

Ainsi, jusque dans le hameau de Karatina, on retrouvait le nom du chef insaisissable, terreur et idole des bandes Mau-Mau...

— Je suis à vous, dit le jeune soldat en charge du poste de police.

Quand il eut appris l'objet de ma visite, une expression de répugnance parut sur son visage tendre et frais.

— Les Melancelli... oui... dit-il avec effort. C'est moi qui ai, le premier, été informé de l'affaire et c'est moi qui, le premier, ai dû me rendre sur place.

Il m'expliqua la topographie du crime.

À une quinzaine de kilomètres de Karatina, sur les premiers contreforts du mont Kenya et au milieu d'une forêt épaisse, un Hindou, nommé Yacob Din, avait fait défricher une clairière pour y établir une scierie. Cette clairière était traversée par une rivière qu'enjambait un pont léger. Sur la rive droite se trouvait la scierie qui employait deux cents ouvriers noirs, sur la rive gauche un cottage destiné au contremaître blanc. Les deux bâtiments étaient séparés par une distance de trois cents mètres.

— Donc, reprit le jeune soldat, samedi matin, comme à l'ordinaire, Pietro Melancelli, le contremaître, embrassa sa femme et ses enfants et se rendit à la scierie. Le travail marchait normalement lorsque, vers dix heures, Melancelli entendit un affreux tumulte venir de l'endroit où était sa maison. Des cris sauvages... un crépitement de fusillade. Il courut vers les siens. Mais, arrivé à la rivière, il fut accueilli par des coups de feu. De l'autre côté de l'eau, trois noirs l'ajustaient de leurs carabines. Il plongea dans la rivière, se cacha sous le pont ; les balles ricochaient autour de lui. Il glissa sous l'eau, nagea, remonta sur la berge, se perdit dans la forêt, toujours poursuivi.

« Cependant, sur les deux cents Kikuyus employés à la scierie, personne n'avait bougé. Seul, un Mkamba, engagé depuis peu comme manœuvre, prit l'initiative d'aller prévenir la police. Il fit d'un trait et pour échapper aux assaillants, par des pistes forestières, près de douze milles. Malgré cet exploit, il était midi et demi quand il arriva ici et me mit au courant. Et moi, il me fallut encore une demi-heure pour rassembler des askaris et gagner la clairière. Les meurtriers avaient eu beau jeu de se perdre dans la jungle du mont Kenya. »

Le jeune homme au frais visage détourna les yeux et se tut longtemps. Enfin, il continua :

— Le meurtre ne fut pas difficile à reconstituer. Les Mau-Mau avaient entouré la petite maison. À travers la fenêtre ouverte, ils avaient tué presque à bout portant, dans la cuisine, Mme Serena Melancelli et un vieux cuisinier noir. Puis ils se précipitèrent à l'intérieur et abattirent d'un coup de fusil Maria, la fille qui avait seize ans. Enfin ils arrachèrent d'une armoire où il essayait de se cacher le petit Mario, âgé de dix ans, et lui logèrent deux balles dans la tête.

Le jeune homme se tut de nouveau. Je lui dis :

— On a publié que les deux femmes ont été mutilées.

Il haussa les épaules et une ombre étrange vieillit d'un seul coup ses yeux clairs.

— Mutilées n'est pas le mot, répondit-il d'une voix lasse. Les corps étaient éparpillés en lambeaux. J'ai dû faire emmener de force Melancelli qui, après sa course dans la forêt, avait pu enfin rejoindre sa maison. Il a fallu travailler jusqu'à trois heures du matin pour recomposer les cadavres.

Le jeune homme baissa la voix encore davantage pour ajouter :

— Ils avaient découpé aux seins et aux hanches des morceaux de chair qu'ils ont emportés... et ils ont aussi enlevé les oreilles. Pour les grandes cérémonies Mau-Mau, vous comprenez.

Le jeune soldat-policier releva la tête, reprit un ton professionnel.

— Les assassins étaient une trentaine et on connaît leur chef.

— Dedan Kimathi ? demandai-je.

— Non, dit-il. Il semble avoir un rival sérieux dans cette région. C'est un noir qu'on surnomme « General China[1] » parce qu'il a servi dans notre corps expéditionnaire en Birmanie. Pour l'instant, je n'en sais pas davantage.

*

Le soir de ce jour, à Nyeri, je pris du café dans la petite maison du meilleur ami de Melancelli, Italien comme lui, et employé à l'hôtel Outspan.

— Le pire, voyez-vous, me dit cet homme doux et fin, c'est que la femme et les enfants de Pietro étaient arrivés depuis quelques jours à peine. Et il avait mis cinq ans à obtenir cela... Ici, en effet, les lois d'immigration exigent, si vous êtes employé étranger, que votre employeur garantisse la subsistance de votre famille. À deux reprises, les patrons de Pietro lui ont refusé cette garantie. Enfin, à la scierie, l'Hindou Yacob Din, son dernier patron et un très brave homme, a pris l'engagement nécessaire. Si vous aviez vu la joie de Pietro... Il ne pouvait pas croire à son bonheur... Et la famille est venue... Il y a de quoi devenir fou...

Des photographies étaient sur la table. On y voyait une femme et une jeune fille robuste, pleines de

---

[1]. Un « General China » a été fait depuis prisonnier en combat par les Anglais. Condamné à mort, il a vu sa peine commuée en travaux forcés à perpétuité. Il a fait campagne auprès des autres chefs Mau-Mau pour leur reddition.

cette ardeur à vivre qui est le privilège du peuple italien, et un petit garçon au sourire émerveillé.

— C'est Mario, dit alors la femme de mon hôte.

Elle avait un admirable visage : pur et paisible. Elle dit encore :

— Il vivait dans le ravissement, parce que des antilopes sortaient du bois le soir. Il n'en avait jamais vu.

*

En revenant à Nairobi, je suis passé par la clairière funeste. On avait fermé la scierie. La petite maison coloniale sur pilotis, à véranda et à toit de bambou, était déserte, avec ses portes enfoncées et ses vitres brisées.

De la jungle toute proche, un bruit furtif attira mon attention. Par bonds légers, deux petites antilopes traversèrent l'espace nu pour aller boire à la rivière.

VIII

COLONS — PLANTEURS — SOLDATS

Il avait pour nom Francisco et ses amis l'appelaient Franzi. Il appartenait à une bonne famille italienne de Trieste. Il avait fait la guerre, puis quelques métiers qui n'exigeaient pas de connaissances particulières : représentant pour une marque d'automobile, agent de tourisme. Vers la fin de l'année dernière, il était venu au Kenya. La société de Nairobi lui fit un grand succès. Il était bien fait et charmant de visage. Il s'habillait avec élégance. Il parlait très bien l'anglais, le français, l'allemand. Il avait beaucoup lu et beaucoup retenu. Son esprit était vif. Il dessinait et dansait à merveille. Bref, le type même du dilettante, oisif et séduisant.

C'est pourquoi les gens le plaisantaient avec indulgence, quand il disait qu'il voulait s'établir comme colon.

Il voyagea dans tout l'Est Africain — Kenya, Ouganda, Tanganyika. Il assurait que c'était à la recherche d'une terre appropriée à ses moyens, très modestes. Ses meilleurs amis ne le croyaient pas. « Fermier ! Avec des mains manucurées comme les siennes ! » riaient-ils.

Mais un jour Franzi disparut des cocktails, des

soirées, des clubs de nuit et des parties de chasse. Et l'on apprit avec stupeur qu'il avait acheté à bon prix (c'était un effet du Mau-Mau) une plantation de maïs et de pyrètre et qu'il s'était fixé sur la pente du mont Kinangop, dans les Aberdares, l'une des régions les plus dangereuses du pays.

Quand je m'y rendis, je ne connaissais pas Franzi. Je m'attendais à voir une sorte de gentleman-farmer dirigeant de haut et sans grande compétence une vague exploitation agricole.

Or, au bout d'une longue et rude piste de montagne, coupée de défilés où la moindre embuscade eût été meurtrière, et de ponts de planches branlants jetés sur des torrents, j'aperçus dans une solitude sauvage et juché sur un tracteur, un homme au visage couvert de sueur, de poussière rouge et de cambouis, vêtu d'un pantalon de toile et d'un blouson plein de taches et portant sur chaque hanche un très gros revolver.

C'était Franzi. Il me reçut avec une joie franche, presque naïve. Il n'avait pas vu de blanc depuis des jours. Sa vie passée semblait abolie. Il appartenait entièrement à son domaine. On y avait — comme toujours sur ces hauteurs — une vue merveilleuse : chevauchée de collines, orgie de couleurs — et au fond, pareille à une mer, l'immense et profonde vallée du Rift. Et, dans le ciel, ces caravanes de nuages qui, au Kenya, possèdent une densité, une vie, un sens, un message qu'ils n'ont nulle part ailleurs.

L'air vif, plein d'allégresse, aidait à marcher. Franzi me fit faire d'un bon pas le tour de ses terres. Ici, il planterait le maïs, là, le pyrètre, et là, du blé, et là de la luzerne. Ce garçon qui, en arrivant au Kenya, ignorait tout de la terre parlait comme un vieux fermier. Il n'avait pour l'aider que la plus primitive main-d'œuvre noire. Et celle-ci était composée de Kikuyus.

— Vous ne craignez pas leur complicité avec les Mau-Mau ? lui demandai-je.

— *Schauri la manga !* me répondit-il.

Ce qui voulait dire « À la grâce de Dieu » en swahili, car Franzi avait eu aussi le temps d'apprendre cette langue.

En vérité, il avait besoin de ce fatalisme : son domaine s'arrêtait au bord même de la forêt qui servait de gîte et de repaire aux bandes les plus acharnées des Mau-Mau, à ceux qui n'avaient plus qu'un choix : tuer ou être tués. Et il savait que, dans cette forêt, de la cime des hauts cèdres, des yeux aigus surveillaient chacun de ses mouvements, apprenaient chacune de ses habitudes...

La nuit précédente, une bande était venue sans le moindre bruit et avait enlevé tout son bétail — une quarantaine de bêtes. Son berger l'en avait averti à l'aube. Il s'était mis en chasse aussitôt, suivant la piste, comme au temps fabuleux du Far-West. Il avait retrouvé ses bêtes l'une après l'autre, après six heures de marche à travers les taillis, où il croisait sans cesse des traces d'éléphant. Une seule avait été tuée et dévorée à moitié. Et les cornes avaient été sciées — pour les cérémonies rituelles des clairières.

Dans cette expédition, Franzi avait eu le secours d'un Danois géant, barbu jusqu'à la poitrine, arpenteur de son métier. Mais il avait pris goût à la chasse au Mau-Mau et il passait dans la forêt des journées et des nuits entières, se nourrissant de galettes et de viande séchée, buvant dans les ruisseaux, couchant à même la mousse, sa mitraillette sous la joue, sa carabine et son revolver serrés dans ses mains énormes.

Franzi me retint à déjeuner. Sa demeure ne comprenait que deux pièces, mais elle était ombragée d'arbres, entourée d'un gazon tout étincelant de fleurs sauvages. Ici jouaient deux tout petits chiens boxers qu'il élevait au biberon et un magnifique chat siamois.

En visitant la maison, je remarquai, dans la chambre à coucher, une cavité creusée à même le mur et au-dessous du toit.

— Ma citadelle en cas d'attaque, dit Franzi. J'ai une centaine de coups à tirer. Après... *schauri la manga !*

Sur ces paroles nous nous mîmes à table. Le boy cuisinier servit un ragoût excellent.

— Je suis heureux de vous offrir de la viande Mau-Mau, dit mon hôte en riant. Nous sommes en train de manger les restes de ma vache abattue dans la forêt.

Franzi me reconduisit jusqu'au bas de sa propriété. Là il me dit :

— Si vous êtes encore ici en juillet, venez à mon mariage. Il aura lieu à la chapelle italienne.

Je connaissais l'endroit. C'était une petite et charmante construction, édifiée par les prisonniers de guerre lorsqu'ils travaillaient à la grande route de Nairobi à Nakuru. Elle était située au bord de cette route, dans la brousse et donnait sur la sublime vallée du Rift.

— Ma fiancée arrive bientôt d'Amérique, dit encore Franzi.

— Mais... tout de même... elle connaît le Kenya ? demandai-je.

— Non, dit Franzi... Elle apprendra avec moi.

Il remonta vers les huttes kikuyus, vers la forêt des Mau-Mau.

*

Le lendemain, je me trouvais dans une région plus dangereuse encore, la pire en vérité de tous les Hauts Plateaux de l'Homme Blanc. Elle se développait en altitude entre des montagnes, des gorges et des forêts, autour d'une cascade baptisée du nom de l'explorateur qui la découvrit : Thompson Falls.

Face aux chutes écumantes se trouvait un petit hôtel, une auberge plutôt qui était calquée d'une manière saisissante sur les *inns* d'Angleterre : feux de bois... *pub*... jeu de fléchettes. Mais les hommes que j'y vis étaient tous durs de muscles et de regard, et lourdement armés.

Je rencontrai là mon meilleur guide : un ingénieur écossais d'une cinquantaine d'années, aux épaules larges, au poing pesant, au regard clair. Il avait vingt-sept ans d'Afrique. Il s'était promené de la côte Atlantique à celle de l'océan Indien, ouvrant des pistes, creusant des canaux d'irrigation, établissant des lignes électriques. Enfin, il s'était fixé au Kenya — pour toujours, disait-il, car il n'était pas de pays plus beau, ni mieux fait pour l'homme blanc.

Sa maison, il l'avait construite lui-même aux abords immédiats de Thompson Falls. Elle était d'un bois somptueux, sobre de lignes, meublée avec une délicate et sourde richesse de tons : une maison d'homme fort, savant en technique, et libre.

Dans le jardin même, la jungle commençait. Devant ces arbres énormes, cette débauche, ce ruissellement de fleurs vierges, ces lianes en grappes, je ne pus retenir un cri d'admiration.

— Oh, oui, dans la journée, c'est poétique, dit l'Écossais... Et même, un jour, j'ai surpris un éléphant sur mon gazon... Mais, la nuit, en ce moment...

Il me peignit alors un effrayant tableau. Son travail le tenait dehors jusqu'au crépuscule. Quand il revenait, l'ombre de la jungle était déjà sur la maison. Il se barricadait, se faisait servir à dîner. Chaque fois que le boy apportait un plat, il trouvait le revolver du maître braqué sur lui. (« Il faut qu'ils sachent ce qui les attend », disait l'Écossais.) Puis le boy regagnait sa hutte et la dernière porte se refermait. Des bruits étranges de feuilles et de bêtes — et peut-être d'hommes — tout proches perçaient alors les cloisons de bois. L'ingénieur prenait un livre, son revolver sur les genoux et un autre sur le bras du fauteuil. Mais les bruits qu'il tâchait de nommer un à un rompaient son attention. Il buvait un verre de whisky, un autre... Jamais un troisième. Le pire, disait-il, pour un Écossais, était d'avoir à mesurer le whisky. Mais il fallait garder l'esprit clair et le réflexe intègre. Ainsi la nuit s'avançait... la jungle chuchotant, l'homme aux aguets... Il se couchait pour quelques heures aux premières lueurs de l'aube.

— Et tout ça, dit-il en serrant les poings, tout ça pour quelques centaines de nègres qui, avec des *pangas*, tiennent en échec l'Empire britannique. Car, il faut bien l'avouer, c'est la stricte vérité.

Il blasphéma longuement contre le gouvernement de Londres qui, d'après lui, avait permis cette situation par faiblesse, ignorance et imbécillité. Puis il ajouta :

— Je déteste les Kikuyus, mais je dois reconnaître que je me suis trompé à leur égard sur un point. Ils ne sont pas — du moins les Mau-Mau — des lâches. Ils tuent ignoblement, sans doute, mais ils savent mourir. Un matin, avec mon voisin, j'étais de patrouille, à cheval, dans les fourrés. Nous y avons levé deux salopards. L'un d'eux a pu s'enfuir. L'autre a reçu une balle dans le ventre. Il crevait déjà quand je me suis penché sur lui. Ce fut pour entendre son râle : « Les Européens m'ont eu... ça m'est égal... L'Afrique bientôt en sera débarrassée. » Oui, voilà ce qu'il m'a dit.

L'Ecossais poussa un juron, puis m'emmena chez ses amis, sur les plateaux qui dominaient Thompson Falls.

*

La piste montait durement. Elle était pleine d'ornières, de trous énormes et terriblement glissante — car la pluie avait détrempé ces terres rouges. Mais l'ingénieur aux vingt-sept ans d'Afrique menait son camion sans s'inquiéter de cela. Il ne ralentit qu'une fois, à un carrefour de sentiers où des flèches de bois blanc portaient les noms des colons qui s'égrenaient autour. Sur l'une d'elles, il m'indiqua un nom : Meiklejohn.

— Assassiné... dit l'Écossais, en appuyant sur l'accélérateur.

Nous nous étions élevés d'un millier de mètres et le paysage s'élargissait, découvrait sans cesse des splendeurs nouvelles, lorsque nous aperçûmes une vaste et haute clôture métallique. Elle entourait une maison européenne. Le propriétaire nous accueillit à la porte. Il était épais de carrure et de traits, habillé d'un pantalon de coutil, d'une chemise de flanelle et d'un vieux chapeau, le tout extraordinairement vieux et sale. Lui-même pouvait avoir soixante-dix ans, mais ses yeux avaient un brillant, un mordant de silex.

Il me fit visiter sa maison spacieuse, son jardin ordonné et, au-delà du grillage qui l'isolait comme une forteresse, il montra, d'un geste ample et fier, l'étendue de ses domaines.

— Terre à blé, dit-il.

Je lui demandai alors s'il avait quitté depuis longtemps l'Angleterre. Il poussa un cri, comme s'il avait été brûlé vif.

— L'Angleterre ! Mais je ne suis pas Anglais ! J'ai tiré sur eux, nom de Dieu, durant toute la guerre des Boers.

Je fis un rapide calcul : à cette époque, l'homme devait avoir douze ou treize ans. Mais je me rappelai que des enfants plus jeunes encore avaient fait alors le coup de feu.

Lui, ensuite, il était venu du Transvaal dans un chariot attelé de bœufs. Et d'abord il s'était fixé, comme la plupart des Sud-Africains, sur le plateau d'El Doret. Mais en 1930 on avait découvert de l'or à Kakaméga, du côté du lac Victoria, et il avait fait partie de la cohue qui s'était ruée aussitôt vers le métal magique. La plupart furent déçus, mais lui, patient, têtu, au bout de cinq années, il sut découvrir une petite veine. Elle lui rapporta l'argent nécessaire pour acheter le domaine qu'il avait maintenant.

— La plus belle terre d'Afrique, disait-il en hochant sa tête de paysan, de vrai paysan, de tous les paysans du monde — et la seule de cette nature que j'eusse rencontrée jusqu'alors au Kenya.

Sa femme approuvait, sa femme sud-africaine, grasse, puissante, négligée, pieds nus — paysanne elle aussi dans le sang.

Les deux petits garçons allaient pieds nus, aussi. Mais eux, ils avaient des joues pâles, des traits tirés et le regard anxieux. Ces chiens féroces enchaînés, ce treillage métallique, ce gros fusil qui ne quittait jamais leur père... ils avaient peur... Ils ne dormaient pas des nuits entières.

*

Le camion de l'Ecossais nous emmena plus haut encore. Et à plus de 3 000 m d'altitude, je découvris une région enchantée. Le soleil de l'équateur y resplendissait et l'air avait la fraîcheur des cimes. Tout était vert, neuf et brillant. Les fleurs tropicales poussaient parmi les épis de blé. Et les arbres de toutes les essences frémissaient sur les collines. Au fond, en bas, et si loin que cela semblait un songe, scintillait la vallée immense du Rift.

Là s'élevait un grand cottage anglais, festonné de lierre et de vigne vierge. Dans ce cottage habitaient les maîtres des terres qui s'étendaient à l'infini. Un général et sa sœur. Il avait soixante-quinze ans. Elle quatre-vingts. Leurs manières étaient exquises et désuètes ; elles dataient du temps de la reine Victoria.

Ils élevaient un bétail magnifique. Chaque année, des taureaux primés arrivaient par avion d'Angleterre pour grossir les troupeaux. Par suite du Mau-Mau, les serviteurs kikuyus avaient tous quitté la plantation et c'étaient des Samburus, pâtres nomades, guerriers farouches, qui gardaient les troupeaux.

Ils avaient pour vêtement un simple morceau de cuir jeté sur l'épaule qui laissait voir, entièrement, leurs corps noirs et superbes. Ils portaient la lance et le bouclier et leurs profils étaient ceux que l'on voit sur les bas-reliefs de la vieille Égypte.

Pour me faire plaisir, la vieille dame victorienne permit à ces hommes de danser leurs danses tribales. Ils ornèrent alors leurs têtes de coiffures faites des dépouilles des lions qu'ils tuaient à la lance et entrèrent dans une sorte de transe rythmée et sexuelle. Des soupirs gutturaux ravageaient leurs gorges ; des bracelets barbares cliquetaient sur leurs poignets et leurs chevilles d'une finesse extrême ; les mouvements saccadés dénudaient tous leurs membres.

À deux pas, les taureaux primés d'Angleterre paissaient tranquillement et la merveilleuse vieille dame prenait des photographies.

*

Tom venait de recevoir son diplôme d'architecte. Jack se préparait à partir pour une faculté d'Angleterre. Jim — le plus âgé — il avait vingt-sept ans — était l'adjoint d'un *white hunter* (chasseur blanc) c'est-à-dire qu'il organisait pour les riches touristes des battues de gros gibier et les protégeait d'un fusil infaillible. Mais pour l'instant, ils étaient tous les trois volontaires dans une sorte de corps franc, recruté parmi les anciens parachutistes, commandos et gens de brousse.

Cette troupe choisie et réduite (ils étaient soixante environ) n'avait point de base fixe, opérait par petites équipes montées sur jeeps, possédait un armement léger mais puissant et se trouvait toujours aux endroits les plus exposés.

J'avais rencontré Jack, Tom et Jim dans la région du mont Kenya. Ils m'emmenaient en patrouille.

Les trois garçons étaient nets, robustes et vêtus chacun à sa guise. Le vent frais et odorant, venu des neiges du mont Kenya, balayait la voiture découverte qui sautait et dansait sur une piste fauve, détrempée par l'averse de la nuit. Les munitions, les revolvers, les carabines, les Sten Guns, le Brengun faisaient un vif cliquetis d'acier. Tout avait ce caractère viril, ce goût d'aventure qui, malgré les années et beaucoup d'expériences pareilles, ne cessent de m'envoûter. Depuis longtemps, je n'avais éprouvé un tel sentiment de jeunesse, d'allégresse.

Il dura peu. Les exaltations de cette nature, pour se soutenir, exigent d'être un bien commun. Or, mes compagnons, bien qu'ils eussent à peine la moitié de mon âge, se montraient calmes, froids et réfléchis à l'extrême. Sans doute, de temps à autre, Tom, qui conduisait, exécutait une acrobatie inutile et risquée en me surveillant du coin de l'œil, mais, pour le reste, pas une bravade, pas une forfanterie, pas un éclat de rire, ni même de voix.

L'explication de cette maturité singulière me fut donnée bientôt.

— Vous faites ce métier depuis longtemps ? demandai-je.

— Six mois, dit Jack, ça ne compte pas.

— Ce qui compte, en vérité, c'est combien de temps nous aurons à le pratiquer, remarqua Tom.

Et Jim, le *white hunter* grommela :

— On commençait seulement à faire nos vies.

— Mais vous êtes des irréguliers, des francs-tireurs, dis-je, et vous pouvez vous retirer du jeu quand il vous plaît.

Les trois garçons ne répondirent pas tout de suite, comme s'ils éprouvaient quelque difficulté à comprendre mon propos.

— Ce pays est le nôtre, dit enfin Jack. Et que l'affaire dure des mois ou des années, nous y sommes jusqu'à la fin.

— C'est naturel, dirent les deux autres.

On ne pouvait découvrir aucune emphase dans leurs propos, ni même aucune intensité, mais simplement cet entêtement anglais, tranquille, organique.

— Nous encore, reprit Tom, on peut se passer facilement de notre travail. Mais les jeunes hommes qui s'occupaient des fermes, des plantations... Ils sont dans la police maintenant ou l'armée... Et, avec la main-d'œuvre insuffisante, c'est la ruine.

— Et les millions de livres sterling dépensés chaque mois ! dit Jim. C'est une hémorragie.

— Les nègres, eux, ça ne leur coûte rien, grommela le *white hunter*.

Nous passions devant un vaste champ encombré de buissons et de mauvaises herbes. Des Kikuyus, par dizaines, hommes et femmes, les enlevaient à coups de *pangas*. Leurs gestes étaient lents, cadencés, et le fil de leurs lames étincelait de rosée et de soleil. Je me souvins que, au cours de mes voyages à travers le pays, ce mouvement et cet éclat de métal m'avaient accompagné sans cesse. La *panga*, bien inaliénable de chaque homme, de chaque femme noirs, outil et arme, instrument de travail et de meurtre...

— Oui, ils font la guerre à bon compte, poursuivit Jim, le chasseur blanc.

— Car c'est la guerre, dit Tom, en se tournant vers moi avec un sourire sans gaieté : autos blindées, tirs de mortier et de canons, bombardements aériens. Et contre qui ?

Il y avait une expression de honte sur son jeune visage et les paroles de l'ingénieur écossais me revinrent alors à la mémoire : « Quelques centaines de nègres à *pangas* tiennent en échec l'Empire britannique. »

De l'arrière de la jeep une tête rousse — celle de Jack — se pencha vers moi et il cria — car le vent sifflait plus fort :

— Cette guerre, à mon avis, nous l'avons déjà perdue... Comprenez-moi bien, nous réduirons les Mau-Mau à tout prix. Mais il sera trop tard. Pensez donc : la mobilisation du pays... l'artillerie... l'aviation... le ministre des Colonies obligé de venir ici sans cesse — et ces sauvages sont toujours là, massacrant chaque jour les Kikuyus fidèles, tuant des policiers, des soldats et faisant peser chaque nuit l'angoisse sur toutes les plantations des blancs.

— Pendant ce temps, dit Tom, les autres tribus regardent, attendent, pèsent, réfléchissent.

J'avais affaire à des combattants sans faux amour-propre, sans arrière-pensée, à des garçons simples et francs. Je leur demandai simplement, franchement :

— Comment se fait-il que, ayant contre eux toute la police du Kenya et ses réservistes, le régiment du Kenya, les terribles mercenaires noirs du *King's African Rifles*, la *Home Guard* kikuyu, les bataillons venus d'Angleterre et toutes les ressources de la technique militaire moderne — comment se fait-il que quelques gangs, — comme on les appelle ici, — arrivent à tenir, résister, attaquer ?

Tom freina si brutalement que notre jeep glissa, tituba et fut rétablie au tout dernier instant, quand elle allait se coucher dans la boue rouge.

— Oui, dit Tom, ils ont contre eux tout ce que vous énumérez, mais, pour eux, ils ont ça...

Il montrait d'un ample mouvement le paysage qui nous entourait et que, pris par notre entretien, j'avais cessé de regarder.

Mon premier sentiment fut l'émerveillement.

Nous avions quitté les cultures, les huttes coniques et, ici, sur les pentes du mont Kenya, la nature des tropiques se montrait sans alliage, dans sa puissance nue et comme bestiale.

Les troncs enchevêtrés levaient de chaque côté de la piste leur profonde muraille : bananiers et oliviers sauvages, cèdres et arbres à tanin. Des lianes fauves et des plantes grimpantes qu'on appelait, à cause de leurs fleurs, les « averses d'or », s'agrippaient à l'écorce et aux branches. Des torrents rouges creusaient leurs lits profonds sous l'humus des feuilles mortes... C'était la jungle profonde, vierge, magnifique.

La voix de Tom, violente, presque agressive, me rendit à la réalité :

— Essayez donc de voir un homme à dix pas... un homme noir... Et ici, encore, il y a une piste. Ici, encore, c'est une avenue de parc en comparaison des endroits où nous avons à travailler, où se trouvent les gîtes et les repaires du Mau-Mau.

— On se bat contre des ombres, s'écria Jack penchant de nouveau vers moi sa tête rousse.

Et le *white hunter*, le jeune trappeur de bêtes sauvages, ajouta placidement :

— Nos fusils perfectionnés, nos mitraillettes, ne servent à rien. Je vous jure que, dans un terrain pareil, l'indigène, bon archer, mettra plus de flèches au but que nous, de balles.

Tom avait remis en marche et nous avancions entre des haies closes par le vert des feuillages et le pourpre et l'or des fleurs.

— Vous voulez savoir aussi, je pense, comment dans la jungle se ravitaillent ces bandes insaisissables ? me dit Jack. Eh bien, regardez...

Nous avions quitté le défilé végétal et débouché dans une clairière. Sur la gauche, au milieu d'un enclos de roseaux, s'élevaient quelques huttes et quelques carrés de maïs et de pommes de terres. Des femmes kikuyus y travaillaient, levant et abattant leurs *pangas*. Des askaris les surveillaient.

— Voilà, reprit Jack, voilà les ravitailleuses des Mau-Mau. La forêt est à quelques pas... Il n'est pas difficile d'écarter les roseaux et de courir jusqu'aux premiers arbres. Les askaris ? Ils sont incapables de veiller sérieusement. Quant aux fardeaux, ces femmes sont habituées depuis l'enfance à en porter — et d'un poids écrasant. Or toutes les lisières des forêts sont semées de petits villages pareils et toutes les femmes y sont pour le Mau-Mau. Elles sont plus fanatiques encore que les hommes. On en tue sans cesse dans les taillis où elles cheminent comme d'étranges fantômes bossus.

— Mais pourquoi ce dévouement ? demandai-je. La peur ? La fierté d'avoir été admises au serment ?

Tom et Jack se tournèrent vers Jim, le *white hunter* qui, des trois, connaissait le mieux les coutumes indigènes.

— C'est autre chose, dit Jim. Voyez-vous, quand mon père est arrivé ici, les femmes, sans doute, travaillaient déjà comme des bêtes, mais l'homme avait une fonction : il était le guerrier qui protégeait la tribu contre les autres tribus. Mais nous avons imposé la paix britannique. Et les femmes ont continué de peiner comme des bêtes et l'homme à ne rien faire. Seulement il n'avait plus rien qui rendît sa paresse glorieuse. Je crois que dans les Mau-Mau la femme kikuyu a retrouvé le mâle, le guerrier...

La jeep roulait de nouveau, ou plutôt glissait d'un bord de la piste à l'autre, sous des arceaux barbares.

— Et encore, les pluies sont très faibles, dit Tom, équilibrant sans cesse la voiture à petits coups de volant. Une bonne ondée et tout sera un marécage impossible à franchir.

Nous passions sur un pont de planches jetées au-dessus d'un arroyo d'une beauté sublime, car la jungle étendait jusque sur ses berges abruptes des tiges et des corolles de feu. Cependant, je pensais moins au paysage et demandai :

— Pour le ravitaillement, j'ai compris. Mais les armes à feu, et les munitions que les Mau-Mau emploient davantage de jour en jour ?

— Il y a, dit Tom, les fusils razziés aux postes de police, et ceux qui ont été enlevés dans les attaques réussies contre les villages des *Home Guards* indigènes. Il y a les armes volées chez les planteurs, dérobées dans les magasins de Nairobi... Mais tout cela ne suffit pas à expliquer leur abondance... Il y a là un mystère.

— Les Hindous peut-être, dit Jim. Ce sont des marchands incroyables... Vous voyez... de Nairobi aux faubourgs noirs... des faubourgs à la Réserve indigène et de là — par femmes porteuses — jusqu'aux cachettes des bandes... voilà le chemin... Peut-être...

Jim se tut et alluma une cigarette.

Alors — à ces trois jeunes hommes qui avaient battu en tous sens les Aberdares et le mont Kenya et aussi les taudis meurtriers — je posai une dernière question :

— Est-ce que vous pensez que les bandes Mau-Mau sont dirigées ou inspirées par quelques blancs ?

Ils répondirent à la fois :

— Par Dieu ! Non ! Heureusement !

Puis Jack parla le premier très vite :

— Vous avez vu comment sont disposées les fermes et les plantations. Presque toutes en bordure ou aux environs de ces deux massifs, toujours les mêmes : Aberdares et mont Kenya. Vous avez vu l'isolement des maisons européennes, leur fragilité... Or combien d'Européens ont été tués sur leurs terres ? Une douzaine... Oui, nous le savons tous, c'est douze de trop. Mais s'il y avait eu la moindre directive raisonnée et s'il s'était trouvé chez les agresseurs des gens qui n'aient pas — comme l'ont encore les Kikuyus — la terreur superstitieuse du blanc, c'était le massacre, l'incendie partout...

— C'est vrai, dit Jim, le *white hunter*. Mais cette absence d'organisation est en même temps la force du Mau-Mau.

Un soulèvement s'écrase, des chefs, on les abat. Mais pour cette rébellion larvée — quoi faire ? Le mouvement mau-mau est comme un ver de terre. On le coupe en morceaux et à chaque morceau une tête repousse. Il faut les exterminer un à un sur le terrain qu'ils ont choisi. Car, pour eux, plus de retour. Mourir ou tuer... Et ils seront tués jusqu'au dernier...

— Mais, pour que cela ne dure pas des années, dit Tom, il nous faut obtenir, par amitié ou crainte, que les autres Kikuyus cessent de leur donner asile, silence complice et nourriture.

Une nouvelle clairière s'ouvrit devant nous, plus ombreuse, plus étroite. Au fond, presque adossée à la muraille des arbres, s'élevait une construction en planches, à claire-voie, où brillaient de longues langues métalliques. C'était une scierie...

Des noirs, nus de torse, y travaillaient. Du moins jusqu'au moment où la jeep s'arrêta devant une pile de bois. Alors ils devinrent d'un seul coup immobiles. Jim et Jack sautèrent de la voiture. Tom resta au volant. Je suivis les deux autres. À mesure que nous approchions, les hommes de la scierie — sur qui la forêt vierge projetait son ombre épaisse — se pétrifiaient davantage. On eût dit un univers de bronzes magnifiques. Où étaient les Kikuyus chétifs, sous-alimentés des faubourgs, des taudis et des plantations ? Je ne voyais que poitrails d'athlètes, membres, épaules et cous solides comme du métal. Toutes ces noires statues nous dévisageaient avec des yeux profonds, épais, nourris de patience et de détestation.

Mes deux compagnons avancèrent, mitraillette en équilibre, le doigt sur la gâchette, jusqu'au fond de la scierie. Là se tenait un peloton d'askaris, serrés l'un contre l'autre et fusils pointés en avant pour se donner du courage. Derrière eux, il y avait quatre noirs aux poignets enchaînés.

— Sans nous, dit Jim, ils ne seraient pas sortis vivants avec leurs prisonniers.

Il avança le premier, sa mitraillette le précédant, puis les *askaris* qui encadraient les hommes enchaînés, enfin Jack en arrière-garde. Arrivés à la piste, Jim dit aux askaris :

— Filez vite. Nous resterons ici cinq minutes.

L'escorte et les prisonniers se mirent en marche. Et tout à coup les noirs enchaînés entonnèrent un chant dur et barbare, un chant de haine et de défi. Alors je pensai à Paul Robeson et à Jomo Kenyatta : j'avais devant moi l'image de la révolte noire.

Nous remontâmes dans la jeep et quittâmes la clairière. La piste s'arrêta bientôt. Devant nous, verticale, compacte, montait la forêt.

— Nous devons tendre une embuscade à un carrefour de sentiers où, souvent, passent les gangs, me dit Tom. Ce n'est pas très loin. Vous pouvez venir...

Il ajouta avec gentillesse, avec jeunesse :

— Il est d'autres expéditions où je ne vous aurais pas invité... Celles où nous restons une semaine sans rentrer...

Jack remua sa chevelure rousse et se mit à rire :

— On nous ravitaille d'avion par brebis, dit-il. Oui, on tue une brebis, on la vide, on la bourre de munitions et on nous l'expédie. Viande et balles en même temps.

— Mais, sans les traqueurs indigènes, il n'y aurait rien à faire, dit Jim, le *white hunter*. J'en ai eu un qui pendant trois jours a suivi la piste d'un meurtrier qu'il fallait avoir. Et il l'a trouvé... là-dedans...

Nous avions pénétré dans le premier sous-bois. Et déjà le soleil avait disparu. Et déjà la pénombre était pleine d'odeurs sauvages. On entendait piétiner des bêtes énormes. Les lances de bambou se touchaient comme les doigts d'une main.

L'embuscade fut sans résultat... Peut-être à dix pas de nous, de chaque côté, par-devant ou par-derrière, des hommes noirs, aux pieds nus et silencieux, la *panga* au poing, avaient-ils passé...

En sortant de la forêt, Tom me dit :

— Eh bien, voilà. Vous en savez maintenant autant que nous.

— Ce qui signifie : pas grand-chose, ajouta Jim, le chasseur blanc.

IX

LES DEUX VOIX

Un jour, à l'Assemblée législative de Nairobi, un vieil homme s'est levé. Il ressemblait étrangement à l'image populaire de l'oncle Sam parce qu'il portait une barbe drue et blanche taillée en forme de bouc et qu'il avait la lèvre supérieure rasée.

C'était le plus ancien planteur du Kenya, personnage quasi légendaire, le colonel Everett Grogan. Comme à l'ordinaire, on fit, pour l'entendre, un grand silence attentif.

Et le colonel Grogan dit :

— Je propose qu'on plante dans la réserve kikuyu vingt-cinq gibets permanents et qu'on les alimente en corps de Mau-Mau jugés sommairement. Alors les autres comprendront et la rébellion prendra fin.

J'ai dîné par la suite avec le colonel Grogan. J'ai subi le feu de ses yeux d'un bleu violet et violent et d'une jeunesse extraordinaire. J'ai écouté l'histoire d'une vie dont l'adolescence s'est formée au temps de Cecil Rhodes, à l'âge d'or des pionniers coloniaux. Et j'ai compris sans peine que cet homme eût parlé publiquement ainsi qu'il l'avait fait.

Puis un soir, sur la véranda du *Norfolk*, j'ai rencontré le propriétaire de cet hôtel, un autre vieil homme d'une verdeur elle aussi étonnante. Il pouvait fêter ses cinquante ans au Kenya, ses noces d'or avec la colonie.

On parla des Mau-Mau :

— C'est une histoire ridicule, s'écria-t-il, en frappant la table de son poing. On pouvait la terminer sur-le-champ. Et si on voulait on le pourrait encore.

Il me fixa de ses yeux durs, vifs et clairs :

— *Yes, sir*, poursuivit-il. Je vous le dis comme je l'ai dit au gouverneur quand deux vieux colons et moi nous sommes allés le trouver. Et je lui ai dit encore : « Ne vous occupez de rien. Laissez-nous faire. Je réunis mille guerriers Masaï ; mon ami John, mille guerriers Kipsiguis ; mon ami William, mille guerriers Wakambas... »

Ces tribus étaient ennemies héréditairement des Kikuyus et les avaient massacrés au cours des siècles. Les Anglais avaient arrêté les guerres tribales, mais leurs traditions étaient encore vivantes et puissantes.

— Oui, reprit le propriétaire du *Norfolk*, j'ai dit au gouverneur : « Laissez-nous mener ces braves dans la réserve kikuyu, donnez-nous trois jours francs et tout sera réglé, sans tanks ni mitrailleuses, ni bombardements aériens. Les lances suffiront. »

Il haussa ses épaules trapues, et serra son vieux poing noueux.

— Son Excellence, acheva-t-il avec un sarcasme indicible, Son Excellence n'a pas osé. Et nous en sommes à porter des revolvers en plein jour, ici. Et les vrais guerriers indigènes rient de nous. Et un vieux chef masaï de mes amis m'a demandé l'autre jour : « Est-ce que, maintenant, vous avez peur des lièvres ? »

Ce vieil homme, je le comprenais aussi dans son

mépris du temps présent, dans la simplicité primitive de ses réactions. Il avait été des premiers blancs du Kenya qui avaient débroussé, défriché le pays, un fouet d'une main, un fusil de l'autre. Il était le survivant d'une époque où les colons, quand ils étaient mécontents de leur gouverneur, menaçaient de marcher sur Nairobi (alors une bourgade) et de l'enlever pour le détenir dans quelque jungle inaccessible.

Ni le colonel Grogan, ni le propriétaire du *Norfolk* ne pouvaient avoir suivi l'évolution des années. Ils étaient incapables de se placer dans les conditions du temps présent, avec une sensibilité européenne complètement modifiée, avec la rapidité de la transmission des nouvelles, avec une opinion internationale toujours en alerte.

Mais beaucoup de colons singulièrement plus jeunes par l'âge et le séjour au Kenya se tournaient vers ces vieux hommes. Les uns, comme les Sud-Africains, le faisaient par tempérament et brutalité naturelle à l'égard des nègres. Les autres par désespoir. Et, joignant leurs voix à celles des vieux pionniers, ils réclamaient les représailles massives, la déportation de villages entiers dans le désert, la justice expéditive, les pendaisons spectaculaires.

Or, ce programme avait contre lui l'opinion des colons anglais plus modérés qui, sous la direction de M. Michael Blundell, orateur et homme politique de premier ordre, estimaient qu'il fallait réduire les Mau-Mau sans doute, mais, en même temps, par des mesures de plus en plus humaines, élever, éduquer les noirs et les associer peu à peu à la conduite du pays.

Mais c'était le gouvernement de la colonie qui, surtout et avant tout, interdisait le recours aux méthodes d'une brutalité sans mesure ni merci. Dans le Kenya, colonie de la Couronne, tous les habitants, en principe, avaient droit aux garanties légales dont jouissaient les habitants de la vieille Angleterre. Et il n'était pas question pour les autorités civiles du Kenya de lâcher des guerriers nus et ardents au carnage sur les terres des Kikuyus. Et les Mau-Mau devaient être jugés selon la procédure criminelle britannique. Et puisque, en Angleterre, les exécutions publiques étaient proscrites, ceux qui devaient être pendus au Kenya le seraient à huis clos.

*

— Cette politique est folle, criminelle, imbécile, me disait avec une conviction sourde mais presque sauvage un planteur de mes amis. Comment voulez-vous appliquer les principes de notre civilisation à ces barbares, à ces singes ? Savez-vous que les femmes kikuyus, affiliées au Mau-Mau et travaillant chez les blancs comme bonnes d'enfant, sont tenues d'irriter, de détraquer les nerfs de ces enfants, jusqu'à la folie ? Savez-vous que la plupart des bandits pris actuellement sont excités, enragés par une espèce de chanvre indien qui pousse dans le pays ? Savez-vous que des boys ont avoué qu'ils avaient participé à l'assassinat de leur maître parce qu'un muet avait soudain retrouvé la parole pour leur ordonner le crime ? Et l'on met une robe rouge et l'on nomme des avocats pour juger des gens pareils !

Un haut fonctionnaire du gouvernement assistait à cet entretien. Il dit avec beaucoup de calme :

— D'abord les gens ne sont pas tous pareils. Songez au boy qui a sauvé sur ses épaules sa maîtresse infirme au risque de sa vie, alors que la maison était sous le feu des Mau-Mau. Songez aux serviteurs tués avec leurs patrons... Mais la question n'est pas là. Nous représentons ici l'Angleterre et nous n'avons pas le droit de la déshonorer en prenant la justice dans nos propres mains.

Il se tourna vers moi et poursuivit :

— C'est pourquoi, malgré toutes les pressions, on voit les juges acquitter, faute de preuves suffisantes, des noirs accusés. C'est pourquoi les gibets que vous avez vu construire sur le plateau de Githunguri sont déjà enveloppés d'une charpente qui les dérobe aux yeux du public.

Alors, le planteur se mit à crier :

— Nous savons bien ce qui vous fait agir ainsi. Vous avez peur des journalistes qui nous dépeignent comme des brutes, des esclavagistes assoiffés de lucre et de sang. Vous avez peur des travaillistes qui nous insultent à la Chambre des Communes. Vous avez peur des beaux parleurs aux Nations unies, dont beaucoup sont des jaunes et même des noirs. Mais faites attention. Si l'Angleterre continue à se moquer du Kenya, c'est le Kenya qui, bientôt, se débarrassera de l'Angleterre. Nous sommes des centaines, nous sommes des milliers à penser ainsi. Nous sommes prêts à la sécession, prêts à l'indépendance.

— Et qui vous fournira l'argent, les régiments indispensables ? demanda le fonctionnaire.

— L'Afrique du Sud, dit le planteur. Là-bas, ils ont compris...

Tel était le dialogue qui, chaque jour, dans les bureaux, sur les plantations, aux repas, devant les verres de whisky se poursuivait entre les colons les plus violents — et ils sont foule — et les représentants de l'Empire britannique.

Mais au-dessus de leurs voix, il me semblait entendre un autre dialogue, d'une portée plus haute et beaucoup plus pathétique. Le dialogue entre l'homme blanc et l'homme noir de bonne foi.

Ce dialogue dépassait la terre des Mau-Mau car, dans tous les pays d'Afrique, où les noirs et les blancs sont face à face, on pouvait répéter les paroles que m'avait dites, avec une tristesse infinie, une femme droite et bonne qui possédait depuis vingt-cinq ans une plantation au Kenya.

— Le peuple kikuyu était comme un corps malade enveloppé de pansements. Nous nous contentions de regarder les bandelettes sans chercher à voir dessous. Le Mau-Mau a arraché la gaze et le coton. Alors, seulement, nous avons vu.

Oui, le dialogue qui hantait mon esprit, il ne s'adressait pas seulement aux jungles des Aberdares et aux *chambas* misérables qui, au fond des belles vallées aux terres rouges, semées de bananeraies et de champs de maïs, contemplaient la neige éternelle du mont Kenya — berceau légendaire de la race kikuyu.

Le blanc demandait de bonne foi :

— Sommes-nous coupables d'être venus, à la suite d'explorateurs héroïques, sur des terres vierges, inhabitées, prodigieusement fertiles, et d'en avoir fait, après des années de solitude et de peine, un paradis ?

Et le noir demandait à son tour :

— Sommes-nous coupables d'avoir, grâce à vous, tellement augmenté en nombre que le sol laissé par vous à notre disposition ne nous suffit plus et sommes-nous coupables de savoir que sur une seule de vos plantations pourraient se nourrir cent de nos familles ?

Et le blanc disait :

— Mais regardez ces plantations. Ne sont-elles pas merveilleusement cultivées, engraissées ? Il y a fallu nos machines, notre bétail importé, notre science, notre goût. Jamais, jamais, vous n'auriez pu prétendre à une telle réussite.

Et le noir disait :

— Que nous importent ces merveilles ! Elles sont pour vous uniquement.

Alors le blanc s'écriait :

— Mais, nous vous donnons du travail sur nos terres.

Et le noir répondait :

— Seulement parce qu'il vous est indispensable, et de quel prix dérisoire le payez-vous !

Le blanc alors employait un argument nouveau.

— Sommes-nous coupables, disait-il, d'avoir construit des routes et des voies ferrées, et des usines et des villes, d'avoir réduit la distance, éclairé la nuit ?

— Et sommes-nous coupables, disait le noir, de vous avoir donné nos mains pour ces travaux contre le plus bas salaire ? Et sommes-nous coupables d'avoir reçu, pour toute récompense, le droit d'habiter des taudis ignobles dans vos cités neuves, et de ne pouvoir entrer dans vos belles maisons qu'à titre de serviteurs ?

Cette fois, le blanc perdait patience et répondait avec feu :

— Mais enfin, avant que nous venions ici, votre vie était cent fois plus misérable ! Les épidémies dévastaient votre bétail, décimaient vos villages.

Vous étiez vêtus de peaux mal tannées, vos enfants mouraient par milliers. Les combats incessants avec les tribus plus guerrières que la vôtre ensanglantaient votre sol...

— C'est vrai, disait le noir. Mais avant votre arrivée, nous ignorions tout d'un autre mode d'existence. Et le nôtre nous suffisait avec ses traditions et ses coutumes. Or, vous êtes venus et tout a été changé. Nos vieux usages sont morts et la religion que vous aviez essayé de nous donner à leur place, nous avons bien vu que vous-mêmes n'en suivez jamais véritablement les grandes lois. Mais d'abord, nous avons accepté qu'il y ait entre vous et nous une distance infranchissable, un abîme sans fond. Vos machines, votre science, vos fusils, faisaient du blanc, à nos yeux, un sorcier, un mage. Il était juste que le blanc ait tout, et le noir presque rien. Il ne pouvait pas en aller autrement. C'était un tabou.

Et le blanc s'écriait alors :

— Mais nous avons toujours nos machines, notre science, nos fusils...

Et le noir répondait :

— Nous avons trop vécu avec vous, près de vous, — et vous l'avez voulu ainsi — pour croire encore à votre magie. Nous sommes vêtus comme vous, nous allons au cinéma comme vous, nous faisons marcher vos automobiles, et, pour vos guerres, vous nous avez enseigné à manier vos armes à feu. L'homme blanc a cessé d'être tabou. Et, depuis ce jour, nous voulons exister comme lui, être payés autant que lui, et surtout, surtout, ne pas être traités à cause de la couleur de notre peau, comme des hommes inférieurs. Car, si notre peau a cette couleur c'est qu'elle est le fruit d'une terre qui, après tout, est la nôtre.

— Alors, demandait le blanc de bonne foi, alors, vous exigez notre départ ?

— Oh, non, disait le noir de bonne foi. Je sais que c'est vouloir l'impossible, et je sais aussi que, maintenant, nous avons besoin de vous. Mais il faut, il faut nous entendre et pas au moyen de potences. Sans quoi, les lendemains d'Afrique appartiendront aux Mau-Mau et à leurs cornes de bouc remplies de sang humain.

DEUXIÈME PARTIE

LA ROUTE AUX MERVEILLES

I

GRANDS LACS...
VERTES COLLINES...

Mon enquête sur le Mau-Mau était achevée.

De Nairobi, capitale et centre du Kenya, plaque tournante de tout l'Est africain, je pouvais me diriger vers n'importe lequel des points cardinaux, assuré de trouver partout une nourriture magnifique pour la découverte et l'imagination.

Il y avait le rivage fiévreux de l'océan Indien et ses cités fantômes... Il y avait le Tanganyika, le Mozambique et les Rhodésies. Il y avait le désert du Nord qui touchait aux terres éthiopiennes. À l'Ouest, enfin, s'étendaient les Grands Lacs, les vertes collines de l'Ouganda et les monts de la Lune. En tous sens, des paysages admirables, de nobles bêtes en liberté, des tribus à la vie primitive et des hommes blancs au passé prestigieux...

Je n'avais que l'embarras du choix. Mais je n'eus pas à choisir. Pourquoi ? Parce que mon chemin — et comment pouvais-je le savoir ! — avait été tracé dix années plus tôt. Parce que, un matin de l'été 1943, je me suis trouvé à Marrakech, sur le terrain d'aviation, pour monter à bord d'un bombardier américain qui devait me conduire en Angleterre.

*

Or, sur le même terrain, deux officiers qui portaient les insignes de la France Libre attendaient le même avion. Ils commandaient l'intérêt le plus immédiat, le plus intense. Leurs carrures, leurs visages, leurs regards, leurs mouvements et leurs voix — tout avait je ne sais quelle rudesse, quelle puissance et quelle poésie proprement épiques. De plus, à l'un d'eux manquait le bras droit.

Le manchot était le colonel Bourgoin, l'autre — le capitaine Conus.

Ils avaient passé toute leur vie d'homme en Afrique équatoriale. Herculéens, infatigables, amoureux de la brousse, chasseurs forcenés — ces hommes de grande aventure étaient devenus, tout naturellement, de magnifiques hommes de guerre.

Du Tchad à Bir-Hakeim, du désert libyen jusqu'en Crète, de Bengazi à Tunis, ayant traversé combats et coups de main, raids, commandos et embuscades, blessures et mutilations, ils s'envolaient pour l'Angleterre pour continuer un destin de légende.

Bourgoin prit le commandement des parachutistes français, et sauta avec eux en Bretagne.

Conus fut déposé secrètement en France, gagna le maquis du Vercors, fut pris par les S.S., mené avec vingt autres condamnés sur le lieu de l'exécution et s'échappa, grâce à un miracle de sang-froid et d'audace, à l'instant même où il allait être fusillé. Puis il guerroya en franc-tireur dans la Ruhr, sur les arrières de l'armée allemande. Puis il s'engagea pour l'Indochine... Il retourna enfin à son Afrique équatoriale et y mourut, après une battue grandiose, à un banquet où il avait convié ses amis, d'une maladie inconnue qu'il avait contractée en Extrême-Orient.

Bourgoin, lui, ayant survécu à la tsé-tsé, à la bilieuse hématurique, au typhus, à la fièvre jaune et à dix-sept blessures dont certaines terribles, fut nommé après la guerre inspecteur général des chasses à la France d'Outre-Mer.

— Les anciens braconniers font les meilleurs gendarmes, dit-il alors avec son rire bref et sourd.

Je le rencontrai avant de partir pour le Kenya — pareil à lui-même, indestructible, avec son encolure de bison, ses cheveux courts et bouclés avançant sur le front massif et têtu. Il revenait d'Afrique où il avait tué, d'un seul bras, les bêtes les plus dangereuses. Un buffle, avouait-il, l'avait un peu bousculé.

À la fin de notre entretien, Bourgoin me dit :

— Je ne connais personne là où vous allez. Sauf, tout de même, à Nairobi, un ancien de mon bataillon. Métier : attaché commercial. On prenait de tout dans les parachutistes... Mais celui-là est un-type-pas-mal...

Dans le langage de Bourgoin, peu disposé à l'emphase, « pas mal » signifiait bien et même très bien. André Gabaudan était encore mieux.

Comme pour tous les gens d'une qualité exceptionnelle, il est difficile de le définir brièvement. Mais, sur des milliers de kilomètres, je n'ai rencontré personne — Anglais, Belge, Portugais, Italien ou Français — et même Kikuyu, Bouganda ou Mutuzzi — personne qui ne parlât de Gabaudan avec estime et affection.

Pourtant la plupart de ces hommes — blancs ou noirs — ignoraient qu'il avait renoncé à son poste d'attaché commercial à Mexico, pour s'enrôler parmi les parachutistes en Angleterre, que, ayant dépassé quarante ans, il avait suivi leur dure école et qu'il avait sauté sur les champs de bataille de France et de Hollande. Ils ne savaient pas davantage que, partout où ses fonctions d'attaché commercial l'ont appelé — Mexique, Brésil, Afrique, — Gabaudan a su décupler le chiffre d'affaires de la France grâce à un labeur écrasant et à une connaissance singulière des choses et des gens. Mais sa personne suffisait à établir sur-le-champ la sympathie, le respect, l'amitié. Cet homme grand, mince, tout en muscles, racé, aux cheveux coupés court, aux sombres yeux pensifs, portait en effet des signes évidents et trop rares pour ne pas être efficaces : le courage, la modestie, une loyauté absolue, un désintéressement candide. Et surtout une surprenante, une admirable sensibilité humaine. Et l'instinct de la poésie du monde.

Tel était le *type-pas-mal* à qui Bourgoin m'avait adressé.

Un soir, Gabaudan me dit :

— Je dois faire bientôt un tour au Congo Belge (son terrain d'opérations allait de l'océan Indien jusqu'à l'Atlantique). Si vous veniez avec moi, je prendrais, pour vous montrer le pays, ma voiture. On traverse tout l'Ouganda... Ensuite, au Kivou, nous verrions danser les Watutzi.

— Les Watutzi, répétai-je à mi-voix.

De cette tribu fabuleuse je ne connaissais rien, sauf quelques images que tout le monde a pu voir à la fin du film *Les Mines du Roi Salomon*. Mais ces images étaient si belles et si étranges qu'elles m'avaient hanté depuis lors.

— Oui, dit Gabaudan, j'ai là-bas un ami qui peut arranger cela.

La date de notre départ fut aussitôt arrêtée.

Mais, la veille, Gabaudan vint me trouver. Son visage portait une expression embarrassée, coupable. Et il commença, en hésitant :

Grands lacs... Vertes collines...

— Vous savez... il y a toujours du travail imprévu... La route me prendrait trop de temps. Je vais être obligé de sauter en avion jusqu'à Stanleyville...

Il ajouta d'un trait :

— Mais la voiture est à vous. J'ai fait mettre quatre pneus tout neufs. J'ai acheté un nouveau cric et j'ai engagé un chauffeur noir qui connaît le pays et parle anglais.

Puis, sans me laisser un instant pour le remercier, Gabaudan déploya une carte routière de l'Est africain, prit un crayon, établit un itinéraire.

Je suivais comme en rêve la pointe du crayon glissant le long de lignes rouges, de taches bleues. J'entendais comme de loin :

— Kisumu... Kampala... M'Barara... Kisenyi...

Et je ne pouvais croire que bientôt je verrais tous les lieux désignés par ces noms fantastiques.

Mais alors Gaubaudan me dit :

— Venez faire connaissance avec votre chauffeur.

Le noir nous attendait devant la véranda de l'hôtel, appuyé contre la voiture et, déjà, il semblait en faire partie. Il était vêtu avec beaucoup de propreté et de soin. Il portait des chaussures solides et d'un cuir jaune foncé, un pantalon de flanelle, une chemise à carreaux bruns et rouges. Quant au visage il me parut assez remarquable, parce que ses deux moitiés étaient toutes différentes : le bas était formé par une énorme bouche aux lèvres très fortes et un nez écrasé, tandis que le front large et riche surplombait des yeux d'une intelligence, d'une sensibilité et d'une finesse singulières. Ses cheveux coupés très ras, comme chez tous les noirs de la région, donnaient à son crâne l'aspect d'un petit tapis de laine drue et courte.

— Mon nom, monsieur, est Nambutal, dit-il en s'inclinant un peu.

Je fus surpris en même temps par son anglais parfait, même un peu trop, comme oxfordien — et par sa voix qui était douce, faible, presque plaintive et pourtant d'une grande autorité.

Le chauffeur ajouta :

— Et mon prénom, monsieur, est Jean-Baptiste.

— Vous êtes Kikuyu ? demandai-je.

Il se récria, en souriant avec courtoisie :

— Oh ! non, monsieur. Je suis de l'Ouganda.

Je demandai encore :

— C'est là que vous avez si bien appris l'anglais ?

Il eut le même sourire comme s'il s'excusait de corriger mes erreurs et dit :

— Mon père, monsieur, m'a envoyé, tout enfant, dans un collège de l'île de Ceylan. Puis j'ai été, à Londres, étudiant en droit.

Gabaudan m'avertit :

— Son prix est de douze shillings par jour pour le salaire et la nourriture.

— Très bien, dis-je. Pour le logement, on s'arrangera en route.

Le chauffeur sourit encore et répondit de sa voix douce, mais si ferme :

— Pour le logement c'est très simple, monsieur. Aucun hôtel ne m'acceptera... Alors je coucherai dans la voiture.

*

Ce fut ainsi que, pour avoir rencontré un matin d'été dans l'année 1943 un colonel manchot sur l'aérodrome de Marrakech, j'ai pris par un autre matin d'été, dans l'année 1953, et conduit par Jean-Baptiste Nambutal, la route du Kivou.

La première étape de ce trajet inconnu ne m'était que trop familière. Les cent milles qui séparaient Nairobi de Nakuru formaient en effet la seule bonne route du Kenya — et même de tout l'Est africain — goudronnée, avec des côtes et des virages bien établis et, surtout, carrossable en toute saison. Il avait fallu, pour qu'elle existât, la campagne d'Abyssinie en 1941 et le travail de milliers de soldats italiens, ramenés prisonniers. Cette route longeait la frontière ouest de la révolte noire, les plantations exposées, les refuges du Mau-Mau. Combien de fois ne l'avais-je point suivie pour me rendre aux terres de la peur, de la haine, du massacre, des rites obscurs et terribles. Je n'éprouvais qu'une hâte : la quitter enfin. Mais, une fois encore, la vallée du Rift se découvrit à mes yeux, et mon impatience, soudain, me sembla sans objet.

On avait beau être averti du spectacle, habitué à lui et armé contre son pouvoir ; on avait beau l'attendre et savoir l'endroit précis où il allait paraître — rien n'y faisait. À chaque rencontre, la surprise, l'émotion, l'incrédulité éblouie renaissaient dans leur fraîcheur première. Et j'ai vu des gens, nés au Kenya, s'arrêter, la respiration difficile et les yeux tout brillants, quand ils arrivaient à ce virage qu'ils avaient, pourtant, pris mille fois.

C'est que, à cet endroit, les derniers faubourgs de Nairobi étant encore proches, et au bord d'une route si lisse, aisée et sage, s'ouvrait d'une seule coulée, d'une seule chute, l'abîme le plus harmonieux. Et au fond, au bout de la falaise immense et boisée qui comptait deux mille mètres, on croyait voir comme par le sortilège d'un magicien cosmique, sortir un autre univers de la terre des hommes. C'était la vallée du Rift, gigantesque faille, trouée de Titan, brèche fabuleuse qui à travers sables, forêts, montagnes, grands lacs et jungle, cheminait depuis le cœur de l'Afrique noire jusqu'aux sables de la mer Morte. Elle gisait devant moi, infinie, n'ayant d'autre limite que l'acuité de la vision humaine. Elle avait l'ampleur, la mystérieuse et complexe beauté d'un monde suffisant à lui-même. Un monde sacré, interdit à toute approche, excepté celle du rêve et de la méditation.

On y distinguait des collines et des plaines et des pans touffus de brousse et des lits de rivières desséchées et des pistes. Mais tout était pris dans une buée transparente dont on ne savait si elle venait des arbres ou de l'air ou du ciel. Son épaisseur et sa lumière variaient sans cesse, et les bruns viraient au rose et les verts devenaient bleus et les fauves se teintaient d'or. Les contours et les couleurs avaient, à cause de cette brillante brume, une délicatesse, une subtilité, et une sourde richesse de nébuleuse. Mais cette substance de songe était posée sur le roc le plus sûr. Le mirage avait une solidité, une vérité minérales. Et, surplombant cet extraordinaire et profond univers, on avait le sentiment d'errer sans terme à travers un labyrinthe sous-marin, libéré de son couvercle liquide. Les reliefs, à cette distance et à cette hauteur, avaient des formes de madrépores sur un sol d'océan.

Et ils en avaient aussi les nuances glauques et changeantes, par l'effet des ombres et des clartés qui bougeaient à l'infini et venaient d'un autre monde aussi clos et aussi merveilleux. Car les nuages qui flottaient et naviguaient au-dessus de la vallée du Rift, étaient plus denses et plus vivants que dans aucun autre ciel et plus mûrs en beauté et plus chargés de suc et de sens et tenaient au firmament comme des fruits divins dans un verger d'éternité.

Le paysage se mit à glisser doucement. La voiture avait repris sa course. Je ne savais pas si j'en avais donné l'ordre au chauffeur ou s'il avait senti lui-même que le temps de la contemplation féconde était écoulé.

Je lui demandai :

— Avez-vous voyagé dans la vallée du Rift ?

— Une fois, monsieur, dit le noir. Et je ne voudrais pas, pour tout au monde, recommencer. Les routes sont terribles. En saison sèche, la poussière est telle que parfois, ses paquets, retombant d'un bloc, défoncent les toits des voitures. Et, dans la saison des pluies, on est sûr de rester enlisé ou bien de verser...

— Il y a pourtant des gens qui habitent la vallée.

— Oui, monsieur. De terribles sauvages, les Masaï... Ils chassent encore le lion à la lance...

La route descendait sans cesse et la vallée du Rift montait vers nous avec lenteur, splendeur et majesté. De l'autre côté, sur la droite, se dressaient des collines brèves et abruptes, tapissées d'un épais maquis de plantes grasses aux pointes acérées et d'arbustes épineux. Il n'y avait pas une trace humaine dans cette solitude. Tout à coup, adossé à une encoignure rocheuse et dépassant un haut fourré, un clocheton blanc se dessina, surmonté d'une croix. Puis, dans une clairière soigneusement défrichée, parut la chapelle italienne.

On l'appelait ainsi parce qu'elle était l'ouvrage des prisonniers de guerre, de ceux-là même qui avaient construit la route. Leur camp était alors situé aux environs, et ils venaient à l'aurore et au crépuscule, avant et après leur pesant labeur forcé, travailler amoureusement à leur petite église. La guerre avait pris fin. Les prisonniers étaient partis. Mais la chapelle demeurait. Et parce qu'elle était modeste sans humilité, nue sans misère, parce qu'elle répondait à un profond besoin spirituel que des hommes déracinés avaient éprouvé dans leur isolement et qu'ils avaient exaucé avec la simplicité la plus pure, leur chapelle qui faisait face à la grande vallée du Rift ne déparait point l'auguste et sauvage solitude. Elle en faisait partie. Elle semblait avoir poussé en même temps que les arbres et les pierres.

Je l'avais vue souvent au passage, mais je n'avais jamais eu le loisir de m'y arrêter. Cette fois, je fis signe au chauffeur.

L'intérieur de la chapelle avait le même charme dépouillé que sa façade. Rien n'y pouvait gêner puisque — sauf l'autel minuscule et quelques fresques naïves et fines — elle ne contenait rien. L'ombre fraîche était imprégnée des senteurs de la brousse.

Je me retournai pour sortir. Un homme se tenait à genoux en travers de la porte. C'était Nambutal, le chauffeur. Je me rappelai que son prénom était Jean-Baptiste. Il priait, inclinant très bas, presque jusqu'aux dalles, sa tête laineuse.

Dehors, je lui demandai :

— Vous êtes catholique ?

— Catholique romain, monsieur, dit-il avec un sentiment profond. Mon père l'était déjà. Nous avons, en Ouganda, la plus grande mission de tout l'Est africain.

Quand il reprit le volant, ses yeux — qu'il avait pénétrants et tristes — étaient encore éclairés par une intense lumière intérieure. Au premier tournant, la petite chapelle italienne disparut ; ensuite, peu à peu, s'évanouit le panorama de la vallée du Rift.

Et je vis deux lacs sur lesquels flottaient des îles qui semblaient de corail. Mais de temps à autre ces îles bougeaient, prenaient leur vol. C'étaient d'immenses essaims de flamants roses.

Nous arrivions à Nakuru, où s'arrêtaient en même temps la route modèle des prisonniers de guerre italiens et la zone du Mau-Mau.

*

À mesure que s'éloignaient les hauts plateaux fertiles du Kenya central, et que nous descendions vers des terres plus basses et plus chaudes, les blancs diminuaient en nombre, en importance. Ceux que l'on rencontrait ne portaient pas d'arme. Leur richesse et leur pouvoir ne paraissaient plus sur les chemins, sur les champs, dans les troupeaux. Sous le ciel d'Afrique, il n'y avait plus maintenant que la terre rouge, les plantations vertes et l'homme noir.

C'était le domaine des Jalluos : une longue et lisse et large faille, gardée sur les deux bords par des monts aux faîtes arrondis et d'une altitude égale. Le sol y était cultivé avec diligence, de sorte que le maïs et les bananiers poussaient à profusion, couvraient tout l'espace entre les collines, et cachaient les huttes sous leur feuillage. Dans cette vallée les habitants ne montraient, quand on croisait leurs pas, ni crainte, ni menace, ni dissimulation, ni servile empressement. Quelques-uns saluaient du bras, d'autres souriaient. D'autres, simplement, passaient après un bref regard plein d'indifférence. Et les femmes — toujours plus belles en ces lieux que leurs maîtres — car elles gardaient, pour se vêtir, l'usage des étoffes flottantes aux tons et aux dessins d'une crudité magnifique, — s'arrêtaient dans une attitude, noble toujours, et, une jarre sur la tête, un enfant accroché à leur dos, suivaient des yeux le voyageur.

La vallée, insensiblement, s'épanouit en une plaine brûlante. Alors, tout contre l'horizon, j'aperçus une frange lumineuse et liquide. Elle tremblait, pareille à un mirage. Mais, en toute vérité, en toute certitude, c'était le lac Victoria.

Que de fois — de l'enfance à l'âge mûr — mes yeux errant à travers les incomparables champs de rêves que sont les feuillets des atlas, que de fois m'étais-je arrêté à cette large tache bleue sur la carte d'Afrique. Le lac — après le Baïkal — le plus vaste du monde... Au cœur du continent noir... Baignant le Kenya, l'Ouganda, le Tanganyika et les territoires de cent tribus. Ce lac enfin était devant moi ! Et je l'abordais par Kisumu, son port essentiel.

Kisumu, capitale du Kavirondo, la province aux mines d'or, Kisumu qu'on avait commencé par appeler Port Florence, alors que cette brousse infestée de paludisme formait la station terminale du chemin de fer amené des rivages de l'océan Indien. Kisumu où le premier homme blanc était venu seulement soixante-dix années plus tôt... Kisumu par où les pirates arabes de Zanzibar, chasseurs d'esclaves, étaient passés pendant des siècles pour arriver au grand lac qu'ils dénommaient Ukerewe... Kisumu, tête de ligne pour la flottille de cette mer intérieure...

Or, comme j'arrivais à l'embarcadère, un des paquebots allait appareiller.

Le bateau semblait sortir des gravures qui, à la fin de l'autre siècle et au début de celui-ci, illustraient les livres d'aventures. Il était large, bas, trapu et portait sur chaque flanc une roue énorme qui servait à la propulsion. Sur le pont arrière s'entassaient des outres, des couffins, des hardes, des calebasses, des régimes de bananes et des animaux. À l'avant se trouvait un bar où quelques Anglais en short fumaient, buvaient silencieusement et goûtaient la brise qui traversait les bancs épais et profonds de la chaleur. Des nègres, pieds nus, rapides, souples, hardis, formaient l'équipage. Tous les officiers, vêtus de toile blanche, étaient hindous, y compris le capitaine.

Sur le quai s'alignaient les passagers indigènes. Leur théorie n'avait ni commencement, ni terme, car les premiers anneaux de cette prodigieuse chenille se perdaient dans l'amas des bâtiments portuaires, tandis que les plus avancés grouillaient sur la passerelle et cheminaient vers l'intérieur du bateau dans un incessant mouvement serpentin. Chaque visage, chaque port de tête, chaque accoutrement avait un relief merveilleux. Tous les âges, toutes les hiérarchies, les races, les tribus figuraient dans cette tumultueuse et lente procession. Jean-Baptiste Nambutal, mon chauffeur, qui se tenait près de moi, les nommait parfois au passage : Kavirondo, disait-il... Jalluo... Kipsigui... Bouganda... Wakuru.. Ankolé.

Les uns avaient les muscles fins, les têtes lisses, les nez droits des peuples pasteurs et guerriers descendus des confins du Nil, les autres le torse noué et la face camuse des esclaves. Certains étaient vêtus de vieilles capotes militaires et d'autres de peaux de bêtes et d'autres de pagnes. Quelques-uns s'appuyaient sur de longs bâtons, d'autres pliaient sous le faix d'une outre pesante, d'autres traînaient des caisses, d'autres brandissaient des lances. Les femmes, dans cette fresque, éclataient comme des fleurs et des flammes. Jeunes ou vieilles, hideuses ou d'une grande beauté — elles avaient toutes dans le costume, la parure, le regard et la voix, une surprenante et sauvage magnificence. Des enfants se faufilaient de rang en rang, serrant entre leurs bras des coqs à crête flamboyante et des brebis éperdues. À la passerelle, des commissaires hindous vérifiaient les tickets d'embarquement et des askaris noirs à chéchia écarlate veillaient sur eux.

Et les hommes et les femmes et les enfants et les bêtes gagnaient le pont arrière où ils se serraient chaque instant davantage dans une cohue faite de couleurs et de cris barbares, tandis que le soleil incendiait les eaux et que les roues immenses commençaient à se mettre en mouvement.

Le bateau allait entreprendre son voyage vers les petits ports, vers les îles du lac, vers les débarcadères perdus dans la brousse. À Mohoru Bay, à Shireti, à Musoma, à Mwanza, à Bukoba, à Sango Bay, à Katebo, à Lutoboka, à Port Bell, à Sio, il débarquerait sa foule noire et les quelques fonctionnaires, marchands et aventuriers blancs qu'il avait à son bord. Il en reprendrait d'autres et, au bout de cinq jours, reviendrait à Kisumu pour recommencer sa ronde, avec ses grandes roues.

Et à l'appareillage une autre file serait là, pareille à celle que je voyais, cortège de noirs visages et d'oripeaux flamboyants, inépuisable comme le lac et comme le temps africain.

La voix douce, insistante, de Jean-Baptiste Nambutal se fit entendre malgré le bruit.

— Si vous désirez être à Kampala cette nuit, monsieur, nous devrions partir.

Sans doute je ne pus retenir un mouvement d'impatience. Pourquoi m'arracher au merveilleux spectacle, à ce tableau sans prix, que je ne reverrais plus jamais ? Pourquoi cette hâte ? Cet absurde souci de l'horaire ? Mes yeux alors croisèrent ceux du chauffeur noir. Et leur langage était clair :

— Ce n'est point à moi que je pense, disaient-ils. Moi, j'ai dans la voiture et mon pain et mon lit. Pour moi le temps n'a pas de valeur, pas de sens. Mais vous, les blancs, vous, les maîtres, je sais que vos instants sont toujours comptés. Vous avez toujours tant de choses à faire et à l'heure exacte... Je suis payé par vous pour jouer votre jeu.

Et je me souvins, en effet, que si je n'étais pas à Kampala le soir, je ne pourrais pas être au Kivou le surlendemain et que, alors, je manquerais les danses des Watutzi ou bien les Pygmées ou encore... Et je regardai de toutes mes forces une dernière fois la fresque noire sur l'embarcadère de Kisumu et je fermai brusquement les yeux pour bien saisir dans ma mémoire une de ces images entre toutes précieuses que l'on veut emporter avec soi jusqu'à la fin de ses jours mortels.

*

Le scribe était hindou, las et renfrogné — comme tous les scribes de l'Est africain. L'askari — comme tous les askaris dans cette partie du monde — était noir, vigoureux et gai.

Le scribe examina avec dégoût mes papiers, ceux du chauffeur et ceux de la voiture. Puis il alla d'un pas traînant jusqu'au seuil de sa petite baraque. Puis il leva la main à moitié. L'askari se mit à rire pour le seul plaisir de rire, bondit et manœuvra le morceau de bois qui interceptait la route. La voiture avança de quelques mètres.

Nous étions en Ouganda.

De l'autre côté du morceau de bois se trouvaient une petite baraque, un scribe hindou et un askari noir. Comme ils n'avaient pas à s'occuper des gens qui venaient du Kenya, ils nous regardèrent passer avec indifférence.

Jamais, devant les bornes et les cloisonnements établis par les hommes à la surface de leur univers, je n'avais eu un sentiment aussi vif de l'artificiel et de l'absurde : le même chemin étroit et rouge glissait entre les mêmes collines qui portaient les mêmes huttes lointaines et rares, sous les mêmes bananiers ; tout autour s'épanouissait la même solitude verdoyante.

Cependant, pour être passé de l'autre côté d'une barrière, Jean-Baptiste Nambutal, mon chauffeur noir, était devenu d'un seul coup un homme différent. Il donnait plus de volume à sa poitrine, qu'il avait mince et creuse ; il redressait des épaules à l'ordinaire tombantes ; il promenait le long de la route un regard où brillait le contentement de la possession.

— C'est mon pays, dit-il.

Et lui qui, jusque-là, avait toujours attendu, pour parler, que je l'interroge, il continua très vite :

— Ici, les Africains sont beaucoup plus libres que dans le Kenya. Ici les blancs n'ont presque pas de domaines. Ici, les Anglais laissent gouverner notre roi qui est le fils et le petit-fils de nos rois très anciens[1].

Depuis Kisumu nous avions perdu de vue le lac Victoria et avancé à travers un paysage val-

---

1. Tout récemment, les Anglais ont détrôné et exilé le jeune *Kabaka*.

lonné, presque désert, semé de signes et de plantes étranges. Des termitières hérissaient les champs et la brousse, comme de rouges stalagmites monstrueuses. De colossales pierres blanches, lisses et arrondies, étaient posées — par la nature ou par les hommes ? — les unes sur les autres, dans un équilibre incroyable, à la manière des dolmens bretons. L'herbe à éléphants dressait parfois le long de la route une muraille végétale faite de lanières si larges, si drues et si hautes que des hommes de taille élevée pouvaient y disparaître entièrement.

Jean-Baptiste Nambutal — bien qu'il eût été instruit dans des missions et des écoles européennes — voyait toujours les éléments du paysage bien avant moi. À un détour du chemin, il m'avertit :

— Le lac, monsieur.

Et j'aperçus, en vérité, sur notre gauche, un vert miroitement.

— Nous approchons de Jinja, dit encore Nambutal.

Je distinguai des maisons, des huttes au bord de la nappe liquide.

— C'est à Jinja que commence la grande rivière Nil... dans mon pays, acheva le chauffeur, de sa voix douce et impérieuse.

Il me fit traverser une très petite ville et me conduisit dans la direction du nord, jusqu'à l'escarpement qui dominait la région. Je vis alors, et, pour ainsi dire, à mes pieds, une masse d'eau écumeuse qui s'étendait sur plus d'un kilomètre. Elle arrivait par une brèche naturelle ouverte dans la berge du lac Victoria, bouillonnait sur un amoncellement de récifs, et creusait son lit dans la terre brune et rouge. Une intense verdure enveloppait cette blanche coulée. Au loin, sur le lac, glissaient de hautes pirogues aux formes singulières et, tout près, entre les pierres aiguës des rapides, s'agitaient des corps noirs, brillants de soleil et d'eau. Les aigrettes, par essaims, volaient au ras de l'écume dont elles avaient la couleur et, semblait-il, la substance.

Tout cela composait un grand, un magnifique spectacle. Mais ce n'était pas sa beauté formelle qui nourrissait surtout mon émotion.

« Voilà, me disais-je, découvert au bout de siècles et de siècles, l'endroit d'où jaillit le fleuve des mythes et des fables et à qui le rang de divinité fut accordé au temps des pyramides, au temps du Sphinx. C'est ici que le Nil a entrepris son voyage immense et torturé — et qui pour des générations fut un mystère — à travers la brousse, les forêts, les monts, les sables, pour arroser enfin la Vallée des Rois et féconder l'un des foyers les plus antiques de la science et de la sagesse, sur les rivages de la Méditerranée. »

Je pensais à l'attrait millénaire, magique, presque insensé, que la source du fleuve avait exercé sur l'esprit des hommes. À tous ceux qui avaient risqué et donné leur vie pour le découvrir.

Caravanes sans nombre, files de porteurs sans fin, marches épuisantes, vertigineuses solitudes, marécages gluants, hauts plateaux sauvages, lacs vastes comme des mers, vallées fertiles en fièvres, forêts obscures — là où il suffisait aujourd'hui de quelques heures, combien de semaines, de mois, d'années, avait-il fallu à ces explorateurs, ces pionniers, ces aventuriers, ces fous, ces héros ?

Mais aussi, ils avaient été les premiers hommes blancs à embrasser et posséder d'un regard ébloui ce que nul autre blanc n'avait jamais aperçu encore : et la sublime vallée du Rift et les lacs géants et les collines sacrées et les troupeaux et les peuples inconnus. Ces découvreurs avaient eu le sentiment de créer un monde.

Tout était neuf, alors, et intact. La terre ne portait, pour couvrir les tribus, que les branches et le chaume. Les buffles, les lions, les éléphants ignoraient le bruit des fusils. Les hommes et les femmes allaient nus sous le soleil. Les pistes étaient silencieuses. Le long des lacs et des fleuves, seules les hautes pirogues naviguaient.

Mais nous, pour continuer vers Kampala, nous eûmes simplement à traverser un pont de métal que l'on avait jeté — comme sur tant d'autres rivières — par-dessus les eaux d'où naissait le Nil.

Kampala était la cité capitale de l'Ouganda. Banques, grands hôtels, magasins importants, garages et cinémas bordaient les rues toutes neuves. On y voyait s'établir une richesse, une bourgeoisie proprement africaines. Et rien n'y rappelait l'ancienne dynastie royale, qui avait régné avant l'arrivée de l'homme blanc.

Mais aux environs de la ville, entre deux collines dont l'une portait la cathédrale catholique et l'autre la cathédrale anglicane — également énormes — subsistait un vestige des temps révolus. Sur une troisième colline, parmi des arbres et des jardins, un monument discret, léger, et comme secret, abritait les sépultures des derniers souverains qui eussent été libres dans l'Ouganda.

Quand Jean-Baptiste Nambutal m'eut conduit devant le mausolée, il dit doucement :

— Il faut attendre le chef des gardiens. Excusez, monsieur. Il peut être long à venir.

Je n'étais pas pressé. Le porche que j'avais en face de moi suffisait à mon attention. Il avait des proportions modestes mais d'une harmonie et d'une beauté étranges. Quant à sa matière, elle était proprement merveilleuse. On eût dit que des fibres de vélin précieux ou des lianes d'or pâle s'étaient ajustées pour former une voûte en ogive tronquée au-dessus de laquelle l'incroyable substance nouait ses ondulations en un fronton délicat, superbe et sauvage.

— De quoi est-ce fait ? demandai-je à Nambutal, en osant à peine toucher la paille magique.

— L'herbe à éléphants, Monsieur, dit le chauffeur noir.

Je me rappelai les larges plantes vertes qui poussaient le long des routes dans une profusion d'orties gigantesques et je considérais avec incrédulité la trame pâle, veinée, filigranée, fabuleuse.

— On savait la travailler très bien autrefois, reprit Nambutal. On en faisait une matière plus belle et solide que le bois.

Sur le seuil du porche apparut un très vieil homme. Quoique noir de peau, il ressemblait exactement à un bonze chinois : longue robe blanche, crâne nu, pommettes hautes et ces yeux bridés, sages et secrets.

Il m'étudia du regard un instant, puis se tourna vers Nambutal et lui parla d'une façon brève. Mon chauffeur parut gêné.

— Voilà, Monsieur... me dit-il. C'est le chef des gardiens... Pour visiter, il faut une autorisation spéciale... Mais il voit que vous êtes un voyageur qui passe et vous laissera entrer. Seulement, il demande que vous laissiez vos souliers devant la salle des tombes.

Nambutal sourit timidement et ajouta :

— Il faut l'excuser, Monsieur. C'est encore *leur* usage.

Derrière le porche s'ouvrait une cour en rectangle

dont le côté gauche était occupé par une case assez délabrée. Elle contenait sept tambours hauts et larges, d'une forme archaïque.

— Les tambours des rois, dit Nambutal. C'étaient les grands fétiches pour la guerre et la réjouissance. Encore maintenant, en temps de fêtes, *ils* viennent ici et tapent, tapent, tapent, pendant des jours et des nuits...

Je demandai :

— Qui... *ils* ?

— Des gens encore peu civilisés, dit Nambutal.

Le bonze noir me fit signe et je le suivis derrière une barrière de roseaux dans une autre cour, dessinée en demi-cercle, et très vaste. Sur ses deux flancs s'élevaient des huttes et devant chacune d'elles des femmes noires se tenaient. Des femmes de tout âge — depuis l'adolescence jusqu'à cette vieillesse qui a perdu le compte des années.

Nambutal murmura :

— Les épouses de l'ancien roi et leurs filles et leurs parentes.

Un demi-sourire négligent, supérieur, écarta ses lèvres épaisses :

— Le vieux *kabaka* avait beaucoup de femmes, dit-il. Les missions n'avaient pas encore eu le temps de changer les habitudes.

Le bonze noir me fit signe encore. Nous traversâmes la cour pour arriver enfin à l'édifice qui enfermait les tombeaux des souverains.

Il était d'une extraordinaire perfection primitive. Construit également en « herbe à éléphants », il semblait fait d'une seule liane, patiemment, miraculeusement dépliée et repliée, déroulée et enroulée, en ondulations successives, sans une aspérité, sans un nœud, jusqu'à former, — avec ses frontons, ses pointes, ses retraits et ses corniches — le mausolée royal, qui, tout ensemble nu et somptueux, simple et raffiné, chef-d'œuvre de grâce et de pompe barbares, tenait à la fois de la hutte et du palais.

Quels architectes avaient conçu ces lignes pures, fortes, étranges et justes ? Quels artisans avaient manié une plante commune et sauvage pour en faire cette sorte de parchemin suave, d'or transparent, cette draperie de soleil atténué ? Et l'avaient étirée, serrée, tressée en ces longues, fines et douces coulées, pareilles aux rayons des ruches ? Et comment avaient-ils su donner à une matière aussi périssable assez de solidité pour traverser un siècle et composer avec elle ce merveilleux plafond, solennel comme un dôme, léger comme un ciel de chaumière ?

Rien ne décorait les murs du monument, sauf, au fond, des boucliers, des glaives, des flèches et des lances. Sous les armes, le sol était bossué par des linéaments de sépulcres.

Le bonze noir tendit la main vers le premier, le plus grand, et dit :

— Kabaka Mutesa.

C'était le roi qui, de son vivant, avait fait dresser cet édifice. C'était le roi que le grand Stanley avait connu, alors qu'il n'y avait pas dans le pays un seul officier blanc, ni un seul missionnaire. C'était le roi sur la tombe duquel — cette même tombe — son fils Mwanga avait accompli de terribles sacrifices humains.

Je me tenais immobile dans une pénombre pleine de puissants envoûtements, lorsque j'aperçus un corps prosterné dont la tête touchait le sol, devant la sépulture. Le dessin de cette tête et le petit tapis laineux que formaient ses cheveux ras m'étaient familiers. Jean-Baptiste Nambutal, mon chauffeur, qui avait étudié en Angleterre, chrétien à la deuxième génération, adorait la tombe barbare. Je l'avais déjà vu courbé de la sorte, face à l'autel, dans la petite chapelle italienne de la vallée du Rift. Mais ici, il s'inclinait beaucoup plus bas, pour honorer les restes de Mutesa, le roi païen, arrosés du sang des hommes égorgés en sacrifice.

*

Il nous fallut à peine une demi-heure pour gagner Entebbe. Après la demi-ténèbre du mausolée des Kabakas, après le contact avec les souvenirs et les spectres tapis dans le palais funèbre en « herbe à éléphants », on ne pouvait trouver plus singulier contraste, ni changement plus entier.

Entebbe, siège de l'administration britannique en Ouganda, n'était ni une ville, ni un village véritables, mais une sorte de station de luxe. Les habitations du gouverneur et des hauts fonctionnaires s'égrenaient fastueusement sur la colline qui bordait immédiatement le lac Victoria. Les résidences et les bungalows, la disposition des jardins et des gazons, tout imitait, rappelait, doublait, l'Angleterre lointaine. On oubliait l'Afrique. Les noirs eux-mêmes semblaient avoir été importés d'ailleurs.

Cette impression devenait hallucinante lorsque l'on arrivait au *Victoria Lake Hotel*. Il était justement célèbre, du Cap au Caire et de Mombasa au Kivou pour sa splendeur tout européenne. Les dimensions, la façade, l'aménagement intérieur, les bars, les galeries, les terrasses le faisaient pareil à tous les caravansérails de même nature qui s'échelonnent sur la Méditerranée, depuis Algésiras jusqu'en Sicile.

Mais ce qui, en Europe, eût été si banal, prenait ici,

au cœur de la noire Afrique, par l'effet de l'éloignement, et de la surprise, le caractère le plus inattendu, le plus singulier. C'était un dépaysement à rebours.

Le crépuscule rapide de l'équateur commençait à incendier le ciel. Une pelouse et des parterres fleuris me séparaient seulement du lac Victoria, lequel, vu ainsi, semblait aussi domestiqué, aussi innocent qu'un lac italien ou suisse.

Deux grands cars emplis de passagers s'arrêtèrent devant le perron de l'hôtel. Ils appartenaient à des compagnies aériennes. Je me souvins alors que l'aérodrome d'Entebbe était l'un des plus vastes du monde et que les Comets eux-mêmes y pouvaient atterrir. Il servait d'étape au trafic aérien de l'Afrique du Sud, de l'Afrique Orientale et d'une partie du Congo Belge. D'Entebbe, on prenait vol vers l'Égypte, l'Italie, la France, l'Angleterre.

Les voyageurs passaient devant moi... vestons de tweed, serviettes d'hommes d'affaires, femmes maquillées, visages de convention... piaillements de basse-cour. Je connus un instant de panique. Pourquoi être venu si loin ?

Appuyé au volant de la voiture, Jean-Baptiste Nambutal contemplait le paradis des blancs.

— C'est beau, n'est-il pas vrai, monsieur ? dit-il.

Rien ne subsistait chez lui de l'instinct ancestral qui l'avait jeté front contre terre, pour honorer les restes du dernier roi libre de l'Ouganda. Du moins, je le croyais...

Avant de reprendre la grande route qui menait à Kampala où nous devions passer la nuit, Nambutal me proposa de suivre un chemin plus étroit qui longeait les berges du lac Victoria. Je le laissai faire...

L'air fraîchissait délicieusement. Nambutal conduisait avec prudence... la fatigue du voyage...

le choc d'impressions fortes et diverses... je fermai les yeux. Mon sommeil fut bref. Pourtant, lorsque je revins à moi, j'éprouvai tout d'abord une vague angoisse. Et je mesurai à ce sentiment la petitesse, la fragilité, l'artifice des îlots que les Européens avaient ancré au milieu de ce continent. Nous n'avions parcouru qu'une assez faible distance depuis le *Lake Victoria Hotel* et, déjà, il n'y avait plus trace de civilisation, de sécurité. La solitude était complète. Le soleil touchait rapidement la ligne d'horizon. Les courtes vagues du lac prenaient une teinte plombée. La brise sentait la nuit — la nuit africaine.

Un sentier menait vers une hutte délabrée qui s'inclinait à quelques pas du lac.

Jean-Baptiste alla jusqu'à la masure, ouvrit la porte. Il n'y avait personne à l'intérieur. Quand mon chauffeur revint, il parlait à voix basse et beaucoup plus pour lui-même que pour moi.

— Il doit être dans une autre de ses huttes, là où l'eau est moins haute.

— Mais qui donc ? demandai-je.

— Le vieil homme du lac, le très sage vieil homme, dit Nambutal. Le serviteur de Lutembé.

— Et qui est Lutembé ? demandai-je encore.

Jean-Baptiste me considéra un instant d'un regard incrédule. Mais voyant que mon ignorance n'était ni moquerie, ni feinte, il dit avec une parfaite simplicité :

— Lutembé, c'est le plus immense et le plus ancien crocodile de l'univers. Il habite depuis toujours le grand lac Victoria. Et il a toujours, pour le servir, un vieil homme très sage qui le nourrit de bananes et de poissons. Tous les soirs, à l'heure où nous sommes, tantôt ici, tantôt ailleurs sur la berge du lac, le vieux serviteur s'approche de l'eau et appelle doucement son maître : « Lu-tem-bé, Lu-tem-bé », dit le vieux serviteur.

La voix de Jean-Baptiste était devenue soudain sans âge, grêle, plaintive et d'une intensité, d'une puissance d'incantation saisissante. Puis il reprit de son intonation naturelle :

— J'ai souvent entendu le vieil homme. Et chaque fois, Lutembé sortait lentement de l'eau, étendait tout son corps écailleux sur la rive et ouvrait ses mâchoires immenses. Il prenait la nourriture que lui donnait le vieil homme et retournait au lac.

— Vous avez vu cela ? m'écriai-je.

— Mais oui, monsieur, dit Jean-Baptiste avec force. Et beaucoup d'autres l'ont vu quand ils apportent des offrandes à Lutembé... parce qu'ils pensent que Lutembé c'est un Dieu.

Je demandai à mon chauffeur catholique, habillé, élevé, instruit à la façon européenne :

— Et d'après vous ?

Il répondit candidement :

— Pourquoi pas, monsieur ?

*

Sur le chemin de Kampala, je fus pris soudain de vertiges et, malgré l'obscurité, d'éblouissements. Les artères, aux tempes, battaient avec une violence extrême. Tout mon corps souffrait.

Je me souvins que je m'étais exposé longtemps, tête nue, au soleil de l'équateur, deux fois au cours de la même journée : dans le port de Kisumu, en regardant les noirs des cent tribus du lac Victoria glisser comme une chenille sans fin vers les flancs du paquebot à aubes ; et sur l'escarpement de Jinja,

Grands lacs... Vertes collines...

au-dessus de la source du Nil. J'avais une insolation. Rien n'était plus naturel.

En tout cas, je l'ai cru quand j'ai ressenti les premiers malaises. Aujourd'hui, j'en suis de nouveau persuadé.

Mais cette nuit-là, dans ma chambre...

Tout vint sans doute de Jean-Baptiste, le chauffeur noir. M'aidant à descendre de voiture et voyant ma faiblesse, il murmura, tandis que ses grosses lèvres semblaient remuer malgré sa volonté :

— On dit, monsieur, que l'esprit du vieux Kabaka s'irrite parfois contre l'homme blanc et sa curiosité. On dit aussi que Lutembé...

Il s'arrêta de parler, mais ses lèvres épaisses continuèrent de frémir en silence tandis qu'il portait ma valise jusqu'à ma chambre.

Je tombai sur le lit comme assommé.

Le temps et la conscience, dans ces phases de semi-délire, prennent une élasticité surprenante. Ils jouent l'un avec l'autre. Ils se resserrent, ils se détendent à contresens. Les heures disparaissent dans un abîme sans lueur. Les instants deviennent éternité. L'impensable acquiert les contours de la vie.

Quand, au creux de la nuit, je retrouvai mes sens, j'étais en proie à la fièvre, à la courbature, à des griffes qui me déchiraient les yeux. Mais ce tourment n'était rien, auprès d'une angoisse inexprimable. Il me semblait l'annonce, le signal certain d'un avenir pareil à un noir enfer.

Le palais en « herbe à éléphants » revenait sans cesse à ma mémoire. Je retrouvais, dans une transe glacée et brûlante, sa fraîcheur humide, son obscurité transparente, sa fausse paix de sépulcre royal. J'entendais craquer la paille dorée des murs, cliqueter faiblement les armes au-dessus de la tombe et, à l'intérieur, bruire les ossements baignés du sang des hommes égorgés en sacrifice. Puis du lac Victoria sortait, avec une lenteur affreuse, écaille par écaille, le monstre divin Lutembé. Il ouvrait sa gueule horrible, fétide, gorgée, elle aussi, de sang humain.

Des tribus, pendant des siècles, me disais-je, ont adoré ces mystères... Et moi je les ai approchés en touriste, en passant, en curieux... Voilà, voilà le châtiment ! Et je grelottais d'un froid mortel et je me reprochais de n'avoir pas donné assez d'argent aux gardiens des tombes. Ce que j'avais entendu et lu de la sorcellerie noire et de ses ténèbres secrètes, s'animait dans mon esprit, s'emparait de mon corps, devenus comme poreux à l'épouvante. Pour tout achever, une chauve-souris énorme pénétra dans la chambre où j'avais laissé la fenêtre et la lumière ouvertes. Elle se prit dans la moustiquaire. Le battement furieux de ses ailes chassait vers moi un souffle qui étendait sur ma peau une sorte de linceul fait de sueur glacée. Enfin, elle se libéra et regagna la nuit africaine. Ce fut un exorcisme. Je m'endormis.

*

Vertes collines de l'Ouganda...

J'avais encore la fièvre quand, aux premières lueurs du jour, je me remis en route. Mais elle était bénigne et agréablement distribuée le long de tout le corps. Mon esprit était plus léger qu'à l'ordinaire. Et mes sens plus vifs. Alors que la nuit avait pris la forme d'un cauchemar peuplé par des larves gluantes, le voyage commença ainsi qu'un songe heureux. Et si, encore, il me sembla reconnaître des divinités sur mon chemin, elles étaient généreuses et favorables.

Vertes collines de l'Ouganda...

À cause de la fièvre et de la fatigue, je ne me rappelle pas tous les paysages, tous les visages. Mais cette même fatigue et cette fièvre donnaient aux impressions que je pouvais recevoir une intensité sans pareille. Et je garde encore ce goût d'arbres et de fleurs, cette vision d'une terre à la fois mûre et naïve.

Vertes collines... Du vert le plus doux, le plus chantant au monde. Et le plus mystérieux. Sur un sol rouge. Sous la flamme de l'équateur.

La route était si mince qu'elle ressemblait par endroits à un sentier à peine élargi ; ses détours pleins de fondrières interdisaient la hâte ; sur des lieues et des lieues, on n'y rencontrait pas une voiture. Si bien que le sentiment venait peu à peu au voyageur de posséder pour lui seul un merveilleux fragment d'univers oublié, abandonné par miracle. Tout lui appartenait dans ce domaine immense où les vallons se découvraient l'un après l'autre : toutes les formes, tous les rayons, toutes les couleurs, tous les souffles et toutes les ombres. Et les êtres vivants.

Innombrables collines, toujours pareilles, toujours nouvelles, en leurs pures et tendres ondulations indéfiniment étagées. Les plantes sauvages y poussaient à foison et plus haut que les autres cette herbe à éléphants qui avait servi autrefois à tresser les palais des rois. Les euphorbes érigeaient sur la ligne des faîtes leurs géants candélabres bibliques. Des champs épais de maïs courbaient leurs lances sous la brise africaine. Et, par instants, le chemin étroit s'engouffrait sous des arceaux immenses et obscurs, à travers des pans de forêt vierge, entre les colonnes de l'acajou et de l'ébénier. L'air était imprégné de senteurs étranges ; des grappes de fleurs inconnues se balançaient au bout de lianes jusqu'à toucher la terre. On avançait dans une fraîcheur d'ombre éternelle.

Mais ce n'était qu'une colline parmi tant d'autres. Le couvert humide, oppressant, cessait bientôt. Le brûlant soleil étincelait tout à coup ; les vertes ondulations se déployaient de nouveau à l'infini... Alors, parmi les herbes folles et les cactus solennels, surgissaient, éclataient les champs des grands bananiers de l'Ouganda, drus, puissants et serrés comme une sylve. Ils étaient partout : dans les creux, contre les flancs, sur les sommets. Ces plantations prenaient toutes les formes, les plus régulières ou les plus capricieuses, mais toujours de la plus paisible beauté. Les feuilles énormes semblaient faites pour recueillir la lumière et la répandre en leurs profondeurs frémissantes. Rien ne pouvait exprimer davantage la douceur, la fécondité, l'innocence de la terre.

Au cœur de ces masses magnifiques, dans une clairière à peine devinée, on distinguait parfois des murs blancs, un toit de chaume. Pas plus. De grands villages pourtant s'abritaient là. Leurs huttes étaient si bien cachées, tapies, dérobées à la vue du voyageur qu'il eût été impossible de croire à leur existence sans l'extraordinaire mouvement humain qui animait le paysage.

C'était jour de marché. Et de toutes les collines, par toutes les pistes, tous les sentiers, les noirs descendaient vers la route. Comment dire la magie de ce ruissellement ? On ne voyait pas d'habitation à des kilomètres à la ronde. Mais chaque bananeraie, chaque courbe du sol, chaque bosquet, chaque termitière, chaque broussaille, chaque roc servait de source à ces coulées, à ces files, à ces colonnes, à ces processions. Il en venait toujours et toujours de nouvelles. Et le regard avait beau s'élever de gradin en gradin, il en découvrait d'autres sans cesse. Si bien que les dernières, les plus lointaines, semblaient sortir de l'horizon et du ciel même. Les hommes venaient d'abord, habillés comme pour un dimanche, de chemises bariolées et de lisses cotonnades blanches. Ils descendaient, souples, nonchalants, sûrs d'eux et les yeux fixés au loin et l'on eût dit qu'ils suivaient les pentes par un mouvement qui tenait moins de la marche que d'un glissement ailé. Mais les femmes surtout étaient merveilleuses... Et les vieilles qui fumaient de longues pipes, faces de tous les labeurs, de toutes les douleurs, de toutes les patiences et aussi de toutes les fureurs et de tous les sortilèges. Et les jeunes, cous longs et droits, poitrine haute, rondes épaules, reins justes et flexibles, pleines d'une indicible majesté sauvage, couvertes d'étoffes et de verroteries, si violentes, si crues, si barbares qu'elles seules étaient capables de les porter et d'en être embellies, pieds nus dans la ronce et les pierres, comme autant de buissons de feu sur les vertes collines.

On voit quelquefois, dans de très beaux films, cette sorte de génération spontanée, cette miraculeuse prolifération, quand d'un paysage exotique et en apparence désert, inhabité, se mettent à sourdre tout à coup des ruisseaux humains et grossissent et s'enflent et se réunissent en foules étonnantes. Et il n'y a plus ni commencement, ni fin à ce fourmillement. Il en était ainsi ce matin-là. Mais avec la vérité du soleil, de la brise, des arbres, et avec l'inimitable splendeur de la vie.

Vertes collines... comme je me souviens.

Je me souviens aussi d'une halte...

Nous étions arrivés à l'une de ces agglomérations très rares qui, au lieu de se cacher au creux d'un vallon, à l'ombre d'un bois, derrière un rideau d'épis de maïs ou de feuilles de bananiers, était située le long de la route. En bordure même s'alignaient une dizaine de maisons pauvres et basses, crépies à la chaux, mais surmontées de frontons à dessins compliqués et montrant à travers leurs fenêtres les marchandises les plus modestes.

Derrière, on voyait, répandu au hasard, un fouillis de jardins en friche et de huttes.

Devant la dernière maison se trouvait une pompe à essence. Jean-Baptiste Nambùtal s'y arrêta. La pompe appartenait à un Hindou, comme, d'ailleurs, chacune des boutiques de ce village et de tous les villages, même les plus petits, même les plus perdus — qui, de la côte Atlantique s'égrenaient sur les routes et les pistes de l'Est africain.

Depuis les plus opulents magasins de Nairobi qui rapportaient des millions et parfois des milliards à leurs propriétaires jusqu'aux échoppes les plus misérables des hameaux lépreux, on voyait les mêmes caractères mystérieux gravés sur les enseignes et — à la qualité du tissu près — les mêmes turbans sur des hommes graves et doux, les mêmes saris sur les femmes silencieuses et, autour d'eux, les mêmes enfants innombrables, aux yeux profonds, et beaux comme des princes.

Je savais tout cela. Et que toutes ces communautés étaient sans cesse reliées, d'un bout du continent à l'autre, par une circulation continue de nouvelles familiales, commerciales, financières, politiques ; de mots d'ordre et de passe ; de lettres de change ; de formules de caste et de clan. Et que le Patel fabuleusement riche de Zanzibar était renseigné sur ce que faisait le Patel famélique de l'Ouganda. Je savais tout cela. Pourtant je contemplais avec une surprise fascinée le vieillard solennel, vêtu comme sur les bords du Gange, qui remplissait, au milieu de la brousse, le réservoir de notre voiture.

Lorsqu'il eut achevé, Nambutal voulut repartir. Mais je l'en empêchai. Du fond du village noir, derrière les enclos, les feuillages et les huttes, j'entendais venir, très faible sans doute, mais net et mat et, entre tous reconnaissable, le rythme du tam-tam.

— Des gens qui s'amusent... Des gens qui boivent, dit sévèrement Nambutal qui n'avait jamais connu le goût du vin ni du tabac.

Je me dirigeai vers le bruit envoûtant. Jean-Baptiste fut obligé de me suivre.

La fête se tenait devant une case entourée de bananiers, sous l'auvent de chaume qui dépassait son mur lézardé et, soutenu par deux poteaux, formait une véranda de l'espèce la plus primitive.

Il y avait là quatre noirs. L'un d'eux frappait sur un tambour trapu, tendu de peau de chèvre, un autre sautait en cadence, pour faire résonner les grelots attachés à ses chevilles. Les deux autres hommes, à travers une paille, et dans un étrange hanap de bois fin recouvert de feuilles fraîches de bananiers, buvaient un liquide épais et d'une couleur indéfinissable, tirant sur le jaune.

— *Pombé*, me souffla Nambutal avec dégoût. Bière de banane fermentée.

Dans le mur de la véranda s'ouvrait une embrasure. Une femme l'occupait dont le visage noir exprimait la luxure lasse et cynique de toutes les prostituées du monde. Ce fut elle qui m'aperçut la première. Elle avertit les hommes. La mélopée brutale s'arrêta d'un seul coup et les musiciens interrogèrent du regard les buveurs.

De ces derniers, l'un était très mince, très flexible, portait un veston d'une nuance pâle, un foulard de soie autour du cou et tirait sur sa paille avec une délicatesse extrême. L'alcool donnait à son regard l'euphorie de la drogue. Son compagnon, au contraire, râblé, petit, mal vêtu, les yeux tirés vers des pommettes aiguës, semblait doué pour l'ivresse violente.

— Qu'est-ce qu'un étranger blanc fait ici ? cria-t-il dans un anglais défectueux mais compréhensible.

Jean-Baptiste Nambutal lui répondit dans sa langue. Cela ne suffit point à calmer le noir aux yeux bridés et hostiles.

— Qu'il parle, lui, dit-il en me désignant.

J'usai d'un moyen qui réussit dans tous les cabarets du monde. J'offris à boire à la compagnie.

La femme tira d'un recoin deux grandes bouteilles de *pombé*, passa des verres aux musiciens, à Jean-Baptiste et à moi. Nambutal refusa le sien. J'aurais aimé faire de même : le verre était sale et la boisson peu tentante. Mais l'ivrogne méchant eut le réflexe de tous les ivrognes méchants. Il fixa sur moi ses yeux étroits qui commençaient à s'empourprer déjà sur les bords et gronda :

— Un ami ne refuse pas de boire avec un ami.

Je portai le *pombé* à mes lèvres. L'odeur et le goût en étaient affreux : aigres, surs. J'avalai le breuvage d'un seul coup, ainsi qu'un médicament. Cette prouesse fut appréciée. Le noir au veston pâle claqua doucement de la langue. Le noir au tam-tam reprit sa cadence ; le noir aux grelots bondit. Et le noir aux yeux chinois, pareil en cela à tous les ivrognes de la terre, passa de la méfiance furieuse à une excessive affection.

Il voulut tout savoir sur moi, qui j'étais, ce que je faisais, où j'habitais.

— Paris, lui dis-je.

Il répéta :

— Paris... Paris...

Le nom, visiblement, ne signifiait rien pour lui. Cependant, il tendit vers moi ses mains en joignant les paumes et, d'une voix empreinte de la supplication la plus enfantine :

— Vous avez une automobile. Emmenez-moi à Paris.

Et comme je le considérai avec stupeur, il continua :

— Ici, mon ami, ce n'est pas bon pour moi... Ici un sorcier très puissant m'a donné du malheur... J'ai un champ de maïs et les babouins le mangent... Ici les babouins sont très mauvais... tant mauvais que le gouvernement donne deux shillings à qui rapporte une queue de babouin... Alors un jour j'ai entendu un bruit dans mon champ — un vrai bruit de babouin.... Et j'ai jeté mon javelot... Je l'ai bien jeté, mais je n'ai pas gagné les deux shillings... Ce n'était pas un babouin que j'avais tué. C'était ma belle-mère... Elle était allée soigner le maïs sans me prévenir.

Il me saisit le bras et gémit :

— Emmenez-moi à Paris.

Je fis le tour des visages, m'attendant à les voir égayés, comme je l'étais moi-même, par ces divagations. Je n'y découvris que le sérieux le plus profond. Et Nambutal, le civilisé, l'abstinent, me dit :

— C'est vrai, monsieur, il y a un très puissant sorcier dans la région. Il tourne les ruisseaux en sang, lorsqu'il le veut.

Le noir qui portait des grelots aux chevilles se mit

alors à parler très vite dans sa langue natale. Puis il ouvrit sa chemise et montra à la naissance du cou une profonde cicatrice largement ramifiée en bourrelets sanguinolents.

— C'est un lion qui l'a déchiré, monsieur, me dit Jean-Baptiste Nambutal. Un lion qui, dans un village voisin, a sauté, de nuit, sur le toit d'une case, a percé le chaume et égorgé l'homme qui dormait à l'intérieur. Les autres habitants sont accourus avec des torches et des lances et ont tué le lion. Mais beaucoup ont été blessés et surtout celui-là, Dabanjo...

J'achetai d'autres bouteilles de *pombé*. Le tam-tam crépita. Les grelots résonnèrent. Tout le monde but — sauf Nambutal. Mais il répétait à mi-voix :

— Un puissant... très puissant sorcier.

*

Je me souviens...

Les collines s'effacèrent. La route monta en lacets difficiles pour gravir une haute chaîne montagneuse.

Au col le plus élevé soufflait le vent des cimes nues. Et il y en avait tant et elles se ressemblaient si bien, arènes mortes, cratères éteints, flancs fauves et déserts, que l'on croyait être arrivé à la fin du monde. Une hutte, une seule, au sommet du col, veillait sur un petit carré de maïs. Et deux hommes noirs, presque nus sous la bise, veillaient sur la hutte, armés d'une lance et d'un arc.

Nous avons descendu la montagne et passé la frontière du Congo belge. Puis, à travers la forêt tropicale où passaient des hommes à taille brève, aux corps nus, aux faces simiesques, nous avons atteint le lac Kivou.

II

À L'OMBRE DES VOLCANS

Les quatre volcans s'appelaient :
Nyamlagira,
Nyramgongo,
Mikevo,
Karisimbi.
Ils dominaient l'immense arc de cercle qui descendait de gradin noir en gradin noir jusqu'au lac Kivou, situé lui-même à près de deux mille mètres d'altitude et encastré, serti par des montagnes abruptes. Au bord du lac, deux cités s'élevaient côte à côte : Goma et Kisenyi.

En vérité, c'était la même ville. Mais l'emplacement de Goma avait toujours fait partie du Congo belge, tandis que celui de Kisenyi, enlevé aux Allemands pendant la guerre de 1914, appartenait au protectorat du Ruanda Urundi, rattaché à la colonie depuis 1919. Des administrations différentes gouvernaient ces deux villes qui, physiquement, n'en formaient qu'une.

La magnificence du paysage, l'égalité et la fraîcheur du climat, la sécurité du lac — le seul des grands lacs africains libre du grouillement des crocodiles — la proximité de terres fécondes en cultures et en minerais, tout faisait naturellement de ce rivage un lieu d'élection pour les blancs. Beaucoup s'y étaient fixés déjà et il en venait chaque année davantage.

Cette affluence comportait sa rançon... Trop de chalets normands et de mas provençaux, trop de villas flamandes et de maisons basques et de façades mauresques s'alignaient sur la berge du lac Kivou. Les massifs de fleurs officielles qui le bordaient étaient trop géométriques. Il y avait trop d'hôtels et de bars au néon, de banques et de cinémas et, sans cesse, on en construisait d'autres.

J'aimais mieux regarder vers le nord, la brousse sombre et les volcans.

Ce fut de ce côté que, le lendemain de mon arrivée, Roger Charrier m'emmena.

*

Charrier — vers qui m'avait envoyé Gabaudan, attaché commercial de France à Nairobi et ancien parachutiste — auquel m'avait adressé son ancien chef, le colonel Bourgoin, manchot légendaire —, Charrier était lui-même un ancien pilote de guerre français, établi au Congo belge. Il y exploitait une propriété et une mine. Mais on eût cherché en vain sur lui les signes du colon, du pionnier. C'était un garçon long et mince, avec une longue et mince figure, une agréable voix un peu assourdie, des mains très soignées, de beaux yeux à la fois souriants et mélancoliques. Il s'habillait avec raffinement, même pour ses vêtements de voyage, de travail ou de brousse. Serviable et fin, il avait le langage et les façons de la meilleure compagnie. En outre, il était informé de tout ce qui se faisait, lisait, disait et jouait à Paris, comme s'il venait seulement de quitter la capitale.

Quand il me proposa de voir sa plantation, je pensai par réflexe : « terre bien nette, bien ratissée... se rapprochant autant que possible d'un domaine français ». Et quand je vis la voiture américaine qui devait nous porter, découverte, astiquée, soignée autant que l'était son maître, je ne doutai plus de mon pressentiment. Si je suivis Charrier, ce fut surtout par politesse.

Or, nous avions à peine dépassé Goma et tous ses chantiers que la sauvagerie, la magie africaines reprirent leur pouvoir ordinaire. Une fois de plus, et mieux encore que pour Entebbe et son hôtel fastueux, je mesurai l'exiguïté, la fragilité des efforts européens sur ces terres barbares. Hé quoi, tant de ciment et d'acier, tant de bétonneuses et de bulldozers, tant de canalisations et tant de rues — et fussent-elles multipliées par dix et par cent, comme certains, les plus imaginatifs, le prédisaient — et déjà, en quelques kilomètres, la civilisation s'exténuait. La route n'était plus de goudron, mais de terre rouge et la ronce, d'une vigueur menaçante, et la termitière sinistre affleuraient, guettaient ce mince et pauvre ruban.

Nyamlagira.

Nyramgongo.

Mikevo.

Karisimbi.

Les volcans formaient sur l'horizon montueux un haut et noir dessin de pyramides tronquées dont la présence, l'influence hantaient le paysage et l'esprit. Malgré le grand soleil étale, malgré la profusion des fleurs sur les berges enchantées du Kivou et la beauté de ses mille dentelures pareilles à des fjords, les sombres masses rappelaient sans cesse les tragédies originelles de la terre et son éternelle précarité. Sur le cratère du Nyramgongo flottait un nuage toujours renouvelé — moitié cendre et moitié flamme — et quant au Nyamlagira, nous traversions à cet instant les traces funèbres et toutes récentes de ses éruptions.

En 1949, en 1952, les villageois noirs, debout sur le seuil de leurs huttes et les habitants de Goma et de Kisenyi, regardant de leurs balcons et de leurs terrasses, avaient contemplé, avec le même sentiment de terreur primitive, le feu des entrailles terrestres jaillir de Nyamlagira, se répandre sur les pentes, embraser la brousse...

Moi-même, la veille, j'avais vu quelques films en couleur pris sur les lieux de l'éruption. Inhabiles, maladroites images, mais combien émouvantes, combien authentiques, justement par leur manque d'apprêt. Geyser bouillonnant et pourpre, source aveuglante, torrent d'étincelles et de feux, rivière enflammée qui, à la manière d'une lampe à souder monstrueuse, creusait et découpait son lit dans la pierre et le roc des montagnes...

Maintenant les écoulements et les plateaux de lave s'étendaient sous mes yeux. Selon les années de cataclysme, ces coulées avaient une teinte et une forme différentes. Les plus anciennes étaient sombres, les plus récentes étaient pareilles à des cordes cosmiques, faites de tresses en granit et tordues et nouées par un créateur de planètes. Surfaces effrayantes, infernales chaussées. Elles avaient roulé jusqu'au lac. Elles en avaient scellé les golfes, elles y avaient fait surgir de nouveaux promontoires !

— C'est un pays étrange, dit Charrier, en m'indiquant les « cordées » immenses qui seulement quelques mois plus tôt avaient bouleversé l'aspect de la terre et des ondes.

Son regard se fixa sur le nuage de cendre et de feu qui couronnait le Nyramgongo.

— Au-delà des quatre volcans, vers le nord, dit encore Charrier, il y a un grand lac de cratère. Il s'appelle le lac Mokoto et il attire la foudre. Depuis des générations, chaque année elle incendie arbres et maisons sur ses bords, tue bêtes et gens. Mais la terre y est très fertile... Alors les hommes acceptent la foudre.

La voix de Charrier avait une intonation nouvelle et je le regardai plus attentivement. Au volant de sa voiture, où tout montrait le soin, l'ordre, presque la manie, se tenait le même compagnon agréable et fin sur lequel le vent de la course rapide n'avait pas modifié d'un pli la tenue parfaite de ses vêtements, de ses mouvements, de ses cheveux. Et pourtant, dans les profondeurs du visage et comme de l'intérieur, apparaissait une tout autre expression qui perçait à travers la facilité courtoise, l'ironie plaisante et désabusée, la gentillesse mondaine. C'était l'intelligence de la nature vierge, le sentiment de son mystère, le goût profond du primitif.

Le changement se faisait plus visible à mesure que la route, montant sans cesse, atteignait des régions plus rudes, plus désertes. L'air était imprégné du souffle des sommets. Les arbres centenaires tout entortillés de lianes formaient de profondes voûtes au-dessus d'obscurs défilés. Par instants, derrière leurs troncs surgissaient des hommes furtifs comme des ombres, petits, presque nus, à la peau d'un noir mat, un arc ou une lance à la main.

Sur le côté droit de la route, une brèche s'ouvrit d'où partait dans la direction des montagnes un chemin étroit. Charrier s'y engagea par un mouvement si bref qu'il me coupa le souffle, car nous fûmes placés d'un seul coup entre un mur de falaise et une ravine profonde.

— On voit que vous êtes habitué à ce virage, dis-je à mon compagnon.

Il eut un rire vif, très jeune et me répondit :

— C'est moi qui l'ai construit, ainsi que toute cette route. Nous sommes sur mes terres.

Je m'écriai :

— Vraiment... chez vous ?

— Oui... jusque là-bas... et là-bas..., dit Charrier, en étendant le bras vers un horizon échancré par une ligne de hautes cimes rugueuses.

L'incrédulité devait paraître sur mon visage.

— Vous ne vous attendiez pas à cela ? demanda Charrier.

Je ne répondis point. Je pensais au domaine ratissé, apprivoisé, léché — que je m'attendais si fortement à voir. Devant moi il n'y avait qu'une sauvage abondance d'espace, de monts, de maquis, de brousse, de jungle. Forêts inextricables, herbe à éléphants, épineux de toutes sortes, couronnaient les crêtes, tapissaient les creux. Une rivière bondissait entre les coteaux. Sur ces étendues passait le vent des solitudes.

— Un jour, je défricherai par ici, dit Charrier... Mais je n'ai le domaine que depuis trois ans. Et d'abord il me fallait une route. Avant, je venais à pied du tournant que vous avez vu. Cela prenait des heures.

La route était assez large pour un gros camion, de pente rude et, par cent lacets, épousait le flanc de la montagne. Je demandai avec stupeur :

— Mais comment avez-vous fait pour la construire ?

— J'ai consulté des ouvrages techniques ; j'ai pris des conseils ; et les noirs ne sont pas maladroits, dit Charrier. Quand il faut, on apprend.

Nous montions toujours. Après chaque virage, la vue devenait plus vaste. En bas, de temps à autre, brillait le lac Kivou.

Maintenant, on voyait, au sommet des collines, les premières cultures : des carrés de maïs, des bosquets de bananiers. Et, semées dans leurs clairières, les petites huttes indigènes, — murs blancs et toits de chaume, — semblaient également des fruits de la terre.

— Les noirs ne s'installent que lentement, dit Charrier... Ils viennent d'abord en curieux, ils s'informent sur le maître auprès des boys. Si les renseignements leur conviennent, ils demandent à travailler. On leur donne de quoi bâtir une hutte. La nouvelle se répand. La famille arrive... Puis la famille de la famille...

Je regardais les villages, de plus en plus denses à mesure que nous avancions et de plus en plus nombreux et je regardais Charrier. Rien ne l'avait préparé à ce rôle de suzerain, à cette sorte de royaume noir. Il était de souche charentaise, de famille bourgeoise, cossue. L'essentiel de sa jeunesse, il l'avait passé comme pilote, puis comme prisonnier de guerre.

Pourtant il était venu au Kivou ; il avait ouvert cette route ; il dirigeait, il nourrissait, il soignait des centaines de noirs... Pourtant, il avait creusé ces canaux d'irrigation, il avait construit cette briqueterie (« j'ai fait un mois d'apprentissage, dans le Nord, en France », disait-il simplement) ; il avait planté ces arbres pour des coupes de bois ; il avait amené du Kenya un taureau pur sang, dans une camionnette qu'il avait conduite sans prendre une heure de répit afin d'éviter les risques de la tsé-tsé ; il exploitait des champs de pyrètre et savait de cette culture tout ce qu'un vieux planteur pouvait savoir.

Lacet après lacet... Colline après colline... Village de chaume après village de chaume. Enfin, j'aperçus la maison de Charrier, située au faîte d'un coteau, un peu au-dessus de la rivière grondante, cette maison si petite, si fragile dans cette immensité.

À l'intérieur se montrait le goût le plus simple et le plus délicat et chaque pouce de l'espace exigu avait été aménagé avec l'économie que l'on voit sur les sous-marins.

— Un jour, dit Charrier, je détournerai le cours d'eau pour avoir une piscine et là, sur cet éperon de terre, au pied de la maison, poussera un vrai jardin. Pour l'instant, il faut s'occuper des choses de première nécessité. Et puis, même ainsi, c'est assez beau, vous ne trouvez pas ?

En vérité, le spectacle qui se découvrait de ce terre-plein était d'une splendeur indicible. Cette chevauchée de montagnes dont les croupes descendaient en cascades jusqu'aux confins de l'horizon... cette végétation imbibée de soleil... ces villages dorés... cette rivière sauvage... Et là-bas le miroir du grand lac et là-haut le nuage qui devenait plus rose à mesure que le jour baissait, le nuage de feu sur celui des quatre volcans qui s'appelait le Nyramgongo.

Mais était-ce le seul sentiment de la beauté qui poignait le cœur à cette vue ?

Je songeai aux saisons de pluie, alors que les cataractes équatoriales joignaient le ciel bas à la terre fumante par un voile ruisselant nuit et jour. Je songeai aux heures menaçantes après le bref crépuscule, aux cris sinistres des oiseaux, aux noirs mystérieux. Je parlai de cela à Charrier.

— On n'a pas le temps de penser, on est trop fatigué, me dit-il. Et les indigènes sont, à l'ordinaire, de bons types. Sauf imprévu, bien sûr...

Il regarda un instant le petit pont de planches jeté par-dessus la rivière qu'il fallait traverser pour arriver de la route à la maison.

— Un soir, reprit Charrier, j'ai entendu de grands cris près de la passerelle. Des noirs épouvantés la franchissaient en courant. Derrière eux venait, le coupe-coupe brandi, un de mes travailleurs au pyrètre. Aux clameurs des autres, je compris qu'il était bourré d'une drogue végétale qui pousse dans la région. Les indigènes en abusent quelquefois et alors ils deviennent véritablement *amok*. Si je laissais faire celui-là, il y aurait un malheur... Je me suis jeté au-devant de lui.

— Sans armes ?

— Je n'ai pas eu le temps d'y penser... Nous nous sommes rencontrés juste au milieu des planches... J'ai soutenu quelques secondes l'éclat fou de ses yeux... Alors... il s'est mis à trembler et j'ai pu lui prendre son coupe-coupe... La magie du blanc avait joué.

Charrier, pensivement, hocha la tête, puis il sourit, disant :

— La magie... la magie... Vous savez, au bout de quelque temps, ici, on ne sait plus très bien ce que l'on croit à cet égard.

Ses yeux se portèrent dans la direction du lac dont le lointain miroir prenait les reflets du soleil couchant.

— Vous avez vu, quand nous sommes passés là-bas, ce village indigène sur le bord d'une ancienne baie maintenant fermée par la chaussée de lave ? me demanda Charrier. Eh bien, dans ce village, habitait une des filles de mon cuisinier noir. Un garçon du même village la voulait pour femme. Mais il n'avait pas de quoi l'acheter et mon cuisinier se montrait intraitable... Un jour la fille est venue ici, rendre visite à son père. Le lendemain, le jeune noir qui la désirait lui a porté quelques nourritures, par amour d'elle, disait-il. Puis il est reparti. Le soir même, la fille se tordait dans des convulsions atroces, visiblement empoisonnée. Le poison lui était-il destiné ? Ou à son père ? Ou aux deux ? On ne le sut jamais, car personne n'a porté plainte et — s'il y avait eu enquête — personne n'eût témoigné. Cela ne regardait pas les blancs. Mais moi, tout de même, je ne pouvais pas laisser, sans rien entreprendre, mourir la malheureuse. Je lui administrai un émétique, je lui fis quelques piqûres pour soutenir le cœur, puis je l'emmenai à l'hôpital de Goma. Elle fut sauvée.

Je demandai :

— Votre cuisinier, le père, vous en a été, je pense, reconnaissant ?

— Il me l'a prouvé à sa manière, dit Charrier. Quand sa fille a été hors de danger, il m'a prévenu solennellement : « Prends garde, maître ! Tu as arrêté une mort qui était écrite... Maintenant, cette mort est dans toi. »

Charrier, à ce moment, se mit à rire, mais ce rire ne sonnait pas tout à fait juste.

— Il n'y a naturellement aucun rapport entre cela et l'accident d'automobile qui m'est arrivé quelques jours plus tard, reprit-il. Mais je n'ai jamais été aussi près de la tombe pendant plusieurs semaines.

Nous avions terminé notre whisky et Charrier me demanda de remonter dans sa voiture pour aller plus loin, plus haut encore. Les virages étaient devenus si courts, la piste si raide, le chemin si défoncé et l'argile, sur les bas côtés, si glissante que Charrier crut devoir s'excuser. C'était, disait-il, la dernière partie de sa route, juste ébauchée.

Enfin, il s'arrêta, les roues de l'automobile butant contre une levée de terre en friche. Nous atteignîmes à pied le faîte du mont. À ce palier, de trois mille mètres d'altitude, la vue s'ouvrait sur deux versants. D'un côté s'étendait celle que je connaissais déjà, plus large et plus sublime encore. De l'autre, on apercevait des champs de lave au pied des quatre volcans et, à l'infini, des forêts, des forêts, des forêts.

Cependant, au flanc d'une seule colline, encore plus haute que celle où je me tenais et séparée de la citadelle sylvestre par le ruban gris bleu de la rivière, s'étageaient sur des terrasses tracées au cordeau des champs de petits arbustes merveilleusement alignés et qui portaient tous une touffe de pétales blancs, frissonnant doucement au vent des cimes et de la nuit tombante.

— Mon pyrètre, dit Charrier avec orgueil.

Il se tut un instant et le silence fut sans fin, sans fond. Le silence du soir, de la montagne, des volcans, de l'Afrique.

— Vous voyez ce bois de brousse, reprit Charrier, en montrant sur notre droite un haut rideau touffu de troncs, de feuilles et de lianes. Il m'appartient. Mais derrière, toute la forêt et toute la savane font partie d'une immense réserve pour animaux sauvages, le Parc national Albert. Or, au mois d'octobre, les points d'eau, là-bas, sont, d'ordinaire, à sec. Et ici coule ma rivière, celle qui permet au pyrètre de pousser magnifiquement. Alors les bêtes assoiffées se réfugient dans mon bois de brousse et viennent la nuit au pied de la colline. Et, parmi elles, des troupeaux d'éléphants. Seulement eux, ils passent le cours d'eau et viennent ravager la plantation...

Sur les sombres terrasses aux corolles blanches, un appel monta, dans une langue inconnue, puis un autre lui répondit et d'autres encore. Longs, grêles, étirés, chantants.

— Les derniers travailleurs vont rentrer, dit doucement Charrier.

... Des noirs, à demi vêtus, malgré le vent glacial, surgissaient dans l'herbe coupante qu'ils foulaient de leurs pieds nus. Ils saluèrent Charrier d'un cri rythmé, puis s'enfoncèrent dans la direction du village.

— La première année, je ne fis rien contre les éléphants, reprit Charrier. J'étais un novice dans le pays. J'ignorais tout. Mais j'appris ensuite que, s'il était interdit, sous peine de châtiments vraiment redoutables, de tirer une bête dans la réserve, on pouvait le faire sur ses terres, au cas où elle y portait dommage et ruine. J'appris aussi que les animaux sauvages *savent* qu'ils ne courent aucun risque de la part de l'homme dans certains lieux et que, par contre, si cette immunité est rompue une fois, *ils se le disent* et ne reviennent plus hanter l'endroit dangereux.

« Donc, lorsque ce fut, de nouveau, le mois d'octobre et que le pyrètre fut de nouveau détruit sous des empreintes énormes, je pensai qu'il fallait faire un exemple...

— Vous voulez bien dire, demandai-je, que, sans préparation particulière, sans entraînement aucun, vous êtes allé chasser l'éléphant ?

— Il faut bien commencer un jour, répondit gaiement Charrier. Et vous savez, dans la région, cela étonne moins que vous pourriez le croire.

« Seulement, moi, j'étais vraiment un peu trop vert. Et un beau matin, je suis parti de l'avant, sans rien calculer, sans même penser au sens d'où soufflait la brise. J'ai cheminé dans ce bois de brousse de l'aube à cinq heures du soir. On ne peut pas imaginer l'effort que cela demande à un homme sans expérience. On ne voit rien à trois pas, les lianes vous entravent les jambes, les plantes acérées vous déchirent... Et la chaleur... et les insectes... Bref, je n'en pouvais plus. Soudain, comme je désespérais, une sorte de roc gris tout crevassé est apparu entre deux arbres. J'ai tiré, par réflexe, aussitôt, dans la tête. Trop haut, je m'en suis rendu compte sur-le-champ. Cependant, j'avais un fusil de très gros calibre. Sous le choc, l'éléphant est tombé à genoux. J'ai cru, une seconde, avoir tout de même réussi. Mais deux autres bêtes énormes ont surgi du couvert, se sont placées de chaque côté de l'éléphant blessé, épaule contre épaule, l'ont relevé...

Charrier, aux derniers mots, avait baissé la voix. Puis il alluma une cigarette. À cause du vent, ce fut assez long. L'ombre rendait plus dense encore la forêt de brousse.

— Alors, continua Charrier, alors j'ai vraiment entendu cette effroyable trompette de Jéricho dont parlent les vrais chasseurs, ce barrissement aigu à vous faire sauter les tympans, terrible à vous faire blanchir les cheveux d'un seul coup. Les trompes recourbées vers le haut, toute une harde sonnait la charge. Elle s'élança, elle se rua, menée par celui que j'avais blessé. Le sentiment que j'ai connu dans cet instant dépasse la peur. J'avais le cerveau, les artères, les muscles, la peau vides, c'est tout... Pourquoi, comment je me suis collé contre un arbre, je n'en sais rien. J'ai vu passer, à ma droite, à ma gauche, des formes colossales lancées au galop. J'ai entendu la forêt craquer, siffler, hurler, crouler. Et puis je me suis retrouvé tremblant, trempé de sueur, exténué, mais vivant. Et j'ai regagné la maison...

Contre le ciel, le nuage du volcan devenait pourpre. À nos pieds bruissait la rivière qui baignait la lisière de la forêt de brousse, l'asile des grandes bêtes.

— Le lendemain, dit Charrier, j'ai repris la chasse. Mais cette fois, j'étais accompagné par deux pisteurs noirs et, au lieu de foncer droit devant moi, je fis un long détour par l'arrière du bois pour avoir le vent en ma faveur. Et, très vite, vers dix heures, j'aperçus mon gibier : un vieux mâle, seul, qui promenait sa trompe le long de deux arbustes. Je pris tout mon temps pour viser, et tirai à coup sûr...

« La trompe de l'éléphant s'abattit d'un seul mouvement, comme un serpent inerte et il demeura immobile. Mais il ne tomba point. J'attendis quelques instants, sans oser respirer. L'éléphant ne bougeait pas, mais se tenait roide, sans fléchir d'une ligne. Je pensai à une ruse, à un piège. La peur commençait à me pincer le ventre. Je levai mon fusil de nouveau. Mais les deux noirs qui me suivaient poussèrent un long cri de triomphe et bondirent vers l'énorme animal pétrifié. Je les suivis... plus lentement. Et je compris enfin : les genoux appuyés contre les troncs des deux arbustes, l'éléphant était mort debout...

Charrier me regarda et je vis dans ses yeux une expression de stupeur, d'incrédulité qui était le reflet de celles qu'il avait connues devant la masse géante foudroyée, mais encore dressée dans toute sa taille.

— Comment la nouvelle se répandit si vite, je ne saurais vous le dire, continua mon compagnon. Aux cris de mes pisteurs, des clameurs firent écho sur la colline la plus proche, celle du pyrètre. Puis elles se répandirent, rebondissant de faîte en faîte, de village en village.

« Et, avant que je n'eus vraiment pris conscience de tout ce qui s'était passé, une horde de noirs nous avait entourés. Hommes, femmes, enfants, ils étaient des centaines. Délirants, extasiés, hurlant, chantant, dansant, sautant, frénétiques. Les hommes brandissaient tous des couteaux, des poignards, des coupe-coupe. Les femmes et les enfants portaient des seaux, des outres, des couffins, des calebasses. Et, d'un seul coup, cette foule effrénée se jeta sur le cadavre de l'éléphant, le fit basculer et, par l'effort de toutes ses lames, de toutes ses pointes de fer, *entra* dans la bête énorme. La peau craqua, les entrailles jaillirent, la chair s'écarta. Les hommes tranchaient, tailladaient, jetaient les morceaux aux femmes. Et plus ils pénétraient à l'intérieur du corps, plus leur fureur croissait. Ils mordaient la viande, ils buvaient le sang à pleine bouche. Bientôt ils disparurent dans la carcasse qu'ils agitaient d'un étrange et affreux frémissement. Et dans la nuit intestinale, leurs bras s'agitaient à l'aveugle, coupant, déchiquetant... Plusieurs, dans cette curée, se firent de graves blessures...

La nuit était venue. On ne voyait plus ni la forêt sauvage, ni les blanches fleurs du pyrètre. À peine le fil des montagnes sur le ciel étoilé. Seule brûlait d'un rose féerique la corolle de feu sur le Nyramgongo.

III

LE GENTILHOMME DU KIVOU

Quand Roger Charrier me conduisit chez le baron de l'Épine, je ne savais rien de lui, sauf qu'il avait prêté à Charrier un fusil pour chasser l'éléphant et que c'était un Français arrivé au Kivou dans les années qui précédaient la guerre de 1914.

« Avant 14..., pensai-je. La préhistoire... Son fusil, une relique et lui — un ancêtre. »

La maison du baron de l'Épine à Goma se trouvait à l'écart de la poussière et du bruit des constructions, des voies à peine tracées et des bâtiments trop neufs. Une haie fort dense et des rideaux d'arbres l'isolaient entièrement. Basse, toute simple, spacieuse, aérée, elle s'ouvrait largement sur une anse du lac et des fleurs désordonnées poussaient jusqu'au petit embarcadère fait de rochers et de sable. On pouvait vivre là dans une complète liberté.

Nous étions près de l'eau quand des pas très rapides, très légers, descendirent un escalier et un enfant d'une dizaine d'années s'élança de la maison. Un petit garçon beau, hâlé, aux mouvements prompts et justes, aux yeux clairs, droits et résolus, sans assurance excessive ni timidité maladroite.

— Mon père arrive tout de suite, dit-il.

Alors j'entendis, sur les degrés de l'escalier, un pas presque aussi vif et léger que celui de l'enfant. Un pas qui, lui aussi, sautait les marches. « L'ancêtre » parut.

Il était bref de taille, mais il avait le corps si bien fait, construit et ajusté qu'il gagnait en stature. La poitrine large et ferme, la ceinture étroite, les jambes agiles, tout en nerfs et en muscles, il portait une chemise à col ouvert, un short blanc très court et des bottes très souples. Il se déplaçait avec une facilité, une vitesse, une élasticité surprenantes. Chaque geste était adroit, complet, achevé. Les traits avaient une expression de franchise et de décision poussées à l'extrême. Et de grande bonté. Et quand Charles de l'Épine souriait, c'était de tout le visage.

Devant tant de bienveillance et de simplicité, on se trouvait tout de suite et merveilleusement à l'aise. J'accablai mon hôte de questions. Il y répondit avec une obligeance extrême. L'entretien, commencé dans son jardin de Goma, se poursuivit pendant des journées entières, le long des routes qui dominaient des paysages sublimes, au gré de haltes, sur les terres et les monts qui appartenaient à la tribu géante et superbe des Watutzi.

J'ai approché ainsi une vie et une époque dont le récit formerait un livre étonnant. Charles de l'Épine l'écrira un jour, je l'espère. Pour l'instant, je rapporte ce que, trop rapidement à mon goût, il m'en a conté.

*

Dans les premières années de ce siècle, Jacques — l'aîné — et Charles de l'Épine étaient de très jeunes hommes qui menaient une existence conforme au rang de leur famille, à leur fortune, aux goûts de l'époque et aux plaisirs de leur âge. Les femmes, les cabarets, les chasses, les voyages formaient la trame ordinaire de leurs jours. Les temps, alors, étaient heureux, dit-on, et permettaient ces loisirs sans soucis.

Maxim's, *l'Abbaye de Thélème*, *le Rat Mort*, les Halles servaient d'étapes nocturnes aux deux frères. C'était l'époque de la « tournée des grands-ducs », des grisettes, des cocottes... L'époque des premières automobiles. Et, aussi, l'époque du premier engouement pour la boxe.

Jacques de l'Épine excellait à ces jeux nouveaux.

— Un incroyable athlète, disait son frère, avec une fierté restée fidèle après plus de quarante ans. Bien plus grand que moi... La poitrine comme une armure. Il déchirait deux paquets de cartes rassemblées. Quant à sa résistance, voici. Nous étions un soir dans un cabaret de Bruxelles, avec des amis. On parla, naturellement, de boxe. Un champion poids lourds du temps se trouvait alors dans la capitale de Belgique. Le prince de Crouy s'adressa à Jacques : « De lui, en tout cas, je te parie bien que tu ne pourrais pas recevoir un coup de poing dans le ventre...
— Une caisse de champagne ? demanda Jacques. — Une caisse », dit Crouy... Nous montons dans ma voiture et allons trouver le champion. Il y mit tout son punch, je vous assure. Mon frère ne broncha pas.

Vers 1910, Jacques de l'Épine se rendit au Congo belge pour un voyage à la fois d'agrément et de prospection. Il lui fut rapporté là-bas que le ministre des Colonies avait tenu, dans les couloirs de la Chambre des Députés à Bruxelles, des propos désobligeants sur lui. Jacques de l'Épine, sans perdre un instant, prit une pirogue, puis le bateau, débarqua en Belgique, gagna la capitale, se rendit à la Chambre, demanda à voir le ministre. L'autre lui tendit la main. Jacques de l'Épine le gifla de toute sa force et attendit des témoins pendant deux jours. Ce délai passé sans avoir reçu de nouvelles, il retourna au Congo belge.

— Avec le temps qu'il fallait, alors, pour voyager, cette gifle prit six mois à mon frère, ajoutait Charles de l'Épine.

Or, lorsqu'il revint du Congo en 1912, Jacques de l'Épine trouva fade et vide l'existence que les hommes de son milieu vivaient en Europe. Son frère cadet pensait déjà de même. Ils décidèrent de s'en évader pour quelque grande aventure. Ils hésitèrent quelque temps entre l'attrait d'une île de Polynésie et le cœur de l'Afrique — alors vraiment mystérieuse — et donnèrent enfin leur préférence au continent noir... Pour commencer tout au moins.

Comment pouvaient-ils prévoir que Jacques de l'Épine dormirait bientôt son dernier sommeil dans la terre du Kivou et que Charles de l'Épine y ferait sa vie tout entière ?

*

Les deux frères ayant préparé leur équipement — fusils, munitions, tentes, nourritures et les mille objets nécessaires à une expédition en des lieux perdus — prirent, à Marseille, un paquebot pour Mombasa.

Débarqués dans ce port — ville alors purement arabe, vestige de l'empire musulman de Zanzibar, ils chargèrent leur équipement sur le chemin de fer à voie unique, terminé à peine dix années plus tôt et dont les lions mangeurs d'hommes avaient longtemps arrêté la construction. Le train poussif, chauffé au bois, gravit tout doucement la rampe qui mène vers les plateaux du Kenya. Le long des rails, dans la brousse où les baobabs tordaient leurs branches torturées, le gibier pullulait : antilopes et gazelles de toute espèce, et les gnous, et les buffles et les zèbres. Et aussi de grands fauves à crinière magnifique. Les chasseurs les tiraient des plates-formes des wagons ou à travers les fenêtres. En effet, le mécanicien, dès qu'on l'en priait, arrêtait le convoi.

Le train atteignit tout de même Nairobi — simple bourgade — puis, sur le bord du lac Victoria, Port-Florence où finissait la voie ferrée. Port-Florence était alors le nom de Kisumu. Quand je suis passé par cette ville, j'ai déjeuné dans son hôtel — l'un des mieux ravitaillés et des plus accueillants dans l'Est africain, j'ai roulé à travers ses rues asphaltées et c'est d'un port aux quais de ciment qu'est parti un grand bateau à aubes pour faire son voyage le long du lac. Mais quand les deux frères y firent halte, il n'y avait là qu'une dizaine de huttes et de masures : la gare. Le paludisme faisait grelotter les noirs qui allaient nus. Tout autour s'étendait une brousse infestée de reptiles.

On recommanda vivement à Jacques et Charles de l'Épine qui plantaient leur tente le long de la voie ferrée — seul endroit défriché — de l'éloigner des rails à vingt mètres pour le moins, car, plus près, les étincelles lancées par la locomotive chauffée au bois, avaient forte chance de l'enflammer.

Ce fut là qu'ils frétèrent un rafiau, et entassèrent à son bord bagages, caisses et colis. Pour tous ces chargements, débarquements et transbordements, il faut imaginer, en des lieux encore sauvages, l'agitation, le désordre, les clameurs, les rixes, les rires, les chansons de noirs à demi ou complètement nus et de coolies hindous en guenilles. Et au milieu de ce tumulte magnifique, de ces couleurs barbares, deux jeunes hommes, prêts à toutes les aventures, et criant leurs ordres en *swahili* — cette langue véhiculaire, cette sorte d'espéranto, que les Arabes chasseurs d'esclaves venus de Zanzibar avaient enseignée aux cent tribus noires de l'Est africain...

Après plusieurs jours de navigation à travers le lac immense, les deux frères abordèrent sur sa côte occidentale, à Bukoba.

Ce petit port, même aujourd'hui, les blancs s'y comptent par unités et les hippopotames — même aujourd'hui — rôdent à travers ses rues, chaque nuit. En 1912, c'était une jungle lacustre.

Bukoba fait partie maintenant du Tanganyika, territoire sous mandat britannique. Mais, au temps où les deux frères de l'Épine y prirent pied, la région appartenait à l'Allemagne. Et l'autorité du Reich de Guillaume II s'étendait vers l'ouest jusqu'au lac Kivou — but que s'étaient fixé les jeunes hommes.

— Pourquoi précisément cette contrée ? ai-je demandé à Charles de l'Épine.

— Elle était l'une des moins connues à l'époque, me dit-il. C'était le cœur même de l'Afrique et le plus mystérieux. Songez-y : les explorateurs qui ont découvert le Kivou y étaient venus — en tout et pour tout — une vingtaine d'années avant notre voyage.

Donc Jacques et Charles de l'Épine installèrent leur camp à Bukoba, pour recruter les guides, cuisiniers, boys et porteurs qui leur étaient nécessaires. Hommes primitifs, sortis de la forêt et de la brousse, vêtus d'écorce d'arbre et de peaux de bêtes. Et une nuit, quand tout fut prêt, une caravane hurlante et chantante, composée de trois cents noirs sauvages et de deux jeunes blancs, se mit en route.

Ils marchèrent à travers l'une des régions les plus merveilleuses du monde... Rives de la Kagera, moitié rivière et moitié torrent, montagnes du Ruanda Urundi, ombragées d'eucalyptus et de cèdres, ligne de partage des deux fleuves immenses, le Congo et le Nil. Et l'incroyable abondance des bêtes sauvages. Et, régnant sur ces terres closes, une race fabuleuse, les Watutzi, guerriers et pasteurs géants, aux visages de médaille, aux coiffures en croissant de lune, les Watutzi qui, alors, vivaient encore comme ils avaient vécu pendant des millénaires.

La caravane mit quatre semaines pour atteindre le lac Kivou.

Le voyage avait pris trois mois.

Aujourd'hui, même si l'on s'accorde le loisir du paquebot, il faut en tout, — mer et route comprises — une vingtaine de jours. En avion, partant de Paris ou de Londres, on peut être à Goma le lendemain... Mais où sont la joie de vaincre, le ravissement de la découverte, l'ivresse de l'aventure ?

Celle que Jacques et Charles de l'Épine connurent quand ils dressèrent leur tente en vue des quatre volcans qui veillaient sur les secrets du Kivou.

*

Les deux frères s'établirent sur l'emplacement actuel de Kisenyi.

J'ai dit combien, de nos jours, l'endroit ressemblait à une ville de plaisance en Europe. À l'arrivée des deux frères, c'était un lieu presque désert. La brousse et la jungle s'avançaient jusqu'aux plages du lac. Les seules habitations étaient quelques rares huttes de pêcheurs et — fort primitive — la maison du résident impérial germanique.

Là se trouvait, en effet, le point le plus avancé des territoires de l'Est africain dévolus par des traités encore tout récents à l'Allemagne. Le Congo belge commençait à Goma — ville, à présent, jumelle de Kisenyi — pleine de chantiers grondants, vouée à des plans grandioses — mais qui, alors, était elle aussi la proie des herbes et des arbustes sauvages. La frontière passait quelque part au milieu des broussailles.

En vérité cette frontière comptait peu. Les hommes vivaient les dernières années d'un monde sans passeports. De plus, les blancs étaient si peu nombreux que la couleur de leur peau constituait à elle seule le meilleur traité d'alliance.

Le résident allemand, le Dr Kandt, était un homme grand, mince, cultivé, rêveur et morphinomane. Il laissa pleine liberté de mouvements aux deux frères. Le voisinage de ces gentilshommes — ainsi qu'il les appelait — était une chance rare dans sa solitude.

Donc, ayant installé à Kisenyi leur domicile fixe, — c'est-à-dire leurs tentes principales, leur camp et leurs bagages — Jacques et Charles de l'Épine entreprirent de satisfaire les désirs qui les avaient menés si loin : exploration, chasse au plus gros gibier, belles nuits de bivouac, vie forte et riche et libre de l'homme ancré dans une nature intacte et parmi ses enfants sauvages.

Tantôt au Kivou belge et tantôt au Kivou allemand, tantôt ensemble et tantôt séparés, les deux frères passèrent ainsi plus d'une année, comblés en battues, risques et découvertes.

*

Une fois de plus, Charles de l'Épine traquait l'éléphant dans la haute brousse qui s'étend au pied des quatre volcans du Kivou nord, le Nyamlagira, le Nyramgongo, le Mikevo et le Karisimbi. Il avait quitté depuis plusieurs semaines le camp de Kisenyi et se trouvait seul avec ses porteurs noirs. Son frère aîné, lui, chassait plus près, du côté de Goma. Ils s'étaient séparés sans émotion particulière, sans le moindre pressentiment.

Or, on était au mois d'août de l'année 1914 et, à travers toute l'Europe, le tocsin de guerre avait sonné.

Mais pour Charles de l'Épine, perdu dans les forêts et les herbes, sous les volcans du Kivou, ce mois d'août ne signifiait rien que la fièvre de la poursuite et la joie de vivre la plus primitive.

Par une obscure nuit, qui était déjà de septembre, un soldat noir, attiré par les feux de bivouac, pénétra dans la tente du chasseur solitaire. Le soldat portait l'uniforme des troupes africaines anglaises et avait pour mission de remettre des dépêches à Goma entre les mains des autorités militaires belges. Ces dépêches étaient ouvertes. Charles de l'Épine en prit connaissance et découvrit ainsi que son pays était en guerre depuis un mois contre l'Allemagne et ses possessions. C'est-à-dire contre le Ruanda Urundi, territoire voisin. C'est-à-dire Kisenyi — où se trouvait sa base permanente.

Charles de l'Épine plia son camp le lendemain à l'aube. Il était talonné par une impatience dévorante. Officier de réserve — et d'une génération, d'une caste pour qui la guerre contre l'Allemagne était une sorte de guerre sainte — il avait perdu, à vagabonder dans la brousse, tout un mois de combat.

En outre, il brûlait de retrouver son frère aîné.

Mais Jacques de l'Épine avait déjà rencontré son destin. Le premier jour, il avait pris, à Goma, le commandement d'une compagnie noire appartenant aux troupes coloniales belges. Dans tous les conseils de guerre, il s'était prononcé pour l'attaque. Il fut chargé d'emporter le fortin allemand de Kisenyi. Un matin, à onze heures, ses épaules d'athlète surgirent au-dessus de la brousse et il chargea devant ses tirailleurs noirs pour lesquels il était une divinité. Une salve partit du blockhaus, puis une autre et d'autres encore. Jacques de l'Épine courait toujours. Soudain il tomba, tué d'une balle, au front. La divinité était morte, les soldats noirs refluèrent.

Tout cela, Charles de l'Épine l'apprit beaucoup plus tard, et crut longtemps encore que son frère vivait.

Arrivé, en effet, au bord du Kivou, ne voyant plus trace ni de son camp, ni des établissements belges de Goma, il pensa que tout chemin lui était coupé sur terre et décida de gagner par eau la rive ouest du lac. Il s'embarqua dans une pirogue menée par deux rameurs noirs, et avec une carabine pour tout armement.

Quelques heures plus tard, il vit, faisant cap sur son embarcation, un canot à moteur. Bientôt il distingua son pavillon : allemand. Il essaya de fuir, de se jeter dans une crique. La coursette était trop inégale. Alors, à bonne distance, il se mit à tirer.

La houle sur le lac était assez vive, mais depuis l'âge de neuf ans Charles de l'Épine avait eu un fusil en main et depuis qu'il était en Afrique sa vie avait souvent dépendu, à une seconde près, de son fusil. Coup sur coup, il abattit cinq hommes sur le canot ennemi et plaça une balle tout près des sources vives du moteur. Pas assez près toutefois. Le bateau allemand atteignit sa barque. Il ne pouvait plus se défendre ; il avait une blessure à la tête et une cuisse brisée par balle de mitrailleuse.

— La seule rencontre navale du lac Kivou, me dit Charles de l'Épine en souriant de tout le visage, ce qui lui donnait une étonnante jeunesse.

Enlevé à son embarcation, transporté par le canot armé sur la rive est, la rive allemande, il se vit confié à une mission catholique. On l'y soigna avec science et sollicitude. Ses plaies guérirent rapidement. Il fut alors mené à Tabora comme prisonnier de guerre.

Tout au moins, il en était convaincu.

Tabora servait de centre administratif et militaire à ce qui fut l'Afrique orientale allemande et qui s'appelle aujourd'hui Tanganyika. La ville avait été fondée par les Arabes, chasseurs d'esclaves, à un nœud si important de routes et de pistes que, vers le milieu du siècle dernier, on évaluait à cinq cent mille le nombre des porteurs qui passaient chaque année par Tabora, avec les caravanes des négriers et des marchands d'ivoire.

Les Allemands avaient tout de suite reconnu la valeur commerciale et stratégique de ce carrefour séculaire et y avaient bâti le fort le plus important de la région. Charles de l'Épine y fut enfermé.

Il attendit avec impatience qu'on l'envoyât dans un camp de prisonniers de guerre — car, fait étrange, il était au secret. Mais ce fut devant une cour martiale qu'on l'amena, composée de trois officiers allemands. Et dans une petite salle du fort, gardée par des soldats noirs immobiles, il s'entendit accuser d'un crime qui entraînait inévitablement la mort : d'être franc-tireur.

— Vous avez été pris, lui dit en substance le commandant qui présidait la cour martiale, vous avez été pris les armes à la main, après avoir blessé et tué plusieurs de nos soldats. Vous étiez dans une embarcation civile, vous ne portiez pas d'uniforme, et vous n'aviez aucun document définissant votre état militaire.

Écoutant cela, Charles de l'Épine éprouva cette contraction de tous les nerfs que détermine un péril majeur. Il répondit avec la vigueur, la passion d'un homme qui défend son existence.

— Je suis officier français — renseignez-vous, s'écria-t-il. Je suis — par mon âge — mobilisable au premier jour. Or, les hostilités duraient depuis un mois, quand j'ai appris que nous étions en guerre. Je me trouvais alors en pleine brousse. Où aurais-je pu me procurer un uniforme ? Comment m'était-il possible d'obtenir des papiers militaires ? Je rejoignais mon poste, quand votre canot m'a poursuivi. Je me suis défendu. C'était mon devoir le plus strict. Maintenant je suis prisonnier de guerre, relevant uniquement du statut des prisonniers de guerre. Vous n'avez pas le droit de me condamner.

Les juges entendirent ces arguments, leurs visages figés comme des masques. Puis ils se consultèrent quelques instants.

— Emmenez l'accusé, ordonna le président de la cour martiale au sous-officier noir. La sentence lui sera communiquée plus tard.

Charles de l'Épine quitta la salle du tribunal avec un pressentiment funeste. Il n'avait pas l'ombre d'une preuve pour justifier ses propos. Toutes les apparences étaient contre lui. On avait fusillé des gens pour moins que cela. Mais, tout de même, si les Allemands se donnaient la peine de se renseigner auprès du Dr Kandt... ou, par leurs services secrets, au Congo belge, en France... Mais la vie d'un homme valait-elle tant de scrupules, tant de démarches, en pleine guerre, dans l'immensité africaine.

Ce travail de la pensée, cette oscillation entre la crainte et l'espérance, hantaient Charles de l'Épine. Les conditions matérielles de son internement aggravaient encore les effets de l'angoisse. La prison, à l'intérieur du fort, était construite en tôle ondulée et divisée en cellules, si basses et si étroites que l'on pouvait à peine s'y tenir debout ou s'y allonger. La chaleur des tropiques condensée au creux de cette caisse de métal torturait Charles de l'Épine à chaque heure du jour et de la nuit.

« La sentence sera rendue plus tard... » Cela signifiait quoi — en mesure de temps ? À l'ordinaire les cours martiales étaient expéditives... Pourtant une semaine passa, puis une autre et une autre encore. La cellule solitaire... Le soleil donnant à plein sur la tôle... L'incertitude à quoi la vie était suspendue...

Cependant, les cloisons étaient des feuilles métalliques très minces à travers lesquelles la voix passait aisément et les soldats noirs, de garde dans la prison, n'avaient pas une grande expérience de geôliers. Charles de l'Épine put lier conversation avec l'homme qui se trouvait dans la cage voisine. C'était un Grec d'âge mûr, très pauvre, qui avait fait métier de colporteur dans la région du Kilimandjaro. Il avait été arrêté et jugé pour espionnage au profit des Anglais. Lui aussi attendait son destin.

Charles de l'Épine se prit d'amitié pour cette voix qui traversait la cloison de tôle surchauffée, pour son courage, sa bonne humeur, sa patience...

Un matin, plusieurs hommes entrèrent dans la

cellule du Grec. Parmi eux, au vocabulaire, au ton, Charles de l'Épine reconnut un officier allemand.

— On va vous servir un bon repas, dit celui-ci. Et puis vous ferez votre testament.

Une heure après, on emmena le Grec et Charles de l'Épine n'entendit plus jamais sa voix.

Dès lors, il fut certain du même sort. Cette assurance ne l'accabla point, mais lui donna une fureur de bête sauvage acculée. Chaque instant qu'il passait dans son cercueil de tôle étouffant et torride attisait cette fureur. Il ne serait pas exécuté, lui, tranquillement, posément. Il n'irait pas devant le peloton, comme à une fatalité. Il saurait venger sa mort à l'avance. Il saurait se payer sur du sang allemand. Jamais il n'avait eu ce désir, ce besoin, cette nécessité frénétique de tuer.

Et il possédait une arme.

Sur le lac Kivou, en effet, au moment d'être pris, Charles de l'Épine avait caché sous son vêtement de brousse, à même la peau, un couteau de chasse, long, bien à sa main, soigneusement effilé, de la trempe la plus sûre. Par une chance singulière — ou une providentielle maladresse — l'arme n'avait pas été découverte au cours des fouilles. Et dans la cellule infernale où il commençait son troisième mois, Charles de l'Épine sentait, avec un bonheur barbare, le couteau comme incrusté dans sa chair en perpétuelle sueur. L'idée fixe, la volonté maniaque de sentir la pointe, puis la lame entière pénétrer dans une poitrine, dans un ventre, la fureur de « servir » au couteau, comme à la chasse, un ennemi soudain tout ensanglanté, brûlaient à ce point Charles de l'Épine qu'il se mit à souhaiter avec une impatience forcenée l'heure de son exécution.

Un matin, — à la fin du troisième mois, — comme il faisait sa promenade habituelle dans la cour de la prison, il croisa un officier allemand. Celui-ci lui adressa brièvement et rapidement quelques mots qui signifiaient, traduits en français : « C'est pour demain. Vous êtes bon. »

Quand Charles de l'Épine en fut arrivé à ce point de son récit, je vis que tous les muscles de son visage sec et vif tressaillaient légèrement et sa main droite, sans qu'il le sût peut-être, se trouvait contractée violemment. L'influx nerveux qui avait chargé ces instants terribles traversait l'espace de quarante années.

— Je n'ai pu dormir une seconde cette nuit-là, me dit-il. Ce n'était pas la peur... non. Et je n'y avais aucun mérite. J'étais comme halluciné, comme intoxiqué, *amok*. Mon couteau... Tuer... Mon couteau... Frapper... Mon couteau... Dans les viscères... à la carotide... Mon couteau... Il n'y avait plus que cela au monde...

« Le lendemain un feldwebel vint m'avertir de me préparer. On viendrait me chercher bientôt.

« Comme pour le Grec.

« Mais avec moi ils y mettaient encore moins de formes. Pas de repas. Ni de testament. Cette pensée fit que je me ramassai tout entier sur moi-même, chaque fibre prête pour le bond, pour le coup de couteau. Vraiment je n'étais plus, dans tout mon corps, qu'un outil de meurtre.

« Des soldats entrent, m'emmènent... Des noirs... Pas encore... Pas ceux-là.

« Voici le bâtiment central du fort. On va me fusiller dans la cour. Il y aura bien un officier allemand, un sous-officier en tout cas... J'ai la main sous mon blouson, sur le manche du couteau de chasse...

« Ils me font monter un escalier, entrer dans un bureau. Derrière la table se tient un major, le commandant du fort. C'est inespéré. Lui... C'est lui qui va d'abord mourir, éventré... Je me resserre encore davantage sur mes propres muscles. Je calcule mon élan... je vais...

« À ce moment, j'aperçois sur la droite un moine, un Père Blanc... Il est là pour ma confession dernière... J'hésite un instant à tuer en sa présence... Et puis le ressort furieux se tend à nouveau.

« Mais le commandant a eu le temps de parler. Qu'est-ce qu'il dit ? Voyons... Qu'est-ce qu'il dit ?

« — *Herr Baron*, après renseignements pris, la cour martiale a rendu son verdict. Vous êtes acquitté d'espionnage. Vous êtes considéré comme prisonnier de guerre. »

« Il m'a semblé qu'une éternité s'est écoulée entre l'instant où j'ai entendu ces mots et l'instant où je les ai compris. Le major allemand m'a demandé ensuite :

« — Vous n'avez pas de déclaration à faire ?

« Eh bien, j'étais vidé à ce point, j'avais eu, en vérité, si peur pendant des semaines et des semaines que je me suis trouvé incapable de prononcer un mot.

*

Les conditions que la nature africaine imposait à la guerre dans cette partie du monde étaient épuisantes. La chaleur faisait craquer la peau, dévastait les nerfs et l'esprit. En période de pluies, les cataractes emportaient tout et détrempaient jusqu'au tréfonds de la terre. Pour s'abriter contre ces forces féroces, les hommes en campagne n'avaient que des tentes, des paillotes ou, simplement, la belle étoile. On buvait aux ruisseaux, aux mares de rencontre, une eau polluée. Le ravitaillement arrivait par à-coups, toujours en retard et toujours trop pauvre. On venait à peine d'introduire l'usage du camion en Europe. Dans cette brousse africaine il était pratiquement inconnu. Tout se faisait par porteurs noirs. On ne les ménageait guère. Une fois, sur un convoi de mille deux cents nègres, cinquante seulement survécurent à la faim, à la soif, aux maladies, à la fatigue. Il est vrai qu'à la même époque tout un régiment anglais se trouva réduit sans combattre à trois cents soldats.

Ces difficultés d'ordre commun se répercutaient fatalement sur l'existence dans les camps des prisonniers de guerre. Charles de l'Épine, enfermé aux environs du port de Dar-es-Salam, en connut aussitôt les rigueurs. Le logement était précaire et le principal de la nourriture consistait en une maigre ration de farine de maïs et quelques cuillerées d'huile de noix de coco. Le soleil harassant, l'humidité particulière aux côtes de l'océan Indien, les moustiques et les fièvres venaient s'ajouter aux effets de ce régime. La plupart des captifs traînaient à travers le camp, débilités, indifférents à tout, hébétés, torpides.

Charles de l'Épine compta parmi ceux-là — très rares — qui ne se laissèrent entamer ni par le climat, ni par les privations, ni par le désœuvrement. Il y fut aidé par une vigueur physique surprenante, par une énergie naturelle, par l'accoutumance qu'il avait de la vie de brousse en Afrique — et surtout par son entêtement farouche, fanatique, à s'évader.

À peine fut-il installé au camp qu'il se mit à observer, dénombrer, guetter. Il épia toutes les possibilités du lieu, toutes les habitudes de l'ennemi. Il se lia avec les officiers anglais, sud-africains, australiens qui ne se résignaient pas à leur sort.

Après cette enquête clandestine et ce constant affût, Charles de l'Épine décida que le moment le plus favorable à son projet était celui de la relève de la garde. En effet, les soldats formaient alors leurs fusils en faisceaux et demeuraient quelque temps sans armes immédiatement disponibles. On pouvait, dans cet instant, les surprendre, les assommer, les étouffer et s'emparer des fusils. Cela devait réussir, à condition de réunir douze hommes résolus et en assez bonne condition physique.

Charles de l'Épine confia son projet à un major anglais dont il était sûr. Celui-ci approuva le plan et entreprit de recruter les officiers nécessaires à l'exécution du coup de main. Il les choisit avec soin et prudence, à loisir, les approcha un à un, mûrement. Et un à un ils entrèrent dans la conjuration. Quand ils furent au complet, Charles de l'Épine et le major fixèrent la date de la grande aventure.

Enfin parut le jour qui devait l'éclairer. Charles de l'Épine se leva en même temps que l'aube. Quelques heures seulement le séparaient de la liberté.

Il faisait passer dans son esprit, il vivait à l'avance la manœuvre et les mouvements qui allaient l'assurer, quand un feldwebel lui porta un message. L'officier allemand qui commandait le camp priait *Herr Baron* de le venir voir dans sa tente.

Charles de l'Épine consulta le soleil et se sentit rassuré. Il avait tout le temps voulu pour une conversation — même longue — avant la relève de la garde.

Le commandant du camp était un capitaine jeune et courtois. Il reçut le prisonnier sur le seuil de sa maison de toile et le fit asseoir. Puis il demanda brusquement :

— Vous savez ce qui vous attend, n'est-ce pas ?

Charles de l'Épine employa toute sa force intérieure à ne rien trahir de son étonnement et de sa crainte. Il feignit, autant que cela était en son pouvoir, l'ignorance, l'innocence, la stupeur. Alors le capitaine, lentement, posément, détail par détail, nom après nom, lui raconta la genèse du complot, le nombre des conjurés, tout le plan de l'opération.

— On doit se saisir de la garde à la relève, tout à l'heure, acheva l'officier. Et c'est vous qui avez tout conçu, vous qui avez entraîné les autres.

Il était inutile de simuler davantage. Charles de l'Épine se contenta de demander :

— Par qui avez-vous appris tout cela ?

— Vous comprenez bien que je ne peux pas vous le dire, répliqua l'officier allemand. L'homme qui vous a trahis nous rendra d'autres services.

Il répéta ensuite la question qui avait ouvert l'entretien.

— Vous savez ce qui vous attend, n'est-ce pas ?

— Je le sais, dit Charles de l'Épine.

Il songeait qu'il avait échappé au peloton d'exécution à Tabora pour en affronter un autre à Dar-es-Salam.

— C'est la loi militaire, dit le capitaine.

— Je sais, répéta Charles de l'Épine.

Le chef du camp alla jusqu'à l'ouverture de sa tente, regarda au-dehors, revint à sa place habituelle.

— En vérité, j'aurais agi comme vous, dit-il à mi-voix.

Puis, très rapidement :

— Si j'ai votre parole d'honneur, *Herr Baron*, de

ne plus tenter d'évasion, je ne donne aucune suite à cette histoire que je suis seul encore à connaître. Vous êtes sauf et vos camarades ne supporteront pas les conséquences de votre initiative. Sinon, pour vous — c'est mon devoir — douze balles, aujourd'hui même.

Charles de l'Épine donna sa parole.

Il ne lui restait plus qu'à informer le major anglais de la ruine de leur projet. Et de ce qui l'avait causée. Les deux officiers s'appliquèrent, dans toute la mesure de leur pouvoir, à déceler l'homme qui les avait livrés. En vain. Ils ne le découvrirent jamais. Ils eurent, sans doute, des soupçons, et qui se portèrent sur l'officier qui semblait le plus agréable et le plus loyal de leur groupe. Mais ni les semaines, ni les mois n'apportèrent une preuve suffisante.

Les semaines... les mois... Lié par sa parole, Charles de l'Épine les comptait dans un morne ennui, dans une résignation forcée, désespérée.

Certains tentaient et quelques-uns réussissaient l'évasion. Pour lui, le rêve même de la liberté se trouvait interdit... Sa parole...

Un jour, les Allemands du camp montrèrent une émotion assez vive. Une patrouille, commandée par le capitaine, était tombée dans une embuscade, tendue par des éléments de reconnaissance britanniques, et les survivants, revenus sans leur chef, avaient rapporté qu'il était mort.

Charles de l'Épine attendit scrupuleusement la confirmation de cette nouvelle. Quand elle fut certaine, il se sentit délié de la parole qu'il avait donnée. Elle était engagée à un homme, un seul. Cet homme ayant disparu, il retrouvait une liberté intérieure dont il avait été privé pendant une année et demie.

Son premier plan d'évasion — avorté — étant impossible à reprendre, Charles de l'Épine se décida pour le moyen le plus banal. Une nuit, il se glisserait, dans un secteur travaillé au préalable, entre les épineux et les barbelés qui entouraient le camp et tenterait sa chance dans la brousse — qui, en vérité, gardait les prisonniers mieux et plus férocement que les soldats armés.

Pour une pareille tentative, il fallait emporter de la nourriture. Charles de l'Épine se mit à prélever chaque jour, sur sa ration famélique de farine de maïs et d'huile de noix de coco, quelques grains et quelques gouttes. Avec ces économies, il fabriquait des galettes qu'il dissimulait au fur et à mesure. Quand il jugea sa provision suffisante, il s'échappa, un soir où les ténèbres étaient propices, par une brèche ménagée depuis longtemps. Quinze Anglais y passèrent avec lui. Cette fois, il n'y avait pas eu de traître.

Alors, commença pour ces hommes une effroyable épreuve. Leur tête était mise à prix, ils le savaient. C'était la règle. Ils devaient donc éviter chaque village noir et même chaque hutte isolée. Ils ne devaient marcher que la nuit, en se repérant aux étoiles. Dans cette sorte de navigation à travers une brousse aussi vaste et déserte que la mer, ils n'avaient même pas un point d'atterrissage précis. La guerre n'était que mouvement. Les colonnes, légères à l'extrême, se déplaçaient sans cesse. Il fallait, pour rencontrer une troupe amie, compter sur les faveurs du hasard.

Or, le temps était mesuré aux évadés avec une avarice terrible. On ne pouvait pas, en buvant aux rares ruisseaux de rencontre qui entretenaient une dysenterie sanglante, avec — pour toute nourriture — quelques maigres galettes de maïs, et dans l'obligation de marcher la nuit jusqu'à la limite des forces — on ne pouvait pas durer longtemps. Chaque journée, chaque heure même, rongeaient chez ces malheureux les chances de salut dans leur propre chair. C'était une affreuse course entre l'usure et la capacité physique de résistance.

La troupe fondait rapidement. Il n'eût servi à rien de s'attarder auprès des compagnons épuisés, malades, ou à bout de volonté. On laissait mourir les camarades à l'endroit de leur dernière halte.

— Même les meilleurs, me dit Charles de l'Épine.

Les évadés s'égrenèrent, selon leur vigueur et leur énergie. Ils avancèrent en groupe d'abord, puis à trois ou à deux, puis isolément...

Charles de l'Épine, quand il se trouva seul, fixa sa ration à une galette par jour. Il marchait la tête vide, le ventre torturé de faim. Au bout d'une semaine, il coupa sa ration en deux... Et il continua de marcher chaque nuit, du couchant à l'aurore. Mais, aussi économe qu'il fût, il en arriva à sa dernière galette. Alors, il marcha sans manger.

Seulement, il ne prenait plus aucune précaution. Il marchait en pleine lumière, en pleine vue. Tout lui était devenu indifférent, sauf de mettre un pied devant l'autre. Ça, il devait le faire jusqu'à l'instant où tout mouvement, tout réflexe lui deviendraient impossibles.

Il était nu jusqu'à la ceinture, sa chemise ayant été brûlée par le soleil, rongée par l'humidité, emportée par les pointes des épineux. Son short pendait en lambeaux. Des tiges de ses bottes il avait dû faire des semelles. Il avait bourré d'herbes son casque troué.

Cette avance d'automate dura quatre jours.

Quand vint le suivant, Charles de l'Épine *sut* que c'était le dernier. Son corps comprit qu'à la nuit tout serait terminé pour lui. Titubant, trébuchant, il alla jusqu'au soir. Il regarda se coucher le soleil et pensa d'une façon impersonnelle, abstraite : « Quel dommage... Je ne le reverrai plus. »

À ce moment, il approchait d'un buisson. Et, à ce moment, derrière le buisson, une voix retentit, une voix anglaise :

— *Hands up !* (Haut les mains.)

Charles de l'Épine leva les bras au ciel et s'abattit d'une masse contre les ronces qu'il ne sentit point.

*

Nous suivions des cours et des allées sans nombre à travers l'ensemble monumental dont la mission catholique à Kabgayi était composée. Je continuais d'interroger Charles de l'Épine sur sa vie et ses aventures.

— Eh bien, après la guerre, me disait-il, les Alliés se sont partagé les domaines africains de l'Allemagne et les traités ont donné au Congo belge, sous forme de protectorat, le nord et l'est du Kivou, c'est-à-dire le Ruanda et l'Urundi. Je connaissais la région... mon frère y était mort au combat... On manquait d'hommes... C'est pourquoi, je pense, bien que Français, je fus en 1919 délégué officiellement par les Belges dans le Ruanda.

Charles de l'Épine se mit à rire en haussant ses épaules fortes et souples.

— J'étais, poursuivit-il, un véritable maître Jacques au pays des merveilles : administration, protocole, diplomatie, chasses, forces armées, police, que sais-je encore ?

Puis, sur son visage sec et osseux, creusé par le temps avec noblesse, et dans ses yeux si vivants et si jeunes, parut cette expression d'ardeur et de mélancolie que seule peut susciter la mémoire d'un sentiment profond.

— Ce fut sans doute le temps le plus magnifique de mon existence, poursuivit-il. Alors, je ne m'en doutais guère, pris par la découverte et l'action. Aujourd'hui que les choses ont tant changé... évolué, selon le mot en cours, aujourd'hui je sais.

Il sourit lentement, pensivement aux images d'autrefois.

— C'était un pays réellement fabuleux. On vivait, on respirait dans le conte, le prodige, la légende.

Nous avancions sans hâte, prévenus qu'il faudrait quelque temps pour informer de notre visite le gardien du musée. Tout autour, les écoliers noirs de la mission passaient en files sages et les séminaristes noirs circulaient entre les réfectoires, les salles d'étude et les lieux de prière. Des Pères européens, à barbe chenue, se promenaient parmi les groupes.

— Cette contrée, dit Charles de l'Épine, fut, en Afrique, découverte la dernière. Les hautes montagnes la gardaient de toutes parts, mais aussi la superbe de la race suzeraine qui commandait ici. Il n'y en a pas d'autre pareille, en terre africaine, ni ailleurs... Vous avez remarqué, je pense, en route, quelques-uns des seigneurs Watutzi... leur stature incroyable, la finesse unique des traits, des muscles, des attaches... et cette royale majesté dans les mouvements...

Si j'avais remarqué ces hommes ! Chacun d'eux semblait porter la beauté, la poésie, et un passé merveilleux dans les draperies de leurs étoffes.

Charles de l'Épine continua :

— D'où sont-ils issus ? D'Abyssinie ? D'Égypte ? On l'ignore. Leur langue même n'indique rien, car ils ont adopté celle du peuple conquis. J'ai cru, un jour, reconnaître une parenté chez une tribu du lac Rodolphe... Mais si vague... Peut-être un simple effet de mon imagination... Bref, ces pasteurs et guerriers prodigieux — arrivant du nord et poussant devant eux leurs troupeaux — ont envahi le Ruanda et l'Urundi et y ont établi des royaumes. Cela remonte à dix siècles, peut-être quinze.

« Il semble que la population originelle, les Bahutu — des négroïdes ceux-là — aient accepté le servage sans se défendre et comme une chose naturelle. La taille des conquérants, leur beauté, celle de leurs troupeaux, leurs qualités guerrières — en faisaient, pour les Bahutu, des dieux. Une société féodale se fonda ainsi, rigoureuse, avec une hiérarchie quasi sacrée, ayant au sommet de la pyramide une dynastie à caractère divin...

« La dynastie subsiste jusqu'à présent... Vous en verrez le chef. Mais quand je suis arrivé ici, *tout* durait encore.

Charles de l'Épine promena aux alentours un regard singulier où se mêlaient l'assentiment et le reproche, l'admiration et la rancune.

— Les missionnaires, dit-il, les missionnaires eux-mêmes n'étaient au Kivou que depuis dix ans.

Il soupira, secoua la tête comme pour conjurer des regrets qui allaient à l'encontre d'une partie de lui-même et poursuivit :

— Les lances et les arcs des guerriers géants Watutzi avaient interdit toute approche étrangère. Les mercenaires arabes qui, pourtant, ont razzié, pour les esclaves et l'ivoire, toute l'Afrique de l'Est et du Centre jusqu'au bassin du Congo n'ont jamais pu entamer ce réduit. Il a fallu attendre le début de notre siècle pour que les Allemands prennent pied dans les deux royaumes. Et encore ont-ils manœuvré avec une prudence extrême. Ils ont tout laissé en place : le roi et son pouvoir de vie et de mort, les grands vassaux, le système féodal, l'ordre social, le servage.

« Savez-vous comment la population désignait ici le résident allemand, le Dr Kandt, de qui je vous ai déjà parlé ? On l'appelait "le premier lieutenant du roi". Le roi du Ruanda, bien entendu...

« Et quand les Allemands ont dû partir, les enfants métissés qu'ils avaient fait — de gré ou de force — aux femmes nobles du Ruanda ont été, en sacrifice racial, massacrés jusqu'au dernier.

De nouveau Charles de l'Épine considéra les écoliers, les séminaristes et les prêtres noirs. Habillés du même vêtement, conversant et discutant ensemble, on voyait des garçons courts et trapus, épais de lèvres, le nez plat, la nuque lourde et d'autres hauts et fins comme des lances, harmonieux dans tous leurs mouvements, et semblables de profil aux images qu'on trouve sur les murs des tombeaux égyptiens. Bahutu et Watutzi... les serfs et les maîtres mêlés. L'indigne tribu et la race auguste.

— Oui, reprit mon compagnon ; oui, le pays alors était plus barbare. Mais, bon Dieu, que c'était beau.

Il m'entraîna de son pas rapide, musclé, léger, de coureur de brousse.

— J'ai gravi en ce temps à peu près chaque colline du Ruanda — car c'est une contrée toute en collines et chaque colline a son seigneur et le *mwami*, le roi, est le seigneur de toutes les collines. Les gens y vivaient exactement comme ils avaient vécu pendant un millénaire. Les Bahutu, les paysans, les serfs, avaient pour tout costume une sorte d'étoffe faite avec l'écorce de l'arbre appelé *Milumba*, qu'ils passaient dans l'entre-jambes et qu'ils maintenaient à la taille par une corde. Là où le bétail était abondant, le cuir de vache remplaçait l'écorce du Milumba. Mais les guerriers, eux, avaient autour des reins une peau de léopard.

« Les femmes, sauf pour les cérémonies, ne se couvraient guère davantage. Je me souviens d'un matin où, allant rendre visite au roi, j'ai vu sortir sa fille du Borna — qui était un palais merveilleusement tissé en herbe à éléphants. Elle était nue, sauf pour un pagne étroit. Elle marchait d'un pas noble, s'appuyant sur une longue canne, jeune, haute, élancée et si belle de visage et de corps que je n'ai jamais rien contemplé d'aussi magnifique.

Nous avions longé une allée après l'autre et nous étions arrivés devant le bâtiment que nous cherchions. La porte en était ouverte. Mais Charles de l'Épine semblait ne pas s'en apercevoir.

— Et son père, le *mwami* Musinga ! reprit-il. Il mesurait deux mètres cinq et, vêtu de peaux de léopard, orné de floches en peau de loutre, coiffé de perles, dominait vraiment les autres créatures. Il était l'héritier d'une lignée de guerriers géants et despotes absolus. Il avait accédé au pouvoir quand il était encore enfant par une révolution de palais qui fut un carnage affreux. Sa mère — une femme très cruelle — et son oncle en avaient été les artisans. Il régnait à la manière ancestrale, par la splendeur et la terreur. Comme ses aïeux, il voyageait sans cesse de colline en colline pour intimider les grands vassaux. Et il emmenait sa cour avec lui, et ses amuseurs, et ses devins, et ses danseurs, et ses sorciers, et ses bourreaux Batwa.

— Batwa ? demandai-je.

— Oui, dit Charles de l'Épine... Une tribu de Pygmées qui hantent les forêts impénétrables, sauf pour eux, vers le nord, du côté des volcans. Ce sont des chasseurs et des pisteurs extraordinaires. Et des parias pour les autres noirs. Les souverains Watutzi les employaient pour les exécutions et les tortures.

Mon compagnon leva les yeux vers le ciel d'un bleu égal, doux et chaud.

— Et les fêtes ! s'écria-t-il. Les fêtes du sorgho ! Les fêtes de la chasse du roi ! Sur le plateau de Nyanza, quarante mille danseurs venus de tout le pays, quarante mille corps noirs vêtus de peaux de bêtes, de plumes, de grelots, de verroterie, couverts de peintures éclatantes. Et cent mille guerriers défilant. Oui, j'ai vu cela... Ce qu'on ne reverra plus jamais.

Il respira longuement et reprit :

— Moi-même, sans prévoir que les choses iraient si vite, j'ai poussé à la roue du temps, aidé à ce que tout disparaisse. On m'avait chargé de pacifier. Alors j'ai réduit les rébellions, j'ai amené des hommes qui refusaient la règle du blanc à l'accepter. Je me rappelle l'un d'eux, Segna Murongo, grand vassal du roi de l'Urundi et qui commandait à la tribu des Baranda. Je l'ai poursuivi quatre mois dans son pays de haute montagne. C'était un très bon chef de guerre, adroit, courageux et, de plus, doué d'une intelligence très vive. Il profitait du terrain, de la faiblesse numérique de ma troupe, de mes fautes. Que de fois, d'un roc ou d'un buisson, avons-nous été accueillis par un essaim de flèches. Je faisais alors charger mes soldats noirs derrière moi, — car une seule reculade du blanc aurait été une irréparable perte de prestige. Ils me suivaient, criant : « Attention, blanc : flèche à gauche... Attention, flèche à droite. » J'ai eu de la chance... aucune pointe ne m'a touché. Une égratignure pouvait être fatale, à cause du poison qu'elles portaient.

« En poisons, ils s'y connaissaient, les diables. Un jour je reçus deux émissaires de Segna Murongo qui, harassé par ma poursuite, avait entamé des pourparlers de reddition. Ils m'apportaient le salut de leur maître et un broc de *pombé*, la bière indigène. « Très bien, dis-je à l'un des émissaires, tu vas en boire avant moi. » Il refusa, sous un prétexte de courtoisie ou de superstition. Alors, je lui ai fait ouvrir la bouche avec une baïonnette et on lui a versé à l'intérieur une gorgée de son *pombé*. Il est mort en quelques secondes. J'ai envoyé son compagnon raconter la chose à Segna Murongo. Peu de temps après le chef a fait sa soumission.

Charles de l'Épine eut un mouvement vers la porte ouverte du bâtiment que j'avais demandé à visiter, mais n'acheva pas son geste.

— Je me souviens encore, dit-il, d'un autre chef. Il avait tué l'un des missionnaires de la région dont il pensait sans doute que c'étaient les pires ennemis des coutumes ancestrales. Il a, naturellement, été condamné à être pendu. Or, tandis qu'on le conduisait à la potence, il a, de ses mains liées, arraché sa baïonnette à la ceinture du sergent qui le précédait et l'a poignardé à mort avant de mourir lui-même.

Charles de l'Épine se tut. Songeait-il que, dans le fort allemand de Tabora, lorsqu'il croyait aller à son exécution, et qu'il serrait un couteau de chasse contre sa peau en sueur, avec l'obsession de tuer, il avait connu toutes les fureurs du chef sauvage dont il venait de parler ?

— Dans l'Urundi, me dit encore Charles de l'Épine, on n'ensevelissait pas les rois. Ils étaient momifiés et enveloppés dans des peaux de vache. Et les pythons sacrés gardaient leur corps... Tout cela maintenant est aussi loin de nous que les tombes des Pharaons. Pourtant, j'étais là... Pourtant, j'ai vu cela.

Nous avions pénétré dans le musée de Kabgayi : une salle triste et ombreuse du petit séminaire. Là se trouvaient réunis, par les soins des missionnaires, des instruments du culte, des traditions et des mœurs que les missions avaient si puissamment contribué à ruiner : statuettes d'envoûtement, osselets de divination, glaives, médailles accordées au guerrier qui avait tué au moins sept ennemis, fragment de roc magique, ornements pour femmes nobles... Tout était inerte et terne et poussiéreux.

Charles de l'Épine qui les avait vus vivre sur les hommes et les femmes Watutzi, dans les fêtes, les cérémonies et les combats, regardait, sans dire un mot, les objets morts. Je comprenais trop bien sa mélancolie pour essayer de rompre le silence.

*

Nous revenions de Kabgayi vers Goma, au milieu d'un paysage de monts, de vallées et de bois, tourmenté magnifiquement, et par une route si étroite que, selon les heures, elle était fermée dans un sens ou dans l'autre.

— Maintenant, vous demandez que je vous raconte mes chasses ! s'écria Charles de l'Épine. Or, en quarante ans dans ce pays, j'ai tué une vingtaine de lions, presque autant de rhinocéros et plus de soixante éléphants. Quant aux buffles, à deux cent cinquante, j'ai cessé de compter. Et je ne parle pas des cochons sauvages, des gazelles et antilopes de toutes les espèces. Ni des crocodiles dont j'ai abattu des milliers, quand j'avais une pêcherie sur le lac

Albert, parce qu'ils ravageaient les filets. J'ai fait, pour le moins, cinquante mille kilomètres à pied. J'ai chassé en savane et en brousse, en plaine et en montagne, dans les herbes les plus drues et à travers des forêts où il fallait avancer au coupe-coupe. J'ai chassé tout seul, et avec mon frère et avec quelques porteurs et parfois, au temps où j'étais une sorte de grand patron au Ruanda, j'ai eu jusqu'à trois mille noirs pour rabatteurs.

« Alors, si je commence à me laisser aller, — et vous connaissez les chasseurs, — nous n'aurons jamais fini... Attendez un instant... je voudrais choisir quelques aventures qui vous donnent en même temps une vue sur les mœurs et le pays.

Charles de l'Épine ferma les yeux. Quels souvenirs de monts farouches, de visages barbares, d'animaux sauvages, de vie risquée et gagnée sur un coup de fusil, passaient derrière le haut front tranquille ?

Mon compagnon dit enfin :

— C'était vers l'est, du côté du Tanganyika, sur un mont boisé qui surplombait une rivière. J'étais accompagné par un seul noir qui portait mon deuxième fusil. Nous suivions depuis quelque temps déjà les traces d'un éléphant, assez difficiles à démêler dans les hautes herbes et le sous-bois obscur. De temps à autre cependant, les excréments énormes de l'animal nous renseignaient. Le noir les palpait et, d'après leur température, savait l'heure où l'éléphant était passé. Nous allions ainsi lorsque, à ma plus grande surprise, les arbres craquèrent devant moi et, avec le bruit de cataclysme que font ces masses gigantesques en pleine course, l'éléphant me chargea. J'ai juste eu le temps de l'arrêter par une balle de gros calibre en plein front. Elle le souleva littéralement de terre et il se tint debout sur ses pattes arrière, cabré au-dessus de moi. C'est une impression qu'on ne peut plus jamais oublier que de se voir soudain sous un corps de cette masse et de ce poids dressé comme une muraille, tandis que la trompe fouette furieusement l'air tout autour. Encore une seconde et l'éléphant allait s'abattre, s'écrouler sur moi. Sa tête était rejetée de telle manière que je ne pouvais plus l'atteindre. Alors, la balle qui restait dans l'autre canon de mon fusil, je l'ai tirée dans la gorge, de bas en haut. La bête est tombée — et heureusement en arrière.

« J'avais à peine eu le temps d'abaisser mon fusil que l'éléphant était debout et s'enfonçait sous le couvert des arbres. Blessé comme il l'était, il ne pouvait pas aller très loin. Je le suivis à quelque distance, prêt à tirer en cas de retour menaçant. On entendait la terre vibrer et les branches se rompre sous les pas alourdis de la bête. Soudain il y eut un craquement plus fort, puis le silence. J'avançai, mon porteur du deuxième fusil sur les talons. Et nous vîmes un spectacle extraordinaire. L'animal blessé était tombé dans un piège à sa taille, une fosse à éléphants creusée par des indigènes... Mais il ne se débattait pas... il semblait attendre. Deux éléphants surgirent des arbres, passèrent leur trompe sous le ventre du captif, le soulevèrent, le tirèrent hors du trou et l'accompagnèrent quelques instants. Puis ils le laissèrent continuer seul sa route.

« Je persistai à le suivre. Je connaissais la résistance extraordinaire des éléphants, car il m'était arrivé un jour, après en avoir abattu un et lui avoir coupé la queue, d'être allé déjeuner d'un repas froid, pour trouver à mon retour la place vide là où j'avais cru laisser un cadavre. Mais cette fois je me disais que, avec une balle dans le crâne et une autre lui ayant traversé la gorge, celui-là ne pouvait pas durer longtemps.

« Il eut assez de force tout de même pour descendre la colline, atteindre le ravin et s'enfoncer dans les papyrus qui tapissaient la berge. Je le vis, avant qu'il disparût à mes yeux, arracher avec sa trompe des feuilles par paquets et les enfoncer comme des tampons dans ses plaies. Il arrêtait ainsi du même coup son hémorragie et la piste que le sang laissait derrière lui.

« Je marchai dans les papyrus avec une prudence extrême. Cette végétation de marécages est si dense que la visibilité ne dépassait pas trois mètres. Tout à coup j'entendis un barrissement prolongé. Puis le silence. Je fus certain que la bête avait poussé son cri de mort et me frayai un chemin rapidement jusqu'à une sorte de clairière. Là, j'entendis monter du sol une voix humaine. Celle du porteur de mon deuxième fusil. Le malheureux se tordait comme un ver sur le sol, tout le corps défoncé, massacré. L'éléphant l'avait piétiné, avant de reprendre sa route.

« — J'ai cru qu'il était fini, me dit tranquillement le noir. Mais c'est moi qui suis fini.

« Je courus chercher du secours là où j'avais dressé mon camp. À peine le blessé y fut-il ramené qu'il expira. Ses compagnons m'avertirent :

« — Ne l'enterre pas trop profondément. Nous allons le manger cette nuit.

« Quant à l'éléphant, je retrouvai son cadavre le lendemain, à trois cents mètres de la clairière funeste. Ses défenses pesaient entre 45 et 46 kilos.

— Est-ce considérable ? demandai-je.

— Pas mal, dit mon compagnon. Mais très loin du record. Les pointes les plus lourdes ont, je crois, 104 kilos. Elles se trouvent à Zanzibar, dans le palais du sultan. Un hommage, sans doute, des marchands arabes qui étaient aussi âpres au trafic de l'ivoire qu'à celui des esclaves.

Charles de l'Épine m'avait donné ces explications d'une façon rapide et toute machinale. On sentait que son esprit demeurait encore attentif à l'histoire qu'il m'avait racontée. Et il reprit :

— L'accident qui coûta la vie au porteur de mon deuxième fusil ne serait jamais arrivé à aucun des Batwa.

Je me souvins que Charles de l'Épine avait déjà cité le nom de cette tribu, quand il avait parlé des bourreaux que les rois despotes du Ruanda préféraient pour leur cruauté. Mais je n'en savais pas plus. Je l'avouai à mon compagnon. Il me dit alors :

— Les Batwa, — mot qui signifie littéralement "grosses têtes" — sont une variété de Pygmées dont le gîte se trouve au nord du lac Kivou au fond des forêts impassables et des jungles obscures répandues entre les gigantesques volcans que vous apercevez si bien de Goma ou de Kisenyi.

« Ces Batwa sont un peu plus grands que les Pygmées qui vivent du côté de Beni ou dans les forêts vierges le long du Congo. Ils se sont en effet métissés avec d'autres tribus noires. Mais cela n'empêche point que, pour tous les indigènes, ils sont, à cause de leur taille, des ilotes, des parias. Il en a toujours été ainsi. Et ce mépris séculaire est une des raisons qui les tiennent jusqu'à présent tapis dans leurs retraites inaccessibles, méfiants, clandestins, dangereux.

« Ceux qui sortent de leur asile insondable et qu'on peut approcher constituent pour le chasseur des auxiliaires sans pareils. Car ils sont eux-mêmes les meilleurs chasseurs du monde, vivant presque entièrement de la viande qu'ils tuent.

— Avec quelles armes ? demandai-je.

— Les plus primitives, celles de toute éternité, dit Charles de l'Épine. L'arc et la flèche, la lance, le couteau. Mais ils ont une patience infinie. Ils peuvent guetter des journées entières confondus avec les branches et les lianes. Ils ont un sens infaillible pour les pistes les plus ténues, les plus immatérielles. Leurs petits corps ignorent la fatigue. Ils sont capables de harceler si longtemps un éléphant sans lui laisser un instant de répit que la bête s'affaisse épuisée. Alors ils lui coupent le jarret et attendent qu'elle meure par perte de sang. Et ils la dévorent, entrant à l'intérieur, toute crue.

« Et puis les Batwa savent bâtir des pièges extraordinaires, se servant de lianes comme de ressorts. Si bien qu'un jour, suivant une piste en forêt, je me suis senti soudain entravé à une jambe, soulevé et suspendu la tête en bas, dans une fosse dissimulée par des branchages. Sans mes porteurs, j'y serais mort à coup sûr... On a des surprises avec les Batwa...

À ce moment, je ne pus m'empêcher de tressaillir. Un chant d'oiseau léger, fin et plaintif, s'élevait tout à côté de moi. Puis je compris : c'était Charles de l'Épine qui sifflait de cette façon étrange. Il sourit de mon réflexe et poursuivit :

— Mon frère et moi nous chassions ensemble du côté des volcans, entre le Nyamlagira et le Nyramgongo. Et nous avions pu nous assurer les services d'un Pygmée à grosse tête, originaire de la région. C'était un pisteur incomparable. Il nous le montra en plusieurs occasions, à travers des forêts où pratiquement on ne voyait rien. Nous n'avions eu qu'à nous louer de son habileté, quand des indigènes nous ont informé de la présence dans les environs d'un vieil éléphant solitaire. Leurs descriptions le désignaient comme un gros seigneur — ce qui nous excita beaucoup. Nous étions jeunes et encore novices.

« Notre Pygmée a découvert très vite l'animal. Il était en effet très grand et ses défenses devaient peser très lourd, dans les 70 kg. Mon frère et moi nous l'avons tiré ensemble et trois balles, pour le moins, lui sont entrées dans le corps. Mais, je vous l'ai dit, nous n'avions pas encore grande expérience et les balles n'étaient pas très bien placées. L'éléphant s'est enfui au galop et s'est perdu dans la forêt. Bientôt nous n'avons même plus entendu le bruit de sa course.

« On s'est mis aussitôt à suivre sa trace en file indienne à cause de l'étroitesse du sentier, le Pygmée en tête naturellement, puis nous, puis les porteurs. Nous avons descendu la montagne boisée et nous sommes arrivés dans un fond. Là, il a fallu s'arrêter, car de nombreuses pistes d'éléphants se croisaient, difficiles à interpréter et qui s'en allaient dans tous les sens. Celle que choisit notre guide nous parut singulière à mon frère et à moi. Les empreintes, même pour nos yeux peu exercés, étaient moins considérables que celles qui nous avaient conduits jusque-là.

« — Tu es bien sûr que c'est le même éléphant ? demanda mon frère au Pygmée.

« Ce dernier agita plusieurs fois sa grosse tête et prit son trot de chasse. Notre petite colonne l'a suivi. Il nous a menés ainsi pendant une heure environ. Mais rien ne répondait à la taille de la bête que nous avions blessée, — ni les traces des pattes, ni la grosseur des excréments. Enfin, comme nous débouchions dans une clairière, mon frère en eut assez.

« — Tu nous mènes sur une fausse piste ! a-t-il crié en secouant le Pygmée.

« Je vous ai parlé de la force herculéenne de mon frère. Le petit homme nu était une feuille pour ses bras et la grosse tête ballottait comme une boule de bilboquet. Pourtant il continuait à nier. Alors une idée est venue à mon frère. Nous usions, pour allumer nos cigarettes, d'une loupe orientée vers le soleil. Mon frère saisit cette loupe et dirigea les rayons réfléchis sur la poitrine velue du Pygmée. Les poils ont commencé à grésiller. Le petit homme fut pris de panique à ce tour de sorcier et avoua.

« Oui, il nous avait entraînés sur une fausse piste. Et il l'avait fait pour que d'autres Batwa de sa tribu retrouvent morte l'énorme bête que nous avions blessée et lui prennent ses défenses. Lui et ses compagnons possédaient déjà quatorze grosses pointes acquises de la même façon. Elles étaient entreposées dans une caverne, en attendant que des trafiquants arabes en viennent prendre livraison.

« On a mis une corde en forme de nœud coulant autour de la gorge du Pygmée — que l'un de nos porteurs fut chargé de tenir — et on lui a donné l'ordre de nous mener à la caverne de l'ivoire. Il s'est mis en route avec obéissance.

« Comme nous passions dans un défilé, un oiseau a chanté une fois... Un chant doux, plaintif et léger. Et puis une autre fois. Et soudain, une volée de flèches a jailli des hauteurs, s'est abattue sur notre colonne. Le noir qui tenait le Pygmée en laisse, blessé, a lâché la corde. Alors, d'un bond, le petit homme a gagné les broussailles. Il avait rejoint les Batwa qui l'avaient délivré.

« Nous ne l'avons jamais revu, ni les défenses de l'éléphant que nous avions blessé...

« À cette époque, j'ignorais encore la manière dont les Batwa s'interpellaient à travers la forêt sans alerter les bêtes... ou les hommes.

Charles de l'Épine modula de nouveau le sifflement étrange qui m'avait étonné auparavant. C'était, à s'y méprendre, une chanson d'oiseau.

— Une autre affaire que j'ai eue avec les Batwa s'est terminée d'une façon plus plaisante, continua mon compagnon. J'étais de nouveau en expédition de chasse et dans les mêmes parages, mais sans mon frère. Mes porteurs et moi nous contournions un éboulement de lave, quand j'ai entendu des cris de terreur, des appels désespérés. Courant dans leur direction, j'ai trouvé huit malheureux paysans noirs, sans arme aucune, sur le point d'être égorgés par une troupe de Batwa. Devant mon fusil, les Pygmées se sont évanouis dans la brousse.

« Les paysans noirs sont tombés à mes pieds, m'ont embrassé les mains. Non seulement, disaient-ils, je leur avais sauvé la vie, mais de plus, sans moi, leurs corps auraient été coupés en deux, dans le sens de la longueur et les moitiés en eussent été placées de chaque côté de la piste. C'était ainsi que, dans la région, les Batwa célébraient leurs victoires.

« Les pauvres diables ne voulaient plus me quitter et ils me suivirent, ayant ramassé les cuirs, les poulets et le miel qu'ils étaient en devoir de porter, lorsque les Pygmées les avaient assaillis, au chef noir du district.

« Or, ce chef était une femme. J'avais entendu parler d'elle. Les indigènes vantaient son intelligence, sa justice, son courage. Mais je ne l'avais jamais vue.

« J'en eus l'occasion le soir même, car elle vint à mon camp, escortée de guerriers portant arcs et lances. Elle était jeune, ferme et belle — et pour ainsi dire nue. Elle montra une grande curiosité envers tous les objets du campement et finit par s'étendre avec un plaisir enfantin sur le fauteuil pliant dressé sous l'auvent de ma tente... Et puis elle entra dans la tente même, pour toute la nuit.

Quand il eut achevé cette histoire, Charles de l'Épine arrêta sa voiture à l'ombre de grands arbres, face à une rivière qui coulait entre des plantations de bananiers. Il tira de son sac un pain, un fromage et une bouteille de bon vin.

— Allons nous asseoir au bord de la route, dit-il.

*

Nous partagions le pain, le fromage et le vin, à moitié étendus sur l'herbe. Le soleil, entre les feuilles des grands arbres, poussait de chaudes et frémissantes antennes. En contrebas luisait la rivière et au-delà s'ouvrait un grand paysage de collines, de bois et de montagnes. Au creux des bananeraies on apercevait les chaumes dorés des huttes.

Des noirs passaient sur le chemin, vêtus pour la plupart de shorts blancs ou kaki et de chemises éclatantes. Ils nous saluaient gaiement et parfois Charles de l'Épine plaisantait avec eux. Ils montraient alors une joie d'enfants. Nous les avions perdus de vue que leur gaieté résonnait encore.

— Ce sont de bonnes gens, dit Charles de l'Épine. Je n'ai jamais compris ceux qui assurent que les noirs n'aiment pas les blancs — comme si, par la seule couleur de leur peau, les blancs avaient droit à l'amitié des indigènes. Il faut la mériter, que diable, cette amitié, la gagner comme n'importe où. Les gens d'ici ne sont pas plus bêtes qu'ailleurs. Au contraire. Ils sont pleins de finesse, de malice. Il y a beau temps que les Européens ont cessé d'être pour eux des dieux sans défauts, ni travers.

« Je me souviens encore de la leçon que j'ai reçue à cet égard dans un grand village de colline.

« J'y étais arrivé sans prévenir, en tournée d'inspection et l'avais trouvé en pleins préparatifs de fête. Le chef m'accueillit avec cette courtoisie particulière au pays, très digne, sans trace de servilité. Il m'a offert à manger, à boire. Puis sa case pour me reposer. J'étais très tenté d'accepter, car je venais de loin, à pied comme toujours, et il faisait chaud. Mais j'avais envie de voir la fête.

« Mon hôte a semblé gêné de ce désir et m'a incité davantage à la sieste. C'était une attitude étrange, car tout chef à l'ordinaire était fier de montrer au visiteur blanc l'adresse et la force de ses jeunes hommes. Naturellement, la résistance a excité ma curiosité. Il ne s'agissait plus de voir une fête, mais précisément cette fête-là.

« Quand il a vu que ma décision était irrévocable, le vieux noir a incliné la tête et soupiré :

« — Que ta volonté soit exaucée, mais ne te mets pas en courroux contre moi…

« On m'a donné un siège d'honneur sur le terre-plein qui servait de grand-place au village et les réjouissances ont commencé. Et d'abord je me suis étonné de l'embarras qu'avait manifesté le chef. Tout se déroulait comme à l'accoutumée : tir à l'arc, saut en hauteur, danses tribales…

« Mais quand ces exercices ont été terminés, un personnage singulier est apparu devant les spectateurs. Il portait une manière de veste, ses cheveux étaient passés à la chaux et il avait au menton une barbiche faite d'herbes tressées. Quelques noirs, avec des insignes de notables, l'entouraient. Le dialogue qui s'échangea entre eux me fit tout comprendre. L'homme à la barbiche et à la veste figurait un officiel blanc en tournée d'inspection. C'était un admirable acteur. Il avait dépisté tous les ridicules des Européens quand ils ont affaire aux indigènes. La vanité, la suffisance, le "moi-je-sais mieux", les ordres absurdes, le refus d'entendre raison, le port prétentieux — tout y était, avec une finesse d'observation et d'exécution extraordinaires. Et ceux qui jouaient les notables opinaient gravement de la tête, tout en échangeant des clins d'œil d'ironie et de complicité. Leur mimique exprimait : "Parle, parle, bonhomme. Après tout, nous n'en ferons qu'à notre guise." Quelle drôlerie, quelle satire ! Je me tenais les côtes. Ce bonhomme à barbiche avait du génie.

Après tant d'années, Charles de l'Épine recommença de rire aux éclats.

— Il vous faut encore une histoire de chasse, dit-il une fois que nous fûmes de nouveau en route. Bon ! la dernière alors ! Car je pourrais en retrouver sans fin. Et celle du noir qu'un éléphant méprisa au point que, au lieu de le piétiner, il le recouvrit simplement de feuilles. Et celle d'un autre noir qui dormait enroulé dans une natte et qu'un lion enleva tout enroulé et qui, toujours endormi, glissa hors de cette natte pour se réveiller au sol, tandis que le lion emportait la paille vide...

— Allons, dis-je en riant à mon tour, ce n'est pas sérieux...

— Pour ces deux gars, je vous jure bien que ça l'était, répliqua Charles de l'Épine. Vous auriez dû les voir comme je les ai vus, après leur aventure.

Il médita un instant et reprit :

Le gentilhomme du Kivou

— Celle que je vais vous raconter a eu pour lieu Koumassu, dans l'Urundi sud, une vallée d'herbes hautes et de gros gibier.

« J'avais établi mon camp en bon terrain sec au pied des montagnes et je me souviens de ma première nuit comme de l'une des meilleures de ma vie de brousse. Il faisait une lune superbe. Maintenant que vous avez voyagé à travers la contrée, vous pouvez comprendre sans peine la beauté que cette lumière donnait à une gorge tropicale pleine de rocs, de buissons et d'arbres. Ajoutez à cela les ombres et les lueurs que projetait aux alentours une immense pyramide de bois en flammes — car l'air était frais à cette altitude — et vous aurez de toute la scène un sentiment assez précis. Je vous assure que, bien installé dans une chaise longue, à juste distance du brasier, je ne désirais rien au monde.

« Dans la montagne les lions chassaient et l'écho de leurs voix, arrivant par intervalles réguliers, formait le fond sonore qui convenait exactement à ce cadre, à cette nuit, à cette lune.

« Soudain, je me redressai dans ma chaise longue : tout près et comme à la lisière même où mon feu de camp cessait d'éclairer l'ombre, un rugissement avait éclaté, furieux et affamé, appel de grand fauve qui met tout le sang en émoi. Un lion était dans la vallée, dans ma vallée, autour de mon camp. Toute ma sérénité se dissipa d'un coup. Il ne s'agissait plus de rêvasser au clair de lune. J'allai me coucher tout de suite, pour être aussi frais et dispos que possible avant le lever du soleil.

« La lumière était encore indécise le lendemain, quand, avec le porteur de mon second fusil, je pris la brousse dans la direction d'où était venu le rugissement nocturne qui m'avait alerté.

« Je marchai vite et arrivai au pied de la montagne la plus proche juste au moment où le vrai jour venait. Il y avait là, descendant la pente et se dirigeant vers le cœur de la vallée, une des plus larges pistes et des mieux piétinées que puisse laisser un troupeau de buffles. Naturellement, je décidai de la suivre.

« — Ne fais pas cela, blanc ! s'écria alors le porteur du second fusil.

« Son propos m'étonna. Bon traqueur, bon chasseur, il m'avait accompagné souvent dans mes expéditions et s'était montré toujours ardent à la poursuite.

« — Ne fais pas cela, blanc, reprit-il. Tu vois bien que les buffles ont couru en désordre et tu as entendu, cette nuit, rugir dans les montagnes. Les lions sont derrière le troupeau. Il est dangereux d'aller à leur rencontre.

« Comme je persistais dans mon dessein, le noir ne dit plus un mot, mais, au lieu de me précéder ainsi qu'il le faisait à l'ordinaire, car ses pas et ses yeux étaient plus vifs que les miens, il se plaça derrière moi.

« En vérité, je n'avais pas besoin de lui.

« La piste était aussi facile à repérer qu'une route. Elle traversait une assez grande étendue de savane pour aboutir à un petit bois. J'avais beau être en avant du noir, ce fut lui, comme toujours, qui aperçut le premier le gibier.

« — Blanc, chuchota-t-il... blanc, et me montra entre deux arbres une tache brune qui se confondait presque avec la couleur des troncs.

Un buffle... je tirai... touchai... La bête fit un bond énorme et se rua vers la savane. Je n'eus pas le temps de savoir ce qu'elle était devenue. D'autres buffles défilaient affolés devant moi. J'en abattis un...

« Puis j'écoutai le galop de la course... Le bruit diminuait... diminuait, allait s'éteindre. Mais voici qu'il reprenait consistance et croissait, croissait furieusement... Les buffles revenaient dans ma direction.

« Le noir m'avait donné mon autre fusil à deux coups. Et lorsque la charge désordonnée repassa devant moi, je fis un doublé magnifique. Le troupeau reflua de nouveau, s'en alla, s'en alla, s'en alla et, comme je n'entendais plus qu'un très léger frémissement de sabots contre la terre, rebroussa chemin de nouveau. Rien n'était plus singulier, plus étrange, que cet acharnement à revenir sous un feu meurtrier. De toute ma vie de chasseur, je n'avais jamais vu cela. Mes réflexions furent arrêtées net par le troupeau que, pour la troisième fois, une sorte de démence précipitait dans ma ligne de tir. J'atteignis un buffle entre ses cornes, de plein front. Il croula net. Les autres firent volte-face et leur galop les emmena, les emmena... Pour de bon, ce coup-ci.

« C'était un beau tableau, quatre buffles en quelques instants. Mais il y avait un côté si bizarre dans ma réussite que, tout en allant voir les cadavres des bêtes, groupés de très près, je me sentais plus intrigué, plus perplexe que satisfait.

« Le pisteur noir, après avoir rechargé mes armes, s'en était allé sur mon ordre, au camp, afin d'en ramener assez d'hommes pour enlever la peau des buffles et les dépecer. L'attente devait être assez longue. J'accrochai mes deux fusils sur l'épaule et partis en flânant vers la lisière du bois.

« Or, comme je débouchais dans la savane, je fus cloué sur place par un rauque et sauvage grondement. Il s'était élevé du sol même et à faible distance, — quarante, cinquante mètres, tout au plus. Le grondement reprit, étendu, répercuté. Je ne voyais rien. Les herbes hautes et drues formaient un rideau impénétrable à mes yeux. J'avisai une termitière voisine — la terre en était toute hérissée — et, un fusil prêt, grimpai dessus.

« Un instant, la surprise me laissa comme paralysé. Là d'où étaient partis les grondements, il y avait, en train de dévorer une carcasse de buffle — le premier que j'avais tiré et qui était allé mourir un peu plus loin, — deux lions et une lionne. L'esprit travaille vite en des instants pareils. Et je me dis : "Voilà pourquoi le troupeau se conduisait d'une façon insensée. Ce sont les fauves qui, par trois fois, l'ont rabattu dans ma direction. Les buffles craignaient davantage les lions que mon fusil."

« Tout en pensant cela, j'ajustai et tirai. La lionne tomba...

« Alors tout se passa à une cadence tellement rapide, que, en vérité, comme on l'écrivait dans le vieux temps, cela prit moins de temps qu'il ne me faut pour vous le dire.

« À peine la lionne avait-elle poussé sa plainte d'agonie que les deux lions qui étaient avec elle me chargeaient et deux autres, sortant du couvert des herbes, bondissaient juste derrière les premiers. Une vraie meute, énormes crocs visibles dans les gueules béantes, crinières au vent, terrible, superbe. Ils venaient à moi, juché sur ma termitière, avec une vitesse de cauchemar. Ce n'était plus de ma part qu'une question de réflexes. Je saisis le fusil dont les deux canons étaient chargés... Un coup de feu... un autre. Les deux lions qui arrivaient en tête roulèrent sur le sol. Mais cela n'arrêta pas l'élan des deux autres. Ils fonçaient, ils arrivaient... Je repris le fusil qui m'avait servi à tirer la lionne. Il n'y restait plus qu'une seule balle. Une fois celle-ci employée, je serais désarmé... et alors... Je n'avais pas le temps de réfléchir plus avant... Je tirai. Un des lions culbuta. Le dernier n'était plus qu'à deux bonds de mon refuge. Tout était fini...

« Par un incroyable bonheur, le fauve s'arrêta un instant, comme en vol, pour regarder son compagnon qui se débattait dans les dernières convulsions. Cet instant suffit à mes doigts — animés soudain d'une agilité sans pareille — pour glisser une cartouche dans l'autre canon du fusil. Et quand le lion s'élança pour mon sang, je pus l'arrêter à bout portant. Il tomba à mes pieds ; je l'ai regardé battre, dans l'agonie, la base de la termitière de ses griffes...

« Et savez-vous à quoi je pensais : que jamais plus je ne chasserais avec un express à deux coups. Et je me suis tenu parole.

Nous arrivions à Ruhengeri, où il y avait quelques maisons européennes et un charmant petit hôtel. Nous prîmes du whisky sur la véranda. Là, Charles de l'Épine me dit :

— L'histoire n'est pas tout à fait terminée.

« D'abord, quand je revins au camp, un courrier noir m'attendait. Il était porteur d'un décret de Bruxelles, transmis par le gouverneur du Congo belge, qui me nommait officier dans l'Ordre du Lion... C'était vraiment le jour...

« Ensuite, quand je voulus faire enlever les peaux des cinq fauves dont les corps se trouvaient étendus devant ma tente, le chef de mes boys et de mes porteurs s'écria : "Non, blanc... Attends que les tribus les voient."

« Et, pendant des heures, les habitants de tous les villages voisins défilèrent devant les dépouilles. Il y avait parmi eux des centaines de femmes. Chacune d'elles frappait du pied un des lions en l'insultant, car il n'y avait pas une famille, dans la contrée, qui n'eût souffert dans son bétail et dans sa parenté, de cette harde effrayante...

« Or, dans les montagnes, vivait une sorcière et qui menait une existence opulente en vendant des charmes contre les lions. Ma chasse affaiblit singulièrement son prestige. Et comme les dieux s'étaient décidément retournés contre elle, son fils, quelques jours après, fut dévoré par des fauves. La sorcière en fut complètement ruinée.

À mi-chemin de Goma — c'est-à-dire à quelques kilomètres de la ville — Charles de l'Épine me montra sur la gauche un bois touffu.

— Je passais par ici, l'année dernière, à la nuit tombée, me dit-il. Un grand léopard sauta de ces arbres sur la route. Je n'eus vraiment cette fois aucun mérite. J'avais un fusil et les phares de ma voiture aveuglaient la bête.

Peu après, les vives lumières de Goma se reflétèrent sur le lac Kivou.

IV

LA TRIBU FABULEUSE

Le matin était encore frais sur l'âpre colline de Rugerero, proche de Kisenyi. La ronde plate-forme de terre battue qui en formait le sommet était encore déserte. J'arrivais trop tôt et je le savais bien. Mais il m'avait été impossible de contenir mon impatience.

J'allais voir, en ce haut lieu, les antiques danses du Ruanda, qui n'avaient point de pareilles dans tout le monde noir, nées et mûries sur des plateaux royaux, protégées contre les siècles, contre l'oubli et l'abâtardissement, par des montagnes tutélaires, pour le plaisir des souverains Watutzi et de leurs grands vassaux fabuleux.

Le pourtour de la plate-forme était bordé, sur un côté, par des habitations et, sur l'autre, par des frondaisons et des fleurs vives. L'espace libre découvrait le paysage habituel et magnifique du Kivou, le scintillement du lac, le dessin des montagnes, les villages indigènes au fond des bananeraies, les volcans.

Tandis que, une fois de plus, je contemplais cette merveilleuse force et douceur sauvage, deux vieillards sortirent d'une case et s'arrêtèrent sous l'auvent de chaume. Dès lors, ils semblèrent, en leurs personnes, une réplique de la nature auguste et du temps infini.

Ils étaient plus grands, beaucoup plus, que le commun de la tribu humaine, si grands qu'ils devaient écarter la tête pour ne point toucher la paille de la hutte. Ils avaient aussi un corps plus fin, plus élancé, plus altier que les ordinaires mortels et un port de cou plus superbe. Les plis de leurs robes aux couleurs sombres et aux simples dessins, qu'ils portaient des épaules jusqu'aux chevilles, retombaient sur le torse et les jambes avec une noble mollesse. Les visages étaient noirs sans doute, mais d'un noir singulier, tirant sur l'ocre, comme si la pigmentation sombre avait recouvert une feuille d'or rouge. Et leurs épais cheveux gris, qui dégageaient très haut le front et allongeaient encore leurs figures minces et racées et leur étonnante stature, étaient découpés en trois crêtes divergentes et aiguës qui rappelaient en même temps les cornes diaboliques et les croissants de lune.

J'avais aperçu — en passant et de loin — quelques-uns de ces Watutzi fantastiques. Maintenant, j'éprouvais de nouveau, mais plus intense et plus hallucinante, l'impression qu'un sépulcre immémorial, un sarcophage sacré, s'était soudain ouvert et que, de la profondeur des âges, surgissaient les témoins d'un mythe englouti.

Les vieillards prodigieux se tenaient immobiles, appuyés des deux mains sur des cannes aussi hautes qu'eux-mêmes. Le premier, sans remuer d'une ligne, donna un ordre à mi-voix. Deux noirs, aussitôt, surgirent de la case. À demi nus, courtauds, lourds d'attache, camus, lippus. Serviteurs, serfs, esclaves : des Bahutu. Ils apportaient chacun une pipe très longue, déjà allumée. Et chacun la glissa entre les lèvres de son maître. Ceux-ci, nonchalamment, aspirèrent quelques bouffées. Puis les serviteurs retirèrent les pipes, puis les tendirent à nouveau... et refirent ces gestes jusqu'au moment où le tabac fut consumé. Alors ils disparurent et les grands Watutzi, qui n'avaient pas fait un seul mouvement inutile, indigne, continuèrent de regarder devant eux, la tête haute et coiffée en croissant de lune, murés dans le silence, l'orgueil, la majesté.

Sans doute étaient-ils, — ces vieux hommes, — parmi les derniers à croire encore, et selon la fable sacrée, qu'ils descendaient de l'ancêtre divin qui était tombé droit du ciel, tout armé, au berceau du Ruanda, pour former une race superbe et royale et prédestinée à la domination. Et sans doute étaient-ils parmi les derniers à garder en leur mémoire les poèmes glorieux et les chansons de geste que les bardes noirs avaient transmis d'âge en âge pour célébrer les hauts faits des monarques, les prouesses des guerriers, l'épopée des dynasties et des clans.

En face de Rugerero s'élevait, au faîte d'une autre colline, un ensemble de bâtiments en brique, de jardins, de vergers et de bois. C'était Nyunda, l'une des missions catholiques les plus anciennes du Ruanda et c'était sur elle que se trouvaient fixés les yeux immobiles, qui ne cillaient pas, des grands vieillards Watutzi.

Se demandaient-ils — eux qui, à coup sûr, avaient refusé d'être chrétiens et cela éclatait dans l'arrogance, le mépris, le défi que portait chaque pli de leur visage — se demandaient-ils quel était l'envoûtement étrange qui avait précipité vers ces prêtres blancs pêle-mêle les ilotes Batwa, les serfs Bahutu et les jeunes gens Watutzi du plus noble lignage ? Malgré les devins, les sorciers, les aruspices, les oracles.

Se souvenaient-ils des temps qu'ils avaient, eux, connus, où aucun étranger, fût-il arabe, fût-il africain, n'avait le droit de se fixer en leurs fiefs ? Où, dans la forteresse des montagnes, un seul maître, le Roi, disposait des terres et des troupeaux, de la vie et de la mort ? Où l'on faisait la guerre, où sur chaque colline une femme différente attendait son seigneur, où fleurissaient la rivalité et l'intrigue, le triomphe et la ruine des clans, lorsque l'existence était précaire, mais riche en courage, en ruse féconde et en bon plaisir ?

Peut-être songeaient-ils à tout cela, ces très vieux hommes immobiles et peut-être, simplement, ils étaient venus s'appuyer sur leurs hautes cannes pour offrir à l'éternel soleil leur fatigue de vivre...

J'aurais pu garder longtemps mon imagination suspendue à la poésie féodale et pastorale de ces deux visages altiers et rêver sans fin à leurs rêves. Mais il se fit un grand bruit autour de moi. Des serviteurs noirs installaient des chaises et des fauteuils pliants en demi-cercle ; des groupes d'Européens arrivaient sur la plate-forme de Rugerero.

Nous étions tous les invités du haut seigneur Kamuzinzi, chef de la province du Bugoyi et qui avait pour cousin le suzerain héréditaire du Ruanda tout entier, Mutara III Rudahigwa, bref le *mwami* lui-même.

Il devait être tout cela pour offrir le spectacle auquel il nous avait priés, car on pouvait compter sur les doigts d'une seule main les dignitaires et même les princes du sang qui, dans tout le pays, avaient encore à leur solde une troupe de musiciens et de danseurs digne de leur rang.

Sur le seuil de sa maison, — la seule construite en briques et couverte de tuiles, parut le chef. Quelle vision ! Même parmi les Watutzi gigantesques, Kamuzinzi était un colosse. Sa taille dépassait deux mètres et — contrairement aux autres seigneurs de sa tribu, si fins, si élancés, — il avait le cou et le torse d'une telle puissance qu'il semblait porter une cuirasse faite de muscles d'airain. Une moustache épaisse, longue et crépue, brillait au soleil contre ses sombres joues. Les dents fortes et blanches, les yeux vifs et ardents, il avait l'air d'un ogre joyeux. Il était vêtu d'un uniforme kaki à énormes boutons de cuivre étincelant.

En français, le chef Kamuzinzi demanda à ses invités de prendre leurs places. Lui-même il s'assit au centre de l'arc de cercle, auprès du résident belge du Kivou. Je regardai les deux vieillards Watutzi. Ils n'avaient point bougé. Leurs serviteurs avaient de nouveau apporté des pipes et ils fumaient sans y toucher, au-delà et au-dessus de toute cette agitation.

Soudain, — très légèrement et comme malgré eux, — ils semblèrent retourner à la vie. Leurs têtes, sommées des croissants lunaires, frémirent au bout de leurs cous longs et droits et un lent mouvement anima les plis de leurs robes. En même temps, j'avais senti une onde sonore me saisir aux viscères : la grêle sèche des tambourins, le chant mat des tam-tams, la plainte des buccins. Les musiciens du cousin du roi, habillés de courtes jupes brunes et tenant leurs instruments à bout de bras, débouchaient de la route sur le terre-plein. Ils s'y arrêtèrent en une seule file à la gauche des spectateurs.

C'étaient pour la plupart des Batwa, descendants directs (quoique métissés à des tribus de stature normale) des Pygmées qui, les premiers, avaient occupé les monts et la jungle du Ruanda. Les Bahutu les avaient refoulés vers le nord, vers le flanc des volcans tapissés encore de sylves primitives. Ils y avaient vécu, ils y vivaient, honnis, méprisés, pisteurs et chasseurs incomparables. Mais certains, comme par une revanche qui durait à travers les siècles, étaient venus servir les Watutzi géants qui, eux, avaient réduit les Bahutu en esclavage. Valets, bouffons, soldats, bourreaux, pour la gloire et le plaisir de maîtres semblables à des dieux, ces parias tiraient ainsi vengeance des serfs qui autrefois les avaient exterminés.

De plus — et pareils en cela aux gitans — ils avaient l'instinct de la musique et le génie de la danse.

On le vit bien dès que la première troupe commença d'évoluer.

Elle était composée d'hommes noirs, petits et fluets, vêtus de courtes jupes rouges, le torse orné de verroteries, le visage peint de dessins blancs et surmonté de touffes de plumes. Mais leur chef, le maître de ballet, qui, depuis des générations, instruisait les danseurs selon les règles et les rites séculaires, était, lui, un grand vieillard Mututzi[1] pareil en tous points — taille, dignité, costume et coiffure — à ceux qui, maintenant, regardaient avec une passion hautaine leurs amuseurs éternels se ranger devant eux.

Le vieux chef des danses leva lentement son long bâton incurvé et les tambourins, les tam-tams, les buccins et les flûtes résonnèrent. Mais ce n'était pas la musique habituelle des pays noirs, faite unique-

---

1. Le préfixe *Mu* désigne le singulier et le préfixe *Wa* ou *Ba*, le pluriel. On dit un *Mu*tutzi, un *Mu*hutu, un *Mu*twa et des *Wa*tutzi, des *Ba*hutu, des *Ba*twa.

ment d'élémentaires cadences et de sonorités brutes. On entendait ici une orchestration surprenante et les thèmes mélodiques se développaient, se suivaient, se mêlaient avec un art pénétrant et cruel, dans une étrange suavité barbare.

Un à un, les danseurs se mirent en mouvement. Leur aisance, leur légèreté étaient admirables, mais la retenue, la modestie, la pudeur étonnaient chez eux encore davantage. Ils effleuraient à peine la terre battue de leurs pieds dénudés. Ils nouaient et dénouaient des figures simples et délicates à l'extrême. Ils demeuraient longtemps immobiles sur les pointes de leurs orteils et quand ils repartaient, c'était dans un glissement qui ressemblait au vol. Ils tenaient alors leur cou penché tantôt d'un côté et tantôt de l'autre et leurs épaules et leurs bras avaient des mouvements d'ailes. C'était le pas de la grue huppée, emblème de la dynastie du Ruanda, par quoi s'ouvraient les danses pour honorer le chef Kamuzinzi, prince du même sang que le *Mwami*, le roi.

Et en vérité, avec les lignes et les taches blanches qui effilaient encore les visages, amincissaient les yeux, donnaient au nez un profil de bec, avec la longue grâce hiératique de leurs gestes, ces hommes, ces chasseurs, étaient arrivés, par des siècles d'observation et de mimétisme, à s'identifier d'une façon étrange, hallucinante, aux oiseaux des rivières sacrées. Il y avait les quadrilles de la pêche, les essaims de la fuite effarouchée et les duos de l'amour. Et de temps à autre, un vieux danseur, le meilleur de tous, avec des yeux doux, lumineux et sages, se détachait de la troupe, approchait les spectateurs et, d'un bout à l'autre de leur rangée, passait, glissait, dans un vol à peine entravé, propitiatoire et magique.

Après chaque figure, l'immense maître de ballet, aux cheveux blancs taillés en croissants lunaires, précipitait de toutes ses forces son bâton contre le sol pour balayer les esprits néfastes et faire place nette aux génies bienfaisants. Il psalmodiait en même temps d'une voix aiguë des formules de protection et de sortilège.

Pour un instant, buccins, tambourins et flûtes firent silence et les mimes de la grue huppée allèrent se ranger auprès des musiciens. Et l'orchestre reprit — mais cette fois comme un magnifique orage. Et une autre troupe parut — mais celle-là bondissante, retentissante, déchaînée.

Ces danseurs avaient des jupes longues et larges aux violentes couleurs et des bandes d'étoffe blanche se croisaient sur leurs torses noirs et ils étaient coiffés d'un raphia qui imitait la crinière du lion et à leurs chevilles de lourds grelots sonnaient sans cesse et leurs mentons étaient ceints d'une jugulaire en perles de verre et ils brandissaient d'une main l'arc du guerrier et de l'autre la lance.

C'était un ballet, un ballet au sens où nous l'entendons : ordre parfait, thèmes savamment conçus, pas établis avec rigueur, figures d'ensemble, solos prestigieux. Ces noirs avaient une discipline, une école, une tradition. Leur instinct, leur frénésie en tiraient les plus merveilleux effets. Quand ils se ruaient à la charge, jupes bariolées flottant sur leurs sombres jambes, grelots bondissants et sonnants, l'arc tendu, la lance pointée, chaque muscle détaché et saillant dans l'effort du combat, chaque trait du visage tordu et sculpté par la fureur de guerre — on avait le sentiment de revoir les plus fameuses, les plus sauvages danses des troupes russes, mais dans une barbarie non simulée et dans un prodigieux décor.

Car pour fond il y avait le lac Kivou et ses montagnes et ses volcans et, plus près, les collines, les huttes et les fleurs tropicales. Et la cohorte des musiciens et la noire foule accourue.

Cette fois aussi, les meilleurs danseurs s'avançaient jusqu'à nous. Mais eux, ils étaient dans la transe, l'extase, le délire. Leurs sauts, leurs contorsions, le tintement de leurs grelots, leurs armes brandies agissaient moins que leur regard de fièvre et de feu, que leur bouche écumante.

Par instants, on avait peur.

L'immense vieillard qui commandait aux danses frappa une dernière fois le sol de son bâton incantatoire et vociféra les suprêmes formules d'enchantement. Tout était terminé.

J'entendis alors la voix de Charles de l'Épine :

— J'ai vu autrefois, disait-il, quarante mille danseurs bondir devant cent mille guerriers.

Il m'avait déjà dit cela... Mais alors je n'avais pas vu... Maintenant, je savais à quelle incroyable splendeur s'adressaient les regrets de mon compagnon.

— Oui, quarante mille danseurs..., répéta Charles de l'Épine...

*

J'avais promesse d'être reçu par Mutara III, roi du Ruanda. Charles de l'Épine avait obtenu cette audience sans peine. Ses amitiés étaient anciennes et sûres du côté belge, aussi bien que chez les Watutzi.

La résidence du *Mwami* se trouvait, comme celle de ses derniers ancêtres, à Nyanza et, pour me faire voir les paysages les plus beaux, mes compagnons (Roger Charrier nous conduisait dans sa voiture découverte) avaient choisi la route qui suivait une chaîne de montagnes boisées, arête gigantesque, haute parfois de trois mille mètres, parallèle au lac Kivou, vers lequel elle s'abattait par un glacis abrupt et des gorges vertigineuses. Ce chemin tout en lacets — et il y en avait plus de mille — était si étroit que, fréquemment, deux automobiles ne pouvaient s'y croiser. On avait dû, pour certains secteurs, établir une circulation à sens unique. Une barrière y interceptait la route et le gardien ne la relevait que pour les voitures allant dans la direction prescrite.

Nous avions fait à peu près les deux tiers du trajet, lorsque nous vîmes le signe d'arrêt. Il n'y avait pas grand mal. L'attente se bornait à une vingtaine de minutes et l'endroit où nous devions la subir était particulièrement beau. En effet, outre les splendeurs coutumières à ce pays, une rivière coulait tout près en contrebas, tantôt lente et tantôt écumeuse, entre des berges rouges, sur lesquelles poussaient en désordre roseaux, fleurs sauvages et bananiers.

Un sentier y menait sinueusement. Nous le suivions quand je demandai à Charles de l'Épine le nom du cours d'eau.

— La Rukarara, dit-il aussi simplement et facilement qu'il l'eût fait pour un vocable de son propre langage.

Il ajouta :

— C'est l'une des vraies sources du Nil.

D'étonnement, je m'arrêtai.

— Comment ? dis-je. Comment ?

Je me souvenais si bien du jour où, surplombant les rapides qui jaillissaient au flanc du lac Victoria, la certitude de voir la naissance du grand fleuve avait nourri mon exaltation.

— Mais voyons, tout le monde sait que c'est à Jinja que commence le Nil, m'écriai-je.

— Pas tout le monde, dit assez vivement Charles de l'Épine. Les Anglais seulement... Bien sûr : Jinja se trouve sur leur territoire et c'est un de leurs explorateurs qui a découvert l'endroit. Mais soyons logiques...

Il se mit à tracer d'un doigt sur sa paume un invisible dessin, poursuivant :

— De quoi est fait le Nil à Jinja ? Des eaux du lac Victoria, n'est-il pas vrai ? Et par quoi sont alimentées ces eaux ? Par les rivières qui descendent des hauts massifs africains du Kenya, du Tanganyika et du Ruanda, — vous êtes bien d'accord ? Or, celle dont la source est la plus éloignée et qui roule le plus fort volume d'eau est la Kagera, fleuve mère du Ruanda, et l'un de ses affluents les plus lointains, c'est la Rukarara qui bouillonne sous nos yeux. Concluez vous-même.

Charrier intervint alors en souriant.

— C'est un point d'honneur local et nous avons, ici, l'esprit de corps, dit-il.

Nous descendions de nouveau vers la rivière.

— On n'appellerait pas « dorsale Congo-Nil » la chaîne que nous venons de longer si, du versant est, ne partaient pas les premiers affluents du fleuve égyptien, reprit plus calmement Charles de l'Épine.

Nous étions au bord de la Rukarara. De l'autre côté, à perte de vue, s'étageaient des collines étroites, et au sommet arrondi. Sur certains de ces sommets frémissaient au vent des boqueteaux de sycomores.

— Ces arbres ont été plantés pour désigner les vestiges des résidences et des haltes royales, me dit Charrier. Afin que jamais une autre demeure n'y soit élevée.

— Les anciens souverains Watutzi se déplaçaient sans cesse, dit Charles de l'Épine. Pour la guerre, la chasse, l'amour. Et pour intimider les grands vassaux. J'ai vu le vieux Musinga, — le père du *Mwami* chez qui nous allons, — faire de même. Il s'arrêtait toujours, en vrai seigneur des collines, au faîte d'un piton. Son « palais » l'attendait : une hutte un peu plus vaste, un peu plus ornée que celle des chefs, courtisans, dignitaires qui l'accompagnaient toujours et tremblaient pour leur vie.

Charles de l'Épine rêva un instant et reprit :

— Le vieux Musinga... Nous étions bons amis. Un despote féroce. Il avait encore les mœurs et l'allure du temps féodal. Les Belges ont fini par le déposer...

— Et son fils ? demandai-je.

— Il m'arrivait à la ceinture quand je l'ai connu. Aujourd'hui c'est le contraire.

— Mais encore ?

— Vous verrez par vous-même, dit pensivement Charles de l'Épine.

Je fus empêché de pousser ma question plus avant par un tumulte qui s'élevait sur la berge opposée : piétinements de sabots, froissement de buissons, meuglements, cris humains. Puis les broussailles qui nous faisaient face s'écartèrent et un troupeau gagna la plage argileuse de la rivière.

Un troupeau de vaches.

J'ai cherché longuement un mot qui ne fût point celui-ci pour désigner ces bêtes. Je l'ai fait en vain et regrette amèrement cette impuissance.

Car il n'y avait rien de commun entre les bovidés que nous avons coutume de voir et les créatures merveilleuses qui buvaient à l'eau de la Rukarara.

Elles étaient d'une autre texture, d'une autre essence, d'un autre monde et d'un autre temps.

Construites en hauteur, elles avaient le poitrail mince et bombé en forme de proue. Leurs jambes étaient longues et leurs attaches ciselées. La robe, du poil le plus lisse, le plus doux, couvrait un corps d'une finesse et d'une grâce extrêmes. La tête étroite, effilée et sensible rappelait celle des grandes antilopes. Et, couronnant tout cela, s'élevaient, éclataient et, pour ainsi dire, chantaient dans l'air pur et bleu deux cornes immenses, d'un magnifique dessin, travaillées et modelées par la nature avec le soin le plus exquis, pour leur donner la forme d'une lyre.

Je me souviens qu'un sentiment étrange m'obséda pendant quelques instants à ce spectacle. Je n'avais jamais rencontré ces bêtes magnifiques et pourtant je les connaissais déjà. C'était comme un souvenir inexplicable, angoissant, venu de quelque existence antérieure. Et puis ma mémoire retrouva le lien perdu. Ces formes si belles, ces cornes hiératiques, je les avais vues depuis mon enfance sur les illustrations de tous les livres qui concernaient l'Égypte antique, l'Égypte des temples écrasants, des pyramides et des Pharaons. C'était la vache Hâthor. C'était le bœuf Apis. C'étaient les divinités du Nil.

La poésie de l'histoire s'accordait avec ceux qui voyaient dans les eaux du Ruanda le berceau du grand fleuve.

C'était avec ces troupeaux qui venaient du nord — Égypte ou Ethiopie — que les grands Watutzi étaient arrivés sur les rives du Kivou. Et je pensai que, outre la taille et la valeur des guerriers, la beauté de leur bétail avait compté beaucoup dans la soumission spontanée, adoratrice, des paysans Bahutu qui occupaient alors la terre. Les bêtes, comme les pasteurs, semblaient descendre d'un Olympe africain.

— Et encore, dit Charrier à mi-voix, vous ne voyez là qu'un troupeau ordinaire.

— En effet, dit Charles de l'Épine, ce n'est rien auprès des vaches *nyambo*.

Et mes deux compagnons me racontèrent l'une des plus extraordinaires traditions qui subsistent en ce monde.

*

Les sociétés humaines, — celles du moins qui ont pris conscience de leur forme et de leur durée — ont toutes éprouvé le besoin invincible de perpétuer les hauts faits de la race, ou du chef, ou de l'esprit qui en était l'incarnation et le signe, par quelque symbole mémorable, plus fort que le temps accordé à la vie des mortels. De là tous ces monuments — temples, stèles, arcs de triomphe, pyramides, inscriptions qui jalonnent les siècles et les millénaires.

Les Watutzi, eux, pour satisfaire cette exigence, ne possédaient ni architecture, ni alphabet. Alors, ce peuple de pasteurs, ces éternels bergers ont eu recours à leur bétail — à ce bétail si beau qui déjà leur servait d'étalon pour la richesse et le rang dans la tribu.

Qui donc, — roi, devin ou poète, — commença par dédier un troupeau à la gloire d'un homme ou d'un événement ? Etait-ce avant ou après la conquête des monts du Ruanda par les géants venus du Nil ? Y a-t-il une part de vérité dans les légendes qui attribuent au fondateur mythique de la dynastie le choix des premières génisses — non pas sacrées, mais *consacrées*, des premières vaches *nyambo* ?

Personne ne le sait. L'origine de la coutume se perd dans l'ombre des âges.

Mais les Watutzi savent de toute certitude que leurs aïeux et les aïeux de leurs aïeux connaissaient et révéraient ces troupeaux, élus entre tous. La mort ordinaire, la corruption du corps, n'a point de prise en effet sur eux. Ils sont renouvelés sans cesse et il n'y a jamais de manquants. Une vache *nyambo* dépérit-elle, une autre prend aussitôt sa place et, de relève en relève, le troupeau franchit les lustres, les décades, les siècles.

Et le choix de la *nyambo* nouvelle a pour seule source et pour seule raison celles-là mêmes qui déterminèrent, au temps fabuleux, le choix originel, c'est-à-dire la beauté. Aucun souci vulgaire — ayant trait à la viande ou au lait — n'a jamais conduit cette recherche. L'hérédité même n'est pas une loi. D'infatigables bergers, exercés depuis des siècles à la connaissance parfaite, vont de pâturage en pâturage, étudiant lentement les troupeaux et en retirent une à une les créatures idéales qui vont, de génération en génération, par l'harmonie de leurs proportions, la couleur de leur robe et l'écartement des merveilleuses branches de leurs lyres cornues, dire la chanson de geste du Ruanda.

Car il n'est point de grand roi, de victoire, de guerrier valeureux, de récolte féconde, de prophétie étonnante qui n'ait son troupeau consacré. Et ce troupeau porte un nom. Et ce nom lui est toujours venu d'un poète appelé *Umwidi* — c'est-à-dire l'homme qui donne le nom. Et, à cette sorte de baptême, l'aède improvisait un chant qui racontait l'exploit ou le bonheur auquel était dédiée la *nyambo*.

Et les chefs des bergers qui se sont succédé depuis des siècles pour garder le bétail toujours renouvelé étaient tenus de connaître chaque mot du poème. Et cela jusqu'à ce jour. Et comme il existe plus d'un millier de ces troupeaux, ils portent à travers les herbages somptueux qui leur sont dévolus toutes les traditions, toute la poésie, toute l'épopée de ce peuple prodigieux. Ainsi, une auréole magique accompagne ces monuments soumis à la misérable durée de la chair et pourtant immortels.

Or, depuis les temps anciens, une fois l'an, au mois de juillet, lors des grandes fêtes, quand éclate la fécondité du sorgho, les plus magnifiques de ces troupeaux sublimes ont été présentés au *mwami*, roi souverain, propriétaire absolu des hommes et des bêtes, pasteur suprême.

Dans notre siècle le rite a toujours développé ses fastes sur le haut et immense plateau de Nyanza. Et la cérémonie se répète immuable chaque année que nous-mêmes nous vivons.

Devant un peuple innombrable, le *mwami*, en costume d'apparat — longue robe blanche, manteau bleu de nuit, visage à moitié recouvert de perles — regarde les *nyambo* défiler. Les bergers, pour ce jour, ont préparé leur troupeau pendant des semaines. Chaque vache consacrée brille d'un lustre de satin ; les sabots polis à l'herbe odorante reflètent les rayons du soleil ; le col est orné de verroteries qui étincellent ; des amulettes bariolées pendent à la base de ses cornes en lyre. Et, disent les témoins, ces bêtes *savent* leur beauté. Elles passent lentement, portant la tête avec un nonchalant orgueil. Quand elles s'arrêtent devant le roi, leur pose est détachée et digne, noble, mais calculée aussi pour attirer le regard du souverain. Elles *savent* qu'elles sont venues pour lui.

Alors le chef des bergers, haut dignitaire du culte, le grand Mututzi aux cheveux taillés en croissants de lune, entre en frénésie sacrée. Il agite une branche incurvée et fendue par le haut de façon à imiter les cornes et il saute et il bondit et, à une vitesse délirante, il dit, il crie, il chante les poèmes de son troupeau, la geste de la race.

Le *mwami*, idole couverte de plumes et de perles, tient toute droite sa tête au profil de bas-relief égyptien et regarde passer, troupeau par troupeau merveilleux, ses *nyambos* immortels...

Quelques heures après nous arrivions à Nyanza où devait nous recevoir celui qui incarnait tant de prestiges.

*

Un roi absolu, à demi nomade, qui avait passé son existence à faire la guerre et à tenir en bride ses grands vassaux, sentait approcher sa fin. Il était temps pour lui de choisir parmi ses fils un successeur. Il nomma celui qu'il préférait. Mais l'héritier présomptif était orphelin de mère et la coutume impérieuse exigeait qu'une reine mère fût désignée pour veiller sur le nouveau maître au début de son règne. Le souverain vieillissant accorda ce titre à sa deuxième épouse.

C'était une femme très belle, ambitieuse et féroce. Elle appartenait à l'une des plus puissantes familles du royaume, habituée à donner ses filles en mariage aux souverains et à voir des garçons de son sang accéder au rang le plus haut. Deux frères, d'une stature superbe, d'un orgueil fanatique, représentaient alors ce clan seigneurial. Ils se complétaient : l'un, ardent, violent, orageux ; l'autre, l'aîné, d'une intelligence froide et d'une ruse accomplie.

Ce dernier avait déjà montré jusqu'où pouvait

atteindre sa maîtrise de lui-même. Un devin de la cour ayant prédit qu'il engendrerait un roi, le souverain, pour éviter tout risque, l'avait fait châtrer. Et lui qui savait que sa vie dépendait d'une crainte, d'un soupçon, d'un caprice, il avait continué à rendre hommage et à servir fidèlement jusqu'au dernier soupir de son bourreau.

Mais, quand un jeune homme inexpérimenté et naïf eut succédé à celui-ci, la reine mère (marâtre du nouveau souverain) résolut — conseillée, poussée par ses deux frères — de ravir le trône au profit de son propre fils encore en bas âge. Le chef du triumvirat, le maître du jeu terrible, fut le géant châtré.

Il sut gagner la confiance du jeune roi et — homme d'État remarquable — lui donner des avis précieux. Mais, un à un, sous des prétextes habiles, il fit envoyer les frères du *mwami* et ses vassaux dévoués dans leurs gouvernements et apanages.

Puis, un soir où le jeune souverain se trouvait en déplacement et entouré d'une cour réduite, les deux conjurés et leurs partisans assaillirent la demeure provisoire où il résidait avec sa femme et ses enfants. Le combat fut longtemps indécis. Un instant même, la reine mère crut tout perdu et voulut égorger son fils en bas âge avant de se tuer elle-même. Son frère aîné l'en empêcha. Vers le milieu de la nuit, la fortune des armes changea de camp. Le roi fut blessé, son enclos envahi. Alors, selon la coutume ancestrale, il éventra de sa propre main femme, enfants, parents, grands dignitaires et, avant de se donner la mort, mit le feu à son gîte. Les vainqueurs ne trouvèrent que des cadavres calcinés. Ils les abandonnèrent aux charognards.

Mais il restait au roi mort des frères, des cousins, des hommes liges. Ils furent tous exterminés.

On en jeta quelques-uns vivants sur la pointe des lances. La reine mère ouvrit elle-même la poitrine d'un garçon de dix ans. Puis, avec ses deux frères, elle gouverna au nom de son fils mineur. En fait, ce fut l'aîné, l'eunuque géant, qui régna... En fait, le devin avait vu juste.

Cette sauvage tragédie de palais qui semble tirée des vieilles annales, — temps de Brunehaut et de Frédégonde, cour de Tamerlan, Kremlin des premiers tsars de la Sainte Russie — eut lieu dans les toutes dernières années du XIXe siècle, au Ruanda. La reine mère s'appelait Kanjogéro, son frère, — l'eunuque génial — Kabalé, et l'enfant dont, au prix de tant de sang, ils firent un *mwami*, régna sous le nom de Yuhi Musinga. C'était le père de l'actuel souverain.

Un pareil voisinage dans le temps donne un peu le vertige. Voyageurs, fonctionnaires belges, résidents européens du lac Kivou, — ils sont nombreux et bien vivants encore ceux qui ont connu, approché Yuhi Musinga, le *mwami* qui mesurait 2 m 05 et qui n'avait rien changé aux mœurs de ses aïeux.

À mesure que nous approchions de Nyanza, écrivait l'un des premiers blancs reçus par Musinga, une foule immense se massait sur les hauteurs environnant la capitale. Le soleil était au zénith.

Un roulement de tambour résonna. Un cortège sortit de l'enceinte du palais. D'abord des couples de gentilshommes Watutzi, d'une superbe stature, marchant de front avec gravité, accompagnés de leurs fils. Puis on vit la litière de Musinga, portée par les esclaves Batwa[1]*, franchir le seuil de l'enclos et s'avancer à pas lents. Tous ces hommes avaient le corps nu. Autour*

---

1. Ces Pygmées métissés dont il a été question plusieurs fois.

des reins, une ceinture en peau de bovins, d'où pendaient des lambrequins de loutre ; les chevilles cerclées d'anneaux en laiton ; sur la tête une coiffure de cheveux crépus en forme de croissant de lune.

Quand nous prîmes congé, nous pouvions nous dire que nous avions eu le spectacle d'une cour de souverain noir, telle que personne n'avait pu se flatter d'en avoir contemplé dans un si grand déploiement de beauté et de puissance.

Or, cet apparat, et tous ses attributs séculaires, — splendeur, cruauté, superstition, luxure — Musinga les a maintenues jusqu'à la fin de son règne, c'est-à-dire jusqu'en 1930, lorsque les avions déjà franchissaient les océans et que, par ondes, les hommes se parlaient d'un bout à l'autre de l'univers.

Et l'on voyait autour du *mwami* ses puissants vassaux, les seigneurs des collines, hommes de taille plus haute et de maintien plus majestueux que tous les autres hommes, élancés et durs tels d'immenses javelots, aux profils droits et purs, comme gravés sur des médailles d'ébène, guerriers sans peur coiffés en croissant de lune, pasteurs féodaux nourris d'un orgueil sans mesure — mais qu'un caprice de leur roi faisait agenouiller.

Et l'on voyait auprès du *mwami* une troupe d'adolescents magnifiques, appelés *ntore*, issus des familles les plus illustres, à qui l'on enseignait l'art du gouvernement, les sciences des armes, l'entraînement aux sauts prodigieux et les mouvements sublimes des ballets guerriers. Et aussi la complaisance que tout éphèbe devait aux désirs du roi — fût-il son propre fils. Et pour ces mêmes désirs toutes les femmes étaient prêtes, jusqu'à ses filles préférées.

Et il y avait encore la foule des devins, sacrificateurs, sorciers et prophètes qui lisaient — comme de tout temps — les oracles dans les entrailles des poulets, et auxquels le souverain prêtait une foi plus grande qu'aux conseils de ses ministres les plus sages.

Et il y avait les amuseurs, les bouffons, les fous et les poètes. Et aussi les bourreaux préférés. Et ceux-là étaient de tout petits hommes à grosse tête, les *Batwa*.

Et puis la foule des gardes et des serviteurs et des esclaves.

Ces gens vivaient à l'intérieur d'un enclos gigantesque où toutes les demeures — depuis le palais du souverain jusqu'à la case du serf le plus humble — étaient en lianes tressées. Mais il y régnait un cérémonial aussi sacré qu'un culte.

— La colline de Nyanza, — m'avait dit un ami qui avait rendu visite à Musinga, — c'était à la fois, en plein XXe siècle, la cour d'Héliogabale et celle de Louis XIV.

Cependant, les missions catholiques croissaient en nombre, superficie et influence. Les hommes du Ruanda y accouraient avec une ardeur véritable et singulière. Aucun autre pays noir n'a vu autant de conversions ni aussi rapides. Il semblait que leur religion primitive, le culte d'*Imana*, dieu tout-puissant et unique dont le *mwami* était la personnification temporelle les eût préparés au christianisme. Ils avaient de plus un désir puissant, une grande faim d'apprendre, pour partager les secrets des blancs, leur puissance, leur magie.

Les premiers convertis furent exclusivement des pauvres, les paysans et serfs Bahutu. Mais, à mesure qu'ils passaient par les écoles des Pères Blancs, leur rang s'élevait par la force des choses. Ils devenaient scribes, employés, fonctionnaires. Ils formaient des cadres. Ils participaient au pouvoir. Les grands Watutzi regardaient avec fureur, avec stupeur, l'ascension de ces manants qui menaçaient de les commander un jour parce qu'ils avaient renié une foi séculaire. Et les seigneurs firent interdiction à leurs parents et à leurs vassaux nobles d'imiter les vilains. Musinga, le *mwami*, était dans leur camp.

Mais son oncle, Kabalé, qui, par une sanglante conjuration, l'avait fait roi, Kabalé, eunuque au profond génie politique, était encore le vrai maître des féodaux du Ruanda. Et lui, il comprit. Il comprit que s'ils voulaient continuer à dominer deux millions de Bahutu, les deux cent mille nobles Watutzi ne pouvaient pas abandonner l'esprit de leurs serfs à d'autres maîtres, ni laisser des paysans devenir plus savants que leurs seigneurs. La séculaire structure devait craquer si les chefs par la naissance et la puissance ne demeuraient pas les chefs spirituels. Le vieux géant, fourbe et sage, pensa que les ancêtres le voulaient ainsi, les pâtres fabuleux du Nil qui, dans les temps reculés où n'atteignait pas l'histoire, avaient déjà, en même temps que leur langue, pris la religion des Bahutu vaincus.

Kabalé lui-même était trop âgé et trop habile pour une conversion qui n'eût leurré personne. Ordonner un changement de foi eût soulevé contre lui les nobles Watutzi. Cependant il voulait donner — aux jeunes hommes surtout, — une indication dans ce sens qui fut un encouragement indiscutable. Il le fit au cours d'une scène superbe.

Elle eut lieu une fois de plus, en ce pays de monts, au sommet d'une colline et devant la grande hutte de Kabalé. C'était un soir de l'éternel printemps que connaît le Ruanda. Le vieil eunuque gigantesque et vrai maître du royaume avait réuni quelques seigneurs importants, sous l'auvent de sa demeure. Tous ces hommes dont la taille avoisinait ou dépassait deux mètres et qui portaient la haute coiffure aiguë en croissant de lune, étaient les uns assis sur des bancs, les autres debout et appuyés sur des cannes immenses.

Sous leurs regard hautains, le soleil rejoignait les lignes de faîtes et ils parlaient avec majesté des affaires de l'État. Un broc rempli de bière de maïs circulait de l'un à l'autre et tour à tour ils aspiraient quelques gorgées à travers un grand chalumeau planté dans le breuvage.

Comme ces puissants seigneurs tenaient ainsi conseil et récréation, un serviteur de Kabalé vint informer celui-ci que deux jeunes chrétiens noirs attachés à la mission d'Isavi, située à quelques lieues de là, venaient lui transmettre une demande faite par le supérieur de cette misssion. Kabalé fit approcher les coureurs, — des serfs Bahutu (il n'y avait pas d'autres convertis à l'époque), — reçut leur message et y répondit.

Les grands Watutzi s'étaient détournés avec dégoût de ces adolescents doublement méprisables, et comme Bahutu et comme chrétiens. Soudain ils entendirent la voix du plus grand d'entre eux, aussi bien par la stature que par le pouvoir.

— Qu'on donne à boire à ces jeunes gens, disait Kabalé.

Les féodaux le regardèrent avec épouvante. Donner à boire signifiait, selon la coutume, faire entrer dans leur cercle ces adolescents d'un sang vil, ces manants renégats et partager le broc avec eux. Ce n'était pas possible ! Mais Kabalé répéta et d'une voix plus dure :

— Donnez à boire à ces jeunes gens.

Celui des seigneurs qui, à cet instant, tenait le breuvage, le tendit à l'un des messagers. Mais, en même temps, il enlevait le chalumeau dont s'étaient servies de nobles lèvres.

Le visage de Kabalé prit une telle expression que le chaume creux fut remis aussitôt. Il le plongea de ses propres mains dans la bière froide et passa le broc aux jeunes chrétiens Bahutu. Et, après que l'un et l'autre se furent penchés sur le chalumeau, Kabalé, le régent, le maître et le plus illustre par la naissance des grands féodaux Watutzi, reprit le broc et but à travers le roseau souillé par les bouches serviles.

Puis, promenant tour à tour sur chacun des seigneurs ses yeux profonds et impitoyables, il demanda très lentement :

— Qui donc ici me dépasse ?

Les plus orgueilleux des hommes durent incliner sur le chalumeau leurs profils de noire médaille, après les impurs, les immondes.

Ces hommes-là, sans doute, ils ne se convertirent point. Ni Kabalé, d'ailleurs. Ils moururent fidèles à *Imana*, le dieu du Ruanda millénaire. Mais, par le symbole du roseau à bière, le vieil eunuque impérial avait prononcé un décisif oracle. Les fils de ses compagnons, de ses égaux, embrassèrent la foi chrétienne. Certains se firent prêtres, mieux, missionnaires. Tout naturellement, ils prirent dans l'église noire figure et rang de chefs. Chaque année leur nombre croissait. Toute l'aristocratie dans la fleur de l'âge devenait catholique. Et les pères de ces jeunes nobles acceptaient le fait.

Un seul seigneur demeurait intraitable. Mais c'était le plus haut : Musinga en personne, le *mwami*. Depuis la mort de sa mère Kanjogéro, la reine sanguinaire, et de son oncle Kabalé, le châtré clairvoyant, il régnait par lui-même. C'est-à-dire dans l'arbitraire et la corruption. Ses vrais guides et conseillers, ses vrais directeurs de conscience, étaient les devins, les aruspices, les mages et les sorciers dont sa cour était pleine.

Ils prédisaient que les blancs s'en iraient bientôt et que Musinga ressaisirait tout le pouvoir de ses ancêtres.

En attendant que s'exauçât la prophétie, le *mwami* oubliait la présence des troupes belges et des missionnaires catholiques dans l'alcool et une luxure déchaînée. Il prenait pour femmes les plus belles jeunes filles de la plus haute noblesse et les renvoyait dès que ses désirs étaient assouvis. Il avait une troupe de danseuses destinées à sa couche. Il avait les *ntore*, ces adolescents nobles, futurs gouverneurs des provinces et hauts dignitaires en puissance, danseurs merveilleux, éphèbes complaisants.

Ce Silène ivre, disent les chroniqueurs, « ajoutait l'inceste à la pédérastie ». Son second fils dut chercher refuge auprès des blancs pour échapper à son père amoureux qui le menaçait du poison, s'il ne lui cédait point.

Bon pour les pauvres, terrible aux seigneurs, crédule à l'extrême dans le pouvoir des devins, ardent à une sensualité qui nous paraît perverse à l'extrême, mais qu'il croyait innocente puisqu'elle avait régné de siècle en siècle sous les grandes huttes royales, Musinga se prit d'une haine farouche contre les missionnaires qui changeaient les mœurs du pays et intervenaient jusque dans les droits qu'il avait sur sa famille. Tenue d'abord secrète, elle éclata publiquement. On le surprit piétinant avec frénésie, écrasant de son corps immense croix et images de piété. Il donna une fête effrénée à ses fidèles, les gorgeant de bière et de viandes, parce que son frère, baptisé, avait été frappé à mort par la foudre.

Or le *mwami* avait une fille préférée qui, elle aussi, avait dû quitter le palais pour éviter ses trop pressantes caresses. Elle avait épousé ensuite un des grands seigneurs Watutzi. Ce mariage, quoi qu'il en eût, le roi l'avait accepté. Mais quand il apprit que sa fille chérie voulait devenir chrétienne, il fit appeler le plus savant de ses scribes et lui dicta pour sa fille cet anathème animé d'un souffle terrible.

Tu vas accomplir un acte tabou — umuziro.

J'ai maudit quiconque de mes enfants se fera chrétien. Si c'est un fils, qu'il soit impuissant ! Et si c'est une fille, fasse le ciel qu'elle soit à jamais inféconde !

Que mon enfant soit abhorrée par le mwami *d'en bas* — Musinga, *lui-même,* — *et par le* mwami *d'en haut* — Nkuba le Tonnerre ! — *Qu'il ne trouve de laitage ni chez le serf, le* Muhutu, *ni chez le seigneur, le* Mututzi ! *Et qu'il soit maudit par tout homme qui sait maudire.*

J'ai terminé.

C'est moi, ton père, le mwami *du Ruanda.*

Yuhi Musinga.

La lettre munie du seing et du sceau ne changea rien à la décision de la jeune princesse. Les temps étaient vraiment révolus pour Musinga. Car, déjà, son fils aîné, qu'il avait été contraint de nommer gouverneur de province, étudiait, auprès des missionnaires de Kabgayi, le français et — en cachette — le catéchisme.

Quand on le jugea prêt pour son rôle de prince

chrétien, le règne de Musinga, l'irréductible, s'acheva. Il fut déposé.

Le samedi 14 novembre 1931, un géant émacié par la débauche, ombre des grands passés, partit en litière vers une misérable résidence d'exil perdue dans les montagnes, pour y végéter jusqu'à sa mort dans quelques huttes, avec ses femmes, ses nouveaux enfants et ses devins.

Et le même jour, dans une automobile américaine que son père avait refusée, un jeune géant, en pleine force et beauté, arrivait à Nyanza pour y être proclamé sous le nom de Mutara le Troisième, *mwami* du Ruanda.

À Nyanza, où mes amis venaient de m'amener pour le voir.

*

C'était une longue façade blanche à un seul étage et coupée au centre par un large perron. À chaque flanc de ce perron aboutissait une véranda.

Sans doute, la vue s'ouvrait sur une admirable chevauchée de collines. Sans doute, on arrivait à la maison après avoir traversé un bois d'eucalyptus, par une allée d'arbres énormes et, sans doute, donnait-elle sur un immense jardin ruisselant de verdure et de fleurs magnifiques. Mais, tout de même, ce n'était qu'une demeure très simple et très nue.

Et pour toute garde, pour tout piquet d'honneur, il n'y avait qu'un seul soldat, en short kaki, un mince et petit soldat noir, si petit dans la lumière qui incendiait le vaste terre-plein, si noir contre le mur si blanc.

Nous étions devant le palais de Mutara III Rudahigwa, *mwami* du Ruanda.

— Je me rappelle si bien le *boma* de son père Musinga, dit pensivement Charles de l'Épine. Quel grouillement, quel foisonnement de huttes et de gens. Quelle couleur ! Quelle vie !

Il considéra un instant la maison européenne, droite, lisse, éclatante dans sa solitude. Il dit encore :

— Autrefois, les demeures étaient aussi périssables que les hommes. Ce qui importait peu, car le successeur n'avait pas le droit de bâtir là où avait régné le père. Et c'est encore la tradition. À moins que...

Charles de l'Épine se tut, regarda une fois de plus la façade et gravit rapidement le perron. Je le suivis. Il y avait au sommet une porte blanche. Elle s'ouvrit d'elle-même sous une poussée légère. Nous fûmes dans une vaste et nette antichambre, sans y voir personne. Sur notre droite, une autre porte, derrière laquelle on entendait un bruit de voix. Elle nous laissa passer aussi facilement que la première dans un salon où une demi-douzaine de personnes étaient assises.

Alors un jeune homme noir, s'étant levé, ou plutôt déplié ou déroulé pour devenir soudain gigantesque, vint à nous. Il était habillé d'une chemise et d'une cravate en soie et d'un costume gris clair. Malgré ces vêtements, je sus tout de suite qu'il était le roi. Le roi des Watutzi et du Ruanda. L'héritier en ligne droite d'une dynastie vieille pour le moins de cinq siècles et qui, pareille en cela aux Capétiens, avait patiemment, obstinément, travaillé, par victoires, ruses, intrigues ou alliances, à mater les grands vassaux et rassembler provinces, fiefs et apanages, sous un seul sceptre, dans une seule famille.

Je le reconnus, certes, à sa taille fameuse, comme celle de tous les siens, dans un peuple de géants, mais surtout à un air de noblesse très hautain, à une splendeur de race altière entre toutes, au port princier de la tête, à une autorité inconsciente, souveraine et comme ancrée dans le sang.

Il avait beau porter avec l'aisance la plus naturelle ses vêtements européens et avoir renoncé à la coiffure en croissant de lune et sembler — bien qu'il eût quarante ans — un adolescent gracieux, il était par les traits, la nature et le génie physique de la lignée, il était bien le fils et l'arrière-petit-fils de ces guerriers, de ces pasteurs qui, vêtus d'un pagne en peau de bête fauve et, au poing, l'immense javelot, avaient fait son royaume. On devinait que ce pagne et cette lance lui eussent convenu mieux que n'importe quel vêtement. Et d'ailleurs, quand il se montrait au peuple pour les fêtes de haut apparat, n'habillait-il pas son grand corps royal de la robe flottante et son noir visage d'un diadème dont les perles le couvraient jusqu'au menton ?

— Bonjour, *mwami*, dit amicalement Charles de l'Épine.

Mutara III Rudahigwa sourit à l'homme qui l'avait connu tout enfant, à la cour des grandes huttes où régnait Musinga son père. Ce sourire avait un charme profond et une certaine timidité.

— Excusez-moi quelques instants, monsieur de l'Épine ; j'ai un entretien à terminer, dit le *mwami* d'une voix douce, en un français très sûr.

Ses longues, si longues jambes portèrent rapidement son corps immense vers le fond du salon et c'est seulement assis qu'il fut à peu près à l'échelle des êtres humains qui se trouvaient là.

Deux fonctionnaires belges nous rejoignirent alors. Le premier — vieil ami de Charles de l'Épine — corpulent, calme et sagace, vivait dans le Ruanda depuis vingt-cinq ans. Fixé à Nyanza, il servait de conseiller au *mwami* Mutara. L'autre, beaucoup plus jeune, était l'administrateur de la province de Kigali.

Tandis qu'ils parlaient avec mon compagnon, j'examinais la pièce. Elle était vaste et haute, éclairée par une baie qui donnait sur un jardin et de belles proportions. De grands espaces libres séparaient les fauteuils profonds, les larges divans et les tables qui allaient par groupes symétriques. On avait le sentiment d'une froide harmonie cossue.

De chaque côté de la cheminée, peint contre le mur comme un simple ornement, s'élevait un long profil hiératique. C'était la grue huppée, symbole de la dynastie du Ruanda.

Je me rappelai les danseurs à figure peinte que j'avais vus sur la colline de Rugerero imiter le pas, le vol de cet oiseau et ses battements d'ailes. Et puis le ballet des guerriers déchaînés. Et aussi les deux grands vieillards à coiffure en croissant de lune qui les contemplaient avec orgueil et tristesse. Je demandai :

— Peut-on voir danser la troupe personnelle du roi ? N'est-ce point la meilleure ?

Charles de l'Épine et son vieux camarade, qui avait pour mission de guider le *mwami*, croisèrent leurs regards, et dans cet échange fugitif passait un cortège d'années, de souvenirs, de regrets peut-être... Le conseiller du roi me dit :

— Oh ! il faut du temps pour la rassembler... pas mal de temps... Il n'y a plus de *ntoré* à la disposition du souverain... Cette troupe de jeunes gens nobles attachés à la cour, elle coûtait trop cher.

— Et qui payait tout cela ? intervint vivement le jeune administrateur de Kigali. C'étaient les Bahutu, les paysans, les serfs, exploités, pressurés par leurs seigneurs... Maintenant les danseurs eux-mêmes ont un poste, une fonction, un emploi. Il faut que tout le monde travaille.

— Et il faut laisser travailler le *mwami*, dit doucement le conseiller royal.

— Mais ne craignez-vous pas, demandai-je, de laisser perdre un art admirable, une tradition sans égale ?

Charles de l'Épine et son ami se regardèrent de nouveau, mais le jeune administrateur dit avec conviction :

— C'est le prix du progrès. On ne peut pas, avec les belles longues robes du passé, monter aisément en automobile ou enfourcher une bicyclette. Le temps des litières est bien mort.

Je me souvins de l'uniforme à boutons d'or que portait Kamunzinzi, grand chef et cousin du roi. Et je voyais le *mwami* en personne habillé d'un veston croisé. Il est vrai qu'il conduisait lui-même sa Lincoln. Le jeune administrateur poursuivit :

— Si nous voulons transformer, comme il est nécessaire, la structure encore toute féodale de ce pays et son impossible économie, il faut tout changer ici et d'abord un cheptel absurde, préhistorique, sans lait ni chair, qui ruine les pâturages...

— Quoi, dis-je, altérer la forme de ces troupeaux magnifiques !

— Et bien d'autres formes encore. Il faut supprimer tous les fantoches inutiles qui empêchent les Bahutu de comprendre que les hommes sont des égaux. Il faut, quand ils voient paraître un de ces vieux seigneurs à robes qui n'en finissent plus et coiffés en cornes de lune, il faut qu'ils cessent de se précipiter au-devant d'eux pour leur baiser les mains, tandis qu'ils remarquent à peine le passage d'un haut fonctionnaire blanc.

Je me tournai vers Charles de l'Épine et son vieil ami. Ils hochaient la tête d'un même mouvement.

— C'est vrai que notre devoir est d'aider le peuple à brûler les étapes, c'est-à-dire les siècles, reconnut le conseiller du *mwami*. Il n'y a pas longtemps encore, les femmes nobles ne savaient pas marcher, à force de se déplacer seulement en litière.

— Ainsi l'exigeait leur dignité, ajouta Charles de l'Épine.

Ses yeux s'étaient orientés vers un pan du salon, plongé dans la pénombre et, suivant la direction de son regard, j'aperçus, comme sortant du mur par sa vie et sa beauté, l'un des plus merveilleux portraits de femme qu'il soit possible de voir. La couleur noir mat de la peau ne donnait que plus de prix à la perfection de ses traits, au nez ciselé, à la bouche douce et fine et légèrement entrouverte, à l'admirable cou de cygne sombre. Le front délicatement bombé était ceint de larges bandes blanches tressées en raphia, dans lesquelles étaient passés deux bâtonnets de sorgho. Elle avait le buste superbe ; de ses épaules droites et fermes tombaient les plis d'une molle étoffe aux dessins multiples... Mais aucune description ne pourrait rendre sa qualité de noblesse infinie, ni, de ses yeux étroits, l'expression tendre, lointaine et sauvage.

— Qui est-ce ? demandai-je à mi-voix.

— La sœur du *mwami*, dit Charles de l'Épine.

La fille de Musinga... la même peut-être que mon compagnon avait vue un matin, toute jeune fille encore, sortir nue de la grande hutte qui alors servait de palais... ou celle peut-être à qui son père avait adressé une malédiction terrible et magnifique pour l'empêcher — en vain — de devenir chrétienne.

— Excusez-moi, nous dit à ce moment le conseiller du roi. Je vais voir si le *mwami* n'en a pas fini avec cette interview.

Il se dirigea vers le groupe du fond et, les gens qui le composaient s'étant écartés, apparut au fond d'un fauteuil une négresse d'âge moyen, toute courte et trapue, plate de figure, opulente de buste, vêtue d'une blouse chiffonnée et d'un short très réduit qui découvrait entièrement des cuisses charnues.

— Elle est arrivée à l'aube, dit l'administrateur de Kigali et n'arrête pas d'interroger le pauvre Mutara. Elle représente une revue noire de première importance aux États-Unis et les autorités américaines lui ont donné des lettres d'introduction si pressantes qu'on ne peut rien lui refuser.

Il soupira :

— Demain elle revient avec un photographe... Pour toute la journée.

Je m'approchai. La voix nasale, impétueuse, impérieuse à l'extrême, disait sans cesse à un gros garçon belge, blond et rougeaud que la journaliste avait amené avec elle d'Astrida, en qualité de chauffeur et d'interprète :

— *Tell to the King*. (Dites au roi)...
— *Ask the King*. (Demandez au roi)...

Et les questions se suivaient à une cadence de mitrailleuse. Barrière de couleur... égalité des races... vêtements d'apparat... condition des femmes... polygamie... opinions sur le problème nègre en Amérique...

Et le chauffeur belge traduisait en français. Et le *mwami* ayant consulté des yeux et parfois de la parole son conseiller, répondait avec lenteur, avec prudence.

Et le chauffeur belge traduisait en anglais. Et la journaliste noire jetait à toute vitesse des notes sur un bloc énorme, sûre de la solidarité, la fraternité de couleur. Durant ces répits, le roi du Ruanda la regardait fixement.

Souffrait-il dans son orgueil de race et de sang, s'étonnait-il dans sa conception de l'univers, d'avoir, lui, héritier de géants tout-puissants, à se laisser importuner, tourmenter, par une femme — et noire — qui s'apparentait par l'aspect, non pas même aux serves Bahutu, mais aux Batwa, les ilotes, les esclaves, les impurs ? Et de voir ses éducateurs blancs, ses maîtres, s'empresser à satisfaire tous les désirs de cette femme ? Ou bien, par culture chrétienne et par expérience des changements qui avaient tout bouleversé autour de son règne, acceptait-il ce spectacle — comme tant d'autres — avec une indifférente patience ?

On ne pouvait rien déchiffrer à travers son visage lisse et calme, haut dressé sur son corps magnifique.

— *Tell the King...* disait la journaliste de Harlem.

Cette fois elle demandait que, le lendemain, le *mwami* s'habillât de son manteau royal, de son diadème de perles pour le photographe. Et qu'il n'oubliât pas sa lance.

Mutara III se tourna légèrement vers son conseiller, puis inclina la tête à la manière d'un enfant sage. Je me souvins alors qu'il avait été chez les missionnaires un de leurs meilleurs et plus obéissants élèves.

Une porte s'ouvrit et une autre femme noire entra, mais celle-ci d'une telle beauté que, le premier instant, je crus reconnaître le modèle du portrait qui m'avait ébloui. Puis je vis bien qu'elle était différente. Et pourtant quelle parenté dans la haute stature sculpturale, dans la coiffure en pyramide inclinée, dans la majesté du port, dans la splendeur des traits et leur finesse de marbre obscur ! Elle avança d'un pas lent, difficile, comme si elle venait d'apprendre à marcher, — l'habitude des litières, pensai-je, — et le *mwami* se leva, disant à tous :

— Ma femme.

Ils se tinrent quelques moments côte à côte, plus grands, plus dignes, plus calmes, plus solitaires que le commun des hommes et le commun des femmes. Et il lui parla dans la langue du Ruanda, car elle n'en connaissait point d'autre.

Alors, la reine des Watutzi se pencha sur un coffre à liqueurs, prit des verres, une bouteille de whisky et tous, s'étant servis à leur guise, s'assirent en cercle autour du couple royal. La conversation s'engagea, banale, générale, un peu difficile à cause de la différence des langues. De temps à autre, je me sentais interdit, je doutais de la réalité... Cette réunion bourgeoise, dans un salon cossu, où les grues huppées, totem d'une grande et vieille dynastie guerrière, servaient de simple signe décoratif, où le *mwami* n'osait pas faire une réponse qui n'eût pas l'approbation de ses conseillers, où la journaliste américaine noire, jambes croisées, remontant son short à l'extrême, buvait avec l'épouse royale au visage auguste.

— Et la reine mère ? demandai-je à mi-voix, me souvenant du rôle essentiel que ces femmes avaient toujours tenu dans l'histoire du Ruanda, me souvenant surtout de la propre grand-mère du *mwami* actuel, Kanjogéro, qui, par la fourberie et le meurtre, avait placé son père sur le trône.

— Oh ! elle est bien inoffensive, me dit l'administrateur de Kigali. Elle s'occupe de réunir des broderies locales dont l'art est en train de se perdre.

Cependant j'observais le *mwami* et sa femme et il me semblait deviner chez eux un trait étrange que je ne parvenais pas à saisir, à définir. Ce fut par elle, — droite, immobile, silencieuse et tenant ses mains renversées sur les genoux — que je fus enfin éclairé. Elle n'avait pas, comme toutes les autres gens de couleur, les paumes plus claires, rosées ou jaunâtres. Les siennes étaient du même noir mat que le reste de la peau. Celles du *mwami* également. Etait-ce une marque de leur race ? Ou le devaient-ils au fait que, pendant des siècles, leurs ancêtres — sauf pour la guerre — n'avaient jamais rien fait de leurs mains ?

Nous prîmes tous congé en même temps. Mutara III nous accompagna jusqu'au seuil. Sa taille et ses manières le rendaient de nouveau souverain.

— À demain, *mwami*, lui dit son conseiller. Au bureau.

— Quel bureau ? s'écria Charles de l'Épine.

— Il en a un maintenant dans la maison du gouvernement, lui expliqua son vieil ami.

— Mais qu'est-ce que vous pouvez bien y faire ? demanda avec stupeur Charles de l'Épine au géant qu'il avait connu tout petit à la cour des grandes huttes de Musinga.

Et le roi du Ruanda répondit tranquillement :

— Et que faites-vous dans le vôtre, cher ami ?

*

Passé la maison du *mwami* et sa blanche solitude, puis la forêt d'eucalyptus, le chemin contournait un bâtiment où l'on venait de rendre la justice. Devant la porte se tenaient quelques immenses vieillards — les juges Watutzi, enveloppés de tuniques flottantes, leurs noirs visages parcheminés rehaussés par la coiffure lunaire. Des serviteurs Bahutu portaient jusqu'à leur bouche de longues pipes. Quand je m'arrêtai afin de les mieux regarder, ils détournèrent la tête avec superbe.

Alors, pour la première fois, au cours de ce voyage magnifique, je fus pris d'une étrange détresse...

Oh, je savais bien que l'on ne peut plus aujourd'hui, — même au Ruanda — garder indéfiniment des troupeaux pour la seule beauté de leurs cornes en lyre. Et qu'il faut frayer des routes et que sur ces routes passent les machines. Et que pour les servir, comme pour s'en servir, l'homme change de vêtement et de coutume. Et que les illettrés apprennent à lire. Et que le livre remplace le barde. Et que les guerres tribales doivent cesser quand règne le blanc qui réserve les guerriers pour ses propres guerres. Et que la lance devient une parure inutile et bientôt un ornement trop lourd. Et qu'il est juste qu'il n'y ait plus — dans un temps où la force véritable n'est plus dans les muscles et la stature — de seigneurs, de serfs et d'esclaves.

Oui, je savais bien cela. Mais je me disais qu'il y aurait moins de poésie sur la terre quand les grands Watutzi s'habilleraient de vestons et qu'un bétail plus rentable remplacerait les fabuleuses vaches nyambo.

Le fait particulier, pathétique, poignant, de ce pays était que le passé légendaire se décomposait pour ainsi dire sous mes yeux. Nulle part au monde n'avaient existé, aussi proches, aussi tangibles dans le temps, une telle grandeur et une telle beauté séculaires. Nulle part leur ruine n'avait été aussi rapide.

On en pouvait encore saisir des reflets, des échos. Et par instants deviner, reconstruire tout ce qui, il y a vingt ans à peine, vivait magnifiquement.

Mais le sable coulait entre les doigts de plus en plus vite...

Nous passions le long de la Rukarara. Sur ses berges rouges buvaient les troupeaux égyptiens. Je bénis mon étoile d'avoir vu, encore intact, cela qui, déjà, était menacé. Mais j'avais envie de crier à tous les hommes qui ont besoin d'échapper à leurs personnes et à leurs toits pesants :
— Venez, venez, tout de suite, avant que les vaches nyambo ne soient bétail à boucherie... avant que les fils des guerriers ne deviennent tous des enfants de chœur...

C'étaient des paroles d'adieu. Je venais de passer mon dernier jour au Ruanda.

V

LA CLAIRIÈRE AUX PYGMÉES

Quand il avait su que je retournais au Kenya, Charles de l'Épine m'avait dit :

— Changez d'itinéraire. Je n'ai rien vu d'aussi beau ni d'aussi étonnant que la remontée du Nil jusqu'aux Murchison Falls en partant du lac Albert, où j'avais des pêcheries. Croyez-moi, passez par là.

Charles de l'Épine, après quarante années d'Afrique noire, était peu disposé à l'emphase. Je suivis son conseil...

La halte de nuit se fit au camp de la Ruindi que dirigeait un Belge, ancien caporal de la Légion étrangère et où les lions venaient rugir autour des huttes. Le lendemain, nous atteignîmes Béni, centre important au sud de la forêt équatoriale. Je pensais n'y rester que le temps d'un repas, puis tourner vers l'est, passer la frontière de l'Ouganda et gagner Fort Portal.

Mais comme je descendais devant l'unique hôtel, Jean-Baptiste Nambutal, mon chauffeur noir, me dit à voix basse, en confidence.

— On raconte, monsieur, qu'il y a des tribus de Pygmées dans la région.

Je le regardai, incrédule.

— Oui, monsieur, insista Nambutal. Et des vrais. Pas comme les Batwa du Kivou, mélangés à d'autres races... De très petits, tout petits hommes.

J'interrogeai le patron de l'hôtel. C'était un vieillard à qui un demi-siècle vécu tête nue dans le Congo belge avait donné une humeur farouche.

— Aucune chance, grommela-t-il. Quand il y en a, ils sont dans les arbres. Et nous avons, par ici, beaucoup d'arbres... Si vous y tenez tant, prenez du côté nord et cherchez.

Il ricana.

— Mais cherchez bien.

Le vieil homme coléreux avait raison. La route était comme une mince allée taillée dans la formidable végétation primitive. Sur ses bords, mordant à peine dans la brousse et la sylve, s'égrenaient quelques villages noirs. Mais à leur lisière les troncs, les branches, les épineux et les lianes se refermaient, plus opaques et difficiles à pénétrer qu'une paroi. Et quand Nambutal questionnait les habitants de ces villages, ou bien ils n'entendaient pas du tout le *swahili*, ou bien ils connaissaient trop peu ce langage commun à la moitié de l'Afrique noire, pour répondre intelligiblement, ou bien, s'ils le parlaient, ils ne savaient rien, ou encore, quand ils croyaient pouvoir donner quelque renseignement, leurs indications étaient fausses.

Ces palabres se déroulaient toujours au milieu d'un grand attroupement, sur le terre-plein de terre rouge qu'encerclaient des huttes misérables, tandis que la forêt écrasait de sa masse auguste et barbare les petits champs de bananiers.

Nous roulions ainsi le long de la route, allant et revenant sur nos propres traces, avec des enfants nus pour guides accrochés au capot.

Le soleil commençait à décliner et moi à désespérer — car la nuit sous les arbres devançait la vraie nuit — quand, revenant de sa quête dans un nouveau village, Nambutal s'écria :

— Enfin, ici, monsieur, ils les connaissent.
— Les Pygmées ?
— Non, mais des gens qui les connaissent.
— Quelles gens ?

Nambutal sourit avec condescendance.

— Vous savez bien, monsieur, dit-il, ce sont des sauvages. Ils s'expriment très mal. Il m'a semblé comprendre que c'étaient des femmes.

Je savais Nambutal confiant et les indigènes pleins de fantaisie. Mais qu'avais-je à perdre ? De toute manière, il ne fallait pas songer à continuer le voyage vers l'Ouganda, par des montagnes désertes, avant le jour suivant. Je m'avançai donc sur la place du village. Sa population entière m'y attendait, à peu près nue et, dans un grand vacarme, ou bien pressée autour de moi, ou bien sur le pas des cases délabrées, comme le faisaient de vieilles femmes au sein croulant et suçant une pipe de terre.

— Ils disent, ils disent qu'on ne peut pas y aller en voiture et qu'il faut marcher, criait Nambutal, gagné par l'agitation de tous.

— Est-ce près ? demandai-je.
— Très près, ils disent... tout près.

Naturellement, c'était fort loin. Mais par un chemin si beau que la distance ne comptait plus. La piste qui, d'abord, s'étirait entre des rangées de bananiers aux amples feuilles et aux grappes énormes, cessait brusquement. Alors s'ouvrait un dôme étroit, immense, tout en hauteur et qui semblait s'étendre à l'infini, formé par les rameaux entremêlés de sauvages palmiers royaux. On eût dit la travée d'un temple païen de gloire et de paix, où régnait, quelle que fût l'heure, l'ombre et le silence d'un immobile crépuscule.

Une sente envahie d'herbe séparait les colonnes.

J'observai que les garçons qui m'avaient conduit jusque-là s'arrêtaient sur le seuil.

— Ils assurent, monsieur, que maintenant c'est tout droit, dit Jean-Baptiste Nambutal.

— Et eux déjà fatigués ? demandai-je.

— Oh ! non, monsieur, mais ils n'aimeraient pas rentrer à la nuit, répondit Jean-Baptiste.

Il s'arrêta un instant et reprit en haussant les épaules :

— À cause des esprits…

Mais il attendit que je fusse bien engagé sur le sentier pour le prendre à son tour.

Bientôt je n'entendis plus le bruit de ses pas. J'avais l'illusion d'être seul à errer sans terme, sous une arche enchantée. Sur chaque côté de la travée, je voyais, à travers les piliers des palmiers royaux, le soleil irradier la terre et les plantes, mais il était encore trop haut pour darder ses flèches entre les troncs. Je marchais, sans en avoir tout à fait conscience, sur ce tapis de mousse, dans l'ombre la plus légère, longtemps, longtemps.

Soudain, ce fut un tel embrasement, et si merveilleux, que je m'arrêtai, comme aveuglé. L'arche de rameaux se brisait d'un seul coup à l'orée d'une grande et ronde clairière défrichée récemment et traversée par un ruisseau qui s'étalait dans un pli du sol pour y former un étang.

Puis s'élevaient les arbres colossaux, les puissantes lianes de la forêt vierge et son obscurité. Du sol couleur de cuivre et de la pièce d'eau, en même temps sombre et lumineuse, le soleil déclinant faisait jaillir, au sortir de l'ombre, une pourpre nuée.

Cela ne dura qu'un instant. Réhabitué à la clarté tropicale, je fis des yeux le tour de la clairière. Et je découvris, sur la droite, une demi-douzaine de huttes, exactement pareilles aux huttes indigènes, mais d'une blancheur éclatante, et au chaume tout propre et luisant. Pourtant elles semblaient abandonnées. Pas un son ne sortait de l'intérieur. Et il n'y avait aucune ombre humaine sur la clairière.

La beauté et la douceur grandiose du lieu donnaient un caractère féerique à cette étrange et profonde solitude.

« Si la Belle au bois dormant... » pensai-je.

Or, de la hutte la plus éloignée, vint un froissement à peine perceptible. La porte en était ouverte et sur le seuil se tenait une silhouette qui avait forme de femme et dont, à cause de la distance et de l'ombre projetée par l'auvent de la case, je ne distinguai rien qu'une longue tunique pâle et, sur la tête, une aile blanche. Elle me regardait sans bouger, en silence et, vraiment, pour une seconde, cette apparition au milieu d'une clairière muette dominée par la forêt vierge et à laquelle on accédait par la travée des grands palmiers me donna le sentiment du féerique.

Je m'avançai rapidement vers la hutte et vis alors que la tunique était une humble blouse grise, l'aile blanche — une simple coiffe, et la Belle au bois dormant — une religieuse.

— Soyez le bienvenu dans la communauté, monsieur, me dit-elle d'une voix tranquille et gaie, tandis que le sourire le plus paisible éclairait son très jeune, très charmant et tendre visage.

Elle avait, dans cette solitude tropicale et devant une case indigène, le naturel, la bonne grâce, l'aisance de ton et de manières qui sont, à l'accoutumée, les fruits d'une longue éducation mondaine.

— Les indigènes m'ont induit en erreur, lui dis-je. Ils assuraient que je trouverais ici des gens qui connaissaient les Pygmées.

La jeune religieuse se mit à rire, d'un rire très doux, presque silencieux.

— Ce n'est pas une erreur, dit-elle. Nous sommes venus de France pour eux.

Elle rit encore sans bruit de mon étonnement et continua :

— Vous le voyez, nous sommes installées pour longtemps.

Elle montrait tour à tour les huttes éparpillées dans la clairière.

— Voici la case de la petite sœur responsable qui communique avec la chapelle (je remarquai alors une minuscule croix plantée sur une pointe de chaume)... Et là est la cuisine, et là, le magasin, et plus loin, la douche, et puis la hutte pour les hôtes de passage et celle du dispensaire et ces deux-là sont pour les Pygmées malades... oui, attendez, je vous expliquerai (elle souriait de mon impatience) et ici le poulailler, et plus tard nous aurons une bergerie. Enfin, pour l'instant nous dormons n'importe où, mais cette case en construction deviendra notre dortoir, divisé en quatre cellules... Nous sommes quatre, en effet.

— Et les autres ? demandai-je.

— Deux petites sœurs sont en forêt et la troisième est allée à Béni (il y avait trente kilomètres) chercher le courrier qui arrive deux fois par mois. Nous faisons cela, à tour de rôle, en auto-stop... Par la chaleur, c'est assez fatigant.

Elle raffermit machinalement de la main un linge qui lui enveloppait le cou et dépassait de sa robe grise. C'était un pansement.

— Rien, rien, dit-elle très vite. Un peu de furonculose... Le climat... la nourriture peut-être... Mais... entrez donc. C'est la case de la communauté.

Il n'y avait là qu'une table en bois blanc, des livres sur une planche et quelques tabourets, une banquette, un lit de camp. La lumière venait par deux petites fenêtres et remplissait d'une manière diffuse le cylindre de la case. Au fond du trou conique formé par le toit reposait une réserve d'ombre. Dans cet éclairage la figure de la jeune fille semblait encore plus tendre, d'une tendresse presque enfantine et ses larges yeux plus lumineux.

Elle me pria de m'asseoir et prit place elle-même contre le mur, sous le rayon chargé de livres. Elle était à ce point chez elle dans cette hutte qu'elle semblait n'avoir jamais eu d'autre maison. Elle offrit de me faire du café.

Quand elle se fut assurée que mon refus était sincère, mais seulement alors, nous reprîmes notre entretien.

— Avez-vous entendu parler de la congrégation du Père de Foucault ? me demanda la jeune religieuse. Non ? C'est bien naturel... ne vous en excusez pas. L'ordre n'a pas beaucoup d'années. La sœur Madeleine de Jésus ne l'a fondé qu'en 1939, au Sahara.

— Pour le prosélytisme ?

— Oh ! non ! s'écria vivement la jeune sœur. Nous n'avons pas pour objet de prêcher, de convertir, d'instruire.

— De soigner ? demandai-je encore.

— Même pas, dit-elle. Bien sûr, si nous pouvons soulager les maux, nous le faisons. Mais notre seule mission véritable est de vivre — oui, c'est tout — de vivre en sympathie auprès des gens les plus déshérités de la terre. Leur faire sentir qu'ils ne sont pas rejetés, reniés par tout le monde. Leur donner confiance et foi en eux-mêmes... Seulement par notre présence et notre amitié.

Elle avait parlé tout le temps avec une certitude limpide, transparente.

— Ainsi, nous avons une fraternité chez les Ouldemès, dans le Cameroun du Nord, poursuivit-elle. C'est une tribu qui vit à l'état complètement sauvage et dans une misère affreuse... Une autre fraternité habite avec les lépreux à Basa... un faubourg de Douala... Pour nous, ce sont les Pygmées.

Elle porta la main à son pansement et je remarquai alors qu'elle portait sur le poignet et l'avant-bras un tatouage de petits points bleus.

— Si vous saviez dans quelles conditions ils vivent, s'écria la jeune fille. Et avec quelle humble gentillesse. Les indigènes les plus pauvres les méprisent à cause de leur taille, les rejettent de leur société. Combien de fois les gens du village que vous avez vus nous ont demandé : « Pourquoi vous occupez-vous de ces moitiés d'hommes, de ces singes infects ? » Pourtant, je vous assure, ils sont beaucoup plus intelligents, attentifs, observateurs et plus francs aussi que les autres noirs.

Tout, sans doute, devait sembler naturel et facile, dans ce cadre, sous le cône d'ombre, puisque j'acceptais, sans étonnement véritable, que cette jeune fille française, visiblement de classe aisée, cultivée, fût en rapport direct d'amitié avec les petits hommes des forêts vierges, au cœur de l'Afrique.

Je demandai seulement :

— Mais comment les avez-vous approchés ?

C'était tout simple. D'abord les quatre petites sœurs du Père de Foucault étaient venues à Béni, puisque les Pygmées habitaient la région. Elles avaient prospecté pendant un mois. La clairière, au bout de la travée de palmes, leur avait paru convenable à cause du ruisseau et parce que, au-delà de l'étang qu'il formait, un sentier menait vers la jungle où campaient souvent des Pygmées. Puis, pendant qu'on défrichait et construisait les cases, elles avaient suivi, un autre mois, à l'hôpital, des cours sur les maladies indigènes. Et, un autre mois, elles avaient étudié le *swahili*... Non pas le langage des Pygmées — le *kibuti*. C'était une langue difficile, ancienne. Et d'ailleurs les Pygmées étaient une des races les plus antiques de la terre. (Je me souvins des *Batwa*, les premiers habitants connus du Ruanda.)

Enfin, le 14 avril 1952, les jeunes filles s'étaient installées dans la clairière.

Comment avaient-elles connu les Pygmées, le peuple le plus craintif, le plus clandestin, le plus évanescent de l'Afrique ? Mais c'était tout simple. Elles avaient battu les plus proches districts de la forêt immense, frayant leur chemin à travers le sous-bois, les lianes. Les petits guetteurs sylvestres les avaient signalés dès la première fois. Mais il avait fallu quelque temps pour qu'ils se montrent. D'abord peureux, puis, peu à peu, amicaux. Le seul obstacle pour les petites sœurs était que, novices encore et appartenant à un ordre contemplatif, elles devaient passer au moins une heure d'adoration dans la chapelle. Cela les empêchait de rester longtemps avec les Pygmées. Mais deux d'entre elles étaient sorties de la condition du noviciat et, maintenant, elles passaient une semaine ou deux dans le camp nomade où les huttes minuscules étaient faites de branchages recouverts de feuilles de bananier.

Etait-ce pénible ? Au contraire. Les Pygmées

étaient d'une gentillesse merveilleuse. Et si fiers, humblement, et si heureux, timidement, de voir des êtres de taille souveraine, de grandes femmes blanches, partager leur vie. Sans doute, il fallait se baisser pour entrer dans les huttes et les lits étaient un peu durs, puisqu'ils étaient faits de rondins de bois posés en croix sur d'autres rondins de bois. Mais les Pygmées étaient si contents de les offrir aux jeunes filles. Ils n'admettaient pas de refus à cet égard et ils couvraient les religieuses avec une sollicitude infinie, avec des feuilles de bananier, contre la fraîcheur nocturne. Emporter des couvertures ? Oh ! non, impossible. Il ne fallait surtout pas se différencier des petits hommes, il ne fallait pas les humilier par un semblant de richesse, de supériorité. Alors, le jour, quand les chasseurs s'en allaient suivre des pistes, invisibles pour d'autres yeux que les leurs, ou chercher le miel sauvage, les religieuses restaient avec les femmes et, comme elles, ramenaient, cassaient le bois, décortiquaient les lianes, tressaient les feuilles des bananiers.

La nourriture ? Oui, évidemment, c'était la partie un peu difficile. Viande séchée toujours, et souvent avariée. Le goût — passe encore... mais la santé en souffrait, si nécessaire pour cette vie (je ne pouvais m'empêcher de regarder le pansement de la jeune fille). Mais là encore, on pouvait prendre son mal en patience. Et puis, on emportait un peu de sucre, de lait concentré. Évidemment, il fallait manger ces denrées en cachette. Toujours pour ne pas humilier les Pygmées. Pour éviter de leur faire sentir qu'ils étaient d'une race, d'une essence inférieures.

Ainsi, ils s'étaient apprivoisés. Ils appelaient les jeunes filles « les mamas » et, dans leur langage, des « Ndong Niligo ». Ils venaient même se faire soigner dans la clairière. Certains se glissaient dans la chapelle pendant les services et quelques-uns, quand les religieuses tombaient à genoux et se signaient, faisaient comme elles.

— Est-ce un simple et enfantin besoin d'imitation, ou sentent-ils quelque chose d'ineffable — je n'en sais rien, dit pensivement la jeune religieuse. Ils ont leur propre foi, et très haute et très vieille. L'un des rares missionnaires qui aient vécu des années avec des Pygmées et qui connaissent leur langue, assure que leurs croyances approchent beaucoup de la Bible. Nous avons ici son ouvrage.

La jeune fille indiquait l'un des livres qui couvraient la planche fixée contre le mur et, dans ce mouvement, le bracelet en pointillé tatoué sur son poignet m'apparut de nouveau.

— Pensez-vous rester longtemps ici ? dis-je.

— Mais cela ne dépend pas de nous, répliqua la religieuse, avec son rire vivant et silencieux... Dix ans... peut-être quinze... Nous commençons à peine... Et il y a — du moins à notre connaissance — une trentaine de camps aux alentours.

Je demandai alors s'il n'était pas possible d'en visiter un, le soir même. La jeune fille secoua lentement la tête — ce qui défit son pansement et laissa voir un ulcère enflammé.

— Non, dit-elle. Sans doute, ce n'est pas encore la saison des grandes chasses qui entraîne les Pygmées à travers la forêt, là où personne ne peut les suivre. Mais c'est l'époque de la cueillette du miel et ils sont partis assez loin dans les arbres. Il faudrait des heures... Et déjà le soir tombe.

Nous sortîmes de la hutte. Le crépuscule venait, en effet, d'une suavité indicible contre le chaume des cases et les feuilles des grands arbres. La solitude était telle qu'on avait envie de crier. La jeune fille m'accompagnait vers la travée des palmes. Je pensais au secret de sa vocation, à l'énigme de son tatouage. Je voulais l'interroger. Je n'ai pas osé...

Nous allâmes en silence jusqu'à un tronc rompu. Une forme humaine, noire et nue, était appuyée contre le bois, debout, si petite, si réduite qu'on eût dit un enfant. Mais c'était un homme aux cheveux gris. Il avait le corps émacié par l'âge et un bras atrophié. Il se tenait immobile et souriait doucement, avec adoration, à la jeune fille.

— C'est notre ami le plus fidèle, dit la religieuse. Un vieux chef. Il ne peut plus suivre la piste, ni escalader les arbres. Alors il nous rend visite parfois, quand le soir vient... Maintenant il comprend un peu le *swahili*.

Le vieux Pygmée souriait à la jeune fille. Ils commencèrent une conversation.

— Il croit qu'il y a un petit camp où les gens ne sont pas encore partis au miel, me dit la religieuse. Reprenez la route dans la direction opposée à Béni et tournez à droite... Un mauvais chemin étroit... Là, vous demanderez... si vous trouvez quelqu'un. Mais il y a peu de chances.

Le vieux Pygmée continuait de sourire à la jeune fille avec une douceur extasiée. Je m'engageai sous le dôme des palmiers royaux. Maintenant les rayons du soleil bas sur l'horizon tissaient entre les troncs comme un filet de feu et d'or.

*

Et la chance — mais n'était-ce vraiment que la chance ? — se trouva favorable. Déjà nous avions battu et rebattu la piste indiquée, parmi des massifs profonds et sombres, et déjà Jean-Baptiste Nambutal avait allumé les phares de la voiture pour le retour vers Béni, lorsque, dans leur faisceau, un tout petit homme, noir et nu, jaillit de la forêt. Cette fois encore j'eus, au premier instant, l'impression qu'il s'agissait d'un enfant. Mais quand il approcha tout contre les phares et nous fit signe de le suivre, je vis bien que c'était un homme dans la force de l'âge et de proportions parfaites.

Épaules carrées, profonde poitrine, muscles fins, longs et rapides, il portait haut sa tête aux narines sensibles, aux yeux brillants. Comment avait-il connu mon passage ? Le hasard ? L'appât de quelque prime d'argent ? Ou un message envoyé le long des voies mystérieuses de la brousse par le vieux chef infirme ? Je ne l'ai jamais su, car Nambutal n'avait pas de langage commun avec notre guide.

Nous le suivîmes, nos pas dans les siens, car, sous le couvert des arbres géants, la terre était devenue invisible. Il marchait très vite, n'ayant pas à courber le front pour éviter les branches et les ronces qui nous giflaient et griffaient au passage. On sentait qu'il pouvait aller ainsi pendant des heures et des jours, le torse bombé, le jarret tendu, léger comme un insecte, sans faire craquer une brindille morte, sans déranger une feuille tombée.

Il nous mena de la sorte jusqu'à un minuscule espace défriché en cercle. Il y avait là trois huttes en feuilles de bananier qui semblaient, tellement elles étaient basses et tassées, construites pour leurs jeux par des enfants maladroits. Quelques hommes et quelques femmes en sortirent, également nus. Sous la pénombre de la nuit tombante, ils avaient l'air de petits garçons et de petites filles égarés dans le bois. Mais les hommes étaient virils et les femmes complètement formées. L'une d'elles portait dans le dos une sorte de bestiole endormie.

Alors, pour me saluer, les hommes tirèrent de leur ceinture — leur seul habillement — de courtes flûtes en roseaux et se mirent à jouer un air si menu, si monotone et plaintif, et les femmes se mirent à piétiner le sol d'une façon si humble et si grêle que toute la détresse des crépuscules à l'origine du monde semblait se rassembler dans ces flûtes et dans ces soubresauts.

Attirés par le bruit, deux jeunes chasseurs pygmées se glissèrent hors des arbres. Chacun portait un arc et des flèches qui ressemblaient aussi à des jouets d'enfants. Mais ces armes ne devaient pas être inoffensives — trempées dans un poison mortel — car l'un des jeunes hommes ayant gardé pointé vers moi sa flèche, la femme qui portait le nouveau-né l'abaissa d'un mouvement dont la douce protection était inoubliable.

Puis le chef qui nous était venu quérir sur la route m'invita, par gestes évidents, à passer la nuit sous le toit de sa hutte. Mais je n'avais pas, à cet égard, le courage des jeunes filles de la congrégation du Père de Foucault. Et, si même j'en avais été capable, le temps, une fois de plus, m'était mesuré.

Pour voir les Murchison Falls, je devais, en effet, rejoindre à l'heure dite le port de Boutiaba.

VI

LES DERNIERS DIEUX DU NIL

Pour remonter le premier tronçon du Nil jusqu'aux Murchison Falls (les chutes de Murchison), le seul moyen de transport était un bateau qu'il fallait retenir par avance et à une date bien déterminée à Boutiaba, petit port sur le lac Albert.

Ainsi avais-je fait, avant de quitter le Kivou, dans un télégramme pour Boutiaba, adressé à la direction de la compagnie d'État qui régissait tout le trafic par rail et par eau en Ouganda. J'en avais envoyé un autre à Masindi (qui se trouvait à cent kilomètres de Boutiaba) pour réserver une chambre, car il n'y avait pas trace d'hôtel dans le petit port du lac Albert.

La route de Béni à Masindi était longue, difficile, mais pleine de merveilleuses découvertes, tantôt en deçà, tantôt au-delà de l'équateur, sans cesse franchi et refranchi.

Il y eut la traversée de la Semliki sauvage, aux berges de cuivre sombre, semées de violentes fleurs et de roseaux empanachés, dans un bac poussé par des noirs, puissants et moroses, qui appuyaient sur leurs perches dans un rythme lourd et silencieux.

Il y eut le Ruwenzori, que les anciens appelaient

Monts de la Lune, massif haut de cinq mille mètres, couronné de glaciers et de brumes, ruisselant de cascades, frémissant de forêts.

Et le lac Édouard, eau dormante et plombée, survolée de pélicans difformes, aux rives plates et fiévreuses, où, entre les huttes les plus désolées, on apercevait les traces de bêtes formidables.

Et le fantastique voyage nocturne sur les chemins déserts du haut Ouganda, bordés par la muraille mouvante de l'herbe à éléphants et par des termitières qui prenaient la forme de châteaux forts en ruines ou d'immenses mains magiques.

Les arbres semblaient s'envoler dans le vent. Les noirs, ivres du *pombé* qu'ils portaient dans leurs brocs enveloppés de feuilles fraîches, s'en allaient en titubant vers des sentiers de brousse. Jean-Baptiste Nambutal, pour se tenir éveillé après vingt heures de route, chantonnait les mélodies âpres et plaintives de son pays natal retrouvé. Enfin, occupant tout l'espace céleste, entre deux rangées d'eucalyptus au feuillage transparent, éclata ce géant disque de lune, rond, éblouissant, comme un mythe africain sur Masindi.

*

Pour moi, Masindi, c'est Djouma, le Goanais.

Il avait la gérance de l'hôtel qui appartenait à la puissante E. A. R. H., c'est-à-dire la Compagnie des Chemins de Fer et des Ports de l'Est africain. Elle assurait tout le transport des voyageurs et du fret par voie ferrée, fluviale ou lacustre, depuis Mombasa, sur l'océan Indien, jusqu'au Congo belge et au Soudan égyptien.

À cent kilomètres à la ronde pour le moins, il n'y avait pas d'autre abri décent que cet hôtel, dernier signe de la civilisation en Ouganda, avant les marécages et les lagunes intérieures de la province de l'Est et la brousse torride de la province du Nord. On y trouvait des chambres dénudées, spacieuses et fraîches, une longue véranda munie de fauteuils profonds, une cour fleurie et un bar parfait. Sur cette sorte de précieuse oasis, régnait Djouma. Dans la personne de ce petit homme replet, tout luisait à l'extrême : les cheveux noirs de jais et comme passés à la graisse, le visage brun jaune et comme frotté de beurre et les yeux qui semblaient de satin brillant. Il menait l'hôtel avec le plus beau sourire du monde. Rien ne lui paraissait difficile.

J'étais arrivé à deux heures du matin — aucune importance : un boy attendait près de ma chambre. J'avais envie d'un whisky avant l'heure réglementaire (qui est tabou dans toutes les possessions britanniques), eh bien ! lui qui pourtant ne buvait jamais, il comprenait à merveille la soif matinale, et comme il était barman en même temps que gérant... Jean-Baptiste Nambutal s'était foulé la cheville... qu'à cela ne tienne — il connaissait un masseur hindou sans pareil.

Donc, en buvant ce whisky que je devais à sa bonne grâce, je priai Djouma de téléphoner à l'administration du port de Boutiaba pour savoir à quelle heure, le lendemain, je devais prendre le bateau que j'avais, du Kivou, retenu par télégramme quelques jours auparavant. Il demanda la communication et me servit un autre whisky. Il faisait frais. Djouma souriait. J'étais heureux.

— Vous désirez remonter le Nil vers les Murchison Falls ? me demanda Djouma.

— Je ne suis venu que pour cela, dis-je. Il paraît que les rives fourmillent d'animaux sauvages.

Ici, Djouma poussa un cri de souffrance.

— Je vous en prie, monsieur, je vous en prie, gémit-il.

Je le considérai, mon verre en suspens, sans comprendre.

— Quinze ans, monsieur, j'ai été quinze ans stewart sur un bateau à moteur qui, un jour par semaine, conduit des groupes de visiteurs vers Murchison Falls... Et quinze fois cinquante-deux semaines j'ai vu les animaux sauvages. Oh ! oui, monsieur, il y en avait... Il y en avait trop. Il y en avait tant que je ne peux plus en entendre parler.

J'achevai mon whisky. J'étais encore plus heureux. Demain, j'allais longer ces berges peuplées de toutes les bêtes libres de la création. Le téléphone sonna.

Djouma parla assez longuement — en hindoustani, je pense — puis, tout en gardant le récepteur décroché, il me dit :

— On n'a pas reçu votre télégramme à Boutiaba.

— Alors ? demandai-je.

— Ils ne peuvent pas vous fournir un bateau.

— Avant combien de temps ?

Djouma parla encore et plus vite dans l'appareil. Et il me dit :

— Mon ami ne sait pas. C'est mauvais.

Mais, disant cela, il souriait. Et, de nouveau, et encore plus vite, il parla au téléphone.

— Mon ami va se renseigner, me dit-il ensuite. J'ai pensé à ce bateau, le *Murchison*, sur lequel j'ai servi si longtemps. Vous avez de la chance. Je crois qu'il part chaque vendredi... c'est-à-dire demain...

Une voix gutturale fit crépiter le récepteur. Djouma traduisait triomphalement.

— Oui, c'est bien le vendredi.

Il écouta encore et il dit :

— Seulement, le bateau a une avarie... Il faut plusieurs journées de réparation.

Et raccrocha, en souriant toujours. Mais à présent il y avait une expression particulière dans son sourire.

— Je donnerais bien, dis-je négligemment, je donnerais bien deux livres à qui me ferait avoir un bateau.

Djouma souriait des yeux, des lèvres, des joues et des cheveux.

— Revenez, dit-il, prendre un whisky cet après-midi.

Et ajouta :

— N'importe quand...

Deux heures...

Quatre heures...

Six heures...

Djouma souriait toujours, mais n'avait rien de nouveau à m'apprendre.

Dans mon impatience, j'avais traîné à travers les pelouses des jardins publics de Masindi, et regardé deux équipes noires jouer au football sur un terrain entouré de grands arbres dont les branches étaient chargées de petits singes sérieux qui observaient la partie.

Je m'étais fait conduire par Nambutal sur le lac Kioga, à Masindi Port, composé uniquement d'un quai, d'une grue, d'un hangar métallique et d'un tronçon de rails, qui s'animait deux fois la semaine pour l'arrivée des bateaux transbordeurs. Mais au moment où je le vis, il était plein de la poésie des choses abandonnées à l'immobilité, à la solitude et au soleil africain.

Cependant, sans cesse, j'entendais la voix de

Charles de l'Épine : « Allez à Murchison Falls... Un endroit étonnant... En quarante années dans ce pays, je n'ai rien vu de pareil... Il faut aller à Murchison Falls. »

Et j'étais à Masindi. J'avais fait ce long détour, abrégé mon séjour chez les Watutzi, négligé les Pygmées... Et pour une mauvaise transmission de télégramme, tout cela risquait de ne servir à rien. Comme toujours, la difficulté, l'interdiction augmentaient, exaspéraient le désir.

Le soir était venu. Je me retrouvai au bar de l'hôtel, désespéré. Djouma parlait derrière le comptoir avec un petit Hindou. Quand il eut terminé, il me dit, comme la chose la plus naturelle du monde :

— Vous aurez votre bateau demain matin, à Boutiaba.

Le petit Hindou avait disparu.

— C'est un canot à moteur qui appartient aux Travaux Publics, reprit alors Djouma. Mon ami travaille dans les bureaux de ce service et l'a obtenu pour vous. Très confortable... Une cabine... Une douche. Et toutes les commodités hygiéniques... Vous devez seulement emporter votre matériel de couchage et la nourriture. Mais je vous arrangerai cela en un instant.

Comme j'aimais le sourire de Djouma !

De Masindi à Boutiaba, il y avait cent kilomètres de route très mauvaise, à pentes très fortes et mal aménagées. Nous partîmes très tôt.

Quand le chemin passa à travers la vaste et sauvage forêt de Budengo, Jean-Baptiste Nambutal me dit qu'elle était pleine de buffles, d'éléphants et de chimpanzés. À l'ordinaire, ses histoires sur les bêtes excitaient mon imagination. Cette fois pourtant, je ne pensais qu'au but du voyage : l'embarquement pour Murchison Falls. Nous arrivâmes enfin à Boutiaba.

Le petit port du lac Albert était construit sur un éperon qui avançait assez profondément dans les eaux et dont chaque bord portait une file de grands cocotiers. La disposition des lieux, la chaleur étale, humide, les hauts panaches des palmes, les étendues liquides, d'un gris bleuté, que l'on voyait, de quelque côté que l'on se tournât, briller au soleil entre des troncs nus et minces, les bâtiments portuaires au milieu de jacarandas et de bougainvillées, un petit steamer blanc ancré à la jetée, les barques et les pirogues se balançant dans les bassins, les noirs débardeurs au torse étincelant de sueur, les matelots indigènes, les employés hindous ou goanais, — tout Boutiaba en un mot avait cette poésie douce, insidieuse et poignante, cette atmosphère de songe tropical et de pathétique sourd que l'on trouve dans la plupart des romans de Conrad.

L'administration portuaire avait pour siège une pièce démesurée, au-dessus de laquelle tournaient sans cesse les pales de ventilateurs énormes. Elle était emplie de tables de tous calibres derrière lesquelles travaillaient mollement douaniers noirs en uniformes kaki, secrétaires et scribes en turban.

Le chef du personnel était un grand Hindou d'une trentaine d'années, vêtu et coiffé d'étoffes merveilleusement blanches, à courte barbe très lustrée, et d'une beauté saisissante de traits et de regard.

Ce fut à lui que je demandai de me faire savoir d'où et quand partait le bateau que j'avais loué. Il me répondit — et sa voix était suave et chantante — avec un sourire magnifique — un sourire à la Djouma.

— Je ne vous comprends pas, monsieur. Nous

n'avons reçu aucune nouvelle, aucune instruction à votre égard.

— Allons donc, vous faites certainement erreur, lui dis-je, le bateau a été retenu hier.

— D'où, monsieur ? demanda le bel Hindou aux belles dents.

— De l'hôtel de Masindi, par Djouma, son gérant.

— Oh ! Djouma...

La voix était toujours aussi chantante et suave, mais elle avait pris une intonation indéfinissable : tendre amitié, ironie légère, admiration pour le Goanais, pitié pour moi — que sais-je encore ! Le chef des scribes reprit :

— Il m'a en effet téléphoné hier. Et je lui ai répondu que nous n'avions pas reçu votre télégramme du Kivou et...

— Je sais, dis-je. Mais il s'agit d'un autre bateau... Celui qui appartient aux Travaux Publics.

— Alors, dit le bel Hindou suave, cela n'est pas notre affaire. Ici, nous sommes les employés de la E.A.R.H., la Grande Compagnie.

— Et le bateau des Travaux Publics... ?

— Nous en prenons soin, Monsieur, mais c'est tout. Et pour le louer il nous faut des ordres du chef de district à Masindi.

— Mais enfin, m'écriai-je, puisque Djouma...

— Oh ! Djouma...

Même sourire, même intonation... Puis d'un geste lent et noble, le bel Hindou décrocha le récepteur du téléphone.

— L'hôtel de Masindi appartient à la E.A.R.H., la Grande Compagnie, dit-il. C'est pourquoi nous avons un fil direct. Et voici notre Djouma.

J'entendais la voix gaie et serviable du Goanais, j'entendais même son sourire. Un simple malentendu — si facile à régler — un petit retard — si facile à rattraper. Son ami des Travaux Publics — homme de tout premier mérite, mais distrait — avait dû oublier... Tout allait s'arranger, comme toujours s'arrangeaient toutes choses...

Je demandai ensuite à l'Hindou vêtu de blanc immaculé :

— Combien de temps faudra-t-il à Djouma ?

Il me répondit :

— Oh ! Djouma...

À ce moment, par une porte intérieure placée derrière le bel Hindou, un officier de marine britannique entra dans la pièce. Tous les employés se levèrent. Il les fit se rasseoir d'un signe. Seul, le chef des scribes resta debout.

Le nouveau venu était de taille moyenne et dans la force de l'âge. Il portait un short et une chemise kaki avec l'insigne de son rang sur les pattes d'épaules. Les vêtements d'une tenue parfaite, rasé comme sous la peau, les yeux bleus et les épaules larges — il semblait au premier abord du modèle anglais le plus courant aux colonies. Mais ses traits étaient d'une autre qualité. J'ai rarement rencontré, sur un visage, autant de maturité loyale et dans le regard une expression si claire et si ferme. On eût dit que tout, pour cet homme, était fixé par avance dans le sens de l'honnêteté, de l'équité, de la simple et droite raison. Et l'on devinait qu'il avait dû résoudre beaucoup de problèmes difficiles et traverser beaucoup d'angoisses avant d'arriver à cette profonde et sereine dignité.

« Encore un personnage de Conrad, pensai-je, et parmi les plus beaux. »

L'officier de marine me dit :

— Je suis le commandant du port de Boutiaba, Monsieur. Que puis-je faire pour vous ?

Sa voix était contrôlée, précise et d'une parfaite courtoisie, comme chez la plupart des fonctionnaires anglais. Mais, chez lui, cette affabilité, cette politesse n'étaient pas simplement de pure et froide convention.

Je lui racontai mes affaires. Je parlais de Djouma.

— Ah, Djouma... dit-il avec un sourire rapide, philosophe, amical.

Puis :

— Il est ennuyeux de venir ici et de si loin pour rester sans bateau. Seulement, j'ai peur, personnellement, de n'y rien pouvoir.

Il n'y avait plus d'espoir.

Quand un officiel britannique dit : « Je regrette » ou « J'en ai peur », le refus est plus formel, plus sacré qu'un serment.

Mais le commandant du port de Boutiaba, lui, s'adressa ensuite au bel Hindou, chef des scribes.

— Rédigez d'urgence un télégramme pour Masindi, au D.C. (chef du district), lui demandant de faire presser la décision des Travaux Publics. Signez de mon nom.

Je courus avec le télégramme au bureau de poste.

C'était une baraque en tôle ondulée, au milieu de massifs de flamboyants. L'employé, un jeune noir aux yeux perçants et tristes, prit la dépêche, la lut, la timbra et la mit de côté.

— C'est très pressé, lui dis-je.

— Le câble est en dérangement, répondit-il avec un soupir. La chose est fréquente...

— Et dure longtemps ?

— Au moins une heure...

J'eus soudain très faim. Dans ma hâte, j'avais quitté l'hôtel de Masindi sans prendre aucune nourriture. Sur le petit steamer ancré contre la jetée des hommes s'agitaient. Je montai à bord. Le commissaire du *Coryndon* était un Goanais à figure grêlée. Je lui demandais si je pouvais avoir à déjeuner.

— Ce n'est pas l'heure, dit-il amèrement. Et comme nous appareillons ce soir je n'ai pas de stewart disponible.

— Je suis un ami de Djouma, lui dis-je.

— Oh ! Djouma... fit-il.

Et ordonna à un matelot noir aux pantalons déchirés de m'apporter des œufs au bacon, des toasts et de la marmelade d'orange. J'attendis sur le pont, dans un fauteuil de rotin. De là, on voyait l'autre rive du lac — celle qui appartenait au Congo belge. Quelque part, dans la brume de chaleur, se trouvait un autre port lacustre où le *Coryndon* allait se rendre, charger fret et passagers. Puis il reviendrait à Boutiaba. Et repartirait et reviendrait. Il faisait cette navette tout le long de l'année et depuis des années.

Un officier anglais en shorts blancs maculés, gros, avec un collier de barbe d'un roux flamboyant, passa, me fit un signe d'amitié, disparut du côté de la passerelle.

Sur la jetée, une file de portefaix noirs, suant, haletant, criant, cheminaient, pliés sous les caisses et les sacs.

Quand j'eus fini mes œufs au bacon, il me restait une demi-heure avant de retourner à la poste. J'errai à travers le petit steamer. Malgré une faible brise qui le balayait, la chaleur, à l'approche de midi, devenait épaisse et suffocante. J'avisai un écriteau encadré sous verre et suspendu contre une cloison. Il portait : « Défense de tirer sur tout autre gibier que les crocodiles. »

Je me rendis à la poste.

— J'ai pu passer votre télégramme, dit le jeune noir aux yeux aigus et mélancoliques.
— Et pour la réponse ? demandai-je.
— Le câble est de nouveau hors d'usage, dit-il.

J'allai m'asseoir au pied d'un cocotier, au bord de l'eau, du côté où il n'y avait ni jetée, ni bassins. Jean-Baptiste Nambutal faisait pensivement le tour de notre voiture.

Les toutes petites lames du lac s'affaissaient à mes pieds avec un léger clapotis. La chaleur était accablante. Je commençai à me déshabiller. Nambutal vint à moi, ses grosses lèvres agitées à l'avance par les paroles qu'il allait prononcer.

— Vous ne pouvez pas aller dans le lac, Monsieur, s'écria-t-il. C'est rempli de crocodiles jusqu'au bord.

Jean-Baptiste appela en témoignage quelques pêcheurs noirs aux côtes saillantes qui somnolaient sur l'herbe. Ils l'approuvèrent en swahili de leurs voix aiguës. Mais, connaissant l'imagination excessive des indigènes, je n'étais pas prêt à les écouter.

— Demandez donc à l'officier anglais, Monsieur, me dit alors Nambutal.

Ce fut surtout pour revoir le commandant que je suivis ce conseil.

Il était dans son bureau personnel — presque sans meubles, tapissé de chartes de navigation — et occupé à rédiger un rapport. Il leva vers moi son visage dur mais sensible, ses yeux limpides mais profonds et dit :

— Mauvaise chance pour le câble. On apprend la patience, ici.

Puis, au sujet des crocodiles :

— Il vaut mieux ne pas se baigner dans le coin. Allez donc sur notre plage. Là-bas, on est tranquille.

Jean-Baptiste me conduisit à travers l'allée des

cocotiers — dont les panaches ne bougeaient plus tant l'air était immobile — jusqu'à un bungalow, entouré — par quel miracle ? — d'un gazon dense et lustré. C'était le club des fonctionnaires anglais du port. De l'autre côté du chemin, il y avait une hutte pour se dévêtir, et une nappe de sable fin. Là, formant un assez vaste demi-cercle dans l'eau, une haie de pieux et de morceaux de rails, plantés très serrés au fond du lac, protégeait la plage.

Je me baignai avec délice, puis me séchai sur le sable, puis, le soleil étant trop chaud, m'allongeai sous l'auvent de la hutte. Le temps n'avait plus d'importance. J'avais renoncé au bateau, aux Murchison Falls. Je songeais au charme envoûtant et mélancolique du port de Boutiaba, au bel Hindou, aux douaniers noirs, au commandant anglais, au petit steamer, aux crocodiles du lac Albert.

— Au moins, j'aurai vu, j'aurai eu cela, me dis-je. Et m'assoupis.

Je fus réveillé par Jean-Baptiste Nambutal. Il était allé attendre des nouvelles à la poste.

— Monsieur ! Monsieur ! criait-il. Nous avons l'autorisation pour le bateau.

— On a reçu le télégramme des Travaux Publics ? demandai-je.

— Oui, Monsieur. Mais on le savait déjà. Dix minutes avant qu'il n'arrive, Djouma téléphonait.

— Oh ! Djouma, dis-je à mon tour.

*

L'embarcation à moteur qui, — enfin — appareillait pour les Murchison Falls était de dimensions réduites, mais d'un confort appréciable. Un pont arrière, entouré de banquettes, pouvait se couvrir et découvrir à volonté, par une bâche mobile. Puis on trouvait une douche, une toilette, une cabine avec bonne couchette. Le moteur et le poste d'équipage étaient situés à l'avant. Du toit de la cabine, on avait une vue libre et entière.

Jean-Baptiste Nambutal avait porté à bord le matériel de couchage et le couffin de provisions que je devais aux soins de Djouma et se préparait à quitter le bateau. Je lui dis qu'il serait du voyage.

— Moi, Monsieur ! Oh, Monsieur ! s'écria-t-il.

Ses yeux — qu'il avait déjà fort larges et brillants — étaient encore agrandis par la surprise et illuminés de joie. Il connaissait toutes les routes et pistes du Tanganyika, du Kenya, du Kivou, de l'Ouganda et des Rhodésies, mais il n'avait jamais navigué sur les lacs africains.

Trois noirs composaient l'équipage de notre embarcation.

Le *coxwain* (patron) était un grand diable aux cheveux gris crépus, le visage à l'emporte-pièce, taciturne et patient. Sa maigreur desséchée faisait que ses bras et ses jambes ressemblaient à de minces bâtons, mais cette chair en apparence privée de muscles était douée d'une résistance inusable. Le matelot avait les épaules tassées, le torse court et une face sans expression. Le mousse, un adolescent d'une quinzaine d'années, qui éclatait à tout instant d'un grand rire enfantin, tenait à la fois, par la souplesse et la vivacité, de l'écureuil et du singe.

Quand on lança le moteur, la chaleur était encore étouffante, mais les eaux commençaient à prendre les couleurs assourdies qui annoncent le soir. La brise portait une promesse, un goût de fraîcheur.

Le soleil s'était avancé jusqu'à l'ouest du lac Albert et dominait maintenant les monts déchiquetés qui, là-bas, gardaient la rive belge. Nous, c'était la berge orientale que nous suivions, celle de l'Ouganda, plate, molle et marécageuse et semée de tristes roseaux.

Le canot avançait régulièrement. Le *coxwain* tenait la barre, sombre tête aiguë dressée haut sur un corps décharné. Je me trouvai près de lui, les yeux fixés vers le nord, là où les rivages du lac se réunissaient en une sorte de triangle aigu. Tout près du sommet, sur la droite — ainsi disaient les cartes — le Nil que j'avais vu à Jinja jaillir du lac Victoria, entrait, venant de l'est, dans le lac Albert et en ressortait presque ausitôt par la pointe même du triangle pour prendre sa course définitive vers le désert soudanais et le delta égyptien. Mais j'avais beau faire, il m'était impossible de discerner, dans le vague dessin des berges encore lointaines la double brèche par où, selon les cartes, le Nil Victoria devenait le Nil Albert.

Par Jean-Baptiste, j'interrogeai le *coxwain*. Sa voix fut brève, impatiente. Et Nambutal traduisit :

— Il faut avoir le nez dessus.

À ce moment le moteur faiblit et s'arrêta. Après toutes les traverses qui avaient tenu mon départ en suspens, je fus pris de panique... si c'était une avarie grave, je ne verrais jamais les Murchison Falls...

Il s'agissait tout simplement d'attendre une pirogue qui venait à nous sur la droite. Elle était menée par deux pagayeurs et portait une vieille négresse édentée. Le *coxwain* fit un signe. Le mousse bondit vers l'avant et se coula dans une sorte de chenil ténébreux qui servait de poste à l'équipage. Il en tira un paquet de sel, une boîte de sucre, un ballot d'étoffes et jeta le tout à la vieille. La pirogue piqua vers le rivage.

— Il y a là-bas un hameau de pêcheurs, très pauvre et très perdu, me dit Nambutal. Alors, leurs amis, leurs parents de Boutiaba leur envoient des choses... Et des nouvelles aussi...

Le moteur reprit sa cadence et notre bateau sa route. Bientôt j'aperçus le village : quelques huttes lamentables semées sur un sol détrempé, parmi les roseaux fiévreux. Des nuées de moustiques se levaient de la vase, à l'approche du soir.

La distance entre les deux berges du lac se rétrécissait rapidement. Nous arrivions au sommet du triangle. Des pirogues de pêcheurs croisaient dans cet espace et, au creux des troncs évidés, les corps noirs se découpaient, ainsi que les embarcations, sur le fond embrasé du couchant, comme des ombres à l'encre de Chine.

Du cœur de la mélancolie et du silence des eaux, monta soudain une sorte de chant aigu et lentement rythmé. Le mousse, juché sur le bordage, sondait le lac à l'aide d'une longue perche et criait les chiffres en swahili. Nous naviguions par fonds très hauts. Guidé par cette mélopée stridente, le bateau, doucement, prudemment, cherchait sa voie entre les bancs de sable. Parfois il les frôlait, tantôt il s'inclinait dans leur glu. La coque craquait alors sous l'effet du dégagement, le mousse riait aux éclats et le *coxwain* grommelait. De lourds poissons jaillissaient à la surface de l'eau sur laquelle passaient les premières flèches des feux du crépuscule. Puis nous reprenions le chenal incertain. Les rives du lac se rapprochaient, se rapprochaient sans cesse, chargées d'une végétation toujours plus épaisse. Enfin, le mousse, ayant plongé plusieurs fois sa perche sans rencontrer de fond, la retira toute ruisselante et tressée d'herbes. Il poussa une longue clameur de joie et, courant sur le bordage, alla s'accroupir à l'extrême pointe du bateau, noire figure de proue aux dents éclatantes.

Le *coxwain* parla brièvement à Nambutal qui me dit :

— Nous arrivons... nous arrivons au fleuve. Il voit dans l'eau le courant du Nil.

Je ne savais plus ce que Jean-Baptiste continuait à chuchoter, car je n'avais pas assez de tous mes sens, de toute mon attention, de toutes mes facultés intérieures pour accueillir la vision qui, sur un nouveau mouvement du gouvernail, avançait vers nous.

Un immense portique venait de s'ouvrir, taillé dans le sombre rideau végétal qui drapait et obscurcissait le rivage, et, par ce portique, on prenait accès sur un monde mystérieux, liquide, ineffable et sacré.

D'après les cartes, assurément, cette masse d'eau étale, au glissement insensible était la dernière forme du Nil né au lac Victoria ; et le seuil auquel maintenant touchait notre petit bateau marquait la ligne exacte où ce Nil rejoignait le lac Albert. Mais en vérité, dans l'instant, il n'y avait plus de notions abstraites, — même les plus poétiques, même les plus légendaires, — qui fussent en mesure de compter. Il n'y avait que cette coulée, cette allée, cette chaussée d'eau glauque et tranquille qui semblait sans mouvement et, cependant, poussait par un flux invisible son large flot endormi.

Il n'y avait que le fleuve au sommeil millénaire et, aussi, les papyrus géants parmi lesquels flottait sa course. Chaque lac, chaque étang, chaque marécage d'Afrique orientale, voyait sans doute s'élever sur ses bords ces roseaux mythologiques. Mais, ici, leurs tiges, toutes minces, toutes droites, avaient deux fois la stature d'un homme et elles étaient si bien serrées qu'une main aurait eu peine à s'insinuer entre elles. Sur leurs sommets frémissaient des panaches, des aigrettes, des bouquets vivants et peluchoux, pareils aux éventails des pharaons qu'on voit dans les fresques égyptiennes. C'était une extraordinaire forêt d'une élégance, d'une légèreté sans pareilles et plus dense, pourtant et plus menaçante, plus secrète que des futaies massives. Le long de ces murailles formées de hampes innombrables, l'eau devenait plus sombre et d'un silence prodigieux.

Notre canot pénétra entre les parois de roseaux chevelus, dans cette eau, dans ce silence.

On éprouvait un sentiment étrange. Le lac, maintenant, ne se voyait plus et le jeu des perspectives faisait croire que les montagnes de la rive belge, incroyablement rapprochées, se dressaient au bord même du monde où nous étions entrés et le scellaient de leur roc abrupt. Et ce monde était celui des commencements, des origines, des limbes, celui où la terre, encore molle des grands déluges, était comme incertaine de sa substance.

Car, partout, ici, l'eau se mêlait au sol. Elle filtrait à travers les roseaux humides, se refermait derrière leurs rideaux, se répandait en un dédale sans fin. L'allée immense que nous remontions d'une marche à peine perceptible, projetait en tous sens, inépuisable matrice, les ruisseaux, les baies, les criques, les canaux. Les géants papyrus gardaient toutes ces courbes liquides et parfois se réunissaient au-dessus de leur miroitement par des passerelles et des arches empanachées.

Le soleil déclinait, touchait la barre des monts et leurs flancs renvoyaient sur le fleuve les reflets du crépuscule. Si bien que notre bateau laissait derrière lui pour sillage des plis d'or et une écume rose.

La navigation était devenue d'une élémentaire simplicité. Le *coxwain* avait laissé le gouvernail au mousse et il était allé s'asseoir sur le nez du bateau, à son extrême pointe. Ses longues jambes maigres et noires pendaient au-dessus de l'eau. Son visage ascétique était tendu vers l'amont de la rivière.

Malgré les matelots et malgré Nambutal, je me sentais dans la plus entière, la plus inéluctable solitude.

Cela était dû à une absence, à une mort de tout bruit, tellement profondes, tellement vertigineuses, qu'elles rendaient l'homme à lui-même et à lui seul. Les noirs avaient une extraordinaire qualité de silence. Il n'était pas seulement sur leurs membres ou leurs bouches. Il était intérieur. Il les apparentait à l'eau assoupie, à la sylve des papyrus, à tout cet univers muet.

Et immobile.

Rien ne bougeait, ne remuait, ne vivait autour de nous. Les murs des roseaux fabuleux n'avaient pas un frémissement, les eaux, pas une ride. Les nuages semblaient devoir tenir au même endroit du firmament jusqu'à la consommation des siècles, ainsi que des archipels. Et le sillage même, on eût dit qu'il était comme sculpté, pétrifié dans le cours insensible du fleuve.

Ainsi glissions-nous par un soir hors des âges, sur le Nil des papyrus, avec de noirs nautoniers.

De temps à autre, au fond d'une échancrure des roseaux, paraissait une effigie étirée, hiératique. C'était un flamant rose, ou un ibis ou une grue huppée. Longues, longues pattes effilées, haut col d'une minceur extrême, bec pareil à une immense aiguille, les échassiers se dressaient contre le fond végétal sans un mouvement, sans une palpitation sur leurs ailes, sur leurs crêtes. Ils avaient ainsi une extraordinaire beauté. Ils étaient les blasons éternels des roseaux géants, du fleuve sans fin et du crépuscule.

Dans cet univers de silence, dans ce monde en suspens, le moindre souffle et le moindre ébranlement prenaient une valeur hors de toute commune mesure. Un clapotis, une ombre glissant le long du Nil, l'oiseau le plus petit s'envolant d'entre les touffes de roseaux faisaient sentir avec une inexprimable puissance la majesté des eaux, le mystère de la sylve lacustre, l'amplitude du ciel.

Cependant, aussi lentement qu'il avançât, le bateau faisait du chemin. Les rives commençaient à changer d'aspect. Les papyrus reculaient. Des champs d'herbe à éléphants remplaçaient par endroits leurs murailles. Puis il y eut des rochers et des plages.

Alors j'aperçus le premier animal. D'abord il ne fut pour mes yeux juste à la frontière du sol et de l'eau qu'une grosse branche morte échouée dans le sable. Mais, à l'approche du sillage, elle s'anima soudain, reprit sa forme de bête monstrueuse et plongea dans le fleuve. Je m'écriai :

— Un crocodile !

À la proue, le *coxwain*, sans se retourner, parla courtement.

— Vous en verrez bientôt aussi nombreux que l'herbe, traduisit Nambutal.

Les terres émergeaient toujours davantage. Le fluide royaume lacustre demeurait en arrière autour des embouchures. Maintenant une brousse drue, solide et sauvage encadrait le fleuve. Et le silence avait cessé. Des chants d'oiseaux, déjà nocturnes, partaient des buissons et des arbres ; on entendait, dans les fourrés, de sourds murmures et des passages furtifs. L'eau même sur quoi nous glissions avait ses voix étranges : on eut dit qu'une mystérieuse manade s'y abreuvait avec des plaintes et des hennissements.

Bientôt je vis quel était ce troupeau. Il est vrai qu'aux premiers instants je pris les lourdes masses brunes qui flottaient en amont de notre embarcation pour des troncs et des souches arrachés par le courant. Mais des têtes énormes, aux naseaux roses, aux toutes petites oreilles, se profilèrent, au ras de l'eau et des yeux étroits, où se réfléchissait le soleil couchant, brillèrent de toutes parts. Puis, rejetant une fontaine d'écume par leurs roses naseaux, les hippopotames se laissèrent lentement couler dans les profondeurs.

Cette fois encore, en regardant leurs dos s'immerger comme des scaphandres, je ne pus retenir un cri. Et le *coxwain* dit encore quelques mots et Jean-Baptiste Nambutal traduisit :

— Vous en verrez aussi nombreux que les gouttes de la rivière.

Je me rappelai ce que le *coxwain* avait assuré des crocodiles et souris de l'imagination africaine. Un bruit s'éleva, en ce moment, qui semblait provoqué par des pierres lourdes ou des blocs de métal tombant à l'eau. Cela venait de la rive droite que nous longions d'assez près et sur laquelle donnaient les derniers rayons du soleil à son agonie. Il y avait là une plage rocheuse à pente forte, bordée de très grands arbres. Leurs racines m'avaient semblé couvrir le sol par des centaines de ramifications. Or, c'étaient elles qui tout à coup glissaient, plongeaient, s'écroulaient dans l'eau. Et d'autres les remplaçaient pour couler vers le fleuve, et d'autres venaient en leur lieu, des buissons, des rochers, des plis du terrain, prolifiération prodigieuse, interminable grouillement reptilien. Et au luisant des écailles, à l'envergure des gueules béantes et des crocs déchirants, je reconnus les monstres amphibies, les immortels crocodiles nilotes. Il y en avait des centaines, peut-être des milliers car tout le rivage bruissait de cette fuite fantastique. Les plus petits ressemblaient à d'énormes lézards, les plus gros étaient pareils aux dragons de la fable.

« Aussi nombreux que les herbes », avait dit le *coxwain*.

Et maintenant, en vérité, les hippopotames étaient aussi nombreux que les vagues du fleuve. Ils jouaient par familles dans les flaques des rivages, ils surgissaient par bandes du fond du Nil et leurs mufles plats traînaient longuement au fil de l'eau jusqu'à l'instant où un jet d'écume montait de leurs naseaux et qu'une sorte de rire bramé, de hennissement au ton joyeux et doux accompagnait leur lente descente au creux du flot. À l'arrière, à l'avant, sur la gauche, sur la droite, partout où le regard portait, ils peuplaient la rivière et les approches des berges, tantôt mastodontes errants, tantôt outres énormes, tantôt naseaux et oreilles roses à peine perceptibles dans la nuit qui montait.

Alors s'éveilla la brousse. Des troupes immenses d'antilopes effleuraient l'herbe de leur course et les branches de leurs cornes recourbées. Puis passait en rafale le galop des buffles. Enfin, un à un, du couvert des arbres parurent les seigneurs de la forêt et de la savane.

Il me fallut longtemps pour accepter ce que mes yeux voyaient. Ces hardes énormes, cette frise au bord du fleuve sur le fond de brousse, dans les dernières gloires du soleil... Hauts comme des rochers, leurs oreilles gigantesques en éventail, la trompe flottante, lentement balancés sur des pattes pareilles à des colonnes, procession hallucinante de puissance et de sérénité, formes suprêmes de la préhistoire, les éléphants sauvages venaient boire au Nil.

Sur leurs dos voletaient les blanches aigrettes et plus haut, longs, fins, étirés et couchés dans les airs, passaient les ibis, les flamants roses et les grues huppées qui regagnaient leurs gîtes obscurs.

La nuit vint, mais non la ténèbre. Car c'était le temps de la pleine lune. Nulle part ni jamais je n'en ai vu d'aussi ronde, aussi vaste, ni aussi éclatante. Le bateau remontait le fleuve sous sa lumière.

Quand le *coxwain* fit jeter l'ancre, on voyait au loin, entre deux amas de montagne ruisseler l'argent des chutes, les Murchison Falls.

Il était minuit. Les berges se profilaient vaguement, car le fleuve était large et le bateau se balançait en son milieu. Tout autour s'ébrouaient les troupeaux d'hippopotames au hennissement flûté. Ils cernaient l'embarcation, ils l'ébranlaient de leurs jeux colossaux. Tout autour, étincelaient de larges pièces d'or : les yeux des crocodiles touchés par le feu de la lune.

Et puis c'était le silence nocturne, auguste. Et puis reprenaient les bruits du fleuve, les bruits des berges, les souffles, les rumeurs, les halètements innombrables et secrets.

Une étoile immense trouait le ciel au-dessus de nous.

L'équipage dormait dans le poste avant. Mais Jean-Baptiste Nambutal veillait près de moi. Lui non plus, il n'avait pas l'habitude. Je n'apercevais que ses cheveux crépus et ras, petit tapis de laine sombre et — quand il passait un éclair de chaleur, — le blanc intense de son regard aveugle. Nous ne disions pas un mot. Il y avait entre nous une communauté, une solidarité surprenantes.

Les yeux des crocodiles perdirent peu à peu leur éclat d'or. Le matin venait. Les herbes, les buissons, les arbres chantaient sous la première brise. Elle portait jusqu'à nous la merveilleuse odeur de la brousse à l'aurore.

Pour la première fois, cette nuit, j'entendis la voix lente, hésitante mais assurée de Jean-Baptiste Nambutal. Il y avait en elle une douceur franciscaine.

— Dieu, disait-il, s'éveille et regarde nos amis.

Nambutal désignait d'un geste incertain le fleuve et la jungle et toutes leurs bêtes.

De quel Dieu parlait-il ? De celui qu'il avait appris à prier dans les missions de l'Ouganda ou de celui de Lutembé, le crocodile géant et légendaire du lac Victoria ?

Je n'avais pas à le lui demander, mais, en cet instant, j'éprouvais le sentiment que les splendeurs qui, depuis la veille, semblaient s'engendrer l'une l'autre, que ce paroxysme de magnificence renouvelé, accru, exalté sans arrêt ni terme, que cette inépuisable réserve de beauté infinie avaient en elles-mêmes rang et puissances de divinités.

TROISIÈME PARTIE

HOMMES ÉTRANGES
ET BÊTES SAUVAGES

I

LE VIEILLARD
AUX YEUX VIOLETS

J'étais de nouveau à Nairobi.

D'autres voyageurs avaient remplacé, à la véranda du *Norfolk*, ceux que j'y avais connus. Toutefois, quelques visages m'étaient encore familiers. La même vieille lady vénérable et impétueuse, qui habitait à vingt milles de la cité, venait chaque soir prendre son thé au *Norfolk* et les serveurs l'adoraient parce qu'elle donnait ses ordres en langue kikuyu et employait les mots les plus crus. Un colon à cheveux rouges, lourd de nuque et d'épaules, au regard toujours chargé d'une haine inexplicable, continuait de traiter les noirs comme des chiens. Un charmant petit Américain barbu, chasseur d'images pour le compte de Walt Disney, avait toujours son port d'attache au *Norfolk*.

Il y avait surtout un homme d'âge avancé dont les traits avaient gardé une vigueur et un relief extraordinaires.

Or, comme je revenais de l'Ouganda et du Kivou, cet homme s'approcha de ma table.

— Je m'appelle Blok, dit-il d'une voix basse et brève, habituée à commander. Et je suis le propriétaire, entre autres choses, de cet hôtel.

Il s'assit, posa sur la nappe une large et courte main rude.

— Vous êtes resté longtemps chez moi, reprit-il. Je connais votre nom, votre profession. Bon retour. Buvons un whisky ensemble.

Il appela un serveur du bar, leva deux doigts, et s'adressa de nouveau à moi, disant :

— Les journalistes aiment à peindre les colons comme des brutes. Alors, je viens vous présenter l'un d'eux, un vrai, un ancien, moi-même.

Le boy aux pieds nus apporta nos verres. Blok but le sien, sans que le regard de ses yeux nets, clairs et durs me quittât un instant.

— Je suis né voilà plus de soixante-dix ans et en Afrique du Sud, dit-il, d'une famille juive pauvre. J'étais un jeune homme quand se répandit un bruit merveilleux. L'Angleterre allait donner au mouvement sioniste, qui commençait alors à s'organiser et auquel je croyais dur comme fer, des domaines dans le Kenya et l'Ouganda, suffisants pour y fonder un État. C'était vrai. Du moins l'Angleterre avait fait l'offre. Mais le Congrès sioniste la repoussa. Il voulait rebâtir Israël dans Israël.

« Seulement, moi, j'avais déjà gagné par mer Mombasa, et, par le chemin de fer qui était juste achevé, Nairobi. J'avais pour toute fortune un shilling et demi, et deux sacs de semences, l'un de pommes de terre, l'autre de haricots. Mais pour les planter il fallait un bout de terre, si petit qu'il fût. Et je n'avais pas de quoi l'acheter, si peu que le gouvernement en demandait alors. Je me suis donc entendu avec les prêtres d'une mission. Ils m'ont loué un lopin pour un prix fictif. J'ai construit là une hutte indigène : boue et chaume. J'ai vécu avec les noirs, comme les noirs. La récolte a été bonne. Je l'ai très bien vendue : on n'avait jamais vu encore de haricots ni de patates au Kenya...

« C'était en 1903... Je peux célébrer mes noces d'or avec le pays.

Le propriétaire du *Norfolk* rappela son serveur, leva deux doigts. Le boy au casaquin amarante nous apporta des whiskys.

— J'ai été aussi le premier à introduire le bétail abyssin, reprit le vieil homme. Il est plus résistant, plus productif aussi que le nôtre et s'acclimate et se croise parfaitement. Alors, en 1919, peu après la Première Guerre, — je n'étais plus un enfant, vous voyez — j'ai amené d'Éthiopie un grand troupeau.

— Vous ne voulez pas dire... m'écriai-je.

— Je dis ce que je dis, grommela le vieil homme.

Sa courte main dure s'était faite plus lourde sur la table, ses traits massifs et violents avaient pris encore plus de relief.

— J'ai amené les bêtes, reprit-il, par la Province du nord.

Il se leva sans rien ajouter. Il n'en avait pas besoin. Je savais qu'il parlait du désert sauvage qui reliait le Kenya aux marches abyssines. Même de nos jours, on n'autorisait pas une voiture seule à s'y aventurer. Et lui, à pied, un tiers de siècle plus tôt, il l'avait traversé avec son bétail indompté, assoiffé, mugissant... Comme au Far-West légendaire... Comme dans le Veldt australien.

Ce pionnier, ce fondateur de colonie britannique, débarqué au Kenya pour y voir fleurir le rêve — déçu — d'une nouvelle Sion...

*

L'un des amis les plus précieux que je m'étais fait à Nairobi me rejoignit quelques instants plus tard.

La vivacité des mouvements, une bonne humeur constante, l'intelligence et la bonté d'un regard bleu lavande, et la gentille ironie de la voix faisaient de Harold Birchall un homme encore jeune. Pourtant, lorsqu'il avait commencé à bâtir ponts, routes et voies ferrées, c'était en Chine, au début du siècle, sous le règne de la dernière impératrice.

Je lui parlai du propriétaire de l'hôtel et de son destin singulier. Harold Birchall, la tête inclinée, comme toujours, sur le côté gauche et avec le sourire si émouvant qui était le sien par une douce et claire joie de vivre, me dit alors :

— L'histoire du vieux Blok n'est pas la seule histoire de fous au Kenya. Savez-vous pourquoi moi-même je suis ici ? Parce que, un jour, à Pékin, vers 1910, j'ai lu dans le journal anglais que, à Nairobi, un planteur, mécontent du gouverneur, l'avait kidnappé. « Une colonie où l'on trouve de pareils colons, ai-je pensé, doit être bien plaisante. » Et je suis venu.

— Le planteur avait vraiment enlevé le gouverneur ? demandai-je.

— Non, mais il en était capable, dit Birchall. C'était Grogan.

— Grogan...

Il ne se passait point de jour à Nairobi que ce nom ne fût répété, imprimé... Grogan... le colonel, l'explorateur, l'orateur, l'homme politique, le plus ancien colon, le plus riche propriétaire... Grogan, le grand vieil homme du Kenya.

— Et savez-vous, reprit Birchall, comment Grogan a connu ce pays ?

— Non, dis-je.

— Vous devriez, mon ami, s'écria Birchall, en agitant ses petites mains grasses et alertes. Vous devriez vraiment. C'est déjà du folklore.

Il plissa un peu ses yeux d'un bleu d'enfant et reprit :
— En 1895, vivait à Londres un jeune Irlandais fort romantique et sans fortune qui rêvait d'épouser une jolie Anglaise qu'il aimait. Celle-ci était toute consentante. Mais son père — et la volonté paternelle à cette époque faisait loi, — se montra intraitable. « Je donnerai ma fille seulement à un homme qui a fait ses preuves », dit-il au soupirant. Celui-ci, alors, rassembla ses maigres ressources et s'embarqua pour l'Afrique du Sud. Puis, par amour, il fit ce que personne n'avait fait encore et n'a fait depuis : il alla du Cap au Caire à pied. Cela lui prit plus de trois ans. Quand il arriva, il était célèbre.

— Et la jeune fille ? demandai-je.
— Elle l'avait attendu. Ils se marièrent et eurent beaucoup d'enfants. Huit, pour être exact. La plupart sont nés ici. Au cours de son expédition, le voyageur avait traversé le Kenya et le pays lui avait plu.

— Toute l'Afrique à pied, il y a plus d'un demi-siècle, dis-je. C'est fantastique.

— Je vais vous faire rencontrer « Grogs », — ses vieux amis l'appellent ainsi — et vous serez moins étonné, répliqua Birchall.

*

C'est au *Muthaïga Country Club*, dans le faubourg de Muthaïga, citadelle des vieux planteurs et cercle le plus fermé de Nairobi, que le colonel Grogan nous reçut à dîner.

Et, en vérité, dès qu'on le voyait, rien de sa part ne pouvait plus surprendre. Il y avait d'abord, chez cet homme de quatre-vingts ans, une jeunesse des muscles et des nerfs, un port de tête vif, une force intellectuelle toujours souple, une réplique toujours rapide et acérée qui tenaient de la sorcellerie. Il y avait aussi sa haute taille, le puissant visage osseux, le teint frais, l'abondante chevelure neigeuse et, tandis que la lèvre supérieure était nue, cette barbe blanche qu'il portait en forme de bouc. Mais les yeux surtout étaient extraordinaires. D'un violet intense, d'une luminosité violente, presque insoutenable, ils étincelaient de vie, d'esprit, d'ironie et d'orgueil. Mille feux ardents, perçants, démoniaques, jouaient au fond de ce regard. Par leur scintillement, Grogan semblait un étrange, un diabolique patriarche.

Il avait beaucoup d'invités à sa table. De plus, à chaque instant d'autres membres du club venaient saluer Grogan. Il montrait pour les hommes une grande courtoisie, mais où perçait souvent le dédain et la moquerie. Par contre, avec les femmes, il était d'une politesse entière, exquise, raffinée, d'un autre siècle. Si elles avaient de la beauté, les étincelles violettes pétillaient davantage dans les yeux magnifiques.

Dans ces conditions, une conversation quelque peu suivie était difficile. Comme j'interrogeais Grogan sur sa marche du Cap au Caire, il me répondit d'abord avec impatience :

— J'en ai déjà publié le récit en 1900, dit-il.

Je demandai :

— Peut-on trouver le livre ?

— Sûrement pas.

J'insistai :

— Mais vous en avez bien gardé quelque exemplaire ?

— Pourquoi, grands Dieux, l'aurais-je fait ? s'écria Grogan.

Le vieillard aux yeux violets

Il vit mon étonnement, son regard pétilla de toutes ses braises violettes et son rire grinça, âpre, mordant, satanique.

— Il est vrai que vous êtes écrivain, dit-il. Je m'excuse du blasphème.

Du coup, son humeur devint charmante. Il se laissa aller à quelques souvenirs. Il avait bien connu Cecil Rhodes et travaillé pour lui. Il avait rencontré à Fachoda la colonne du commandant Marchand. Oui, celle-là même qui avait été sur le point de jeter l'une contre l'autre l'Angleterre et la France... La guerre des Boers ? Il l'avait apprise avec un an de retard, alors qu'il sortait des forêts vierges de l'Afrique Centrale.

Pour un instant, mais très bref, à peine perceptible, une expression de songe, de regret peut-être, atténua le feu du regard violet.

— Après mon voyage, dit Grogan, j'ai été invité en Amérique par la Société nationale de Géographie. Et qui, entre tous, présidait la docte assemblée ?

Les yeux de Grogan se rallumèrent plus brillants que jamais et il dit :

— Le plus génial farceur du monde : Mark Twain.

Une jeune femme attira son attention, puis une autre. Puis un délégué des planteurs. Ce fut seulement à la fin du repas que je pus lui parler de nouveau. Je demandai alors :

— Vous avez vraiment voulu enlever un gouverneur ?

— C'était une idée parmi d'autres, dit Grogan. Dans ce temps, nous utilisions des noirs comme pousse-pousse. Sur je ne sais quels ordres de Londres, on voulait nous l'interdire. Je crois bien que j'ai proposé de garder le gouverneur comme otage. L'histoire a fait tant de bruit qu'un croiseur avec des troupes a été envoyé à Mombasa.

Grogan eut de nouveau le rire rauque et dur qui agitait sa lèvre nue et sa brillante barbe blanche en forme de bouc.

— Peu de temps après, poursuivit-il, je me trouvais dans le Mozambique. Nous avions fait campagne contre une tribu guerrière révoltée et je prenais quelque repos à Lourenço Marques. Le repos du soldat est dans les endroits où l'on boit, où l'on danse. Or, un soir que je tenais des propos aimables à une bayadère, un petit lieutenant portugais, jaloux je pense, s'est jeté sur moi avec son poignard. Je l'ai arrêté d'un droit au menton. Il avait le cœur faible, sans doute, et moi, à cette époque, je frappais dur. Il ne s'est jamais relevé. Alors, il y a eu une sorte d'émeute. J'ai dû me réfugier chez le consul d'Angleterre. Lui, il a télégraphié je ne sais où. Deux jours après, il y avait un croiseur dans la rade. Ainsi, par deux fois, j'ai fait mobiliser la flotte britannique.

On se levait de table.

— Aujourd'hui, conclut l'extraordinaire vieillard, avec son rire satanique, aujourd'hui, il y a dans Nairobi une Grogan-Street et aux environs une Grogan-Ville. Qui l'eût dit ?

Quelques jours plus tard, comme je me trouvais avec un Anglais aux confins du Kenya et du Tanganyika, mon compagnon me montra une étendue immense, à demi cultivée, qui allait jusqu'aux contreforts du Kilimandjaro.

— Tout cela et davantage appartient à Grogan, dit-il. Des milliers et des milliers d'hectares. Un royaume. Il a quatre mille noirs sur ses terres.

Un peu plus loin il dit encore :

— Et là-haut, vous voyez la maison où il vit six mois par an.

Sur un piton farouche se dressait un haut bâtiment de béton armé, sans fenêtres.

Quelles ombres, dans cette étonnante forteresse aveugle, se plaisait à ressusciter l'homme à la barbe de bouc, aux yeux violets remplis d'étincelles, qui avait marché tout le long du continent africain et avait été reçu par Mark Twain ?

II

L'ÉNIGME
DE LA VALLÉE HEUREUSE

Le *Muthaïga Country Club*, où j'avais été l'hôte du colonel Everett Grogan, était, pour tout le Kenya, une sorte de symbole. Il perpétuait une tradition, une caste, une manière de vivre et une philosophie.

Quand ses premiers membres, — colons, planteurs, fonctionnaires, de fortune et de rang social bien établis — l'avaient fondé, il se trouvait en pleine campagne. Mais la ville de Nairobi avait sans cessé gagné du terrain et s'était dangereusement rapprochée. Et, avec elle, une menace pour le code racial britannique : l'expansion des Hindous. À ces commerçants de génie, un enrichissement fabuleux ne suffisait pas. Ils voulaient voisiner avec les Anglais les plus intraitables en ce qui touchait la couleur de la peau. C'était pour les Hindous une question de principe, de dignité, de revanche.

Dans les nouveaux lotissements ouverts autour de Nairobi, cela leur fut aisé. Ils n'eurent qu'à payer le prix du sol et à construire. Aussitôt, quelle que fût la beauté du paysage et le confort des demeures, ces quartiers, pour les vieux colons et les gens qui pensaient comme eux, se trouvèrent dégradés, impossibles.

Les Hindous, cependant, ne s'arrêtèrent point là. Ils proposèrent des sommes démesurées aux habitants d'autres lieux résidentiels, bâtis depuis longtemps et, jusque-là, strictement réservés aux « vrais blancs ». Des vieillards ruinés, des veuves réduites à la misère, entendirent ces propositions, cédèrent leurs biens avec un sentiment de honte profonde, de faute inexpiable, de trahison, et s'enfuirent. À leur place vinrent des hommes bronzés, coiffés de turbans, des femmes en sari et leurs enfants innombrables. Alors, les voisins, pour échapper à la promiscuité, vendirent à leur tour. Ils ne trouvèrent que des Hindous pour acquéreurs. Bientôt, la moitié du quartier appartenait aux « Asiates », selon la terminologie officielle de l'Afrique orientale anglaise. Il n'était plus « décent » pour « un vrai blanc » d'y résider.

Rien de tel n'eut lieu dans Muthaïga. Les propriétaires de ce faubourg, — le plus ancien, le plus aristocratique, — avaient juré de ne jamais vendre la moindre parcelle de terrain — et quelle que fût l'offre — à un Hindou. Si l'un des leurs se trouvait pressé par la nécessité, ils s'étaient engagés à lui assurer eux-mêmes le prix le plus haut, soit par transaction de main à main, soit par souscription commune. Le serment avait été bien tenu. Muthaïga, avec ses bungalows vieillots et charmants, ses maisons luxueuses, ses jardins et ses parcs privés, demeurait intact, inentamé, sans souillure.

Son club servait à cette pureté de plus stricte expression.

Tout nouveau membre, même élu, devait, tout en payant une cotisation très élevée, passer deux années d'attente et d'épreuve, avant d'être admis définitivement.

Et quand l'Aga Khan, l'une des forces spirituelles du monde, reçu à la cour d'Angleterre avec éclat, vint à Nairobi où ses zélateurs se comptent par dizaines de milliers (et certains possèdent une richesse et une puissance énormes), où l'on rencontre à chaque pas des mosquées, des écoles, des fondations ismaélites — les portes un peu vermoulues du *Muthaïga Country Club* ne s'ouvrirent pas pour l'Aga Khan.

*

Un soir, le consul général de France, récemment nommé au Kenya et dont la maison n'était pas encore prête, avait invité — les diplomates étant membres d'office — quelques personnes, au Club de Muthaïga.

Les gens et les objets y demeuraient fidèles à eux-mêmes, c'est-à-dire qu'ils semblaient un reflet du passé, une incroyable, une irréelle survivance.

Dans les grands salons tristement éclairés, les longs canapés et les fauteuils lourds de l'époque victorienne reposaient sous des housses de cretonne fanée. Des hommes moroses et, pour la plupart, d'âge mûr, lisaient un journal en silence ou, s'ils conversaient, c'était à voix gardée, ainsi qu'à l'église. Les femmes, habillées de robes dignes et atroces, chuchotaient des médisances avec distinction. Les serveurs noirs passaient, légers et craintifs comme les muets du sérail. On buvait beaucoup, mais, semblait-il, plus par habitude, par rite, que par plaisir. La réserve et le bon ton régnaient et une sorte d'implacable ennui poussiéreux.

Nous attendions la femme du consul de France qui devait venir de son côté. Quand elle parut, elle tremblait de colère contenue.

— Je vous croyais au bar, dit-elle. J'y suis allée et

les boys m'ont empêchée d'entrer. Ils m'ont arrêtée sur le seuil même, comme une pestiférée. Et des Anglais étaient là. Et ils ont feint de ne rien voir.

Un homme de notre groupe aux brillants cheveux blancs, Italien d'origine, haussa les épaules comme pour s'excuser.

— La règle est sacro-sainte, dit-il. Le bar — seulement pour les hommes.

— Allons, allons, il n'en a pas toujours été ainsi ! s'écria ma voisine.

Puis, s'adressant à moi :

— Si vous aviez vu cela dans le temps, mon cher...

J'aimais beaucoup cette femme. Elle faisait partie des étonnantes créatures du Kenya — comme Blok, le propriétaire de l'*Hôtel Norfolk* et de cent autres entreprises, débarqué au début du siècle avec deux sacs de semence pour toute fortune, comme Harold Birchall qui bâtissait des ponts et des routes en Chine, quand la Chine était encore impériale, comme le colonel Grogan enfin — sur lesquelles le temps n'avait pas de prise. Elle était de leur génération sans doute — entre soixante-dix et quatre-vingts ans — mais aussi de leur vitalité. Dans ses yeux noirs énormes brillait une ardeur inépuisable. Elle pouvait sauter sur une table à pieds joints. Elle dansait jusqu'à l'aube.

Dans tout le *Muthaïga Club*, elle seule osait parler d'une voix éclatante. Et ses propos étaient magnifiques de verdeur.

— Oui, mon cher, reprit-elle, on s'est follement amusé ici.

— Ici !

Mes yeux parcouraient l'ordonnance, le mobilier, les hôtes de ces immenses pièces, décentes jusqu'au lugubre.

— Oui, ici ! répéta ma voisine, d'un ton de défi passionné.

Je demandai :

— Mais pour quelle raison, tout est-il changé à ce point ?

— L'âge, mon cher, l'âge ! dit avec dégoût cette femme extraordinaire. Les gens drôles sont morts. Et la jeunesse cultive la vertu, du moins en apparence, et la parcimonie, bien sincèrement. (Ses yeux brillèrent. Son teint s'anima.) Venez, que je vous conte quelques histoires. On est trop sérieux à cette table.

Ma voisine me prit par le bras et m'entraîna, courant presque, vers un canapé. L'Italien aux cheveux blancs s'approcha et demanda en souriant :

— Est-ce que je peux écouter, Jeanne ?

— Bien sûr, vieux complice, lui dit ma voisine.

Puis, se tournant vers moi :

— Voyez-vous, mon cher, avant cette guerre, les blancs du Kenya étaient beaucoup moins nombreux qu'aujourd'hui, ils faisaient tous partie de la même société et ils avaient tous le même penchant au plaisir, — du moins ceux dont je parle. Il y avait des gens très riches et des gens fort démunis ; il y avait des planteurs véritables et d'autres qui avaient acheté des terres par pur amusement ; il y avait des fils de famille qui s'étaient rendus impossibles chez eux et qu'on avait envoyés ici, dans un exil doré ; il y avait les têtes brûlées cherchant aventure en Afrique ; il y avait les garçons pour qui la vie de Londres ou même de Paris semblait gouvernée par trop de discipline — mais tout ce monde formait un mélange brillant, débauché, charmant, dément et qui s'entendait à merveille.

— *Happy Valley*, dit avec un soupir l'homme aux cheveux blancs.

— Le groupe de la Vallée Heureuse, reprit avec une vivacité presque fébrile la femme sans âge. On l'avait baptisé ainsi parce que beaucoup de ses membres habitaient un faubourg de Nairobi qui porte ce nom. Mais on en trouvait à travers le Kenya tout entier. À Nanyuki..., à Nyeri..., à Naïvasha..., à Limuru... partout. On allait d'une plantation à une autre. On buvait à ne pas croire. On prenait aussi des drogues... On chassait le lion dans la vallée du Rift, l'éléphant et le rhinocéros dans les forêts du mont Kenya ou dans les Aberdares. Les femmes changeaient d'amants sans cesse et les maris le savaient.

L'homme aux cheveux blancs se mit à rire.

— Ce *Norfolk* si moral où vous logez, me dit-il, nous l'appelions l'Hôtel du Libre Échange.

— Ce qu'il était exactement, s'écria ma voisine. Mais n'allez pas croire qu'il n'y avait que lui. Je me souviens d'un séjour que j'ai fait chez des amis, aussi larges de fortune que d'esprit. Ils possédaient une maison splendide sur les Hauts-Plateaux. Un parc immense. Une écurie de pur-sang. Des meubles de Chippendale... Des tableaux de Van Dyck, de Constable, que sais-je... Vingt boys de service, pour le moins, sans compter les jardiniers et les palefreniers.

« Un soir, il y a eu tant de monde que j'ai dû partager ma salle de bains avec l'invitée qui occupait la chambre de l'autre côté. Je l'ai fait avec plaisir. C'était une femme très belle et une grande lady...

« Avant le dîner, je suis montée m'habiller et j'ai entendu un bruit de conversation dans la salle de bains. J'ai frappé à la porte. La jeune femme m'a priée d'entrer. Ce que j'ai fait. Elle prenait son bain. Et sur le rebord de la baignoire étaient assis deux beaux jeunes hommes en smoking qui lui tenaient compagnie. Il va sans dire qu'elle était admirablement faite.

— Je parie qu'elle avait Gladys pour prénom, dit l'homme aux cheveux blancs.

Il n'obtint pas de réponse et ma voisine poursuivit :

— Le lendemain matin, nous devions, cette dame et moi, monter à cheval. Ne l'ayant pas trouvée devant les écuries, je suis allée la chercher dans sa chambre. Elle m'a dit simplement : « N'insistez pas, ma chère, je suis trop fatiguée. J'ai dû essayer les deux garçons. »

— C'est évidemment Gladys, assura notre compagnon.

— Ne l'écoutez pas, dit ma voisine avec gentillesse. Il y en avait tant d'autres capables de cela. Et toutes ces femmes et tous ces hommes, tous ceux de la Vallée Heureuse en un mot, c'était ici, au *Muthaïga Club* qu'ils avaient coutume de se retrouver... Pour les cocktails, pour dîner, pour souper, pour danser. Seigneur ! quelles nuits ! Des torrents de champagne, de whisky, de cognac. Des flirts à toutes les tables, des couples dans tous les coins. Et vers quatre heures du matin, on jouait au polo... Oui, mon cher, au polo. Les femmes relevaient leurs robes du soir et montaient sur les épaules des hommes en smoking ou en habit... Les bouteilles vides servaient de balles... Et cela se passait dans ce même salon où nous sommes...

La femme sans âge se tut. Son compagnon hochait doucement sa brillante tête blanche.

Je demandai :

— C'est la guerre qui a mis fin à la Vallée Heureuse ?

— Pas tellement la guerre, dit ma voisine.

Une ombre singulière ternit ses yeux indomptables et elle poursuivit :

— Il y avait parmi cette société folle un garçon exceptionnel, — par l'intelligence, l'esprit, la culture, la séduction, la naissance. Pas un sou, mais vivant comme s'il avait la plus grande fortune. Le modèle pour les hommes. Adoré de toutes les femmes.

Elle garda quelque temps le silence, puis soupira :

— C'était l'âme de toutes les fêtes. Le Prince Charmant de la *Happy Valley*.

— Il s'appelait Josslyn, vingt-deuxième comte d'Erroll, dernier héritier mâle du plus vieux titre d'Écosse, dit notre compagnon. Il avait le droit d'entrer dans Westminster à cheval. Il est mort en 1941.

— Au combat ? demandai-je.

— Non, dit ma voisine — et sa voix éclatante était devenue un murmure, non, il a été assassiné tout près de Nairobi.

Je m'écriai :

— Par qui ?

— On ne sait pas... Ou plutôt on n'a pas voulu savoir, dit l'homme aux cheveux blancs.

— De toute manière, interrompit la femme qui était si intrépide en ses propos, on ne parle pas de ce meurtre au Club de Muthaïga.

Elle se leva pour rejoindre le groupe que nous avions abandonné.

— Allez donc consulter la collection du journal local, me dit notre compagnon.

*

Nous avons le profond regret d'annoncer le décès de lord Erroll, survenu le 24 janvier 1941 aux premières heures du jour. Sa voiture, fortement endommagée, a été retrouvée dans un fossé, à peu de distance de la route principale N'Gong-Nairobi, sur le chemin de Karen.

C'était tout sur les circonstances de la mort. Suivait une note nécrologique.

Josslyn Victor Hay, vingt-deuxième comte d'Erroll, âgé de trente-neuf ans, né le 11 mai 1901, fils aîné du vingt et unième comte. C'est en 1926 qu'il avait succédé au titre créé dans l'année 1453. Il était également le vingt-cinquième lord High Constable d'Écosse, poste fondé en 1315.

Lord Erroll avait passé quinze ans au Kenya. Il avait longtemps vécu dans le district du lac Navaïsha, où il possédait une propriété nommée Oseria *sur le bord du lac.*

Il avait été marié deux fois. La première — en 1923 — à lady Idena Gordon, fille du huitième comte de La Warr. La seconde — en 1930 — à Mrs. Edith Mary Ramsay-Hill, morte au Kenya en 1939.

Il était entré à la Chambre des Lords en 1931 sous le titre de baron de Kilmarnock.

Il portait un grand intérêt aux chevaux de course et il était excellent joueur de polo.

Les obsèques ont eu lieu le 25 janvier au cimetière de Kiambu. Lord Erroll a été enterré auprès de la comtesse Erroll.

Les funérailles étaient officielles. Le gouverneur y assistait en grande tenue, ainsi que les officiers généraux commandant les forces armées de la colonie.

Ces lignes, je les lisais dans la pièce qui contenait les archives des collections de l'*East African Standard*, journal de Nairobi.

Le quotidien occupait tout un immeuble d'angle

sur Delamere Avenue, la voie principale de la ville. Une librairie, richement fournie en ouvrages les plus récents — même français, — et parfaitement aménagée, se trouvait au rez-de-chaussée. Mais à partir de là, les escaliers en tournevis, les passerelles de planches tremblantes, les couloirs tortueux, le désordre des bureaux, la chaleur accablante de l'atelier d'imprimerie, les journalistes en bras de chemise couverts de sueur, le bruit des linotypes, le mouvement des ventilateurs, le va-et-vient des employés et des ouvriers hindous et noirs, tout composait un climat qui faisait songer à certaines nouvelles de Kipling.

La chambre des archives était située au fond de ce labyrinthe. La femme qui en avait la charge était âgée d'une cinquantaine d'années, grande, osseuse et pétrifiée dans cette politesse digne et revêche en quoi se déguise, chez la classe moyenne, la timidité britannique.

— Bien..., avait-elle dit froidement quand je lui avais exposé mon désir. L'affaire Erroll. Bien... Un instant, je vous prie... Bien. Année 1941.

Elle m'avait aidé à choisir, dans les collections du journal, deux vastes volumes de numéros reliés, et s'était remise à un ouvrage de tapisserie, me laissant, à une table de bois blanc, feuilleter des pages légèrement jaunies, que sabraient les grosses manchettes du temps de guerre, pour retrouver la chronique du meurtre de lord Josslyn Erroll, prince charmant et chéri de la Vallée Heureuse.

Dès l'abord, une surprise m'attendait. Dans le bref article qui annonçait la fin de lord Erroll et que j'ai reproduit plus haut, il n'y avait pas le moindre mot, la moindre allusion qui fît penser à un crime. On m'avait pourtant bien parlé de meurtre et la bibliothécaire qui — en cet instant — tirait sur son aiguille, sans plus s'occuper de moi que si j'étais une chaise, l'avait bien entendu ainsi... Aurais-je laissé échapper une locution anglaise à double sens... un sous-entendu. Je relus la note, m'arrêtant à chaque ligne. Non... tout était parfaitement clair. D'après cette première information, lord Erroll était mort, tout simplement. Mais un détail fixa mon attention. Le journal que j'étudiais était daté du 31 janvier 1941.

Or, — et il le publiait lui-même — on avait retrouvé le cadavre de lord Erroll dans sa voiture le vendredi 24 janvier, c'est-à-dire une semaine plus tôt. Comment l'*East African Standard*, qui était remarquablement fait sur le plan local, avait-il négligé si longtemps une nouvelle de première importance pour ses lecteurs ? Pourquoi avait-il attendu six jours avant d'annoncer des obsèques solennelles conduites par le gouverneur et les généraux commandant en chef... Pourquoi ?

Alors à travers les pages poussiéreuses, et qui avaient la teinte émouvante du temps passé, il me sembla voir et entendre les mouvements, les échanges inquiets d'un bureau à un autre, les conférences très secrètes tenues par les policiers, les magistrats, les hauts fonctionnaires, le gouverneur enfin.

L'homme dont on avait trouvé le cadavre dans sa voiture était le plus répandu dans les riches plantations, les clubs, les salons, la vie mondaine du Kenya et il portait l'un des plus grands noms de la mère Angleterre. Cela faisait prévoir une profonde émotion publique, un scandale. Or, on était en pleine guerre. Les avions italiens basés en Abyssinie venaient bombarder Nairobi. Les colons et leurs fils s'apprêtaient à emporter d'assaut les plateaux éthiopiens. Quel embarras ! Quelle honte !

Toutefois, le même temps de guerre donnait une arme contre les nouvelles déplaisantes : la censure. Dans le désarroi des premiers jours, on avait fait taire l'*East African Standard*. Puis on lui avait permis de publier une nécrologie sans l'éclairage véritable, sans commentaires.

Mais lord Erroll était trop connu, trop aimé et trop haï dans la haute société du Kenya. Ses familiers, ses adversaires, ses compagnons de fêtes, ses compagnes de lit ne pouvaient pas garder le silence, la réserve indispensable à un étouffement de l'affaire. Je voyais, j'entendais les réunions, les chuchotements de la tribu débauchée et folle, des hommes et des femmes de la Vallée Heureuse. Eux, ils savaient que la mort du vingt-deuxième comte d'Erroll était suspecte. Eux, ils connaissaient sa vie privée, ses liaisons, ses derniers mouvements. Leurs murmures, leurs rumeurs, leurs soupçons, leurs accusations se répandaient, s'enflaient, gagnaient la place publique. Le scandale était inévitable. Mais avant de lui laisser le champ libre, les autorités hésitaient encore.

Cette répugnance à faire la lumière, cette lutte pour protéger en même temps un nom illustre et la réputation de toute une caste, elle continuait à se voir dans les dates que portaient les informations du journal. Quand il publia les conclusions du rapport que le docteur F. W. Wint, « doyen des pathologistes du gouvernement », avait présentées après la mort de lord Erroll, deux semaines déjà s'étaient écoulées depuis cette mort.

Or le docteur F. W. Wint avait écrit :

Le vendredi 24 janvier, j'ai pratiqué une inspection post mortem *à la morgue municipale. Il s'agissait du corps d'un blanc. J'ai reconnu lord Erroll.*

La cause du décès n'est pas un accident d'automobile. La mort est due à une balle de revolver qui est entrée au bord de l'oreille gauche, a longé le mastoïde, et a traversé le cerveau.

Il est hautement improbable que cette blessure ait été infligée à lord Erroll par lui-même. La position de la plaie, le chemin suivi par la balle, les traces des grains de poudre — tout dément cette hypothèse.

L'enquête préliminaire fut fixée au 10 février. Enquête publique, selon la loi anglaise, mais, le jour venu, le public trouva close la galerie qui lui était réservée. Le magistrat J. E. Morgan assura que c'était uniquement par crainte des raids aériens. L'audience fut très brève. L'inspecteur-chef Elliot vint demander, pour supplément d'information, un nouvel ajournement. Il lui fut accordé sans débat.

Et c'est le 26 février seulement, plus d'un mois après la découverte du corps, que s'ouvrit la véritable audience. Cette fois, le public était admis. Pourtant les avions italiens ne venaient ni moins ni plus sur Nairobi. Mais la pression de l'opinion avait été trop forte.

Il y avait surtout des femmes dans la galerie.

Leur curiosité fut récompensée, sinon complètement satisfaite. Car, — sans toutefois recevoir de conclusion — les linéaments de l'affaire, l'architecture du crime commençaient à se dessiner.

L'inspecteur C. G. Fenton apporta le témoignage essentiel.

Le 24 janvier, à l'aube, dit-il, un livreur de lait (début classique de tant de romans policiers) avait découvert le long du chemin de Karen, l'un des faubourgs les plus élégants de Nairobi, dans un fossé creusé pour la réparation de la route, une voiture à demi renversée. À l'intérieur, dans le coin droit, tassé sur lui-même, au pied de la banquette et poussé là par une main étrangère, reposait un cadavre. Le livreur courut avertir la police. L'inspecteur Fenton fut envoyé sur les lieux.

Il arriva exactement à six heures dix. Le visage du mort était froid, mais le corps encore tiède. Deux balles avaient été tirées : l'une avait tué lord Erroll, l'autre était fichée dans les coussins de la voiture, une Buick.

Soudain, sans transition aucune, l'inspecteur Fenton parla d'une visite que, le 21 janvier, c'est-à-dire trois jours avant le meurtre, il avait faite à Karen, dans la maison de sir Delves Broughton.

On imagine sans peine le frémissement qui, à l'énoncé de ce nom, passa dans l'auditoire. Réflexe de surprise chez les non-avertis et, pour les initiés, d'impatience enfin exaucée. Car l'homme dont, pour la première fois, on parlait publiquement dans cette affaire était aussi connu — ou presque — dans le Kenya que lord Erroll et du même milieu social.

Sir Delves Broughton, treizième baronnet, âgé de cinquante-trois ans, avait hérité, à la mort de son père, en 1914, et le titre et une très grande fortune. Ses chevaux étaient célèbres. Il avait servi dans les *Irish Guards* et démissionné ayant atteint le grade de major. Très répandu à Londres, il venait souvent au Kenya où il possédait plusieurs domaines. Il y était retourné en 1940, pour sa lune de miel, avec lady Diana, née Miss Caldwell, plus jeune que lui de trente ans, et qu'il avait épousée en Afrique du Sud.

Le 21 janvier 1941, il avait demandé à la police qu'on lui envoyât un inspecteur. Ce fut Fenton.

Sir Delves lui dit que, la veille, deux revolvers Colt lui avaient été dérobés. Certaines explications, certaines contradictions dans le témoignage du plaignant semblèrent bizarres à l'inspecteur. Il les enregistra toutefois sans commentaires. L'histoire, en vérité, n'avait pas tellement d'importance, et sir Delves était un homme à ménager. On avait le temps de voir...

Seulement, après avoir examiné le cadavre de lord Erroll et la balle retrouvée dans la voiture, l'inspecteur Fenton, aussitôt, — et avant même que la Buick fût dirigée sur Nairobi, — se rendit à Karen, qui n'était qu'à deux milles de distance, chez sir Delves Broughton. Et il reçut de lui la déposition suivante :

« Hier soir, le 23 janvier, Erroll, Mrs. Carberry, ma femme et moi, nous avons dîné au Club de Muthaïga, très gaiement. Nous avons bu et parlé jusqu'à une heure quarante du matin. Puis nous sommes rentrés à la maison. Par nous je veux dire Mrs. Carberry et moi-même. Nous sommes arrivés à Karen, juste après deux heures. Environ quinze minutes plus tard, ma femme et Erroll sont arrivés. J'étais dans ma chambre et ne peux dire qui, des deux, conduisait. Erroll est resté une dizaine de minutes et s'en est allé dans sa voiture. Personne ne se trouvait alors avec lui. Erroll était-il sous l'influence de la boisson d'une façon exagérée ? Je n'en sais rien. Au *Muthaïga Club*, il semblait plein de la bonne humeur qui était d'habitude la sienne. Il n'avait rien d'anormal. »

Voilà ce qu'avait dit sir Delves Broughton à l'inspecteur Fenton, le matin du 24 janvier 1941, quelques heures seulement après le meurtre de lord Erroll, alors que son corps était encore tiède. Voilà ce qui, enfin, était donné en pâture au public. Mais seulement cela. L'enquête fut ajournée au 16 mars.

Elle n'eut jamais lieu. Le 9 mars au soir, l'inspecteur chef Elliot vint à Karen, chez Broughton, l'emmena dans le jardin et lui signifia qu'il l'arrêtait pour meurtre.

Deux jours après, l'inculpé comparut devant la cour de justice de Nairobi pour entendre le texte de l'accusation :

Sir Henry John Delves Broughton, baronnet, au cours de la nuit du 23 au 24 janvier, a, dans la province centrale de la colonie du Kenya, assassiné le capitaine très honorable Josslyn Victor Hay, vingt-deuxième comte d'Erroll et baron de Kilmarnock.

Plus de douze ans s'étaient écoulés depuis qu'avait retenti la voix du juge. Je n'avais jamais rencontré lord Erroll ni sir Delves Broughton. Avant de venir au Kenya, j'ignorais même leurs noms. Pourtant, à travers les feuilles des vieux journaux, je m'étais si bien laissé prendre à leur funeste aventure que, lisant les paroles terribles, j'éprouvais un véritable choc intérieur. Il me sembla un instant que j'étais dans la salle d'audience près de l'homme à qui elles s'adressaient... Le treizième baronnet..., le grand propriétaire..., l'ancien major des Gardes..., le mari âgé d'une jeune femme.

Je relevai la tête. Autour de moi s'étendait la chambre des archives, poudreuse et triste, de *l'East African Standard*. Par les fenêtres, je voyais le mouvement habituel de Nairobi : les blancs, les Hindous, les noirs... Dans le fond de la pièce, la bibliothécaire faisait de la tapisserie.

Le soir venait. Les caractères sur les pages jaunies devenaient confus. Je notai que le procès Broughton avait été fixé au lundi 26 mai et voulus remettre dans la collection à leur place les volumes dont je m'étais servi.

— Laissez-les sur la table, dit sèchement la bibliothécaire. Vous reviendrez, j'en suis sûre.

*

Addis-Abeba est aux Britanniques.
Les parachutistes allemands en Crète.
Nous avançons en Cyrénaïque.
La Syrie est libérée.
Hitler se jette sur la Russie.

Tels étaient quelques-uns des gros titres à la page une de l'*East African Standard*, le quotidien de Nairobi, pendant le mois de juin 1941. Et pendant ce même mois, toute la troisième page rapportait, en caractères serrés, les débats en cour de justice où sir Delves Broughton, treizième baronnet, se défendait contre l'accusation capitale d'avoir assassiné Josslyn Victor Hay, vingt-deuxième comte d'Erroll.

Qu'elle était fantastique cette confrontation d'événements immenses et d'une affaire d'assises, d'ombres géantes et de tristes spectres ! Sur une feuille éclataient les combats qui tenaient en balance le sort de tous les hommes. Sur l'autre paraissaient les péripéties d'un meurtre mondain, les secrets arrachés à un drame d'alcôve.

Et pour moi qui, par le truchement de vieux journaux jaunis et morts, vivais à la fois sur ces deux plans étranges, il y en avait encore un troisième : la salle des archives où je me tenais, paisible, muette et poudreuse... la bibliothécaire morose et son ouvrage de tapisserie... et, au-delà, Nairobi de cette année... le Mau-Mau... les coups de feu dans les faubourgs noirs... la véranda de l'hôtel *Norfolk*... les soirées au Club de Muthaïga.

Muthaïga où tout, pour Erroll et Broughton, s'était noué et dénoué.

*

Broughton, âgé de cinquante-trois ans, avait épousé le 5 novembre 1940 Miss Diana Caldwell, qui en avait vingt-trois. Il l'avait connue en Angleterre, mais leur mariage eut lieu en Afrique du Sud, à Durban. Ils s'embarquèrent aussitôt pour le Kenya, où Broughton possédait de grandes propriétés, afin d'y passer leur lune de miel. Ils arrivèrent à Nairobi le 12 novembre et comme sir Delves n'avait point de maison qu'il jugeât convenable pour loger sa jeune femme, ils habitèrent les premiers jours au Club de Muthaïga dont, naturellement, le baronnet était membre depuis longtemps.

Le soir même de leur arrivée, ils y dînèrent avec lord Erroll.

Les deux hommes, bien qu'ils se fussent connus dès 1929, lors du premier voyage de Broughton au Kenya, n'étaient pas spécialement liés. Sir Delves avait des amis plus intimes — tels que lord Francis Scott ou lady Delamere (qui occupait alors le poste de maire de Nairobi), mais comme lord Erroll, mobilisé sur place avec le grade de capitaine, avait une maison dans Muthaïga, et qu'il prenait la plupart de ses repas au *Country Club*, les Broughton le rencontraient chaque jour.

De plus, sir Delves désirait s'installer à Oseria, le domaine que lord Erroll avait habité avec sa deuxième femme, morte en 1939. Le site était d'un merveilleux romantisme, au pays des guerriers Masaï, entouré de brousse, peuplé de gazelles et d'antilopes, hanté par les lions. Lady Erroll y avait fait construire, au bord du lac Naïvasha, une sorte de palais mauresque. Il n'était pas de lieu plus favorable à une lune de miel. Mais, par fidélité sans doute aux jours heureux qu'il y avait connus, lord Erroll qui, pourtant, n'avait plus aucune fortune, refusa de louer Oseria.

Sir Delves dut se contenter d'une maison à Karen, où il s'établit à la mi-décembre. La demeure cependant ne manquait ni d'espace ni de luxe. Il fallait pour l'entretenir quinze boys, dont sept attachés au service intérieur, sans compter les *toto*, c'est-à-dire les petits noirs employés aux menues besognes, marmitons, aides jardiniers, palefreniers, porteurs de messages.

Karen était assez éloigné de Muthaïga, mais les Broughton n'en fréquentaient pas moins le *Country Club*, centre de la vie mondaine et de ses amusements. Ils y retrouvaient chaque fois Erroll. De temps à autre, il allait chez eux à Karen. Et arriva ce qui était écrit.

On imagine sans peine les sentiments d'une toute jeune femme, ardente et romanesque, arrivant pour la première fois dans une contrée sauvage et magnifique, avec un mari, de trente ans son aîné, et mise chaque jour en présence d'un homme jeune, au nom illustre, gai, fin, séduisant à l'extrême et que se disputait toute une société avide au plaisir. Lui, de son côté, il ne pouvait pas être insensible à la beauté de lady Diana — qui était éblouissante — à l'enjouement de son esprit, à sa joie de vivre, à la nouveauté, à la fraîcheur enfin qu'elle apportait dans un milieu dont il ne connaissait que trop les ressources et les facilités.

Le compte rendu — pourtant détaillé jusqu'à l'excès — que l'*East African Standard* publiait sur les débats et que j'étudiais ligne à ligne, ne donnait aucune indication sur la date où leur liaison avait commencé. Avant ou après que sir Delves eut loué la maison de Karen ? Avant ou après les fêtes qui menèrent de l'année 1940 à l'année 1941 ? Au vrai, cela n'importait guère. Ce qui comptait, c'est la profondeur et la violence d'un attachement que l'on voyait grandir sans répit. C'est la crue d'une passion qui, d'abord sourde et secrète, éclatait et emportait toute prudence. C'est le besoin d'être sans cesse réunis qui pressait chaque jour davantage les amants.

Dans le milieu de janvier, cette exigence — les dépositions le montraient — atteignit son paroxysme.

Le 13 de ce mois, la femme de sir Delves Broughton décida de se rendre chez sa meilleure amie, à Malindi. Lord Erroll l'y rejoignit aussitôt.

Malindi, situé à cent kilomètres au nord du grand port de Mombasa, était une plage de plaisance, illustre à travers le Kenya tout entier par sa splendeur naturelle, la douceur de ses brises, le luxe de son hôtel et de ses bungalows. On y allait par une route tracée le long de la côte, entre les bois de cocotiers où s'abritaient des villages indigènes d'une grâce singulière et coupée par les longs et sombres estuaires des rivières tropicales. On les passait sur des bacs halés par des bateliers noirs au torse ruisselant qui, pour animer leur tâche dure et monotone, faisaient retentir de leur souffle de géants coquillages et dansaient en chantant de poignantes mélopées. Et l'on arrivait à Malindi, plage de sable fin et pâle, où jaillissaient de toute part fleurs épanouies et arbres éclatants, où les vagues chaudes et tranquilles de l'océan Indien s'allongeaient sur le rivage avec une mollesse enchantée.

Lord Erroll et lady Diana restèrent là deux jours.

Puis ils retournèrent à Nairobi. Mais, au lieu d'aller chez elle à Karen, la jeune femme passa deux jours encore à Muthaïga, dans la maison de lord Erroll.

Enfin, le 18 janvier, elle retournait auprès de son mari. Le 19, lord Erroll déjeunait chez eux. Et dans l'après-midi lady Diana annonça qu'elle avait loué une voiture pour aller voir des amis à Nyeri — qui se trouvait à cent cinquante kilomètres environ de Karen. Son amie de Malindi, Mrs. Jane Carberry qui, entre-temps, l'avait rejointe, devait l'accompagner dans ce voyage.

Mais, en vérité, l'amie de Malindi fut seule à partir pour Nyeri. Lady Diana, elle, se fit conduire chez lord Erroll et resta cachée dans sa maison jusqu'au 23 janvier, la veille du meurtre.

Cependant, au cours de ces dix journées — dont sa femme passa la plus grande partie avec lord Erroll — qu'avait fait sir Delves Broughton ?

Jusqu'alors, il n'avait rien montré de ses sentiments. Ignorait-il la passion qui entraînait lady Diana ? Voulait-il l'ignorer ? Dans les deux hypothèses, il était servi également par l'indulgence de l'âge mûr, la liberté et la tolérance de la société anglaise dans les relations entre les deux sexes et, enfin, par l'instinct du bonheur qui lui faisait refuser de croire que, après deux mois de mariage, tout pour lui était déjà ruiné, perdu.

Mais dans la nuit du 12 janvier, c'est-à-dire quelques heures avant le départ de sa femme pour Malindi, une affreuse vérité commença de poindre pour sir Delves. Ce soir-là, les Broughton donnaient une grande réception chez eux, à Karen, et la meilleure compagnie de la colonie s'y trouvait assemblée. Il y avait là vingt hommes d'un physique plaisant et d'un commerce agréable. Par ses fonctions de maîtresse des lieux, lady Diana aurait dû s'occuper de chacun. Mais elle se consacra entièrement à lord Erroll, ne dansa qu'avec lui. Sir Delves, d'un seul coup, devint morose, irritable. Il oublia aussi ses devoirs d'hospitalité pour observer sa jeune femme sans répit, avec une crainte et une souffrance qui s'aggravaient à chaque instant. Si bien que lady Delamere, veuve du pionnier le plus célèbre, le plus respecté du Kenya, et qui à l'époque était mairesse de Nairobi, dit à sir Delves :

— Vous le savez, pourtant, que Joss (c'est ainsi que ses amis appelaient Josslyn Erroll) est amoureux fou de Diana.

Le lendemain, de bonne heure, lady Diana s'en allait vers Malindi. Le temps de son absence, sir Delves, lui, le passa à Nanyuki, chez le commander Soames, un très vieux camarade d'école. Le commander Soames rapporta à la barre que sir Delves n'avait fait que parler de ses soupçons, de sa certitude en ce qui touchait les rapports entre sa femme et lord Erroll. Et il avait conclu : « Il est temps d'arrêter les frais. »

Le 18 janvier, sir Delves était revenu de Nanyuki et lady Diana de Malindi avec lord Erroll et Mme Jane Carberry. Tous les quatre se retrouvèrent pour déjeuner au *Muthaïga Club*. Dans l'après-midi, à Karen, Broughton eut une explication avec sa femme. Elle lui dit qu'elle aimait lord Erroll et qu'ils avaient formé le dessein de faire leur vie ensemble. L'entretien fut long et, pour sir Delves, torturant.

Le soir, à six heures, il se rendit chez lord Erroll, à Muthaïga. Erroll n'était pas encore rentré. On imagine le supplice de cette attente. Enfin Erroll parut. D'après le témoignage des domestiques, il n'avait pas sa bonne humeur habituelle. Il était soucieux, nerveux. Broughton semblait plein de colère. Comme la discussion s'engageait, lady Diana et Mme Carberry arrivèrent. Les deux hommes gagnèrent le jardin. On les vit longtemps marcher le long des allées.

Puis Erroll rejoignit lady Diana et Broughton fit une promenade avec Mme Carberry. Celle-ci témoigna qu'ils avaient discuté les éventualités qui s'offraient à sir Delves. Quelqu'un devait s'en aller. Ou bien Erroll. Ou bien lady Diana. Ou Broughton lui-même. Ou encore, dit-il, pour lui — la solution du suicide.

Le jour suivant, sous le prétexte d'un voyage à Nyéri, lady Diana s'enferma dans la maison d'Erroll.

Le 21 janvier, Broughton informa la police qu'on lui avait volé ses deux revolvers et, dans l'après-midi — décidé sans doute à un suprême entretien, — alla jusqu'à Muthaïga, voir Erroll. Ce dernier était là. Mais, à cause de la présence chez lui de lady Diana, il fit dire à Broughton le contraire par ses boys.

Et c'est le 23 seulement que les deux hommes se retrouvèrent — avec lady Diana et Mme Carberry — pour dîner au Club de Muthaïga.

Quelques heures plus tard, lord Erroll était assassiné.

*

J'en étais à ma troisième journée dans la salle des archives de l'*East African Standard*.

La bibliothécaire m'accueillit comme à l'ordinaire, avec une civilité parfaitement impersonnelle et glacée. J'allai à la table où j'avais laissé, la veille, l'énorme volume tiré de la collection du journal. Non seulement il était ouvert là où j'en avais besoin mais, à portée de la main, il y avait du papier préparé pour mes notes. Je regardai du côté de la bibliothécaire. Son visage osseux était penché sur des fiches. Je la remerciai. Elle me répondit qu'il entrait dans ses fonctions de rendre service. Elle n'avait pas interrompu son travail. Sa voix était sans inflexion. Je l'oubliai.

Le climat si particulier de ce meurtre m'avait, en effet, imprégné au point que je croyais voir près de l'avocat qui défendait sir Delves Broughton contre l'inculpation d'avoir tué lord Erroll, je croyais voir lady Diana, épouse de l'accusé, amante de la victime. Elle était vêtue d'une robe de soie noire avec une fleur au corsage. Un chapeau noir en forme de halo, entouré de crêpe, coiffait son très jeune et très beau visage. Elle se tenait toute droite, sans un mot, écoutant dévoiler son existence heure par heure jusqu'à l'instant fatal. J'avais le sentiment de revivre avec elle les étonnantes péripéties du 23 janvier 1941, auquel le compte rendu des débats m'amenait enfin.

Ce jour-là, ayant quitté soi-disant Nyéri, mais, en vérité, la maison de lord Erroll, lady Diana était revenue chez elle à Karen. Pas pour longtemps. À déjeuner, elle retrouva lord Erroll, au Club de Muthaïga, une fois de plus. Elle n'était pas seule avec lui. Son mari partageait ce repas. Il y avait également Mme Carberry, la meilleure amie de lady Diana.

Broughton, — en apparence tout au moins, — s'était résigné à son destin. Sa femme lui avait confessé qu'elle aimait lord Erroll et voulait vivre avec lui. La colère, la souffrance de sir Delves semblaient s'être apaisées. Il acceptait la nouvelle situation d'un cœur ferme et généreux.

Il insista pour réunir à dîner le même jour, au

même Club de Muthaïga, les mêmes personnes : sa femme, Mme Carberry et lord Erroll. Il poussa la tolérance, la magnanimité jusqu'à faire envoyer chez lord Erroll la robe du soir de lady Diana ; tandis que lui-même se changeait au club.

La réunion fut d'une gaîté, d'une animation singulières. Le sommelier hindou ouvrait sans cesse de nouvelles bouteilles de champagne et sir Delves porta plusieurs toasts à la santé de sa femme et à celle de lord Erroll. Il leur souhaita même des enfants sains et beaux.

Après quoi, lord Erroll emmena danser lady Diana dans une sorte de guinguette hospitalière aux amants de passage, qui s'appelait *Clarendon Roadhouse*. L'humeur de sir Delves Broughton, alors, changea. Il se plaignit de son sort à Mme Carberry. Il s'était promis tant de bonheur de son mariage et après trois mois tout s'écroulait. Mme Carberry se sentait incapable de le réconforter ou de le distraire. Elle souffrait d'un fort accès de grippe. Lorsqu'ils eurent soupé avec des amis, — Broughton buvant beaucoup, — elle pria sir Delves, dont elle était l'invitée, de la ramener chez lui à Karen.

Ils y furent à deux heures du matin. Mme Carberry se fit donner de l'aspirine et de la quinine par une servante. Dix minutes après, Broughton vint frapper à sa porte et lui demanda si elle n'avait pas besoin d'un médecin. Elle dit que non. Il était 2 h 10.

À 2 h 25, arrivèrent lady Diana et lord Erroll. Ils causèrent un quart d'heure dans le salon. Puis Erroll s'en alla et lady Diana entra dans la chambre de Mme Carberry où les deux jeunes femmes eurent une longue conversation.

À l'aube, des livreurs de lait aperçurent, de leur

camion, une voiture effondrée sur le côté droit de la route. Ils y trouvèrent le cadavre de Josslyn, vingt-deuxième comte d'Erroll.

Or, cette même nuit, à 4 heures, Broughton frappa de nouveau à la porte de Mme Carberry pour s'informer de sa santé. Puis, entre 6 heures et 7 heures, il fit une promenade à travers le parc de sa demeure, dit-il. Puis il se coucha. Son boy qui apportait le thé matinal le trouva au lit.

Ce fut à 9 heures, après le premier entretien que l'inspecteur Fenton eut avec sir Delves, que l'on apprit, dans la maison de Karen, la mort de lord Erroll. Le coup porté par la nouvelle à lady Diana fut terrible. Elle eut pour premier réflexe le dessein de courir à la station de police et voir une fois encore le visage qu'elle avait tant aimé. Elle n'en eut pas la force et pria son mari de placer un mouchoir à elle sur le cadavre. Sir Delves se rendit auprès du corps de lord Erroll, demanda la permission aux policiers, déposa le mouchoir imprégné du parfum de sa femme.

Rentré chez lui, il demanda, vers midi, une bouteille de pétrole à son boy personnel et alla, lui-même, cette bouteille en main, jusqu'à une fosse, située à une cinquantaine de mètres de la maison, où l'on jetait les détritus du jardin. Il mit le feu au contenu de cette fosse et si généreusement que le brasier menaça la propriété et que les boys durent l'éteindre en toute hâte.

Après le déjeuner, sir Delves Broughton se montra fort déprimé. On le vit même pleurer plusieurs fois. Il n'assista pas à l'enterrement solennel de lord Erroll qui eut lieu le lendemain. Mais, quand tout fut terminé, il vint au cimetière avec une lettre de lady Diana, et — selon le vœu de celle-ci — plaça son dernier message sur la tombe fraîche.

Trois autres faits, — venant s'ajouter à ceux-là, — déterminèrent la mise en accusation de sir Delves Broughton.

En décembre 1940, quelques semaines après son arrivée au Kenya, et alors qu'il ne sentait encore aucune menace contre son bonheur, Broughton avait été passer quelques jours, en compagnie de sa femme, chez son camarade d'enfance, le commander Soames, dans la région de Nanyuki. Là, un matin, les deux amis s'étaient exercés au tir, prenant pour cible un plateau à café cloué contre un arbre. Après le meurtre, la police fouilla les lieux, et retrouva les douilles éjectées par le revolver de sir Delves. L'expert judiciaire en balistique déclara qu'elles suffisaient à sa certitude : le revolver qui avait tué lord Erroll était celui-là même.

Il y avait aussi, deux jours avant le crime, la démarche faite par Broughton pour signaler à la police le vol de son revolver. Il assurait que, par crainte de voir cette arme dérobée et aussi pour éviter un accident toujours possible, il l'avait retirée de son bureau et placée dans le salon, sur le manteau de la cheminée. Elle avait disparu de là en même temps que deux billets de dix shillings placés dans un livre et un porte-cigarettes en argent. Ces déclarations — qu'il changea dans le détail plusieurs fois — tous les boys de la maison, — et il y en avait sept — les contredirent, lorsqu'ils furent interrogés. Ils n'avaient jamais vu le revolver sur la cheminée et ils ignoraient jusqu'à l'existence du porte-cigarettes décrit par leur maître. En outre la police estimait que l'idée était singulière pour le moins de vouloir cacher une arme en l'exposant au milieu d'un salon. Elle conclut à un mensonge destiné par avance à défendre sir Delves contre d'inévitables soupçons.

Enfin, dans la fosse de son jardin que Broughton avait incendiée, les inspecteurs découvrirent un débris d'étoffe imbibé de sang.

Dès lors la thèse de l'accusation était facile à établir. Le 18 janvier 1941, Broughton (qui avait déclaré deux jours plus tôt à son ami le commander Soames « qu'il était temps d'arrêter les frais » entre sa femme et lord Erroll) entendit lady Diana lui dire qu'elle était décidée à le quitter pour son amour. Il eut avec Erroll, dans la soirée, une explication violente. Puis lady Diana vint passer quelques jours chez lord Erroll, en secret. Mais des lettres anonymes avertirent Broughton. Ce fut alors, d'après l'accusation, qu'il prémédita et prépara le meurtre. Le 21 janvier, il raconta que son revolver avait été volé et dans l'après-midi essaya une suprême démarche auprès de lord Erroll. Celui-ci ne le reçut point parce que lady Diana se cachait dans sa maison. Alors, dans la nuit du 23 janvier, après avoir simulé une résignation, une magnanimité destinées à éloigner de lui tout soupçon, sir Delves Broughton tua lord Erroll.

Pour le meurtre lui-même, l'accusation soutenait que Broughton, — entendant revenir Erroll et sa femme, — avait ou bien descendu l'escalier craquant de la vieille maison (et on avait entendu craquer les marches), ou bien était sorti par une fenêtre, armé de son revolver qui n'avait jamais été volé et dont les balles retrouvées chez le commander Soames correspondaient à la balle qui avait abattu Erroll. Quand, à deux heures trente-cinq, celui-ci avait quitté la maison de Karen, Broughton l'avait attendu soit dans le jardin obscur, soit dissimulé dans la voiture. Et l'avait assassiné. Puis il avait conduit l'automobile jusqu'à l'endroit où elle fut découverte et avait regagné à pied son domicile. Il avait eu largement le temps de le faire entre le moment — deux heures — où il avait frappé à la porte de Mme Carberry et celui — quatre heures — où il était revenu demander de ses nouvelles, démarches uniquement faites, disait l'accusation, pour reconnaître, la première fois, qu'il avait le champ libre et, à la deuxième, pour se ménager un alibi.

Le lendemain, il avait brûlé dans la fosse aux détritus les vêtements maculés par le sang de lord Erroll.

À ce réquisitoire, Broughton répondit avec beaucoup de mesure et de simplicité. Il n'était pour rien dans la mort d'Erroll. Sans doute, il avait cruellement souffert quand, le 18 janvier, sa femme, à bout de nerfs, lui avait révélé ses sentiments à l'égard de lord Erroll.

— J'étais très épris d'elle, dit-il, et je le suis encore. Mais elle avait devant elle toute sa jeune vie. Moi, j'étais plus âgé qu'elle de trente ans.

À la fin de leur conversation, il dit à sa femme qu'il l'abandonnait à lord Erroll. Mais Erroll n'avait aucune fortune et la tendresse de Broughton était inquiète pour l'avenir matériel de lady Diana. Ce fut là, d'après sir Delves, l'objet de l'entretien animé qu'il eut avec lord Erroll au cours de la même soirée.

Il ajouta :

— Mrs. Carberry a déposé que je lui avais fait part d'idées de suicide. Je jure que je ne l'ai jamais dit, que je n'y ai jamais pensé. C'est, chez elle, imagination pure.

Et le 23 janvier, au club de Muthaïga, les toasts qu'il avait portés à la santé et à la joie et aux enfants à venir de sa femme et de lord Erroll étaient entièrement sincères. Sans doute le champagne avait aidé à ces effusions. Le champagne dont il avait tant usé au cours de la nuit qu'il ne se rappelait plus quand ni comment il était rentré chez lui à Karen.

Quant à la mort de lord Erroll, il ne savait rien, il ne possédait pas la moindre lumière.

*

Le défilé habituel des témoins suivit cette déclaration : enquêteurs, médecin légiste, experts désignés par la justice, familiers de la victime et de l'accusé. Et tandis qu'ils déposaient — sauf pour Thaïkawa Kamungu, le boy personnel de Broughton, ou pour Abdallah ben Sadji, le jardinier du *bwana* (le maître blanc) — on aurait pu croire que les débats se déroulaient en Grande-Bretagne pour un meurtre de château, commis dans les collines du Surrey ou dans les monts d'Écosse. Juges et avocats à perruque, inspecteurs de police, noms et titres des personnages essentiels, — le vingt-deuxième comte, le treizième baronnet, — la qualité du public — tout se prêtait à cette transposition. On oubliait le Kenya.

Soudain le souffle de l'Afrique entra dans le prétoire.

Il s'agissait d'établir si, malgré son âge, sir Delves Broughton était physiquement capable de couvrir à pied la distance qui séparait sa maison de l'endroit où avait été trouvée la voiture avec le cadavre de lord Erroll, assez rapidement pour avoir pu frapper vers quatre heures du matin à la porte de Mrs. Carberry. En Europe, on eût fait témoigner un médecin, un professeur de culture physique... À Nairobi ce fut un *white hunter* — et le plus célèbre parmi eux.

Ce « chasseur blanc », guide professionnel pour les grandes battues d'animaux sauvages, raconta qu'il avait eu parmi ses clients sir Delves Broughton et lady Diana. Il les avait emmenés dans la Réserve Sud de la tribu Masaï. Ils avaient fait de longues marches — jusqu'à quinze kilomètres d'une traite. Il y eut des instants fort dangereux. Une femelle de rhinocéros, pour défendre ses petits, avait été sur le point de charger. Puis un lion blessé avait été abattu, de très près, par Broughton. Un lion qui pesait quatre cent cinquante livres. Cependant, lady Diana, très calme, prenait des photographies. Ce que le *white hunter* pensait de sir Delves ? Eh bien, un fier sportsman. Et brave. Et qui pouvait marcher autant que lui-même.

Puis — et visiblement pour leur seul plaisir — l'accusateur public, l'avocat, des membres du jury posèrent au chasseur professionnel des questions sur les habitudes des buffles, des éléphants, des grands fauves.

Voyant toute cette jungle se mêler aux débats, je ne sus retenir un mouvement — peut-être même une exclamation — de surprise. Une voix polie et neutre, alors, demanda :

— Quelque chose qui ne va point, monsieur ?

C'était la bibliothécaire. Elle me rendit à moi-même. Je continuai la lecture du journal. Et j'arrivai enfin au numéro de l'*East African Standard* qui portait la date du 2 juillet 1941.

La veille, les blindés hitlériens avaient poursuivi leur avance forcée dans la région de Smolensk. Et, aussi, à neuf heures quinze on avait eu le verdict sur l'affaire Erroll. Faute d'évidence absolue et parce qu'un expert balistique de l'armée, cité par la défense, avait démenti la thèse de l'expert de l'accusation et affirmé que la balle dont était mort lord Erroll n'avait pas été tirée par le revolver que, à Nanuyki, avait employé sir Delves Broughton, le jury, après trente cinq minutes de délibération, acquitta celui-ci.

Cette annonce brisa un silence terriblement tendu. On entendit dans la travée du public de profonds soupirs de soulagement et quelques personnes applaudirent. Puis le président du jury remercia le juge pour la façon dont il avait conduit le procès. Le juge remercia les jurés pour l'effort long et pénible qu'ils avaient fourni et leur annonça, comme récompense, qu'ils ne seraient plus appelés à siéger avant sept ans (les débats avaient duré vingt-sept jours, ce qui n'avait jamais été vu au Kenya). Enfin, sir Delves Broughton remercia la police et les autres services auxquels il avait eu affaire de la courtoisie et de la compréhension qu'ils avaient montrées à son égard.

Ses amis se pressèrent autour de lui pour le féliciter.

*

Tout machinalement, je feuilletai encore quelques vieux numéros de l'*East African Standard*. Mais on n'y trouvait plus le nom de lord Erroll ni celui de Broughton. Leur histoire était terminée.

Je pliai mes notes, refermai les gros volumes que j'avais étudiés pendant trois jours et m'en fus les remettre à leur place dans la collection du journal.

La petite table où travaillait la bibliothécaire se trouvait près de la porte. Avant de sortir, je m'arrêtai pour la remercier du concours qu'elle m'avait prêté.

— Je n'ai fait que mon métier, dit-elle.

Son visage était, comme à l'ordinaire, immobile.

Son intonation — polie et réservée à l'extrême. J'allais donc prendre congé d'elle avec indifférence quand, soudain, je fus arrêté par une transformation surprenante. Les traits inexpressifs s'étaient animés. Une légère rougeur avivait les pommettes. Les lèvres serrées avaient pris une inflexion affable, presque amicale. Enfin, une flamme singulière illuminait les yeux qui, à l'accoutumée, étaient aussi glacés que les verres des lunettes. Et d'une voix devenue soudain timide, vibrante et passionnée, d'une voix de jeune fille qui se fût adressée à quelque magicien d'outre-mer, la bibliothécaire du journal de Nairobi me demanda :

— Est-ce que vous pourriez me dire, monsieur... est-ce que vous avez deviné qui a tué Josslyn Erroll ?

*

Ce soir-là, je dînai avec un grand reporter anglais, de passage au Kenya. Il voulait naturellement parler du Mau-Mau et du problème noir. Mais j'étais encore sous l'influence de la lecture qui m'avait tenu trois jours dans la salle des archives de l'*East African Standard*.

— L'affaire Erroll, je m'en souviens parfaitement, dit mon camarade. Même à Londres et en pleine guerre, elle a occupé une grande place dans les journaux.

Il plissa son front qu'il avait haut et hâlé.

— Et même, reprit-il, je sais qu'il y a eu un épilogue assez dramatique à cette histoire. Attendez, attendez...

Les rides de son front continuaient à jouer dans l'effort de mémoire qu'il faisait. Enfin, il s'écria :

— Mais oui, bien sûr !... bien sûr... Quelque temps

après le procès, Broughton est revenu en Angleterre. Et il s'est suicidé.

Je me rappelai alors que sir Delves, à son procès, avait juré qu'il n'avait jamais envisagé l'idée du suicide.

*

La fin de cette semaine, je la passai dans la plantation du meilleur ami que j'eusse au Kenya... Elle était située à cent milles de Nairobi, sur la rive est du grand lac Naïvasha. Là aussi, je parlai de l'affaire Erroll. Alors, le soir, mon ami me proposa une promenade aux environs.

Très vite, la route, tracée et entretenue par les colons eux-mêmes, devint une piste mince. De part et d'autre de ses fondrières, la brousse régna : buissons d'épineux, grands arbres mimosés, ronces des cactus, chandeliers des euphorbes... Le lent bétail indigène passait au bord du chemin, accompagné de grands et noirs bergers nonchalants, habillés seulement d'une couverture ou d'une étoffe de laine brune drapée autour des épaules, et qui tous portaient la lance ou le javelot. C'étaient des hommes de la tribu des Masaï, réputés depuis des siècles pour leur courage à la chasse et à la guerre. Ils nous souriaient avec une étrange grâce dédaigneuse.

Mais plus souvent que les troupeaux domestiques, on rencontrait par couples, par groupes et par bandes, les antilopes et les gazelles aux cent variétés de taille, de robe, d'encolure et de cornes. Tantôt elles étaient immobiles et comme posées sur un socle, dans toute leur finesse merveilleuse, et tantôt elles bondissaient et passaient avec la rapidité du plus exquis des songes. Des zèbres galopaient, rayures éclatantes au fond du sous-bois. Les girafes montraient leurs têtes, au-dessus de grands arbres hérissés d'épines qu'elles dépouillaient avec une délicatesse infinie.

Mon ami arrêta sa camionnette au bas d'une colline et dit :

— Il y a là-haut quelque chose que je voudrais vous montrer.

L'ascension fut dure, par un abrupt sentier aux pierres croulantes et qui souvent se perdait parmi de hautes broussailles dont les dards traversaient les vêtements. Le sec et violent parfum des herbes que la brise du soir arrachait aux herbes et aux arbres flottait autour de nous. Et des oiseaux étranges se levaient à notre approche. Et d'invisibles singes caquetaient.

La pente devenait toujours plus escarpée. Il fallait s'accrocher, se hisser aux racines. Or, par un phénomène étrange, à mesure que le lieu devenait plus sauvage, s'émoussaient les bruits et les traces des bêtes. Un complet silence m'accueillit au sommet.

Mais alors je ne m'étonnai plus : aucun son ne pouvait s'élever ni vivre dans ce paysage d'astre éteint. Je me trouvais au-dessus d'un antique cratère. Ses bords formaient un cercle au dessin pur et calme, sur lequel s'appuyait le ciel du crépuscule. Les parois, d'un rouge sourd, filaient vers l'abîme par une sorte de mouvement visible et pourtant pétrifié. La végétation commençait à mi-pente. Sombre masse bouclée, mousse géante, elle descendait, toujours plus dense, plus secrète, jusqu'au fond du cratère qu'elle tapissait entièrement. Et juste en son milieu, sertie par elle, comme par un anneau de noir velours, gisait l'émeraude immense et magnifique d'un lac si lisse et si tranquille et tellement dépouillé de reflets que l'ange de mort le plus paisible semblait avoir endormi son eau pour l'éternité.

Mon ami dit à mi-voix :

— Je voulais vous montrer cela... Et, maintenant, je veux vous faire connaître l'homme à qui appartient ce cratère...

La piste nous mena à la pointe nord du grand lac Naïvasha. Là, et presque sur la rive même, entouré d'arbres monumentaux, se dressait un énorme, un extraordinaire édifice. Il ressemblait à la fois à la mosquée de Cordoue et à l'Alhambra de Grenade. Ses murs, blanchis à la chaux vive, portaient toutes les dentelures, toutes les coupoles, tous les ornements d'un baroque palais arabe.

Un serviteur noir nous guida entre les arcades grêles et les patios fleuris, vers un grand salon. Alors j'éprouvai un étonnement nouveau, mais tout aussi vif. L'intérieur du château mauresque était l'image même, dans sa forme la plus authentique et la plus durable, de la vieille Angleterre en ses riches demeures. Les boiseries sombres, les étoffes aux tons fanés, les épaisses reliures des livres innombrables, les meubles et les tableaux du XVIIIe siècle, tout faisait oublier le palais mauresque, la brousse du lac Naïvasha, l'eau morte et merveilleuse qui dormait au fond du cratère.

Et le vieil homme qui m'accueillit était un Anglais de souche ancienne, courtois et distant, affable et clos. Mais toute sa vie avait été africaine. Il connaissait le Kenya depuis cinquante ans. Il y possédait des domaines et des troupeaux immenses. Il avait — outre une écurie de courses — une meute de chiens dont la race était élevée depuis des siècles à chasser le lion — car les grands fauves pullulaient sur ses terres. Il était l'ami du peuple Masaï et frère de sang avec son chef le plus vénéré.

Nous étions passés dans une pièce qui servait de bar et que décoraient de merveilleuses laques chinoises. Nous y fûmes rejoints par la maîtresse de la maison. C'était une femme très belle. Mais d'une beauté bizarre. Sous l'animation, la vivacité, le mordant du visage, il y avait une expression lasse et presque pathétique. Elle arrivait de Paris qu'elle adorait. Elle y avait vu tous les spectacles. Elle me montra des programmes.

Puis, comme elle recevait à dîner, elle alla changer de robe. Son mari nous laissa quelques instants pour donner des ordres.

— Venez voir ! me dit alors mon ami.

Il me ramena dans le salon et me fit arrêter devant une grande cheminée, sur le manteau de laquelle se trouvaient plusieurs photographies... Elles représentaient, sous des angles différents, le visage d'un homme jeune, racé, d'une séduction singulière.

Mon ami parla rapidement.

— Voici, dit-il, quelqu'un que j'ai bien connu : Josslyn, le vingt-deuxième comte d'Erroll.

— Erroll... murmurai-je.

— Et vous êtes, poursuivit mon ami, dans le domaine Oseria que, de son vivant, il avait refusé de vendre à Broughton.

Je demandai, presque sans voix :

— Mais alors... alors... cette femme... la femme de notre hôte...

— À l'époque du meurtre, elle s'appelait Diana Broughton, dit mon ami.

III

MES AMIS DU LAC NAÏVASHA

Il faisait nuit profonde et constellée quand, avec mon ami, je quittai l'étrange château arabe. La brousse, autour de notre voiture, se resserra d'un seul coup, noire, sans bornes. Nous recevions en pleine figure sa sauvage odeur nocturne.

Les fuseaux des phares, longs et blêmes, accouplaient la solitude avec l'irréel. Je pensais au lac du cratère qui, à cette heure, dans la ténèbre et le secret, devait tenir la Croix du Sud prise à son eau morte.

Pistes d'herbes et de ronces, sombres rochers, voûtes de branches épineuses... il semblait, à cause de la nuit et du ciel, que le voyage n'aurait jamais de fin. Mais dans le Kenya de l'homme blanc, les étendues les plus désertes, les plus barbares, portaient les demeures les mieux aménagées. Brusquement jaillirent des lumières brillantes qui dessinaient dans l'ombre la maison de Mario, mon ami.

Elle ne ressemblait pas aux bungalows ni aux grands cottages des campagnes anglaises que l'on trouvait, à l'ordinaire, dans le pays. Bâtie en hauteur, percée de terrasses, couverte d'un revêtement ocre et coiffée de chaume brun, elle avait un style fort et singulier qui se mariait admirablement à la terre africaine.

Au bruit de notre arrivée, trois chiens, hurlant de joie, dévalèrent le grand escalier et sur le perron apparut une silhouette de femme, très fragile, avec un revolver à la ceinture. Mario sauta de la camionnette et monta les degrés en courant. Les chiens nous suivirent dans la maison. L'un d'eux qui s'appelait, à l'indigène, Tchouï, portait sur le dos une sorte de strie, d'épi, qui partageait ses poils courts et fauves. C'était la marque de la race qui chassait le lion.

La pièce principale était très vaste, très haute de plafond, découpée par des fenêtres immenses, remplie de livres et d'un vivant désordre. Des lampes puissantes l'éclairaient. Dans cet espace, sous cette illumination, la femme de mon ami paraissait encore plus petite et mince et frêle que d'habitude et ses traits plus affinés dans leur précieuse délicatesse. Les yeux aussi prenaient plus de valeur, si beaux, couleur de pervenche, profonds et jeunes, charmants et sages, qui contemplaient son mari avec un sentiment sur lequel les épreuves ni le temps ne pouvaient rien.

Un vent léger, dehors, se leva, qui venait du lac Naïvasha et de ses papyrus tout proches, longeait l'allée de cyprès et d'orangers, effleurait la piscine, agitait les branches des jacarandas et des averses d'or qui entouraient la maison, puis glissait vers les huttes du petit village où les travailleurs noirs de la plantation dormaient déjà. Tout était paisible.

Je regardais Mario et son masque vigoureux, aux pommettes hautes, au regard ardent, aux cheveux blancs magnifiques, son grand front hâlé ; je regardais Gisèle de qui chaque mouvement était imprégné de douceur et d'accueil ; et je songeais aux chemins singuliers qui les avaient conduits si loin.

Il était Italien. Il avait fait la guerre de 1914 en qualité de pilote de chasse. Puis il avait couru le monde jusqu'en Chine où, en compagnie de quelques têtes brûlées, il avait fondé une ligne d'aviation commerciale pour le compte du maréchal Tchang-So-Lin, seigneur des batailles et maître de la Mandchourie. Quand il était revenu en Europe, Mussolini marchait sur Rome avec ses Chemises Noires. Mario était contre le fascisme. Il fut exilé. Il rencontra alors une jeune femme française, à l'aspect fragile, aux yeux de pervenche, qui avait été élevée dans le luxe le plus moelleux. Il l'épousa et l'entraîna en pleine Afrique. Pour le temps d'un voyage de noces. Cela se passait vers 1926. Ils y étaient encore.

Je confiai à mes amis ce que je pensais. Mario, alors, se mit à rire et dit :

— Tout a commencé par une histoire d'ivrogne.

Un des chiens aboya : celui qui avait la marque des chasseurs de lions. Mario tendit l'oreille sans s'en apercevoir et, sans s'en apercevoir davantage, porta la main à son revolver. Gisèle s'arrêta de préparer nos boissons. Ils restèrent un instant silencieux.

— L'obsession des Mau-Mau use les nerfs, dit Gisèle.

Le chien se calma et Mario reprit :

— Notre aventure africaine s'est décidée à Bruxelles par le hasard d'une rencontre que j'ai faite là-bas, à l'époque de notre mariage, avec un ancien camarade. Ce très puissant baron de finance possédait une bonne partie du Congo belge et de ses entreprises. Il allait s'y rendre pour un voyage de chasses et de plaisirs. « Pourquoi ne pas me rejoindre ? »

demanda-t-il. Pourquoi pas, en effet... Et nous avons pris rendez-vous à Kigoma, sur la rive est, la rive anglaise du lac Tanganyika, parce que le chemin de fer venant de Dar-es-Salam, le port de l'océan Indien, aboutissait là et que de là partaient les bateaux qui menaient, de l'autre côté du grand lac, au Congo belge, où nous devions faire notre *safari*.

« Mais pour moi qui, alors, connaissais l'Afrique uniquement par les livres, les cartes et l'imagination, Kigoma avait un autre prestige. Tout près de là, dans le village lacustre d'Udjidji, Stanley avait retrouvé sous un arbre Livingstone étendu, épuisé. La chanson de geste, l'épopée des explorations héroïques, étaient tout entières inscrites dans ce lieu, sur cet arbre.

— L'arbre est mort maintenant, dit doucement Gisèle. Mais nous l'avons vu encore. C'était très émouvant.

— Quand nous sommes arrivés à Kigoma, poursuivit Mario, le baron s'y trouvait déjà. Il avait loué tout un étage dans le seul hôtel possible. Une cohue de secrétaires, de serviteurs, d'amis, de parasites, de jeunes femmes, l'accompagnait. Il avait fait réunir un immense matériel de campement. Mais il ne songeait pas à partir.

« — Avant d'affronter la nature sauvage, il faut prendre des forces, disait-il.

« C'était dans la boisson qu'il les puisait, ses forces. J'ai assisté à quelques beuveries fantastiques dans mon existence, mais je n'ai jamais vu consommer autant de champagne, de whisky, de cognac. L'hôtel tout entier fleurait l'alcool. On ne se couchait jamais avant qu'il fît grand jour. Clameurs, danses, chants, disques de phonographe, piano mécanique, faisaient de chaque nuit un vacarme d'enfer.

« Les noirs étaient ravis : le bruit les rend heureux. Le personnel blanc ne se plaignait pas : le baron payait sans compter. Quant aux clients de l'hôtel, ou bien ils participaient à la bacchanale, ou bien ils étaient forcés de prendre leur mal en patience.

« Un beau soir, tandis que l'orgie hurlait une fois de plus au bord du lac Tanganyika, un Anglais d'âge mûr, au visage décent et grave, mais congestionné de fureur, est soudain apparu. D'une voix habituée à se faire obéir sans réplique, il a dit au baron :

« — Vous allez arrêter immédiatement ce scandale. Il y a des lois qui interdisent le tumulte nocturne et j'entends qu'elles soient appliquées.

« — Et qui êtes-vous pour me donner des ordres ? a demandé notre hôte en riant.

« — *Lord Chief Justice* du district, a répondu le vieil Anglais.

« Malgré l'ivresse générale, il s'est fait un profond silence.

« Le magistrat a dit encore :

« — Je suis à l'hôtel pour trois jours en attendant le bateau. Et je vous préviens honnêtement : au moindre bruit, c'est la prison pour vous.

« Il salua, sortit et, pendant les trois nuits qui suivirent, si l'on but, ce fut en douceur.

« Seulement, lorsque le Chief Justice, reposé, triomphant, voulut monter à bord du petit paquebot qui assurait le service du lac, il fut arrêté sur la passerelle par le capitaine. Et le capitaine lui dit :

« — Je regrette, mais j'ai l'ordre de vous interdire l'accès du bateau.

« — Interdire ? À moi ! Par qui ? gronda le magistrat.

« — Par le baron belge à qui appartiennent toutes les lignes du lac Tanganyika, dit le capitaine.

« — Mauvaise plaisanterie ! Insensé ! Honteux ! Impossible ! cria le magistrat. Je suis le Chief Justice.

« — Mais lui, c'est mon patron et le patron de tous les autres bateaux sur le lac, dit le capitaine. Je ne veux pas perdre ma place.

« Il n'y eut rien à faire. Le Chief Justice s'en alla de Kigoma, — comme il y était venu, — par le train, tout en menaçant le baron d'un incident international.

« Pour ma part, je n'ai pas attendu de savoir s'il y avait réussi. L'orgie a redoublé de frénésie et je me suis dit que, pour boire du champagne, — même énormément, — il n'était pas besoin de venir jusqu'au lac Tanganyika.

« Alors, j'ai fait emballer notre matériel de campement, j'ai vérifié nos fusils. Le baron s'est montré furieux de nous voir partir. Mais il nous a tout de même laissés prendre place à bord d'un bateau à lui. Nous avons traversé le lac et puis, Gisèle et moi, suivis seulement de quelques porteurs noirs, nous avons gagné la forêt vierge.

La brise nocturne du lac Naïvasha pénétra dans la vaste pièce, agita les fleurs dans un vase, des papiers sur la table.

Mario reprit son récit. Sa femme, le regardant, souriait d'un sourire très beau et qu'elle avait seulement pour lui.

— Pour notre voyage de noces qui, en vérité, commençait seulement alors, nous voulions chasser à peine quelques semaines, dit-il. Nous sommes restés plus d'un an.

— Et encore a-t-il fallu, pour nous arracher à la forêt, dit Gisèle, que j'aie besoin d'un endroit quelque peu civilisé où accoucher de mon premier enfant.

— C'était comme un sortilège, s'écria Mario avec passion. Nous avons marché des mois entiers sans fatigue. Plus un atome de graisse, mais quels muscles ! Une piste ouvrait toujours sur une piste plus belle. Une chasse en appelait toujours une autre, plus excitante. On ne pouvait pas s'arrêter. Et la découverte, le mystère, l'ensorcellement de la forêt... Elle était vraiment vierge à l'époque. Les changements profonds, les routes, les bulldozers, les règlements, — tout a commencé depuis. Nous avons vécu dans les conditions des premiers explorateurs, avec nos porteurs et pisteurs noirs pour toute compagnie humaine. Et ils étaient peu sûrs. J'allais en tête et Gisèle au bout de la file, nos armes toujours prêtes, car eux, ils étaient toujours prêts à disparaître dans la forêt avec leur chargement. Ma femme, d'ailleurs, était un fusil merveilleux. Attendez...

Mario ouvrit un meuble, fouilla dans une pile épaisse de photographies jaunies et passées, en choisit une. On y voyait, en pleine brousse, la très frêle silhouette d'une toute jeune femme, appuyée sur une carabine, devant le corps énorme d'un éléphant abattu.

— Les noirs ont fait grande bombance avec cette bête, dit Mario.

— Nous n'avons gardé pour nous que la viande autour des tempes ; elle est tendre et d'un goût assez fin, dit Gisèle.

Une expression de claire gaieté passa dans ses yeux.

— J'ai souvent pensé alors quelle eût été l'horreur de ma mère, — elle ne m'avait jamais laissée sortir sans gouvernante, — si elle m'avait vue dévorer, devant un feu de brousse, entourée de noirs sauvages, un morceau de tempe d'éléphant.

— La plus belle époque de notre vie, dit Mario.

— Sauf, pour moi, la semaine où tu as eu ce coup de soleil et puis cette crise de malaria, dit sa femme. J'étais seule avec un malade inconscient, délirant, dans la forêt, sous une mauvaise tente, avec les porteurs noirs, inquiets du mauvais sort.

— On rencontrait des hommes extraordinaires, dit Mario. Je me souviens d'un Australien, chasseur professionnel, que nous avons croisé sur une piste. Toujours saoul. Il buvait son ivoire en quelques jours dans le poste blanc le plus proche et repartait avec une poignée de cartouches. Une fois, j'ai vu arriver à notre camp l'un de ses porteurs qui avait longtemps couru la forêt avant de nous trouver. Il venait, de la part de son maître, dépourvu de munitions, me demander *une* balle. Elle lui était nécessaire pour achever un grand éléphant blessé...

Mes amis parlèrent longuement de leur étrange et magnifique voyage de noces. Chaque souvenir en suscitait un autre. Des visions de plantes, de bêtes et d'hommes, en leur vie primitive, suivaient chaque journée de cette marche qui avait duré quatorze mois. Elle s'était achevée au Kivou, sur le plateau de Nyanza où le dernier roi des Watutzi qui ait vécu selon les coutumes de ses ancêtres tenait sa cour des grandes huttes. Ils avaient vu le géant *mwami* Musinga, entouré de ses vassaux géants, tous habillés de robes flottantes, tous coiffés en croissant de lune, suivi de ses guerriers et de ses serviteurs et de ses esclaves. Ils avaient vu danser les *N'Toré* du souverain. Ils avaient eu la chance de surprendre, intactes encore, la tradition et l'âme du Ruanda féodal.

Mais il était grand temps pour les voyageurs de gagner un endroit où les soins médicaux élémentaires fussent assurés à une femme d'Europe pour mettre au monde un enfant. Dans toute l'Afrique orientale, Nairobi était, alors, la seule ville possible à cet égard. Ce fut aussi la seule raison qui mena mes amis dans la capitale du Kenya.

Après la naissance de leur fils, Mario battit les environs, découvrit les beautés du lac Naïvasha, s'en éprit, acheta un vaste morceau de brousse, y bâtit une habitation fort primitive.

— C'était uniquement du jeu, de la fantaisie, me dit-il. Pour camper, pour chasser... Et puis nous avons eu les deux filles. Et j'ai acheté une mine d'or au Kavirondo... Et la vie du Kenya m'a envoûté... La vie de cette époque... Les gens de la Vallée Heureuse... Lord Erroll et les autres. L'insouciance, le plaisir, la facilité, les grands espaces. J'ai eu des chevaux de course : une des plus belles écuries du Kenya. J'ai acheté un avion de tourisme... Des amis venaient d'Europe, d'Amérique. Nous partions n'importe où dans la brousse, risquant nos os sans souci. Pour les recevoir, on a construit cette maison où vous êtes... Et la guerre est venue. En qualité d'Italien, j'ai fait quatre années de camp au fond de l'Afrique du Sud. Alors, ma femme, française, mais coupée de la France et sans ressources, a transformé avec une énergie et un courage incroyables le domaine de plaisance en une propriété de rapport.

— N'exagérons rien, dit gaiement Gisèle. J'ai simplement engraissé quelques douzaines de cochons et planté un peu de maïs pour leur nourriture. Et les enfants m'ont bien aidée, les deux filles comme le garçon. Ils n'étaient pas très grands, sans doute, les unes un peu en deçà et l'autre un peu au-delà de dix ans... Mais les soins donnés aux bêtes et à la culture les amusaient beaucoup plus que les études.

Surtout, ils aimaient la compagnie des travailleurs noirs.

« Ils parlaient le swahili et le kikuyu comme une langue maternelle, ce qui n'est pas étonnant puisqu'ils sont nés et ont poussé dans le pays. Mais — chose plus rare — ils s'exprimaient aussi en masaï. Nous avons adopté, en effet, il y a bien longtemps, un garçon de cette tribu et il avait grandi dans la maison. Il y est toujours, du reste... Vous l'avez vu, je crois... Il s'appelle Retzon.

— Celui qui s'habille d'une couverture et toujours porte un javelot ? demandai-je.

— En effet, dit Gisèle. Comme tous les Masaï, il n'est bon à rien qu'à surveiller le bétail et à servir de pisteur. Mais, dans ce dernier emploi, il est merveilleux. C'est lui qui a aidé mon fils à tirer son premier buffle. Le garçon avait alors treize ans... Imaginez-vous... Il était parti, sans rien me dire, avec sa carabine, aux environs, dans les collines couvertes de brousse, emmené par le Masaï.

Je dis alors à mes amis :

— Vous avez eu une vie étonnante.

— Elle ne l'est plus, répliqua Mario. Quand je suis revenu de captivité, tout était différent. Le chemin de terre qui menait à Naïvasha et qui demandait, en saison de pluie, une journée de voyage, avait été remplacé par la belle route que les prisonniers de guerre italiens, amenés d'Éthiopie, avaient construite. Le charmant petit hydravion qui s'envolait du lac Naïvasha avait cessé son service. On allait s'embarquer à l'aérodrome de Nairobi, sur les énormes appareils modernes. Et ce domaine, qui fut acheté pour l'aventure et le plaisir, est devenu une exploitation comme les autres.

Mario avait parlé d'une voix sourde et son regard

s'était éteint. Je le contemplai avec stupeur. Le domaine était magnifique. Luzerne et maïs poussaient en abondance. Des nénuphars énormes et des papyrus gardaient les abords du lac Naïvasha. Il y avait à la fois dans cette plantation des collines toutes sauvages et un système d'irrigation admirable. Et une piscine. Et des pur-sang. Et Mario commençait, sur une grande échelle, à cultiver la *ramie*, plante miracle importée de Chine.

— Que faut-il encore ? demandai-je.

Mon ami secoua sa tête aux drus cheveux blancs avec passion et désespoir.

— L'aventure est finie, dit-il.

Il eut un rire bref, amer.

— C'est ici, sur le lac Naïvasha, qu'on est venu tourner, pour un film américain, la rencontre de Stanley et de Livingstone. Le producteur a occupé la chambre qui est aujourd'hui la vôtre. Là où le cinéma s'installe, l'aventure est bien morte.

— Plaignez-vous, m'écriai-je. Les hippopotames du lac viennent ravager votre luzerne, les babouins de la colline emportent les épis de maïs. Vous avez pris un léopard au piège, tout récemment, derrière la maison. Et votre garde masaï nous a prévenus hier qu'un lion rôdait aux alentours.

— C'est la routine de tous les jours, dit mon ami.

— Et le Mau-Mau ?

— Un affreux bourbier où l'on enfonce chaque jour davantage et sans gloire.

— Il vous reste l'immensité de l'Afrique, dis-je encore.

— Les automobiles, — quand ce ne sont pas les avions de ligne — vont partout.

— La chasse...

Mario haussa les épaules et dit :

— Oh, bien sûr... à condition d'obéir aux règlements, d'avoir une licence, de payer les taxes, de tuer ceci et pas cela, juste tant et pas davantage.

Les yeux de mon ami s'allumèrent de nouveau.

— Je connais bien quelques Sud-Africains, reprit-il. Des hommes vraiment durs... Des braconniers et boucaniers de la brousse. Ils ne s'embarrassent pas des lois. Ils abattent en masse le buffle et l'éléphant pour la viande qu'ils font sécher au soleil et cèdent ensuite à des intermédiaires hindous qui la revendent aux noirs en cachette. Ou encore ils tuent les rhinocéros pour leurs cornes dont on fait grand emploi en Arabie et aux Indes pour les aphrodisiaques.

Mario caressa distraitement, sur l'échine de Tchouï, le chien indigène, l'épi qui séparait ses poils rudes et fauves. Il soupira :

— Quant à la chasse, telle que maintenant on la pratique à l'ordinaire, elle n'est plus qu'une grande industrie.

Je répétai :

— Une industrie...

— Quand vous serez de retour à Nairobi, allez donc voir de ma part, à la Compagnie Safariland, le vieux Wally King, se contenta de répondre Mario.

IV

LES SECRETS DES SAFARIS

Cette rue de Nairobi était neuve et si courte que le flanc d'un building plein de boutiques et de bureaux formait entièrement l'un de ses côtés.

J'examinais, hésitant, une devanture étroite et sans éclat, encadrée par une librairie et un salon de coiffure. Était-il possible que, derrière la vitre dépolie, se tînt l'un des commerces les plus aventureux, les plus poétiques de ce temps ? Que l'endroit fût celui où l'on vendait, — et d'un bout de l'année à l'autre, — l'immensité vierge, l'approche des bêtes nobles et dangereuses, les feux de camp sous la Croix du Sud, le drame de la chasse au grand gibier, le rêve des caravanes ?

Mais l'enseigne discrète, gravée sur la vitre, disait bien : *Safariland Ltd*. Et *Safariland* était bien l'entreprise la plus importante du Kenya et, sans doute, du monde, à laquelle s'adressaient tous les gens de tous les pays quand ils voulaient — contre un chèque — s'assurer logement, nourriture, protection et guides à travers la brousse, la savane, la jungle de l'Afrique orientale et voir le lion, le rhinocéros, l'éléphant ou le buffle dans leur ligne de mire.

J'entrai donc.

La salle d'attente, modeste en ses dimensions, où l'on accédait de plain-pied, avait une forme irrégulière parce qu'une cloison de bois brun, destinée à isoler les bureaux, s'incurvait au milieu. Une petite table et trois petits fauteuils meublaient le seul coin de la pièce. On voyait sur les murs des photographies d'animaux sauvages. Au seuil du couloir qui longeait la cloison de bois, deux énormes défenses fuselées formaient une arche ogivale d'ivoire.

Une secrétaire nette, efficace, économe en paroles, me reçut. Voulais-je faire du tourisme ou de la chasse ? Dans quelle région ? Combien de temps ?

Je l'informai que j'étais venu par simple curiosité de métier.

— Alors, dit-elle, c'est le colonel D. A. Brett, notre directeur général, qu'il vous faut.

Le colonel D. A. Brett avait pour bureau une cellule exiguë. Lui-même était très grand, très mince, habillé merveilleusement, avec un long visage énergique et racé. Il lui manquait un bras.

— Non, dit-il tout de suite en souriant et en agitant sa manche vide. Non, ce n'est pas un fauve, mais un stupide accident de voiture...

Puis il ouvrit avec adresse un porte-cigarettes très plat de sa main unique, le poussa vers moi et reprit :

— Pour connaître vraiment notre compagnie, vous devez rencontrer le vieux Wally King.

Mon ami de Naïvasha m'avait donné le même nom.

— Un chasseur célèbre ? demandai-je.

— Vous allez voir, dit le colonel D. A. Brett.

Au bout du corridor obscur et en face d'un immense dépôt ténébreux, je trouvai une porte avec l'inscription : Walter S. King. Elle ouvrait sur une pièce minuscule, sans fenêtre, une sorte d'antre aveugle. Un petit homme d'une soixantaine d'années y travaillait sous une ampoule électrique nue et derrière une table de bois blanc, chargée de papiers. Il avait une figure d'une vivacité extrême et toute couverte de lignes menues, singulières sur son teint frais. Ses yeux bleus étaient à la fois bienveillants et railleurs.

— Grands dieux ! Non ! Je ne suis pas chasseur professionnel et même pas amateur, me dit-il. Je suis venu ici pour placer des machines à coudre ; avant la guerre de 1914. Mais, après cette guerre, — que j'ai faite dans le Tanganyika, — ma firme ne s'est pas montrée convenable à mon égard. Alors, je suis entré dans cette compagnie pour organiser l'équipement des *safaris*.

Walter King eut un petit rire doux qui mit en mouvement toutes ses rides.

— Je ne sais pas pourquoi ce mot swahili, dit-il, fait si bien partie maintenant de notre bonne vieille langue britannique pour désigner un voyage.

Il tapota d'un geste amical, presque tendre, les dossiers, listes et colonnes de chiffres qui s'étalaient devant lui et continua :

— Ce travail qu'on m'a confié en 1919, je ne m'en suis pas tiré trop mal sans doute, puisque la direction de la compagnie a bien voulu que je le fasse jusqu'à présent. Mais vous le voyez, mon cher monsieur, il n'a rien qui puisse nourrir les rêves des jeunes gens... sans même parler des jeunes filles.

Les rides sans nombre de Walter King dansèrent de nouveau autour de son rire bref et doux. Il appartenait à ces Anglais de classe moyenne et de vieille génération qui avaient le goût de l'humour débonnaire, une dignité modeste, la certitude absolue de leurs droits et un respect organique pour les hiérarchies sociales.

— Oui, reprit-il, depuis trente-cinq ans j'équipe des *safaris* et j'ai eu affaire à des gens de toute la planète, et aux plus riches, aux plus puissants, aux plus fous. Cela n'est pas sans intérêt pour la connaissance de la nature humaine. Oui, le vieux Wally, comme on m'appelle maintenant — est le plus ancien de cette compagnie et cette compagnie est, de son espèce, la première en date au Kenya. Elle existe depuis un demi-siècle. *Yes, sir !* Un demi-siècle.

Walter King avait donné tout leur poids à ces mots. La durée était vénérable, comme un parchemin de noblesse. Il poursuivit.

— Dans l'année 1903, deux hommes hardis et ingénieux, Victor H. Newland et Leslie J. Tarlton pensèrent que le Kenya, — tout primitif à l'époque et prodigieusement riche en bêtes sauvages, — devait attirer les gens qui aimaient respirer l'air des solitudes, courir l'aventure, découvrir des terres neuves, se mesurer au gros gibier. Ils fondèrent une compagnie destinée à fournir matériel et guides. La chance se mit de leur côté. L'un des premiers clients fut le président Théodore Roosevelt. Son expédition, — qu'ils eurent à organiser, — devint une légende. Puis lord Delamere, qui fut le premier blanc à faire caravane depuis l'Abyssinie jusqu'au Kenya, découvrit cette terre promise, ce paradis des grandes chasses. Il avait des liens puissants avec toute la haute société d'Europe. Il lança la mode des *safaris africains*. Newland et Tarlton se virent harcelés de demandes. Une industrie nouvelle était née.

Le « vieux Wally » considéra ses plans, ses devis, ses classeurs, ses inventaires, et sourit avec attendrissement.

— En ces temps héroïques, dit-il, les chasseurs

qui accompagnaient les clients étaient tous des indigènes, des Somalis principalement — car ils étaient les seuls encore à connaître le pays et les conditions d'existence et les habitudes du gibier. Mais leur nombre devint très vite insuffisant et, d'autre part, le don d'organiser faisait défaut même aux plus adroits, même aux plus dévoués. Alors, des Européens qui avaient appris à leur école les secrets de la brousse et des forêts tropicales, prirent pour métier de guider et de protéger les clients de notre compagnie. Afin de les distinguer des chasseurs noirs, des *black hunters*, on les appela *white hunters*, les chasseurs blancs.

— Voilà donc l'origine de ce nom si romanesque ! m'écriai-je.

— Hé oui, dit Walter King, le nom est resté, bien qu'il ne réponde plus à aucune nécessité. Depuis très longtemps, tous les professionnels en charge des *safaris* sont des blancs. Les premiers de ces *white hunters*, — dont quelques-uns vivent encore, — s'appelaient Leslie Tarlton, Alan Black, Philip Percival, Pat Ayre, Will Judd.

Walter King eut de nouveau un regard pour les fiches, les aide-mémoire, les colonnes soigneusement cochées, les crayons de toutes couleurs répandus sur sa table. Il soupira, frotta l'une contre l'autre ses mains laborieuses. Puis il continua.

— Les caravanes de chasse, dans le temps, ne ressemblaient guère à celles d'aujourd'hui. Et même en 1919, quand j'ai été chargé de les équiper, on procédait encore à l'ancienne. Les porteurs, — il y en avait parfois jusqu'à deux cents, — étaient choisis, examinés un à un. Certains pouvaient soulever quarante livres, d'autres cinquante, et d'autres soixante. Il fallait calculer, établir les charges selon les forces de chacun. Il fallait connaître leur caractère, leur humeur. Ce n'était pas facile. Mais aussi les départs avaient une autre allure que de nos jours.

Un feu de jeunesse s'alluma dans les yeux bleus de Walter King et sa voix mesurée, blasée, ironique, frémit légèrement.

— À quatre heures du matin, je tirais de leur sommeil les porteurs qui, depuis le soir précédent, dormaient autour de notre dépôt. C'était un travail. Au réveil, l'âme des noirs est longue à rejoindre le corps. Il fallait secouer, crier, enfoncer le pied dans les côtes. Les hommes bâillaient, s'étiraient, soupiraient, revenaient lentement à la conscience, à la vie. Je distribuais les colis, je les faisais hisser à chacun. Cela prenait du temps. À six heures précises, je passais l'inspection des charges sur les têtes. Et la colonne s'ébranlait. D'abord la longue file des porteurs, puis les traqueurs, pisteurs, dépeceurs, boys, cuisiniers. En queue cheminait le *white hunter*, tranquille, sa pipe à la bouche. Le soleil sortait de l'aube indécise. La caravane défilait devant l'hôtel où le client attendait — le *Norfolk* à l'ordinaire. Il se joignait à elle. On quittait Nairobi. La première étape se bornait à dix milles. Il était nécessaire d'habituer les hommes à leurs charges, de prendre la cadence de route. Les jours suivants on faisait de quinze à vingt milles et, au bout de dix jours, on arrivait sur les premiers lieux de chasse. Le *safari* durait un mois, ou deux, ou même trois, — et quatre. Tout se faisait à pied. Le retour était magnifique. Les noirs recevaient leur paie, établissaient un feu de camp aux portes de Nairobi, mangeaient, buvaient et célébraient en des chants improvisés les exploits du chasseur étranger qui les avait menés si loin et gorgés de viandes sauvages.

La porte battit tout près dans mon dos. La secrétaire du colonel D. A. Brett s'insinua dans l'antre de Walter King. Elle me donna des prospectus, des plaquettes, des brochures de *Safariland Ltd* et s'en alla. Le « vieux Wally » reprit alors :

— Évidemment, Nairobi, dans ce temps, n'était qu'un grand bourg de brousse. On prenait sa bicyclette, on faisait un mille et, sans descendre de selle, on tirait du beau gibier. Mon bureau même avait quelque chose de barbare. Je vivais sous la tôle ondulée, parmi les trophées que les chasseurs entreposaient chez moi : défenses d'éléphants, peaux de lions et de léopards, têtes d'antilopes ou de buffles.

« Tout se faisait avec loisir. Pour venir d'Europe ou d'Amérique, il fallait de trois à quatre semaines en bateau, vingt-huit heures de train et puis le temps nécessaire aux caravanes à pied. Les clients retenaient leur *safari* des mois en avance. À présent, on arrive de l'Arizona en deux jours et on veut tuer un rhinocéros le lendemain...

Le petit rire plein de bonhomie et de malice qui lui était familier fit courir une fois de plus toutes ses rides sur le visage de Walter King.

— Évidemment, les prix ont changé aussi, dit-il.

Je dépliai une des feuilles que m'avait remises la secrétaire.

Et je vis qu'un *safari* de 14 jours pour une personne accompagnée d'un *chasseur blanc* valait 420 livres, — c'est-à-dire 420 000 francs. Pour un mois, le prix était de 785 livres. Si l'on faisait l'expédition à deux et avec deux chasseurs professionnels, la somme s'élevait pour 14 jours à 688 livres et, pour 30 jours, à 1 355 livres.

Walter King, qui observait mon visage, rit de nouveau et dit :

— Par contre, mon cher monsieur, veuillez jeter un regard sur cet inventaire. Je l'ai préparé pour un petit *safari* qui commence dans deux jours. Il comprend l'équipement de base, l'équipement minimum que nous assurons toujours.

Il prit alors, parmi les paperasses qui s'amoncelaient sur sa table, quatre gigantesques feuilles dactylographiées au plus serré. Quand j'eus achevé de les parcourir, la tête me tournait un peu. Il me semblait avoir traversé à toute vitesse les rayons de plusieurs grands magasins et bazars.

L'inventaire comprenait, soigneusement numérotés, repérés, décrits en détail, *quatre-vingt-quatre* chapitres différents. Et l'on y trouvait des tentes pour coucher, pour manger, pour se reposer, pour se baigner — avec grand bain de toile, pour accomplir les besoins naturels ; les meubles nécessaires à la nourriture, au sommeil, au repos, au rêve ; le matériel de cuisine, la vaisselle de porcelaine, les cendriers, les portemanteaux, dix variétés de lampes, les draps, les oreillers et les taies d'oreiller, des horloges et des allumettes, de la paraffine et des filtres, des haches et des *pangas*, des services à thé et à café, des coquetiers, des fers à repasser, des lacets pour bottes de chasse, des seaux et des appareils de radio ; des centaines de boîtes de conserve, du savon et des serviettes et du désinfectant pour les indigènes... Avec dix livres de plus, on pouvait avoir une tente frigidaire et avec dix livres encore une tente avec générateur d'électricité.

— Pour manier tout cela, dit Walter King, il faut maintenant vingt-cinq noirs au plus. Dans le temps, avec deux cents porteurs, on avait trois fois moins de confort... C'est, naturellement, le moteur qui a bouleversé les conditions du voyage. Aujourd'hui une voiture *safari* à six roues et un camion tout terrain suffisent au transport des hommes et d'un matériel énorme. On va très vite. On va très loin. Et le client revient propre de son expédition.

Une ironie pleine de gentillesse brilla dans les yeux bleus de l'homme vieillissant qui, depuis plus d'un tiers de siècle, veillait à l'équipement de l'aventure en brousse africaine.

— C'est curieux d'observer comme changent les modes, reprit-il. Autrefois, les gens étaient fiers, au retour, de montrer un visage hirsute, des mains répugnantes, des vêtements hors d'usage. Le snobisme était à la crasse. De nos jours, c'est le contraire. On aime, après un *safari*, à reparaître lavé, rasé, astiqué, briqué... La vantardise est dans le confort et même, si l'on est assez riche, dans le luxe au milieu du désert.

Walter King reprit de mes mains l'inventaire qu'il m'avait laissé consulter, en tourna les pages l'une après l'autre, les remit sur sa table et continua :

— En effet, mon cher monsieur, ce que vous avez trouvé dans ces feuilles n'est, comme je vous l'ai dit, que le strict minimum assuré par nous. Mais toutes les fantaisies, tous les suppléments, toutes les folies même, — nous les procurons à ceux qui désirent les payer. Beaucoup ne s'en privent pas, je vous l'assure.

Une malice débonnaire parut de nouveau dans le regard de Walter King.

— C'est le « vieux Wally » qui a tout commencé, poursuivit-il. J'ai compris, dès le lendemain de l'autre guerre, que les temps changeaient ; que les vieilles mœurs pittoresques et rudes, ne pouvaient pas survivre à l'automobile, à l'avion. « Étonnons le client par l'agrément, la facilité, le bien-être, ai-je pensé. Donnons-lui de la porcelaine, au lieu des gamelles en étain. Des W.-C., au lieu des piquants de la brousse. Des draps fins dans son lit de camp... Qu'il puisse communiquer deux heures chaque jour par radio avec Nairobi et, s'il est malade, faire venir un avion sanitaire... » D'abord, on m'a pris pour un fou. On a essayé timidement. Mais on a vu que le client achetait les miracles avec enthousiasme. Et qu'il en exigeait toujours davantage. Alors tout le monde a suivi. Car notre compagnie n'est pas la seule. Il y en a deux autres, importantes. Et puis les francs-tireurs, les individuels, les *white hunters* qui ont leurs clients attitrés... C'est une véritable industrie. Elle rapporte par an au Kenya une centaine de milliers de livres — cent millions de francs.

Walter King se renversa dans sa chaise et la lumière crue de l'ampoule électrique frappa en plein les rides qui bougeaient sans cesse sur ses joues et ses pommettes roses.

— Mais, je l'avoue, les chiffres m'ont toujours moins amusé que les gens. J'en ai vu beaucoup et de tous les pays et de toutes les espèces. Et j'ai bien ri parfois... Oui, oui... je vous raconterai... Laissez-moi seulement allumer ma pipe.

L'odeur d'un bon tabac anglais, mélangé, trituré avec patience et amour, emplit le réduit sans fenêtres. La fumée de la pipe monta vers l'ampoule nue. Et Walter King, l'homme qui, depuis trente-cinq ans, équipait les caravanes de chasse pour les amateurs des cinq continents, le « vieux Wally » reprit :

— Si je vous donnais la liste complète de nos clients titrés, dit-il, vous auriez l'illusion de feuilleter non seulement le Gotha, mais aussi l'armorial des Arabies et des Indes. Laissez-moi citer les plus remarquables seulement.

Walter King se recueillit.

Puis il égrena un à un les noms :

— Le prince de Galles qui devait régner plus tard sur le Royaume-Uni, sous le nom d'Édouard VIII avant d'abdiquer et de prendre son titre actuel de duc de Windsor.

— Le duc d'York — par la suite Sa Majesté George VI et la duchesse qui devint reine d'Angleterre.

— Le duc de Norfolk.

— Le duc de Northumberland.

— Le duc d'Orléans.

— La duchesse d'Aoste.

— Le maharadjah de Jaïpur.

— Le prince héritier — plus tard maharadjah — de Bikaner.

— L'Aga Khan.

Le « vieux Wally » fit une pause, tira sur sa pipe avec délectation et acheva :

— Je vous fais grâce de tous les princes allemands et balkaniques, des altesses jaunes, des émirs musulmans, des aristocrates français, russes, hongrois, autrichiens, espagnols, polonais, italiens dont beaucoup étaient apparentés à des maisons royales et impériales. Et je ne parle pas des millionnaires et des milliardaires, et des acteurs illustres... Le seul pays, je crois, qui n'ait jamais donné un client à *Safariland* est le Japon.

Le « vieux Wally » retira sa pipe de la bouche et la tint un instant devant ses yeux d'un bleu pâle. Il semblait rechercher des images, des visages, dans la mince colonne de fumée. Soudain il eut son doux petit rire et dit :

— Le prince de Galles, je m'en souviens, voyageait à titre privé — donc à son propre compte. Et il ne semblait pas très riche. Il a discuté avec moi, un à un, tous les articles du matériel que je lui proposais pour son expédition. Il n'a loué que l'indispensable et au plus juste prix.

« Son frère cadet, le duc d'York, et la duchesse — aujourd'hui reine mère — étaient venus ici une année auparavant. J'avais également équipé leur voyage de brousse. Ils en ont rapporté des photographies très remarquables d'animaux sauvages. Le prince de Galles a vu ces photographies et a voulu en prendre d'aussi belles. Et il l'a fait. Mais les deux *white hunters* qui l'accompagnaient — et nous avions évidemment choisi les meilleurs — ont connu des émotions terribles. Une fois le prince a été chargé par un éléphant. Il n'a même pas songé à prendre son fusil. Il plaçait soigneusement l'énorme bête enragée dans son objectif. Il ne se pressait pas. Il voulait prendre son image au plus près. Elle venait à la vitesse d'un cheval au galop. "Laissez, laissez", disait le prince. Les deux chasseurs ne vivaient plus. Enfin, l'éléphant étant à vingt-cinq mètres, ils ont tiré ensemble. L'éléphant est tombé... "Vous auriez pu lui permettre d'approcher un peu 'davantage'", a dit le prince, très ennuyé... Alors, un autre jour, pour un rhinocéros, les *white hunters* ont attendu jusqu'à quinze mètres... »

Walter King s'arrêta pour me regarder fixement. Puis il dit avec un sentiment profond :

— Quoi qu'il ait pu faire par la suite de sa vie privée et de sa vie royale, ce prince était un homme vaillant.

Le vieux Wally considérait de nouveau les anneaux d'un gris bleuté qui s'envolaient du fourneau de sa pipe.

— J'ai vu d'aimables fous, reprit-il, qui ne connaissaient pas de bornes à leur fantaisie ni à leur fortune.

Le plus étonnant sans doute était un vicomte britannique, sportsman distingué, riche comme Crésus. Il a réussi à dépenser, pour un *safari* de six semaines, où il était seul, 7 000 livres aux prix d'avant-guerre. Quand je dis seul, entendons-nous bien : il n'avait pas d'invités. Par contre, il était accompagné de son valet, de son chauffeur, de son cuisinier, de son jardinier et de son masseur suédois. Il avait amené en outre sa Rolls Royce, cinquante caisses de champagne et cinquante caisses de cognac Napoléon.

« Vingt-quatre lampes à pétrole énormes éclairaient le centre de son camp.

« De plus, il a marqué d'une date historique l'équipement des séjours en brousse. Il est notre premier client qui ait voulu un appareil à réfrigération... J'ai appelé des techniciens, j'ai fait mes calculs et je lui ai dit : "Votre Grâce, une armoire glacière coûtera 900 livres. — Parfait, Wally", m'a-t-il répondu. "Et pour y installer un frigidaire à paraffine, il faudra encore 900 livres. — N'hésitez pas", a dit le vicomte.

« Depuis lors, nous avons étudié le problème, perfectionné l'installation, réduit le coût et le frigidaire est devenu un élément normal de nos caravanes.

Walter King hocha la tête.

— Quelque temps après son *safari*, le vicomte a fait une croisière sur son yacht en Méditerranée. Sa jeune femme alors fut prise d'un mal foudroyant. Elle mourut en quelques heures. On était loin des côtes. Il fallut jeter le corps à la mer. L'année suivante, le vicomte est revenu, accompagné d'un autre bateau et, sur les lieux mêmes où avait disparu sa femme, il a coulé son yacht.

Le vieux Wally fuma quelque temps sans parler et les yeux clos.

— Je me rappelle aussi, poursuivit-il, le fils et héritier du maharadjah de Bikaner. Un gentleman accompli et un fusil de premier ordre. Mais il était tellement gros, tellement énorme qu'il ne pouvait pas marcher aisément. Il était même trop lourd pour des porteurs de choix. Je lui ai fait construire une belle brouette métallique, avec les resssorts les plus moelleux et garnie de coussins profonds. Il quittait la voiture de chasse pour cette brouette. Deux noirs la poussaient le long des pistes et des sentiers. Il n'en descendait que pour tirer.

Le vieux Wally réfléchit un instant et me demanda :

— Vous avez entendu parler, je pense, de Martin Johnson, l'opérateur de cinéma ?

— Le merveilleux Johnson qui a pris les films les plus beaux, les plus extraordinaires sur la vie des bêtes et des tribus sauvages.

— Lui-même, dit Walter King. C'est nous qui l'avons équipé pour sa première aventure. En 1921. Avant qu'il eût établi, avec sa femme Osa, son quartier général au « Lac du Paradis ». En revenant, il m'a raconté comment il a procédé pour ces débuts. Il dissimulait cinq appareils de prises de vues autour d'une même clairière ou d'un point d'eau. Il plaçait derrière chaque appareil un indigène qu'il avait entraîné à lire l'heure sur une montre. À l'instant qu'il leur avait indiqué, les noirs tournaient ensemble les manivelles des caméras... Les résultats, pour l'époque, ont été surprenants.

Il ne restait plus de tabac dans la pipe de Walter King. Il la déposa sur la pile des inventaires et des listes, placés sur la table de bois blanc et qui lui servaient à préparer les prochains voyages en brousse et en forêt vierge commandés à sa compagnie.

— En trente-cinq ans, j'ai mis en route des centaines de *safaris*, reprit-il. Ce qui a représenté un nombre infini de questions à résoudre, de difficultés, petites ou grandes, à régler. Prenez simplement le problème de la nourriture... Il y a les Européens, les Américains, les Hindous, les Musulmans... et les Juifs orthodoxes. Il faut faire attention à ce qui est interdit par les préceptes religieux... il faut compter avec les goûts nationaux. Sans parler des exigences individuelles. J'ai vu des Français ne vouloir que telle marque de bourgogne, tel cru d'Alsace, telle année de champagne. Une grande firme parisienne nous les fournissait. J'ai eu des végétariens dont le plat préféré était la carotte râpée. Un planteur du Brésil ne voulait que des raviolis. Le prince de Galles lui, par exemple, détestait le bœuf en conserve...

« Avec tous les goûts et les dégoûts, j'ai maintenant à composer un régime équilibré où entrent les divers éléments nutritifs et les vitamines. Deux médecins spécialistes m'aident à cet égard. C'est que nous sommes à l'âge de la science, mon cher monsieur.

Le petit rire du « vieux Wally », ironique et doux, ébranla une fois de plus, sur son visage frais, toutes les petites rides.

— Que n'ai-je pas eu à faire dans ce métier ! s'écria-t-il. Jusqu'à équiper le voyage de trois mules qui avaient à traverser des zones infestées par la tsé-tsé. Grâce à un chariot spécial à l'épreuve des mouches et au vétérinaire d'accompagnement, elles sont arrivées à destination saines et sauves.

« Et l'aménagement du *safari* pour le metteur en scène, les acteurs, les techniciens qui ont tourné *Les Mines du Roi Salomon* ! les articles imprévus à trouver ! Les lubies des vedettes à satisfaire. Et que d'argent gâché !

« Mais ce que j'ai vu de plus fastueux dans ma longue expérience et aussi de mieux organisé par nos soins, ce fut l'expédition de l'Aga Khan et de la Begum. Ce prince avait avec lui trente-cinq invités. Son camp était inondé de lumière électrique. Les arrangements sanitaires valaient ceux des meilleurs hôtels. Chaque personne pouvait — à n'importe quelle heure — prendre un bain chaud, ou se rafraîchir avec des boissons glacées. Les mets étaient aussi abondants, variés, recherchés que sur un grand paquebot. Enfin deux avions se trouvaient à la disposition de ces extraordinaires campeurs de brousse et s'envolaient, à leur moindre désir, vers Nairobi ou Mombasa ou ailleurs, pour les combler.

Je songeai à l'étonnante, à l'infinie capacité d'exigence, de caprice que la richesse peut donner à certains hommes, à certaines femmes, et je dis à Walter King :

— Parfois, je suppose, il vous a fallu beaucoup de patience.

— Évidemment, répondit le « vieux Wally ». Mais ce n'était pas terrible. J'avais, pour me soutenir, le sentiment des intérêts de la compagnie et surtout le sens de l'humour.

Ses rides rayonnaient autour de ses yeux souriants. Il continua :

— Un jour, un seul, j'ai perdu mon empire sur moi-même.

« Il s'agissait d'un client de l'Amérique du Sud, né avec une fortune considérable et une fatuité qui l'était encore plus. Il se trouvait dans le fauteuil que vous occupez à cet instant et, depuis deux heures, faisait la moue. Rien de ce que je lui proposais n'était assez bon ni assez beau. La nourriture, les tentes, les boys, les chasseurs qui devaient veiller sur lui — ce client difficile les trouvait indignes de sa personne.

« J'avais à le rassurer, le flatter, le convaincre. Par instants, je n'en pouvais plus... Mais je continuais tout de même. C'était mon métier, mon devoir. Nous sommes arrivés ainsi au dernier article : celui du couchage. Et le Sud-Américain a déclaré :

« — Il n'est pas question pour moi d'emporter vos ridicules grabats de campement. J'ai toujours dormi dans les meilleurs lits du monde.

« — C'est très facile, monsieur, lui ai-je dit courtoisement. Vous n'avez qu'à faire un tour dans les magasins de Nairobi et choisir ce qui vous convient. Je m'engage à faire transporter le lit de votre goût, même s'il est à colonnes...

« — Quant aux draps, a dit le client, j'ai pour coutume de les avoir en soie bleue.

« Je lui ai fait la même réponse. Et la même pour les oreillers qu'il voulait de plume toute particulière.

« — Bon, a-t-il dit.

« Je croyais en avoir terminé avec lui. Mais il m'a regardé bien en face et a ajouté :

« — Un détail encore... J'ai aussi pour coutume d'avoir toujours une belle femme dans mon lit.

« C'est alors que, pour la première fois, je suis sorti de ma réserve ordinaire...

Walter King se tut. Je lui demandai :

— Qu'avez-vous fait ?

— Eh bien, je me suis levé, je lui ai montré la porte et courtoisement, bien sûr, je l'ai prié d'aller au diable, dit le « vieux Wally ».

Il bourra pensivement sa pipe, l'alluma et dit encore :

— De tels personnages sont une plaie... Oh, pas

tant pour moi. Je ne les vois que dans ce bureau. Mais pour celui qui doit vivre avec eux en tête à tête des jours, des semaines, dans la brousse, l'épreuve est dure, croyez-moi.

— C'est-à-dire le chasseur professionnel, le *white hunter* ? demandai-je vivement.

Le « vieux Wally » m'observa de biais, les paupières légèrement plissées sur ses yeux d'un bleu limpide. Puis il soupira :

— Vous aussi... Le *white hunter* travaille votre imagination... Bien... Nous allons parler de lui. Mais vous m'excuserez quelques instants. Je dois m'occuper du *safari* qui part demain...

Walter King quitta son réduit sans fenêtres. De l'autre côté du corridor et juste en face, une ouverture béante laissait confusément deviner un magasin très vaste et obscur.

Quand Walter King y pénétra, le faisceau d'une torche électrique errait dans les ténèbres.

— Encore au travail, Johnny ? demanda avec amitié le vieil expert en *safari*.

— Il faut bien que j'apprenne, monsieur King, répliqua une voix vive et fraîche ; marquée par l'accent américain.

Le « vieux Wally » alluma également une torche électrique. J'aperçus alors un très jeune homme à ronde figure enfantine, rose de teint, avec des cheveux blonds coupés au plus près. Sa chemise de coton aux manches courtes était illustrée de dessins imprimés représentant des fleurs et des arbres. Il tenait, en même temps que sa lampe, une longue liste dactylographiée.

Walter King sortit de sa poche une liste semblable et ils s'en allèrent à travers le dépôt. Il y avait là des centaines de caisses, de cantines métalliques, de colis bâchés, de longs rouleaux ficelés avec art. Tous ces objets portaient des lettres et des numéros.

— Cela simplifie la besogne, me dit Walter King. Nous savons que B 3 contient la tente salle à manger, que dans G1 repose la literie de camp et que Y 5 renferme les objets de ménage, depuis les fers à repasser jusqu'aux brosses à chaussures et aux cendriers.

Il se tourna vers le jeune homme à la chemise imprimée.

— Bon, dit-il, je vois que je peux vous laisser terminer sans moi, petit.

— Merci, monsieur King, dit le jeune homme.

Le « vieux Wally » me ramena dans son bureau et bourra sa pipe très soigneusement, très lentement. Il me surveillait en même temps du coin de l'œil et une malice pleine de bonhomie avivait son regard. Enfin il aspira une bouffée de fumée et me demanda :

— Alors, mon cher monsieur, les *white hunters* vous intéressent beaucoup ? En quoi ?

Je répondis que le métier de chasseur professionnel, par les conditions où il s'exerçait et les vertus qu'il exigeait — vie en pleine nature sauvage, approche des animaux féroces, endurance, bravoure, finesse de l'instinct — me paraissait l'un des plus aventureux qui soient et des plus romanesques. Le « vieux Wally » m'écoutait, hochant la tête, tirant sur sa pipe à petits coups. Et ses yeux riaient. Et l'amusement faisait trembler ses rides tout autour. Lorsque j'eus achevé, il dit :

— Je vois... je vois... Le *white hunter* est pour vous une espèce d'homme à part, un solitaire, un coureur de brousse superbe, d'humeur farouche, volontaire, brutal, un personnage de Fenimore Cooper en marge de la société. Je vois... je vois...

Walter King se mit à rire plus longtemps qu'il ne le faisait à l'ordinaire puis, élevant un peu sa pipe, il déclara :

— Eh bien, mon cher monsieur, un chasseur professionnel de cette sorte ne trouverait pas à conduire un seul *safari*, ni dans notre compagnie, ni dans aucune. Oh ! sans doute, pour être *white hunter*, il faut avoir les dons que vous avez supposés. Il faut que cet homme ait l'œil vif, la main sûre, la tête froide. Il doit être un tireur exceptionnel. Son courage ne peut pas connaître de défaillance. Le maniement, les ressorts, l'âme des armes ne doivent pas avoir de secrets pour lui. Il est nécessaire qu'il connaisse les indigènes tribu par tribu et leurs langues et leurs mœurs et la façon de les commander. Et aussi les pistes et le climat et les ressources des savanes, des brousses et des jungles dans le Kenya, le Tanganyika, l'Ouganda. Et les espèces, les habitudes, le nombre, les passages de gibier — petit ou gros — dans ces contrées.

— Il me semble que vous me donnez plus que raison, dis-je alors à Walter King.

— Attendez... attendez, répondit-il. Toutes ces qualités — indispensables bien sûr, ne sont que la base, l'alphabet du métier. Elles pouvaient suffire autrefois, dans les premières années du siècle, quand le métier naissait à peine et que les chasseurs professionnels blancs commençaient seulement à remplacer, pour la conduite et protection des *safaris*, les chasseurs noirs, d'où le nom, qui leur est resté, comme je vous l'ai dit, de *white hunters*. À cette époque où ces hommes se comptaient sur les doigts d'une main, où le pays était pratiquement inexploré, où les voyages se faisaient à pied et les transports sur la tête des indigènes, il était permis, en effet, au *white hunter* d'être impérieux, rude, hirsute, taciturne, pourvu que sa carabine fût nette et infaillible. Les bagages étaient réduits à l'extrême et le client se contentait de la literie, de la nourriture la plus primitive, pourvu que le gibier fût abondant et de choix.

« Même en 1919, lorsque je suis entré à *Safariland*, j'ai vu un Australien recevoir notre premier client d'après-guerre, le prince Christian de Suède, avec un complet sans-gêne et les pieds sur la table. En ce temps, je crois vous l'avoir indiqué, la mode était encore aux manières frustes, et l'inconfort, voire la saleté, semblaient indispensables à un vrai *safari*.

« Mais aujourd'hui !...

Walter King s'arrêta, le regard fixé sur la porte qui s'ouvrait. Le jeune Américain à la chemise imprimée entra et se tint près du seuil.

— J'ai fini l'inventaire, monsieur King, dit-il. Est-ce que je peux rester avec vous ?

— Tu as entendu cent fois mes histoires, dit le « vieux Wally ».

— Elles me paraissent toujours neuves, dit le jeune homme.

Il s'appuya contre le mur et Walter King s'adressa de nouveau à moi.

— Aujourd'hui, reprit-il avec force, on exige d'un *white hunter* beaucoup plus que l'intrépidité, le tir infaillible et la science de la brousse. Il doit être un mécanicien de premier ordre. Il doit savoir un peu de médecine. Mais surtout il faut qu'il réunisse les qualités d'un chef de réception et d'un maître de maison accomplis. Le confort, qui va souvent jusqu'au luxe, a transformé l'allure, le ton du *safari*. Les facilités matérielles du voyage et du campement transportent dans les solitudes sauvages les habitudes policées, les mœurs de salon. Le *white hunter*, maintenant, quand il dirige une caravane de chasse doit ressembler davantage au commandant d'un paquebot de luxe qu'à un vieux loup de mer.

« Il a pour mission, en même temps que d'assurer la sécurité du client, celle de lui rendre son voyage plaisant, de le distraire, de partager ses repas, de montrer une patience inépuisable pour son humeur, ses discours, ses lubies... Et songez à la variété des gens qui s'adressent à nos services. Les bons bourgeois, les nouveaux riches, les princes de sang, les Hindous, les Arabes, les Sud- et Nord-Américains, sans parler des habitants des pays de la vieille Europe.

« Certes, parmi ces personnes, beaucoup sont de caractère agréable et même charmant. Mais il y a les autres. Il y a les vaniteux et les neurasthéniques. Il y a ceux qui ont besoin d'affirmer leur propre courage et ceux qui viennent guérir un chagrin sentimental. Il y a les nerveux, les susceptibles, les obsédés..., que sais-je...

« La chaleur, la solitude, l'entourage des hommes noirs, aiguisent, exaspèrent les penchants morbides. J'ai connu un client qui est devenu à demi fou d'insomnie et d'irritation, parce que les rayures au sommet de sa tente ne lui paraissaient pas rectilignes. Et c'était son *white hunter* qu'il tenait pour coupable.

« Imaginez la vie de ces deux hommes — les seuls blancs — pendant des semaines en pleine brousse, sous le soleil torride. L'un a toutes les responsabilités, tous les devoirs et toute l'expérience — l'autre pense qu'il a tous les droits et s'en prévaut pour être insupportable. Cela demande au *white hunter* beaucoup plus de sang-froid qu'il n'en faut pour arrêter la charge la plus enragée d'un animal sauvage.

« Je puis vous l'assurer, car je suis passé par là... J'ai failli tuer un homme, parce que je suis resté trop longtemps seul avec lui dans la brousse.

Walter King me regardait avec une expression étrange : l'incrédulité à l'égard de lui-même.

— Pourtant, dit-il, je suis du naturel le plus calme et il s'agissait d'un ami cher... Mais les circonstances, l'isolement, le soleil... Bref, voilà. C'était au Tanganyika, pendant la guerre de 1914. Un soldat de ma compagnie qui était mon meilleur camarade et moi-même, nous avions été désignés pour faire sauter un tronçon de la voie ferrée construite par les Allemands. L'endroit se trouvait en pleine savane désertique et à une semaine de marche. Nous avons accompli notre mission et pris le chemin du retour. Jusque-là, tout s'était passé au mieux entre nous. Soudain, il a commencé de me porter sur les nerfs. Je trouvais qu'il n'avançait plus assez vite, qu'il abusait du sommeil, qu'il mangeait trop — et nos vivres étaient courts. On parlait peu, car la soif desséchait le palais et, de plus, le silence était notre meilleure protection contre les éclaireurs noirs ennemis qui rôdaient dans la région. Mais nos rares paroles étaient nourries de haine. Je lui reprochais sa paresse, son manque de conscience. Lui me répondait que j'étais un maniaque militaire, enivré par mon galon — vous pensez, j'étais caporal... Si bien que je lui ai ordonné de se tenir toujours devant moi sur la piste et je l'ai prévenu que, s'il ralentissait le pas, je l'abattrais sans hésitation. Et, un jour, Dieu me pardonne, j'ai été sur le point de le faire. Il l'a senti... s'est retourné, le fusil pointé sur moi. Alors, j'ai vu dans ses yeux une telle peur, une telle rage stupides, que je me suis mis à rire, à me tordre comme un insensé... Ça l'a gagné, lui aussi. Nous avons ri tous les deux jusqu'à l'épuisement... Et tout s'est arrangé d'un seul coup... Mais sans cet accès de rire...

Walter King haussa légèrement les épaules et de nouveau l'incrédulité vis-à-vis de lui-même parut dans son regard bleu et limpide.

— Oui, dit-il, le tête-à-tête avec un client irritable et irritant est une des épreuves difficiles pour le *white hunter*. De plus, il y a les clientes...

Le « vieux Wally » considéra avec hésitation le jeune homme à figure d'enfant qui se tenait immobile, appuyant sa chemise imprimée contre la cloison de bois brun. Puis il haussa légèrement les épaules et continua :

— Certaines femmes sont prises, au contact de la nature, par un singulier besoin d'exhibition. Elles aiment à se promener presque nues — et parfois complètement — au milieu des noirs de la caravane, ce qui les rend fous. Il a fallu beaucoup d'énergie et de tact à un *white hunter*, pendant un *safari* de cinéma, pour empêcher une actrice, très célèbre par sa beauté, de prendre son bain quotidien en public.

« Et il y a les clientes qui font des avances pressantes aux chasseurs professionnels — même si elles sont accompagnées de leurs maris. L'éducation du chasseur, le code du métier et nos règlements très sévères empêchent sans doute que les choses en viennent à un point dangereux. Mais l'expédition s'en trouve tout de même envenimée, gâchée.

« Nous avons tous ici le souvenir — direct pour les plus vieux habitants du Kenya, et par tradition orale pour les autres — du drame de brousse que le début du siècle a connu. Un *white hunter* avait emmené un Américain très riche et sa femme en *safari*. Le chasseur et la femme en sont revenus seuls. Le *white hunter* raconta que, pris d'une crise alcoolique, l'homme s'était suicidé d'un coup de revolver. Mais les noirs de l'expédition parlèrent trop. Le gouvernement décida une enquête. Les policiers suivirent la piste du *safari*, retrouvèrent la sépulture de l'Américain, exhumèrent le corps. Il portait à la nuque une blessure mortelle faite par un fusil de gros calibre. Quand les policiers furent de retour à Nairobi, le *white hunter* et la femme avaient quitté le Kenya. On n'a jamais retrouvé leur trace. »

Le jeune homme à chemise bariolée s'écria soudain :

— Quelle affaire, monsieur King ! Je ne la connaissais pas.

— Évidemment, dit le « vieux Wally ». Vous êtes un nouveau venu et je n'aime pas raconter souvent cette histoire. Dieu merci, nous n'en avons pas connu de pareille depuis cinquante ans...

« Mais il y en a tant d'autres...

La lueur ironique et charmante éclairait de nouveau les yeux de Walter King. Ses rides bouillonnaient une fois de plus. Il continua :

— Ainsi, nous avons vu arriver à *Safariland* trois Américains dont l'un était un athlète connu, l'autre, un journaliste célèbre, et le troisième, qui s'appelait le docteur Pope, un spécialiste du tir à l'arc. C'était lui le personnage principal du groupe, car ces clients exceptionnels entendaient tirer le grand gibier à la flèche. Ils estimaient en effet que les fusils de gros calibre ne laissaient aucune chance aux bêtes sauvages et que la chasse, de ce fait, prenait un tour vraiment trop inégal. Ils avaient apporté avec eux tout un armement, analogue à celui qu'employaient autrefois les archers anglais.

Pour les guider — mais les guider seulement — ils s'assurèrent des services de Leslie Simpson, un des plus fameux *white hunters* et qui faisait ce métier depuis quarante ans.

« Eh bien, Leslie Simpson, en ses quarante années de chasse, n'a pas eu à stopper de ses balles autant de lions enragés que pendant ces trois semaines où les fauves, blessés par les flèches, chargeaient les archers. Quant aux rhinocéros et aux éléphants, ils n'avaient même pas senti la piqûre...

J'entendis derrière moi le rire vif et clair du jeune Américain. Walter King reprit :

— Il y a pour le *white hunter* une règle absolue, sans appel : une bête blessée par un client doit être achevée par le *white hunter*. Même si elle a conservé toutes ses forces. Même si elle est tapie au plus épais d'un fourré et visible seulement lorsque le chasseur débouche sur elle. Même quand il sent, quand il sait qu'elle l'attend pour le déchirer.

« C'est là que gît le vrai danger, c'est là qu'il faut au chasseur toutes les qualités majeures : le sang-froid, l'audace, la science, l'instinct.

« Et pas seulement contre l'animal féroce : parfois contre le client.

« Un jour, un personnage illustre par le sang et la fortune a blessé un buffle et celui-ci s'est réfugié dans de hautes herbes. Comme le *white hunter* se disposait à le rejoindre, le client voulut aller avec lui. Le chasseur professionnel refusa net. Il ne pouvait pas s'embarrasser d'un amateur — quel que fût son rang — pour débusquer une bête furieuse. Il y alla seul et tua le buffle. L'illustre personnage le prit très mal. "Vous avez cru que je flancherais", dit-il et, interrompant le *safari*, revint à Nairobi.

« Là, il porta l'affaire devant le Service des

Chasses. Il y eut une grande conférence de tous les directeurs. Elle donna tort à l'illustre personnage.

— Bravo ! s'écria, derrière moi, le jeune Américain à la chemise imprimée.

Comme s'il ne l'avait pas entendu, Walter King poursuivit :

— Vous comprenez qu'il faut beaucoup de qualités et de tout ordre pour obtenir, aujourd'hui, une licence de *white hunter*.

— Une licence ?

— Eh oui, dit Walter King, le métier, maintenant, est strictement organisé, surveillé. Pour conduire un *safari*, il faut avoir un diplôme gouvernemental, délivré par le Service des Chasses. On met des années à l'obtenir... Vous commencez par chasser pour votre propre compte, en amateur. Si vous tirez bien, si vous avez du sang-froid, un caractère agréable et des dispositions de pisteur, on vous engage dans un *safari* comme deuxième fusil. Là, le *white hunter* qui dirige l'expédition observe, pèse, jauge le candidat. S'il donne, au retour, un avis favorable, le garçon est agréé comme stagiaire. Il a le droit de conduire les chasses au gibier léger, mais pas contre les animaux dangereux. Il suit encore plusieurs *safaris*. Il apprend à organiser les caravanes, à soigner les moteurs et les gens, à plaire aux clients les plus difficiles — tout en pénétrant toujours davantage les secrets et les périls de brousse. Enfin, s'il a réussi à vaincre toutes ces épreuves, mais seulement alors, il reçoit l'approbation de trois ou quatre *white hunters* chevronnés, éprouvés, difficiles. Et le Service des Chasses lui accorde sa licence de professionnel.

« Pour tant de patience, de fatigue et de risques, le salaire varie de 100 à 200 livres par mois. Et, à cause des saisons de pluies, le *white hunter* ne peut pas travailler plus de six mois par an.

« Vous le voyez, il faut vraiment une vocation.

Le « vieux Wally » garda le silence assez longtemps. Lorsqu'il recommença de parler, sa voix était un peu plus sourde et voilée.

— La vocation, dit-il, est d'autant plus nécessaire que la profession a perdu de sa gloire, de son auréole. Un *white hunter*, aujourd'hui, n'est plus ce coureur de brousse, ni ce trappeur à la Mayne Reid que l'on montrait avec respect jadis, en chuchotant ses exploits. Il est devenu le guide d'une chasse mécanisée, civilisée à l'extrême. Et le *safari* est devenu une expédition de tourisme arrangée à l'avance dans tous ses détails, si bien que l'appareil photographique, souvent, y remplace le fusil.

« Les indigènes qui, autrefois, avaient, par hérédité et nécessité, l'amour et l'instinct de la chasse, ont trouvé dans les industries, les garages, les services administratifs, des emplois qui leur font oublier le goût de la vie sauvage. Ceux qui partent en *safari* ressemblent à des boys de grande maison.

« Et le client lui-même a changé. Autrefois, pour une pièce rare comme l'antilope de la forêt de bambous, le Bongo, ou pour celle des marais — la Lechwe — il était prêt à passer une semaine sous la pluie, dans la jungle ou dans l'eau stagnante. Il n'en a plus le goût, ni le temps.

« Songez que je dois être prêt à monter un *safari* en quarante-huit heures et parfois en vingt-quatre heures.

« Le sentiment même de la solitude au fond de la brousse n'existe plus, puisque chaque expédition a, chaque jour, deux heures pour communiquer avec Nairobi par radio.

« Et ces gens, toujours plus pressés, toujours plus

avides, en moins de temps, de faire davantage, ont perdu le style, les manières d'autrefois.

Walter King sourit doucement, rêveusement, à ses souvenirs.

— Quand j'ai eu l'honneur, reprit-il, d'équiper leurs Altesses Royales, le prince de Galles et le duc d'York, dont chacun fut par la suite roi d'Angleterre, l'un et l'autre m'ont invité, si je passais par Londres, à les venir visiter en leur palais de Buckingham. Je savais bien, naturellement, que je les ennuierais beaucoup en les prenant au mot. Et eux ils savaient que je le savais. Mais, néanmoins, l'invitation avait été faite. Et c'était l'important...

Le silence de Walter King fut cette fois plus long qu'à l'ordinaire. Puis il dit :

— Excusez-moi, il est temps que je travaille.

Je quittai la cellule sans fenêtre. Le jeune Américain à chemise imprimée me suivit. Dans le corridor, il s'écria :

— Le « vieux Wally » est simplement merveilleux.

— Vous êtes son adjoint ? demandai-je.

— Oh ! non, dit-il. Je l'aide pour le plaisir. Mais, en vérité, je suis déjà *white hunter* stagiaire. J'ai quitté notre ferme du Milwaukee pour ça... Mes parents m'ont vu tellement pris par l'idée qu'ils m'ont donné la permission et l'argent du voyage...

Je me rappelai tout ce que Walter King venait de nous dire et je demandai encore :

— Vous n'êtes pas déçu ?

Un rire ardent et magnifique emplit le corridor :

— Mais c'est le plus beau métier du monde, répondit le jeune Américain. La nature, les solitudes, les noirs, les bêtes...

Un grand garçon brun, hâlé, au visage net et sérieux, nous croisa. Il fit un geste d'amitié à mon compagnon. Celui-ci me dit à voix basse, avec une admiration enfantine :

— C'est un Danois... Il a laissé, chez lui, un bon job pour venir ici. Et il a obtenu très vite sa licence complète de chasseur professionnel. On lui confie n'importe quel *safari*. Il est le type le plus heureux du monde.

Je pensai au vieux Wally. Il vivait dans l'ombre du passé. Ces jeunes hommes croyaient au soleil d'aujourd'hui.

Tout était dans l'ordre.

V

UN CHASSEUR

On avait beau être prévenu, l'étonnement allait jusqu'au malaise.

Derrière et devant, à gauche, à droite et même d'en haut, les dépouilles de cent bêtes sauvages cernaient le visiteur. Dès le seuil de la maison. Dans toutes les chambres. Dans tous les couloirs. Elles surgissaient de chaque mur. Elles s'inclinaient de chaque plafond. De quelque côté que l'on se tournât, il était impossible d'échapper à cette faune immobile.

Forêt de cornes. Hérissement de défenses d'ivoire. Champs de peaux fauves. Foisonnement de mufles effrayants. Il n'y avait pas de coin qui ne fît songer à quelque singulière jungle, enfermée, pétrifiée sous un toit. On ne voyait partout que museaux d'antilopes, têtes de buffles, gueules d'ours, de léopards, de tigres et de lions. Et si bien préservées qu'elles semblaient vivre. On ne pouvait point faire un pas, sans être suivi par leurs yeux fixes et tragiques.

Pourtant ce n'était ni un musée, ni un institut de zoologie. La maison abritait une famille. Les pièces avaient toutes une destination quotidienne, naturelle. Celle-ci pour les repas, la suivante, pour recevoir, les autres pour y dormir. Les meubles étaient nombreux, beaux, accueillants. Mais les trophées, les massacres — disposés et groupés avec un art savant, fastueux et subtil, comme s'il se fût agi de précieux tableaux barbares — entraient si bien dans cette paisible ordonnance, s'imbriquaient à elle d'une façon si étroite et intime qu'ils en devenaient l'élément essentiel.

Les cornes, les têtes, les défenses, les peaux, les gueules, avaient plus d'importance dans cette demeure que les lits, les fauteuils, les tables ou les étoffes. En elles éclatait le témoignage d'une passion majeure. Aussi violente, aussi entière que le jeu. Ou l'ambition. Ou l'amour. Ou la drogue. Ou l'avarice. Ou la poésie. Ou la mystique.

Ici, l'exigence qui se montrait toute-puissante était celle de la chasse. Rien d'étonnant à ce qu'elle eût accaparé la maison. Elle s'était bien emparé de toute une existence.

L'homme qui s'en trouvait obsédé, envoûté, dévoré, l'homme qui avait abattu tous ces animaux pour vivre parmi leurs dépouilles, était singulier et séduisant à l'extrême. De corps immense (il mesurait près de deux mètres) mais si bien proportionné et si adroit et souple en ses mouvements, que sa taille était dignité et non démesure, il avait les manières les plus aisées, les plus simples, les plus nobles. On y sentait véritablement une race ancienne de grands seigneurs. Le visage était long, étroit et sensitif. La voix, dense et un peu nonchalante, qui énonçait et ordonnait les mots avec soin et choix, frémissait par instants d'une vibration intense et secrète. Les yeux étaient pâles, pleins de douceur, de rêve et baignés par une sorte de clarté opaque, trouble et comme sous-marine.

Ce tueur effréné de bêtes et d'oiseaux, ce possédé de carnage animal, cet homme qui, après des siècles sans nombre, retrouvait le besoin de traquer, poursuivre et abattre, aussi impérieux, aussi primitif qu'au temps des cavernes, avait un raffinement princier et le regard d'un visionnaire.

On disait de lui que, parmi les grands chasseurs — et même ceux de profession — il ne s'en trouvait pas un qui, pour la justesse et la rapidité du tir, fût son égal. On disait aussi que personne autant que lui n'était pris par la frénésie du carnage et que certains territoires de l'Afrique orientale lui avaient été interdits parce qu'il y avait décimé trop de gibier.

Or, si le prince François de Windischgraetz, petit-fils de l'archiduc Rodolphe qui mourut à Mayerling et arrière-petit-fils de François-Joseph, empereur d'Autriche, maître d'une fortune considérable, marié, père de deux enfants, s'était fixé, après la guerre, au Kenya, c'est que la contrée et celles qui l'avoisinaient lui semblaient, de notre temps, les mieux faites pour son insatiable, son exclusive passion.

Il expliquait, en me guidant à travers sa demeure :

— Tous les pays d'Europe orientale qui sont encore semés de grandes forêts, où gît le beau gibier, la bête noble et rare — tous ces pays, depuis la guerre, sont inaccessibles. On ne peut plus chasser en Roumanie, en Hongrie, ni en Pologne, ni dans les Carpathes. J'ai connu là-bas les derniers grands seigneurs... On trouvait sur leurs terres des pièces magnifiques. Voyez...

François de Windischgraetz s'était arrêté devant la dépouille d'un ours noir. La peau couvrait tout un mur. La tête avait le volume d'un rocher. La fourrure était épaisse comme les toisons des fables.

— On en trouve peu d'aussi grands, d'aussi beaux... il vivait dans les futaies roumaines, dit mon hôte.

Il promena sur le poil profond sa longue main sensible et nerveuse avec une étonnante, une ineffable tendresse. Puis il me conduisit dans la chambre suivante. C'était la sienne. Là, gigantesque, prodigieux, babines retroussées, crocs découverts et ses yeux d'or étincelant sous la lumière électrique, régnait un tigre du Bengale. Pour lui, la hauteur du mur n'était pas suffisante. Il occupait une partie du plafond. Je restai quelques instants silencieux, fasciné par ce monstre et qui paraissait vivre.

— Aux Indes, également, j'ai connu les derniers grands seigneurs, dit Windischgraetz. De nos jours, même là-bas, les princes ne sont plus aussi riches ni aussi libres...

Il contemplait d'un regard plein d'amour le tigre royal, ses énormes et magnifiques rayures sombres et son mufle ardent.

— J'ai beaucoup d'autres souvenirs et tout aussi beaux, reprit-il. Mais il a fallu les laisser en Europe. Il n'y a pas au Kenya de maison assez vaste pour eux. Pourtant, lorsque j'ai acheté celle-ci, je me suis guidé seulement sur la dimension des murs. À cause des trophées... vous comprenez.

Dans le grand salon brûlait un feu de bois, car la soirée sur les hauts plateaux était fraîche. Près de la cheminée se tenaient la maîtresse de maison — belle et très blonde et sa sœur, belle et très brune. Les reflets des flammes jouaient sur leurs chevelures contrastées. Tout autour, dans la pénombre, aux cloisons, au plafond, brillaient sourdement des cornes et des yeux de bêtes.

Je dis à mon hôte que le vieux Walter King qui équipait les expéditions de chasse pour la compagnie *Safariland* l'avait cité parmi ses clients illustres.

— Je n'ai usé de leurs services qu'une fois, la première, pour prendre l'air du pays, dit Windischgraetz. Ensuite, j'ai acheté mon matériel de route et de camp, et j'ai fait tous mes *safaris* moi-même. Il est vrai que j'avais trouvé un pisteur merveilleux, un noir de la tribu des Wakamba. Il battait la brousse depuis quarante années... De plus, il dispensait une influence bénéfique.

François de Windischgraetz abaissa vers moi ses yeux pâles pour me considérer pensivement, fixement.

— Croyez-vous aux forces occultes ? demanda-t-il. Aux devins, aux enchanteurs, aux mages ?

Je demeurai silencieux. Alors, avec l'intonation douce, basse et dense que sa voix avait eue déjà pour parler de l'ours monstrueux et du tigre géant, il dit :

— À mon sens, cela ne fait aucun doute.

Il reporta son regard vers les bûches grésillantes et poursuivit :

— Le sorcier de la contrée de Tsavo dans le Kenya oriental — j'ai connu son existence par un Suédois, grand chasseur et fusil excellent, qui, retournant à Nairobi, s'est arrêté dans le camp que je venais d'établir. Les noirs de son *safari* lui avaient conseillé de voir, avant de chasser, ce vieil homme, fameux dans la région, pour savoir l'avenir. Le Suédois, incrédule, comme tant d'autres, lui rendit visite par simple curiosité.

« — Tu vas tuer un éléphant demain, lui dit le sorcier. Mais d'abord tu ne penseras pas l'avoir touché. Suis-le cependant, car, moi, je le vois mort. Et tu le trouveras étendu, un palmier nain dressé entre sa trompe et sa défense droite.

« Le chasseur suédois remercia courtoisement le vieux noir, mais sans ajouter la moindre foi à ses paroles.

« Le lendemain, il aperçut un éléphant qui disparaissait dans la brousse. La distance était trop grande. Néanmoins, à tout hasard, le Suédois tira. La bête, sans se retourner, continua son chemin d'un pas égal et rapide. Le chasseur était certain qu'elle n'avait même pas été effleurée par sa balle. Espérer la rejoindre était absurde. Mais le Suédois, alors, se rappela ce qu'avait dit le sorcier. Et, encore par simple curiosité, il s'engagea sur la piste de l'éléphant. Il n'eut pas beaucoup de route à faire. Dans une éclaircie de brousse, il vit l'animal qui gisait, mort, touché au défaut de l'épaule, en plein cœur. Sa trompe s'enroulait à demi au tronc d'un palmier nain. Et de l'autre côté de l'arbrisseau, la défense droite était légèrement enfoncée dans le sol.

Les deux femmes — la très brune et la très blonde — écoutaient en silence. Le feu crépitait. Les yeux des bêtes avaient un scintillement obscur. Windischgraetz reprit :

— Le jour même, j'envoyai mon vieux pisteur M'Kamba consulter le sorcier. Et le vieil homme annonça : « Dans la journée qui va suivre, ton maître verra beaucoup d'éléphants. Mais en vain. Ces hordes compteront seulement des femelles et des petits. Qu'il ne se décourage pas toutefois. Dans la journée qui suivra celle du lendemain, il tuera un mâle très énorme. » Et le lendemain, en effet, j'ai aperçu des troupeaux et des troupeaux d'éléphants plus nombreux que je n'en avais jamais rencontrés de ma vie. Et, en effet, il ne s'en trouvait pas un seul qui fût intéressant à tirer. Et le surlendemain, à l'aube, mon pisteur découvrit les traces colossales d'un vieil éléphant solitaire. Nous prîmes sa piste. L'âge et l'expérience avaient donné à la bête une ruse diabolique. De tout le jour il nous fut impossible de l'approcher. Je n'ai jamais autant fait de tours et de détours, de marches et de contre-marches... Le soleil était aveuglant et torride, la brousse déchirait bottes et vêtements. À la fin, je m'affalai, complètement épuisé, près d'un buisson et laissai à mes traqueurs le soin de continuer la poursuite sans moi. Quelque temps plus tard, je les vis revenir. Ils tremblaient de fatigue, mais aussi d'excitation. « Nous l'avons enfin trouvé », dirent-ils. « Où ? — Tout près. » Je connaissais la relativité des distances pour les noirs. L'endroit pouvait aussi bien se trouver à plusieurs kilomètres. Et j'étais à bout. Et le jour déclinait. L'éléphant solitaire, disaient les traqueurs, soufflait sous un arbre. Or, je savais que, passé quatre heures, les éléphants ne se reposent jamais. Et le soleil montrait qu'il serait bientôt quatre heures. Pour avoir la moindre chance, je devais courir. Et mes jambes refusaient de me porter. Pourtant je me levai, pourtant je suivis mes noirs. Si je l'ai fait, c'est uniquement pas instinct, par réflexe de chasseur. J'avais oublié les promesses du sorcier à mon vieux M'Kamba. En marchant, j'ai repris des forces. Mais quand je suis arrivé à l'arbre, il était un peu plus de quatre heures. L'éléphant n'était plus là... J'allais retourner sur mes pas. Alors j'ai entendu craquer des branches. J'ai deviné, plutôt que vu, une masse pareille à un rocher gris. J'ai tiré. La bête était immense et les défenses — que vous voyez dans ce coin, splendides... Le sorcier l'avait bien dit.

Les flammes du foyer projetaient des lueurs mouvantes sur la chevelure sombre, sur la chevelure claire, sur les cornes des antilopes et des buffles, sur les peaux moirées des bêtes fauves et sur leurs yeux vitrifiés.

— Il y a des hommes qui lisent le destin à l'avance, dit François de Windischgraetz. Et il en est d'autres qui ont le pouvoir du mauvais œil.

Une crispation parcourut son grand et long visage sensitif et, sans le vouloir, il baissa la voix pour continuer.

— Je suis revenu dans la région de Tsavo. Mais sans mon fidèle M'Kamba. Il était mort de vieillesse. Celui qui l'avait remplacé avait un caractère sournois et violent. Pourtant, comme les bons pisteurs se font de plus en plus rares, et qu'il connaissait bien le métier, j'étais content de l'avoir. Nous avions convenu qu'il toucherait une prime de dix livres — dix mille francs — pour chaque grosse bête abattue, à charge pour lui de partager cette somme avec les autres traqueurs. Malgré mon avis — et par vanité — il engagea trop de monde. Et, au premier éléphant tué, il me demanda d'augmenter la prime. Je refusai. Il s'emporta et quitta mon service. Mais, avant de partir, il me jeta un sort.

« Depuis ce moment, je vous en donne ma parole, plus rien ne me réussit au Kenya, ni ailleurs en Afrique orientale. Mes fusils les plus précieux, les plus justes, les plus fidèles — et, croyez-moi, j'ai passé ma vie à les connaître, — s'enrayaient au moment décisif. Quand je tirais, la balle semblait prendre d'elle-même une trajectoire déviée. Les traces les plus simples à suivre, je les perdais comme un novice. J'étais maudit, véritablement maudit : plus moyen de chasser.

« Alors, la vie m'est devenue intolérable en ces lieux et je suis allé aux Indes. Mais les distances ne suffisent pas pour dépister le mauvais sort. Le mien persista de l'autre côté de l'océan. Je ne parvenais pas à tirer une bête qui valût la peine. Je devenais fou... Je ne savais que faire... Enfin j'ai trouvé cet homme...

— Je l'ai connu, dit lentement la jeune fille aux cheveux noirs. J'accompagnais mon beau-frère.

— Il avait eu une principauté dans le Bengale, mais le nouveau régime l'en avait dépossédé, reprit Windischgraetz. Songez que les maharadjahs qui furent les plus puissants et les plus riches paient aujourd'hui des redevances énormes et n'ont plus le droit de sortir du pays leurs trésors en bijoux et en gemmes séculaires. Le petit nabab, lui, était ruiné si complètement que, pour vivre, il organisait, moyennant rétribution, des battues, des expéditions de chasse, des *safaris* comme l'on dit ici.

« En somme, il était devenu *Indian Hunter*.

« Mais auparavant il avait étudié les sciences secrètes de son pays et assurait avoir puisé en elles de grands pouvoirs.

« Je lui révélai le maléfice qui s'attachait à moi.
— Soyez apaisé, me dit-il. Je vous en dénoue.

« En vérité, ma confiance n'était pas grande. Le lendemain matin, je la perdis complètement. Nous devions partir pour une battue aux tigres préparée et montée avec le plus grand soin. Tout semblait propice. Or, quand je sortis de la maison, aux premières lueurs du jour, je vis le ciel tout couvert de nuages plombés, prêts à crever en cataractes. Vous savez la violence des orages en ces climats et comment ils rendent tout déplacement impossible. Les premières gouttes tièdes et larges commençaient à s'abattre sur le sol. La malédiction africaine me frappait de nouveau. Mais notre guide parut et il leva vers le ciel ses yeux que soudain je ne reconnaissais plus tant ils étaient larges et ardents et perçants. Alors, je vous en donne ma parole, les gouttes s'arrêtèrent, le plomb des nuages s'éclaircit, le soleil parut.

— J'ai vu cela, dit la jeune fille aux cheveux noirs.

— Et la chasse fut magnifique. Et depuis, tout est rentré dans l'ordre, dit Windischgraetz.

— Cet homme étrange, reprit sa belle-sœur, m'a fait un don : le pouvoir de défier les serpents.

Je pris congé bientôt. Mon hôte m'accompagna jusqu'à la porte. Quand elle fut ouverte, je vis des policiers en armes entrer dans un pavillon qui gardait l'entrée du jardin.

— J'ai demandé cette protection contre les Mau-Mau pendant mon absence — car je pars en *safari* pour trois mois, dit Windischgraetz. Des bandes suspectes s'infiltrent sans cesse dans la région. Je ne pouvais pas laisser seules deux femmes avec deux enfants. Mais je ne pouvais pas non plus renoncer à chasser...

Le mot amena sur son visage une expression profonde et simple de ferveur et comme de prière. Il se tenait sur le seuil tout droit, si grand que sa tête touchait au chambranle de la porte. Derrière lui, dans un corridor qui paraissait sans fin, brillaient obscurément les cornes, les ivoire, les crocs des bêtes sauvages.

VI

TROIS MASAÏ SUR LA PLAINE

Parce que la plaine immense n'avait pas une ondulation et que la brousse, sur toute son étendue, poussait très courte, je les aperçus de loin. Ils marchaient en bordure de la route, détachés sur un fond brûlant d'air bleuté et de sombres monts volcaniques. À cette distance, ils étaient seulement trois profils sans chair et comme tracés à l'encre de Chine. Pourtant je fus certain, et tout de suite, du sang auquel ils appartenaient.

Le Kenya comptait presque autant de tribus noires que de variétés d'arbres. Et, à l'ordinaire, je les confondais. Il m'était difficile, même de près, et souvent impossible, de distinguer un Jalluo, un Kikuyu, un Kipsigui, un M'Kamba, un Embu..., que sais-je encore. Mais, chez les trois marcheurs qui cheminaient vers nous, la fierté sans pareille qui érigeait leurs têtes, l'indicible liberté de leurs corps et de leurs mouvements, leur nudité superbe et guerrière, leur démarche enfin, nonchalante et cependant ailée, désignaient, — fût-ce au plus inexpérimenté des voyageurs en Afrique orientale, — leur race illustre et redoutable.

Ces trois hommes étaient des Masaï.

Assis à l'ombre de la voiture qui m'avait amené jusque-là et qu'une avarie mécanique tenait arrêtée, je regardais grandir peu à peu, pas à pas, ces ombres chargées d'une merveilleuse poésie.

Depuis les temps immémoriaux, les gens de cette même tribu avaient foulé de leurs pieds nus l'herbe et la ronce de ces mêmes solitudes. Elles étaient leur apanage, leur fief, leur bien sacré, — ces plaines qui affleuraient au massif du Kilimandjaro. Et aussi, vers le nord, les immenses replis de la trouée du Rift.

Les traits de leurs visages et la forme de leurs corps témoignaient qu'ils étaient venus de la vallée du Nil, ce réservoir humain mystérieux et splendide qui a répandu les races les plus belles au cœur de l'Afrique. Mais personne ne savait à quelle époque, ni par quel chemin, les Masaï avaient abordé leur sauvage domaine. Et même là, on ne trouvait rien qui pût éclairer leur histoire.

Des générations innombrables s'étaient succédé en ces lieux sans perpétuer leur établissement par un signe, par une pierre. Elles semblaient avoir à peine effleuré le sol aride. Maintenant encore la tribu ne bâtissait ni maison ni tombeau. Pour tout monument elle laissait des ossements que le soleil réduisait en poudre.

En bordure de la route, les trois Masaï avançaient, noirs, légers et presque nus.

Comme leurs ancêtres, ils posaient, sur les échardes et les piquants de la brousse, la plante de leurs pieds insensibles. Comme leurs ancêtres, ils cadençaient leur marche avec l'arme longue et terrible qui leur servait à la fois de lance et de javelot. Elle n'avait pas changé depuis des siècles. Effilée aux deux bouts, pesante mais équilibrée merveilleusement, saisie en son milieu par un cylindre de métal, moelleux à la main du guerrier qui s'exerçait depuis l'enfance à son maniement, elle frappait loin et juste la bête sauvage et l'homme ennemi.

Les trois Masaï venaient en bordure de la route. Leurs corps brillaient, noirs et vernis par la lumière, comme un airain luisant. Leur inépuisable endurance était, depuis la nuit des temps, soutenue par la même nourriture étrange. De leurs vaches, ils ne prenaient jamais la viande. Mais, chaque jour, quand les femmes achevaient de traire les troupeaux, l'homme, d'abord, buvait aux outres pleines, puis s'approchait d'une bête, lui faisait au col une incision légère et aspirait dans l'entaille, à même la chair, la chaude et puissante liqueur. La plaie se refermait très vite et, de matin en matin, l'animal continuait d'assurer vie et force au maître par son lait et son sang.

C'était encore à leurs troupeaux que les Masaï devaient leurs abris éphémères qu'ils appelaient des *manyattas*. Ils s'y groupaient par familles et par clans pour le temps d'une saison, la durée d'un pâturage ou l'accomplissement d'une coutume tribale. En quelques heures, hommes, femmes et enfants fabriquaient avec la bouse de vache tiède et molle qu'ils agglutinaient et pétrissaient autour de branchages des huttes oblongues et très basses, aux toits légèrement arrondis. Le soleil, presque aussitôt, séchait et durcissait l'habitation. Ces huttes, collées l'une contre l'autre, formaient un cercle grossier, sans fenêtres et percé de portes étroites. À l'intérieur, un espace de terre nue servait au bétail. On dressait à l'extérieur, tout contre les murs, une barrière d'épineux qui réglait par des chicanes les mouvements des troupeaux. La *manyatta* était achevée.

Le voyageur en apercevait sans cesse qui bosselaient la plaine masaï. Et d'abord il les prenait pour une faible ondulation de terrain car leur sommet en dos d'âne, de couleur neutre, s'élevait à peine au-dessus de la brousse, tandis que les ronces qui les protégeaient se confondaient avec elle. Puis, l'œil mieux exercé s'habituait à distinguer du sol des espèces de chenilles brunâtres refermant sur elles-mêmes leur anneau. La plupart étaient abandonnées, en ruines. Seuls, des essaims de mouches affreuses bourdonnaient sur les décombres. Mais, lorsque même elles étaient habitées, les *manyattas* surprenaient, effrayaient presque par leur indigence et leur dépouillement. Il n'y avait pas une paillasse, pas un ustensile, il n'y avait rien dans ces demeures obscures en forme de couloirs étroits, à la voûte si basse qu'on ne pouvait s'y tenir debout et plus humbles, plus déshéritées, plus fragiles que les termitières.

Refuges sans poids de passants éternels, alvéoles misérables, mais faciles à construire, légers à quitter... Dans le jour, on n'y trouvait que des femmes. Les vieilles n'avaient plus de forme. Les jeunes — les petites filles surtout — étaient d'une grâce et d'une beauté sauvages. Mais toutes montraient un front hardi et un fier maintien et leurs yeux regardaient, sans peur ni docilité, l'étranger droit dans les yeux.

Les hommes, eux, étaient répandus dans la brousse et surveillaient le bétail.

Le bétail, source unique de l'existence pour le Masaï. Le bétail — signe de la richesse et du rang pour la famille. Le bétail, — substance et symbole, pour la tribu, de sa durée et de sa liberté.

Au vrai, l'objet du culte n'était pas à la mesure de sa ferveur. Les troupeaux des Masaï ne ressemblaient en rien au merveilleux bétail que vénérait également un autre peuple noir, pasteur et guerrier, venu, lui aussi, du Nil dans les temps fabuleux. Il n'y avait aucun rapport entre les vaches *nyambo* aux cornes mythologiques des Watutzi géants, sur les hauts plateaux du Ruanda, et les bêtes misérables, humbles de taille, creuses de flancs, tristes d'échine et dévorées de mouches, que l'on voyait errer dans la brousse desséchée à la recherche de chétifs et ingrats pâturages.

Mais, parmi leurs plaines arides, les Masaï déshérités montraient autant d'orgueil que les grands seigneurs du Ruanda entourés de serviteurs et d'esclaves. Cette superbe, ils la puisaient dans leur dénuement même. Ils étaient les plus riches, les plus puissants, les plus libres des hommes, puisqu'ils n'avaient besoin de rien que du lait, du sang et de la bouse de leurs troupeaux. Qu'importaient d'autres biens. Le soleil était à eux, et la plaine sans limites et, pour le métal dont ils faisaient leurs javelots, — ils le trouvaient dans le lit à sec des rivières...

Souples, rapides et fiers, les trois marcheurs venaient vers moi, en bordure de la route.

Je pouvais voir maintenant que leurs cheveux flottaient jusqu'aux épaules. Par là, je sus qu'ils étaient des *moranes*, c'est-à-dire de très jeunes hommes.

Eux seuls, en effet, dans toute l'Afrique orientale où tous les noirs et de toutes les tribus, — et les femmes aussi, — allaient tête rase de leur premier à leur dernier jour, eux seuls avaient le privilège de porter leur chevelure entière. Ils commençaient à la laisser grandir au sortir de la première adolescence et la gardaient intacte jusqu'à l'instant où ils se mariaient. Alors, ils retournaient à la règle commune. Mais dans l'intervalle rien n'était plus précieux pour eux que cette singularité. Elle les signalait aux yeux des leurs et à leur propre conscience, comme des guerriers sans peur, comme les braves parmi les braves, comme l'espérance virile de la tribu, comme la fleur du sang masaï. C'est pourquoi les jeunes hommes donnaient à leur chevelure des soins minutieux. Ils l'arrosaient de sucs de plantes destinés à la faire pouser plus vite et plus drue. Ils la tressaient en nattes d'une finesse extrême qui dansaient comme des centaines de petits serpents autour de leurs fronts. Ils l'enduisaient de graisse. Enfin ils la couvraient d'argile rouge.

Ils allaient de *manyatta* en *manyatta* se montrer aux jeunes filles. Aux fêtes de la tribu, ils dansaient pendant des heures ces danses étranges et monotones faites de sauts, de tressaillements, de mouvements disloqués des épaules, du cou et du bassin, accompagnées par des cris rauques et sourds, pareils à des grondements de satisfaction sensuelle, jusqu'à l'instant où des transes d'extase, d'épilepsie, les jetaient sur le sol, tordus et l'écume aux lèvres.

Et lorsqu'un lion avait attaqué un troupeau, c'était encore les *moranes* qui s'élançaient à sa poursuite, armés seulement de leurs javelots et de leurs larges coutelas à double tranchant. Cet extraordinaire combat, ce corps à corps fabuleux paraissaient naturels, indispensables aux Masaï. Ils étaient pour les jeunes guerriers un devoir, un honneur, une parure. On ne pouvait pas être un *morane*, si on ne les acceptait pas, si on ne les recherchait point avec une joie avide.

Les *white hunters* qui avaient suivi ces chasses fantastiques les racontaient avec admiration et stupeur. Les *moranes* partaient à dix ou douze, de bon matin, sur la piste du fauve. Pour avoir une complète liberté de mouvements, ils enlevaient de leurs épaules le morceau d'étoffe qui était leur seul vêtement et l'enroulaient autour du bras gauche. Ils portaient, bien en équilibre sur le dos, à hauteur de la nuque, un lourd bouclier violemment coloré et fait en cuir de vache. Dans la main droite, ils tenaient leur javelot. Le coutelas pendait à la ceinture. Sur les têtes flottait la coiffure de guerre en plumes d'autruche. Pour le reste, les *moranes* étaient entièrement nus. Et, nus, ils affrontaient le fauve.

Quand il était débusqué, les jeunes guerriers formaient un cercle autour de lui et l'excitaient par leurs cris, le rendaient furieux à coups de pierre. Alors, le lion chargeait. Le *morane* sur lequel il se ruait l'attendait derrière son bouclier. Contre le poids et la puissance du fauve, la protection était dérisoire. Mais tandis qu'il broyait le cuir et l'homme, les javelots volaient, l'atteignaient. Et pendant qu'il s'acharnait sur sa proie, les *moranes* l'assaillaient avec leurs coutelas. La bête, en cette lutte suprême, frappait en tous sens de ses griffes effrayantes. Mais la frénésie des chasseurs les rendait insensibles, invincibles. Meurtris, blessés, déchirés, ils s'acharnaient, noirs, nus, sanglants, hurlant, secouant leurs coiffures de guerre, et ils hachaient, déchiquetaient le lion jusqu'à le réduire en une rouge bouillie. Pas un instant l'un d'eux n'avait fléchi, ni reculé d'un pas. Puis les *moranes*, portant leurs camarades atteints, mais impassibles, traversaient la brousse et revenaient en triomphe à la *manyatta*...

Les trois jeunes guerriers masaï que j'avais vus cheminer du fond de la plaine — les trois *moranes* aux chevelures de cuivre — étaient maintenant si près que je pouvais voir sur eux chaque trait, chaque pli et chaque mouvement. Du coup, se trouvèrent suspendues toutes les rêveries que leur longue approche m'avait inspirées.

C'est qu'il y avait chez les jeunes hommes une splendeur physique si parfaite et si intense qu'ils ne semblaient pas appartenir à la race des mortels, mais descendre de quelque noir Olympe. Nus comme ils l'étaient — la misérable étoffe jetée sur une épaule ne cachait rien — ils portaient cependant le vêtement le plus chaste et le plus magnifique : leur beauté.

Elle leur venait d'un équilibre incomparable et comme divin entre la grâce et la force. On ne pouvait rien imaginer de plus flexible, de plus délié que les attaches et les courbes de ces jeunes corps farouches. La finesse et la douceur extrêmes du modelé dans les bras et les cuisses, la moelleuse rondeur des épaules, la tige lisse du cou, la minceur flexible du torse, tout avait une harmonie étrange et presque féminine. Mais, par une vertu qui tenait du sortilège, cette nonchalance était toute imprégnée, nourrie, pétrie de virilité.

Pour délicats que fussent les membres des *moranes* et malgré les proportions exquises de leurs épaules et de leurs poitrines, ils montraient la plus saine et la plus ardente vigueur, l'endurance la plus rude et capable de la plus dangereuse détente. Ces bras fuselés, ces reins étroits, ces torses graciles — une robustesse inépuisable et dure et terrible les habitait. Et, sous la peau d'un sombre lustre, tressaillaient sans cesse des muscles d'une légèreté extrême, mais si fermes et vifs et tendus qu'ils étaient pareils à des lianes d'airain.

Dominant les corps gracieux de ces guerriers éphèbes, érigés sur des cous hauts, tendres et droits comme de jeunes épis de blé noir, apparaissaient trois visages inoubliables.

Bronzes mêlés de reflets de cuivre chaud. Longs ovales ciselés. Bouches éclatantes au dessin puissant, impitoyable et sensuel. Nez droits et fiers dont les narines avaient la mobilité, la palpitation des ailes de l'abeille. Enfin, les yeux immenses, un peu tirés vers les tempes, insolents, languides et brûlants à la fois.

Pour couronner ces têtes merveilleuses, resplendissait la gloire de la chevelure *morane*. Lourde masse, bloc d'une seule coulée, toute nattée et annelée, toute collée et étincelante de la grasse argile qui la recouvrait, elle descendait en pointe jusqu'à la moitié du front animal et bombé, elle s'abattait sur la nuque ainsi qu'un casque, ainsi qu'un sacre.

En vérité, les images humaines que l'on voyait aux flancs des vases étrusques ou sur les fresques de l'antique Égypte, n'étaient ni plus belles, ni plus éloignées dans l'espace des siècles que les trois Masaï, mes contemporains, qui se tenaient devant moi.

Arrivés à ma hauteur, ils s'étaient arrêtés. Pourquoi cette halte ? À cause de la voiture immobile ? Ou du chauffeur noir à moitié enfoui sous le capot ? Ou encore de ce voyageur blanc qui les contemplait ? Personne qu'eux-mêmes n'aurait su le dire. Mais ils restaient là, en bordure de la route, immobiles et le corps légèrement, mollement infléchi sur sa droite, car ils s'appuyaient des deux mains à leurs lances hautes et frémissantes. Pourquoi cette attitude ? Pour le repos qu'elle leur accordait ? Ou parce qu'elle leur seyait merveilleusement et qu'ils le savaient ? Eux seuls encore, connaissaient la réponse.

Je leur dis :

— *Kouaheri*.

Ce mot signifiait salut et amitié dans la langue masaï et il était le seul de cette langue que je savais.

— *Kouaheri*, dirent les *moranes*, en écartant à peine sur des dents étincelantes leurs lèvres rouges et magnifiques.

Ils continuèrent de se tenir sans remuer, les bras nonchalamment noués aux javelots. Le vent de brousse creusait des plis dans l'étoffe qui leur couvrait une épaule, mais ne parvenait même pas à dessiner une ride sur le casque massif que formaient leurs cheveux d'or rouge.

Avaient-ils conscience de mon admiration ? Lisaient-ils sur mes traits l'hommage d'un homme venu de loin au triomphal éclat de leur beauté ? Comment aurais-je pu le deviner, le sentir ? Ils étaient là, vains et naïfs, avec leurs corps et leurs visages sublimes, les offrant à mes yeux comme ils le faisaient — durant ce temps violent et fleuri de leur vie où ils comptaient parmi les *moranes* — aux yeux des jeunes filles qui brûlaient de leur appartenir, des vieillards de la tribu qui soupiraient après l'âge enfui, et des enfants qui rêvaient de leur ressembler un jour.

Mais ce qui me paraissait plus admirable encore que leur splendeur sauvage, c'était qu'elle eût survécu, dans toute sa pureté, dans toute sa vivante tradition, à un demi-siècle où colons, administrateurs, missionnaires, routes, machines, cupidité, misère, imitation, évolution avaient bouleversé les coutumes et l'existence des tribus en Afrique orientale. Tout y était changé, taraudé, altéré, ou menaçait de l'être — tout, sauf les Masaï.

Or, le ressort de cette extraordinaire résistance, le secret de ce refus unique, je le voyais au bord de la route, personnifié par ces trois jeunes hommes. Ils me considéraient moi et mon automobile sans qu'aucune expression vînt corrompre l'ordonnance de leurs figures pétrifiées. Ni envie, ni curiosité, ni crainte, ni haine. Peut-être, au plus, un paisible, un auguste dédain. Ils avaient, eux, leur brousse sans eau, leurs *manyattas* de bouse, fourmillantes de mouches et de vermine, leur bétail étique, leurs danses monotones, leurs chasses mortelles au lion et leur divin printemps de *moranes*. Cela suffisait à tous les besoins, à tous les rêves. Ce que le monde pouvait leur offrir au-delà était inutile, absurde ou indigne et ne valait pas la peine d'un désir ni d'un regard. Rien ne les pouvait entamer, puisqu'ils ne désiraient rien.

Par ce mépris superbe et par leur beauté, par leur courage et leurs simples vertus, les Masaï avaient désarmé l'intrus, le civilisateur, le corrupteur, l'homme blanc. Plus que désarmé : séduit.

Il n'était point d'autre terme pour désigner le sentiment que les pasteurs guerriers du Rift et des plaines du Sud avaient inspiré aux Anglais et qu'ils leur inspiraient toujours. Hommes et femmes, planteurs, chasseurs ou fonctionnaires, les Anglais étaient amoureux des Masaï.

Ils avaient laissé des territoires immenses à la tribu et une liberté absolue à ses chefs. Un commissaire de district et un adjoint surveillaient de loin les migrations de troupeaux, les coutumes des clans. Et ils témoignaient pour eux d'une compréhension, d'une mansuétude infinies. Au meurtre même, ils trouvaient des excuses, s'il était fondé sur une tradition.

L'une de celles-ci voulait que, à la naissance d'un enfant, son père lui attribuât une génisse qui serait un jour la vache meneuse de son troupeau. La bête, dès lors, prenait rang de tabou pour le garçon. Du jour où, circoncis, il devenait *morane*, il la devait défendre au péril de sa vie.

Or, pendant la guerre, un administrateur britannique, nouveau dans la contrée et pressé par les services du ravitaillement, fit amener pour l'abattoir avec cent autres une de ces vaches symboles. Le *morane* adolescent à qui elle appartenait se présenta le soir même devant le fonctionnaire, dans l'enclos où celui-ci comptait le bétail réquisitionné. Il ne discuta point le droit du blanc à prélever des têtes sur son troupeau. Tout ce qu'il demandait, c'était que lui fût rendue la bête unique, la bête tabou. Il offrait même cinq vaches ordinaires en échange. « Va-t'en au diable ! » lui dit l'Anglais. Alors le *morane* recula lentement, tranquillement, à bonne distance de jet, et ficha son javelot dans le cœur du blanc imbécile et sacrilège.

Pour avoir tué, en pleine guerre, un fonctionnaire anglais important, le garçon noir ne reçut que trois ans de prison.

L'homme qui m'avait conté l'histoire était lui-même un chef de district. Et il approuvait que la peine eût été si légère. On ne pouvait pas, disait-il, traiter cette tribu comme les autres. Les Masaï étaient tous nés *gentlemen*. Ils ignoraient la dérobade. Ils ne trichaient pas. Ils ne mentaient jamais. Une fois l'Anglais avait cru en trouver un qui déshonorait les autres. Ce *morane* avait volé un troupeau à une *manyatta* voisine, l'administrateur le savait en toute certitude. « Tu as pris vingt et une vaches », dit-il au Masaï, et celui-ci avait répondu : « Ce n'est pas vrai. » L'Anglais, stupéfait, indigné, allait l'accuser de forfaiture, mais l'autre ne lui en avait pas laissé le temps. « Pas vingt et une, mais vingt-trois », avait-il précisé. Et il regardait le chef de district sans défi, sans haine, sans peur. Seulement avec une bizarre et profonde indifférence.

Exactement de la même manière que, appuyés sur

leurs lances, en bordure de la route, me considéraient les trois jeunes hommes si beaux.

Puis, sans plus de raison que pour leur halte, ils reprirent leur marche. Ils s'éloignaient à régulières et paresseuses et rapides foulées, pieds nus dans la ronce et l'épine griffues. Et ces gueux qui s'abritaient sous la bouse de vache, qui se lavaient à l'urine de vache, semblaient, casqués de leurs cheveux tout raides et denses d'argile, des princes ou bien des demi-dieux.

VII

LE PARADIS DU KILIMANDJARO

Le seul défaut de Jean-Baptiste Nambutal, mon chauffeur noir, que le lecteur connaît déjà, venait d'une foi trop entière dans la civilisation et ses machines. C'est pourquoi, innocemment, il ignorait tout ou à peu près de la mécanique et, pour ce qu'il en savait, oubliait toujours d'emporter les outils nécessaires.

Nous étions en panne depuis deux heures sur une route déserte. Plongé dans le moteur, Jean-Baptiste touchait à tous ses organes avec les instruments les plus variés et les plus incroyables. Une clef pour bicyclette, une paire de ciseaux. Un ouvre-boîte... Une pièce de monnaie... De temps à autre, il relevait son aimable visage noir sur lequel le cambouis ne laissait pas de trace visible et disait doucement :

— La voiture marchera, monsieur. Je vous le promets, monsieur.

La voix de Nambutal m'irritait par sa gentillesse même et par sa confiance ingénue, absurde, obstinée. Le soleil avait amorcé son mouvement de descente. Arriverions-nous à temps ?

Pour tromper l'impatience et l'inquiétude, j'ouvris une petite brochure que l'on m'avait donnée à

Nairobi, avant mon départ. L'œuvre étonnante de quelques hommes qui aimaient de passion la nature de l'Afrique orientale et sa faune s'y trouvait racontée. Ces hommes avaient suivi avec un effroi chaque année grandissant le carnage des bêtes libres et sauvages auquel les blancs, — et, à leur suite, les noirs, — s'étaient livrés au Tanganyika, en Ouganda et surtout au Kenya. Ces hommes avaient compris que, malgré sa prodigieuse et magnifique richesse, la faune de ces contrées ne saurait longtemps survivre aux trafiquants d'ivoire et de cornes de rhinocéros, de peaux de fauves et de viande de buffle, aux chasseurs de passage et de profession, à la cupidité, à la vanité, à la soif de l'aventure, à l'avance constante de la civilisation vers les terres vierges, à la marée du bétail indigène.

Alors ces hommes avaient entrepris de sauver, dans la mesure du possible, ce qui restait de la splendeur animale, de protéger et perpétuer sous le ciel africain les hardes d'éléphants, les tribus de lions, les troupeaux de buffles, d'antilopes et de zèbres. Ils avaient eu raison des routines, de l'avidité, de la paresse et même de la logique. Ils avaient obtenu du gouvernement et des assemblées que des territoires, parfois immenses, fussent pour toujours laissés en friche, que personne, jamais, n'y pénétrât avec une arme et que, même contre la curiosité humaine, la bête fût défendue. Ces étendues réservées, ces espaces tabou, — appelés parcs royaux et nationaux, — couvraient une superficie de 50 000 kilomètres carrés environ. Il y en avait de réduits et il y en avait d'énormes. Il s'en trouvait dans la plaine, la jungle, la montagne, le long de rivières, au flanc des volcans. L'un était situé aux portes de Nairobi et, le dimanche, les visiteurs s'y comptaient par milliers. Mais l'on en citait d'autres, tellement sauvages que les braconniers indigènes étaient les seuls êtres humains à les hanter.

Celui vers lequel je me dirigeais ce jour-là s'appelait le Parc d'Amboselli, situé au pied du Kilimandjaro.

Comme dans toutes les autres réserves on n'y laissait point entrer après le coucher du soleil. On protégeait ainsi le voyageur contre les dangers d'une nuit hantée par les fauves et l'on assurait aux bêtes la liberté entière de leur vie nocturne.

Jean-Baptiste Nambutal continuait de s'agiter futilement sous le capot levé, essayant avec ses tournevis, ciseaux, épingles et clous, de guérir un mal qu'il ignorait. Et nous avions encore beaucoup de route à faire et quelle route...

— Eh bien ? demandai-je à Jean-Baptiste, quoique ma question, — et je le savais, — n'eût aucun sens.

Il redressa la tête, sentit mon impatience — qu'il ne comprenait jamais — et dit avec le sourire qu'il eût employé pour un enfant :

— Tout s'arrangera, monsieur, nous serons à l'heure.

J'allais répondre avec exaspération, quand, sur la route, se leva et grandit rapidement un tourbillon de poussière rouge.

— Vous voyez bien, monsieur, dit modestement Jean-Baptiste.

Il était récompensé de son intolérable et béate assurance. Dans ces solitudes, le secours de voyageur à voyageur se pratiquait comme une loi absolue. Du nuage empourpré, un camion surgit et, pour achever le triomphe de Nambutal, c'était un camion-atelier des Travaux publics.

Le contremaître descendit d'abord. Il avait les cheveux roux, les yeux très clairs et un long corps émacié dont on voyait toutes les articulations noueuses sous la chemise ouverte et le short rapiécé.

— Quelque chose qui ne va pas ? demanda-t-il d'une voix rauque et avec une pesante inflexion de l'Afrique du Sud.

— Je m'interroge, monsieur... commença Jean-Baptiste de son ton le plus oxfordien...

— Ça va, sacré bâtard, coupa le contremaître.

Il plongea sous le capot, toucha aux vis, aux fils, ressortit la tête et cria d'une voix enrouée quelques mots en swahili. Trois noirs, armés d'instruments, sortirent du camion. Le Sud-Africain toussa et me dit :

— Excusez pour la conversation... Gorge desséchée. Deux cent milles de la maudite poussière rouge dans le sacré pays.

Or, au camp d'Amboselli où je me rendais, si le logement était assuré, il fallait apporter ses provisions. Je pris dans ma voiture deux grandes bouteilles de bière. Le Sud-Africain écarta les jambes, renversa la tête et les deux bouteilles dressées l'une après l'autre vers le ciel se vidèrent en lui sans qu'il eût repris souffle. C'était un spectacle magnifique.

Cependant les trois noirs avaient fini leur travail. L'avarie était déjà réparée.

Le Sud-Africain dit avec mépris à Nambutal :

— Tu vois, sacré bâtard, c'était une chose de rien.

— Les choses de rien, monsieur, comme les autres, viennent de Dieu, répondit doucement Jean-Baptiste.

L'homme le regarda, me regarda, voulut parler, y renonça, grimpa dans son camion... La rouge poussière le déroba bientôt à notre vue. Jean-Baptiste prit le volant et me dit :

— Ces noirs étaient bien capables, — vous avez vu, monsieur ? Nous allons faire un excellent voyage.

En vérité, tout dès lors fut un enchantement. À une lieue de là, un léger grain venait de rafraîchir le sol et l'avait délivré de sa poussière. À travers la brousse, des liserons par milliers et milliers enroulaient leurs clochettes blanches et mauves aux plantes épineuses et recouvraient les *manyattas* des Masaï que l'on voyait bosseler la plaine. À l'oasis de Namanga où l'on quittait la route pour prendre le mince chemin qui menait vers Amboselli, les jardins étaient pleins d'arbres en fleurs ; sur le seuil des boutiques hindoues se tenaient des enfants merveilleux. Et il faisait grand jour encore lorsque nous atteignîmes la barrière qui coupait la piste.

Un noir, vêtu d'un uniforme kaki, ceinturé d'une cartouchière et une carabine accrochée à l'épaule, sortit de la hutte de garde, salua, reçut de moi les dix shillings de taxe, releva la haie de branchages piquants et salua de nouveau. Le grand parc sauvage nous accueillit.

Il était, dans cette région, hérissé et envahi de brousse haute, de larges buissons, de masses épineuses et de grands arbres l'un contre l'autre serrés, qui, sur les deux côtés de la piste, arrêtaient la vue. Une impression singulière me suivait. Je savais bien que seul était barré le point d'accès par voiture que nous avions franchi et que, sur tout le pourtour de l'immense réserve, il n'y avait aucune clôture qui la séparât des autres plaines, des autres brousses. Et, cependant, il me semblait que les taillis et les grands fourrés y abritaient une vie animale exceptionnellement libre, abondante, intense. Je croyais sans cesse entendre des froissements d'herbes et de feuilles, des bris de branches, des souffles, des bonds, des mouvements légers ou puissants, des fuites et des poursuites. Était-ce imagination pure ?

Ou bien vraiment — parce que ces espaces étaient consacrés à la bête et que la bête le savait — les troupeaux sauvages affluaient-ils d'instinct à l'intérieur des frontières invisibles ?

Quoi qu'il en fût, j'avais le sentiment étrange d'être un invité au royaume animal.

— *Nos amis* sont partout, disait parfois Jean-Baptiste.

Je me souvenais alors qu'il avait employé le même terme une nuit, sur le Nil, près des Murchison Falls, alors que les hippopotames s'ébattaient dans le fleuve au clair de lune et que les yeux des crocodiles innombrables brillaient comme des pièces d'or.

De temps à autre, la tête tachetée d'une girafe et ses longues oreilles apparaissaient au-dessus d'un fouillis de branches où elle choisissait délicatement sa nourriture parmi les épines. Ou une gazelle aux hautes cornes recourbées traversait d'un saut la piste. Ou, si nous longions une clairière, des hardes de zèbres tendaient vers nous leurs cols arrondis et rayés. Et sur tous les arbres caquetaient des singes, longs de museaux, rusés de regard.

Puis, d'un seul coup, la végétation s'arrêta. Un espace d'une amplitude étonnante s'ouvrit à la vue. Au fond, le Kilimandjaro élevait sa gigantesque et massive muraille, la plus haute de l'Afrique entière. Et jusqu'à sa base ourlée de sombre et riche verdure, s'étalait, tout plat, tout lisse, une sorte de cirque immense dont la frange semblait de sable et l'intérieur empli d'une nappe liquide, frémissante et lustrée.

Je consultai la carte. Elle portait à cet endroit une petite tache bleue avec l'inscription : lac Amboselli. Cependant, Jean-Baptiste lança la voiture — et à sa vitesse limite, — vers le centre même du lac.

À mesure que nous avancions, la surface de l'eau reculait, reculait toujours, fuyait devant les roues. Et ce n'était pas du sable qui soutenait leur avance, mais une dure argile ondulée. Quand nous fûmes arrivés au milieu du cirque, le terrain avait cette même consistance. Je compris alors. Les cartes étaient périmées. Un lac avait existé, certes, au pied du Kilimandjaro, mais, à sec depuis longtemps, il n'était empli que de l'eau des mirages. Car, même en cette minute, les reflets trompeurs du soleil et du ciel tremblaient sur les bords de la cuvette dans un miroitement d'onde. Ainsi nous allions, brûlés par le vent d'une course rapide, sur une espèce de tapis magique, parmi la solitude et le silence, au milieu d'un immense anneau de brousse et comme flottant sur une eau sans substance, vers la montagne sommée de neiges éternelles.

Ensuite, la végétation sauvage se referma de nouveau sur la piste d'une minceur extrême que Jean-Baptiste, je ne sais par quel instinct, avait découverte au bout du lac desséché. Nous suivîmes ses méandres jusqu'à une clairière où, entre des arbres puissants, s'élevaient une douzaine de huttes rondes, largement disséminées. Elles formaient le camp d'Amboselli destiné aux passants.

Jean-Baptiste porta mes bagages dans l'une d'elles. L'intérieur était d'une simplicité et d'une propreté de couvent. Murs crépis à la chaux, un lit de fer, une moustiquaire, une table. Derrière se trouvait une hutte plus petite qui contenait une salle de bains. L'eau chaude venait d'un tuyau qui communiquait à l'extérieur avec un baril en tôle, sous lequel s'allumait un brasier.

Je sortis de la hutte principale, traversai la petite véranda qui la précédait et dépassai le couvert des

Le paradis du Kilimandjaro

arbres. Au premier plan s'étendait une herbe drue et grasse, puis des roseaux de marais. Le bienfait de l'eau apparaissait partout. La forêt d'épineux elle-même qui bordait cette vaste clairière était gonflée d'une sève plus riche qu'à l'accoutumée. Derrière la douce et mystérieuse verdure, la table rectangulaire et géante du Kilimandjaro scellait le ciel. Si proche et si formidable que l'univers semblait finir à sa paroi. Et si haute que les nuages couleur de rose reposaient contre son flanc et que les neiges du sommet, d'un corail plus pâle, flottaient sur un lit de vapeurs.

Alors, commença le merveilleux ballet du crépuscule. De tous les bosquets, de tous les taillis, de tous les buissons, de tous les roseaux, je vis venir les bêtes. D'un pas léger, d'un trot dansant. Par bandes, par groupes et par couples. Dans la sécurité, dans la grâce et la suave innocence. Gazelles de Grant, impalas, antilopes des marais, wilderbeasts velus, buffles aux fronts bas, zèbres joueurs. Et plus loin, à peine visibles, les rochers gris aux longues trompes, les éléphants.

En vérité, j'avais oublié ma condition d'homme. Une voix contre mon épaule m'y ramena. Elle disait :

— Heureux de vous recevoir... Je m'appelle Taberer.

C'était le conservateur du parc royal et national d'Amboselli, le souverain de ce royaume enchanté. Vêtu d'un vieux short et d'une vieille chemise, assez bref de taille, corpulent et dense de chair, rouge de cheveux et de visage, il avait les yeux affables et gais.

Il me demanda :

— Beau paysage, n'est-il pas vrai ?

Je pensai tout haut plus que je ne répondis :

— Surtout à cause des bêtes. Elles donnent leur

vrai sens, leur vraie vie, aux plantes, au soir, à la montagne.

Le major Taberer me regarda fixement et ses yeux furent d'abord pleins de surprise, puis de chaleur et d'amitié.

— C'est bien mon sentiment, dit-il très doucement. Mais peu de gens l'éprouvent.

Il considéra les troupeaux sauvages sur qui descendait l'ombre du Kilimandjaro et dit encore :

— Demain je vous ferai voir ce que peu de gens ont vu.

*

Quand je me réveillai, une minuscule gazelle couleur de châtaigne, avec deux aiguilles pour cornes et deux dés de velours pour sabots, se promenait autour de mon lit et sur mon oreiller était assis un tout petit singe barbu, aux immenses yeux sages, de la race qu'on appelait *bush-baby*, ou bébé de brousse. Je me levai et vis que j'avais mal fermé la porte arrière de la hutte.

Le jour grandissait rapidement. J'éteignis la lampe tempête que j'avais laissée allumée toute la nuit, et me rendis dans la hutte salle de bains, m'habillai, pris une tasse de thé à mon thermos, gagnai la véranda. L'air était d'une odeur et d'une saveur exquises. Les grands arbres alourdis de rosée se tenaient immobiles dans la paix toute fraîche du matin tropical. Le soleil, en sa première force, touchait de biais la haute crête du Kilimandjaro et faisait poindre sur la neige éternelle les douces braises de l'aurore. Et vers le point d'eau, encore plongé dans la pénombre, se rassemblaient déjà les hardes, les troupeaux, les tribus des gazelles, des zèbres et des buffles. C'était l'un de ces instants pour lesquels un homme doit remercier son destin.

Sans en avoir eu clairement conscience, je m'étais avancé hors des limites du camp. Si bien que je me trouvai brusquement au milieu d'un pré dense et spongieux et assez près des bêtes pour les voir dans toute leur grâce et toute leur liberté. Il y eut d'abord chez elles quelques mouvements d'émoi. Des cols harmonieux, des yeux profonds et humides se tournèrent dans ma direction. Une antilope bondit, entraîna sa famille. Des zèbres prirent le galop. Puis, comme je ne bougeais point, tout s'apaisa. Les bêtes retournèrent à leur pâture.

J'allais m'approcher davantage encore, lorsque j'aperçus deux hommes accourir du camp. C'étaient Jean-Baptiste Nambutal, mon chauffeur et l'un des *rangers* noirs.

— Attendez, attendez, monsieur. Retournez, retournez, monsieur, cria Jean-Baptiste lorsqu'il fut à portée de voix.

Puis il s'arrêta prudemment. Le *ranger*, lui, continuait sa course, mais il avait son fusil prêt. Comme il ne savait pas l'anglais, il me prit le bras sans explication et me ramena vers Jean-Baptiste. Le visage de ce dernier avait pris la couleur cendrée de la crainte.

— L'endroit est très dangereux, monsieur, dit Jean-Baptiste. Là, derrière ces gros taillis, il y a un gîte d'éléphants. Ils n'aiment pas qu'on vienne. Ils chargent. Le chef du camp a défendu d'y aller. Il chasse d'Amboselli les gens qui n'obéissent pas.

Le *ranger* me conduisit jusqu'aux abords de ma hutte et disparut. Le major Taberer vint quelques instants après. Il était rasé sous la peau. Ses cheveux rouges brillaient. Il avait une jumelle en bandoulière.

— Oui, oui, je sais, me dit-il en riant, le *scout* a été un peu vif. Mais il applique les ordres. Je ne tiens pas à faire abattre, — c'est arrivé déjà, — une bête magnifique à cause d'un imprudent.

La gazelle minuscule sortit de ma hutte et posa son museau dans la main de Taberer. Le *bush-baby* lui sauta sur l'épaule.

— Vous n'avez pas eu d'autres visiteurs de nuit ? dit Taberer. C'est de la chance. Oh ! il ne s'agit pas de gros gibier... Les éléphants et les rhinocéros, quand ils traversent le camp, — c'est arrivé déjà, — contournent les huttes. Je vous parle des singes. Pas les *bush babies* bien sûr, ceux-là sont très gentils. Mais les grands, qui perchent sur ces arbres. Ils s'introduisent partout, ils volent tout. Dans la hutte même que vous occupez, une brave dame qui éprouvait le besoin, ici, de porter des bijoux, a vu, de ses yeux, s'envoler ainsi le collier de diamants qu'elle avait déposé sur la table.

Une Land Rover, — version anglaise de la jeep, — déboucha sur la pelouse. Deux *rangers* noirs l'occupaient, armés de fusils. Ils sautèrent sur l'herbe en riant.

— Vos hommes ont l'air heureux, dis-je à Taberer.

— Ils aiment leur métier ; alors, ils le font bien ; alors, je tâche de faire le mien convenablement à leur égard, dit le major.

Il s'installa au volant de la Land Rover, je m'assis près de lui et les deux *rangers* à l'arrière. Je portais un chapeau de toile. Les noirs eux-mêmes étaient coiffés d'un tarbouche kaki, prolongé par un couvre-nuque. Taberer, seul, était tête nue. Il surprit mon regard et me dit :

— Le soleil d'Afrique est un vieux camarade. Il me connaît depuis un demi-siècle. Ma sœur et moi nous avons été les premiers enfants blancs à naître en Rhodésie.

Puis il me conseilla :

— Accrochez-vous bien au châssis.

La voiture bondit. Les *rangers* se cognèrent l'un contre l'autre. Ce qui les enchanta.

— Les visiteurs, continua Taberer, n'ont droit qu'aux chemins officiels dont nous avons établi le tracé, — comme celui par lequel vous êtes venu hier. Ces chemins sont assez bons mais très peu nombreux et ne passent point aux endroits où les bêtes se rassemblent en masse, les pâturages, les points d'eau. Autrement elles ne se sentiraient plus chez elles. Et nous sommes là pour leur assurer une liberté, une sécurité, une aisance de mouvements absolues. L'usage même du klaxon est interdit.

— Et si l'on désobéit aux règlements ? demandai-je.

Taberer tourna un instant la tête vers moi et j'aperçus alors dans ses yeux, si gais à l'ordinaire, une étonnante sévérité.

— Vaut mieux pas, dit-il brièvement. Des centaines de livres d'amende, confiscation de la voiture... possibilité de prison.

Il conduisit quelques instants sans parler. La Land Rover sautait les dépressions et les bosses de terrain, jouait avec les troncs des grands arbres. Le visage de Taberer avait repris son expression habituelle de bonne humeur.

— Je n'ai pas toujours été un défenseur de la loi, dit-il. Dans ma jeunesse, j'ai tué, sans licence, au braconnage, cent vingt-cinq éléphants en une seule année. Il y avait des hardes énormes à l'époque et les acheteurs portugais, venus du Mozambique, ne s'y connaissaient guère en prix. Ils payaient jusqu'à trente shillings la livre d'ivoire, — beaucoup d'argent alors. Mais mon père a eu connaissance de ce commerce. Il était magistrat... Il m'a condamné à deux cent cinquante livres d'amende — tout mon bénéfice — et il m'a exilé en Angleterre pour trois ans.

— Exilé !

— Londres, sans doute, a quelque charme pour un jeune homme, dit Taberer, mais pas longtemps s'il est habitué à la nature africaine. Quand je suis revenu, j'ai chassé de nouveau, — légalement toutefois... J'ai beaucoup chassé — jusqu'au moment où il m'a été impossible de lever mon fusil sur une bête... À force de les pister, guetter, épier, je me suis pris de respect, d'admiration, d'amitié pour elles. Maintenant, en leur faveur, je creuse des puits, je détourne des ruisseaux, j'établis des mares, des étangs... Je suis leur Père Noël.

Taberer dit encore :

— Tous les conservateurs des parcs nationaux et des réserves animales sont, comme moi, des tueurs repentis.

Cependant, la brousse s'ouvrait et se refermait sans cesse autour de notre course, une brousse que je n'avais jamais connue encore. Jusque-là, en effet, les régions sauvages ou désertes, je les avais traversées le long d'une route, d'un chemin, d'une piste. Cette fois, grâce aux vertus particulières de la voiture et à l'expérience de Taberer, j'étais comme plongé au sein même de la végétation africaine. Tout s'en trouvait modifié : les perspectives, les notions, les sentiments. Il n'y avait plus ni gauche, ni droite, ni avant, ni arrière. Le fil, — même le plus ténu, — était brisé que les hommes établissent toujours d'un point habité à un autre point habité. J'avais perdu tout sens de la direction. Il n'y avait que des fourrés, des arbres immenses, des champs de ronces, des buissons aux dards aigus entre lesquels Taberer, — conduit par je ne sais quels repères, — faisait glisser, volter, virer, voler sa voiture. Épineux dédales où il me semblait que nous tournions indéfiniment sur nos propres traces, labyrinthe si profond, si couvert que la masse énorme du Kilimandjaro ne se voyait plus...

Mais Taberer, lui, disait :

— Dans cette espèce de grotte de branchages, en période sèche, réside toute une famille de lions.

— Cette clairière bien abritée sert aux troupes de rhinocéros, dans la saison des amours.

— Voici l'un des buissons préférés par les léopards pour guetter la gazelle.

— Ici j'ai débusqué des braconniers masaï.

Et nous roulions toujours et, à chaque instant, changeaient le cap, la beauté, le mystère.

Enfin cette jungle sèche s'ouvrit sur un grand espace libre. Au milieu se dressait une haute colline très escarpée, en forme de cône tronqué.

— Attention, me cria Taberer.

Il nous lança sur le flanc abrupt.

On eût dit que la voiture avait des crampons. Par bonds, heurts et soubresauts, elle s'accrochait à la pente, où rien n'était aménagé pour ses roues. Quelquefois elle me semblait à la verticale. Dans ces instants, quand je tournais la tête, je voyais les deux faces noires des *rangers* bien au-dessous et comme aplaties contre le fond d'un gouffre. Ils riaient aux éclats. Sans doute avaient-ils souvent fait ainsi l'ascension. Pour ma part, je souhaitais seulement qu'elle prît fin.

Mais dès que Taberer m'eut amené au bord de la plateforme étroite qui couronnait l'éminence, j'oubliai tout. Car, de là, on dominait un monde splendide, d'une extraordinaire douceur pastorale et, en même temps, de la plus primitive intensité. Ce n'étaient, jusqu'à l'horizon, que champs clos et verts, groupes d'arbres géants, herbes hautes et sombres, obscures forêts. Le soleil, déjà brûlant et riche, étalait ses rayons dans les clairières et donnait à chaque variété de verdure un ton, une valeur, une vigueur magnifiques. L'air était si pur que, dans les fourrés lointains, chaque pointe, chaque griffe des épineux se profilait sur le ciel. On apercevait, comme en survol, d'un seul coup, et les flaques d'eau prises au fond des ravines, et les tapis des pâturages et les colonnes immenses des futaies. Tout était d'une opulence limpide et secrète à la fois, d'une pureté tendre et violente, et d'une sublime liberté.

— Nous appelons ce lieu « Colline de l'Observation », dit Taberer. On peut d'ici étudier les animaux à loisir sans qu'ils le soupçonnent.

Partout, en effet, dans les replis de terrain, parmi les arbres, sur les clairières, contre les massifs de brousse, partout fourmillaient les bêtes. Je ne faisais que les deviner. Là, le reflet du soleil sur des cornes, là le scintillement d'une robe fauve, là un galop plein de grâce féerique. Mais Taberer, avec ses jumelles, suivait, détail par détail, cette merveilleuse abondance.

Soudain, l'un des *rangers*, le plus jeune, presque un adolescent, murmura :

— *Tembo*.

Et indiqua du doigt l'une des clairières les plus éloignées.

— Il a vu un éléphant, dit Taberer.

Puis, il s'écria :

— Oui... deux... trois... six... Regardez !

Taberer me donna les jumelles... je cherchai quelques instants et brusquement fis un mouvement de recul. Il me semblait que j'étais au milieu de la harde. Pris entre ces énormes roches grises qui bougeaient pesamment. Écrasé par ces flancs monstrueux. Puis la notion du réel me revint et je connus en même temps une joie comme je n'en avais jamais éprouvé de pareille. La joie de surprendre une vie monumentale, de rompre un interdit majeur, et partager, — fût-ce par l'artifice de verres grossissants — l'univers de puissance et d'innocence des bêtes fabuleuses. Les stries de leur peau remuaient sur la masse des muscles. L'ivoire brillait. Les oreilles se développaient comme des cerfs-volants. Un éléphant plongeait sa trompe dans une mare, y puisait de l'eau et arrosait son immense échine. Un autre frottait une défense rompue contre un tronc. Un autre encore, ployé sur les genoux, sa tête au ras de l'herbe, dormait sans doute. Les plus petits se bousculaient de l'épaule pour éprouver leur jeune vigueur. Et d'un dos à l'autre voletaient des aigrettes blanches. La force, la sérénité, la simplicité millénaires du monde...

— Descendons, dit Taberer... Nous avons beaucoup à voir encore.

La voiture bascula vers la plaine, plongea le long de la pente. Quand elle eut atteint la terre horizontale, Taberer cria quelques mots en swahili au plus jeune des noirs. Celui-ci répondit par une clameur de joie.

— Parce qu'il a dépisté les éléphants à l'œil nu avant son compagnon et avant moi avec mes jumelles, me dit Taberer, je lui ai annoncé que je l'enrôlais définitivement. Jusqu'à présent il n'était qu'à l'épreuve.

Il enleva la Land Rover par-dessus un pli de terrain très gras et poursuivit :

— Je demande beaucoup à un *ranger*. Il doit être pisteur, traqueur et guide accompli. Il ne doit jamais perdre son sang-froid en face des bêtes les plus dangereuses. Il ne doit tirer qu'à la dernière extrémité, au dernier quart de seconde — c'est-à-dire infailliblement. Je peux me montrer difficile : je n'ai que l'embarras du choix. De toutes les tribus voisines et lointaines, on vient s'engager. Des Wakamba, des Kipsiguis, des Elguéos...

— Et les Masaï ? demandai-je.

— Eux, jamais, dit Taberer, avec une admiration involontaire. Bien trop fiers pour obéir. Et trop insouciants pour la discipline. Tout ce qu'ils font, c'est de mener leurs troupeaux jusqu'ici, malgré les règlements. Tenez...

La voiture passa d'un bond très dur sur un autre repli de terrain gluant. Je m'aperçus alors qu'il était formé par les ruines d'une *manyatta* abandonnée. Quelques abris en bouse de vache tenaient encore debout. De grands singes s'ébattaient sur les décombres.

Ce fut de nouveau la course — pour moi désordonnée et aveugle — à travers l'écheveau, indéchiffrable à mes sens, de la brousse. La chaleur, la lumière, les cahots, la curiosité forcenée qui crispait sans répit mes muscles et mes nerfs commencèrent à se faire sentir. Les images, les impressions s'émoussaient. Je répondais mal à l'inépuisable beauté de ces lieux. Et Taberer, maintenant, tournait, tournait en rond. Il faisait faire à la voiture une sorte d'exercice de manège, en réduisant toujours le rayon d'un cercle qui avait pour centre un champ d'herbe où gisaient des troncs foudroyés. Cette ronde acheva de m'engourdir.

Soudain, mon attention fut de nouveau à vif. Les troncs étendus remuaient, se dressaient lentement. Trois têtes émergèrent de leur écorce grise et rugueuse. Trois têtes longues, larges, aplaties et difformes. Et chacune portait au bout une longue corne recourbée.

Taberer arrêta la voiture et dit à mi-voix :

— Je pensais bien les trouver ici. Ce sont les plus beaux rhinocéros d'Amboselli...

Les bêtes maintenant se tenaient debout côte à côte, flanc contre flanc, bloc incroyable par sa force et sa masse grossière. Il y avait chez elles quelque chose de primitif, de brut, d'inachevé, comme si le grand pétrisseur des origines n'avait, pour elles, qu'ébauché son ouvrage dans le premier limon de la vie.

Les trois rhinocéros orientaient dans tous les sens leurs têtes monstrueuses sur lesquelles les cornes se détachaient comme des armes barbares. Ils humaient l'air chargé de nos effluves et leurs petits yeux obliques et brillants, aux lourdes poches plissées, épiaient de biais la voiture et son équipage humain.

— Ils vont peut-être charger, dit Taberer. J'aimerais vous montrer cela. Vous verriez alors comme ces brutes sont rapides.

Il attendit quelques instants, les mains en alerte sur le volant, les pieds frémissant contre les pédales. Les rhinocéros ne bougèrent pas. Taberer fit décrire un demi-cercle à la Land Rover et vint se placer de l'autre côté des arbres, plus près encore des rhinocéros.

Les bêtes avaient gardé leur place mais changé de formation. Au lieu de se tenir accolées, elles étaient croupe contre croupe, front bas et cornes pointées dans trois directions différentes. Un étrange bruit sortait de leurs naseaux horribles : sifflement, hissement, grognement.

— C'est l'annonce de la charge, dit Taberer.

En effet, l'un des rhinocéros, celui qui nous faisait face, avança vers nous. Sa démarche était lourde, attentive, délibérée. Sur les épaules et les flancs énormes passaient les ondes épaisses des muscles irrités. Prêt à lancer la voiture, Taberer épiait de toute sa vigilance le départ de la ruée.

Mais, parvenue à la limite du couvert des arbres, la bête s'arrêta, tendue et menaçante, à quelques mètres de nous.

— Je pourrais le déchaîner d'un coup de klaxon, mais ce n'est pas mon rôle, dit Taberer.

Le rhinocéros recula, rejoignit les deux autres.

Taberer mit la voiture en marche et je restai debout pour contempler le plus longtemps possible dans leur asile de brousse les grands rhinocéros dont les cornes aiguës et noires se détachaient sur la verdure et sur le ciel.

Quand l'extraordinaire vision se fut effacée parmi les buissons semés d'épines, je me dis que je ne pourrais rien voir désormais qui lui fût comparable en primitive poésie. Taberer pensa de même, et prit le chemin du retour.

Or, comme nous abordions la bande de terrain qui longeait le grand marais spongieux dont la substance végétale et liquide s'étendait jusqu'aux avancées du Kilimandjaro, Taberer freina si brutalement que je basculai contre le pare-brise. Mais Taberer ne le remarqua point. Il murmurait pour lui-même :

— Ce n'est pas possible. Ce n'est pas possible.

Les deux *rangers* noirs se penchèrent vers lui en

chuchotant. Ils avaient les yeux fixés dans une seule direction...

— C'est pourtant vrai, reprit Taberer à voix très basse. Regardez, regardez...

J'aperçus enfin, au bord du marécage, au-dessus des roseaux et de la haute broussaille, une grise, vague et singulière ligne rocheuse qui, de la gauche, allait en s'élevant, puis retombait sur la droite.

Je chuchotai à mon tour :

— Ça ne ressemble à rien de connu...

— Attendez, souffla Taberer.

La voiture roula de nouveau, mais avec une lenteur extrême et presque silencieusement. Alors, instant par instant, je vis se dessiner, se préciser, s'affirmer la confrontation prodigieuse. Face à face, mufle contre trompe, corne noire contre blanches défenses, un éléphant de grande taille et le plus massif des rhinocéros demeuraient immobiles. Les deux monstres étaient si près l'un de l'autre qu'ils semblaient ne faire qu'une seule et même bête impensable, apocalyptique.

— C'est un spectacle sans prix, murmurait Taberer... À l'accoutumée, le rhinocéros évite l'éléphant qu'il sait le plus fort... Mais quand, par hasard, ils se rencontrent, la bête cornue refuse de céder le chemin. Et l'autre pour rien au monde ne se détournerait. L'instinct de l'orgueil joue chez les deux, je pense... le sentiment de sa dignité...

— Et alors ? demandai-je.

— C'est le combat mortel, dit Taberer. Coups d'épaule à renverser une maison, coups de boutoir à soulever un tombereau de pierres... Puis la victime est piétinée jusqu'à la pulpe.

— Qui gagne ? demandai-je encore.

— L'éléphant, dit Taberer. Mais il lui arrive ensuite de ne pas guérir de ses blessures.

La voiture était arrêtée de nouveau. Maintenant, je distinguais avec un relief, une vérité, une réalité qui me laissaient interdit, les deux bêtes géantes, affrontées. Je dis à Taberer :

— Vous allez essayer d'empêcher la lutte...

— Non, dit-il. Ici, les animaux sont libres de vivre et de mourir selon leur propre loi.

Nous attendîmes longtemps, immobiles, la respiration courte. Les silhouettes effrayantes continuaient de se profiler — comme soudées — sur le fond de la brousse, du marécage et du Kilimandjaro. Enfin, le rhinocéros eut un mouvement. Mais pour se dégager. Il fit un pas en arrière, puis un autre. L'éléphant, lui, ne remua pas d'une ligne. Ses yeux étaient fixés sur la corne sombre. Le rhinocéros recula encore.

— Trop mangé, trop bu, murmura Taberer avec un étrange regret.

Ainsi se dénoua cette scène de la préhistoire.

*

Pour regagner Nairobi, ma première intention avait été de reprendre le chemin même par où j'étais venu. Mais Taberer me conseilla vivement un autre itinéraire.

En continuant sur la piste qui m'avait amené et qui était carrossable, j'arriverais, disait-il, à l'extrémité est du parc et toucherais une charmante petite ville, appelée Laïtokitok. De là une vraie route contournait le massif du Kilimandjaro. Elle serpentait parmi des gradins et des terrasses où les noirs les plus évolués de l'Afrique orientale cultivaient en coopérative le café. Ils vivaient dans l'aisance. Le long du chemin, se tenaient des marchés en plein air, riches en marchandises et en couleurs, animés par des essaims de femmes qui descendaient, merveilleusement habillées, des collines. Un si beau spectacle ne demandait qu'une demi-journée de voyage en plus.

Me voyant gagné à son propos, Taberer ajouta :

— Je vous donnerai un *ranger* pour vous guider à travers le parc. Vous le déposerez demain à Namanga, au poste de garde par où vous êtes entré et devant lequel vous êtes obligé de repasser, après avoir fait le tour du Kilimandjaro.

Nous partîmes donc au début de l'après-midi, — Jean-Baptiste Nambutal conduisant, — avec un noir en uniforme, mais sans fusil, au fond de la voiture.

La grande paix solaire du milieu du jour et la chaleur presque enivrante par son intensité régnaient souverainement sur la plaine et la brousse. Le ciel était d'un bleu cru. La sécheresse faisait craquer les branches immobiles et les oiseaux se taisaient. On voyait très peu d'animaux. De temps à autre surgissait, au-dessus d'une sorte de colonne tachetée, la tête d'une girafe ou bien, à travers un écran de buissons, brillait le manteau rayé des zèbres.

Pendant une heure environ la piste fut assez bonne pour nous permettre sinon la vitesse, du moins une allure régulière, honnête. Encore une heure et, d'après le programme de Taberer, nous serions à Laïtokitok. Puis viendraient le pays montueux, les terrasses plantées de caféiers, les beaux marchés à ciel ouvert.

Je rêvais ainsi, quand le premier obstacle coupa le chemin. C'était une large nappe d'eau, épaissie de boue rougeâtre. Jean-Baptiste interrogea le *ranger*. Celui-ci répondit que le chef du camp passait la mare sans encombre. Jean-Baptiste ne réfléchit point à la mobilité, à la puissance et à la hauteur sur roues de la Land Rover — toute pareille à la jeep — que pilotait Taberer et lança dans le ravin liquide et bourbeux notre voiture très basse et assez fatiguée. Elle fut prise aussitôt dans une pâte gluante. Nous eûmes, le *ranger* et moi, à la pousser, la hisser jusqu'à son point de départ, sous un soleil impitoyable, les jambes dans la vase rouge. Nous eûmes ensuite à garnir de branchages le fond de la mare.

— Voilà, monsieur, nous sommes passés, dit doucement Nambutal, quand il eut fait franchir la nappe d'eau à la voiture gémissante.

Il souriait de son sourire ineffable et charnu. Je ne répondis rien. J'étais trempé de sueur et de boue, à fin de souffle.

Nous reprîmes notre route, mais le terrain avait complètement changé de nature. La brousse n'était plus qu'un tapis ras de touffes pâles, poudreuses, acérées. Le sol de la plaine ardente était d'un gris sombre, d'un gris de plomb. Et toute sa surface était semée de graviers, de grosses pierres qui avaient cette même couleur. On eût dit qu'une pluie de cendres, puis une grêle de rocs volcaniques s'étaient abattus sur ce désert grésillant.

Il fallait le traverser avec une lenteur extrême, torturante. Dès que Nambutal essayait d'aller plus vite, la voiture dansait, trébuchait, le gravier et les cailloux mitraillaient ses œuvres vives, nous blessaient au visage.

— Tout ira bien, monsieur, disait Jean-Baptiste avec suavité.

Cela dura... dura... Par deux fois les lits de ruisseaux desséchés nous arrêtèrent, que nous dûmes combler de nos mains. Enfin, la piste perdit sa rugosité infernale. La pierraille disparut. Des massifs de plus en plus épais se transformèrent en un bois d'épineux. Fraîcheur... ombre bénie.

— Bientôt Laïtokitok, dit le *ranger*.

— Laïtokitok, répéta Jean-Baptiste.

Il m'adressa son éternel sourire et cette fois je fus sensible à sa naïve gentillesse.

Le couvert des arbres s'arrêta net et nous fûmes soudain au sommet d'une pente si rude qu'elle avait l'aplomb d'une échelle à peine inclinée. Au fond, quelques maisons basses encadraient une étroite ravine. C'était Laïtokitok.

— La route après va être bonne, monsieur, dit paisiblement Jean-Baptiste qui laissait glisser la voiture, tous freins serrés, le long de l'incroyable pente.

Laïtokitok, en vérité, avait un charme singulier. On y était sur une manière de terrasse qui dominait une étendue infinie de brousse et que surplombaient les contreforts du Kilimandjaro, couverts d'une admirable verdure. Le village lui-même, composé d'une petite scierie grinçante, de boutiques et d'une auberge hindoues, fourmillait d'enfants beaux, noirs et nus, de femmes au corps droit enveloppé d'étoffes à ramages qui flottaient, éclatantes, contre leur sombre peau. Et des Masaï flânaient — vieillards majestueux ou *moranes* magnifiques, coiffés de leur chevelure cuivrée et en forme de casque.

Mais le temps pressait. Le crépuscule n'était plus loin ; nous avions fait deux fois moins de chemin qu'il n'avait été prévu et le premier gîte possible se trouvait sur l'autre versant du Kilimandjaro.

— Allons vite, dis-je à Nambutal.

Son visage prit cet air surpris, compatissant et protecteur que lui inspirait toujours mon impatience et il assura :

— Nous arriverons à temps. (Quel temps ? Nous

n'avions pas la même mesure.) La route sera bonne, monsieur.

— Je sais... je sais, m'écriai-je. (Ce n'était pas lui que je croyais, mais la carte.) Partons.

Or, la voie sur laquelle débouchait la place de Laïtokitok par un virage en équerre se trouva être la pire de toutes les routes et de tous les chemins et de toutes les pistes qu'il m'eût été donné de voir en Afrique orientale. Prise entre un flanc rocheux et une déclivité de brousse, encombrée de pierres énormes, son étroite surface était glissante à l'extrême. Par surcroît, elle était creusée, sur chacun de ses bords, de si profondes ornières, qu'il était impossible pour une voiture à hauteur de moyeux normale d'y poser ses roues en même temps et qu'elle devait avancer en crabe, un côté incliné dans un sillon et l'autre exhaussé par la levée d'argile que formait le milieu de la route.

La plaine prenait déjà les couleurs du soir et nous n'avions pas fait deux kilomètres. Jean-Baptiste conduisait en acrobate, répétant :

— Ce n'est rien, monsieur. *Après*, tout ira bien.

Comme il disait cela une fois de plus, le capot brusquement se trouva devant le vide. Nous descendîmes de voiture pour découvrir un ravin et, dans ce ravin, un torrent fangeux qui bouillonnait autour de rochers humides. Pas trace d'un pont.

— Il a plu ici... et nous n'en savions rien au camp d'Amboselli, dit le *ranger*.

Dans cette saison, orages et trombes s'abattaient sur des zones très étroites et les ravageaient, tandis que, aux alentours, la terre craquait et se fendait de sécheresse.

Jean-Baptiste contemplait le torrent hérissé de récifs et frottait du pouce le petit tapis laineux qui lui servait de chevelure. Enfin, il tourna vers

moi son sourire plein de sublime et intolérable confiance, et dit :
— En allant doucement, monsieur, nous pourrions passer... Et *après*...
Ce fut la seule fois, dans tous nos rapports, où je parlai avec violence à Nambutal. Je criai :
— Vous passerez une autre fois et, si cela vous plaît, à la nage. Pour l'instant, vous revenez au camp.
Jean-Baptiste m'enveloppa d'un regard navré mais indulgent, ne dit pas un mot et se mit en devoir de faire tourner la voiture, ce qui n'était point facile.
Puis, en crabe, nous reprîmes la route impossible jusqu'à Laïtokitok. Puis, il fallut gravir l'atroce montée. Quand tout cela fut accompli, la nuit était venue. Jean-Baptiste alluma les phares. La plaine de gravier et de pierraille volcaniques me parut plus infernale encore et plus interminable. La brousse s'éveillait à la vie nocturne. Des bêtes étranges bondissaient, fuyaient sous les faisceaux lumineux. Tout devenait secret, hostile, menaçant. Et la voiture commençait à faire entendre des signes de fatigue. Le moteur cliquetait, le pont avant vibrait. Et il fallait affronter encore deux lits de ruisseaux à sec et la mare où, déjà, en plein jour, nous avions failli nous embourber.
La première ravine... passée...
La deuxième... franchie...
La nappe d'eau...
Pour jeter du lest, le *ranger* et moi, nous en fîmes la traversée à pied, envasés jusqu'aux genoux.
La voiture atteignit le milieu de la mare, s'y arrêta, le moteur eut un grondement d'avion, la voiture bondit, se trouva de l'autre côté. Le noir visage de Jean-Baptiste portait une raie blanche : son sourire.
— Montez, monsieur, dit-il. Tout ira bien.

À ce moment, les phares s'éteignirent.

Puis le moteur se tut.

Jean-Baptiste essaya de le relancer. En vain.

— Si je possédais une torche électrique... dit-il.

Par hasard, j'en avais une. Il la prit et releva le capot, — chantonnant doucement. Quand il eut terminé sa chanson, il dit :

— Je ne vois pas assez bien... et je n'ai pas les outils qu'il faut.

Puis :

— Je pense, monsieur, qu'il vaudrait mieux pousser.

C'est ce que je fis avec le *ranger*. Le moteur reprit, mais la lumière des phares était très faible. Elle s'éteignit bientôt. Heureusement, à cet endroit, la piste était bordée par des haies de brousse assez hautes. Les buissons se découpaient nettement, plus sombres que la nuit. On pouvait cheminer entre ces repères.

Mais ils prirent fin. Dans la plaine obscure, il devint impossible de discerner la piste. Jean-Baptiste conduisait en aveugle, à tâtons. Quand les roues crissaient sur les ronces et les épines, il revenait à gauche, ou à droite, selon son instinct. De temps à autre, le moteur s'arrêtait. Alors, il fallait pousser. De temps à autre, les phares se rallumaient. Alors, on allait plus vite.

Dix fois, je demandai au *ranger* :

— Sommes-nous loin du camp ?

Dix fois, il répondit :

— Tout près.

Et toujours il n'y avait que la brousse et la nuit.

Enfin, une vague lueur parut entre ciel et terre. Enfin — le camp.

Mais, au lieu de venir à notre rencontre, elle se

mit à nous suivre, grandissant, s'enflant, s'enflant davantage à chaque mètre. Elle devenait brasier. Des nuages plus noirs que le ciel le couronnaient, tout frangés de pourpre. La brousse qui brûlait éclairait maintenant la piste. Jean-Baptiste força l'allure. Mais l'incendie allait aussi vite, plus vite que nous. On voyait voler les flammèches d'un buisson à un autre et se tordre les spirales de fumée. Le feu n'était plus loin de couper notre route, quand il changea de sens et reflua vers de mystérieuses profondeurs.

Du coup, dans l'obscurité brutalement revenue, Jean-Baptiste perdit tout instinct de la direction. La voiture quitta la piste, vacilla, se rétablit, buta contre un banc de sable. Une fois encore le moteur s'arrêta.

— Que le *ranger* pousse la voiture, dis-je à Nambutal. Et moi, avec la torche électrique, je vous indiquerai où retrouver la piste.

Comme je m'éloignais, la voix de Jean-Baptiste s'éleva soudain, affaiblie par la peur.

— N'allez pas loin, monsieur, disait-il. Le *ranger* m'apprend qu'il y a ici un grand passage de lions.

— *Simba ! Simba !* répétait le *ranger*.

Je me souvins que je me trouvais en un lieu fait pour protéger, accueillir, attirer les bêtes sauvages. Et que la nuit était à elles. Mais la colère et la fatigue avaient émoussé en moi l'instinct de prudence.

La voiture me rejoignit sur la piste. Les phares clignotèrent. Un kilomètre... un autre... Je reconnus le dessin des grands arbres qui abritaient le camp d'Amboselli... Puis brillèrent des lumières fixes, stables, humaines, merveilleuses.

Quand le major Taberer m'ouvrit la porte de sa maison, il recula. Mon reflet dans un miroir me fit comprendre ce mouvement. J'avais le visage oint de poussière rouge, les cheveux pleins de gravier gris et j'étais enduit de vase sèche jusqu'aux genoux.

— Whisky et douche, dit Taberer... On parlera ensuite.

*

Après le whisky et la douche et un autre whisky, je racontai notre voyage à Taberer. Ce récit l'accabla.

— Et c'est moi qui vous ai indiqué, imposé l'itinéraire, s'écria-t-il. J'en suis navré, vraiment navré... Comment pouvais-je prévoir ces inondations, là-bas ? Il n'est pas tombé, ici, une goutte d'eau depuis longtemps... Mais j'aurais dû penser... me renseigner...

Taberer me promit que ma voiture serait entièrement revue le matin suivant, car il disposait d'un atelier perfectionné et de très bons mécaniciens. Je lui parlai alors de l'incendie de brousse.

— Mes noirs m'ont déjà prévenu, dit Taberer. Ce n'est rien... Des Masaï ont mis le feu à une *manyatta*, parce que l'un des leurs y est mort à l'improviste. D'habitude, ils portent les malades graves hors du campement et les abandonnent. Ainsi l'esprit funeste, — l'ange de la mort, si vous voulez, — ne visite pas la *manyatta*. Sinon, il faut tout brûler, purifier.

Taberer sortit pour prendre à son tour une douche. Au fond d'un fauteuil, je laissais, avec délices, mon corps se détendre. La pièce invitait au repos. Les proportions en étaient belles. On regardait avec joie, contre les murs d'un vert délicat et léger, le bois poli des meubles rustiques et l'éclat roux des cuivres. Une lumière diffuse se répandait avec douceur sur des livres nombreux, sur des gravures de chasse, sur les rideaux de chintz. Des nattes claires couvraient le sol et de grandes fleurs éclatantes mélangées à des branches d'un vert sombre s'épanouissaient dans de hautes jarres en terre cuite.

Le confort, le charme de la chambre avaient, en ce lieu, un prix singulier. Tout autour s'étendaient la brousse et les taillis, repaires privilégiés des animaux sauvages. La ville la plus proche était à trois cents kilomètres.

Une femme entra dans le salon, et, à la voir, je ne m'étonnai plus. Sa modeste robe imprimée, ses cheveux châtains sans apprêt, son visage un peu arrondi et sans maquillage, ses yeux bleus, quelques rides aux tempes et deux sillons aux coins de la bouche, sur une peau très fine, tout n'était que simplicité, qu'effacement. Mais il y avait chez elle une harmonie limpide, une sorte d'aimable et subtil équilibre qui se composaient à merveille avec sa maison.

Je lui exprimai du mieux que je pus combien me plaisait cette demeure. Elle sourit d'un sourire très doux et à peine dessiné.

— C'est Tabs... dit-elle.

Elle sourit un peu plus et reprit :

— Tabs pour Taberer... surnom d'amitié pour mon mari dans toute l'Afrique orientale. Eh bien, c'est Tabs qui a construit entièrement la maison. Avec du poto-poto... de la boue, comme les indigènes... Oui, je sais, on ne dirait pas. Tabs est très fort pour ce genre de choses. Je me suis occupée de l'intérieur. L'agrément a été plus grand que vous ne pouvez l'imaginer. Pendant des années — au parc de Tsavo d'abord, où Tabs était *warden* (conservateur) et puis ici — nous avons habité sous la tente ou dans une roulotte... Il était temps d'avoir un vrai toit.

Je demandai à Mme Taberer si elle accompagnait son mari dans les inspections, les voyages incessants qu'il faisait à travers les immenses réserves pour dépister les gîtes les plus secrets, pour partager la vie des bêtes les plus farouches.

— Avant d'avoir la maison, je le faisais beaucoup, dit Mme Taberer.

Elle réfléchit et continua avec une expression où il y avait de l'amusement et de la crainte :

— Un peu moins, en vérité, depuis que le camion où je me trouvais avec Tabs a coupé la tête d'un python de dix mètres et surtout, depuis le jour où il m'a fallu, — ce qui manquait de dignité, — me hisser sur un arbre, pour éviter la charge d'un rhinocéros enragé.

Je me rappelai comment, le matin même, Taberer avait essayé de me faire voir une de ces ruées formidables et le dis à sa femme.

— Je sais. Tabs adore cela, soupira-t-elle...

Un noir d'âge mûr entra sur ces entrefaites qui s'en alla, traînant la jambe, vers la salle à manger pour ajouter mon couvert.

— Celui-là pourrait vous raconter qu'on ne joue pas toujours impunément avec les animaux sauvages, dit Mme Taberer. Il était *ranger* et des meilleurs. S'il nous sert aujourd'hui comme premier boy, c'est qu'il a été une fois coincé entre un arbre et l'épaule d'un rhinocéros, une deuxième fois lancé en l'air par une trompe d'éléphant, et, une troisième fois, un autre rhinocéros lui a cassé la cuisse.

Le vieux noir repassa par le salon en boitillant.

— Est-ce qu'il regrette son ancien métier ? demandai-je.

— Naturellement, dit Mme Taberer. Il est né avec les grandes bêtes de la brousse... Comme mon mari... Ou ma petite fille qui, elle, a été élevée auprès d'une lionne...

— Une lionne !

— Laissez Tabs vous raconter l'histoire, dit Mme Taberer... C'est le sujet qu'il préfère.

Taberer, lavé, frais, ses cheveux rouges brillant doucement, vint s'asseoir près du plateau à whisky. Il avait sans doute entendu les derniers mots de notre entretien, car il dit en riant :

— N'écoutez pas trop ma femme. Nous ne vivons pas tout à fait comme des primitifs. La fille est maintenant dans une pension à Nairobi où elle apprend les bonnes manières. Nous allons de temps à autre à Londres — où j'avais un beau-frère célèbre — Peter Cheney. Nous voyageons en Europe... Et nous ne sommes pas tellement coupés du monde, puisque, chaque jour, nous avons une heure de communication-radio avec Nairobi.

Taberer se versa un peu de whisky et continua en riant toujours :

— Pour les questions de service, évidemment... évacuation aérienne de malades, par exemple... Mais on peut glisser un mot aux copains.

— Il n'empêche, dis-je, que votre fille a eu, paraît-il, une lionne pour compagne d'enfance.

— Iola, murmura Taberer.

Il changea de visage. Ses traits hâlés, insouciants et hardis, prirent tout à coup une expression de tendresse et de tristesse poignantes et voisines de l'amour.

— Iola, dit-il encore à mi-voix.

Taberer alla prendre un gros album sur un rayon chargé de livres et revint s'asseoir, l'album sur ses genoux. Puis il dit :

— Je n'ai jamais connu un être aussi beau, charmant, aimant. J'étais alors *warden* à Tsavo, un parc national beaucoup plus vaste que celui-ci et beaucoup plus riche en lions. Un matin, comme j'explorais un coin qui ne m'était pas familier, j'ai entendu pleurer au fond d'un buisson. C'était Iola. Elle avait quelques jours à peine... un petit, tout petit chat... Quel était le drame de brousse qui l'avait laissée là seule, minuscule, perdue, sans défense — je n'en sais rien... Je l'ai emportée... Son premier mouvement a été de se blottir contre moi... Je l'ai nourrie au biberon. Elle est devenue tout de suite un membre de la maison... je veux dire de la roulotte, de la famille.

Taberer regarda sa femme et reprit doucement :

— C'est vrai qu'elle a été élevée avec l'enfant. Elles avaient — Fiona, notre petite fille, et Iola, notre petite lionne — elles avaient à peu près le même âge. Et, au début, la même inexpérience, la même faiblesse. Évidemment, les rapports des forces et de la maturité ont changé très vite — Fiona était encore un bébé que la lionne pouvait déjà m'abattre d'un coup de patte. Mais elle continuait de jouer avec notre fille... Elle a continué pendant quatre ans. Et aussi avec les chiens. Je lui en ai toujours donné un tout petit comme compagnon.

« D'ailleurs, elle ne sortait jamais les griffes contre un être humain, ou contre un animal. Quand je la corrigeais — il le fallait bien quelquefois — avec un *kiboko*, qui est une terrible cravache en cuir de rhinocéros, Iola ne cherchait même pas à se défendre. Il est vrai (Taberer sourit avec attendrissement) que, après, en cachette, elle lacérait petit à petit le *kiboko*.

« Nous la laissions tout à fait libre. Quand je n'allais pas trop loin, elle courait derrière ma voiture. Souvent je la prenais sur le siège, près de moi.

— Et quand Tabs allait seul à Nairobi, dit Mme Taberer, j'étais prévenue de son retour longtemps à l'avance. La lionne le sentait à des milles. Elle bondissait à sa rencontre, l'enveloppait entre ses pattes, se serrait contre lui.

— Oui, c'est bien ce qu'elle faisait, dit Taberer.

Il demeura pensif quelques instants, secoua la tête et reprit :

— Une fois, elle est sortie du parc de Tsavo, a suivi la route et elle est entrée dans le bar de l'hôtel qui se trouve à M'Tito Andeï, l'un des accès du parc. Il y avait là quatre clients. Les boissons se sont arrêtées dans leurs gorges.

« Une autre fois, Iola a regagné la brousse. Mes *rangers* l'ont vue jouer avec quatre lions. Mais elle est revenue au bout de deux jours... intacte...

« Je pourrais vous parler de Iola sans fin. Elle était devenue si célèbre dans le pays qu'une équipe de cinéma venue au Kenya pour tourner un film en l'honneur des parcs nationaux m'a demandé de lui prêter la lionne. Je l'ai fait. Elle a été merveilleuse. Tout le succès a été pour elle. Vous avez peut-être vu le film. Il s'appelait : *Où les vautours ne volent plus*.

« Mais un jour, à la fin du tournage, on commit la négligence de laisser Iola seule dans une cage à Kiambu, un faubourg de Nairobi. Elle a rompu les barreaux et s'en est allée en promenade à travers les rues. Un imbécile, un criminel de Sud-Africain, inspiré par la peur, la sottise ou l'envie, l'a tirée presque à bout portant. Et cependant Iola était suivie du dernier des petits chiens que je lui avais donné.

« Elle a eu des articles nécrologiques dans le monde entier.

La voix de Taberer était sourde et rompue. Dans ses yeux de coureur de brousse, il y avait la trouble consistance des larmes. Il abaissa son regard vers l'album qu'il tenait sur les genoux. Il se mit à le feuilleter tendrement, avec ses doigts rudes et durs qui, autrefois, avaient tué tant de bêtes.

C'était un véritable album de famille. On y pouvait suivre la lionne depuis les premiers jours de son existence jusqu'à sa maturité redoutable et royale. Elle jouait avec des petits chiens de toutes les races. Couchée, elle tenait au creux de l'une de ses pattes arrondies en arceau une petite fille dont les longs cheveux blonds sauvages encadraient la figure hardie et brûlée de soleil. Elle mangeait avec ses maîtres à leur table.

Iola dans la voiture de Taberer... Iola sous cent aspects, avec sa peau soyeuse et fauve, son mufle terrible et doux.

— Tabs aimait mieux Iola que Fiona, la lionne que sa fille, dit Mme Taberer doucement, mais de telle manière qu'il était impossible de savoir si elle plaisantait.

— La plus belle, la plus intelligente, la plus tendre créature, dit son mari, d'une voix étranglée.

Brusquement il quitta la pièce.

Je refermai l'album et demandai à Mme Taberer :

— Est-ce une vie heureuse que cette vie ?

— Pour un homme, dit-elle, sans presque remuer les lèvres.

Puis, s'animant un peu :

— L'éternelle brousse... les éternels serviteurs noirs... et ces animaux, tout autour, sauvages, mystérieux, ce règne des bêtes... pour une femme, c'est trop. Pensez que ma petite fille n'a pas joué avec d'autres enfants, pas un seul enfant, jusqu'à l'âge de six ans. Elle avait Iola sans doute, et toutes les gazelles et tous les *bush-babies* qu'elle voulait. Et elle était très heureuse. Mais quel drame, dans les premiers temps, à la pension...

Une légère rougeur était venue au calme visage et Mme Taberer s'écria :

— Je rêve que ma fille soit élevée en France où j'ai passé quelque temps dans ma jeunesse. Je voudrais qu'elle devienne une vraie jeune fille qui sache s'habiller, plaire...

Elle se tut. Il y eut quelques instants de silence. Taberer revint. Il prit l'album d'Iola, le posa soigneusement à sa place. Puis il me raconta une autre histoire de lion.

La plus extraordinaire, la plus merveilleuse histoire de bête qu'il m'ait été donné d'entendre.

C'était en Rhodésie. Taberer avait douze ans et vivait sur la plantation que son père exploitait alors. Un jour, des traqueurs noirs apportèrent, en cadeau à ce dernier, un lionceau tout jeune dont ils avaient pris au piège et tué les parents. Le père de Taberer garda le petit animal, l'éleva. Plus tard, il adopta également deux lionnes qui lui avaient été données dans les mêmes conditions. Les trois fauves grandirent ensemble, eurent des petits qui furent distribués à des amis ou à des jardins zoologiques. Le lion et les lionnes étaient si bien apprivoisés que jamais ils n'attaquaient sur la plantation un être vivant, homme ou bête. Ils ne savaient pas...

Or, comme le lion avait sept ans et portait une crinière magnifique, le père de Taberer fut nommé magistrat et dut envisager d'habiter en ville. Il n'était pas question pour lui d'y emmener sa tribu de fauves. Il résolut de les rendre à la brousse. Mais, pour cela, il fallut d'abord leur enseigner à trouver nourriture, il fallut leur apprendre à tuer.

On ne donna rien à manger au lion, ni aux lionnes, pendant trois jours, puis, dans un enclos très vaste, un veau fut lâché qu'ils égorgèrent. Puis un bœuf... Puis un autre...

Cette éducation achevée, Taberer — qui avait alors dix-neuf ans — et son père mirent le lion et les lionnes dans un camion et gagnèrent une savane lointaine et sauvage. Là, ils firent descendre les trois fauves et s'en allèrent au plus vite.

Le soir venu, ils établirent leur tente à une vingtaine de kilomètres plus loin. Le lendemain matin, quand ils se réveillèrent, le lion et les lionnes étaient couchés entre leurs lits de camp.

— Il faut tout de même que je les dresse à la liberté, dit le père de Taberer.

Il les ramena sur sa plantation et les affama une semaine entière. Puis il leur fit tuer des animaux de plus en plus rapides.

Puis, son fils et lui les laissèrent de nouveau dans la brousse.

Cette fois les deux hommes firent plus de quarante kilomètres avant de dresser leur camp. Et cette fois, ils ne virent reparaître aucun des trois fauves.

— Ils oublieront vite maintenant, dit le père de Taberer.

Lui-même, pris par ses nouvelles fonctions et sa vie nouvelle, ne pensa plus à la famille des lions.

Dix-huit mois s'écoulèrent.

Et, un matin, le père et le fils partirent chasser. Et ils plantèrent leur tente dans la plaine torride et giboyeuse qu'ils connaissaient bien. Ils tirèrent une gazelle qu'ils firent rôtir sur un feu de bois. Ils dormirent ensuite d'un robuste sommeil. Ce ne fut pas le soleil, assez haut pourtant, qui les en tira. Ce fut un bruit étrange. Ils y reconnaissaient bien le rugissement des lions mais ils n'en avaient jamais entendu de pareil. On eût dit une plainte et un appel. Ils sortirent de la tente. À l'orée d'un bois d'épineux, ils virent toute une tribu de fauves : un lion, deux lionnes avec des lionceaux.

Tout à coup le grand mâle chargea. Il venait par bonds énormes, la queue claquant comme un fouet, crinière répandue au vent, gueule béante. Les deux hommes tenaient leurs fusils. Un sentiment singulier les empêcha de s'en servir. Et le grand lion arriva sur eux. Et il négligea le jeune Taberer. Mais il se jeta vers l'homme âgé et il mit les pattes de devant sur ses épaules et il roula doucement son ancien maître contre le sol et joua, sans sortir ses griffes, avec lui.

— Après dix-huit mois de vie sauvage, me dit Taberer.

Cependant, à l'orée du bois d'épineux, les deux lionnes n'avaient pas bougé. Mais, faiblement d'abord, puis de plus en plus haut, elles se mirent à gronder.

Le père de Taberer et le grand lion se relevèrent. Les lionnes maintenant rugissaient à pleine voix.

— Et mon père et moi, nous avons compris ce qu'elles disaient au mâle, m'affirma Taberer. Elles lui disaient : « Le temps est passé pour nous de revenir aux hommes. Nous avons la brousse, la chasse, les lionceaux... Toi, maintenant, choisis : ou ton maître, ou bien nous. »

Le grand lion écouta quelques instants la voix de ses lionnes. Il frémissait, tremblait, pris au piège de fidélités qu'il ne pouvait concilier. Il leva ses yeux d'or brun, sur qui tombaient des sourcils formidables, vers celui qu'il aimait tant, son maître, son père nourricier.

Les lionnes ne rugissaient plus. Elles disparaissaient entre les premiers arbres. Les lionceaux les suivaient. Alors le grand lion, pour la dernière fois, posa ses pattes de devant sur la poitrine de l'homme, lui lécha les deux joues et s'enfuit...

Voilà l'histoire que Tabs Taberer a vécu en sa jeunesse et telle qu'il me l'a contée, un soir, dans sa maison du camp d'Amboselli, au pied du Kilimandjaro.

VIII

LA QUERELLE
DES HIPPOPOTAMES

J'avais fait, sur la route de Nairobi à Mombasa, un long et brûlant voyage dans la brousse et la poussière, entre de sinistres monts volcaniques. À M'Tito Andeï, l'un de ses nombreux points d'accès, j'étais entré dans l'immense parc national de Tsavo. Piste, brousse, poussière, chaleur. Et puis une légère éminence avait surgi, couverte, empanachée, auréolée de la plus riche, puissante et intense végétation. Palmes opulentes, fougères et lianes grasses, sycomores et eucalyptus épanouis, brillantes fleurs — tout éclatait, tout regorgeait de sève et de vie. C'était le miracle de l'oasis.

J'avais gravi la petite colline. Alors, sur son sommet et cernés par des roseaux, des feuilles, des pétales et des branches, trois bassins m'étaient apparus, d'une paix, d'une fraîcheur, d'un mystère indicibles. Sur ces doux miroirs, les arbres inclinaient ramures et frondaisons. Les lianes et les fleurs se baignaient dans les ondes moirées. L'ombre, le soleil et l'eau menaient leurs jeux au fond de ces conques secrètes et merveilleuses.

Ils m'aidaient à rêver sur l'histoire de Tsavo et le destin de la source.

*

C'était en 1898.

Des centaines de noirs barbares et des centaines de coolies hindous, misérables entre les misérables, posaient les rails de la voie ferrée qui, commencée au port de Mombasa sur l'océan Indien, devait un jour traverser le Kenya tout entier pour aboutir dans l'Ouganda. Mais, à l'époque, elle venait d'atteindre tout juste la région de Tsavo, que deux cents kilomètres à peine séparaient de son point de départ. Ce fut là que noirs et Hindous abandonnèrent leurs tâches.

La fatigue de défricher et d'aplanir une brousse inhumaine ni la chaleur épuisante, ni le paludisme, ni les épidémies, ni un salaire de famine — ni même tant de maux réunis n'entraient dans ce refus. Les travailleurs de la voie ferrée y étaient faits depuis leur naissance. Ils les acceptaient comme une part du destin. Mais deux fauves avaient eu raison d'une patience, d'une endurance, d'un fatalisme pratiquement sans limite. Deux lions.

Il est vrai qu'ils semblaient habités par les démons les plus habiles et les plus furieux.

Pendant des semaines et des mois, ces lions avaient déjoué pièges et gardes, trouvé le défaut des clôtures les mieux aménagées, pénétré dans les huttes et sous les tentes. Les hommes éperdus, transis d'effroi, gémissant des conjurations contre les esprits funestes, avaient entendu, nuit après nuit, s'élever le hurlement suraigu d'un compagnon, emporté, arraché parmi eux et traîné hors du camp par les bêtes insatiables. Ils avaient entendu tout près les bruits de l'horrible festin dans l'ombre. Et retrouvé, au matin, les ossements épars, humides encore de la bave léonine.

Le lieutenant-colonel J. H. Patterson, qui surveillait les travaux, mit fin à la panique, à la révolte, en tuant l'un d'abord, puis l'autre des fauves, au prix de veilles sans fin et de périls mortels.

Il a publié le récit de son aventure dans les premières années du siècle. On réimprime toujours et on lit encore avec avidité, après cinquante ans, ce volume. Il a pour titre : *Les mangeurs d'hommes de Tsavo*.

*

Or, la contrée où des bêtes sauvages avaient compromis, par un carnage effroyable, l'effort de l'homme blanc et où, les exterminant, il accomplissait un devoir majeur, cette même contrée était devenue, par la loi de l'homme blanc et au bénéfice des bêtes sauvages, un asile intouchable. Car les immenses plaines de Tsavo et ses taillis et ses monts, formaient à présent un de ces parcs nationaux et royaux, à l'intérieur desquels tout était mis en œuvre pour protéger l'animal tabou contre toute atteinte — même la plus légère.

Au point que, pour une parcelle de ce territoire, se livrait une lutte sans précédent, la plus étonnante qui se pût concevoir. Car elle tenait en balance les intérêts, l'existence de toute une ville et les droits, devenus sacrés, accordés aux bêtes.

Il s'agissait de M'Zima Springs...

Depuis la fin de la dernière guerre, le port de Mombasa — le plus actif de l'Afrique orientale — s'était développé considérablement. Les bateaux y mouillaient en nombre et en tonnage toujours accrus. On étendait et multipliait les quais, les digues, les bassins. De nouveaux habitants affluaient sans cesse. Et des quartiers neufs — européens et indigènes — poussaient.

Pour tous ces travaux, pour tous ces hommes, l'eau commençait de manquer. Les anciennes ressources n'étaient plus suffisantes. On en était déjà à la pénurie. Avec la cadence de l'extension, une crise grave menaçait. Il fallait trouver des réserves fraîches. Les techniciens désignèrent M'Zima Springs (les sources de M'Zima). La qualité de l'eau, son débit, la distance qui la séparait de la ville, le terrain, les facilités d'adduction, tout appuyait leur choix.

Il fut approuvé par le gouvernement. On fit des adjudications pour l'usinage des tuyaux, leur pose. On passa des marchés.

Alors, au sein de ce gouvernement même, un adversaire irréductible se révéla : le service des Parcs Nationaux et Royaux, protecteur titulaire des bêtes sauvages.

— La loi est formelle, dirent les hommes qui dirigeaient ce département, et la règle absolue : il n'existe point dans les parcs nationaux et royaux un pouce de terrain — sol ou sous-sol — qui soit aliénable. Toutes les ressources sont dévolues aux animaux et à eux seuls. Les M'Zima Springs font partie du parc de Tsavo. On ne touchera pas aux M'Zima Springs.

— Mais voyons, répondirent à ces hommes les gens en charge de Mombasa et les autorités de Nairobi. À toute règle, il peut, il doit y avoir une exception. Et c'est, ici, cas de force majeure.

— Le cas de force majeure, pour nous, est le maintien des beautés naturelles dans les parcs et l'agrément des bêtes sauvages.

Devant tant d'obstination, les techniciens consentirent à discuter. Ils dirent :

— Nous vous garantissons, après des mois et des mois de calculs et d'études, que les M'Zima Springs ne disparaîtront pas. Le débit des sources est suffisant pour couvrir les nécessités de Mombasa, pour assurer les besoins des bêtes et pour que les bassins demeurent. Seul, leur niveau baissera.

— Et qu'adviendra-t-il de la végétation ? demandèrent les tenants du parc. Est-ce qu'elle ne diminuera pas de rayon, de vigueur ? Est-ce que les ombrages ne vont pas décroître ?

— Peut-être, dirent les techniciens.

— Alors, impossible.

— Mais pourquoi, pourquoi ? crièrent les hommes chargés d'amener l'eau à Mombasa. Vous assoiffez toute une ville à cause de quelques plantes !...

— Pas les plantes seulement...

— Quoi donc ?

— Il y a la famille d'hippopotames qui vit à M'Zima Springs.

— Mais ils auront de quoi boire et même se baigner.

— Cela n'est pas assez. Ils ont besoin de beaucoup d'ombre.

Et les tuteurs des parcs nationaux apprirent aux techniciens un fait que ceux-ci — comme beaucoup d'autres hommes — ignoraient. La peau des hippopotames, malgré son épaisseur, était très fragile. Elle ne supportait pas une longue exposition au soleil. Elle se couvrait de fissures, de crevasses qui, parfois, amenaient la mort. Il fallait aux hippopotames, pour jouir de la vie, des ombrages profonds. En risquant d'amenuiser ceux de M'Zima Springs, on menaçait l'existence, en tout cas le bien-être, de la tribu qui vivait sous leur couvert.

— Vous le voyez bien, c'est impossible, dirent les gérants des parcs nationaux.

— Mais vous êtes fous ! leur répondit-on. Songez à Mombasa ! Songez à son développement, à la soif, à la salubrité publique, aux épidémies. Vous ne prétendez pas tout de même sacrifier la grandeur d'une ville, l'épanouissement d'un port et la vie de ses habitants aux commodités de quelques hippopotames.

— Cherchez ailleurs votre eau !

— Mais où ?

— Du côté de la rivière Tana, par exemple.

— Mais c'est beaucoup plus loin, et difficile d'accès, et terriblement plus cher, gémirent les techniciens. Il faudrait revoir tous nos plans, tous nos prix. Cela prendra un temps énorme. Et, à Mombasa, la situation évolue en un sens dramatique.

— Tant pis ! dirent les gérants de la vie animale.

Le stupéfiant dialogue en était là.

J'en avais entendu la somme dans le bureau d'un fonctionnaire jeune et ardent, d'une intelligence très fine et d'une culture très vaste. Il tenait, lui, pour la thèse des parcs nationaux.

— C'est nous qui avons raison, disait-il avec une ferveur obstinée, passionnée. Oh ! je sais parfaitement ce qu'il peut y avoir — en apparence — de ridicule ou même d'odieux dans notre attitude. Je ne suis pas tout à fait dénué d'humanité ou d'humour. Mais il s'agit d'un principe inviolable : on ne doit pas — fût-ce pour la meilleure des raisons — on ne doit pas toucher à l'intégrité des parcs. Ils sont les réserves de la beauté, de la simplicité, de l'ingénuité du monde. En cinquante ans, l'Afrique orientale s'est civilisée terriblement. Cinquante ans encore et il ne restera plus rien de son ancien et merveilleux prestige. Sauf dans les parcs, à condition que leurs gardiens sachent tenir. Si nous acceptons la moindre atteinte au principe — un précédent fatal aura été admis. Après l'eau de Mombasa, on voudra exploiter des plantes médicinales, on fouillera le sol pour des minerais précieux. Toujours au nom de l'humanité. Les machines, les ouvriers, les troupeaux, que sais-je, s'implanteront. Et ce sera la fin du paradis.

« L'eau que Mombasa exige, on peut, on doit la prendre dans la rivière Tana. Ce sera beaucoup plus cher ? Je ne crois pas. L'argent dépensé par les voyageurs que les merveilles de la nature appellent ici, couvrira, en fin de compte, et largement, ces frais. Et puis, quoi qu'il en soit, la beauté a toujours été onéreuse.

« Nous, notre mission est de sauver — envers et contre tous — la beauté.

« Et l'opinion nous suit.

Le débat sur M'Zima Springs avait dépassé en effet l'étape des conférences au fond de bureaux discrets, des plis scellés de service à service, des séances de commissions. Il s'était porté sur la place publique. Et le reflexe avait été d'une vigueur extrême.

Il ne se passait point de jour sans que l'*East African Standard*, le journal de Nairobi, reçût des paquets de lettres concernant la querelle. Il ne se passait pas de semaine sans qu'on en publiât plusieurs.

Je connaissais la puissance de la sensibilité anglaise pour ce qui touche aux animaux. Mais la correspondance qui paraissait dans l'*East African Standard* dépassait à ce propos tout ce que l'on pouvait attendre.

À l'époque du Mau-Mau, en pleine terreur, en pleine chasse à l'homme, des gens, par centaines, avaient le temps, le désir, le besoin, de prendre parti

— c'étaient en vérité, de beaucoup les plus nombreux — pour une famille d'hippopotames.

*

Maintenant, sous mes yeux, s'ébattaient les monstres innocents qui étaient l'enjeu de l'incroyable combat.

Ils étaient une dizaine. Certains se promenaient au fond du bassin, renouvelé sans cesse par les sources ruisselantes. Parfois leur masse énorme remontait lentement et ils laissaient traîner à la surface la ligne plate de leur mufle. Alors, les oreilles minuscules pointaient comme des antennes, un jet d'eau puissant sortait des roses naseaux et un rire hennissant faisait frémir les nénuphars. D'autres hippopotames erraient sous l'auvent de palmes, ou parmi les roseaux et les fleurs. Deux petits — pas plus hauts que des cochons noirs — se pressaient contre les flancs d'une femelle. Ils se tenaient soigneusement à l'ombre.

IX

LE BLESSÉ DE VOÏ

Malgré la querelle de M'Zima Springs, il était évident que, d'une façon ou d'une autre et quelle qu'en fût la source, Mombasa recevrait l'eau qui lui était si nécessaire.

À cet effet, une canalisation considérable avait été prévue. Une société française en avait obtenu la commande et, pour fabriquer les 38 000 tuyaux en béton précontraint que prévoyait le marché, elle bâtissait une usine dont l'emplacement se trouvait près de Voï, nœud important sur la voie ferrée de Mombasa à Nairobi.

L'ingénieur Georges Le Mière, qui avait la direction générale de toute l'entreprise, gai, corpulent, affable à l'extrême et inépuisable en énergie, passait la moitié de la semaine à Nairobi avec les autorités anglaises et l'autre moitié à l'usine avec ses cadres et ses ouvriers.

Il m'y emmena...

Pour aller à Voï, on quittait les hauts plateaux du Kenya, dans la direction de l'océan Indien et l'on descendait vers des terres plus chaudes et plus arides. Elles portaient en abondance des arbres singuliers. Les troncs étaient colossaux de circonférence, tout bosselés, noués et déformés comme par un monstrueux rhumatisme végétal. Et sur ces assises énormes s'érigeait un fagot de branches petites, grêles et sèches, tordues elles aussi dans d'étranges douleurs. C'était le pays des baobabs.

Tout en contemplant la forêt au délire pétrifié, j'écoutais Georges Le Mière.

Il me disait comment l'Afrique de la brousse, des tropiques et des tribus noires influait sur le développement, sur la vie de son entreprise.

Une mangouste était tombée dans la fosse à bétonnage et avait arrêté le travail.

Tous les ouvrages en bois étaient menacés, taraudés par les termites et l'on devait sans cesse inspecter, fouiller les poutres, découvrir et détruire les galeries que ces rongeurs prodigieux y creusaient pour se protéger du soleil et de l'air.

Il arrivait que les machines envoyées de France ou d'Angleterre, au lieu d'atterrir à Mombasa, étaient débarquées par erreur plus bas sur l'océan Indien, à Tanga ou à Dar-es-Salam. Elles revenaient alors par voiliers indigènes à leur port de destination.

Le langage posait des problèmes difficiles. On avait ouvert à l'usine un cours d'anglais, afin de pouvoir s'entendre avec les fonctionnaires britanniques et de swahili pour communiquer avec les noirs et les Hindous.

Quand le chef des travaux était arrivé sur place, il n'avait rien trouvé ni personne de tout ce qui lui était nécessaire. Il lui fallut avant tout avoir un moyen de transport. Il demanda d'urgence à Mombasa un camion avec un chauffeur. Et, à cause des difficultés de la situation et des premiers rapports à établir, un chauffeur modèle. On le paierait n'importe quel prix. Deux jours après, le chauffeur arriva. Il conduisait à merveille. Il avait fière mine. Mais deux de ses femmes étaient assises près de lui à l'avant, et à l'arrière, sous la bâche, il y en avait deux autres. Le soir même, le chauffeur modèle se prit de dispute avec un askari noir et quand l'officier de police anglais intervint, il insulta ce dernier. La querelle eut son bon côté : on profita du temps que le chauffeur fut en prison pour renvoyer ses femmes.

À tant de singularités de mœurs et de coutumes venait s'ajouter la constante présence des animaux sauvages. L'immense parc de Tsavo s'étendant jusqu'à Voï, ils pullulaient. Les éléphants piétinaient les jardins. Des cobras blancs — les plus dangereux — se chauffaient au soleil sur les terrasses des maisons. Un employé de chemin de fer, allant en promenade, rencontrait soudain une tribu de lions...

C'est dans ces conditions que vivaient et travaillaient trois cent cinquante noirs, soixante Hindous et trente Européens. Ou presque Européens. Le terme, en effet, sous ces latitudes, s'appliquait non seulement aux Français, Anglais, Italiens, Polonais, Portugais du Mozambique, mais encore aux Libanais et aux Seychellois qui composaient le personnel de l'usine et avaient sous leurs ordres les Hindous et les noirs.

Voï apparut.

Sur la carte c'était une ville mais, à la vérité, il n'y avait là qu'une rue très brève de boutiques hindoues, quelques bungalows de fonctionnaires, une poignée de huttes indigènes et la gare.

L'usine se trouvait en dehors sur un chemin qui menait au parc de Tsavo.

Georges Le Mière me dit :

— Il n'est pas encore six heures et demie. Nous allons trouver tout le monde en action.

Or, il n'y avait personne.

Les machines étaient immobiles, les magasins déserts. Même dans le baraquement administratif, les portes battaient sur des pièces vides.

— Ils ont dû terminer plus vite qu'à l'ordinaire et ils sont partis se faire beaux en notre honneur, dit Le Mière.

L'hôtel de Voï, construit pour recevoir les visiteurs du parc de Tsavo, était situé sur la même route, assez près. Des arbres fleuris poussaient dans la cour. La façade était simple, agréable.

Une jeune femme — la gérante de l'hôtel — vint à notre voiture. Elle avait une belle figure faite pour la gaieté. Mais quand elle se fut approchée de nous, je vis que ses lèvres tremblaient et que ses yeux étaient voilés de larmes contenues. Elle dit à mi-voix :

— Un accident à l'usine, monsieur Le Mière. Un grave accident. On vous demande de passer tout de suite à l'hôpital.

— Qui est blessé ?

— Le jeune mécanicien français arrivé depuis peu.

— Où ? Comment ?

— Ce n'est pas à moi de vous le dire... Vous le saurez à l'hôpital.

Les lèvres de la jeune femme tremblaient de plus en plus.

— M. Franchon, reprit-elle, a demandé un avion sanitaire à Mombasa.

L'hôpital, composé de baraques en bois, au flanc d'une colline rabougrie et semée d'épineux, était d'une tristesse et d'une pauvreté sinistres. Dans les couloirs obscurs se traînaient des nègres couverts de bandages.

— Les blancs sont soignés à Mombasa, dit Le Mière tout en cherchant le médecin hindou.

Celui-ci était parti. Un infirmier eurasien hébété qui parlait à peine l'anglais nous en informa. Il ne savait rien de l'état du blessé, ni même qui il était. Oui, on avait amené un blanc à la tête ensanglantée. Et le docteur lui avait posé un bandage, puis on l'avait emmené — vivant encore...

— Au terrain d'aviation ? demanda Le Mière avec angoisse.

— Peut-être, dit l'infirmier.

Nous fîmes en sens inverse la route par où nous étions venus. Le Mière parlait du blessé. Il était arrivé le dernier à l'usine... Vingt-cinq ans au plus... Normand d'origine... très gai... mécanicien remarquable.

Nous avions dépassé les maisons de Voï. Le Mière freina brusquement. Une voiture noire, de marque française, arrivait à notre rencontre.

— Franchon, notre chef des travaux, dit Le Mière.

Je fus stupéfait de sa jeunesse. Par surcroît, le chagrin donnait à son visage maigre et doux et à ses yeux embués derrière les verres des lunettes une expression d'enfant désespéré.

— C'est effroyable, dit-il. Le pied lui a manqué... Il a entraîné dans sa chute une barre d'acier de l'échafaudage. Elle lui a fracturé le crâne. La cervelle sortait. J'ai appelé Mombasa d'urgence.

Franchon passa une main sur ses joues moites.

— Je viens du terrain. J'ai laissé une équipe pour recevoir l'avion.

— Et le blessé ? demanda Le Mière.

— On doit l'amener sur le pick-up, très lentement. Je vais à sa rencontre.

Sa voiture disparut dans la dernière clarté du bref crépuscule. Une autre, venant de Voï, s'arrêta près de nous. Elle était conduite par un Hindou d'une trentaine d'années, habillé à l'européenne, gras d'épaules, rond de visage. Près de lui se tenait une femme en sari. À l'arrière, il y avait cinq petites filles. L'Hindou était le médecin de l'hôpital.

— Les petites n'ont jamais vu d'avion, dit-il d'une voix douce et avec un suave sourire paternel qui découvrait des dents régulières et très blanches.

— L'état du blessé ? demanda Le Mière.

Sans changer de voix ni de sourire, l'Hindou répondit :

— Très mauvais, je pense. Un bon morceau de la cervelle était dehors. Il n'avait pas perdu conscience, mais était incapable de parler.

— Vous avez pu faire quelque chose ?

— Une piqûre de morphine et un pansement, c'est tout. Je ne suis pas outillé pour davantage. En tout cas, les papiers administratifs à l'usage de Mombasa sont en ordre. À tout à l'heure !

Le médecin sourit. La voiture familiale s'éloigna doucement.

Le crépuscule s'exténuait.

— À la nuit, le terrain ne pourra plus être utilisé, dit Le Mière d'une voix sourde.

Nous attendions le pick-up qui portait le blessé. Mais rien n'apparaissait sur le ruban de route obscurci par une ombre déjà nocturne.

— Allons au terrain, dit tout à coup Le Mière. Rester ici ne sert de rien.

À quelques kilomètres de là, une mauvaise piste de terre battue, labourée et défoncée, coupait la brousse. Elle nous mena au camp d'aviation.

Rien ne pouvait être plus primitif. Une bande de sol rouge, défrichée dans les ronces, ne permettait l'accès qu'aux appareils de la taille la plus réduite et seulement dans le sens de la longueur. Pour toute installation, une manche à air sur un mât. Cela rappelait l'aviation des temps héroïques.

Des hommes se tenaient sans parler auprès d'une voiture et d'une camionnette. C'étaient des employés et des spécialistes de l'usine. Petits, jeunes, maigres, ils avaient tous les traits marqués, burinés — des Latins, des Méditerranéens : Français du Midi, Portugais du Mozambique, Libanais.

Ils échangèrent quelques mots avec Le Mière et se turent. Mais le profond langage d'une communauté s'exprimait dans leur silence.

Nous attendions. L'ombre descendait rapidement des hautes collines qui au nord et au sud arrêtaient l'horizon. Les grillons, les crapauds-buffles s'éveillaient. La piste d'envol perdait sa couleur rouge et commençait à se fondre avec la brousse pelée. Des voix chuchotaient :

— Il va faire nuit...
— Il ne pourra pas se poser.

À l'autre bout du terrain, le médecin hindou rappelait à ses petites filles qu'il n'était pas prudent de trop s'éloigner. Les bêtes sauvages rôdaient dans les replis des monts obscurs. L'attente devenait intolérable. Quelques instants encore et l'homme au crâne rompu qui s'approchait lentement, lentement, sur la route, ne pourrait plus être secouru.

Mais au fond du ciel gris, du côté de l'est, il y eut soudain deux petites étoiles au mouvement jumelé. Sur le terrain, des cris libéraient les hommes de leur angoisse. L'avion, un *Piper*, qui avait l'air d'une libellule, vira au-dessus du terrain, se posa trois quarts contre le vent.

Le pilote anglais sauta sur la piste. Il était jeune, grand et très mince. Il portait une chemise et un short d'une blancheur immaculée. Sa longue et claire figure avait une expression de sereine volonté, de bonté attentive et de pensive noblesse. Ses manières étaient de la qualité la plus fine. Il semblait vraiment descendre d'un monde plus pur.

— Pour le décollage, ordonna le pilote blanc d'une voix aussi ferme que douce, il me faut une voiture à chaque bout de la piste. Celle qui sera placée derrière l'avion allumera ses phares à leur plus grande puissance. Celle qui me fera face aura ses feux en code.

Il s'accota au léger fuselage et attendit, les yeux levés vers la lune montante.

Le médecin hindou montrait l'avion à ses petites filles.

Enfin on entendit, venant de la route, un bruit régulier et sourd.

— Le pick-up, dirent les hommes de l'usine.

Sur la piste, se découpant à peine dans l'obscurité, la masse pesante du camion avança d'une démarche de char funèbre. Deux garçons en sautèrent, avant qu'il fût arrêté. L'un était Polonais, l'autre Seychellois.

— Il a sa connaissance, dirent-ils. Mais il souffre beaucoup.

Tous entouraient le camion. Franchon commandait les mouvements. Il n'était plus un enfant éperdu de peine. On retrouvait chez lui l'énergie, la décision de l'officier maquisard, de l'organisateur de brousse équatoriale dont m'avait parlé Le Mière. Il avait en outre cette gentillesse, cette amitié dans l'autorité qui sont le privilège des chefs les meilleurs.

Lentement, doucement, avec des précautions sans fin, un brancard quitta le camion. On y voyait une forme vague, avec des linges pâles autour de la tête. Les hommes, autour d'elle, observaient un silence absolu et à travers leur silence passaient tous les bruits mystérieux de la brousse.

La civière fut rangée contre l'avion. Alors, avec l'accent du Liban, du Mozambique, de l'Europe centrale et de Marseille, les voix des camarades parlèrent avec maladresse, avec pudeur, avec une tendresse bouleversante. Elles disaient :

— Tu vas te remettre vite, je te le jure.
— Tu seras bien soigné, vieux, tu verras.
— Il y a un chirurgien formidable à Mombasa.
— Au revoir, petit. À bientôt !

Le Seychellois monta à bord de la carlingue étroite. Il accompagnait le mécanicien normand, parce qu'il était le seul à bien parler l'anglais.

Le pilote installa le blessé, lui mit un oreiller sous la tête, lui caressa le front d'un geste merveilleusement léger, propitiatoire.

L'appareil s'envola très vite. Ses étoiles se perdirent dans la nuit africaine.

L'équipe de l'usine — comme incapable de se disperser — demeurait sur le terrain de brousse. Le sentiment d'une solidarité portée au paroxysme tenait liés ces hommes venus de vingt pays divers.

X

ZANZIBAR

Les avions de l'East African Airways, chaque jour et plusieurs fois par jour, exécutaient entre Nairobi et Zanzibar une tranquille ronde enchantée. Mombasa, Tanga, Dar es-Salam en étaient les étapes. Des cocotiers balançaient leurs panaches sur le bord des pistes de ciment. L'air et le ciel avaient la mollesse brûlante des grandes fleurs tropicales qui poussaient devant les bâtiments des aérodromes. Le vent apportait le murmure de l'océan des Indes.

Un matin, après m'être posé à ces escales, je vis, sur l'espace liquide infini, couleur d'améthyste, poindre et grandir l'île de Zanzibar. Elle semblait une verte nef qui cinglait vers notre avion. Et les rêves qu'elle m'avait inspirés depuis l'enfance voguaient à sa rencontre.

Zanzibar ! Parmi les beaux noms de la terre, l'un des plus beaux. Qui disait le chant des mers chaudes, les boutres pirates, la saveur des épices, les sultanats des contes d'Orient.

Zanzibar ! où Vasco de Gama avait mouillé ses caravelles et, après lui, les capitaines les plus aventureux. Que Portugais et Anglais s'étaient ravie tour à tour. Et que, faisant voile depuis le golfe Persique, les Arabes de Mascate et d'Oman avaient enfin conquise.

Zanzibar ! qui envoyait ses négriers impitoyables jusqu'au milieu du noir continent. Marché d'esclaves prodigieux...

Soudain, l'ombre de notre avion se projeta contre un rivage et me rendit à la notion du temps : dès la fin du XIXe siècle, le protectorat anglais était établi sur ces lieux. Y restait-il quelque trace des anciens sortilèges ?

J'avais bien tort de craindre.

Et d'abord ce fut l'étonnante forêt au sein de laquelle l'avion s'était posé doucement. Du terrain à la ville, la route passait entre ses cocotiers immenses et gracieux, plantés, comme à l'infini, en avenues qui s'élevaient sur un tapis de mousse et de fleurs. Les bouquets de palmes attachés au faîte des arbres formaient une seule frondaison ajourée ; et le ciel, à travers ces ramures, apparaissait comme une dentelle bleue.

Une odeur merveilleuse, en même temps, me pénétra, dont je devais sentir le goût jusqu'au dernier instant de mon séjour. Répandue sur les champs et les chemins, les jardins, les clairières et les plages ; miellée, fraîche, veloutée, épicée, nonchalante et joyeuse, c'était l'odeur des girofliers innombrables de Zanzibar qui faisaient son opulence et l'embaumaient tout entière.

Et j'arrivai dans la cité — l'antique cité barbaresque avec ses rues étroites, irrégulières et dallées ; ses admirables portes en bois de teck et de sésame, toutes fouillées d'indentations subtiles, toutes ornées de clous énormes, couleur d'or et d'ambre noir ; avec ses mystérieux jardins et, toujours, ses échappées sur l'océan des Indes. Les fontaines jaillissaient au creux des petites places ovales et secrètes. Dans les bazars ombreux, les boutiques obscures, les échoppes fraîches, des hommes bronzés, venus de Madras, de Bombay, de Calcutta ou de Malabar, vendaient les soies filigranées par des doigts magiques. Les descendants métissés des navigateurs portugais offraient les bijoux d'or et les pierres précieuses. Dehors, fourmillaient les noirs de toutes les races africaines que le négoce des esclaves, si proche encore, avait rassemblées dans Zanzibar. Et, parfois, leurs poignards splendides battant les tuniques blanches, leurs rudes cheveux d'étoupe dressés sur des fronts étroits, purs de profil, lents et superbes de démarche, les cheiks arabes, les héritiers des guerriers d'Oman et de Mascate, allaient droit devant eux, assurés, dans l'orgueil de leur rang, de leur sang et de leur foi, que chacun s'écarterait sur leur passage.

Toute l'histoire de l'île était inscrite, avec une fidélité et une intégrité surprenantes dans les professions, le vêtement et les visages. Mais il y avait chez les habitants de Zanzibar un trait plus singulier encore que la parfaite survivance des coutumes et des hiérarchies. Ce peuple formé d'éléments si divers, et coupé en castes si distinctes, donnait le sentiment du bonheur. Oh ! certes, on y comptait, comme en tout pays, plus de pauvres que de riches. Pour quelques dizaines de seigneurs arabes et de grands propriétaires hindous à qui leurs domaines plantés de girofliers et de cocotiers valaient des fortunes fabuleuses ; pour quelques centaines de marchands opulents, il y avait tous les porteurs d'eau, les débardeurs du port, les cueilleurs de noix de coco et de clou de girofle, les artisans des échoppes, les pêcheurs aux minces pirogues qui, eux, menaient au jour le jour une existence dure et frugale.

Mais leurs corps ne portaient pas les signes de la misère et, surtout, leurs yeux n'exprimaient pas l'humilité déchirante ou l'insondable tristesse ou la haine affreuse que j'avais observées ailleurs chez tant de noirs.

Ici, le travail tendait des muscles sains et brillants dans un tumulte cadencé de cris et de chansons. La démarche des foules était insouciante et franche. Dans les regards, dépouillés d'envie et de ressentiment, riait le plaisir de vivre.

Un vieux sultan très sage régnait paternellement sur ce peuple aimable, et quelques Anglais, qui veillaient aux services essentiels, le gouvernaient avec discrétion.

Était-ce leur effacement ? Était-ce le flot engourdi de l'océan Indien ? Était-ce l'arbre munificent en clous de girofle ? Je n'en sais rien, mais vraiment, à Zanzibar, les fils d'esclaves semblaient connaître un destin plus enviable que les tribus et les races répandues à travers le continent noir.

Tout près de la ville et le long des plantations embaumées, s'étendaient les plages de paradis. Le sable y était fin et doux comme une cendre dorée. Les grands arbres des tropiques séparaient du monde ces miraculeuses retraites. On ne voyait là que des pêcheurs noirs qui poussaient vers l'eau des hautes barques étranges et si minces qu'un seul homme pouvait se glisser entre leurs flancs. Des écrans de palmes desséchées abritaient les filets du soleil. Parfois, au sommet des gradins ruineux qui menaient au rivage, apparaissait une femme hindoue ou swahili qui, enveloppée d'un sari transparent ou de vives cotonnades, restait immobile à regarder la mer.

Et puis, il y avait cette petite île, longue d'un kilomètre au plus, large de trois cents mètres. On l'appelait l'île de la Prison parce que, jusqu'à la fin du dernier siècle, les esclaves récalcitrants y avaient été entreposés et vendus. Mais de ce passé terrible restaient seulement les vestiges d'une bâtisse partagée en cages où l'on voyait encore des anneaux scellés qui avaient servi à fixer les chaînes des misérables. Pour le reste, l'île avait un caractère féerique dans la solitude et l'abandon.

À part quelques boys noirs destinés au service de la Maison des Hôtes (fermée la plupart du temps), elle n'était habitée que par des tortues géantes, les plus grandes du monde, disait la tradition.

Quand j'avais rencontré la première, au détour d'un sentier, dans les sous-bois odorants, sa vue m'avait fait reculer. La carapace de l'animal fabuleux m'arrivait à mi-corps ; les pattes qui portaient ce bouclier énorme ressemblaient à de molles colonnes ; le cou sombre, très long, formait un gros cylindre élastique ; et, au bout de cet épais et noueux tentacule, une tête horrible se dressait qui, par la masse et le dessin, rappelait celle des grands reptiles. Une autre tortue de même taille s'était montrée peu après, et une autre encore... Les trois monstres, vieux comme le temps, balancés étrangement sur leurs pattes de pachyderme, avaient pris le chemin de l'ancienne prison où ils avaient jadis entendu les blasphèmes des négriers et la plainte des esclaves...

*

Et voici qu'était venue, à Zanzibar, ma dernière nuit africaine. À l'aube, j'allais m'envoler vers Mombasa où déjà, venant de Durban, le paquebot du retour était à quai.

La musique d'un orchestre de danse parvenait jusqu'à ma chambre. Il y avait, en effet, grand bal au club anglais où je logeais. Bal singulier : toutes les femmes européennes étaient tenues de s'y rendre sans leurs maris pour se consacrer entièrement aux officiers et aux marins du croiseur de bataille le *New-foundland* en visite dans l'île. On m'avait aimablement invité. Mais je n'avais aucune envie de descendre.

Accoudé à la fenêtre par où l'on apercevait le mouvement obscur de l'océan Indien, je me laissais éventer par la brise nocturne qui sentait l'algue amère et le clou de girofle.

De la vaste terrasse qui, à l'étage inférieur, prolongeait la salle des fêtes, une conversation arriva jusqu'à moi. Un homme et une femme, recrus de danse et de chaleur, étaient venus respirer la nuit et la mer. Lui, sans aucun doute, était l'un des marins pour lesquels se donnait le bal. Elle, je la reconnus à sa voix prenante, dense et comme brûlée du dedans. Je l'avais rencontrée plusieurs fois au bar du Club Nautique. Très jolie, petite et d'une minceur extrême, elle buvait beaucoup sans qu'il y parût le moins du monde et ses yeux restaient toujours tristes. Sa vie avait pris un tour étrange. Venue à Zanzibar avec son mari, fonctionnaire important, ils avaient divorcé au bout de quelques mois. Il avait épousé une jeune fille de la petite colonie anglaise et avait eu d'elle un enfant. Puis, il était retourné à sa première femme. La seconde ayant refusé d'accorder le divorce, il vivait en concubinage. C'était pour Zanzibar un scandale majeur. Les gens ne recevaient pas la jeune femme qui était devenue la maîtresse de l'homme dont elle avait été l'épouse.

Mais, pour ce bal sans maris, on l'avait invitée.

Le marin du *New-foundland* parlait timidement et banalement des beautés de Zanzibar. Quand la voix intense de la jeune femme lui répondit, elle semblait ne s'adresser à personne qu'à elle-même. Elle disait :

— C'est entre le mois de décembre et le mois de mars que se déroule ici le vrai miracle. La mousson du nord-est règne alors. Comme au temps jadis, elle amène à Zanzibar la flotte innombrable des *dhows*. Ce sont des boutres pareils en leur forme et leur gréement aux boutres du siècle passé et du siècle qui l'a précédé et du siècle d'avant celui-là encore. Ils viennent, comme ils sont toujours venus, de l'Inde et de l'Arabie et du golfe de Perse. Ils apportent les dattes séchées, les meubles travaillés par les artisans yéménites et les tapis d'Ispahan. Ils embarquent le copra et le clou de girofle. Il en est de tout petits qui ne semblent qu'une voile. Et il en est d'autres, puissants et somptueux, ornés et sculptés depuis la proue jusqu'au château arrière. Les marchands, vêtus de soieries et de velours, teints au henné, y reçoivent leurs hôtes dans des cabines immenses, féeriques.

« Puis, la mousson tourne et commence à souffler du sud-ouest. Alors, toutes voiles gonflées, la merveilleuse caravane reprend le chemin du retour et s'égrène vers la mer Rouge, ou l'Hadramont, ou Mascate ou vers les grandes Indes.

Ainsi parlait, sur la terrasse que je ne voyais point, une voix qui faisait naviguer à travers l'ombre embaumée la cohorte des voiliers éternels de la mer tropicale. Cette voix disait encore :

— J'ai aussi vécu à Pemba... Vous savez, l'île plus petite et plus sauvage que l'on trouve au nord de celle-ci. Là, point de cités, point d'hôtels ni de clubs. Le visiteur doit dormir sous la tente. Dans la saison des pluies, les routes sont coupées. Mais le pays a un charme étrange. Les girofliers plus nombreux, plus grands, plus généreux encore qu'à Zanzibar y croissent en forêts enivrantes. Les indigènes y sont plus farouches et plus secrets. Les sorciers ont gardé sur eux tout pouvoir. Une école de magie, célèbre et clandestine, fondée on ne sait quand, fonctionne on ne sait où. Mais les noirs des tribus les plus éloignées, les plus primitives de l'Afrique, viennent y apprendre, en cachette, les enchantements anciens et puissants.

— Vous croyez à cela ? demanda le marin du *New-foundland*.

Il n'obtint pas de réponse et la belle voix brûlée reprit plus bas :

— Il y a un autre mystère dans l'île étrange de Pemba. On y voit, au sein d'une source limpide, un poisson qui, à l'ordinaire, ne peut vivre que dans l'eau de mer. Comment est-il venu de l'océan jusque-là ? Comment subsiste-t-il ? Personne encore n'a pu l'expliquer...

— Allons danser, dit le marin...

La voix de la jeune femme dit avec lassitude :

— Ce poisson a les yeux bleus et des petites cornes... Les indigènes le vénèrent. Certains le tiennent pour un démon... D'autres pour un dieu...

— Ce sont des païens stupides, dit le marin.

— Allons danser, dit la jeune femme avec un soupir.

Les marins du *New-foundland*, qui composaient l'orchestre, ne ménageaient pas leurs cuivres. Je me sentis recru de fatigue, incapable d'une pensée ou même d'un souvenir. Et il fallait se lever à l'aube...

Je fermai la fenêtre qui donnait sur la terrasse et j'ouvris celle du côté de la rue. Mais alors, un bruit singulier, atténué et qui traversait une longue distance, se fit entendre. Un bruit sourd, monotone, haletant, insistant, hallucinant, qui suscitait tout ensemble, l'angoisse, l'impatience et la joie, qui prenait aux viscères, qui fouettait je ne sais quel instinct... C'était le chant des tam-tams... Et, mêlées à ce chant, s'élevaient des clameurs cadencées qui, pour affaiblies qu'elles fussent par l'éloignement, gardaient un strident et sauvage pouvoir.

Tous mes muscles exigeaient le sommeil. Le lit était là. Ces tam-tams, ces cris venaient de loin. Je n'arriverais jamais jusqu'à leur source... Il ne fallait plus les écouter. Il ne fallait pas, comme j'étais en train de le faire, me pencher à la fenêtre...

*

Je me retrouvai dans la ruelle dallée qui longeait le club. Elle était déserte. Un grand clair de lune vernissait les vieilles portes cloutées. La nuit de Zanzibar sentait le clou de girofle.

D'abord, je marchai avec peine. Mais à chaque pas que je faisais, les tam-tams résonnaient davantage et sur leurs battements grandissait la clameur aiguë, psalmodiée, forcenée, d'une foule invisible. Ma fatigue s'allégeait à mesure. Ces bruits me happaient, me hélaient à la façon d'une marée très puissante. Et l'instant vint où je fus lavé de toute lassitude. Où le sentiment même de mon corps me fit en quelque sorte défaut : j'étais arrivé.

Dans les premières secondes, il me sembla que tout me sautait, m'éclatait au visage : l'embrasement des lumières blanches, brutes et crues qui coupait les yeux ; les tourbillons de corps et de visages emportés par leur propre frénésie ; la violence des instruments et des vociférations qui jaillissaient de toute part.

Quand il me fut possible de discerner les éléments d'une scène aussi fantastique, je reconnus le vaste parc herbu qui servait aux jeux et aux promenades, situé aux confins de la ville. Une foule noire, innombrable, s'y répartissait en bandes, troupes, files et rondes, prises dans un perpétuel et délirant mouvement. On en comptait dix, vingt... Que sais-je...

Chacune de ces grappes humaines nouait et dénouait ses anneaux autour de lanternes aveuglantes d'acétylène accrochées à des arceaux ou à des tiges de métal. Au centre de chaque cercle, sous la flamme même des lampes, musiciens, chanteurs, danseurs, menaient à leur guise et selon leurs propres lois un vacarme délirant, dément, et pourtant inspiré.

Tantôt c'était le grondement fiévreux, enragé des tambours et des grosses caisses qui animait la liesse. Tantôt gémissaient, bramaient, sifflaient, grinçaient, flûtes, crécelles, bidons entrechoqués, scies attaquant des feuilles de métal. Mais, partout, les faces montraient l'expression de l'extase, du ravissement, de l'évasion. Partout, rondes, files et farandoles redoublaient de sauts, de chants, de contorsions autour de ces mascarets de lumière et de tumulte. Et partout on voyait un ou plusieurs meneurs de jeu — au visage plus expressif que les autres, à la voix plus aiguë, aux muscles plus convulsés, à l'irradiation plus intense — exciter toujours davantage et comme fouetter par leur cris et leurs convulsions, les groupes toujours plus affolés dont ils étaient à la fois l'inspiration et le reflet. Si bien que l'exaltation nerveuse passait et repassait d'un pôle à l'autre, et que les corps trouvaient, dans cet échange, un renouvellement de vigueur et d'endurance qui allait jusqu'à l'incroyable.

La fête durait depuis des heures et, loin de faiblir, les mouvements et les clameurs rythmiques ne faisaient que croître en rapidité, fréquence et frénésie.

J'allais au hasard... Entre deux foyers éclatants, autour desquels tournoyaient des rondes en délire, dans une sorte de *no man's land* où les gens reprenaient souffle et où, pour un instant, ils secouaient l'envoûtement, un noir me reconnut, m'aborda. Il était originaire de l'archipel des Comores et travaillait au consulat de France. Très bien vêtu, portant cravate et lunettes, il considérait la foule avec un sourire blasé, amusé et supérieur.

— Que pensez-vous de tout cela ? me demanda-t-il, comme s'il parlait d'une représentation montée par des enfants à l'usage d'autres enfants.

Je lui dis que je ne comprenais rien à la bacchanale. Il m'apprit alors que trois ou quatre fois l'an, le Gouvernement de Zanzibar, à l'occasion de fêtes civiles ou religieuses, offrait le terrain de jeux au peuple noir et l'autorisait, — plusieurs nuits de suite, — à se déchaîner jusqu'à l'aube. La réjouissance à laquelle j'assistais avait pour raison le retour, après un long voyage, du vieux sultan dans son île. Les musiques et rondes effrénées qui le célébraient, s'appelaient des *N'Gomas*.

— Et les gens de chaque tribu différente, ajouta mon compagnon, chantent et dansent à leur manière propre, ainsi que le faisaient leurs ancêtres sur le continent d'Afrique avant d'être amenés ici en esclavage.

Nous étions arrivés auprès d'un cercle plus vaste et plus dense que la plupart des autres. À l'intérieur, sous une lumière si brutale qu'elle semblait tuer les ombres, trois nègres athlétiques, de longues crinières léonines fixées sur leurs nuques et leurs dos, poussaient des cris puissants et rauques, bondissaient, s'accroupissaient, se jetaient sur le sol.

— Les Hommes de la Lune, dit mon compagnon.

Sa voix fut noyée par les roulements, les grondements, les halètements du tambour géant qui se dressait sous les lampes d'acétylène et qu'un immense vieillard décharné faisait résonner avec une violence, un rythme, une science diaboliques.

Les hommes lions précipitèrent leurs mouvements. Les gens qui faisaient cercle humain ululaient des syllabes sans suite. Certains se portèrent en avant et les mains unies, la tête renversée, les yeux clos, extatiques, déchaînés, ils formèrent une ronde qui les emporta tournoyant autour du noir tambourinaire aux cheveux blancs, aux yeux de feu, et des hommes aux crinières de lion.

Je voulus demander quelques éclaircissements à mon compagnon. Il n'était plus à mes côtés. Je le cherchai des yeux et, soudain, le retrouvai à sa cravate. Le citoyen des Comores, l'employé du consulat, le fonctionnaire désabusé, civilisé, je le voyais pris dans la ronde sauvage et n'étant plus, comme les autres, qu'un derviche enivré tant que battrait le tambour.

Dès lors, et sans fin me sembla-t-il, j'allai de cercle en cercle embrasé, et de fièvre en délire.

Ici, des guerriers arabes, vêtus de longues djellabas, coiffés de turbans, la ceinture ornée de poignards magnifiques, exécutaient une extraordinaire parade du sabre où ils bondissaient, s'agenouillaient, sautaient, s'étendaient, ressuscitaient tandis que les mouvements étincelants de leurs lames accompagnaient ces figures de ballet.

Là, cernés par un anneau de visages et de corps en qui passait toute leur transe, deux noirs presque nus, aux torses merveilleusement déliés et polis, se tenaient à genoux, l'un en face de l'autre. De chaque côté du cou, ils portaient, tenue par une légère courroie, une aigrette de plumes multicolores. Et ils devaient par les contractions, frémissements, vibrations et secousses de leurs épaules, faire danser, avec toute la violence et la vitesse possibles, ces touffes légères qui semblaient fleurir de leur sombre peau. Trois musiciens munis de scies et de feuilles de métal et un meneur de jeu complètement halluciné les excitaient. Les deux hommes, à genoux, ruisselants de sueur ahanaient de fatigue, d'excitation et d'extase. Chacun des muscles, sur leurs bras, sur leurs flancs, sur leur dos, se détachait comme une liane, une corde, un serpent et ces muscles dansaient d'eux-mêmes, frémissants, vivants, inspirés. Et les aigrettes remuaient de plus en plus vite. Et les rondes tournoyaient, bondissaient davantage. Et la foule entière hurlait, rugissait, gémissait en cadence.

Plus loin, c'étaient des masques effroyables, peints à même la chair des visages qui formaient le centre du cercle magique. Ailleurs, des hommes vêtus d'uniformes chamarrés. Et ailleurs, on eût dit que c'étaient des singes prodigieux.

Je m'arrêtai partout, longuement, en proie à une fascination inépuisable. Enfin, j'arrivai à la limite de l'immense terrain où éclatait un dernier foyer de lumière et se tenait un dernier groupe halluciné.

En son milieu, j'aperçus une femme, une grande femme noire, noble, sculpturale de corps, sévère de traits, habillée avec une austérité extrême. C'était elle qui menait le jeu. C'était elle qui scandait le gémissement des cornemuses et l'éclat des cymbales. Elle qui jetait dans l'hystérie les danses formées spontanément à l'intérieur du cercle des spectateurs. Elle, enfin, qui, d'un visage immobile et impérieux, surveillait un tas d'herbes dont l'intérieur se consumait, lentement, à ses côtés.

Or, si l'un des danseurs, l'un des musiciens faiblissait dans son délire, si la fatigue émoussait, altérait les réflexes, la grande femme noire indiquait à l'homme ce monticule d'où sortait une mince et odorante fumée. L'homme se jetait à plat ventre, enfouissait un instant la tête au creux de l'herbe et se redressait avec une force nouvelle et si violente qu'il ne pouvait plus lui-même la contrôler. Il poussait des cris qui ressemblaient à des abois. Tout son corps, comme tétanisé, se tordait sur le sol, se crispait, s'arquait en soubresauts, en secousses, en convulsions. L'écume lui souillait la bouche. Puis un autre possédé jaillissait de l'herbe qui brûlait à petit feu.

Était-ce du cat d'Éthiopie ? Du chanvre indien ? Ou quelque autre stupéfiant végétal ?

Et quel rôle, quel rang avait cette grande femme noire ? Prêtresse de quel rite ? Et les autres meneurs de jeu, étaient-ils des amuseurs, des bouffons ou des sorciers et des mages ? Et les rythmes et les danses, quel dessein tout cela servait-il ?

À travers le terrain immense, les feux, les cris, les cercles, les rondes, les files humaines qui avançaient, reculaient, avançaient encore, dans l'ivresse, l'extase, la frénésie, la possession, quel souvenir obscur et séculaire évoquaient-ils, quelles faces grimaçantes d'idoles, quelles divinités redoutables voulaient-ils apaiser ?

Je ne cherchais plus à comprendre, ni même

à imaginer. Je regardais, en ma dernière nuit d'Afrique, l'Afrique tout entière, antique, secrète et forcenée m'apparaître à travers cent rites et cent tribus dans les *N'Gomas* de Zanzibar.

XI

LE CHANT DES HALEURS

J'étais à Mombasa. Jusqu'à l'embarquement, il me restait quelques heures.

J'engageai une voiture de louage. Le chauffeur était un noir robuste et rude à cheveux gris qui parlait assez bien l'anglais. Je lui demandai de me conduire le plus loin possible sur la route côtière.

Aux abords mêmes de Mombasa la forêt des cocotiers s'élançait vers le ciel. Elle abritait des huttes de paille claire, des bananiers opulents, des femmes aux belles étoffes... Je pensai tout haut :

— Les gens semblent heureux...

— Ils ne le sont pas, dit mon chauffeur. Ils ne possèdent ni la terre, ni les arbres, ni la maison. Tout est la proie de l'Arabe — parce que ses ancêtres étaient des guerriers pillards — et de l'Hindou — parce qu'il est d'un peuple marchand et rusé. Aux Africains, aux fils du pays, il ne reste rien... que de travailler pour les autres.

Le sous-bois, l'ombre des palmes, les velours brillants des plantes et des fleurs, la grâce des légères habitations composaient une sorte de paradis. Nous avancions très lentement. Le chauffeur tournait la tête tantôt vers un côté de la piste, tantôt vers l'autre avec une grande faim dans son regard et une grande tristesse. Il me dit :

— Voyez combien la terre est belle et féconde... Et il n'y a pas de malaria. Mais comment, avec les cinq livres que me laisse gagner par mois mon patron hindou, comment est-il possible que j'achète jamais un tout petit morceau de cette terre ?

La route se dégagea des arbres féeriques et prit la direction du nord. Elle menait aux grandes plages douces de l'océan Indien. Aux cités mystérieuses dont on discernait au fond de la jungle les ruines et les vestiges. À tant de merveilles, à tant de secrets que je n'avais plus le temps de même entrevoir...

Sur le sommet d'une pente rapide la voiture s'arrêta. Le paysage était pour le voyageur une surprise admirable : entre deux lignes de collines escarpées, sinueuses et toutes revêtues de végétation éclatante, une ample rivière poussait ses eaux promptes et obscures.

— Shimo-la-Tewa, dit le chauffeur. C'est ainsi que le fleuve s'appelle.

Nous prîmes le bac.

Il était composé par deux radeaux très larges et très pesants. Un système primitif de poulies et de câbles tendus au-dessus de l'eau propulsait les radeaux en même temps et en sens contraire. Ils quittaient leurs berges respectives, venaient l'un vers l'autre, se rencontraient au milieu du trajet et, se séparant, gagnaient chacun, sur la rive opposée, la place qu'y avait occupée l'autre.

Pour animer cet ensemble massif, pour conduire jusqu'au bout le mouvement des pontons déjà si lourds par eux-mêmes et chargés de passagers, de bétail, de marchandises, d'automobiles, il n'y avait pas de moteur, mais les bras de quelques hommes.

Le chant des haleurs

Ils étaient sept noirs par radeau. Sur leurs maigres torses dénudés, tous les muscles se détachaient avec un relief de planche d'anatomie. Les stigmates d'un labeur excessif ridaient précocement leurs frustes figures.

— Ce sont des Watchouri et des Quiriama... leurs tribus vivent dans les environs, dit mon chauffeur.

Il avait placé les roues de sa voiture dans les profondes et larges rainures creusées à cet effet au milieu du radeau et considérait du haut de son siège la rivière, ses berges abruptes et la jungle qui les recouvrait. Enviait-il ceux qui là-bas menaient encore une vie précaire mais libre ? Ou bien approuvait-il les hommes dont il voyait qu'ils avaient choisi, comme lui, la sécurité d'une misère laborieuse ?

Les haleurs noirs, appuyés contre les chaînes par lesquelles ils faisaient avancer le radeau attendaient l'instant de le remettre en route. Pour cette traversée, il ne se présentait pas d'autre voiture et pas d'autre blanc. Mais des Hindous montèrent à bord, colporteurs ou marchands ambulants, et des femmes noires avec des chèvres, des artisans avec des outils, des paysans avec des sacs.

Le chef des haleurs — il était plus grand, plus âgé que les autres et portait, suspendu au cou, un énorme coquillage — fit signe à son équipe. Les bateliers détachèrent le radeau de l'embarcadère. À ce moment, des hautes herbes qui poussaient le long de l'eau, sortit un homme très petit, presque un Pygmée. Il n'était vêtu que d'un pagne et n'avait pour tout bagage qu'une courte hache proportionnée à sa taille. Il donnait une impression de dénuement, de solitude et de liberté si profonde qu'elle allait jusqu'à une sorte d'angoisse. Il atteignit le radeau d'un bond agile et silencieux et s'accroupit sur ses talons, farouche, le regard aux aguets.

Les haleurs empoignèrent à pleines mains les maillons de la chaîne qui courait le long de notre radeau. Sur la berge opposée, le second radeau se mit aussi en mouvement. À cette distance, on le distinguait mal. Si près de l'océan Indien, la rivière avait une largeur d'estuaire. La charge du bac était pesante, et le courant rapide. Les deux pontons avançaient lentement, péniblement.

Ce fut alors que le chef de nos bateliers saisit le géant coquillage qui pendait sur sa poitrine, le brandit très haut, puis, le portant à ses lèvres épaisses comme une trompe marine, en tira une grave et profonde clameur.

Les hommes noirs qui peinaient à la chaîne, quand ils entendirent cet étrange appel, redressèrent d'un coup leurs têtes lasses. Une vigueur toute nouvelle anima leurs bras maigres et noueux. Les muscles coururent plus vifs sous la peau luisante.

Le chef d'équipe continuait de souffler dans sa conque à torsades d'écaille. Peu à peu, d'un mouvement à peine conscient, à peine sensible, tendon après tendon, nerf après nerf, jointure par jointure, de piétinement en saut, de pas ébauché en pas cadencé... les bateliers se mirent à danser. Leur mouvement était par nécessité — puisqu'ils halaient en même temps, — d'une simplicité extrême. Il se bornait à des frémissements d'épaules, de bassin, de hanches, de genoux, de chevilles. C'était une marche dansée plutôt qu'une danse, car, de ces hommes qui tiraient à la chaîne, les trois premiers, à mesure que le radeau avançait le long des maillons, passaient derrière les trois derniers et devenaient à leur tour ceux-là autour de qui se repliaient les trois autres.

Et cette ronde — qui composait et recomposait sans cesse la file des haleurs — était scandée par le son du géant coquillage.

Mais le grand nègre qui gouvernait notre radeau écarta pour un instant de ses lèvres sa trompe marine, et cria d'un timbre suraigu les premières notes et paroles d'une chanson. Les haleurs la reprirent avec une cohésion, un élan, une amitié qui montraient qu'elle faisait partie de leur travail, à l'égal de leur sang et de leur souffle. Elle était rapide et plaintive, à la fois marche et litanie.

Les noirs bateliers redoublaient leur pas pour en marteler le rythme et leurs bras tiraient mieux sur la chaîne et leur ronde, trois hommes passant sans cesse autour de trois autres hommes, devenait plus prompte et plus heurtée.

Du Kivou à l'océan Indien, j'avais entendu bien des chants et vu bien des danses : les grandioses ballets des Watutzi, les pauvres pipeaux des Pygmées et les bonds forcenés des Masaï et les chœurs du lac Victoria et les hymnes de la révolte Mau-Mau et les *N'Gomas* enfin à Zanzibar où toutes les traditions tribales de l'Afrique unissaient leurs frénésies séculaires. Mais aucune de ces mélopées, aucun de ces mouvements ne se pouvait comparer à la ronde dansée et chantée par les haleurs du bac sur la rivière Shimo-la-Tewa, tandis que dans un incessant tournoiement, ils se relayaient trois par trois à leur chaîne, tandis que leur meneur tantôt sonnait de sa trompe marine, tantôt criait quelque morceau de chant, tantôt martelait du talon un rythme que les pieds nus des bateliers répercutaient sur le plancher du radeau.

À mesure que nous avancions vers le milieu de la rivière, on voyait mieux la trouée géante que ses eaux avaient creusée dans les monts et les collines et l'on distinguait plus nettement sa puissante courbe d'un bleu sourd, presque noir, entre des escarpements sauvages et comme ruisselants de la végétation des jungles. Et à mesure aussi que nous avancions, un second chant s'élevait à la surface des eaux, un chant qui était la réplique de celui que nous emmenions dans notre pesant sillage. Il venait de l'autre radeau, qui compensait le nôtre, et qui, avec la même lenteur, se déplaçait à notre rencontre. Là-bas également un homme noir, la tête renversée, soufflait dans un coquillage immense et en tirait une solennelle et barbare musique. Là-bas également les haleurs à demi nus se démenaient à la chaîne, tournaient les uns autour des autres, dansaient et chantaient.

Et les deux chœurs qui avançaient l'un sur l'autre et ces deux chants qui naviguaient pour se rejoindre égalaient par leur poésie ces sublimes plaintes mélodiques par où les hommes enchaînés aux fleuves géants — que ce soit la Volga ou le Mississippi — ont fait connaître leur écrasant labeur et leur servage sans fin.

— Que signifie la chanson ? demandai-je à mon chauffeur.

Il haussa les épaules et dit :

— Les pauvres hommes noirs lamentent leur sort.

Je voulus en savoir davantage. Le chauffeur, alors, traduisit :

> *Voyageur que nous portons*
>   *Ô Dar-es-Salam !*
> *Pense à nous*
>   *Ô Mombasa !*
> *Qui toujours demeurons*
>   *Ô Malindi*
> *Sur cette rivière*
>   *Ô Tanga !*

> *À tirer sur la chaîne*
> *Ô Zanzibar !*
> *De la misère*
> *Ô Pemba !*

Les noms des villes et des ports se détachaient dans le chant, résonnaient, semblaient claquer au vent de la rivière.

Les noirs bateliers les soulignaient d'un cri plus vif, d'un entrechat plus rapide et hardi...

> *Ô Mombasa*
> *Ô Dar-es-Salam*
> *Ô Zanzibar*

Soudain ces noms retentirent, éclatèrent, explosèrent avec une ardeur et une puissance multipliées : les deux moitiés du bac, les deux radeaux se rencontraient au milieu de l'estuaire de Shimo-la-Tewa. Un instant, à cause de leur poids et de leur lenteur, ils furent comme immobiles et, flanc contre flanc, chaîne contre chaîne, file de haleurs contre file de haleurs ; ils composèrent un seul monde flottant, où deux grands hommes noirs sonnaient ensemble de leurs géants coquillages.

Puis, d'une façon insensible, imperceptible, mais avec le mouvement fatal des marées et des astres, les deux radeaux continuèrent leur route. Ils glissèrent l'un sur l'autre, se détachant, se séparant, s'éloignant chacun vers son propre rivage. Et la chanson se dédoublait de nouveau des haleurs qui s'en allaient, chantant les uns :

> *Ô Mombasa !*
> *Ô Malindi*
> *Ô Tanga !*

Et les autres :

> *Ô Pemba*
> *Ô Zanzibar*
> *Ô Dar-es-Salam !*

*

Ainsi se répondaient les deux chœurs des bateliers et l'eau sombre de la rivière, maintenant, s'étalait entre eux toujours davantage. Et à cause de ces voix qui chantaient tant de terres et de cités, ou du courant rapide ou bien parce que j'atteignais aux derniers instants d'un si beau voyage (et comment aurais-je su la raison véritable ?) — j'oubliai ce qui m'entourait au profit de cent paysages qui se levaient dans la lumière du souvenir.

Routes ardentes, champs de brousse, collines de laves. Îles enchantées — ô Kenya ! ô Tanganyika ! ô Ruanda ! Et sur un fond de soleil, de monts et de vallées, de jungles et de nuages, des hommes passaient, aux visages marqués par les hasards, l'aventure, les destins.

Il y avait dans le nord du Kivou, au pays de la foudre, ce pilote borgne, ancien chef d'escadrille français, colon solitaire parmi les volcans...

Et ce baronnet anglais, à la large bouche ironique, à l'accent d'Oxford, manchot du bras droit, qui avait laissé à Nairobi maison et famille pour vivre sur les pentes sauvages du Kilimandjaro, dans une hutte d'herbes et ne mangeant que la viande qu'il tuait.

Et le planteur du plateau d'El Doret qui faisait chaque matin à cheval le tour de son domaine et qui, s'il y trouvait un nègre qui ne fût pas des siens, le prenait au lasso et le traînait en galopant, loin de sa terre, vif ou mort.

Ô Dar-es-Salam !... Ô Mombasa !... Ô Malindi !

Et il y avait le petit homme de la région de Voï... Il était jeune encore, mais chétif, rabougri, et grêle. Son pauvre visage ingrat portait la couleur de la mauvaise chance : un ton blême qui tirait à la fois sur la cendre, l'étain, le vert-de-gris. L'expression de ses yeux était si intense et fiévreuse qu'elle perçait à travers les verres foncés des lunettes. Un chapeau de paille tout crevé lui servait de coiffure ; sa culotte et sa chemise kaki étaient vieilles, trouées et sales. Pourtant il se tenait très droit dans ses souliers éculés et l'on sentait dans tous ses nerfs, tous ses os, une volonté, une énergie farouches. Il avait une femme très grosse, très négligée et cinq enfants dont une merveilleuse petite fille barbouillée d'argile qui le suivait partout.

Ils habitaient une maison si rudimentaire qu'elle ressemblait à un baraquement et située dans une brousse tellement sauvage que des lions, qui venaient boire la nuit au réservoir d'eau, le renversaient parfois.

Le métier de ce petit homme émacié était de tarauder à la dynamite une carrière où la société française de Voï s'approvisionnait en pierres. Il avait appris le maniement des explosifs dans les mines de Rhodésie où il avait travaillé quelque temps après avoir servi dans l'armée et la police. Mais il y avait contracté un étrange mal qu'il appelait « la maladie du plomb » et qui lui avait paralysé les mains.

Il me racontait cette vie médiocre, manquée, tandis que je gravissais avec lui de roche en roche la colline qu'il avait pour charge d'éventrer. Comme elle s'élevait sur un terrain très plat, la vue, du sommet, allait loin. On apercevait comme à l'infini une brousse d'épineux clairsemée parmi laquelle des baobabs tordaient vers le ciel leurs branches martyrisées dans un mouvement de vaine prière.

Le petit homme frêle, émacié, qui avait parlé jusque-là d'une voix faible, neutre et monotone, s'écria soudain :

— J'ai assez de cette terre et de ses arbres et de ses bêtes et de ses hommes. Je connais l'Afrique d'un bout à l'autre. J'ai été du Cap jusqu'à l'Abyssinie et de la côte au Congo... Mais je n'ai jamais pu aller en Europe... J'ai vécu seulement parmi des peuples noirs. Mon Dieu, mon Dieu, je suis un homme blanc... pourtant... je voudrais voir comment vivent entre eux, chez eux, les hommes blancs...

Il tourna vers moi son pathétique petit visage, à la pâleur malsaine sous tant de soleil.

— Vous savez, je suis né ici, mais j'ai encore des cousins en Écosse, dit-il avec une fierté puérile, déchirante... Eux, ils sont venus au Kenya, je les ai menés chasser jusqu'au lac Kivou. Ils m'ont invité chez eux... Je n'ai jamais eu les moyens suffisants pour le passage.

Le petit homme serra les poings, ou plutôt essaya de le faire, car ses doigts lui obéissaient mal, à cause de la maladie du plomb. Il chuchota, ses lèvres blêmes tordues par la haine :

— Mon père était riche, très riche, comme tous les premiers colons du Kenya. Des terres, des plantations, des hôtels — voilà ce qu'il possédait, le salaud... Mais il a tout bu, tout, jusqu'au dernier arpent, jusqu'au dernier moellon. Et il a laissé sans rien ses deux fils... Mon frère est devenu *white hunter* et moi... vous le voyez... Si j'étais seul, pour aller en Europe, je balaierais les soutes d'un cargo... Mais j'ai cinq enfants... Et je resterai pauvre. Et je ne verrai jamais les pays des hommes blancs. Mon Dieu ! ô mon Dieu.

Le petit homme levait à cet instant vers le firmament torride ses maigres bras, ses mains à demi infirmes. Il semblait, au sommet de la colline dévastée par ses soins, une réplique de ces baobabs enracinés pour toujours dans la terre africaine et qui dressaient leurs branches comme des membres suppliants et suppliciés.

Ô sources du Nil ! Ô mer des Indes !

Et cette rencontre dans le port de Zanzibar...

Accostés le long du quai, les cargos portaient tous les signes de l'âge, de la fatigue et de l'usure. Ils avaient peiné dans toutes les mers, sous toutes les latitudes, par tous les vents, chargés de tous les frets. Cabossés par le flot, rongés par le sel, maculés de houille et de cambouis, désuets et poussifs, ils montraient les traces épiques de l'éternel labeur marin. Ils témoignaient de l'énergie têtue du voyage patient, de l'aventure vraie.

Dans cette ferraille épique, parmi ces vagabonds ruineux, ces clochards de l'océan, il se trouvait un bâtiment encore plus vieux que les autres, plus rouillé, plus bizarre par sa cheminée, sa superstructure, sa passerelle, et la disposition de ses ponts étroits. Ce petit vapeur d'un autre siècle avait pour nom : *Le Safari*.

— C'est le seul bateau qui relie Zanzibar à nos possessions des Comores, me dit Corlouer, agent consulaire français. Affrontant le plus mauvais vent. Chargé à bloc de passagers noirs et de fret. Les seize hommes d'équipage sont des Swahilis. Son propriétaire et en même temps son capitaine est un Anglais, un marin si jamais il en fut... Son ancienne vedette, *N'Duwaro*, a coulé par gros temps.

Nous nous étions approchés du *Safari*. Des matelots noirs se déplaçaient nonchalamment sur son pont.

— Éric Hunt est un vrai sorcier, reprit mon compagnon. C'est lui qui a ramené, pris par un pêcheur noir des Comores, près de l'île d'Anjouan, le premier de ces poissons fameux que les savants se disputent à prix d'or.

— Le cœlacanthe ? demandai-je. Le fabuleux cœlacanthe qui n'a pas changé depuis 300 000 années !

— Parfaitement, dit Corlouer.

Il arrondit ses mains en porte-voix et héla :

— Eric ! Ohé ! Eric !

Je m'attendais à voir une carrure de pirate, une face de boucanier, ou, pour le moins, un homme fruste, recuit, tanné, salé par le soleil et les embruns des tropiques. Au lieu de ce loup de mer, un gentleman sauta légèrement sur le quai. Ses cheveux châtain clair étaient peignés soigneusement. Son visage était fin, régulier et clos. Sobre et souple de mouvements, il portait une veste de tweed et un pantalon en velours côtelé d'un gris passé.

Le patron du *Safari*.

— Alors, c'est fait ? lui demanda Corlouer. Vendu, le bateau ?

— J'en ai eu un prix honorable, dit Eric Hunt.

— Et maintenant ? demanda Corlouer.

— La Côte d'Azur, dit Eric Hunt. Il y a dix ans que je n'ai pas revu l'Europe.

Il nous quitta... Bientôt il serait à Nice, à Monaco ou à Cannes. Aucun de ses voisins d'hôtel, de restaurant de nuit ou de casino ne pourrait soupçonner sur quel rafiau il avait navigué de Zanzibar aux Comores et des Comores à Zanzibar, ni quel poisson miraculeux il avait ramené de l'océan Indien pour satisfaire la curiosité sacrée de l'homme...

*

> *Ô Tanga*
> *Ô Dar-es-Salam*

Le radeau accostait. Ses passagers descendirent. Le petit homme nu à la hache disparut dans la jungle. Mais je ne fis pas débarquer la voiture. Le temps me manquait pour aller beaucoup plus loin et aussi l'envie...

Le radeau reprit son chemin vers la rive qu'il avait quittée ; le chef des bateliers sonna de sa trompe marine et la ronde recommença le long de la chaîne.

Et dans le chant des haleurs noirs, j'entendais ce qu'ils ne prononçaient pas :

> *Ô grands lacs !*
> *Ô vertes collines !*
> *Ô vallée du Rift !*
> *Ô pistes fauves !*
> *Afrique !*

FIN

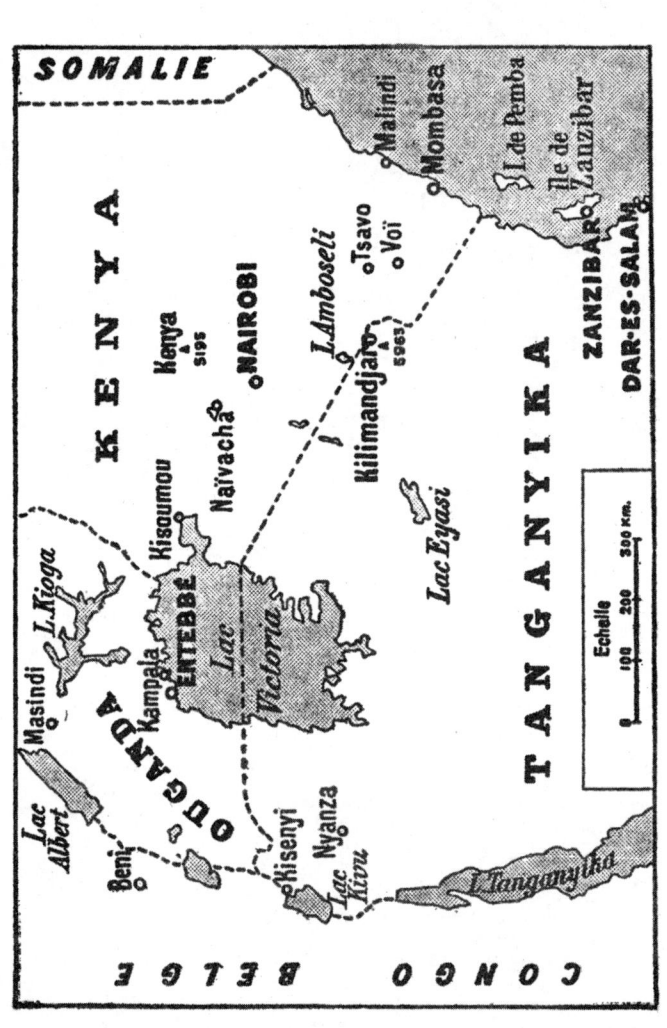

PREMIÈRE PARTIE

MAU-MAU

I. C'était l'âge d'or	11
II. La vallée maudite	20
III. Le mort vivant	32
IV. Les potences de Githunguri	39
V. Exorcisme	53
VI. Notes	62
VII. Un meurtre rituel	75
VIII. Colons — Planteurs — Soldats	84
IX. Les deux voix	103

DEUXIÈME PARTIE

LA ROUTE AUX MERVEILLES

I. Grands lacs... Vertes collines	115
II. À l'ombre des volcans	151
III. Le gentilhomme du Kivou	166
IV. La tribu fabuleuse	213

V.	La clairière aux Pygmées	251
VI.	Les derniers dieux du Nil	265

TROISIÈME PARTIE

HOMMES ÉTRANGES ET BÊTES SAUVAGES

I.	Le vieillard aux yeux violets	291
II.	L'énigme de la Vallée Heureuse	300
III.	Mes amis du lac Naïvasha	337
IV.	Les secrets des safaris	349
V.	Un chasseur	379
VI.	Trois Masaï sur la plaine	389
VII.	Le paradis du Kilimandjaro	402
VIII.	La querelle des hippopotames	441
IX.	Le blessé de Voï	449
X.	Zanzibar	458
XI.	Le chant des haleurs	473

DU MÊME AUTEUR

Aux Éditions Gallimard

LA STEPPE ROUGE, 1922 (Folio n° 2696)

L'ÉQUIPAGE, 1923 (Folio n° 864)

MARY DE CORK, 1925

LES CAPTIFS, 1926 (Folio n° 2377)

LES CŒURS PURS, 1927 (Folio n° 1905)

LA RÈGLE DE L'HOMME, 1928 (Folio n° 2092)

BELLE DE JOUR, 1928 (Folio n° 125)

DAMES DE CALIFORNIE, 1929 (Folio n° 2836)

VENT DE SABLE, 1929 (Folio n° 3004)

NUITS DE PRINCES, 1930

WAGON-LIT, 1932 (Folio n° 1952)

LES ENFANTS DE LA CHANCE, 1934 (Folio n° 1158)

STAVISKY. L'HOMME QUE J'AI CONNU, 1934. Nouvelle édition augmentée en 1974 d'*Un historique de l'Affaire* par Raymond Thévenin

LE REPOS DE L'ÉQUIPAGE, 1935

HOLLYWOOD, VILLE MIRAGE, 1936

LA PASSANTE DU SANS-SOUCI, 1936 (Folio n° 1489)

LA ROSE DE JAVA, 1937 (Folio n° 174)

MERMOZ, 1938 (Folio n° 232)

LA FONTAINE MÉDICIS (Le tour du malheur, I), 1950

L'AFFAIRE BERNAN (Le tour du malheur, II), 1950

LES LAURIERS-ROSES (Le tour du malheur, III), 1950

L'HOMME DE PLÂTRE (Le tour du malheur, IV), 1950

AU GRAND SOCCO, 1952 (L'Imaginaire n° 603)

LA PISTE FAUVE, 1954 (Folio n° 5768 repris en partie dans LE PARADIS DU KILIMANDJARO ET AUTRES REPORTAGES Folio 2 € n° 5976)

LA VALLÉE DES RUBIS, 1955 (Folio n° 2560)

HONG-KONG ET MACAO, 1957. Nouvelle édition en 1975 (Folio n° 5246)

LE LION, 1958 (Folio n° 808, Folioplus classiques n° 30 et Classico collège n° 38)

AVEC LES ALCOOLIQUES ANONYMES, 1960 (Folio n° 5650)

LES MAINS DU MIRACLE, 1960 (Folio n° 5569)

LE BATAILLON DU CIEL, 1961 (Folio n° 642)

DISCOURS DE RÉCEPTION À L'ACADÉMIE FRANÇAISE ET RÉPONSE DE M. ANDRÉ CHAMSON, 1964

LES CAVALIERS, 1967 (Folio n° 1373)

DES HOMMES, 1972

LE TOUR DU MALHEUR, 1974. Nouvelle édition en 1998

   TOME I : La fontaine Médicis – L'affaire Bernan (Folio n° 3062)

   TOME II : Les lauriers-roses – L'homme de plâtre (Folio n° 3063)

LES TEMPS SAUVAGES, 1975 (Folio n° 1072)

MÉMOIRES D'UN COMMISSAIRE DU PEUPLE, 1992

CONTES, 2001. Première édition collective (Folio n° 3562)

MAKHNO ET SA JUIVE, 2002. Texte extrait du recueil *Les cœurs purs* (Folio 2 € n° 3626)

UNE BALLE PERDUE, 2009 (Folio 2 € n° 4917)

REPORTAGES, ROMANS, 2010 (Quarto)

EN SYRIE, 2014 (Folio n° 5834)

LE COUP DE GRÂCE, 2016 (Folio n° 6235)

Aux Éditions de La Table Ronde

AMI, ENTENDS-TU…, 2006 (Folio n° 4822)

Composition Nord Compo
Impression Maury Imprimeur
45330 Malesherbes
le 29 mars 2021
Dépôt légal : mars 2021
Numéro d'imprimeur : 253179
1er dépôt légal dans la collection : avril 2014 .

ISBN 978-2-07-045695-6. / Imprimé en France.

379907

THE DENIABLE AGENT

THE DENIABLE AGENT
UNDERCOVER IN AFGHANISTAN

COLIN BERRY

Mainstream Publishing
EDINBURGH AND LONDON

Copyright © Colin Berry, 2006
All rights reserved
The moral right of the author has been asserted

First published in Great Britain in 2006 by
MAINSTREAM PUBLISHING COMPANY
(EDINBURGH) LTD
7 Albany Street
Edinburgh EH1 3UG

ISBN 978 1 84596 176 3 (from Jan 2007)
ISBN 1 84596 176 5

No part of this book may be reproduced or transmitted in any form or by any other means without permission in writing from the publisher, except by a reviewer who wishes to quote brief passages in connection with a review written for insertion in a magazine, newspaper or broadcast

A catalogue record for this book is available
from the British Library

Typeset in New Baskerville and Helvetica

Printed in Great Britain by
Clays Ltd, St Ives plc

'For those who fight for it, life has a flavour the sheltered shall never know'

ACKNOWLEDGEMENTS

I wouldn't be here and this book wouldn't have been written without the help of a number of people. This is my opportunity to publicly thank them.

To journalist Nick Meo, a great man who showed understanding, provided compassion, food and friendship when I was stuck in Kabul Central Prison, one of the worst places on earth.

Ceris Bailes of the RAF (FCO loan service), a tough young lady who got me out of Kabul Central through sheer strength and force of character when I'd reached the end of my tether.

Without fault, Bob Russell MP sought the truth, maintained the pressure and with great skill asked all the right questions of the right people.

Paul Hatcock, my legal adviser and long-standing friend, helped Alison through the many questions she had and brought calm to many an explosive situation, day and night. To Dr Rudge, for his professionalism, for his ability to listen to me upon my return and not judge, and for ensuring I was tested for just about every disease known to man.

To Derek, my new-found friend, a man of virtue and one of life's pillars. Unfortunately he must remain in the shadows with his many colleagues, but their undeterred efforts have helped restore our faith in the system ('from little acorns').

At Mainstream Publishing I would like to thank Bill Campbell for commissioning the book and Ailsa Bathgate and Graeme Blaikie for their work on it.

Thanks also to Jack Hughes for his help and guidance in getting my story into publishable shape. We connected as soldiers and have become friends as a result.

Most importantly, a heartfelt thanks to our very close and special friends for their unfaltering support, sensitivity and encouragement to Alison and the boys during those long months. To our close family members and our parents who were unfaltering in their belief and ability to understand why, there's a lot to be said for the 'Dunkirk spirit' and the sense of 'seeing it through'.

Finally, to my wife, the real hero of this book if there is to be one; as any wife who has a man at the sharp end will tell you, 'it's the not knowing that hurts'. Alison was unbelievable in her strength, courage and ability to carry on throughout the ordeal. She held on to hope and never let go for us all.

AUTHOR'S NOTE

This book is a work of non-fiction based on the life, experiences and recollections of the author. In some cases, names of people, places, dates, the sequence or details of events have been changed to protect the privacy of others. The author has stated to the publishers that except in such minor respects, not affecting the substantial accuracy of the work, the contents of the book are true.

CONTENTS

List of Abbreviations		13
Prologue		17
1	A Soldier of the Queen	43
2	The Reluctant Apprentice	68
3	Spooks and Stingers	94
4	Hearts and Minds	124
5	Kalashnikov Nights	137
6	The Tunnel	168
7	Remember the Alamo	195
8	A Guest of the Ministry	219
9	Hell on Earth	244
Epilogue		269

ABBREVIATIONS

14 Int.	14th Intelligence Company
AAFES	American Armed Forces Exchange Service
ABH	assault causing Actual Bodily Harm
ACP	Automatic Colt Pistol
AK	Avtomat Kalashnikova (Kalashnikov rifle)
AKM	Avtomat Kalashnikova (modernised)
APC	armoured personnel carrier
ARF	Airborne Reaction Force
BATUS	British Army Training Unit Suffield
BCU	battery and coolant unit
CIA	Central Intelligence Agency
CIB	Complaints Investigation Bureau
CND	Campaign for Nuclear Disarmament
CO	Commanding Officer
COP	Close Observation Platoon
CP	Close Protection
CSE	Certificate of Secondary Education
CSM	Company Sergeant-Major
DEA	Drug Enforcement Agency
DIA	Defense Intelligence Agency
DMS	direct moulded sole (boot)

THE DENIABLE AGENT

DOP	drop-off point
DS	Directing Staff
DST	Direction de la Surveillance du Territoire (Directorate of Territorial Security)
EOKA	Ethniki Organosis Kypriakou Agonos (National Organisation of Greek Fighters)
ERV	emergency rendezvous
EUC	End User Certificate
FAL	Fusil Automatique Léger (light automatic rifle)
FBI	Federal Bureau of Investigation
FCO	Foreign and Commonwealth Office
FRU	Force Research Unit
FRV	final rendezvous
GCE	General Certificate of Education
GCHQ	Government Communications Headquarters
GPMG	general purpose machine gun (gimpy)
GPS	Global Positioning System
HMG	Her Majesty's Government
HK	Heckler and Koch
Humint	Human Intelligence
INLA	Irish National Liberation Army
IRA	Irish Republican Army
ISAF	International Security Assistance Force (the western military coalition which had come to Afghanistan to support post-Taliban reconstruction, effectively the NATO presence in Afghanistan)
ISI	Inter-Services Intelligence (Pakistan intelligence service)
J2	the staff branch in a joint Headquarters like ISAF which deals with intelligence and security
LSW	Light Support Weapon
MRE	Meal Ready to Eat (a US Army ration pack)
NAAFI	Navy, Army and Air Force Institutes

ABBREVIATIONS

NATO	North Atlantic Treaty Organisation
NCO	Non-Commissioned Officer
ND	Negligent Discharge (the British Army term for carelessly or accidentally firing a weapon)
NDF	National Defence Force
NGO	Non-Governmental Organisation
NHS	National Health Service
NSA	National Security Agency
NVG	night-vision goggles
OC	Officer Commanding – this normally refers to the major who commands a company or squadron
OP	Observation Post
PAD	Projectile Area Defence devices
PIRA	Provisional Irish Republican Army
PTI	physical training instructor
PUFO	pack up and fuck off
PVCP	Permanent Vehicle Checkpoint
PX	Post Exchange
QRF	Quick Reaction Force
RMP	Royal Military Police
RPG	Rocket-Propelled Grenade
RSM	Regimental Sergeant-Major
RUC	Royal Ulster Constabulary
RV	rendezvous
SAS	Special Air Service
SBS	Special Boat Service
SF	special forces
SLR	self-loading rifle
SNCO	Senior Non-Commissioned Officer
TAOR	Tactical Area of Responsibilty
UN	United Nations
USOP	Unit Standard Operating Procedure

PROLOGUE

Kabul – 23 February 2003

Even in winter, the days are sometimes warm in Kabul, when the wind dies down and the sun is out. But the nights are always the same. The wind whips down the passes of the Hindu Kush, chilling the thin air at an altitude of nearly 6,000 feet, and there are no clouds to retain the meagre heat that the city generates. It's brass-monkey weather.

But it wasn't bothering me this February evening. In fact, I was feeling exhilarated, partly anyway, because I'd made the decision that it was time to get the hell out. I'd got my ticket sorted for the next day's Lufthansa flight to Frankfurt, and my bags were packed. I had the Makarov, which I needed to get rid of. I could have handed it back to the Ministry of Foreign Affairs, but that would have alerted them to my plans, and it would also have meant that I wouldn't have the comfort of feeling it sitting under my left armpit in its purpose-built holster. Still, it wouldn't be a problem. I'd give it to Karsi when he took me to the airport. He could keep it or sell it – as far as I was concerned, I wouldn't be needing it again.

Now I was just killing time. I'd pretty much sorted out my affairs, checked my ticket and was just lying back on my bed in my hotel room, watching *Fox News* for the umpteenth time on the TV and waiting to fly home. I'd already sent Alison a fax telling her I was on my way, and I would be glad to be out of it.

But, and there's always a but, there were going to be complications. Nikos was already severely pissed off with me, and he was going to be livid when he found out that I had upped sticks and left without telling him. How livid I wasn't sure. For a start, he'd left all his bags in my room, and the chances were that they wouldn't be left lying around for long once I'd gone. But, more importantly, I was pretty certain I had enough on him to drop him right in the shit. What I had to do now was find the right person or agency outside of our current circle that was going to listen to me. Nikos's bosses had spun me a good line about who they were and what they were doing, but the bottom line was that I couldn't actually be sure of any of it. One had been introduced as a head honcho at HM Customs and Excise intelligence, while the other had been introduced as MI6, but I couldn't be sure of their loyalties or even if they would back me up. I was learning fast that these intelligence people are always happy to take whatever you have to give them, but they are far less willing to give anything in return. In Afghanistan, I'd become involved in a high-stakes game, and I realised that in my position – the sub-contractor to a sub-contractor – I was playing a weak hand.

I didn't really have anywhere to go. I didn't know how much they knew about what Nikos was up to, how much had been sanctioned. As far as I could tell, they kept him on the end of a very, very long lead. They'd been running the guy for the best part of 40 years, ever since he'd been captured in his native country as a member of the EOKA guerrilla movement fighting the British colonial government. In the end, they'd turned him by offering the simple choice: 'Work for us or face the hangman's rope.' For a 'freedom fighter', this would have been a difficult decision

PROLOGUE

– in most cases, a moral dilemma. But not for Nikos: he was an operator, one of life's natural agents. He'd been playing both ends off against the middle all his life and come out of it rich and respected, if not respectable. If he was operating without their knowledge, he would shrug this off, as he'd done with similar allegations in the past. But if they knew . . . then I knew too much.

It was a concern, in fact a bloody major concern, no question, but until I knew exactly what was what, I'd keep quiet and wait until I got back. I knew I would feel much better about sorting it all out when I was safely home with Alison and the boys. I'd be working on my own terms and could go to my contacts, contacts I could rely on. The worst that could happen was that they wouldn't pay me for the last month. Big fucking deal. I wasn't so short of cash that I couldn't afford a few weeks without work, and it would be better than hanging around Kabul in what seemed to me to be an increasingly precarious situation.

It was at this point that the phone next to my bed rang. I was expecting a call, so I wasn't particularly surprised. It turned out to be the hotel reception desk one storey down – the only buggers who used the barely functional hotel telephone system.

'Mr Colin, hello, hello, man reception you.'

English wasn't the receptionist's strong point, but I gathered that someone was waiting for me downstairs. Although it was a little early, I was waiting for Mashouq, a former Mig pilot from the Afghan Air Force who'd traded in his aircraft for a Land Cruiser after having his leg shortened by a piece of shrapnel passing through his cockpit. He always drove at break-neck speed, and tonight he was going to drive me to a dinner appointment.

'Oh yes. Well, send him up.'

I was pleased to be seeing Mashouq before I left. He was a good family man who'd shown me nothing but respect and friendship whenever we'd met. I had a few items of clothing and toys packed into a small holdall for his children – something Alison had thought of while I was home on my Christmas leave.

In all, I was fairly relaxed, no alarm bells were ringing in my head, and I carried on lying on my bed, idly watching the TV. There was a knock at the door. I had a quick look around the room just to make sure everything was in order, nothing left out. It was sparsely furnished and all pretty basic: two single beds, a couple of chairs, a low table with some bowls of fruit and nuts, a fridge, a two-bar electric fire and a table-cum-desk where the TV sat topped with a coat-hanger aerial.

There was a spyhole in my door. I'd used it every time there had been a knock, but I was complacent this time, expecting to see one of my few friends, and I didn't bother to look through it. Bad mistake. I opened the door expecting to see Mashouq; it wasn't him.

Instead, standing there I found two surprisingly tall Afghans, one dressed in thick woollen robes with a poncho over the top and the other in a cheap leather jacket. I knew them both: they were brothers and they'd been round and about for a while. I'd first met them a few weeks earlier when they'd come to sell us something which might, or might not, have been a sample of a Soviet-era chemical weapon. The taller one in the traditional garb was called Husseini – he was my height, about 6 ft 2 in. The shorter one, who was still a respectable 6 ft or thereabouts, was Sherjhan, or something like that anyway. They came from around Herat and were connected with one of the warlords from that part of Afghanistan – probably Dostum. I was surprised to find them on my doorstep and took a step back, which they must have taken as their cue to push their way past me. Sherjhan took his shoes off as he came into the room, but the other one gave him a look that seemed to say, 'Why bother?' It was a little thing, but it made me feel uneasy: removing your shoes is a small but basic mark of respect in Afghanistan.

PROLOGUE

'Mr Colin, my friend, how are you?' Husseini asked in heavily accented English.

'I'm fine, thanks. How are you?'

'You remember me, Mr Colin? I am Husseini. I bring you Russian chemical.'

'Of course I do. How are you? Have you brought me something?'

'Yes, Mr Colin, I bring you something, but, before I give, have you my money?'

This was a tricky one. Once word began to get around that we were buying up functional Soviet support weapons and surface-to-air missiles that had been left over from the past 25 years of conflict, we'd been virtually besieged by guys like Husseini and Sherjhan bringing in all kinds of stuff, from ratty old small arms that we weren't interested in to SA-7s, Blowpipes and Stingers – highly effective, fully functional modern weapons systems for which we would pay big sums, cash on the nail, in US dollars.

Husseini and his brother were amongst the oddballs. Rumours that the Soviets had used chemical weapons in Afghanistan during their occupation had never gone away. They'd always denied it of course: well, they would, wouldn't they? But western intelligence agencies had seen what looked like chemical-weapons casualties in the Mujahideen hospitals in Peshawar and other border towns during the war, and western journalists who had travelled into Afghanistan with the Mujahideen had reported on what they thought were chemical strikes from aircraft and artillery. There were even rumours of western special forces (SF) and intelligence personnel who'd seen the attacks inside Afghanistan.

This was ancient history as far as I was concerned. But when Nikos and I had mentioned to our handlers, and to the American teams who were doing the same kind of work, that some of our Afghan contacts claimed to be able to get hold of chemical or even nuclear weapons and their components, they'd almost bitten our hands off. And for that reason alone it warranted my talking to these guys.

The whole point of this operation, as far as I could work out, was to get our hooks into anything that might eventually get filtered through into the hands of the Taliban or al-Qaeda, or some of the other renegade warlords, like Gulbuddin Hekmatyar, who were still active in the mountains of Afghanistan and the Pakistani North-west Frontier region. While it would be embarrassing, to say the least, if the US or ISAF (International Security Assistance Force) task forces in Afghanistan started losing men and helicopters to surface-to-air missiles that we'd originally sold to the Muj, it would be a disaster of fucking global proportions if Osama bin Laden and his nutcases got hold of a genuine weapon of mass destruction. That could make 9/11 look like a minor disturbance.

The first time I'd met Husseini, he'd come in with what he said was a sample of yellow rain. This was controversial in itself: yellow rain, or T-2 Trichothecene Mycotoxin, was supposedly either some kind of defoliant – a kind of super weedkiller like the Agent Orange the Americans had used in Vietnam to clear great swathes of the jungle that hid the Viet Cong and the North Vietnamese regulars who had carried the fight for them – or it was used as a lethal anti-personnel weapon in its own right. I'd heard both versions and didn't know which was true, but the dusty plains of Afghanistan are a far cry from the jungle vegetation of the Ho Chi Minh trail, if you get my point.

Husseini had said he'd got hold of some, and he'd brought in a thick, ribbed glass bottle with Soviet markings. It contained a pungent yellow liquid – it looked and smelled like a piss sample as much as anything – to prove it. We'd taken it off him and sent it for analysis, promising money if it turned out to be what he said it was, but we hadn't heard back yet, and I strongly doubted it would turn out to be anything we were interested in.

PROLOGUE

I wasn't overly surprised by this, as more than a few Afghans had arrived at our door with unlikely stories of weapons systems in the hope of prising a few dollars from us. The Afghans might have gone through 30 years of misery under a communist Afghan government, the Soviet occupation and then the Taliban, but they still had an eye for easy money like anyone else, and the fact that there were western intelligence teams in their now supposedly free country who were prepared to stump up hard cash for weapons wasn't lost on them. We'd been contacted by a lot of Afghans with genuine access to the weapons we were interested in, but we'd seen many more chancers and out and out conmen as well. I put Husseini and his brother Sherjhan in this last group, and if it hadn't been for our orders, I wouldn't have given them the time of day.

'Husseini, my friend, no, I haven't got your money yet, because I am still waiting to hear from the laboratory in America, but you have my word that if it was yellow rain, then you will be paid what we agreed.'

He nodded his head at me, but neutrally and without enthusiasm. His moustachioed brother said something to him in Dari. I'd picked up the basics, but his accent was thick and I couldn't catch it.

There was something perfunctory about the way they were talking to each other and to me which made me even more uneasy. They'd both sat down now, taking the two chairs whilst I sat on the bed. Husseini was sitting roughly in front of me with his back to the heavily curtained French windows that led onto the balcony of my room; his brother was diagonally to my right, sitting on a small chair with his back to the desk next to the TV.

'My brother says you will not pay us and that you are just trying to cheat us. The laboratory in America must know that the chemical we gave you was good.'

There was no particular threat in his voice, but it was unusual for an Afghan to be as direct as this, making plenty of eye contact, and it added to my feeling of disquiet. We were going nowhere with this conversation, so I decided to move it on.

'Do you have something else for me?' I asked.

'Yes.'

Husseini had a plastic bag with him, and he reached into it, pulling out a photograph – or rather a photograph of a photograph. It showed a frightened-looking man, eyes wide open and staring at the camera – probably an Afghan. He appeared to be in some kind of trench or hole in the ground, possibly in a cave.

'This man, big al-Qaeda,' he told me.

In the months I'd been in Kabul, we'd seen quite a bit of this. The Afghans knew we were in the market for weapons, to stop al-Qaeda and co getting their hands on them, and made the natural assumption that we might be in the market for some actual al-Qaeda types as well. Sensible, really, but we weren't interested. It didn't take a huge amount of imagination to realise that once we started buying people, we were going to create a market for kidnappings and outright fraud on top. I have a suspicion that a lot of Afghans would find the Guantanamo lifestyle pretty congenial in comparison to their miserable existence here, particularly with the thought of a share in a big US-dollar bounty when they were finally released.

'Oh yeah? Where is he?'

'Herat, Mr Colin.'

'Right. OK, you have to bring him here so we can meet him.'

I said this automatically, even though I knew I wasn't going to be there. They needed to know I wasn't going to hand over any money on spec, and, anyway, despite my problems with Nikos, I felt a certain loyalty to the mission and a sense of pride about what we had achieved so far.

'No, no, no, no! You must come and get him, we cannot bring!'

PROLOGUE

'Husseini, my friend, you know I trust you, but my boss needs to know that we aren't being cheated. This photograph is nothing. How can I tell him that you even have this man?'

Even in dirty deals like this you have to go through the motions. Husseini knew that I knew that he was trying to pull a fast one. Fair enough: you can't just say, 'Bollocks, you fucking liar, I'll give you the cash when I know you aren't cheating me.' You have to preserve the niceties.

Husseini reached back into his plastic bag and pulled out a cheap, crappy wristwatch.

'Here, in picture, same watch.'

I looked at the watch and looked at the picture: the same? Maybe, but then again it could have been any one of a million grotty cheap watches.

'I'll need more than that. Show me where he is.'

I had a road map of Afghanistan folded in my trouser map pocket; I pulled it out and spread it on the bed nearest Husseini. I pointed out Kabul and Herat, but I got the distinct impression that neither Husseini nor Sherjhan were very interested. They pointed vaguely towards an area where this 'al-Qaeda' man might be being held, and we talked for a bit about how we could arrange a handover, but I realised that if this was the reason for their visit, they weren't nearly as enthusiastic about the negotiations as they ought to be. More alarm bells started to ring in the back of my head.

Now Husseini's brother spoke up.

'You give us drink. Whisky.'

This was bad. I hadn't touched alcohol since I'd been in Afghanistan, but Nikos had a stash of it, and, when he'd left, he'd given it to me to look after. There were a couple of bottles of whisky, together with some gin and vodka, in my fridge. No way was I going to give it to them.

'My friends, you are Muslim, and I am your Muslim brother.

We don't drink whisky.' I was respecting their faith. True Muslims do believe we are following the same religion except that – to put it somewhat simplistically – we Christians haven't yet accepted Mohammed as the final prophet. These two fuckers were up to something, and I wanted to get rid of them as soon as possible. Boozing with them wasn't in my plans, and I couldn't be sure this wasn't some kind of trap. Some fundamentalists would see the fact that non-Muslims drink alcohol as a sign that they are unclean and use it as an excuse to attack them.

Mind you, their request wasn't any surprise, as a lot of supposedly observant Muslims do drink alcohol; but, in my experience, most of them won't do it in front of *kafirs*. There were enough warning signs now for me to realise that they were either trying to shake me down or, worse, kidnap me. They knew that some of the people I worked with had access to large amounts of cash and possibly figured that they would lay out some of it to get me back. Bollocks. What I had to do now was work out an exit strategy. I had to get either them or me out of there before it all turned nasty.

They switched back from demanding whisky to demanding money. In the sense that I didn't have any, other than a thousand dollars or so of my own cash, I was on safe ground: I couldn't give them any money.

'I don't have any money here. Only Mr Nikos has it, and he's in Dubai. Maybe we should meet again when he comes back?'

It seemed to me that they were now bored with the whole charade. Suddenly, Sherjhan said quite clearly to Husseini in Dari, 'Do it!'

Husseini started to reach under his poncho, and I could see the emerging pistol grip in his right hand: it was quite large, something like a Russian Tokarev or a Chinese TT. Shit. I was still sitting on my bed, leaning forwards. Thank fuck I was still wearing a photographer's waistcoat – a sleeveless cotton jacket covered in

PROLOGUE

big pockets, which is as much standard issue for itinerant spies, paramilitaries and even aid workers in the Middle East as it is for journalists. This covered my own Makarov, which was cocked and ready in a shoulder holster under my left arm. I slipped my hand casually inside the waistcoat, ready to draw and fire, but I didn't think we had reached that stage yet. It wasn't unheard of for guns to be drawn out and waved around even during friendly negotiations in Afghanistan, and this could still have been just a show of force.

I've thought about the situation a lot since then, because it's the classic dilemma: whatever I did now, the chances are I would be in the shit. If they kidnapped me, I was in the shit; if they intended to rob me, the chances were that they would kill me afterwards, so I was in the shit then; and if I killed them, well, I was in a foreign country without too much top cover and again I'd be in the shit unless I could get out of the country asap. All of which explains why I hesitated; my instincts and my training from my army days told me to open fire, but I didn't.

Husseini stood up now, holding the pistol openly in his right hand, trying to dominate me with his height. I stood up as well. The bed was between us, and I took a last step towards him. This was it. He began to raise the pistol into the aim with his right hand. I grabbed his wrist with my left hand, trying to make sure he couldn't point it at me. I tried one last time.

'Husseini, my friend, what is this?'

He didn't answer. I was in the weaker position physically. Afghans may be skinny, but some of them are strong buggers, and Husseini was one of these. I was trying to push outwards with my weaker arm; he was pushing inwards with his stronger arm. He was winning and the pistol was coming back to point at me. Fuck. What to do? My mind was racing, and everything else was now in slow motion. The second bed was between us and at Husseini's knee level: if I pulled him towards me, I might well be able to get him off balance by tripping him over the bed, and then I could resolve this with some good old-fashioned brute force.

I yanked his right arm with my left as hard as I could. He stumbled forwards. Simultaneously, I drove the base of my palm as hard as I could up into his face, aiming for the area just underneath his nose. There's an urban myth that if you hit someone hard enough there, you drive the bones from their nose through their brain. It isn't true, but it's a good target area and it fucking hurts. I hit his face a good solid blow (I subsequently found my aim had been slightly off and I had shattered his jaw), but as he went backwards: BANG!

The sensation I felt was as if something had been pulled backwards out of my side, leaving a void down by my left hip. When I'd hit Husseini, I'd pushed myself off balance, and the bullet that hit me knocked me off my feet. I fell backwards, landing in a squatting position with my back to my bed. Husseini was falling backwards, too.

BANG! BANG!

He fired two more rounds wildly into the ceiling. Funnily enough, the hotel was British built by Taylor Woodrow in the '60s and was of excellent design, hence its still being in one piece. It was largely constructed from reinforced concrete, and Husseini's bullets briefly ricocheted around the room.

With my back striking the base of the bed, my pistol was out from under my left arm. Sherjhan, or whatever his name was, was by now up and on his feet. I couldn't see if he had a gun or not. Tough shit: fuck him. With his brother momentarily out of the game, he was next. I aimed into the centre of his chest and fired three rounds in quick succession: BANG! BANG! BANG! He was only about three feet away. I couldn't miss. He keeled over to his left like a felled tree, his face hitting the floor with a crack.

Immediately I looked back to Husseini, and my gun hand instinctively followed. I was holding my pistol single-handed, arm

PROLOGUE

straight in a classic target-shooting position. He too was trying to get up and bring his pistol back to bear on me. It was a classic case of who got off the first aimed round. Fuck you, too: BANG! BANG! BANG!

I fired three rounds into the centre of his torso. He had been rising from the chair where he'd sat back after I punched him, and he now slumped back into it again for the last time, arms down by his side. His head was flung back by the impact of my bullets, but it slowly rolled forwards until his chin was on his chest, blood and drool coming from his mouth together with loud snoring sounds, a big red stain spreading down his abdomen. His pistol fell into his lap, still in his hand. I heard a brass cartridge case scutter across the floor.

Oh Jesus Christ almighty!

I felt numb. I knew I'd been hit. I put my hand down to my side and felt around. My hand was wet. I looked at it and saw it was soaked in blood. Oh Christ. There was no pain then, just numbness. I was still squatting between the beds, and I looked down. I moved my jacket to see the damage. There was blood, lots of it, coming from an area just above my left hip. I realised I was hyperventilating and made a deliberate attempt to calm myself down, take stock, breathe deeply.

Training took over. I had a spare magazine for the Makarov in a pouch under my right arm. I dropped the magazine from the pistol and put the new one in, which gave me nine rounds: eight in the new mag and one up the spout from the old one. If this was any kind of plan, then their back-up would be coming through the door any moment now. I wanted to get away, but I didn't want to move. I didn't know how badly hurt I was. My first thought was that maybe the bullet hadn't hit anything vital, but I didn't know and from my position it was impossible to tell.

I rested the pistol down on my thigh. Husseini was quieter now, but the one on the floor was making the gurgles and farting noises of a dying man. I took another look at my wound. I was wearing a heavy khaki-green cotton shirt and a pair of sandy-coloured hiking trousers. The blood was beginning to soak down the thigh of these, towards my knee, and it was beginning to pool on the floor under my arse, but it wasn't pouring out. I didn't think I was going to bleed to death. I found the entry hole on my shirt, no more than a tiny nick, slightly frayed round the edges. Very gingerly, I felt around my back to see if I could locate an exit wound, but I didn't find one.

I still didn't know how badly hurt I was. I tried wriggling my toes and feet. No problem: good, it meant I probably didn't have any serious spinal injury. I rolled my shoulders: again, no problem. There was still blood oozing out, but I was breathing OK and I hadn't shat or pissed myself. It was hurting a little but nothing outrageous. OK, not too bad. I'd just concentrate on holding my position for now.

I heard something: Sherjhan was trying to move. He had landed flat on his face, with his arms trapped underneath him. He was moving his shoulders, trying to get his hands out, groaning and grunting. I still didn't know if he was armed. Fucker, I'd hit him three times in the chest: he should have stayed quiet for good. There was nothing for it, I raised the Makarov, took aim at his head and fired. BANG! The round hit his right temple, just level with his ear. It went straight through, exited his face, hit the electric fire, went through that and thankfully embedded itself somewhere in the skirting. He stopped moving.

Husseini was still slumped in the chair, chin on chest. He hadn't shown any signs of life, but there was no sense in fucking around. 'Better safe than sorry,' I thought to myself. 'If he's still moving with three rounds in him, you could be still alive as well: fuck it.' I took careful aim between his eyes and fired. BANG!

The effect of this shot was somewhat more dramatic. The round seemed to remove the back of his head, and a quantity

PROLOGUE

of blood and brain tissue sprayed onto the curtains behind him with a big wet splat. He slumped over to his right, head cocked over his shoulder, and the remaining contents of his head began to drip out into my fruit bowl. The fresh smell of cordite mixed with the smell of bodily fluids that both parties now felt free to relieve themselves of.

Amazingly, nobody came to see what the shooting had been about. Someone must have heard it: 11 rounds had been fired in there. There was no way I could move myself very far, and even if the shots had been heard, obviously no one had the balls to investigate. I needed to get help. I reached into the pocket of my waistcoat for my mobile phone. I was starting to think again. The phone was charged up and switched on, the signal was fine. Who was I going to call?

The obvious answer was Nikos. He was my immediate contact, but he was out of the country. The British Embassy? We had a contact there, Gareth, whom I knew was from Six, but we'd always been kept at arm's length. The reasoning was simple enough: if we were ever compromised, then we could not compromise them by contact or admission. Hence most of our dealings with British officials had happened in Dubai or London, not Kabul. I had a strong feeling that even if I did call them they would just put the phone down on me. After all, I'd accepted the rules, and, although I'd be calling a secure phone in their section, I was on an unsecured mobile. For one brief moment, I even thought about calling home to Alison. I was injured and alone, and just to hear the sound of her voice would have been intensely comforting, but my problems were right here, right now, and it would have been cruel and stupid to ask her to organise anything from 3,500 miles away. What was I going to say? 'Hello, darling, how are you? I've been shot, can you call MI6 to get me out?' No chance. Instead, I called the Americans.

Not surprisingly, we weren't the only team buying up

Mujahideen weapons. The Americans were there as well: better equipped, better funded and better organised. The American team were from, I assumed, the DIA – the military Defense Intelligence Agency – or maybe the CIA; it didn't seem important, and the protocol was that you didn't ask. We'd worked together a lot in the past few months, and they had always been clear that, if we had any problems, they would back us up. While we operated largely covertly, under the cover of negotiating a low-cost modular housing project, they were much more up front about what they were doing, openly associating with the US presence in Kabul, carrying weapons in public and operating out of US bases. I had one of their team leaders, Patrick, on the speed-dial on my mobile phone – under the name 'Americans', oddly enough. I rested the pistol back on my lap and, holding the phone in my right hand, called up the number with my thumb, while still trying to apply pressure to my side, to stop the bleeding, with my left hand. Patrick answered after a couple of rings.

 '*Hi Colin, how're you doing?*'
 'Patrick, I've been shot.'
 '*Jesus Christ! Where are you? Is it bad?*'
 'I'm at the hotel . . . I don't know how bad; it's bleeding . . .'
 '*Christ! OK, hang in there. We're on our way. Are you alone?*'
 'It's just me . . . I shot two guys.'
 '*OK, hang on . . .*'

The phone went dead. I put it down and lay there. There was still no sound in the hotel, still no real pain from the wound, just a little stinging at the entry site. I wasn't feeling sick or light headed, though in theory I should have been in shock. I just wanted to move from this damn position. For some reason, my legs had begun to tremble uncontrollably. My mind was strangely clear and focused, and I was well aware that I was in a world of shit. In the minutes that followed, I ran over the events again and again, trying to work out whether I should have acted differently.

PROLOGUE

To me it was clear that I was justified in opening fire: Husseini hadn't been planning to ask me whether his gun needed a clean; he was going to shoot me or abduct me, maybe both. I tried to reassure myself that everything would be OK. Everyone who mattered knew what I was doing in the country: the Brits, the Americans and, most of all, the Afghans – after all, it was them who had given me the pistol and the permit to carry it. My hope now was that I would get some treatment, maybe give a statement and then get flown out of the country. Yeah, right.

I suppose that if I'd known how things were going to pan out, I probably would have made an attempt to get myself out of the country under my own steam. I could have called Karsi, patched myself up well enough to get down to Pakistan, bribed my way across the border and gone to the High Commission in Islamabad, but I was still thinking that everything could be sorted out in country. Wrong.

I must have been lying there for ten or twenty minutes when I heard some scuffling noises outside the room. I'd called Patrick a couple more times to jolly them along, so I guessed it was him and his team. I picked up the pistol again, pointing it in the general direction of the door. I noticed my hand had started to tremble, too. I heard a voice outside.

'Colin, you there?'

'Yes.' To me, my voice sounded thick and broken.

'You away from the door?'

'Yes.'

'Is anyone standing up?'

'No.'

There was a loud bang, and the door flew open. In my dazed state, it seemed like the room was instantly full of designer-clad figures, bristling with weapons, from pistols to M4 carbines. Patrick materialised in front of me.

'OK, Colin, we're here. Where are you hit?'

One of his guys, Doug, I think, was already kneeling next to me, slowly prising my hand away from the wound. I heard Doug sucking air through his teeth.

'Colin, can you hear me?' he asked.

'Yeah . . .'

'OK, you've taken a round, but I think it's in and out. It hasn't hit your spine. You've lost some blood, but you'll be OK. We need to get you to a hospital. I'm going to get a dressing on this, and we'll move you out.' He had pulled out a field dressing from a belt pouch and began to unwrap it.

'What the fuck happened, Colin?' This was Patrick.

'I think these fuckers came to kill me.'

I noticed that two of Patrick's team were handcuffing Sherjhan with the old police-style metal handcuffs. For some reason this bothered me.

'Why are they doing that, they're dead?'

Patrick looked down at me.

'Don't worry about it, man, just procedure.'

Patrick then started to brief his guys while Doug continued to dress my wound.

'People, we need to clean the room.' He pulled out a mobile phone and went out of the room into the corridor to make a call. I saw one of his boys putting my baggage into a couple of large duffle bags they had with them. Everything of mine went in there. They also picked up all the spent cases. Doug had taken my pistol and cleared it. He passed it to Patrick as he came back into the room. Patrick looked around, taking in the two dead Afghans. Sherjhan was now lying handcuffed and face down on the floor in a smeared pool of blood and snot. Husseini was still slumped in the chair, slimy ropes of blood, snot and brain tissue now congealing like thick seaweed, bridging the gap between the remains of his shattered skull and the fruit bowl.

PROLOGUE

'Colin, we're taking you out of here. We need to get you to hospital.'

He looked over to one of his men.

'Are we all clear here?' Someone said yes.

'OK, Doug, can he move?'

Doug looked at me.

'Can you walk if we help you?'

'I'll try, it doesn't hurt much.'

Doug and one of the others lifted me slowly and carefully to my feet, supporting me under my arms. They had a long coat, which they helped me into, to cover up the blood as they moved me. They slowly eased me through the door and down the corridor to the lifts.

We got down to the lobby. It was empty apart from two of Patrick's team who were covering the entrance with their M4s. One of them held the door open. They took me outside into the icy night air. There was a little more pain now, but mostly my left side was just feeling numb. Mind you, that could have been the result of sitting in a stress position in the hotel room for half an hour.

Outside were more of Patrick's team, keeping watch over their small convoy of three or four Land Cruisers. Doug and his colleagues took me to one of these and carefully sat me on the back seat. Andrew, their overall team leader, was in the front, talking on a mobile phone. Doug reached into the boot and came back with a blanket, which he wrapped around me.

I lay back there for a few minutes, then I heard voices outside and the sound of engines starting. The vehicle I was in rumbled into life and we started moving; hot air blasted from the vehicle's vents.

Both Patrick and Andrew were making constant calls on their mobiles, seemingly trying to organise an evacuation plan. Although I didn't know the full details at the time, they were trying to arrange a helicopter to fly me out to Pakistan. But through my disorientation and anxiety, their tone didn't sound decisive enough, and I needed reassurance.

'Where are we going?'

'It's OK. We're taking you to hospital. We need to get you properly checked out.'

This wasn't quite what I wanted to hear; I needed clarification. There were several hospitals in Kabul, but I knew full well that I would get the best treatment at one of the US or ISAF bases, or, failing that, any of the major western embassies, which all had doctors attached to them.

'You're going to get me out of here, right?'

'Colin, don't worry, we'll get you out.'

I wasn't so sure. They weren't sounding as confident as they ought to. I realise now that what was bothering them was the bullet wound. If I hadn't been shot, there would have been no problem. There were any number of ways of getting me out of Kabul quietly and invisibly, but a wounded man inevitably attracts attention, and there was also the risk that the wound was worse than it seemed. It would be a problem if I suddenly took a turn for the worse while flying at 15,000 feet over the White Mountains. Groggy as I was, I was starting to think about the angles here. I began to think that if the worst came to the worst and they decided not to pull me out, then I'd get my pistol back and try to go it alone. Maybe Karsi or one of the other Afghans would be able to drive me to the border.

From where I was lying, I couldn't see much outside other than the occasional sodium streetlight up above, but we hadn't been driving long when we came to a halt. I knew we weren't anywhere near Bagram. My door opened and Patrick stood there.

'We've had a change of plan, Colin,' he told me. 'We're at the War Victims Hospital.'

I'd been there before and recognised it immediately from its

PROLOGUE

high white walls, festooned with red crosses and red crescents. It had been set up by the Italian charity 'Emergency' as part of the European aid package for Afghanistan and was run by Dr Strada, an Italian who'd seen the worst of the troubles right here in Kabul and in a small village called Anaba in the Panjshir Valley. He and his team had helped care for the thousands of victims of Afghanistan's conflicts. We pulled up at the gates, but there was a new problem: the guards wouldn't let us in. The reason was straightforward: the hospital had a very strict 'no guns' policy for everyone apart from their own security men – who were the usual bunch of bearded, Kalashnikov-toting locals. The Americans were, of course, armed to the eyeballs.

After a bit of toing and froing, the hospital director appeared, an Englishwoman called Kate who had spent time during the war against the Soviets working as a nurse at Dr Strada's side with Ahmed Shah Massoud's Mujahideen group in the Panjshir Valley. She was a nice enough woman, but she was concerned that the Americans had brought me there. For a start, she knew as well as we all did that the US military had better facilities to treat me than she did; second, she was worried that my presence there would compromise their reputation for neutrality in the political, religious and ethnic conflicts which beset the country. The Americans were far from popular here, not least because the staff at the hospital were dealing on a daily basis with victims of the war they blamed the Americans for waging, by proxy at least. Obviously a point lost on my present company.

In the end, she compromised and allowed me in, though most of the Americans had to stay outside, and all the weapons were left there. I was driven into the courtyard and then, with the help of two Italian doctors, carried into a treatment room and laid on an examination table. The hospital itself was a nice enough place: a modern-ish building, like a 1970s infants school as much as anything, laid out in some gardens.

Patrick and one of the drivers had come into the treatment room with me. They were still trying to be reassuring: The chopper's coming in; we're going to get you out of here; you're going to be OK; yadda yadda yadda . . .', but all the time I was thinking, 'Why have we come here? This is not the right place . . .'

While this was going on, Patrick and the driver were stripping my clothes off me, still bantering, and then, strangely, once I was completely naked, lying on the table, they took a picture of me with Patrick standing next to me. Meanwhile, the two Italian doctors were trying to get the Americans out of the way so they could complete their examination. With the picture taken, and after they'd joked that they would email it to my wife, they moved aside to let the doctors get on with it. I never found out the reason for this bizarre photo opportunity.

The doctors had a good poke around the wound. It was hurting now, and one of them, Massimo, who spoke good English constantly flavoured with the word 'fuck', explained what was going to happen.

'OK, we fucking have to operate to cut away all the fucking dead tissue and get all the fucking dirt out of the fucking wound.'

The Americans were still hovering in the background.

'Ah, how long will that take? When can he be moved?'

Massimo started to explain, but I could hear more American voices outside. One of them belonged to Andrew.

'Yeah, we've been ordered to pull back, we can't have visibility on this.'

This was not good news.

'What do you fucking mean, pull back? You can't fucking leave me here.'

Patrick tried to reassure me.

'Colin, don't worry, it's just temporary while we sort this out . . . we'll be back . . . good luck.'

PROLOGUE

And they were off. Thanks a fucking lot, guys.

Massimo wasn't too impressed either, maybe because I'd 'out fucked' him.

'Fucking bullshit American bastards!'

I couldn't have agreed more.

Massimo and his colleague now moved me from the table to a trolley. I'd assumed they would operate there and then, but now I was wheeled, still completely naked, outside the building, along a pathway past some small gardens to another similar room with a big, shiny, bright light on the ceiling, surrounded by a mirror-like reflector. It was now, for the first time, that I was able to see the wound properly, reflected in the ceiling above me.

The most obvious thing was a big black-crusted scab that had started to form. Partly the blackness was dried blood, but it was also caused by 'tattooing' on the skin, because Husseini's pistol had been so close when it fired. Tiny particles of burned powder coming from the gun had been so close to me that they'd gone through my shirt and penetrated my skin, colouring it black rather like a burn mark on wood.

I remembered enough from my time as a soldier to understand what they were going to do now. Basically, one of the main things you need to do with gunshot and shrapnel wounds, when there isn't major damage to organs and other structures, is to débride them. This means cutting away all the dead and severely damaged tissue, which allows new healthy tissue to grow there when the wound is healing and also reduces the risk of infections. It can be a painful old process.

Massimo leaned over me and said, 'Now we make you sleep for a while.'

'No way!' Now was definitely not the time to be unconscious. 'Can you just use a local anaesthetic?'

'You fucking English are mad! This going to fucking hurt.'

He was right. Even the injections of anaesthetic around the

wound fucking hurt! With the anaesthetic in and working, next came stage two. This really did surprise me. Watching the reflection in the lights above me, I saw Massimo produce a fucking great pair of surgical scissors, push them into the bullet entry hole and then cut round to the exit wound. Jesus Christ! That really did hurt, and even more upsetting was the sound of the scissors, which sounded like they were cutting through cardboard. Fuck! I had to look away. I'm not particularly squeamish, but pictures *with* sound was too much.

I imagine if I'd been in England or the US, they would have had a specialist team carefully flushing the wound and then delicately assessing which bits of tissue could be saved and which would have to go. Not here. These guys had to deal with this kind of injury every day, and they didn't have the time or the facilities to do anything other than get straight down to business. I was slightly distracted by Massimo's colleague, who put an IV drip into my right arm whilst Massimo did the cutting, but not much.

With the wound cleared out, cleaned up, closed and dressed, I was moved again, this time to a curtained-off alcove at the end of what turned out to be a children's ward. I'd been there a while when Kate, the hospital director, came in.

'How are you feeling, Mr Berry?'

'I'm fine. Call me Colin and can I use your phone?'

'No, I'm sorry. I can't let you do that.'

'Why not? I need to call some people. I need to call the British Embassy.'

'I'm sorry, but, no, I can't let you.'

'Look, there's only you and me here. Nobody will know . . .'

'No, I'm sorry. Anyway, the Embassy know you're here.'

'How?'

'I phoned them. I've got to tell you, I really don't want you here.'

PROLOGUE

She said this quite matter-of-factly.

'Well, that's good, 'cos I don't want to be here either. If you give me my clothes back, or give me another set of clothes, then I'll be out of here.'

'Don't be daft. You've been operated on and sedated, you can't go. You're not fit to move.'

'I'm going to be leaving here in a few minutes unless you let me use your phone.'

At that, she walked off, returning a few minutes later with a couple of her Afghan guards.

'This is my hospital. Don't argue with me. You're staying here until you're well enough to move.'

That kind of settled it, I suppose. What was I going to do? I was stark-bollock naked with a bullet hole in one side of me and a drip going into the other. There was no way I could take on the Afghans who were guarding me, and I couldn't even bribe them, as I had no money. Shit.

I hadn't been there long when a new delegation appeared. First into my ward was a well-groomed elderly Afghan, who was followed by two men dressed in rather bizarre '70s-style suits – with their flared trousers, wide lapels and kipper ties, they reminded me of some characters I'd met in Cyprus many years before. Behind them were two others in black jumpsuits carrying HK MP5 sub-machine guns: secret intelligence police. Their leader – General Jellali as it turned out – smiled at me and calmly said, 'Mr Berry, you are a spy!'

Shit.

CHAPTER ONE

A SOLDIER OF THE QUEEN

The first thing you need to know about me is that I'm not James Bond. I was a soldier for the best part of 12 years, I've worked in the public sector, and I've run my own businesses. While I've completed plenty of military courses in OP work (observation) and surveillance, I've never been trained as a spy or a secret agent. I got into that by accident, and I've had a lot of time since then to wish that I hadn't.

And part of the reason for that is that however bad things got for Bond, whether he was about to get his knackers lasered off or be thrown in a shark-filled pool, he knew that someone, somewhere, was looking out for him. In my case, by the time I found myself lying on the operating table in the War Victims Hospital in Kabul, with a surgeon who looked just like the Swedish chef from *The Muppet Show* scouring out the dead flesh from the bullet wound in my abdomen, I was pretty sure that the people who had got me into that situation weren't going to be crying too many tears of sorrow that it had happened.

At the end of the Bond films, more often than not, when Bond has emerged from the ruins of the villain's secret underground lair, battered but unbowed and clutching hold of the bikini-clad love interest, Felix Leiter and the CIA are there to whisk him away in a boat or helicopter – home in time for tea and medals.

Well, that didn't happen with me either. The American spooks who pulled me out of the hotel room could have taken me to the US Embassy, or to one of the ISAF compounds around Kabul, or even to Bagram Airbase. They knew me well enough: we'd been working together for months. But they didn't. They dumped me at the War Victims Hospital, where they knew the Afghan authorities could get hold of me. And they left me there.

Thanks a fucking bunch, guys. You must feel really proud of that one.

Not that I realised at the time how deeply in the shit I was. I said I'm not James Bond, and I'm not. But I still depended on the people I was ultimately working for to care enough about me to come and get me out before things got too bad. I'd met with the shadowy face of British Intelligence and been briefed that I'd be working on matters of national importance. Unfortunately for me, while the mission was real, the back-up wasn't. I hadn't been set up as such, but the fact is that I was a perfect asset for them, a kind of freelance sub-contractor working for a freelance agent, and if they could afford to drop anyone in the shit, it was me. The perfect deniable agent.

* * *

At which point it's worth pausing so I can tell you a bit about myself. I was born in the mid-'60s into a completely ordinary working-class family in Romford, in the distant suburbs of east London. By the time I arrived, my dad was a haulage contractor driving back and forth to the Middle East, but he'd been a regular soldier, too, initially serving as a tank crewman in the 3rd Carabiniers and later as a volunteer in 22 SAS Regiment serving in Malaya and Oman and other lesser-known countries. Of course, that was all before I was born, and the SAS meant nothing to me when I was growing up. When I was a bit older,

A SOLDIER OF THE QUEEN

Dad gave me some of his SAS badges, but I think I swapped them or sold them at school.

Mum had married Dad at a young age, and, I guess to make up for the lonely days, she orchestrated some extra company. They'd had my older brother, me and my younger sister in the space of six years. We stayed in Romford until I was about five and then moved a bit further out to Upminster. We were living there when my parents' marriage broke up. Dad moved out, eventually marrying again and settling in Sussex, and us kids stayed with Mum, as she also remarried and moved us to Harold Hill, a few miles north of where we'd lived in Upminster.

I had a pretty normal upbringing. At school during the '70s we went through the whole business of the coal miners' strikes, the three-day week, power cuts, heatwaves and, to balance things out, the 'Winter of Discontent', but that just seemed to be how things were then. Britain was a small, war-weakened country on a downward slide. I did OK, though. I was big for my age, so I was never bullied at school, and academically I was all right: not Einstein, I admit, but I got my GCEs and CSEs as they were called in those days.

The big issue was what I was going to do after that. My mum's preference was for me to join the police. My brother Peter had got himself an apprenticeship as a toolmaker when he left school, which everyone was happy with, but joining the police was tricky. It wasn't as if we had anything to fear: we were an honest, hard-working family. But back in the late 1970s and early '80s, the police didn't have a good name, and while Mum didn't mind the idea, Dad hated it. His plan was that I would go into the army, maybe learn a trade, but certainly grow up and start to take life seriously.

What happened next was a long-distance battle of wills between my parents that Dad eventually won. By that point I'd passed the initial interviews for the Metropolitan Police and got myself a place at Hendon, the police training college. Instead, I headed for the army recruiting office in Romford with my mate Jeremy Drummond from school.

Jeremy and I had teamed up early on at secondary school, and, to be honest, we were the bad lads: not criminals, but we were a bit handy, and we did what we wanted to do. Both of us sported the then fashionable hard lads' uniform of skinhead haircut, Fred Perry polo shirts and Dr. Marten boots. We were bored at school, and we lacked the interest to sit through classes in physics or religious education. Sure, we had the ability to pass exams, but it was more fun to use cunning and charisma. We spent a good deal of our time in and out of scrapes back in those days, and I remember that it was invariably Jeremy that took the lead, probably because of his boxing skills.

The big reason my mum was against the army was Northern Ireland. By this time the conflict there had been dragging on for ten years and didn't look anywhere near coming to an end, and the news that came out of the Province was always bad. Just the year before, 18 British soldiers had been killed in a carefully planned ambush at Warrenpoint, just outside Newry, and, coincidentally, this happened on the same day that Lord Mountbatten was murdered while boating near his holiday home in the Irish Republic.

All of this was touched on in the recruiting materials at the office, along with pictures of skinny blokes holding beer cans and running around in Bermuda shorts on some foreign beach – and at 16 that kind of balanced it out. A kindly old sergeant in his khaki number two dress uniform sat us both down and gave us a handful of pamphlets to look through. Most of these seemed to show cooks, mechanics, drivers and so on – REMFs (Rear Echelon Motherfuckers), as I would learn to call them – and the tone seemed to be: 'Look, it isn't all bad . . .'

Well, that wasn't what I wanted. There was one pamphlet for

the infantry, and I seem to remember the front cover showed a soldier in flak jacket and beret, holding his SLR and crouching down by a graffiti-covered wall. That was my idea of what soldiering was about. The recruiting sergeant gave us some tests to do – basic intelligence tests, a few sums and that kind of thing – then I had a chat with him.

I told the recruiter I wanted to join the infantry, and he didn't argue too much: there are always vacancies for infantrymen. I didn't know how Jeremy had done in the tests, but he wanted to go for the infantry anyway, so we were both happy. Even so, nothing was decided yet, and there were a few more hoops to jump through before I could join up.

A few days later, I had another interview at Forest Gate followed by a medical. This was no problem: my eyesight and hearing were fine, and I was in good shape. I did a lot of sport at school – running, swimming and rugby – as we all did in those days before schools flogged off their playing fields and decided competitive games were bad for us, so it was on to the next step: the recruit selection centre at Deepcut in Hampshire.

This was a two-day process during which we did a run and a few more tests, and had a series of talks about the different parts of the army – the arms and services, regiments and corps – followed by interviews with officers. The first one of these I had was with a major. He had a buff-coloured folder on the desk in front of him, and he skimmed through it as I sat anxiously on a wooden chair in front of him. Finally, he looked up.

'You've done pretty well, Berry. From your results here I think you'll make an excellent tradesman. How do you feel about becoming a topographer?'

This floored me a bit, as I hadn't got a clue what a topographer was. He explained it to me: map making.

'Ah, no, sir, I want to be a soldier.'

This was a bit of a foot-in-mouth moment, but he must have been used to it.

'Everyone in the army is a soldier first, a tradesman second.'

'Sorry, sir, er, what I mean is I want to be in the infantry.'

'Are you sure about that? There are a lot of trades open to a bright lad like you. Not interested in being a sapper?'

'Not really, sir.'

He thought about this for a moment.

'OK then, which regiment do you want to join?'

This was all a bit complicated for me. I just wanted to join the army, and I hadn't given a lot of thought to the complexities of arm, regiment and trade. The only infantry regiment that sprang to mind was the Green Jackets, probably because they had featured in one of the recruiting booklets I'd been given at the recruiting office and because I'd heard them mentioned a lot on the news. Later on I found out the press coverage was for all the wrong reasons, as the Green Jackets were having a hard time of it in Northern Ireland. The Major made a note of this, but then he looked me in the eye.

'Berry, you're sixteen years old. You've got decent enough qualifications from school, and you've done well in the selection tests. If you join the army now, you'll join as a boy soldier, which means you won't get out of training for a year and you won't be getting paid as much as an adult soldier. Also, I think you're probably a bit too mature and grown up to fit in with the young lads you would be training with. What we'll do is defer your entry until after your seventeenth birthday, then you can join as an adult, and you'll be out of training and in your battalion after five months. How does that sound?'

As far as I was concerned: not good. Being the cocky sixteen year old I was, I argued the toss with him. I wanted to join now, not hang around for six months until I was old enough. He was a bit surprised but agreed to let me go on to the next interview with a colonel who would take the final decision.

The next interview went more or less the same way. The Colonel tried to persuade me to join one of the technical trades through an apprenticeship, but I still wasn't having it. He then tried to persuade me to join as an adult, which I wasn't having either, and finally he agreed to let me join up as a junior Green Jacket. At which point I hit a slight snag: the next junior Green Jacket intake at Winchester wasn't for another six months. Bollocks. The Colonel checked in a file and said, 'You could go to the Queen's Division – they have an intake of juniors starting next month.'

That sounded better. I agreed, and within minutes I'd sworn an oath of loyalty to the Queen, been attested and been paid the Queen's Shilling, which was actually half a day's pay then: about a fiver. Not much, but it was the first money I'd ever earned, and I hadn't really had to do anything.

'Congratulations, Berry. By the way, you'll be joining the Royal Anglian Regiment.'

'Oh, who are they?'

The Colonel told me a little about them, ending up with '. . . they're a fine, traditional regiment of the line'.

Which was fine by me. The clerk in the orderly room gave me a rail warrant to get home, and off I set, highly delighted at the prospect of going to the Queen's Division Depot at Bassingbourn in a month's time. I got home and quickly spread the news: Mum was upset; Dad was delighted; my girlfriend Mandy thought it was a good idea; my brother was bemused that I'd done something as stupid as joining the army; and my sister was too young to comprehend. You can't please everyone. Jeremy had gone through the whole process with me and didn't have any trouble persuading the recruit selection centre that he was ready to start as a junior soldier right now. He was allocated to the Queen's Regiment, but would be training in the same place as me.

A week or so later a brown 'On Her Majesty's Service' envelope turned up for me at home containing instructions to report to Bassingbourn, a list of things I needed to take – like black boot polish, spray starch and coat hangers – and another rail warrant to get me from home to Royston in Cambridgeshire, via King's Cross station in London. And a couple of weeks after that, having said our goodbyes, and dressed in our Sunday-best coats, suits, shirts, ties and polished shoes, Jeremy and I duly set off on our big adventure.

Like most young lads from our background, we were cocky little buggers, but as the train got nearer and nearer to Royston, I started to feel more than a little nervous. Not scared exactly but a little bit worried about what we'd got ourselves into. There were a lot of other young lads on the train dressed more or less the same as we were, some of them speaking in accents I'd only ever heard on TV. These Geordies, Yorkshiremen and Brummies were off to join the Fusiliers, who were also part of the Queen's Division. This sense of foreboding got worse after the train had pulled in to Royston and we'd unloaded ourselves and our suitcases. After milling around like sheep for a while in the station entrance, we were taken under control by a fearsome man with a loud voice, wearing a beret, green woolly jumper, lightweight trousers and shiny black boots, yelling at us to get ourselves and our kit onto the back of a series of four-tonne trucks that were parked up on the station forecourt.

Jeremy and I got on one of the trucks and sat on a wooden bench near the tailgate. We were mute, lost in our anxiety, as it started up and rumbled off towards the barracks. The journey seemed to take no time at all, and soon we were driving through a gate 'guarded' by an old Saracen armoured personnel carrier (APC) and Centurion tank and cruising past a series of neat, smartly whitewashed buildings. Bassingbourn: our home for the next year.

A SOLDIER OF THE QUEEN

If you've seen the Stanley Kubrick film *Full Metal Jacket*, you'll have some idea of what recruit training is like, and, actually, you'll also know what Bassingbourn is like, because that's where all the recruit-training scenes were filmed. The trucks clattered to a halt on the main parade square, the tailgates crashed down and, as we bemusedly attempted to extract ourselves and our baggage from the trucks, we were greeted by a fusillade of shouting and swearing from what turned out to be our training corporals.

Here's a tip for anyone who joins the army: don't be tempted to dress casually on your first day. Like I said, I wore my Sunday best, and, while I was uncomfortable, it didn't cause me anything like the hassle that a few of the lads who'd shown up in T-shirts and jeans – and even worse, with long hair – got: 'What do you fookin' think this fookin' is? Fookin' Woodstock?'

The corporals made us leave our kit in a pile and then formed us into a line in alphabetical order. Not surprisingly, this took a bit of time as we stumbled about uncomprehendingly. Finally in one long rank, we numbered off in a process which needed about six goes before we got it right, and then, divided into smaller groups, we were lined up in front of a series of desks which had been set out on the square, where we were to be issued with our army numbers. I was about third or fourth in line and after a short wait found myself in front of a small ferocious-looking corporal, wearing a blue beret with a red-and-white feathered hackle in it.

'Right, son, what's your name?'

Innocently, or perhaps just stupidly, I replied, 'Colin.'

'I want your fucking surname, cunt. Get to the back of the queue . . . and fucking call me Corporal next time.'

Blushing like an idiot, I ran to the back of the queue. Next time up, I got it right, and, oddly enough, Jeremy and I ended up with consecutive army numbers.

After this, we were sorted into sections of 12 and marched at high velocity, while trying to cling on to our suitcases and other paraphernalia, to our accommodation. This was in Swiftplan blocks – prefab buildings a bit like Portakabins. The section commander I was assigned to was Corporal Colin Stott from 1 Queen's, who, when he was out of sight of his colleagues, was actually a really nice bloke: approachable, caring and helpful, which is just what you need when you're a bewildered 16 year old. We lived in four-man rooms, and each of us was allocated a bed, a locker, a bedside table and a floor mat, all of which had to be kept immaculately clean. We were also given our bedding, which was to be organised into a bed block – an über-neat stack of carefully folded sheets and blankets. But we learned all of this later. The first time we went to our rooms we just had time to drop off our bags at our bedspace before we were marched as a squad to the cookhouse to get something to eat, marched immediately back again to collect knives, forks, spoons and mugs, and then given a few minutes to pile as much sausage, chips and beans down our necks as we could manage in the time available.

Some time on that first day we were issued a set of green coveralls to march around in so that we all looked the same. We also received a camouflage baseball cap, known in the army as a cunt cap or DILAC (Do I Look A Cunt) hat. Then it was into the rounds that made up our induction into the army: kit and clothing issue, medicals, vaccinations, haircut (not that I really needed one) and all the rest of it.

The first six weeks of training were unquestionably an eye-opener, and, looking back, I can understand exactly why. The job of the training staff was to take a gaggle of spotty cocky oiks and turn us into soldiers, and you don't do that with kid gloves. Everywhere we went, we marched like little clockwork soldiers: left arm behind our backs clutching whatever we had to carry, right arm swinging shoulder high, back straight. Every time any of the hierarchy – the RSM, the CSM, or whoever – saw us, we were invariably pulled up and made to do something: clean up fag ends and other litter, double across the square or whatever, and when this inevitably made us late for what we were supposed to be doing, we found ourselves with extra guard duties, show parades or more doubling round the square.

But along with the embuggerance factor, there was a lot to grab our attention as well. We started to learn about our personal weapons – in those days the SLR, the British version of the Belgian FAL, a hefty, rugged semi-automatic rifle in 7.62mm calibre – and we began to absorb the basics of tactics, first aid, drill, signals and all the other skills which go to make up the infantry soldier's professional armoury.

I think the only thing I had a real issue with was discipline. As the course went on, I began to realise what the recruiting officer at Deepcut had meant about me being too mature to be a junior soldier. I found myself regularly in trouble for asking 'why?' when we were told to do things, and it seemed to me that a lot of the other lads on the course were still basically children. Before I arrived at Bassingbourn, I'd been away from home on school trips, and I'd travelled extensively through Eastern and Western Europe with my dad, but a lot of the lads had never actually been away from home in their lives and many of them suffered badly from homesickness. I would often hear them crying themselves to sleep at night, which I never did. Even more surprising was how helpless some of them were. I can't claim to have had a particularly tough upbringing, but my mum did expect us all to pitch in around the house, and so I didn't have a problem with washing clothes, ironing, making beds and all the other basic domestic skills, but some of these kids couldn't even wash themselves until they were shown how to do it by the rest of us or the training staff.

At the end of the first six weeks, we had a parade to pass off the square, after which things changed a little bit for the better. We were now allowed out at weekends and some evenings, and we were allowed to wear our regimental berets instead of the cunt cap, which, in my case, was the khaki one of the Royal Anglians. This actually raised a question for me. I knew by now that I was due to go to the 3rd Battalion Royal Anglians – the 'Pompadours' – in Fallingbostel, northern Germany, at the end of my training to face the Russian hordes. My training platoon sergeant was from 3 Royal Anglians, and, while he was a nice enough bloke, he and a lot of the other Anglians spoke with a rich Norfolk accent. On the other hand, my corporal and all the other guys from the Queen's Regiment spoke with London accents like mine. It seemed to me that I would be a fish out of water in the Royal Anglians, and I went to see the platoon sergeant to ask if I could change. His initial reaction was to tell me to fuck off, but persistence paid off and I was re-badged to 1 Queen's – which was also where Jeremy was going – who would be going to Northern Ireland shortly after I joined them.

I did enjoy most of the training and, mature as I supposedly was, I grew up a lot. As juniors, we had a wider curriculum than adult soldiers, and the course included a lot of adventurous training activities, like climbing and canoeing. There was also quite a bit of sport, including rugby and soccer, and there was boxing, too, which I learned and enjoyed. At some stage I broke up with my girlfriend – I can't remember if I dumped her or she dumped me – but to counter this I now had a few quid in my pocket and the chance to sample the exotic nightlife of Royston. This mainly involved sniffing out the pubs which didn't mind serving underage drinkers, but Jeremy and I had also acquired motor scooters so we could shoot off to London on a Saturday night, and this widened our scope a bit.

On the negative side, I began to see some of the hostility that civilians have towards soldiers, particularly in garrison towns. I was in a pub in Royston one night with a couple of the lads when the local menfolk decided to take against us. We were doing OK until the first whack; with the second it sank in that despite the obvious age difference they weren't going to stop there. In all, the three of us put up a good show considering we were still sixteen and most of their number (at least eight) must have been over thirty, but that was, of course, until one of them broke a Carlsberg crate over my head – no mean feat, because those things are built to last – and then tried to stab me with the splintered ends of the wood. I woke up in my room in barracks the next morning with my face sticking to the pillow and my head the size of a watermelon. The medical officer confirmed I had a hairline skull fracture but other than being put on light duties for several weeks this didn't interfere with my training. From the discipline point of view, the only repercussion was the platoon sergeant telling me not to go back to this particular pub for the time being and reassuring me that we would all go back and sort out the fuckers who'd done it at some point, which was fine by me.

Military training was great as well. We got about a lot to the various training areas around Britain: Sennybridge in Wales, Warcop in Cumbria, Salisbury Plain, Thetford in East Anglia. And we began to see who were going to be the good soldiers and who weren't. There was one lad in my section who'd come from a really tough background and seemed to be away with the fairies half the time. Out on exercise, as the 'runt of the litter', he was invariably the guy who ended up carrying the section gimpy, or general purpose machine gun (GPMG), and was thus always the one who wound up tangled up in his own kit, thrashing around in the undergrowth when we were trying to be terribly serious and silent. Even so, in the end he was good enough to make it through.

The only blip towards the end of our training was the settling of accounts at the pub in Royston where my skull got fractured. With a certain amount of encouragement from the platoon

Directing Staff (DS), we went down there mob-handed and sorted the place out, an activity which ended up with us all on a block booking in front of the Commanding Officer (CO) on charges of ABH. A £15 fine each appeared to sort it out and nobody ended up in court, which was nice.

I passed out of training in the summer of 1981 and received a posting order – as expected – to 1 Queen's. At this time, they were based in Howe Barracks in Canterbury, which was nice and close to home, but when we got there the place was virtually deserted. It turned out that the battalion had just been out at the British Army training area – BATUS – in Alberta, Canada, and they'd all been sent on summer block leave except for a fairly small rear party left behind to keep the place running.

This turned out to be a good thing. Although we got jiffed for all kinds of odd jobs over the next couple of weeks – a lot of guard duty, vehicle painting and other fatigues – it meant we had a chance to settle in and to get to know the local area a bit, as well as making the acquaintance of some of the old sweats – the 30-year-old privates who had inevitably been left behind as rear party. This could, however, be quite expensive, as the price of being allowed to socialise with these lads was buying the beers on our trips out to the pubs. It was a worthwhile investment, though, because when the rest of the battalion returned from leave, the old sweats were able to give us a bit of protection from the standard bullying and hazing which us crows would normally attract.

We also started to get really fit. I was fit when I joined the army, and I'd got fitter during the training, but we discovered that a whole new level of fitness was required in the battalion. One of the rear party corporals, who was a physical training instructor (PTI), showed us what this meant by running us ragged around the Kent countryside on daily half-marathons when we weren't otherwise engaged. Even so, we weren't so shagged out that we couldn't enjoy the other attractions the area had to offer, like the nearby nurses' home and the girls studying at the local university and colleges.

As soon as the battalion reassembled after leave, we began intensive training. It was now the turn of 1 Queen's to be the army's spearhead battalion – supposedly ready to go anywhere in the world at 24 hours' notice. I was posted to a rifle platoon in A Company, commanded by a lieutenant called 'Buck' Rogers and with a bloke called Brian Bartlett as the platoon sergeant – both very chilled and laid back in comparison to the DS at the depot – and I got sent off to do a signaller/radio operator course: very interesting stuff.

It was around this time that I began to see what a shoestring the British Army operated on. The spearhead battalion had to be at full strength, and to achieve this we had guys being posted in from all over the Queen's Division. We also got all kinds of exotic equipment that wouldn't normally percolate down to an infantry battalion, and a trade quickly developed in hooky jungle combats and boots which everyone preferred to the standard-issue stuff.

The field army was completely different to the training units I'd recently been at. At Bassingbourn, all of our kit was standard and 'as issued', but now I discovered that this wasn't the way to do things. Back in the early '80s, the army was still wearing the DMS boot – an ankle boot with a rubber sole made from the cheapest possible leather with added ankle support gained from wearing puttees, which were a kind of coarse wool bandage that wrapped around the ankle. The standard version of this was about five feet long in total, and I soon learned to cut them down to eighteen inches or so and fix on strips of Velcro to make sure they stayed put. Likewise, at the depot we ensured our trousers were properly creased by constant ironing, whereas in the battalion I learned to sew a line of stitching front and rear which gave the right appearance and meant they only needed a quick press to look smart. The shirts we wore were made from rough cotton – known as 'Shirts, Hairy' – and these were too hot to wear under combat jackets in the summer, so we would cut off the sleeves and most of the body so that we had a kind of shoulder harness which looked reasonable enough under a combat jacket or woolly pully, but with a T-shirt on for comfort.

Spearhead duty came and went without any call-outs, and we then began training in earnest for the next posting: Northern Ireland. Ireland has been relatively calm and peaceful for the past ten years or so now, and so it's hard for people to understand how bad the situation was at the beginning of the '80s. There'd been a brief period in the early '70s when the Province had been like the Wild West, with army patrols getting taken on virtually every time they went out, but the attrition that this caused in the terrorists' ranks – mostly Provisional IRA but also the Official IRA and later the INLA as well – caused them to re-think their tactics and adopt a more cautious, but at the same time much more effective, approach. Crude straightforward attacks – drive-by shootings, culvert bombs and simple booby traps, etc. – were now transformed into much more sophisticated operations using decoys and come-ons. Painstaking intelligence gathering was undertaken to spot soldiers who were setting patterns, and remotely detonated bombs with command wires and radio control became the weapon of choice. Our response to this was to up our game, and the conflict slowly transformed into a battle of wits between us and the terrorists, in which each side sought to grab and hold an advantage over the opposition long enough to do some real damage.

In those days, there were two types of Northern Ireland tour for infantry battalions: short emergency tours of four to six months to hot spots like South Armagh, West Belfast and Londonderry; and longer 'residential' tours of two to two and a half years to traditional garrisons like Ballykinler, Palace Barracks in Belfast and Omagh, in County Tyrone, where we were going.

The camp itself was a big traditional infantry garrison like those you would find in the rest of Britain or Germany, although with somewhat more stringent security, set just outside the town. As a residential battalion, we were accompanied by wives and children, who lived in the married quarters patch inside the wire, and we had some freedom to go out during our spare time subject to signing in and out, staying out of out of bounds areas and one member of every group staying sober and armed. This only broke down once when a couple of our cooks went out on the piss and managed to leave a copy of an army magazine – *Visor* – on the parcel shelf of their car. This was obviously spotted, and in the time it took them to do their shopping someone placed a bomb under the car. Once the forensics people had done their stuff after the explosion, the RSM had the car brought back to camp and placed it by the main gate as a warning. For a week or so afterwards, it was covered by flocks of sparrows picking out the little bits of human flesh which were still splattered about inside after the bodies had been removed.

The job we had to do was mostly straightforward. The battalion had to provide sub-units to go to a couple of patrol bases in Aughnacloy and Strabane; man a series of PVCPs and OPs – Permanent Vehicle Checkpoints and Observation Posts which were like mini-Wild West forts on hilltops and important routes; provide a Quick Reaction Force (QRF) to deal with problems in the local area and an Airborne Reaction Force (ARF) to deal with incidents across the whole Tactical Area of Observation (TAOR), which was the largest in Northern Ireland; and guard our own camp. We would rotate through all these duties roughly every eighteen weeks, usually followed by a two-week leave break, before starting the cycle again. Mostly it was dull and somewhat routine, but things did occasionally get exciting. The first time I was ever shot at was on patrol near Aughnacloy. While walking along a village street checking car number plates through the Vengeful computer in our ops room, I heard a loud crack followed by the sound of something falling. I couldn't think what on earth it was at first and looked up to see if a streetlight had exploded. This was followed a couple of seconds later by a similar noise. I looked around to see if anyone else in my seasoned patrol had heard the noise, and, to a man, they had hit the deck and were staring at me in amazement as I blithely stood out on the road while the car I was checking fucked off. Finally, the cogs in my brain turned enough for me to realise, 'Fuck, I've just been shot at!'

My next move was to dive under a nearby van. Now, I'm 6 ft 2 in. and strongly built, and I was wearing a flak jacket, webbing, radio and carrying an SLR, but I still somehow managed to wedge myself into this tiny space under the van. Looking around, all I could see were the gutters and one of the other members of the patrol who was lying next to a low wall, pissing himself laughing at me. I then had a rapid and strange sequence of thoughts: first off, I realised I couldn't move and certainly couldn't get into a position to see who was shooting at us; second, I started thinking, 'Why's he trying to kill me? He doesn't even know me. Tosser!'

Eventually, I extricated myself from under the van and we did a half-hearted follow-up. The reality, as with most of these types of incidents, was that we didn't have a clue where the shots had come from. We could see the strike marks of two bullets high up on the wall of the house I'd been standing by, but that was our only real clue, along with the direction from which they had been fired, but that was in effect miles of hedged countryside and without top cover it was like the proverbial needle in a haystack. For me, it was a close call but also a useful lesson, and it was the last time I ever reacted that way.

My experience grew as the tour progressed, and one of the many interesting incidents that occurred came while we were carrying out Eagle patrols. Over the radio headset I had on came a re-tasking to lift a terrorist suspect. My platoon commander by then was a young Intelligence Corps officer who looked a bit like Troy Tempest from the TV show *Stingray*. He'd been attached to the battalion to gain some infantry experience. The suspect lived at one end of a short cul-de-sac and the quickly hatched plan was to go in fast in the Lynx helicopter, jump out, kick down his front door, charge in and grab him. In the event, we landed in the Lynx and skidded along the square patch of grass outside the houses until the ends of the rotors seemed to be only a matter of inches from the guy's door. I wasn't sure if the pilot had meant to do that, but I was thinking all the time that we should definitely be stopping now. Anyway, once we were out of the chopper, the two entry lads took the door down and we rolled round them, me leading. Troy and I went up, with the others taking downstairs and providing outside cover for the chopper. By the time we'd got to the top of the stairs, I had a screeching woman hanging on my leg, screaming at me, 'Don't kill my son! Don't kill my son!'

While I was kicking her off, the new platoon commander had gone past me, opened the door to one of the bedrooms and was standing in the entrance saying, rather too politely in my view, 'Excuse me, sir, would you mind getting up and coming with us?'

I jerked the officer back out of the way by his webbing, and, keeping most of my body behind the wall, I aimed my rifle at the only visible target, the suspect's head, and gave some rather more robust instructions.

'Get up, cunt. You're nicked!'

He got out of his wanker a bit sharpish, with piss running down his leg and his scrawny arms out to the sides: he certainly knew the drill. Troy checked his copy of the mug shots, while I listened to his mum wailing downstairs. Unfortunately, this was the wrong bloke, a younger brother. The guy we were after was ahead of us

THE DENIABLE AGENT

– as our stunt pilot landed on the lawn, the noise of the rotors had given the game away, and our target was out of his pit, up through the loft, out of a skylight and off across the fields in his pyjamas. Oh well, never mind, win some lose some. It was a hasty plan based on quick intelligence, and we hadn't had the luxury of putting in a cordon.

Those first few years of operations in Northern Ireland led me to the discovery that there were many dimensions to the army. It didn't take long to understand that although the work we were doing was vital in terms of keeping large parts of the Province secure, the real 'war' was being fought by much more specialised outfits: the SAS; RUC Special Branch; the intelligence agencies; and the covert military units like the Force Research Unit (FRU) and 14 Int. (Intelligence) Company. Our contribution to this came from the Close Observation Platoon, or COP, which was like an enlarged recce platoon. They were members of the battalion who had been through specialised training in weapons handling, surveillance and related skills, and they did a lot of the basic work for covert operations, like general surveillance, security and putting in cordons during SAS operations. They had their own special area in the camp and generally seemed to be having a much more interesting time of it than the rest of us. Jeremy had made a place for himself within this platoon, and this planted a few seeds in the back of my mind.

It was clear that we infantrymen were going to spend most of our time stomping round the countryside waiting for someone to blow us up or take a pot shot at us, while the SAS and the other covert units were actively looking for terrorists to take out. This realisation was shortly followed by a nerve-wracking season in Strabane, where we were told that we had to patrol the local enclave and wait for the bad guys to take pot shots at us! The idea being that we'd be OK because the weapon was jerked – tampered with – and an ambush was in place, manned by the

SAS who were going to whack the shooter. Not my idea of a good day out.

From time to time, we would get to work with these other units in action. On one occasion, we were QRF to a team of SAS somewhere near the border. We'd been introduced to the 'Toms, Dicks and Harrys' to note their faces a week before. I was still in my late teens, and these guys were a good seven or eight years older than me, and hard-looking bastards with it. A few days later, a small team of soldiers wearing Queen's Regiment berets but definitely not from the battalion had attached itself to a foot patrol and at some point disappeared in the brush. At the end of the week, the shout went up and we deployed in support. The killing was over when we hit the ground, but I couldn't help watch as they purposefully went about their business, wearing luminous armbands over their camouflage smocks to identify themselves, finally grabbing their kit from a hide nearby and fucking off in a Gazelle. No patching up the targets for them. I thought to myself, 'That is definitely something I want to do!'

But all of that was a few years off as far as I was concerned. I was still settling in to the profession of soldiering even though I'd done well enough to have been promoted to lance corporal when I was still 18. I'd thought about volunteering for the COP, but when I'd asked my Officer Commanding (OC), he'd given me the big thumbs down: he reckoned he'd got my career mapped out, and his plans didn't involve me leaving his company for the time being.

When our tour in Omagh finished, our next posting was, of all places, Gibraltar, on another two-year residential tour. On the face of it, this sounded like a good fun two years in the sun as a reward for the hard work slogging around the bogs of Fermanagh and Tyrone; in reality, it was deadly boring and consisted, for the most part, of drill and guard duties, interspersed with occasional exercises in places like Portugal and a few farcical operations where we attempted to do seaborne interceptions of smugglers – of cigarettes and narcotics mainly – using Gemini rubber boats. Unfortunately, the smugglers had enough cash to afford super-fast powerboats, and we didn't have a snowball's chance in hell of catching them.

The good thing about Gibraltar was that there was a lot of time to get courses in, and I spent a good deal of time back in the UK doing things like the infantry section commander's course, skill at arms instructor's course, a drill course and all of the other things that I required for promotion, and I soon got my second stripe as a full screw.

After two years in Gibraltar had dragged by, we were looking forward to a change and possibly the chance to do something exciting. We didn't get it. Instead, we were sent to Tidworth, one of the most dreary and depressing garrisons in the UK at the time. It consisted of a series of decaying late Victorian barracks on the edge of Salisbury Plain, about ten miles west of Andover. Our role there was to form part of the 1st Infantry Brigade, which, together with some bolt-on logistics units, formed the UK Mobile Force, a large self-contained brigade which was tasked to operate on the northern and southern flanks of the NATO area, which in practice meant Denmark, the Baltic Coast of Germany (which was north of the British Army on the Rhine's TAOR) and Turkey, although in reality we never exercised in Turkey for cost reasons.

In Tidworth, we began to receive the new kit that the army was acquiring as the result of all the inadequacies that had been shown up by the Falklands War. This included new combat uniforms with big bulgy pockets that were so poorly made that the pockets fell off as soon as you put something heavy in them, new high-leg combat boots which caused severe Achilles tendonitis, the Kevlar combat helmet which was actually very good, and the SA80 rifle and the LSW to replace our SLRs and GPMGs at section level. The first SA80s were awful fucking things. It's a shortened Bullpup weapon, which makes it convenient to carry around; it had a first-class optical sight, which meant it was accurate; and it fired smaller 5.56mm ammunition, which meant that you could carry more of it around. But the down side was that it had a lot of plastic parts which were fragile and broke easily; it would jam if it got even slightly dirty; and you couldn't fire it left handed because the cocking handle would recoil and rip your eye out, then eject an empty case into the socket. There was a terrible accident during live firing conversion with the LSW, which is a slightly heavier light-machine gun variant of the SA80 rifle, when one of the guys dropped down into cover, catching a button from his combat jacket in the trigger guard and firing a long burst into one of the guys standing near him, who fell down, said, 'I'm going to die now', and promptly did.

We also got the Saxon APC at this time – another new vehicle and one of the most bizarre things the army has ever bought. Basically a lorry with armour plating, it had virtually no off-road capability and was severely top heavy, meaning that even if you did find firm level ground to drive it on, there was always a real danger of turning it over. It basically looked like an update of the old Humber Pigs we had in Northern Ireland and which were occasionally dragged out for riot-control duties. As far as I'm aware, they've only ever been used in peace support operations like the Balkans, never in real warfare, and I'm not surprised!

The social side of Tidworth was also pretty dire. The nearest reasonable-sized towns were Amesbury, Andover and Salisbury, but all of these had long experience of the army and weren't very welcoming, while in Tidworth itself, two infantry battalions, two cavalry regiments, an engineer regiment and various other odds and sods fought a running battle for possession of the two local pubs, The Ram and The Saxon Warrior. Not really an edifying way to spend our evenings.

For all the moaning, I was still enjoying life as a soldier, but I was keen to broaden my horizons and get out of the battalion, for a period at least, so I began to look at my options. On the one hand, I could go off to the depot as a recruit instructor; on the other, I could go right outside the Queen's Regiment and try my hand at special duties or even flying with the Army Air Corps. The depot didn't really appeal – far too much bullshit – and I'm really too big to be a pilot, so instead I stuck to my original plan and followed in my father's footsteps. I chose the special duties option and made my exit.

I travelled a lot over the course of the next seven years. A lot of the time I was back in Northern Ireland, where I had a number of close contacts with the local bad guys, but this time in my favour. But also I got around Germany, Africa, Denmark, the Middle East, Norway, France, Belize and the US, to name a few. All of which was seriously good fun, but after nearly 12 years in the army, I realised I needed a change of scene before it permanently changed me. It wasn't that I was bored or particularly pissed off; I just needed to do something different with my life.

What had the army taught me? Well, for a start I'd grown up and I'd learned how to be extremely independent. I'd gone on to learn a great many things and, despite my early views, had been on more than one trade course as I progressed.

My levels of fitness and reaction had been fine tuned, and, having worked with some great people, I had higher professional expectations. I'd also learned how to view things differently: instinct is good, but I'd learned to reserve judgement past face value. A quote I heard recently sums up this perspective pretty well: 'Is the glass half empty or half full? Neither, it's too big.'

Most importantly, I'd learned the value of proper planning and preparation. If you're going to succeed, you need to do things properly and cover all the angles, and I suppose I'd learned to be patient as well. But I'd also learned that when you're working as part of a small team, you have to trust your teammates and your superiors – within reason, obviously – and that last part was something that could get you into trouble in the big bad civilian world where there are crooks and sharks waiting to screw you over at every opportunity.

Finally, there is something about being a soldier which never leaves you, particularly if you've been on operations. It's a combination of excitement, anxiety and exhilaration, and it gets into your blood, like malaria, and never leaves you. It's addictive, and when you get a sniff of it, even if it's years later, you want more and more – and it was that, more than anything else, which eventually took me to Kabul.

CHAPTER TWO

THE RELUCTANT APPRENTICE

I got my first job after leaving the army through a contact in the regiment. This was working for an organisation called AAFES – the American Armed Forces Exchange Service – in Germany. AAFES is a bit like the American version of the NAAFI, only about a billion times bigger and better. Apart from providing the PX (post-exchange) facilities on US bases around the world, AAFES also have a role in selling weapons systems and equipment on a government-to-government basis, and my job for them was as a demonstrator working at European trade shows they were involved in, which in some ways was like conducting a Skill at Arms lesson.

After that, I spent a couple of months on a retainer in the then Yugoslavia with some guys I knew from the army, chasing around the outlying villages and woods looking for a leader of a local paramilitary group known as the 'Ghosts', or something like that. Anyway, I never saw any ghosts – although we may have made a few – but, to be honest, the pay and food were shit, and by now I'd got the T-shirt, so I came back home having sold my AK at the border as a bonus.

After that, I moved on to the Ambulance Service – an obvious choice given my repertoire of skills. I worked there for nearly a

THE RELUCTANT APPRENTICE

year, after which I resigned, having pretty much had my fill of the NHS. Having said that, during my time with the ambulance service I met some great people and one very special lady: Alison, my lovely wife.

My next job was as an operations director for a company which had a series of contracts to provide the security for a number of Middle Eastern embassies and their staff. A lot of ex-soldiers look to the security world for work after they leave the army. The fantasy is that you get to live a glamorous jet-set life guarding rich, charming, intelligent people, travelling with them to exotic locations and living in the same conditions of luxury that they do. The reality is that they often treat their security staff as domestic servants, and while some close protection operators do get to see the playboy lifestyle of their principal, they rarely get to experience it. It's the bodyguard who has to stay alert and sober while the principal is enjoying himself.

As an operations director, I was rarely involved in the actual day-to-day work on the ground; instead, I ensured that everything was running smoothly, that we got the correct security systems installed, that we had enough personnel and vehicles, and I spent a lot of my time liaising with the Metropolitan Police's Diplomatic Protection Group. To be honest, I found the work boring, but, on the positive side, I made a number of useful contacts that, over the years, led to a range of different freelance jobs, including doing some surveillance work for Scotland Yard's internal affairs branch – the Complaints Investigation Bureau (CIB2) – during some of their investigations into police corruption.

Around this time, summer 1994, I was asked if I'd like to join a team heading for Rwanda. It was the usual set-up: good money in cash, all expenses paid and so on. I spoke to Alison about it, and, to her credit, she agreed that I could go, though probably only because she hadn't yet figured out what was involved in my 'other work'. I spent one week in country and got out pronto.

I'd seen chaos before and what it leads to, but this country had crossed over into madness; it was a fucking mess and no place for me or any other 'unofficial' units doing the rounds. Some of the guys stayed, but not me. I prided myself on knowing when it was time to piss off.

After my sojourn in the security world, I changed tack completely and used one of my other acquired skills working for a national electricity company. The work was installing telecoms equipment within the UK and in north-west Europe. This was a turning point. The '90s were a boom time for telecoms: Europe was beginning to follow the British example, and the national monopolies were being thrown open to competition. From being a basic engineer working on the ground, I saw an opportunity to start my own company as a sub-contractor installing equipment for the big boys. With a lot of hard work, persistence and good luck this took off, and within a couple of years I was doing well enough to start bidding for the really big contracts.

The problem I now had was about scale. British Telecom, Deutsche Telekom and their ilk weren't going to entrust big contracts to some fly-by-night operator. I'd worked for them, they knew me and they were happy with what I did, but to get to the next level I needed to show that I had enough operating capital – around a million pounds – for them to feel comfortable with entrusting me with more, and I needed to show that I had a range of different contracts. This was a problem. I was doing all right, but I didn't have a million pounds sitting in the bank. I went to see my accountant, and he sent me off to the bank manager. The conversation there was fairly predictable: I asked the bank manager to lend me a million pounds so that I could secure the contract with British Telecom, at which point I could give him his million pounds back. He wasn't having that: if I got the contract, he would be happy to lend me a million. Great.

I went back to the accountant and told him the bank wasn't

THE RELUCTANT APPRENTICE

going to help. He thought for a moment and said, 'Colin, you need to get a partner.'

OK. It took a while, but eventually I found one. In fact, in the end, there were a total of five of us with money in the company. Three of us were directly involved; the other two were off doing their own thing – importing various brand-name goods through their own company – but they'd seen the potential and were prepared to put their cash in.

After this, the business took off in a big way. We got our first contract installing payphones on the railway system in Belgium, then we got a similar deal in Holland, then one in Spain and one in Oman. Fantastic. We got a deal in Britain installing payphones in prisons, with voice-recognition technology designed to identify if phonecards were being used by the person they'd been issued to, which would stop them being stolen.

In short, things were going really, really well. From being an ex-soldier not knowing what direction to turn in, I was now managing director of a successful business. We had two Range Rovers in the drive, the house was being paid for, we had money to spare, the company was operating out of a nice barn conversion, and I had highly skilled, well-equipped teams operating around the world bringing in even more money.

Then, one night, it all went to rat shit. I got a call from Customs and Excise asking me to assist in an operation against one of my co-directors. This was all I needed. We arranged a meet, and the customs officers soon told me that the two partners who ran the import business were to be raided under suspicion that one of them was importing more than just bunk beds and sofas. Our business connection meant that I was next on the list, not least because their warehouse was full of our British Telecom payphones, which we were due to install. Oh shit. As the detective told me this I felt sick. I couldn't believe what was happening: the business was completely legitimate, we were paying our taxes and VAT. Despite the fact that we hadn't done anything wrong, I knew that association was a killer, and I had a wife and a toddler to support.

I knew that if the press started making the connection between British Telecom, my company and suspected criminals, then I would be dropped like a red-hot brick and the business would be completely fucked. I needed to move fast to sort it out.

I explained this to the customs investigators, then quickly phoned one of my blokes to get him to get some transport down to the warehouse to move the BT phones. Then I got the nod to call my main contact: BT's head of security. When I told him what had happened, I heard him almost drop his handset.

'What about all our equipment?' he asked when he'd finally regained his composure.

'I'm getting it moved back to our offices now,' I assured him. But I knew this wouldn't be enough and my heart sank.

'I'll send some trucks over to collect it now.'

The raid went off as planned, and the customs investigation dragged on for months. Basically, the customs people knew I hadn't been involved in anything untoward, but, despite having asked for my cooperation, they weren't prepared to reassure my clients, as it wasn't within their remit. As the time passed, I felt much the same, and eventually I just couldn't be arsed to explain what had happened either – even when I did, I could always see the doubt in my clients' eyes.

I sold up and made a nice amount of money from the business, which helped ease the pressure that had been put on my family. On the positive side, if I could find one, the customs people themselves didn't seem like bad guys, and I got to know several of them reasonably well. They had a job to do, and it didn't really involve helping me. On the downside, unfortunately some of our relatives who were not fully informed about my military and civilian exploits jumped straight to the conclusion that I was

THE RELUCTANT APPRENTICE

guilty of something and therefore going to prison. I wasn't and I didn't, but the stigma was there, and it was difficult to shake off.

One weird aspect of the customs investigation was that they knew that I had done some surveillance work for the police unit CIB2, and they knew about my army background, so, with the investigation into my associates finished, on several occasions they asked me to help them out with surveillance for customs intelligence. The guy behind this was high up in the customs intelligence branch, and I suppose my value to them was that I was a completely unknown face who could 'talk the talk' as a businessman without any obvious connection to Customs and Excise.

One job that went down in Cyprus particularly sticks in my mind. The background was that a Turkish mafia gang were involved in stealing and smuggling Greek religious icons, and the British and Cypriot customs people were keen to close them down. My role was to act as the British buyer for a particular icon. We had a couple of meetings with the gang in London and arranged a handover to take place in Cyprus.

I travelled out there with Gary, a contact from my security days who came from a Greek-Cypriot background, and another boy who was the son of a London-based Cypriot. The action on the ground was going to be handled by the Cypriot customs people and a special paramilitary police unit. The plan was that we would attend the meeting with the Turks, I'd do a quick check to see it was kosher and then hand over the money to buy the icon, and at that point we'd all be arrested. This was fine by me: it was a straightforward sting in which I and the other 'Brit' (in reality, Greek-Cypriots but British-based) participants would appear to be nailed, which would hopefully stifle any thoughts of vengeance on the part of the Turks' associates back in England.

We attended a briefing at some police offices in Nicosia where the plan was outlined in more detail, and we were given handguns by the police chief, both for our own protection and for show. I was also given a wad of cash, carefully counted, to pay for the icon. The handover and the police ambush were to take place at an isolated bar out in the sticks, but I wasn't too impressed by the Cypriots' plan for what we were going to do.

'When the raid begins, you run. If the Turks go with you, we'll order you to stop, but keep running. The Turks will probably stop, but if they don't, we'll open fire on them and you keep running. It'll be fine.'

I nearly fell off my chair at this. 'You must be fucking joking! None of your men know what we look like, and we're bound to be shot. I've got a better idea: when the raid starts, we'll surrender.'

They thought about this for a few moments, and then the police chief shrugged.

'OK, no problem if that's the way you want to do it . . .'

That afternoon, we set off for the meet. The bar genuinely was out in the middle of nowhere, on the edge of the British Eastern Sovereign Base Area at Dhekelia, which is right next to the holiday resort of Ayia Napa. It looked like something out of a Clint Eastwood spaghetti Western: just a bar in the middle of nowhere, surrounded by dry, dusty scrubland. We parked up outside and went in; the only people there were a couple of old Cypriots and the barman, who was polishing glasses. We ordered Keo beers and sat down to wait.

Fifteen or twenty minutes later, the Turks rolled up, five of them, all dressed in leather jackets to signify that they were the bad guys, I suppose. They also ordered drinks from the increasingly nervous-looking barman, and, after we'd eyed each other for a few moments and both made some calls back to England to confirm we were all looking at the right people, their leader approached me.

'You have the money?'

THE RELUCTANT APPRENTICE

'Yes. Do you have the icon?'

He indicated a large bulge in his jacket. The Cypriot police had given me a small testing kit to make sure that the icon was the actual gold one which had been stolen during the occupation.

'OK, I need to check it. Shall we go to the toilets?'

He agreed and we went out to the bogs, which turned out to be a lean-to shack with a chest-high wall and a tin roof supported on wooden posts, outside the bar. There was a small shelf next to the grimy sink, and I set up the testing kit there. I scraped a tiny amount of gold from the underneath of the icon and dipped it into a test tube that contained a reagent solution. If it was real gold, it would turn green. It did. Good.

'OK, that's . . . er . . . right . . .'

I stammered to a halt. Over the Turk's shoulder I could see two members of the Special Police Unit, dressed in greeny-brown camouflage fatigues, leopard crawling across the almost white dust, about 70 or 80 metres away. If he looked around, he couldn't fail to see them. I leaned forward to shake his hand and to usher him out; this move, coupled with my letting him exit first, prevented him from looking round. I handed over the money, he handed over the icon, and we walked back round to the bar.

As we reached the front door of the bar, two or three vehicles appeared at high speed and disgorged a group of what looked like extras from an episode of *Starsky and Hutch*: men with big moustaches, wide-lapelled jackets and flared trousers, all of them carrying big Magnum revolvers. As they charged towards us, I slowly put up my hands and the Turk ducked into the bar. Much to my surprise, they ran straight past me – they obviously *did* know who I was – and went in to arrest the Turks. I sat down outside with my hands clearly on the table, palms down, and listened to the screaming from inside. Moments later, a police four-by-four drew up and disgorged the police chief. He strolled up to me, smoking a large cigar, and said, 'You have something for me?'

I handed over the icon. He winked at me, led me into the bar and 'ordered' me to sit down. One of the Turks had managed to jump through a window and do a runner, but then we heard a shot. It missed, but discretion proved the better part of valour and he surrendered.

From there we were bundled into the police cars and taken to the local lock-up, issued with what looked like surplus RAF battledress and locked into cells. Around 3 a.m., we were quietly released and driven back to our hotel; by lunchtime we were on our way back to London.

With the business gone and no real chance of reviving it, it was time to look for something else to do. Odd jobs for customs intelligence were interesting and reasonably well paid, but there weren't going to be enough to retire on. Instead, I began working for a company in Surrey that was involved in building one-off homes for the extremely rich and, as a sideline, investigating the manufacturing of low-cost modular housing out of glass-reinforced cement. I took on the role of consultant project manager, which eventually evolved into overseeing a low-cost housing project in Mali, West Africa.

Sitting on the southern fringes of the Sahara desert, Mali is one of the poorest countries in the world: around 60 per cent of the 12 million population live at or below the poverty line. The whole country is pretty much dependent on overseas aid, which comes in from a variety of sources, so what we did was to set up in country. Our job was to provide the technology and management, but the workforce and raw materials would all be local. Finance basically came through aid money channelled through the Bank of Africa; each house came in at less than US $5,000, and they really were excellent value for money.

I travelled out to Mali with James Fonseca, who worked with the company in a financial capacity, and we set ourselves up in a hotel in the capital, Bamako. Most of Mali is arid desert, hot and covered with a fine layer of dust blown in off the Sahara, but in the south-west, where Bamako sits on the Niger River, it's humid and much more tropical in appearance. Most of my previous jungle experience had been in Belize, on the other side of the Atlantic, but there was that same loamy jungle smell in the air, partly overlaid by the stench of pollution and sewage that you find in any third-world city.

For the first few weeks we were out there, my role was to set up the admin side of the business, making sure we had the right documentation and permissions, opening bank accounts, finding local accountants and lawyers, making the right contacts in the town as well as kicking off the construction phase. Mali was a French colony up until 1960, so the working language was French, which I speak but not too well, but part of the setting-up process had involved finding a local partner for the business who could appear as a co-signatory on bank accounts, and ours, a somewhat large woman called Heloise who appeared every day dressed in glorious colourful clothes, acted as both interpreter and fixer.

About five weeks and thirty homes into the project, I was sitting in the hotel bar with James, drinking a cold beer after a day of wrangling with the local branch of the Bank of Africa, when a small, deeply tanned westerner waved at James and came over to say hello. James stood up to shake hands and then introduced us.

'Colin, this is Hervé Dupont. He's an engineer from Canada.'

It turned out that Dupont was in Mali on a similar project to our own. James had met him and invited him for a drink because, he told me, Hervé had been working in the country for more than five years and was well placed to talk us through the pitfalls. We chatted over a few more beers, and he seemed a nice enough guy, but he was none too sanguine about our prospects of success.

'Colin, these fucking Africans, all they want is money. They don't give a shit about your business, as long as they get their percentage. Keep your eyes open or they'll fuck you over.'

On that cheerful note, we parted for the evening.

I met up with Hervé a few more times in the next week, generally for a drink in the evening and usually with James. It was on about our third or fourth meeting that, out of the blue, James and Hervé began to discuss weapons. Hervé was telling James that he'd been to see a high-powered member of the Mali elite and had been chatting about arms smuggling.

I couldn't believe my ears. Weapons? This had never been mentioned before. James didn't work for our company but as far as I was concerned he was 100 per cent part of the housing project. It seemed I was wrong.

As I listened, it became a bit clearer. This was all happening in the autumn of 2001, but a presidential election was due in Mali in May 2002, by which point the current President would have served his maximum two terms in office. When he left office, there would be a big change at the top of Malian society as the old order was replaced, and it turned out that arms smuggling was a classic piece of nest feathering by those close to the administration.

There are very few places in the world where the sale of weapons isn't regulated, at least in theory. In Britain, you need to go through a complex licensing process just to be allowed to buy a shotgun or a target rifle, let alone more potent weaponry. The international sale of military weapons is also closely observed and in the great majority of countries stringently regulated by their own national laws. A lot of moralising and bullshitting goes on over arms deals, but, at the end of the day, the two key considerations made by governments and arms manufacturers are: 1) will the profit from this deal be worth more than any embarrassment it might cause when it's made public? and 2) are these weapons going to be used against us or our friends?

In big government-to-government deals, this generally isn't an issue, but in the smaller deals, where arms dealers and agents are involved, it can all be more complicated. Say, for example, that dealer A has 500 reconditioned Kalashnikov rifles for sale; he is approached by dealer B, who wants to buy them on behalf of country C. Dealer A is not going to be granted a licence from his home country to export the rifles unless he can produce what is called an End User Certificate, or EUC, which is issued by the government of country C and specifies that: 'Country C has authorised dealer B to buy 500 rifles on its behalf from dealer A, and that those rifles are for the sole use of country C and will not be exported or passed on to any third party'. Which is all very well when the parties involved in the deal are paragons of morality, honesty and integrity – unlike most arms dealers.

In reality, what this has created is a secondary market in EUCs, with government officials and ministers prepared to issue them in return for a substantial contribution to their pension plan. For fairly small-scale deals, this can be as easy as slipping a couple of thousand dollars to an embassy official who can type up an EUC, using his contact details, on a sheet of embassy writing paper with the official stamp. This probably wouldn't pass muster with the export licensing department in London, Paris or Washington, but you wouldn't have to go too far to find a government that would be perfectly happy to let such a deal go through. A bigger deal would, however, require more preparation.

Say you're a guerrilla or militia leader in a failed state like Sierra Leone. You need to get your guys armed to the teeth to deal with the threat of rival guerrilla leaders, what's left of the government's army and now, annoyingly, the former colonial power, who have woken up to the fact that the instability of the country is threatening the entire region. You've got plenty of money, because you've seized control of several diamond mining areas and you're selling the stones in bulk on the black market, but you can't get your hands on weaponry in the quantities you need without paying an excessive premium for what would be a totally 'black' deal, and you certainly can't get hold of the really heavy ordnance – mortars, surface-to-air missiles and so forth – which you're beginning to realise you might need, because nobody who might sell you that kind of stuff is going to do so on the basis of an EUC issued by a second secretary in the commercial department of the embassy of some tin-pot state. What you need to do is invest some of that cash in feathering the nest of someone a bit higher up the food chain.

Which is exactly what was happening. From what I could gather, James and Hervé weren't actually involved in the deal, but they certainly appeared to know a lot about it, and I got the impression that they were keen to get a piece of the action. The weapons themselves were coming from France, and why not? They had an EUC that had apparently been issued by the government of one of their former colonies. And from what I could gather, it seemed to consist of reconditioned second-hand small arms, together with some much heavier stuff and, of course, the ammunition to go with it.

After a few beers, James and I headed back to the hotel, but lying in bed that night, trying to sleep in the teeth of an intermittent air conditioner, I couldn't settle down. I knew that there was a ferocious embargo on the movement of weapons into Sierra Leone, and for a very good reason. The country had been drowning in a tidal wave of corruption, graft and murder for years, until finally a British intervention force had moved in in 2000. Even so, this hadn't completely solved the problem. Some parts of the country were still under rebel control, and there were still British soldiers out there, mostly acting as a training team for the Sierra Leone security forces but also as a stabilising presence, and I didn't like the thought that these weapons might be used against them – so, to some extent, I felt a sense of patriotic duty. I made up my mind to report what I'd heard as soon as I could.

This was tricky. I was supposed to be spending the next few days visiting various officials with Heloise, my fixer, and it wasn't going to be easy to shake her off. But a chance conversation with another Brit in the hotel the next day gave me the perfect cover story. He happened to mention that the British Embassy in Bamako maintained a list of all the British residents and visitors to Mali in case of emergencies and strongly recommended that I should be on it. I told Heloise, gave my driver the day off and took a cab there the next morning.

The Embassy itself was really more like a consulate; the actual ambassador was based in Dakar, in Senegal, and accredited to Mali, Guinea-Bissau and Cape Verde as well. The first person I spoke to was a very pleasant British lady called Victoria.

'Hi, my name's Colin Berry and I've just dropped in to register with you. I've actually been here a month, but, what with one thing and another, I haven't had time to get down to see you.'

'That's fine, Mr Berry.' She gave me a form, and I began to fill it out as we chatted. She was interested in the project, but, of course, this was all pretty routine. I passed the form over to her.

'Is there anything else we can do for you, Mr Berry?'

'Well, yes. I need to talk to someone about illegal arms smuggling.'

Victoria almost fell off her chair.

'What do you mean?'

I briefly ran through the story with her. As I finished, she stood up.

'You need to talk to Mike Davies, the Consul. Wait here a moment.'

She went out of the office, leaving me there. A few minutes

later, she came back with a medium-sized man in his late 30s or early 40s.

'Mr Berry, is it? Can you come into my office.'

I followed him into his slightly larger office and told the story again. He listened intently. When I'd finished, he asked, 'How long will you be in Mali?'

I'd been giving this some thought. The theory had been that working through the Bank of Africa, our investment would be reasonably secure; we would be able to get the project running, provide the low-cost housing – which was desperately needed – and take our management fee. The reality was, however, clearly different: the level of corruption in the country was going to eat into our margin to such an extent that I didn't think the project was economically feasible. Mali was one of the poorest countries in the world for a reason: it didn't have any great natural resources to export. Entrepreneurs are often prepared to take a loss on early projects in developing countries to build relationships and establish a presence, but really only when they see a long-term prospect to exploit. This wasn't going to happen in Mali.

'Not long. My project is a non-starter . . . and having heard this, I want out as soon as possible.'

'I quite understand,' he said smoothly, 'but obviously this is of great interest to us. I would be really, really grateful if you could find out some more before you leave.'

I thought for a few moments.

'I suppose I could, but I would need to know what you are specifically after. I told you this because potentially there are going to be British troops on the wrong end of these weapons, but I'm not really comfortable about my position.'

'I quite understand your point of view.'

He paused for a few moments, then said, 'By the way, have you come across Tom Castle since you've been out here?'

'No, who's he?'

'Another British engineer. He's involved in all sorts of different projects – might be a useful contact for you. I'll tell him where you're staying, and he might drop round to see you.'

The consul stood up to end the interview.

'Many thanks for reporting that to us, Mr Berry. It really is very useful to know.'

I left and got a cab back to the hotel.

Within days, I'd received a hand-delivered invitation to a tea party in celebration of the Queen's birthday at the Consulate. I made my excuses to James that I was off on another meeting and jumped into one of the many cabs loitering outside. I was dressed in my best chinos and blazer, sipping a glass of Pimms and listening to the music when an equally sweltering Brit approached me.

'Colin Berry?'

'Yes.'

'Oh good, I'm Tom Castle. Mike Davies said you'd be here.'

He was a tallish brown-haired man, clean shaven and with a deep tan, dressed in the Bamako expat uniform of blazer, chinos and a cotton shirt: an old hand. His accent was educated public school – not really my milieu – but he chatted away very easily, trying to establish a bond. I'd come across people like him when I was in the army, and his whole modus operandi screamed it, too: spook.

We talked about my project for a bit and the difficulties I was having, and it soon became clear that he knew everyone who was anyone in Mali and had his ear very close to the ground for anything that was going on. He never actually said he was a spook, or mentioned who he was working for, but he made it very clear that his interest was in meeting up with James and Hervé.

For the next week, Tom Castle was my new best mate. He maintained his cover by taking us to see a couple of factory buildings he claimed to be the agent for, but his focus was on getting close to James and Hervé and gaining their confidence, and he was soon taking part in discussions about weapons. With that achieved, I didn't see any particularly good reason to hang around. I packed my bags up, paid my bills and buggered off back to England.

Getting home from Mali, I was obviously pleased to see Alison and the family, but at the same time I felt despondent. The main reason for this was the failure of the project. I'd put a lot of energy into it, physically and emotionally, and I was upset that it wasn't going to work out, but I was also depressed by the weapons-smuggling episode. Still, I knew I'd played it right and was glad to be safely back home.

Within the first week back I had the job of writing up a report on why the low-cost housing idea wouldn't, or for that matter couldn't, work. Not surprisingly, there was a lot of disappointment in the company about this, but they accepted my verdict. From my point of view, it also meant the end of my connection with them: I was on a contract, not an employee, so obviously that now came to an end and it was time to look for something else.

This wasn't long in coming. I was in touch with Barry Stone, a Sussex-based architect, and we sat down together to work out how to build a modular-housing unit out of fibreglass, and then actually built one. This was even cheaper than the units we'd been trying to make in Mali, and I reckoned it had real legs as a business proposition. We formed a company, did the R&D and built a prototype, and we were in the process of marketing these when I got another approach from the direction of customs intelligence.

It came through Gary. His request was that I go with him to meet a guy I'd come across once or twice through my contact in customs intelligence, a Greek-Cypriot called Nikos Nikolaides. These little security jobs paid well, and I needed to make ends meet while I was getting the fibreglass housing company up and running, so I said yes. Bad mistake.

Although I'd met Nikos on several occasions, through the odd jobs I'd done for customs, I couldn't really say I knew him. I was always there to do a specific job of one kind or another, so, while he was reasonably pleasant and polite, our conversations never really got beyond the 'Hello, how are you?' level. I didn't really know what his role was other than that he was collecting information for customs intelligence, but as we drove down to his house in Brighton, Gary filled me in.

It turned out that Nikos was a paid 'registered' informant for Customs and Excise, and had been for many years. As Gary explained it to me, his story had started in Cyprus in the 1950s. Back then, Cyprus was a British colony and had been since 1925 when we had taken over formal control from the ruins of the Ottoman Empire (we'd actually been running the place since the late nineteenth century, but it was notionally still Turkish-ruled). In those days, its value to Britain was as a strategic base in the Eastern Mediterranean, which, due to its position not far from the northern end of the Suez Canal, could act as a staging post to the Near East, the Middle East and India. Of course in those days, Britain wasn't overly concerned about the aspirations of the local people: protecting the Empire was much more important than allowing them to rule themselves. While this changed after the Second World War – Britain was now looking to offload its empire and was economically very much weaker than it had been before the war – there was a determination to hold onto Cyprus simply because of its position.

A lot of the locals had other ideas, however. About 70 per cent of the population of Cyprus were ethnically Greek and a majority of them were strongly in favour of what they called *enosis*, or union with Greece. This was opposed by the Turkish minority, who, for want of anything better, preferred to stay under British rule. Tension built until it exploded into violence when a Cypriot colonel from the Greek Army, George Grivas, was smuggled into the island to set up an underground guerrilla movement which took the name EOKA. In April 1955, they began a terrorist campaign against the British forces on the island, aimed at driving them out.

The upshot of this was predictable. Initially, the Brits tried to fight EOKA, deploying more than 30,000 soldiers on the island, but, like most insurgencies where the underlying cause has some justice and widespread support, the outcome was always going to be a negotiated political solution.

Having said that, it was a ferocious campaign. In the roughly three years it continued, more than a hundred British soldiers were killed, together with a similar number of EOKA terrorists. What's more, EOKA didn't just attack the Brits; they also went after local policemen, members of the Turkish minority, Greeks who worked for the British administration and members of left-wing Greek-Cypriot political parties, as part of the process of spreading terror throughout the island.

Nikos, Gary told me, had been an active member of an EOKA cell.

But there was more. Sometime in 1956, Nikos had been captured by the British during a bungled operation. Caught bang to rights, he was facing a long time in jail or, even worse, the hangman's rope. An MI6 officer did a deal with Nikos and 'turned' him: he became a double agent and informer. He was allowed to escape from prison, get back into the Troodos Mountains and rejoin his cell.

Nikos had worked as a double agent with EOKA for more than a year until eventually he was compromised. He managed to escape back to his handlers and was flown to Britain, given a British passport and resettled in north London, where he got involved in the casino and gambling business.

THE RELUCTANT APPRENTICE

I've never worked out the technicalities of what happened next. In the early '60s, Nikos did some jail time for shooting an associate of the Kray twins who was trying to extort money from him, but, somehow or other, he passed from being an MI6 agent inside EOKA to working as an informant for Customs and Excise, providing information on narcotics smuggling.

It's a fact of life: to be successful, an informant like Nikos has got to be given a certain amount of latitude to operate outside the law, and, from what I could gather, Nikos made full use of this. He was making money from informing, but I've got absolutely no doubt he was coining it in from all kinds of dodgy dealing, and I can only imagine that Customs and Excise were effectively turning a blind eye, as well as perhaps protecting him from the unwanted attentions of other law enforcement agencies. Personally, I don't think it's a great idea, but provided that the outcome of the operation produces more good than harm, I can't say I lose too much sleep about it. As I was to discover much later, this didn't always seem to have been the case with Nikos and his handlers.

It turned out that Nikos lived in a big house right next to Brighton Marina. It was all pretty impressive stuff. He had invited a variety of guests, including the boxer Chris Eubank, who was a neighbour, all of whom seemed pleased to see me and Gary. Despite the fact that there was a party going on, it was a hive of activity, with phone calls, faxes and emails coming in and out. Nikos stood there at the centre of it all, immaculately dressed, as he always was, but looking uncannily like Danny DeVito with a Father Christmas beard and wig. Eventually, he detached himself from the throng and led me into a private room together with Gary and Arif, Nikos's son.

As I said, I'd met Nikos before and knew him to say hello to, but now, all of a sudden, I was his best friend and he had something important for me to do. It turned out that he wanted me to accompany Arif to Zimbabwe. The actual purpose of the trip seemed a bit obscure at this stage, but it seemed that the two things I was bringing to this particular party were a cover story – investigating the possibility of another low-cost housing scheme like the Mali project – and my military background, which would supposedly make me an effective minder for Arif. I thought about this for a bit.

'Isn't Mugabe in the process of trying to expel all white people at the moment? I would stick out like a sore thumb.'

Nikos's wife, Hinna – Arif's mother – is an Afghan and Arif looked more Middle Eastern than European, so he wouldn't have the same problem.

Nikos wasn't fazed by this.

'My friend, don't worry so much, you will be perfectly safe. Arif's girlfriend is Zimbabwean, and you will be perfectly all right.'

In fact, this was all a further part of the cover. The father of Arif's girlfriend was involved in an agricultural export company, but he had the government connections to make the necessary introductions for us to propose a scheme – which all fitted in rather neatly. Our plan was to offer the low-cost housing scheme to settle the farm workers who were, in theory, taking over the farms that had been confiscated from Zimbabwe's white farmers. The housing units were cheap enough to enable us to suggest that Zimbabwe didn't need any outside aid to buy a significant number. This would enable the specialists who were monitoring the banks where Zimbabweans were suspected to be hiding their remaining foreign currency to identify which accounts they were using when they withdrew the money to pay for the units. All very clever.

I agreed to go and went home to tell Alison. She was surprised – in fact, she nearly fell off her chair when I told her – but our marriage has always worked on the basis that she knew I liked to get out and travel and do my own thing, and, anyway, who doesn't need the extra money? I had a couple of days to get my act together, because, apart from the usual travel necessities, I also needed all the presentation materials and documentation for the low-cost housing cover story, and then I flew to Harare with Arif.

I've got to say, I did stick out like a sore thumb when we first arrived. There were hardly any Europeans or white people to be seen, and the customs and immigration officials at Harare Airport were extremely curious about what I was doing there. Despite this, there was no reason not to admit me, and the cover story stood up to the kind of scrutiny they were going to give it. We got a taxi into town – which we had to pay for in US dollars – and booked into the Harare Sheraton.

The hotel was an eye-opener as well. Once again, there was a complete absence of the usual crowds of businessmen and women that you would normally find anywhere else in the world, from Albania to Zambia, in a big 'international' hotel. Instead, the lobby was crowded with Zimbabweans dressed like 1970s comedy pimps, giving us both – though me particularly – the evil eye, as if we'd invaded their territory. The odd thing was that they really looked uncomfortable there, as if they knew they didn't belong either.

Our rooms were right up on the top floor of the hotel, and we spent the first day getting ourselves settled in, getting to know the local area and winding down after the flight. The next day, quite early, some of Arif's girlfriend's family turned up in an old pick-up truck to collect us and take us to see her father. We needed to change some money into the local Zimbabwe dollars, so we asked if they could go via a bank. This was fine, and we set off with Arif and I sitting in the back of the truck on bags of sugar.

We stopped outside the bank and Arif went in to change the money, leaving me sitting in the pick-up. While I was waiting, a police car drew up behind the truck and two dirty scruffy policeman got out and walked over to me. It was straight into the whole rigmarole: where's your passport? Where are you staying? What are you doing here? I cooperated, of course, and then they noticed the sugar sacks.

'You are hoarding produce to resell!'

I explained that I was just getting a lift and the sugar was nothing to do with me, but they weren't happy, and they were still questioning me when Arif and the others came out of the bank. They talked us out of the situation, but the policemen were still suspicious.

'We'll be back to see you.'

Arif's girlfriend's father turned out to be a nice bloke, and he was able to set us up with some meetings with the Ministry of Housing, which is what we were supposedly there for. Over the next couple of days, we did a series of presentations for government officials, outlining the scheme. In their naivety, they jumped at it. The question-and-answer session focused on what they would need to do – setting up a bank account, buying the machinery – and how we would act to oversee the project.

From there, it moved on to the meat of what we were after. The officials began to discuss where they would find the money, and it very quickly became clear to me that they didn't have any to speak of. The reality of Zimbabwe, then and now, was that it had gone down the same road as a number – maybe even a majority – of black African countries: it was a kleptocracy. Any money that was generated by the economy was being stolen by the ruling elite for themselves and ploughed into luxury goods, cars, Swiss bank accounts and overseas hideaways for when they were inevitably overthrown by the next gang of thieves. The main idea now was that they would raid the pension funds of the few functioning companies in Zimbabwe.

This gave us another 'in'. It was obvious to me that even if

THE RELUCTANT APPRENTICE

they raided the pension funds, they weren't going to generate enough cash for the project. They weren't going to admit that to us, though, so, acting as if the whole thing was a runner, we asked for permission to look around and find suitable sites for the factory and for the housing, and they went along with this. So far so good. We were given carte blanche to travel around the country.

But it wasn't all plain sailing. Every morning as I was eating my breakfast in the hotel dining room, I was joined by a couple of policemen, who would eat with me, graciously allowing me to pay, then invite me to sit in the back of their Land-Rover outside. There they would question me about my political opinions, what I thought of their country and all the rest of it. It was easy enough to stonewall them. My line was that I was a guest in their country, I'd come to do some business which would help them and make me some money, and I didn't have any opinions about the politics of the situation. All very straightforward but, of course, completely unconvincing.

Having had our sniff around the regime and how they were operating, we felt duty-bound to talk to the opposition, the Movement for Democratic Change. This meeting was also facilitated by the father of Arif's girlfriend, and one afternoon towards the end of our trip, we made the journey out to what had once been one of Harare's white suburbs. The trip itself involved several changes of vehicle, presumably both to throw off any surveillance from Mugabe's people and also to make it more difficult for us to identify where we had been, but the driver also made a point of showing us the poverty that was overtaking what had been one of the richest countries in Africa through simple theft and mismanagement.

We eventually arrived at a large villa in the suburbs, driving in through a set of automatic gates and parking in the courtyard of a big house. In the back garden there was a pond and a swimming pool, a barbecue was on the go and there was a small crowd made up mostly of Zimbabwe's professional classes: doctors, lawyers, teachers and civil servants. All of them were Africans and all were profoundly disillusioned by 20-odd years of Mugabe's dictatorship.

To be honest, I felt a bit of a fraud as I sat listening to them. All I would be able to do was report what they'd told me when I got back, and I didn't even know if that would get passed on. There was certainly nothing practical I could do to assist them at this stage, but I let them carry on discussing how they wanted British government intervention to get rid of the regime and debating whether or not sanctions would be a good thing. We ate some food and drank a few beers, but the only real practical outcome of the meeting were the names and phone numbers of a few contacts which Arif and I memorised to pass on when we got home. As the evening drew in, we were advised to head back into town because the roads were no longer safe at night.

I spent the next day converting some of the massive pile of Zimbabwe dollars we had accumulated – in reality only a few hundred US dollars' worth – into souvenirs and presents for the family, and then used the rest of our local cash, which completely covered both beds in Arif's room, to pay the hotel bill. It took the hotel cashier more than an hour to count it all, moaning and schimpfing the whole time because they really wanted hard currency, but with that done we were able to head back to the airport and fly out.

From Heathrow, we went back to Arif's flat and then, the next morning, headed down to Brighton to Nikos's place for a debrief. There we met my contact at customs intelligence and the MI6 man who had originally recruited Nikos, although he was now in his 70s and presumably retired.

The debrief was aimed primarily at Arif, who was clearly the one they trusted, even though I'd been fronting the operation

THE RELUCTANT APPRENTICE

out in Zimbabwe. It seemed to me at that stage that they still saw me as a facilitator rather than an operator, so, although they asked me a few questions, I mostly just sat there and listened. With the debrief completed, we had lunch, they thanked me for what I'd done, and then they paid me off – after expenses, I came out of it with about ten grand – with the promise that they would be in touch soon.

At the time I was happy with this: £10,000 is good money for a week or so of work, and I hadn't really stopped to think about the risks we'd run. In truth, though, any number of things could have gone wrong, but I'd kind of ignored that, mainly because it was interesting, exciting work in a country I hadn't visited before. That may sound naive, but if you think about it, it's exactly why most people serve in the armed forces and the intelligence services; they certainly don't usually do it for the money. In any case, nothing had gone wrong and I was well up on the deal, so that was a good result all round.

CHAPTER THREE

SPOOKS AND STINGERS

Nikos might have looked like an avuncular little old man – a cross between Father Christmas and Papa Smurf – but he wasn't; he was a thoroughly, 100 per cent, nasty piece of work at best. He'd spent his life getting close to people, tying them up into whatever piece of dirty work he wanted to get them involved in and then, when they were too far in to get out, dropping them deep in the shit and holding their heads under. Now it was my turn. I got a call to see him a week or so after we'd got back from Zimbabwe.

This time, we met at a casino in Brighton. Once again, Chris Eubank, the boxer, was there, and he made a point of trying to crush my hand in his rock-like fist as we shook hands. His son was a friend of Nikos's youngest son and there's no suggestion that he knew anything about the nature of Nikos's work. I suspect the whole point of the meet was to impress me, but it didn't and neither did the shake. We had something to eat and a few drinks, but mostly it was about Nikos showing me how rich and well connected he was. I'd seen his house, with the boat moored nearby, the Jaguar, the Cadillac and the Rolls-Royce in the drive, but now it was my turn to see him ordering the champagne and handing out £100 tips to all and sundry.

His wife, Hinna, was there, too. She had fled from Afghanistan – where she had been a wealthy member of the ruling elite – in the late 1970s soon after the communists had seized control of the country but before the Soviet invasion. She'd had to live by her wits in London until she met and married Nikos, but it wasn't a one-way relationship: where he was, to some extent, bluff, front and bullshit, she was cold and calculating, weighing up all the angles. It was a perfect partnership.

The meeting at the casino ended inconclusively. I now understood that I was Nikos's friend and that he might have something more for me to do, but there was no hint of what it was.

That was to come a few days later when I met the small, malevolent Greek-Cypriot at a big fat Greek wedding. Contact was made by Gary once again. Gary was, and still is, a good friend of mine. We've worked together a lot over the years, and he's someone I know I can trust. He arrived with an invitation to the wedding reception of the son of one of Nikos's associates, an odd boy who liked to pose as a gangster but was really just a childish jerk. I'd met the boy but didn't know him at all well, so this struck me as rather strange, but the covering message that Gary had been asked to give me was to the effect that Nikos was going to be there, as well as someone else he wanted me to meet, and that this would be the best opportunity. 'Fair enough,' I thought.

The reception was being held in a nightclub in Mayfair, close to Brook Street, in the autumn of 2002. The other guests were almost all Greeks and/or Cypriots, and a dodgy-looking bunch they were too. We found we'd been put on the table where Nikos would be sitting, and as we took our seats, the rest of the room looked daggers at us, as if challenging our right to be there.

At most weddings, the focus of attention is the bride and groom, as you'd expect, but here the main man was Nikos. The band struck up as he walked in, with Hinna on his arm, and the guests stood to applaud. He walked over to our table, waving and acknowledging the guests, and greeted me with all the usual patter.

'Ah, my friend! It's a great honour that you can come! Have a drink . . .' etcetera, etcetera, etcetera. Seeing Nikos greet me like this, the attitude of those around me seemed to change immediately: if I was a friend of the great man, then I must be all right, seemed to be what they were thinking.

Nikos sat down at the table and the festivities continued. It was a bit like the wedding scene from *The Godfather*. As we spoke, other guests kept interrupting us to pay homage, and, of course, the whole Greek thing about pinning money on the bride's dress was going on. When she got within arm's reach of Nikos, he leaned over and, to much cheering and applause, pinned on a huge wad of cash, which left her dancing somewhat lopsidedly.

After a while, with the party in full swing, Nikos asked me to go and sit with his wife, who was then talking to her sister and her boyfriend, an American who I was later told was connected to the CIA. I got up, and she beckoned me over to the table where they were sitting.

'Mr Berry, how are you enjoying the wedding?'

'Very nice, thank you.'

Hinna introduced me to her sister and the American, then explained what I did and told them about my trip to Zimbabwe with her son Arif. They were nodding their heads with enthusiasm at this talk of housing and engineering when she dropped in the bombshell.

'Would you be prepared to do a similar project in Afghanistan?'

Now, we both knew that the trip to Zimbabwe had nothing to do with low-cost housing, and I had a strong suspicion that her sister and the American knew that, too, but that was clearly the code we were using.

SPOOKS AND STINGERS

I thought for a few moments, then said, 'I'd like to do it, but I need to clear it with my wife.'

It was late by now, and I was tired and wanted to get away. Nikos and Hinna did too by the looks of things: they'd more or less got what they wanted from me and so, to more applause, they upped and left. I followed shortly after, and Gary walked back to the car with me. He didn't know what I'd been asked to do, and I suspect that he was a little pissed off that they hadn't asked him to get involved, but we were friends and he was concerned.

'Just be careful, mate,' he said as we parted.

I got home in the early hours, stripped off my clothes, which were stinking of other people's cigarettes, and climbed into bed. Alison wasn't impressed.

'You're back then,' she muttered before drifting back to sleep.

The next morning, we sat down and I explained what they wanted me to do. Actually, if I'm honest, what I gave her was 'explanation lite' – what they'd asked me to do, that is, set up another low-cost housing project.

'You must be bloody joking! It's dangerous. We've got two little boys now and you're not going out there to get yourself killed.'

She had a fair point, but I had no intention of getting myself killed and I did want to go. I tried a slightly different tack. This was the end of 2002, more than a year since 9/11 and nearly that long since the Taliban regime had fallen. Things were quiet in Afghanistan these days, I assured her, and I could look after myself if anything happened.

These weren't the most persuasive arguments, but Alison was vaguely aware that there was another dimension to what I did beyond building houses. It was unspoken, but it was there hanging over us and in some way it was what eventually swayed her to agree to let me go. Ever since the investigation into my telecoms business, there had been an unvoiced idea, amongst

Alison's family and friends, that I was in some way a crook or unreliable. One of the factors that made me want to do this work was the sense of validation it gave me: the feeling that if I was ultimately trusted by these important intelligence people to carry out operations on their behalf, then there must be something special about me. I would tell Alison when I went overseas not to talk to her family about it, but secretly I hoped that she would, so they wouldn't just think of me as someone who'd once been involved with some dodgy business.

It took me about a week to wear Alison down, but she finally agreed one evening after we'd had dinner and drunk the best part of a bottle of wine. She wasn't happy about it, but she accepted that I wouldn't be happy if she didn't let me go.

The next morning, I called Nikos and arranged to go down to see him in Brighton. He was pleased to see me and pleased that I was coming on the trip. After we'd had some coffee, he went into his office and came back a few minutes later with a brown envelope.

'Here, my friend. This is £8,000. Use it to get yourself sorted out and buy your tickets. We will be meeting at the Ramada Hotel in Dubai one week from now.'

In the meantime, though, there were contacts to be made in London. The first of these was Brigadier General Waddoud. He was a friend of Hinna and a nephew of Ahmed Shah Massoud, the Mujahideen leader who had defended the Panjshir Valley against the Soviets. He was in London on government business, but his role was to smooth our entry into Afghanistan when we finally got there. Through him, we also met Ahmed Wali Massoud, Ahmed Shah Massoud's brother who was the de facto Afghan ambassador in London.

But the strangest Afghan we met before we left was Burhanuddin Rabbani, the ex-president of the country. He had become the head of state in Afghanistan way back in 1992, when the Soviet-backed regime had finally collapsed, as leader of the ethnically Tajik Jamiat-i-Islami and political leader of the Northern Alliance. During Rabbani's period in office he had witnessed Afghanistan's rapid descent into civil war between the warlords, the leaders of the Mujahideen and the Taliban, and the virtual destruction of Kabul, which had been relatively undamaged by the war against the Soviets but which, by the time the Taliban took power, had been 90 per cent destroyed by artillery fire and rockets, leaving more than 65,000 civilians dead. When the Taliban fled Kabul in November 2001, Rabbani resumed office, but the truth was that he was acceptable to nobody. By then, Hamid Karzai, a moderate monarchist politician whose father had been assassinated by the Taliban, had been talent-spotted as the most acceptable candidate and Rabbani apparently gracefully stepped down.

Or not. In his squeaky falsetto voice, Rabbani launched into a long rant about how the western intelligence agencies had supported him, how they should support him again, and what he would need to seize back power. Nikos and I sat there – Nikos in his usual suit, me in my blazer and slacks – nodding our heads and agreeing with him; but all the time I was thinking, 'You don't know the half of it, mate!' In reality, we were there to use him and his contacts in Afghanistan, not to help him.

At this stage, I still didn't have a very clear idea about what we would be doing in Afghanistan. Nikos had talked about 'making contacts and listening to people', but I felt there had to be more to it than that. I'd bought my tickets for Dubai, but I now spent some of the advance money getting some useful bits of kit together. Mostly this was pretty standard gear: clothing in the dusty muted colours of the mountains and a basic first aid kit together with all the things like sunscreen, insect repellent and diarrhoea tablets that are so easy to forget. Together with the new stuff, I also looked out things like my old desert boots and cold-weather gear. I thought for a while about taking my shoulder holster, just in case I needed to be armed, but in the end I decided against it for the time being, not least because it would attract a lot of attention if it happened to be found in a customs search. Finally, of course, I had the documentation and brochures for the low-cost housing scheme: it's never a good idea to neglect the cover story.

The flight to Dubai was pretty routine. I'd made sure I got a club-class ticket, as I find flying back in weasel agony – and so would you if you were 6 ft 2 in. – so I had the chance to relax, but I wasn't anticipating any great hardship until I got to Kabul and even then I assumed that I would mostly be operating in reasonably civilised surroundings. In Dubai, I got a taxi to the Ramada and checked in, and the reception clerk gave me an envelope that turned out to contain Nikos's room and telephone numbers.

I spent two nights at the Ramada and then moved, lock, stock and barrel, to an apartment that Nikos had rented at a development called Silver Sands. This proved to be a complete change of scene. If Nikos wanted a low profile for the operation, this wasn't the way to go about it; in fact, it quickly turned into spook central. Apart from me, Nikos and Hinna, over the next couple of days we were visited by a team from the Afghan Ministry of Foreign Affairs; a representative of Afghanistan's former king, Zahir Shah; Americans; Brits; and a Colombian, of all people. It struck me that if all we were going to be doing in Afghanistan was keeping our ears to the ground, then we might as well just stay in Dubai – although, of course, most of them did share useful contacts in country.

After a couple of days playing 'spies' open house', Nikos and Hinna flew out to Kabul as an advance party, leaving me to follow on a couple of days later. Everything went quiet, and I used the time to relax, read a bit, work on my suntan and do a bit of gentle swimming to keep fit. I'm not the fitness monster I used to be when I was in the army, but I don't smoke, only occasionally drink and I'm pretty active. Fitness has, therefore, never been a big problem for me, but I wasn't really envisaging having to do any assault courses or cross-country tabs in the near future anyway.

Civilian flights into Kabul were pretty infrequent at this time, and the first one I could get on flew out of Sharjah. I got a driver to take me and my baggage down there, vaguely expecting that the flight would be with Gulf or Emirates, or one of the other local carriers. Wrong. The information desk directed me towards the check-in for Ariana, the Afghan airline. 'This'll be interesting,' I thought to myself.

I wasn't wrong. With my bags checked in I went to the coffee shop and then headed down to the waiting area for the flight. There was a big milling gaggle of people there, most of them obviously Afghans, and one or two of European appearance. My initial assumption was that most of these Afghans were there to see someone off – if I'm honest, they just looked too poor to be able to afford to fly anywhere – but I was wrong. When the flight was called, they all picked up their belongings, and we trooped out to the aircraft. My fellow passengers were a fascinating-looking crowd. Most were in traditional Afghan clothes, some were barefoot and almost all were laden down with bags and boxes containing consumer goods they'd obviously bought in the Emirates. The collective smell – a sort of dusty, musky, animal smell – was enough to make your eyes water.

There were no seat assignments on the plane, which was an old 1960s Russian Tupolev, and the Afghans rushed and jostled to get to the front. The plane was in an awful state: inside, it was dirty, stinking and ragged looking; half the seats were broken or missing their upholstery and the overhead lockers were either absent or missing their doors. 'Oh my fucking God,' I was thinking. 'This is not going to be pleasant.'

THE DENIABLE AGENT

At that point, I took the executive decision to sit as close to the emergency exits as possible. Towards the back of the plane, several rows of seats had been removed by the exits.

'Right, that's where I'm going,' I thought. It was clearly a view shared by the other Europeans on the flight – about five of us as it turned out. We didn't really say much to each other, just nodded greetings, but we made our way there as a body.

This turned out not to be a good move. After we'd found ourselves seats that weren't broken, and settled down in them, the ground crew outside began to load the baggage into the open area. They didn't tie it down or secure it at all, just piled it up on either side of the central aisle, pretty much up to the ceiling. The emergency exits, of course, were completely blocked.

The plane started to taxi. I won't say I was scared exactly, but I wasn't looking forward to this at all. We rattled to the beginning of the runway. A few of the seatbelt lights came on. The engines roared, pulling us forwards, and we were off. The Afghans on the plane were quiet now, not that I could have heard them over the sound of the engines, but then we were airborne, climbing slowly above the steely blue waters of the Persian Gulf. The intercom bonged, and the seatbelt lights went out. There was a collective sigh and a few muttered 'Allah-u-akhbars' from the passengers. Phew.

Once we were at cruising altitude, everyone relaxed properly. The pilot came out of the cabin – a wild-eyed, bearded Afghan wearing a white shirt that looked like it had been used as a dishcloth – and walked down the aisle, greeting people; while the passengers produced cigarettes, food and bottled water. A few even set up little spirit burners on the floor in the aisle and began to brew coffee and tea!

The flight from Sharjah to Kabul took about two and a half hours, and the last hour or so seemed to be entirely over snow-capped mountains until, at last, we began our descent. Again, I wasn't looking forward to the landing in this shaky old aircraft, and I could see that the other passengers were a bit worried as well. Conversation seemed to die out as those of us who had them fastened our seatbelts and braced ourselves for impact.

We came in low, over huddles of small square houses dusted with snow. The wheels came down with a reassuring thump, and the pilot executed a landing that was no worse than many others I've experienced on western airliners. I suppose I was succumbing to typical stereotypes about third-world pilots: this guy had probably been flying the route safely for donkey's years, though I wouldn't have minded checking on the maintenance schedule for the aircraft . . . actually, thinking about that, it's probably best that I couldn't.

The pilot taxied the plane close to the terminal, and we waited a few minutes while some steps were brought alongside. Climbing out into the fresh air, the first thing I noticed was a distinct chill, particularly having come from the Gulf. Back in Dubai, even then at the end of November temperatures had been in the 80s in daytime, but here it was in the 50s, with a steady dry wind blowing in from the mountains.

Instead of heading straight for the terminal, as you would normally do, the passengers now clustered round the plane waiting for the baggage to be unloaded and dumped in a big pile on the runway. I followed suit and, having secured my two large climber's holdalls, began to make my way towards the building. As I got close to the entrance, a man detached himself from the wall and came towards me. He was quite tall, about 5 ft 11 in., and about my own age, but he had a deeply lined, bearded face that suggested he'd spent a lot of time in the open air in the mountains. He wore western clothes: a nondescript anorak, sweater, shirt, trousers and shoes.

'Mr Colin?'

This was a name I would get used to.

'Yes, I'm Colin.'

'I am Karsi. Mr Nikos send me to drive you.'

He smiled at me, showing strong white teeth, and held out his hand to shake. We shook and I smiled back. I liked him instinctively and immediately.

'You come, Mr Colin.'

I had my passport and Afghan visa in the inside pocket of my jacket ready to show, and I'd spent part of the flight rehearsing my cover story for the immigration people at Kabul, but it turned out I'd wasted my time. Instead of leading me into the terminal, Karsi simply took me round the side of the terminal building to a gate in the fence which a uniformed guard held open for us. This took us straight into the car parking area where Karsi had left his pride and joy: a battered green Toyota Surf, a type of four-wheel drive station wagon which is virtually ubiquitous in Afghanistan. We loaded my gear into the back and set off, taking the Bibimahro road south-west towards the city.

I always enjoy the drive from an airport into a city because it's the first chance you have to get the measure of a place. I'm not sure what I expected to see in Kabul. I'd spent a reasonable amount of time in the Middle East over the years and got used to some of the contrasts: opulent palaces and public buildings with verdant, irrigated green lawns next to the shanties of Palestinian 'guest workers' are a common enough sight; and you also expect to see the signs of rampant wealth and consumerism, such as you get in the Emirates, Saudi, Kuwait and Oman – sleek young men in western clothes driving Ferraris and queuing at the McDonald's drive-in next to bearded and pious Muslim religious men in their black or white robes.

Kabul had none of that. The roads were poorly made, patched, pitted and potholed where they were tarmacked at all, and the buildings on the way in all seemed to bear the scars of war in one form or another, from bullets, shells and bombs. One constant reminder of Afghanistan's recent history came in the form of damaged and abandoned hulks of military vehicles, presumably from the fighting in the autumn of 2001, which had simply been left to rust away where they stood.

As we got closer to the centre of town, the streets were teeming with people and traffic. There were taxis – mostly battered Japanese saloon cars painted orange and white – bicycles, donkey carts and pick-up trucks of all descriptions, contrasting with the big, modern four-wheel drives of the UN, the NGOs and the ISAF forces who were garrisoning Kabul and a few of the big outlying towns. The pedestrians, shopping and bartering at roadside stalls, were mostly dressed in thick, shapeless winter clothes, the men wearing white cotton skull caps or thick woollen *pakols*, the women veiled and covered from head to toe.

From the town centre, we drove out to a suburb of sorts. The houses were bigger here, mostly surrounded by high walls, and there were fewer cars and people to be seen. Even so, there was no escaping from signs of war damage, and many of the houses and compounds we passed had small groups of armed men standing outside – locally recruited security guards clutching their omnipresent Kalashnikov rifles.

Eventually, we stopped outside yet another high-walled compound. An Afghan guard came forward. He looked in the driver's window, grinned on recognising Karsi and pushed the gates open to let us in. We were unloading my bags in the yard when Nikos appeared, all 5 ft 5 in. of him, arms outstretched in welcome.

'Colin, my friend, you're here! Welcome, come in, come in!'

'Nikos, how are you?'

'Very well, thank you. Leave your bags there.' He indicated a spot just inside the doorway. 'I want you to meet some friends.'

He led me through the entrance hallway to a large living room. Sitting on sofas around a low table were four white men, together with Nikos's wife, Hinna. Nikos announced, 'Patrick, this is Colin who I was telling you about.'

Patrick, the leader, stood up.

'Colin, good to meet you. We've been hearing a lot about you. Great to have you working with us.'

I shook hands with him and then with the other three Americans, who also introduced themselves. Nobody said as much, but it didn't take a genius to work out who they were. All four were dressed in the kind of paramilitary uniform worn by spooks throughout the hostile places of the Middle East and Africa: lightweight walking boots, combat-style trousers in neutral colours and thick cotton shirts. All of them wore automatic pistols in ballistic nylon holsters strapped to their right thighs, and I noticed that next to their seats they'd deposited body armour, combat waistcoats and M4 carbines. I'd obviously arrived in the middle of a conversation, and Nikos indicated to me that I should sit down and listen.

The conversation at this point was about personalities in the Afghan government that we needed to meet and who would be prepared to help us. Infuriatingly, though, I still didn't know what our primary mission was. I didn't say anything much during this meeting – I didn't have anything to say and anyway I was tired – but Patrick and Nikos made occasional references to guns and opium, and I began to realise that this was where our interest lay. I suppose this probably wasn't too much of a surprise to me, as we were primarily being tasked by customs intelligence in London.

I assumed, as I sat there, that at some point the Americans would leave and Nikos would be able to tell me what we were doing, but this didn't happen. Instead, as the evening began to draw in, we all set off as a group in three vehicles to go out to a restaurant.

I was shocked by this. The Americans acted and talked like professionals, but their basic force-protection drills seemed to me to be unbelievably sloppy. I wasn't armed, and I didn't think Nikos was either, but we were being driven by Karsi in his Surf, while the Americans just piled into their Land Cruisers and trundled off. The threat level wasn't particularly high, as I understood it – mostly coming from criminal activity rather than terrorism – but it wasn't a safe city, and they were acting at this point as if there was no threat at all. A British team under similar circumstances would have been driving defensively, using one of the team cars to block and shield the principal's vehicles from any threats; the windows would be down so that they wouldn't prevent the crews from shooting out of the vehicles, and they would be in constant communication with each other. These guys just weren't bothering.

The restaurant was a mile or two from the house, and when we arrived there, we just left the vehicles outside and went in. The clientele seemed to be mostly Europeans and Americans – people working for the UN and NGOs that were active in Kabul, together with the various private contractors who were working on reconstruction projects and their security details. Again, this bothered me: it was an absolutely prime target for a terrorist attack, but nobody seemed at all concerned. Nobody bothered posting sentries. Instead, we just sat around the candlelit tables, eating our stew, rice and naan bread, chatting like we'd gone out for an Indian in the West End.

Still, it gave me a chance to get to know the Americans a little better. From what I could gather, they were actually members of US special forces – the so-called Green Berets – seconded to the US Defense Intelligence Agency.

The US armed forces are a huge organisation. In 2002, the regular US Army alone was only just short of half a million strong, and they can therefore afford to have people in much more specialised roles than we can in the British Army. Our special forces consist of the SAS, which has about 250 full-time regular operators; the SBS, which has maybe 120; the Special Reconnaissance Regiment, which is no more than 200 strong; together with around 500 support personnel. As a result, our guys are at an absolute premium and are only ever going to get allocated to jobs which are part of the main effort. In contrast, US special forces field a total of around 25,000 soldiers in a variety of different roles. Delta, the American version of the SAS, has about the same number of operators as our special forces combined, and the result of this is that you are far more likely to run into active US special forces performing odd missions like this one appeared to be.

From our conversations during the evening, it began to emerge that what the Americans were doing was attempting to locate and buy back weapons systems that had been sold or given to the Mujahideen during their war against the Soviets. From 1933 to 1973, Afghanistan had enjoyed a period of relative peace and stability under the rule of King Zahir Shah (who is still alive at the time of writing as a spry 92 year old). He was overthrown by his brother-in-law in a bloodless coup whilst he was out of the country, but the instability that this caused led to a successful communist coup in 1978, and things went rapidly downhill. Although Afghanistan is a poor land-locked country mostly populated by mountain tribesmen, it has traditionally always had strategic importance as a buffer zone – originally between Imperial Russia and British-ruled India, but more recently between the communist Soviet Union and the Islamic countries of south Asia, Iran and Arabia. The Russian communists were always extremely wary of exposing their own Muslim population to the influence of outside fundamentalists for fear that they would lose control of their ethnically Muslim regions.

Within 18 months of the communist coup in Afghanistan, the regime was crumbling as the result of resistance from the Muslim population and splits within the Afghan communists, and on Christmas Eve 1979, the Soviets launched an invasion of Afghanistan designed to install and support a pro-Soviet government. Part of this involved a special-forces attack on the presidential palace, during which they murdered Hafizullah Amin, the Afghan communist president.

The Soviet attack on Afghanistan was one of the key moments in the Cold War. I was only 15 when it happened, but it made an impression because it came when CND were campaigning against nuclear weapons and everyone was getting twitchy that the Third World War might be about to kick off.

It didn't, of course, but what did happen was that the Americans started doing to the Russians what the Russians had done to them in Vietnam. Clearly, nobody wanted to start a nuclear war, but the Americans recognised that they could put significant pressure on Russia by supporting the Afghan resistance without risking face-to-face confrontation.

It started in a small way. From about the middle of 1980, the CIA and DIA (with the help of MI6) were hiring mercenaries to train the Mujahideen, as well as making stocks of captured Warsaw Pact weaponry available to them. This proved successful, forcing the Soviets to deploy ever-larger forces in Afghanistan to counter what had become an Islamic *jihad*.

But there was a big drawback to all of this. While, as you'd expect, the resistance to the Russians was primarily based on Afghan nationalism, the Mujahideen factions were split on ethnic and religious lines, and many of their leaders were strongly influenced by Islamic fundamentalist ideas, so, while they were happy to accept help from the west (and Saudi Arabia, China and Pakistan who also made big contributions), they wouldn't accept western control over their activities.

This didn't seem to matter when the Mujahideen were fighting the Soviets, but once they'd defeated them, everything changed. The problem then was that the Mujahideen factions turned

THE DENIABLE AGENT

on each other in a struggle for control. The Soviet puppet government had finally collapsed in 1992, ushering in Rabbani and his Mujahideen government, but by 1996 this was in tatters, and the Taliban – which can be interpreted as 'students' – were poised to take control.

The Taliban started off as a localised movement in the border areas with Pakistan. The legend is that a group of religious students banded together to impose order in their village after members of the Mujahideen government forces had raped some local women, and it had snowballed from there. The more likely explanation is that the Pakistani intelligence service, the ISI, had recruited and trained a force of Afghan students from Pakistani madrassahs (Islamic religious colleges) and sent them in to Afghanistan in an effort to subvert the shaky Mujahideen government. Pakistan had supported the Mujahideen against the Soviets, but they neither liked nor trusted them and strongly preferred to have their own people in charge in Afghanistan. The problem was that the Taliban were genuine Islamic fundamentalist zealots, and when they took control of Afghanistan, they gained access to a lot of high-tech weaponry that was there thanks to us and the Americans. They were also prepared to shelter Osama bin Laden and his al-Qaeda organisation.

Bin Laden had originally come into the equation because he was a fundamentalist Wahabi Muslim with access to a lot of money, who was prepared to use his wealth and contacts during the jihad against the Soviets in the 1980s to recruit foreign fighters to fight in Afghanistan. Although he was a facilitator rather than a fighter himself, this role gave him great influence over a generation of fundamentalist Muslims, and when he turned his attentions towards the west, many of his fighters went with him. As a rich man leading an Islamist death cult, he was always in the market to buy weaponry.

Which is why, it turned out, we were there. The American

team had the funding to hand over large amounts of cash for the weapons systems we were after, and it emerged that it would be our job to act as scouts for them: making contacts, carrying out the negotiations and finally bringing the weapons in so that they could be paid for and transported out of the country, either to their destruction or – I suppose – to be handed over to whichever other guerrilla group was currently flavour of the month in Washington, DC. In one sense, it was quite a simple task: get into the market and buy up systems like Stinger and Blowpipe – both of which had been supplied to the Mujahideen to shoot down Soviet helicopters but which were equally capable of knocking down jumbo jets – before al-Qaeda or the Taliban did.

For the next few days, our routine primarily consisted of making office calls on Afghan government officials. The most important of these was to General Waddoud, who was acting, in part, as our sponsor for the mission and who worked within the Ministry of National Defence and Foreign Affairs. Nikos openly discussed finding weapons with him, and he promised to see what he could do to help us. It wasn't a question of him being some kind of lackey of the British and Americans. Like most of the Afghans I met, he was a nationalist: he didn't want to have the Americans and their allies in his country, but he was also a realist, accepting that we weren't going to leave until we were happy that the Afghans were completely capable of managing their own affairs without presenting a risk to the rest of the world. He promised to put the word out amongst his people in the Panjshir Valley to see what they could turn up.

The conversation then turned to something that I was concerned about: our security. I'd assumed that I was there to play an active role in the operation, but during the first few days I'd done little more than act as Nikos's minder. I wasn't too bothered by that, but if that was the job I was going to do, I needed to be able to do it properly. I knew that Karsi was armed

THE DENIABLE AGENT

– he kept an AKM in his Surf and carried a pistol at all times – but I had nothing.

'General,' I said. 'In order to be able to protect myself and my partner, I need to be licensed to carry a weapon.'

'Mr Colin, of course. That is not a problem.'

He called in one of his assistants and said something to him in Dari. The man went away and returned a few minutes later, bringing with him a small automatic pistol which he gave to Waddoud. Waddoud pulled the magazine out, racked back the slide to make sure the pistol was clear and passed it over to me.

'Mr Colin, do you have a photograph?'

I always carried a few passport photographs in my wallet when travelling overseas, as they're frequently necessary for visa applications, permits and so on. I handed one over and he gave it to his assistant. Waddoud handed me the pistol and magazine separately.

'Here is a pistol, my assistant will make out a permit for you.'

I looked at the gun. It was a Russian-made Makarov 9mm. Not bad at all. The Makarov is similar in design to the German Walther PP, though slightly more modern: compact; double action, meaning that if you've got a round up the spout, you can fire it just by pulling the trigger, rather than having to cock it; and with a much more user-friendly safety catch than the Walther. The really interesting thing about it is the ammunition, which is a unique Soviet design only found in the Makarov and a few other Eastern European weapons. It's nominally a 9mm x 18mm round, meaning that the bullet is of 9mm calibre and the cartridge case is 18mm long, but the bullet itself is actually slightly larger in diameter than the standard western 9mm found in 9mm parabellum ammunition (which is the NATO-standard pistol and sub-machine-gun bullet) and 9mm short (also known as .380 ACP – ACP standing for Automatic Colt Pistol), while the case is halfway between the two. This means that although it's a compact round, it actually has nearly the same stopping power as 9mm parabellum and packs a hefty punch – certainly a good deal greater than 9mm short.

In fact, the only real drawback is the relatively small magazine capacity. Most modern 9mm pistols have a double-stack magazine, meaning that the ammunition sits in them in two interlocked columns. This means that you can normally get between 13 and 15 bullets into each magazine, and it also gives a comfortable and substantial grip. The Makarov has a single-stack magazine, holding a total of eight rounds, and thus has a slightly less comfortable and positive grip. Nevertheless, it's a good weapon, reliable and robust. There was just one problem.

'General, do you have any ammunition? And perhaps another magazine?'

'One moment.'

Waddoud reached into his desk and pulled out a small sealed cardboard box: 25 rounds of new 9mm Makarov ammunition.

'I haven't another magazine to give you, though. Why would you need it?'

The answer to that was because you bloody well do! Cowboys in the Wild West had six shots in their revolvers, which is probably enough for a one-on-one gunfight in a bar, but the eight rounds I had probably wouldn't be enough to shoot my way out of an ambush in Kabul. Come to that, I doubted whether sixteen would be enough either, but it had to improve the odds. In the end, all I said was, 'Better to be safe than sorry' and grinned.

A few moments later, the assistant came back with the weapon permit card with my photo attached to it. At Waddoud's direction, I filled in my personal details, then he signed it and, crucially, stamped it with his personal rubber stamp.

It's an interesting point: if you're ever doing business in the Middle East or Asia, get yourself a rubber stamp or two made. For some reason, they iron out all kinds of problems. I suspect it

THE DENIABLE AGENT

derives from the three great bureaucratic traditions: the Chinese imperial bureaucracy in the east, the Ottoman bureaucracy in the west and the British imperial bureaucracy in India in the centre. Anyway, wherever it comes from, it works. If you type up a document and sign it, it's just a piece of paper; but if you type it, sign it *and* stamp it, it acquires almost magical powers.

As we drove away from Waddoud's ministry, I loaded eight rounds into the magazine, cocked the pistol to put a round into the chamber, decocked it to let the hammer forward so that it would work on a double-action trigger pull, put another round in the mag to fill it to eight and, in the absence of a shoulder holster, put the pistol in my jacket pocket. All of a sudden, I felt much safer.

Apart from the Afghans we needed to meet, there were a few westerners in Kabul we wanted to link up with. The main one was Andrew, the overall leader of the American weapons team. He was a sharp, decisive guy who clearly knew what he was doing. We also linked up with the British Drugs Liaison Team, a five-man joint task force operating out of one of Kabul's few international hotels. They had the unenviable task of attempting to suppress the narcotics trade in the country responsible for supplying 90 per cent of the world's illegal heroin.

In fact, the drugs trade was also on our list of targets. A side effect of the war against the Soviets had been the proliferation of opium poppy cultivation amongst the Afghans. The reasons for this were fairly straightforward: the Mujahideen needed to raise money to buy weapons, and individual Afghans needed to raise money to live. The Taliban had actually succeeded in partially suppressing the opium trade, forcing the street price to rocket upwards during the late '90s, but when they left, the warlords of the Mujahideen who took their places resumed cultivation almost immediately in order to pay and equip their private armies.

The British Drugs Liaison Team weren't meant to be personally out in the field, spraying crops and slashing and burning fields. As their name implies, their role was to liaise with the Afghan and other agencies who were doing that, but, from what I could gather, they rarely left their hotel, and I saw very little of them during my time in Kabul.

The meetings that we had in those first few days, organised mostly, as I understood it, through Hinna's family and social contacts, soon began to pay off. About ten days after we arrived, we got a message via Waddoud that there was a man who wanted to see us who claimed to have access to a Stinger missile. This represented a serious breakthrough.

A bit of background first: when the Americans and Brits first started to supply weapons to the Mujahideen in 1980, they'd primarily handed over stocks of Warsaw Pact and Chinese weapons that had either been captured by western armies during the counter-revolutionary wars of the '60s and '70s in South-east Asia, Africa and Arabia; weapons bought from the Israelis, who had got their hands on lots of material during their wars with their neighbours; and weapons bought covertly on the black market. This was fine so far as small arms were concerned, as there are literally millions of Kalashnikovs and other small arms knocking around the world, and they are mostly untraceable, often having been through several sets of bloodstained hands before arriving in the CIA's covert armouries. In fact, they offered a real advantage because they were much the same as those used by the Soviets and their Afghan puppet allies and therefore used the same ammunition, which meant that, logistically, the Mujahideen could more or less sustain themselves.

The problem was with the more sophisticated systems, which were needed to counter the threat of Soviet helicopters and armoured vehicles. While it was possible to get hold of the elderly Soviet-made SA-7 Strela – a shoulder-launched heat-seeking missile system – in reasonable numbers, they weren't very effective against Soviet aircraft because, having manufactured them, the Soviets knew how to counter them. This was also true of comparable systems like the American Redeye missile, which relied on similar technology and was of similar vintage.

What was needed was the next generation of hand-held anti-aircraft weapon, represented primarily by the American Stinger. Ultimately, somewhere between 500 and 1,500 of these were sold or given to the Mujahideen, and the pay-off was dramatic, because they accounted for around 300 Soviet aircraft shot down during the course of the war. The advantage of these, which proved deadly to Soviet aircraft, was that they were faster, more accurate and had longer range than the older weapons, giving the Soviet pilots much less time to deploy countermeasures.

It's worth mentioning that, not wishing to be left out, the Brits also supplied the Mujahideen with our own Blowpipe shoulder-launched missile system, but this was much less successful. The Blowpipe was guided by its operator using a thumb-controlled joystick. It required a lot of training, considerable physical strength and balls of steel to stand out in the open, steering the missile at its target, while the world's supply of gunship helicopters attempted to nail you. I'd met a few people who had tried to use them in the Falklands War, when both sides had them, and their opinion was that they were a pile of crap. Even so, they were out there, and we were keen to get them back.

The first I heard about the Stinger buy was when Nikos breezed into my room.

'Colin, my friend, we're going to see a man about a missile.'

I grabbed my pistol and mobile phone, got my jacket on and climbed into the vehicle with Nikos.

'He's a Panjshiri, a colonel, and he says he can get us a Stinger.'

'That's great, Nikos, where are we meeting him?'

'The lobby at the Intercontinental.'

'You're joking?'

'Why, what's the problem?'

I'd never been directly involved in agent-handling operations before, but I'd seen a few of them, and I knew that the last thing that you did was compromise your sources by meeting them in public places. I mean that's basic fucking common sense. Presumably this guy was taking a risk in making contact with us and would expect us to do what we could to protect him, not let the world and his wife see him talking to us in the lobby of one of the busiest hotels in Kabul.

'Colin, my friend, you worry too much. It won't be a problem.'

'Not for us, maybe, but if I was him, I'd run a mile.'

'We'll see.'

The meeting went down as arranged. The source turned out to be a thin, moustachioed Afghan of around 50, wearing a slightly shabby Russian-style military uniform with colonel's rank insignia. Not surprisingly he was nervous and agitated: the Intercontinental was one of the major haunts of journalists and NGO personnel, and there were curious westerners all over the lobby, watching as we drank green tea from glasses and Nikos negotiated with him.

In the end, a deal was done for around US $300,000, a colossal sum for an Afghan, though I strongly doubt whether the Colonel was going to see it all. The handover was organised for the next day at a curious building near our villa known as 'the Museum'. At some point in the past, it had been a museum, housing collections of Afghan art and antiquities, but in the 1960s and '70s it had been transformed into a restaurant and hotel of sorts. Back then, in the days of the old king, Kabul had been the last stop – in fact the dead end – on the hippy trail which had led from Europe, via Turkey, into India, Nepal and then Afghanistan. If you were going to be cynical, you'd probably say that it was a migration towards where the drugs were cheapest, and you'd be right. In Kabul, the Museum was where the hippies stayed and where they smoked the organic farm-produced opium they'd bought from the local dealers at bargain-basement prices before the dealers had realised that they were practically giving away their product.

Of course, the coups, wars and finally the Taliban had rid Afghanistan of the hippy scourge, and, to be honest, nobody missed them. But the Museum remained, disused but still guarded, and this was where we chose to do our business. It was built around a large central courtyard, and there were a collection of odd-looking, igloo-like, concrete *hurjas* where the hippies had slept, smoked and burbled away to themselves, whacked out of their skulls on opium.

Nikos and I drove down there with Karsi, who knew the caretaker-cum-security guard. He let us drive in and we settled into the hurja nearest the main entrance. We hadn't been there long when three Land Cruisers arrived and also drove in through the gates. As they stopped, I saw Andrew hauling himself out of the second vehicle. I was surprised by this.

'Nikos, why are the Americans here? I thought this was our operation?'

'Colin, don't worry, we're working together now.'

This puzzled me. Such briefings as I had had in London and Dubai from people other than Nikos were that this was a British operation. Sure, we would cooperate with the Americans, to our mutual advantage, but part of the point of doing an operation like this is that it gives Britain some leverage with the US. If you hand stuff over at source, then that leverage is gone.

Andrew walked over.

'Hi, Nikos. Hi, Colin. What time are we expecting this guy then?'

'Should be here any time now,' Nikos answered.

Andrew had deployed a few of his special forces troopers to cover the gate and the area outside: they looked pretty professional now in contrast to the last time I'd seen most of them. I heard a small burst of static from the earpiece of a small short range VHF radio that Andrew was wearing.

'OK, this could be it,' he told us.

A battered pick-up rattled along the potholed road towards us. As it pulled up at the gate, one of Andrew's soldiers quickly checked it over, then waved it in. There were two Afghans in the cab: the Colonel and another man. They came to a halt, got out and looked around nervously. Nikos was straight into his 'friend of all the world' act.

'My friends, you have brought the merchandise? Excellent.'

Tied down in the back of the pick-up and covered by some sacking were two green plastic chests. They were scratched and a little the worse for wear but intact, though any markings they may have had had clearly been sandblasted off. Between us, Karsi, the Colonel, his Afghan helper and I lifted them out of the truck and carried them into the hurja.

Irritatingly, the mains electricity was out again, but one of the Americans had rigged up a battery lamp so we could see what we were doing. We placed the containers on a wooden trestle table and I opened the larger one. There was some foam packing, which I pulled away, and there it was, pristine and unused – a Stinger missile tube.

'Shi-it,' one of the Americans whistled under his breath.

There's a small steel panel on the side of each tube, which has the manufacturer's markings and serial numbers stamped on it, and I jotted these down into my notebook. Then I turned to the smaller container and unclipped the lid. There was the same kind of packaging and then, looking as good as new, there was the battery and coolant unit (BCU), which has to be connected to the missile tube before firing to power up the guidance system.

Dave, one of the American SF guys, said, 'Wait there a moment, I need to get something.'

He jog-trotted out to one of the Land Cruisers, rummaged in the back for a moment, then ran back carrying a small nylon holdall. When he got back to the hurja, he opened the holdall and pulled out a slightly dusty green metal object, which looked a bit like some kind of military communications device. It had a couple of cable connectors coming out of it, and he plugged these into the relevant sockets on the BCU, then flicked a switch. After a couple of seconds, a green light came on.

'Yep, that's a live one,' said Dave.

As before, I jotted down the details of the serial number in my notebook. By now, however, Dave and one of his friends were starting to pack the missile and the BCU away in their crates, ready to take back to the main US base at Bagram airfield. As I helped them do this, Andrew came through with the Afghan Colonel and a wad of money that they had obviously been counting together. Dave gave Andrew a nod, and the cash was quickly handed over and stashed inside the Colonel's coat.

That's the way to do a deal: neat and efficient, with no quibbling with the source over price. He went away happy, no doubt trying to think of a convincing cover story for friends and family to explain why he was now many thousands of dollars to the good. That part of it, at least, was mostly his problem (although a good handler would generally help out with a cover story of some kind). The thing that puzzled me about the whole episode was Nikos's behaviour. The man had effectively been a spy for 45 years, and I doubt there was much he didn't know about securing his sources, yet he'd blithely let the Americans meet and deal directly with his agent, thus completely compromising him. Intelligence is a big boys' game, and it's played by big boys' rules: why work through a third party if you don't need to? The Brits and Americans are traditionally very close when it comes to intelligence matters, but in 99 per cent of cases – with Humint (human intelligence – spies, etc.), at any rate – what is shared is the product, not the source. I do know that if the Americans had an agent reporting on something which was critical to British interests and we found out who he was, we'd try to get a piece of the action directly: it's only common sense after all. The Americans would be the same, and they generally have much more money to wave around. But Nikos was making no effort to protect our sources from the Americans and was even encouraging them to get close.

At this time, I wasn't sure whether it was just Nikos's arrogance – simply assuming that nobody would try to steal a good source from him – or whether he had some other agenda. I knew that he hadn't been in Kabul long enough to establish a deep relationship of trust with these guys; what I didn't realise was that, in the interests of a fast buck, something that was never too far from Nikos's thoughts, he'd done a side deal with them to cherry-pick the best intelligence and sources and give it directly to them.

This first missile buy established a pattern which continued throughout my time in Afghanistan until the day I got shot. The word was out, in various ways, that Nikos and I could arrange hard cash in return for advanced weapons, and the result was that we had a steady stream of people coming to see us, offering to sell them. Nikos would agree a price and the weapon (or weapons) would be brought into the Museum, tested and taken away by the Americans, while I kept a log of serial numbers and markings to pass back to our British handlers.

The end result, by the time I managed to get myself shot and thus completely out of the game, was that we'd recovered eight complete Stingers, plus another missile in its tube but without the BCU; twenty-five complete Blowpipes and a further ten missiles without the guidance unit; twenty SA-7 Strela missiles; and around thirty RPG-18s which are small, lightweight, use-once-and-discard, shoulder-launched anti-tank weapons, very similar to the American M-72 LAW (which is known in the British Army as a 66). Which was not a bad haul at all. Of course, the Stingers were the real prizes – we weren't paying a quarter of what we paid for the Stingers for the Blowpipes and SA-7s – but in my view, keeping any anti-aircraft weapons out of the hands of terrorists has got to be a good thing, and I'm proud of what we achieved.

While advanced weapons systems were our main objective, they weren't the only items on offer. As word spread that we had money for weapons, we began to get offers of other things that people thought we might be interested in. This included the guys who were turning up with their alleged chemical and nuclear components. I was sceptical about these from the off, and so, I suppose, were Andrew and his team, but we had no choice but to follow them up, and various samples got brought in and then sent to the US for testing. No money changed hands in these deals, other than maybe a few hundred dollars for expenses, which was probably a good thing. This led to a lot of pissed-off Afghans who'd come to the Museum expecting to con us into a dollar bonanza but presumably put off a lot more who thought we would make an easy mark.

Also on offer were people. Hamid Karzai – who was then the interim president but more recently was elected as Afghanistan's first ever democratic leader – was generally known as the 'Mayor of Kabul', because that was the only part of the country in which he could exercise any kind of control. Outside, in the plains and mountains, the warlords were in control. These were, by and large, the leaders of Mujahideen factions who were protected by their own private armies and largely did what they wanted, including capturing and holding prisoners, whether from the Taliban, al-Qaeda or whoever.

Mostly this was done on a commercial basis. Prisoners would

be sold off to the highest bidder, whether it was their own faction buying them back, the Americans who might need them for interrogation or even the Afghan government. And of course, some of the Taliban and al-Qaeda people had huge prices on their heads as a result of the 9/11 attacks, which made them prey for bounty hunters of all nationalities. Thankfully, Nikos didn't seem particularly interested in these deals, and neither was I, and I was happy to see him passing these contacts on to Andrew rather than expecting us to do anything about it.

Others did get involved, and after I finally returned from Afghanistan I read with a certain amount of horror about the American bounty hunter Jonathan Keith 'Jack' Idema, an ex-storeman, of all things, with the US special forces who seems to have set himself up as a freelance mercenary adviser. Although our time in Kabul overlapped, I never met the man as far as I know, though there were so many self-consciously mysterious paramilitaries knocking around Kabul doing security work of one sort or another that I may have come across him without realising it. In any case, whether he was acting alone or with the connivance of the US and Afghan authorities, there's no doubt that Idema was 'arresting' and interrogating Afghans as part of a scheme to, apparently, find Osama bin Laden and get his hooks into the $25 million that was on offer as a reward. When Idema was eventually busted by the Afghans, he was found to be operating a private prison in Kabul and holding eight prisoners, one of whom was a Supreme Court judge. Whatever the background, it netted him a ten-year sentence from an Afghan court when he was tried in 2004.

Finally, of course, some of our contacts were offering us straightforward information about weapons, narcotics, terrorists and the whole range of preoccupations that face those who are fighting the War on Terror and simultaneously trying to rebuild Afghanistan, and it was here that my background really enabled me to make a positive contribution.

CHAPTER FOUR

HEARTS AND MINDS

One of the first actionable pieces of intelligence to come our way was from a contact that we met in early December. Amongst some vague talk of weapons, he happened to mention that he knew of an al-Qaeda cell active in an area of Ghazni Province, to the south-west of Kabul, which had supposedly set up a communications centre to relay information to Pakistan about the activities of ISAF within Kabul and the outlying areas. On the face of it, this seemed a little odd: it doesn't take the brains of Einstein to work out that Afghanistan, along with much of the rest of the Middle East, is under pretty intense scrutiny from the communications interception people within the US National Security Agency (NSA) and British Government Communications Headquarters (GCHQ). What made it interesting was that the source gave us details of where the comms base was located – in a house on a hillside – gave us the name of the village where he believed it to be and also named the al-Qaeda cell leader responsible for it. I flagged this up as a point of interest during our next meeting with members of Andrew's team, and they agreed to look into it.

This highlighted for me an aspect of our work that always bothered me: the fact that we were flying blind. My experience as a soldier had taught me that in order to plan operations successfully you need to have the right information – or at least have access to it. Most people think of intelligence as a sort of arcane secret art, but actually it's the basis of all military operations, whether you're an infantry lance corporal taking a patrol out along the border in County Fermanagh or a general about to lead an army into Iraq.

For the infantry lance corporal tasked with a patrol in Northern Ireland, he can trot along to his battalion's intelligence cell and get a full briefing on the terrain he's going to encounter; the general disposition of the population in the area; the known baddies, together with detailed information about them; communications dead spots; and anything else he might need to know – all of which is ultimately derived from a fusion of a massive range of different sources. The army commander gets the same thing on a bigger scale. I, on the other hand, had access to none of that. I could ask the Americans for a background briefing, which they might or might not give me, and I could ask the few Afghans I knew and trusted what they knew about a given place or person, but the chances were that it would be outside their range of knowledge and experience. Consequently, when something like this came up, I was in no position to make a judgement about it.

A couple of days later, Nikos and I were with Patrick, discussing the possible arrival of another Stinger, when he suddenly said, 'Oh, Colin, that story about the communications base, is there any chance you can check that out for us?'

'What do you mean "check it out"?'

'Basically see whether there is anything there and get a fix on its position.'

'Can't you use a satellite for that?'

'I guess we probably could, but it's kind of a long shot to re-task a satellite on. If we can get some visual confirmation from the ground, then we can take some action.'

'OK, I'll see what we can do.'

Hmm, interesting. There were two ways to get visual confirmation on a target like this: send someone else, or go myself. Sending someone is obviously the safest option, but, in my experience, unless you're dealing with trained soldiers, it rarely works out. You never know whether they've found the right place or looked at the right thing, and you never actually know if they've made the effort at all. While it would be much easier for an Afghan to do a recce round a rural village than it would for me, they would still be at risk because, although they might – *might* – speak the same language, an urban *Kabuli* is a completely different species to a hill man from Ghazni.

The second factor which influenced me was the need that I was feeling to get out of Kabul and get away from Nikos, for a short time at least. Nikos is one of those people who likes to keep his friends close and his enemies closer, and while I was still definitely in the friends camp at that time, it was obvious that I had deep misgivings about his relationship with the Americans. My plan was to get back home for Christmas with Alison and the boys, but that was still three weeks away and in the meantime I needed a break from the oppressive atmosphere in the villa and from simply accompanying him to the endless rounds of meetings with his sources and contacts.

After Patrick had gone, I discussed it with him.

'Nikos, I think the best thing would be for me to check this place out with Karsi.'

'OK, my friend, that's good. When will you do it?'

'We need to do some preparation first. It would be good to get permission to visit this village if we can. We can tell them we might be able to build a school there, or something like that.'

'Yes, yes . . . that's good.'

This cued Nikos up to talk with Hinna and get her to mobilise her network of contacts. By this stage, we'd had several meetings with tribal leaders and warlords. The form was that most of them maintained a residence in Kabul, and Hinna would set up meetings with the leaders in these houses as a form of 'getting to know you' vetting session. Typically, the houses included a large meeting room where the leaders held court. In many ways, it was almost like something out of the Middle Ages: the leader would sit in a large throne-like chair at one end of a long low table, and his supplicants would sit, in order of importance, on sofas on either side. Although we would address the leader directly, most of the answers to our questions would be whispered to a lackey of some kind who would answer on his behalf – until it came to matters of real interest. While most of these senior leaders were well-educated men who could speak reasonably good English, they rarely used it in our presence, preferring to rely on an interpreter – usually Hinna.

The conversations started in general terms: was there anything that we could do to help them?

Invariably, there was. For the most part, the tribal leaders and warlords maintained their power by a combination of providing some form of 'welfare' and protection for their people, together with the occasional exercise in cold, brute force to remind everyone who was the boss, not unlike a typical Mafia godfather. We couched our approach in terms of support for their people. Using my cover as an engineer, we invited them to think about schools, clinics and housing in their tribal areas.

Of course, there was a desperate need for this, and they jumped at it, which is when we introduced the quid pro quo: locating weapons systems, which we would buy from them as a 'goodwill' gesture. This was a realistic approach: they knew we weren't going to give them something for nothing and would have been highly suspicious if we'd offered it. Typically, a few days after we'd met them in Kabul, we would be invited to join them in their home area to eat with them, which would, in theory, seal our friendship.

One particular trip of this kind I recall was to a leader called Haji Almos, who ruled an area north-east of Kabul with a private army which was reputedly 30,000 strong. To get there, we had to leave early in the morning and drive for more than six hours over precipitous mountain roads, crossing bridges made from wrecked armoured vehicles, until we arrived at a stone hut standing next to a river, apparently in the middle of nowhere. It was bitingly cold outside, but inside the hut a massive feast was laid out on plastic tablecloths, cut from a long roll, on a long low table about eight inches off the ground. We sat around this on scatter cushions and couches, eating rice and goat stew, and fish that Almos's men were catching in the river outside and grilling over glowing charcoal, all washed down with cans of Pepsi, Fanta and 7UP. If this second meeting worked well, it was our cue to ask whether it would be possible for me, the 'engineer', to visit their areas in order to scout out locations where we might be able to build for them: invariably they agreed.

This was the mechanism we used to get me out to Ghazni. Hinna made an approach to the local leader – whom we'd already met – and asked if it would be possible for me to visit the area around our target village, as there was a possibility of funding to build a school there. No problem: when did I want to go?

The answer was as soon as possible, but, in reality, this meant a wait of three or four days. Word needed to be sent to the local people so that they were cooperative and welcoming. Their experience of 'Europeans' during the ten years of Russian occupation, as well as events after the fall of the Taliban, meant that isolated villages were likely to greet newly arrived white men with homicidal hostility.

I spent the next couple of days making preparations for the trip. The maps that we had of Afghanistan were generally poor and out of date, with only the major roads and villages shown in any detail, and I managed to persuade the Americans to come up with some air photographs, which at least showed what was on the ground, even if it didn't necessarily tell me what it was. They also gave me a Global Positioning System (GPS) set, which would be crucial for marking the position of the suspect comms station, provided I found it, and a satellite phone with their numbers pre-programmed into it.

I thought long and hard about whether to go armed. There was no question about taking my pistol – almost everyone in Afghanistan was armed to that degree – but I couldn't make up my mind about whether or not to take some heavier weaponry. In the end, I decided against it. Karsi always had a Kalashnikov with him in the vehicle, and that would have to be enough for us. My cover story of being an engineer bringing humanitarian assistance to the outlying villages wouldn't really stand up if I arrived there tooled-up like Rambo.

We set off early on a cold, misty December morning, in Karsi's Surf, on the main road south-east out of Kabul. The plan was to visit several villages, rather than just going straight to the target, which might plausibly camouflage our intentions and their consequences.

One significant benefit of the trip was that I got to know Karsi much better. I'd instinctively liked him when he met me at the airport, and while I'd seen quite a lot of him, it had almost always been in the company of Nikos and Hinna, which meant we were always constrained in what we could say to each other. During the long drive down to Ghazni, we chatted about this and that, in his broken English and my even more fractured Dari, and I discovered that he had a wry, sardonic sense of humour that tuned in well with my own. His family traditionally acted as judges in their home village, but, like many young men of his generation, he'd decided instead to join the Mujahideen and fight the Soviets, and was now effectively at a loss to know what to do with his life. He was working with us for the money, of course; but, like many Afghans, he also entertained the vague hope that by associating with us – by which I mean the British and Americans – he would somehow be able to ride the wind of change which seemed to be about to blow through Afghanistan. I imagine it's the same way that a lot of young Iraqis feel now when they cooperate with the Coalition Forces, despite the enormous risks they take in doing so.

About four hours out of Kabul, we stopped at a tea stand by the road for a leg stretch, a quick glass of green tea and for Karsi to have a smoke. I took the opportunity to discreetly fix our position with the GPS and saw that we were in the right area, and I pulled out the map for Karsi and me to pore over. So far we'd been on the main road, but now we had to head north into the mountains, and we decided to take the next turn-off.

Once we were off the main road, driving became considerably slower. Although it hadn't snowed recently and the roads were reasonably clear, they were still icy and treacherous, often with deep ditches down the sides where run-off water from the hills had cut away at them. It was bare, bleak country, consisting mostly of rocks, mud and snow, with relatively little vegetation and very few trees. After perhaps another hour and a half, we saw the outline of some squat square building up ahead. As we slowly approached the village, we began to see signs of life: mangy scabby dogs were scavenging around piles of rubbish and rubble; and equally mangy scabby kids were moping around them. As we pulled up on the edge of the village, both groups came jostling around us.

Karsi got out of the truck and aimed a few kicks and stones at the dogs, which got rid of them, but the kids continued to hang around with their hands out asking for money. Karsi roared something at them, but it made little impression although they did back off slightly. As we tentatively walked into the village, suspicious-looking adults now appeared and began to walk towards us. A lean, bearded man in his 30s (at a guess) challenged Karsi, who began to explain who we were. Although the man's expression didn't change, he said something to one of the older children, who now hared off into the village. The bearded man said something to Karsi and indicated me with a characteristic Afghan tilt of his chin. I could recognise a few words in Dari now, and I understood that Karsi was trying to explain who I was. Still, the bearded man's expression didn't change, though I was trying to fix him with my most winning and helpful smile.

This Mexican stand-off continued for a few minutes until the boy who'd been sent into the village re-appeared leading a much older man in a black turban with a long grey beard. This was the village headman.

As the headman approached, the bearded villager said something to him. He nodded, then turned to me.

'You are the English engineer,' he said in halting English. 'We know of you.'

'Phew,' I was thinking. He now began to speak to me through Karsi.

'What is it that you want to do in our village?'

'I'm here to see whether it would be possible to build a school for you.'

'You are welcome,' he said.

I asked if it would be possible for me to look around the village and take some measurements and photographs, and he agreed that it would, after we had had something to eat and drink with them.

Karsi and I walked with the headman to what I suppose was his house, where we drank some tea and ate some dried figs. Then I set about my 'survey', slightly hampered by the gaggle of curious children who clustered around me.

All I actually did was make a small sketch-map of the village, fix our position with the GPS and take a few photographs with my compact digital camera, but it was enough to show form. Of course, nobody was actually going to build a school here, or nobody I knew anyway, but it was a good cover story, because they thought they were going to get something out of us. When I'd finished, Karsi and I went back to thank the headman for his hospitality.

'When will we have our school?'

'In the spring, when the weather is better,' I lied fluently. As he translated, I noticed Karsi raising a sardonic eyebrow at me. We asked for directions to the next village, thanked the headman again and drove on.

Another hour or so of slow grinding along the tracks brought us to a similar village and a similar sullen reception. It was mid-afternoon now, and we would have to stay there for the night – it would have been inviting trouble to try to drive along these tracks by night – but I continued with the pantomime of the 'survey', carefully fixing the position by GPS and taking great interest in some flattish patches of open ground near the village centre. When I'd finished, we were taken to the village guest house – an empty building with some mats laid out on the hard-packed mud floor – and one of the villagers fired up an ancient kerosene stove to keep us warm. As evening was falling, Karsi went off to pray with the villagers while I sorted out my sleeping bag and evening meal, which was an MRE (Meal Ready to Eat – a US Army ration pack) I'd managed to blag in Kabul.

I hadn't had one of these newer versions before, and it was a real eye-opener: military rations had certainly got better since I left the army. It actually consisted of a sachet of pre-cooked food, chicken and pasta in this case, together with some biscuits, cheese and a couple of other snacks, plus a miniature bottle of Tabasco sauce for flavour, but the really clever thing was the way

HEARTS AND MINDS

you cooked it. Each MRE contains a strong polythene bag with a little sprinkling of chemicals in the bottom. You pour a little water into this, give it a shake and then put your unopened sachet of food in, and ten minutes later, the reaction between the water and the chemicals has heated your food through. Very clever. Plus, being American, each pack contains eating utensils so you don't have to risk getting food poisoning off the grubby, nasty ones you've been keeping in your combat jacket pocket. The only downside to this was that, unlike British rations, which basically require you to boil up a mug or mess tin full of water to heat the sachet of food, you aren't left with any water to make a brew, and I could have done with a cup of British-style tea. Instead, I made do with what I had: sealed bottled water I'd brought from Kabul. Still, I made a note in my notebook: when I got back after Christmas, I would make a point of bringing some kind of camping cooker or stove with me and a thermos flask as well.

Karsi came back from his prayers and ate his supper, which was some sort of meat and salad wrapped in naan bread, then I rolled out my sleeping bag, he unpacked his bed roll, and I, at least, spent the rest of the night tossing and turning, sleeping fitfully, on the rock-hard ground.

I suppose I eventually dozed off, because I was wakened around 4 a.m. by Karsi getting up to pray. I heard him washing his hands and face outside with bottled water before he headed off to join the village men. I stayed put, drank some water and ate an apple while I waited for him to return.

It was still dark when Karsi got back, but the sky was definitely lightening in the east and it would soon be time to push on. I washed my hands and face in some of the bottled water, but it would have been bad form to strip my top off to wash and, anyway, the wind was too cold. I was just finishing up when a teenage boy appeared with an ancient, battered metal tray with some tea, bread and yogurt on it for our breakfast. It's one of the extraordinary things about the Afghans: after everything they've been through in the last 30 years, life is cheap for them, and if they don't like you, they'll kill you at the drop of a hat. Nevertheless, if you're their guest, whether invited or not, they'll feed you and look after you as if they've known you all their lives. I'm not a big fan of Afghan green tea, but it was refreshing and invigorating, particularly with enough sugar whacked into it to take the taste away, and the yogurt with fresh bread was delicious.

By the time we'd finished eating, the colour of the sky had turned from black to slate grey. It looked like being another dark, misty day. We packed our gear and headed back to thank the headman and say goodbye, then mounted up and trundled back onto the track.

As far as I could make out, the next village along the track was likely to be the one our source had indicated as the location of the suspected al-Qaeda communications site. We reached it about an hour and a half later, after a bumping, sump-grinding journey in the Surf. If we hadn't been in a four-wheel drive, we'd never have made it. We stopped about a mile and a half from the village where the road crossed a ridge, and we could see the hamlet spread out in front, a few hundred feet below us. I had a pair of pocket-sized Nikon binoculars, and I took the opportunity to have a good look at our target. I saw what had to be the communications site almost immediately. It was a small house set into a steep hillside a few hundred metres beyond the village, with what appeared to be two long whip antennas set outside.

At this point, it occurred to me that we could actually turn back. If we went into the village, we probably wouldn't be able to get a much better view than we could get from here, and there was always the risk that someone would decide to take against us. On the other hand, if we backed off now and something untoward happened to the comms site – an air strike or a special forces raid – then the fact that we hadn't been there but just observed it from outside would probably count as much against us as if we did go in. I looked at Karsi and said, 'Fuck it, let's go and take a look.'

He raised an eyebrow quizzically, restarted the engine, and we set off, bumping down the track to the village.

There was a subtle difference between the atmosphere here and in the other villages we'd been to. Once again, they'd heard from their tribal leader that we would be coming, and they showed us the normal hospitality, but some of the village men seemed gripped by a barely suppressed hostility that contrasted with the surly neutrality we'd seen before. After we'd had tea with the headman, I did my normal 'survey' tour round the village, sketching a plan of the ground and taking a few photographs as well as a GPS reading and a compass bearing on the comms site, which was roughly six or seven hundred metres away from the village centre. As I was doing this, I noticed that there were two men standing outside it, apparently watching what I was doing. Time to go, I decided.

I walked back to where Karsi was waiting by the truck.

'We're being watched,' I told him.

'I see them.'

'Should we go now?'

'No, we must say goodbye and thank the headman first.'

We did this, but we didn't hang around. Rather than turning back on ourselves and retracing our steps, the headman told us that the road we were on would take us back to the main Kabul road if we kept on following it, and we decided to do this instead.

'I want to get as many miles between us and this village as possible,' I told Karsi as we set off.

'Is bad village,' he agreed. 'The base is there.'

I thought for a moment that he was referring to the signals hut we'd seen, then I realised he was referring to al-Qaeda, translating its name from the Arabic to English. This was another of Karsi's little traits – a tendency to mysticism. As far as I could tell, the only people he'd spoken to in that village were me and the headman, neither of whom had mentioned al-Qaeda to him at all.

It took us about another four hours to get to the Kabul road, and it was about five hours' driving from there to get back to Kabul itself, meaning that we arrived in the early evening, a couple of hours after darkness. I'd called Patrick, the American, on the satphone from a truckstop where we'd halted for a can of Pepsi and a samosa, but he'd told me that they would come round for a debrief in the morning and that I should get some rest.

When I got back to the villa, Nikos and Hinna were there but nobody else. I was tired from the long drive and feeling slightly emotionally drained, but I was also happy that I'd got away from Kabul for a couple of days and done the job – and done it properly, too. They had some chicken, rice and salad that they'd ordered in from somewhere in town, and Nikos had a glass of whisky. I was tempted to join him but decided it wouldn't be a good idea, so I stuck to water as I ate. He was interested in what I'd seen but not desperately so and was happy to wait to hear the full story when the Americans came over in the morning.

I went back up to my room, sorted out some clothes for the houseboy to take to the laundry, then climbed into my bed and slept the sleep of the just.

CHAPTER FIVE

KALASHNIKOV NIGHTS

When I woke the morning after returning from my recce, I felt refreshed from a good sleep but mildly achy in my lower back from the bumping I'd received through the long hours driving over rough mountain roads. I spent a few minutes doing some stretches to try to get rid of this, then headed down to the kitchen to make myself some breakfast. After I'd eaten some fruit and drunk some tea, I headed back up to my room to start work on my notes from the trip.

It's worth pointing out to aspiring 'Rambos' out there that a patrol report or debrief is almost as important as the patrol itself. Unless you report everything scrupulously accurately, you might as well not bother risking your life in the first place, and I wanted to get it right in order to repay the trust that I felt had been shown in giving me the mission as much as anything.

In the British military, the patrol report and debrief are a formal process which takes place as soon as feasible after the end of a patrol or recce, when everything is clear in everybody's mind. You would normally bring the whole team together, along with an intelligence officer or non-commissioned officer (NCO), and sometimes an operations officer, and then talk through the operation phase by phase, with every member of the team chipping in their opinions and observations. The idea is that this not only highlights the outcome of the particular tasks that the patrol had been allocated but also brings out any technical or procedural lessons for future operations.

Which is why, over a couple of mugs of instant coffee, I worked out a set of notes covering the whole thing. But, in fact, I needn't have bothered. It turned out that Andrew and Patrick weren't very interested in anything other than the comms site. As soon as we sat down together, around mid-morning, they cut to the chase.

'So, Colin, what do you think? Is there a transmitter there?' Patrick asked.

'I didn't get close enough to be sure, but there is certainly something there.'

'Show me where.'

I'd marked the position of the village – which I'd logged on my GPS – on a 1:250,000 air chart, which was about the most accurate mapping we had, so I gave them that, together with a fair copy of my sketch map of the village site and a couple of plain paper prints of digital photographs I'd taken at the village, in which I'd been careful to include the comms site. Crucially, I was also able to give them the compass bearing I'd taken from the known point at which I'd taken the GPS reading. This was important because the GPS waypoint was accurate to within a few metres, and the bearing from there would give anyone who wanted to take a second look an extremely accurate indication of the target building.

'That's great, Colin. What did you see?'

'What I saw was the building and a couple of antennas, and a couple of guys came out to see what I was doing there. We didn't hang around too long, but the atmosphere was different in the village – certainly more hostile than the other places we went to.'

Patrick turned to Andrew.

'Is that enough for an air strike? What do you think?'

Andrew made a 'maybe' gesture, moving his head from side to side.

'We can feed it in and see what happens.'

It wasn't enough for an air strike in my book, but there we go, that's the difference between the American approach and the British approach. There's no way a British commander would authorise an air strike on such little information. If it had been a high-priority target, my guess is that our guys would put in a covert SAS OP to observe the place for several days or even weeks before striking. If it was a lower priority, we would probably just send an infantry patrol out there with the firepower and back-up to take a good long look at it. Smart bombs and rockets, particularly so close to villages, are no way to win hearts and minds, but many in the US military still seem to follow the doctrine that 'if you grab them by the balls, their hearts and minds will follow'. In any case, I never found out whether an air strike went in; I assume not, because I heard nothing more about it.

By now, we were into the third week of December, and I was making plans to get home to see the family for Christmas. My original assumption – and what I'd told Alison – had been that the operation was going to last about six weeks, but that was clearly a serious underestimate. As far as I could tell, it appeared to be more or less open-ended. This didn't worry me, because the money was good and I was enjoying myself doing something that was worthwhile, interesting and exciting, but it was also tense work and I felt the need to get away from time to time. I'm not the kind of guy who could let off steam by going to the Mustafa Hotel in Kabul where all the security personnel, mercenaries and wannabes hung out, getting shit faced and screwing the Thai hookers who worked there; I prefer to relax in the company of my family.

This wasn't a problem for Nikos. He was generous enough with expenses money, and I used some to get myself a flight home, via Dubai. From what I understood, Nikos and Hinna would also be leaving Kabul over the Christmas period, but they would be staying in Dubai.

There was another factor that had increased my desire to get out of Afghanistan. As I've mentioned, my understanding of the operation was that we were working on behalf of the UK government and that ultimately they were footing our bills. Certainly that was how it was presented to me back in England before we left and at the briefings and discussions we had in Dubai on the way out. For security reasons, we didn't have a handler at the British Embassy in Kabul – just an emergency contact who knew what we were doing and who we were working for – but we did have a handler from the Embassy in Dubai who was supposedly tasking us. On the ground, though, everything was different. As far as I could see, Nikos was giving the Americans complete visibility over everything we were doing, and I wasn't happy about it. What I wanted to do was get a face-to-face with the guy in Dubai in order to tell him what was going on.

Over the next few days, we had to organise the logistics for a couple of weapons buy-ins – which turned out to be another Stinger, several Blowpipes and a Milan anti-tank missile – but about a week before Christmas, I got myself onto the first of the twice-weekly Ariana flights to Dubai.

The aircraft was just as frightening looking as when I'd first flown in to Kabul, although this time I knew what to expect. Once again, we landed safe and sound, and I made a beeline for the telephone kiosks in the arrivals area at the airport and dialled our contact at the Embassy.

'Hi, Sam. It's Colin Berry from Kabul.'

'Hello, Colin. How are you?'

'I'm fine, thanks. I'm actually at the airport on my way back to London. Is there any chance we could have a quick meeting?'

'What time is your flight?'

I actually had a 14-hour stopover, so this was no problem. Sam suggested we meet in the lobby of one of the big hotels in the city.

'OK, see you there.'

I went to the British Airways desk in Departures, checked my bags for the next leg of the journey, then got a taxi into town. The contrast with Kabul was stark. Apart from the fact that it was pleasantly warm and sunny, it was just nice to see buildings which weren't shot to pieces, cars that weren't rusted and dented, and people who didn't look like they were on the point of starving to death.

Sam was waiting in the lobby of the hotel when I arrived, and he suggested that we go into the coffee shop to talk. We ordered cappuccinos and some pastries and then sat down at a corner booth. Sam kicked off.

'Colin, I'm pleased to see you, because we haven't been getting too much from Nikos, and I'm keen to get a steer on how it's all going.'

'That's why I needed to meet you.'

Over the next hour or so, I went through everything we'd done in Kabul since my arrival, highlighting my concerns about Nikos. Sam didn't immediately start frothing at the mouth about treason, but he was obviously concerned.

'Colin, the brief is to work *with* the Americans but certainly not *for* them. I'm surprised that Nikos is doing this. He's worked with them before, and he's an old pro. He must know the score by now.'

I passed Sam copies of all the notes I'd kept, including a list of the serial numbers of all the missiles that had passed through our hands, which cheered him up a bit. As we wrapped up the meeting, he asked, 'When are you coming back?'

'The beginning of January.'

THE DENIABLE AGENT

'And you're coming through here?'

'Yes.'

'OK, give me a call and we'll meet again.'

Feeling somewhat reassured now I'd got my troubles off my chest, I headed back out to the airport, got a meal in one of the restaurants and eventually boarded my flight. I slept like a log for most of the ten hours it took to get home.

Alison picked me up at Heathrow when I arrived, and as we drove back round the M25, I gave her the edited highlights of what I'd been doing out there, missing out any hint of any danger. In any case, we'd had regular telephone conversations, so she didn't require much reassurance, but I laid it on thick anyway: it wouldn't do to make her worry.

My basic plan was to spend some quality time with my family over Christmas, and we'd booked ourselves into Disneyland in Paris for a holiday together, but there were a few other things I needed to do, too. The first of these was to get in touch with a contact at MI5.

Over the years, I'd done several low-level, freelance surveillance-type jobs for 'Five', and as a basic belt-and-braces measure, I wanted to run what I was doing past the guy who'd been my handler there. MI5 is Britain's internal security service: it only operates overseas on a liaison basis with similar organisations like the American FBI and the French DST, but the only contacts I had in London with MI6, the external intelligence service, were people I'd met through Nikos and his handler, and I didn't know them well enough to trust them. It wasn't really a satisfactory meeting, because he didn't know about the operation, but again I was able to pass on copies of my notes and give him a briefing on what we'd been doing, and he promised to hand them on to someone who would have an interest.

The second thing I needed to do was get some field kit together. It seemed to me to be more and more likely that I would be getting out into the rural areas to do more jobs like the village recce. It was important that I didn't start going about looking like some kind of paramilitary killer, but I did want to be able to operate efficiently out in the mountains if I had to. I still had quite a bit of my old military gear stored away in my garage, so I was able to retrieve things like my shoulder holster, a rugged daysack, water bottles, mess tins and a small gas stove, but we live quite close to a major garrison town which had a fair share of outdoor and surplus shops, so I was able to get in there to update my escape and evasion kit and get some new thermal underwear.

Christmas and New Year passed all too quickly, and I soon found myself on the way back to Heathrow for the flight to Dubai. Once Alison had dropped me off, with the usual stern warnings to be careful and not take any risks, I gave Sam a call on my mobile to let him know I was on my way. This time I would have an overnight stop in Dubai before catching the Ariana flight into Kabul, and we agreed to meet at my hotel.

Sam had seen Nikos and Hinna in Dubai but had nothing more to add to what we'd spoken about before Christmas. What he did have, however, was a task for me back in Afghanistan.

Sam wanted me to go and take a look around a particular area of the Anjuman Valley in the mountains of the Hindu Kush to the north-east of Kabul. The reason for this was that he and his colleagues at 'the Office' – as members of MI6 call their service – had information to the effect that the local warlord, General Abdul Rashid Dostum, was financing his activities through the sale of opium and weapons, and that he sent regular mule convoys through the valley carrying this contraband to meet up with vehicle convoys going onwards into Pakistan.

The significance of this was that Dostum was actually one of the most powerful men in Afghanistan, in effective control of much of the northern part of the country and leader of the ethnically Uzbek population, and if he was financing his region through criminality, efforts to stop it elsewhere were basically just pissing into the wind. Dostum's position was virtually unassailable: whether they wanted to or not, the Afghan interim government had to have him on board. He was an extremely wily operator and, unusually amongst the major warlords, had never been a member of the Mujahideen. Instead, he had risen through the ranks of the Afghan Communist Party and in the army under President Najibullah's puppet regime in the 1980s, ending up commanding the largest of the puppet government's regional militias and acting as Deputy Defence Minister. In 1992, he'd seen the writing on the wall and changed sides, allying his forces with Ahmed Shah Massoud, laying siege to Kabul and toppling the regime; and he'd changed sides again in 1994, allying this time with Gulbuddin Hekmatyar, the fundamentalist leader of the Hezb-i-Islami, and precipitating the chaos which allowed the Taliban to seize control. By 1996, he'd realised the implications of allowing the Taliban in and realigned himself with Massoud and Rabbani, but by then it was too late and he went into temporary exile in Turkey.

Sam passed over some maps and satellite photos of the area he wanted me to visit and then left me to it.

Knowing that I was going back to Afghanistan next day, I had a big steak that evening and a couple of beers, and spent the rest of the evening lying on my bed in my room, watching TV. I was both excited and apprehensive about returning to Kabul: excited because this new task had given me a new focus; apprehensive about my relationship with Nikos, which I felt was bound to continue to deteriorate.

I was pretty blasé about flying Ariana by now and able to enjoy the looks on the faces of the other European passengers on the flight who were clearly Ariana virgins. I'd called Karsi from Dubai Airport on his mobile, and as I walked across the tarmac at Kabul, I was pleased to see his wry smile as he waited once more

OP in South Armagh, a few days before an attack, 1987.

Waiting for dawn, Central European Plains, 1988.

Jungle DOP, Central America, 1988.

Surveillance with Gary for CIB2, 1997.

Top: Kabul City, midday.

Above: Children in Kabul looking for handouts.

Left: Children with gun and chocolate bar.

Top: Afghan plain – en route to Jalalabad in the Nangarhar region.

Right: Me with two uniformed team members and AK outside the Alamo.

Left: Me in Afghan garb with team inside the Alamo.

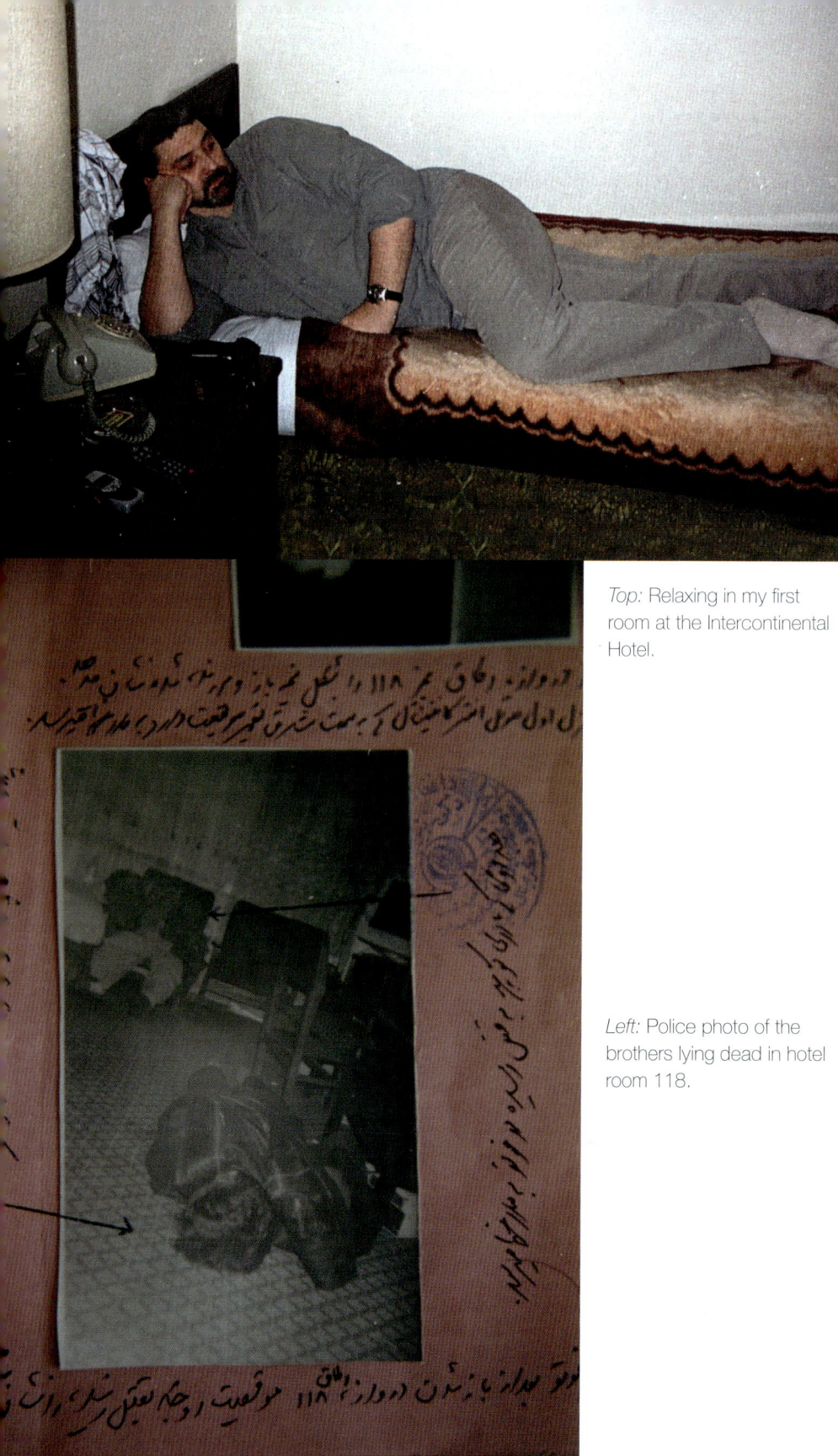

Top: Relaxing in my first room at the Intercontinental Hotel.

Left: Police photo of the brothers lying dead in hotel room 118.

Top: Entry to Hell – Kabul Central Prison inner gates.

Left: Guards trawling the prison looking for food, bribes, etc.

Right: Prison courtyard and prayer area.

Left: Photo taken by Nick Meo of me sitting outside the prison office, having been summoned by the prison commander.

Below: Visiting time at the zoo.

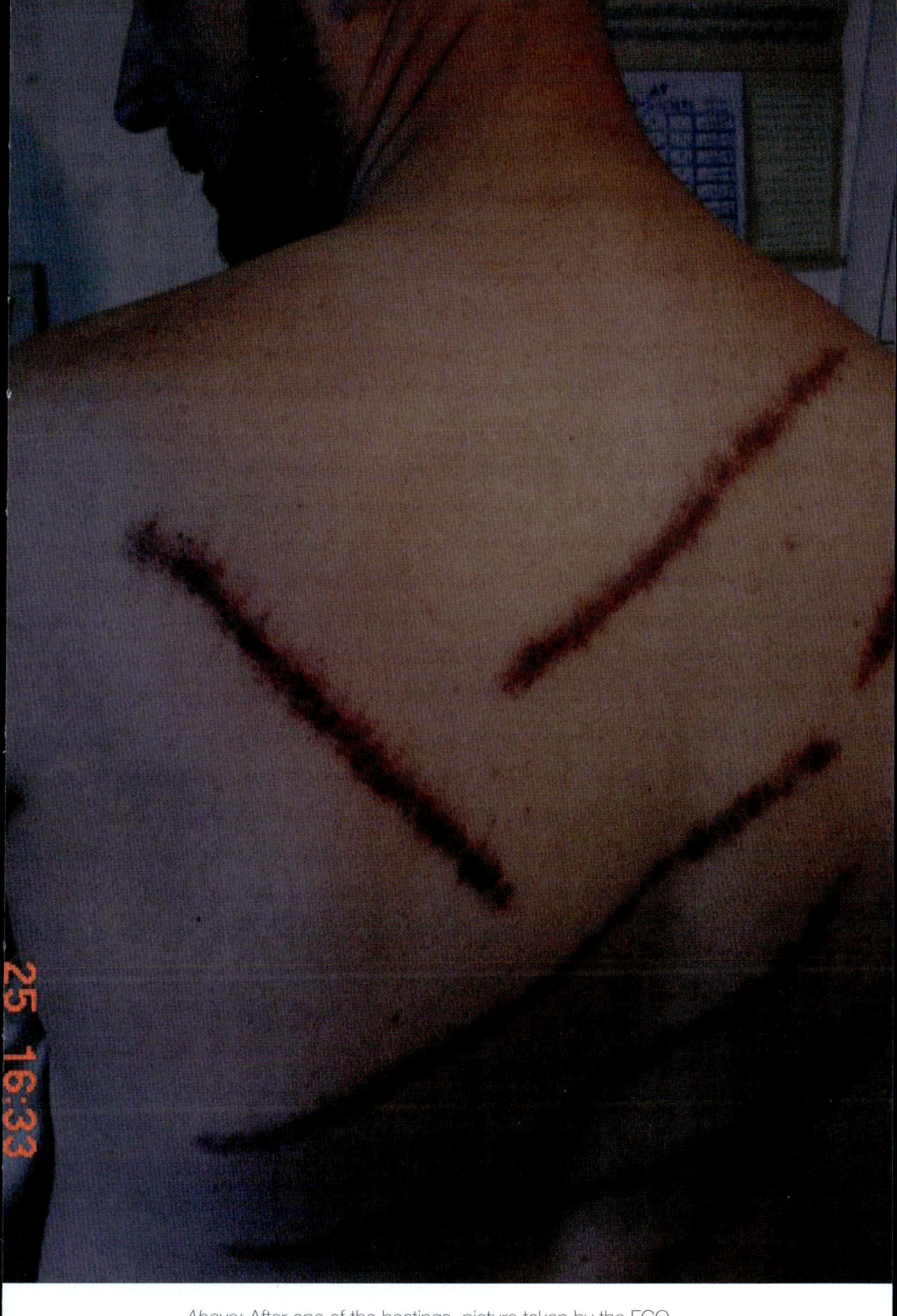
Above: After one of the beatings, picture taken by the FCO.

Left: Alison on holiday during 2005.

Right: Colin recuperating, 2004.

to lead me round the side of the terminal, bypassing customs and immigration.

'How are you, Mr Colin? Are your family well?'

'Very well, thanks. How are you?'

We exchanged chitchat and banter as we drove into town. There had been a fresh snowfall while I'd been away, and, while it had largely melted, there was a distinct nip in the air. Other than that, it all seemed much the same. As we approached the town centre, Karsi reached into his jacket pocket and pulled out my pistol, which he held out to me butt first.

'I nearly forget!' he grinned.

I took it, smiling, and automatically went through the routine of clearing it: magazine off, working parts to rear, check the chamber, working parts forward, squeeze off the action, magazine back on. All nice and easy. Karsi reached into his pocket again and pulled out a Makarov magazine.

'I get you spare magazine also.'

I was really pleased by this. I'd asked him to look out for one shortly after I'd got the pistol, but he hadn't had any luck. A thought occurred to me.

'Karsi, we're going to have to do a job, and I'll need to have a rifle, a Kalashnikov. Can you get one for me?'

'Sure, no problem.'

'It needs to be a good one, with a folding stock, and I'll need four magazines and ammunition.'

'OK, I go to weapon market in morning and buy.'

'How much money will it be?'

'A hundred, maybe one hundred fifty US.'

I gave him $200 in $20 bills.

'Here, make sure it's good, OK?'

'OK, no problem.'

Twenty minutes later, we arrived at the villa. Nikos was out somewhere, but Hinna was there and greeted me politely enough,

THE DENIABLE AGENT

asking how my family were and how Christmas had gone. We chatted for a bit until she said, 'We saw Sam in Dubai; he told us you'd been to see him. What was that about?'

'Oh, I just thought I should check in with him, make sure he knew everything was OK, that kind of thing . . .'

'I see. You really don't need to worry about that. Nikos has been doing this a long time. He's a professional, and, remember, it's him that's paying your wages.'

This was true up to a point. Nikos had said that he was going to pay me, but up until now all I'd received had been advances against expenses. These had been enough to keep the family fed and watered, but mostly they were being burned up by the airfares, hotels and the general cost of living in Kabul. In any case, it wasn't actually his money; he was just choosing to pass on some of the large sums he was getting from HMG.

'That's fine, Hinna. I know I'm working for Nikos, but we're both part of a bigger picture.'

What I meant was that, yes, I'd agreed to come out and act as Nikos's minder, back-up, assistant and whatever else he had in mind, but, in my view, we were both working for our country, and that's where our loyalty should lie. It's the same deal in the army: you do what you're told, generally speaking, but at the same time you have a duty to speak up when you can see things going wrong.

I thought about this conversation when I was lying in bed later that evening. The feeling I got was that Hinna had no idea what Sam and I had been talking about, simply that she was very bothered that we'd talked at all without her or Nikos being there. I suspect that if she'd known what was actually said, she'd have had a heart attack.

Next morning it was back to business. There were indications of more missiles coming in, and we had to work out the logistics of it all. During a quiet moment with Nikos, I told him that I was

KALASHNIKOV NIGHTS

going to have to take Karsi away for a few days to do a job for Sam.'

'What job? Where you going?'

'Up country. Sam wants us to watch a road for him.'

'Oh yes, he told me,' he lied. 'Yeah, sure. When are you going?'

'Three days' time. I need to arrange a few things first.'

'OK, my friend, no problem.' He seemed fine about it, but he was clearly disconcerted.

Later that afternoon, Karsi came in carrying a black bin liner, inside which was a pristine-looking AKS rifle and four magazines, along with a steel box of 1,000 rounds of 7.62 x 39mm Kalashnikov rounds.

'Mr Colin, I got you a rifle!'

I checked the chamber was clear, then laid it on the table in the kitchen and took a look. It was Yugoslavian-made and in very good condition, which was encouraging. I locked back the bolt and put my thumbnail in the chamber so that I could look down the bore: that was clear, too. Finally, I took off the top cover and pulled out the working parts. Everything was in excellent nick. Great.

'Well done, Karsi. Just what I wanted. Is there somewhere we can take it to test fire?'

Karsi's inclination was to go out into the garden and fire a few bursts in the air, but I thought that might attract unwelcome attention. Instead, we drove about fifteen miles out of town and found somewhere quiet and secluded. I put about ten or fifteen rounds in each of the four magazines and then emptied them, firing single shots first and then a couple of bursts. It all worked well, except one of the magazines had a kink in its lips which caused feed problems, so I tossed it away into some nearby bushes.

All of this was probably excessive. The Kalashnikov family are some of the most reliable weapons ever made, but it was reassuring for me and also got me back into the way of firing an automatic weapon, which I hadn't actually done since undertaking some freelance work in Bosnia about 14 months after leaving the army – and that had been 12 years before. I'd brought my old rifle-cleaning kit out from England, so I pulled the barrel through and put some oil on the working parts before we drove back into Kabul.

I spent the next two days, when not accompanying Nikos to the Museum to buy weapons, planning the journey. From the maps and air photos that Sam had given me, I'd identified what appeared to be a good OP position in the valley above the track, and, together with Karsi, I spent much of the time working out how to get there.

I've spent a great deal of my life sitting or lying in various shit-holes, and three days later I found myself in yet another one. This one was little different, just a bit colder than most. After 12 hours of lying motionless, I could feel ice forming in my beard. The wind was howling up the barren sides of the valley, and I was trying hard not to shiver. The sun had just gone down, and my neck was stiff from holding the same position, head half cocked and mouth slightly open. You hear better with your mouth open, and I was straining to catch the slightest sound from below. Anyone looking at me through the twilight would have taken me for the local halfwit, and that was about how I felt. God, I must have been stupid to have agreed to this job.

Karsi had provided me with some local garb – one pakol, an old US Army jacket, a loose-fitting shirt with a long tail and a pair of fuck-off baggy trousers. I'd stopped at the offer of sandals and opted for an old pair of trainers instead – I had standards to keep, and, besides, have you ever tried running in open-toed sandals? I may have looked a local with my bushy beard, but right now I'd have given anything for my North Face jacket and Helly Hansen underwear. Unfortunately, the western engineer cover story was out of the window for this job, and I was going to have to try to pose as a local – from a distance at least.

It had taken us two days of crawling through the twisting passes in Karsi's beaten-up Toyota Surf and another four hours of hard tabbing to reach our vantage point. We'd found a natural outcrop in the side of the valley that overlooked the pass some 60 metres below and had settled in. Twelve hours later, I was still having second thoughts: nobody in their right mind was going to risk their lives on this excuse for a path.

I estimated that our current position was at least a thousand metres above sea level – much higher and we'd be sitting in snow. In some places, I could see that the track crumbled away to a sheer drop. Anyone falling from this height would be on a one-way ticket.

So here I was waiting to see what, if anything, used this particular pass and freezing my bollocks off at the same time. I tried to make out landmarks around us in the twilight in case things went wrong and we had to make a run for it. Christ, what a job . . . waiting to count mules. Like all OP work it was deadly dull – hour after hour of boredom and then five minutes of fun. Andrew had offered me a pair of night-vision goggles (NVGs), but I'd turned them down. It wasn't that they wouldn't have come in handy; it was just if we were compromised, our plan was for me to play mute, act the fool and let Karsi talk us out of it. Being found with current US kit or anything other than a dirty body and foul breath would have been extremely difficult to pass off. And I really didn't want to take the chance. Karsi had cheerfully informed me that if caught in these parts we'd be lucky to be shot. In the none too distant past, Russian soldiers caught by the local tribespeople had their Achilles tendons snipped to prevent them escaping before being slowly tortured to death. Being hacked to death with machetes represented a fairly quick and peaceful death out here.

The only thing that made me feel slightly more comfortable was that we both had our 'longs', or rifles. In fact, it would have been more conspicuous not to be armed around here. I was thinking about changing position when I heard the sound of falling stones. I froze. The noise seemed to come from our right, not the pass below as we'd expected, and that was not good. Then I heard the clink of metal on metal followed by a harsh whisper. Karsi was the first to move. He took my arm, gripping me tight, and gradually turned my body to the right. As I turned, I could just make out the worried look on his face, and he was breathing in short shallow gasps. He was trying to get a grip on his fear, and that worried me even more. I'd grown to respect this man's judgement and cool head over the months that we'd been working together, and seeing him lose it was not a good sign.

I'd heard the noise, but what the hell had he seen? I half turned my head and stared into the darkness, trying to use the sides of my eyes for increased night vision. I didn't have long to wait before I realised what deep shit we were in. Less than ten metres to our side was a crouched silhouetted figure and beyond that several more. The shape of their weapons was easy to see against the clear night sky. Thank God we were set a little further back than them. I had deliberately chosen this spot because the rocks on either side provided cover. Not a lot – just enough to prevent us being spotted.

Still they were close – so close that if one of them farted we were going to smell it. I wasn't sure of their number, but judging by their whispered sounds they were probably Tajiks, at least ten of them, and that meant we were out-gunned. We couldn't move at all, as if they heard us we were dead, no messing. All we could do was wait it out. Who these guys were and what the fuck they were doing so far up off the pass, I just couldn't tell.

It seemed possible to me that they were members of one of the convoys we'd been sent here to look out for, scouting forward to make sure their route was clear, but I felt extremely uneasy. These guys were moving like professionals, and it struck me that they might well have been trained by the SAS or one of the other western special forces which had been in and around Afghanistan during the 1980s, teaching the Mujahideen how to fight the Soviets to maximum effect. It could be that these characters had just broken track during their long journey and were simply applying one of those anti-ambush lessons now.

Two agonising hours later, there was a flurry of sound and movement from our neighbours. Then total silence. I heard the first sounds carried by the wind from below: hooves slipping on the scree-covered path and an occasional animal snort – it could only be the mule train. Now I knew for certain we were sitting next to a different party altogether; this was a deliberate ambush group, and things were about to go from bad to worse.

BANG! BANG! BANG! BANG! BANG!

There was an explosion of sound from our right as multiple Kalashnikovs opened fire on the convoy down below. An AK makes a very distinct sound: its rate of fire is slightly slower than other standard assault rifles, which means that unlike the faster western weapons, you can pretty much make out the rhythmic sound of each round being fired. The distinctive crack is made as the round punches its way through the air, travelling faster than the speed of sound, and it's usually followed by the thump of the bullet actually being fired. If you don't hear the crack, it's because the round hasn't passed you by – you've been hit.

The rifle fire was being drowned out by a series of explosions down on the pass. The ambush group had either lobbed down hand grenades or placed some butterfly anti-personnel mines before our arrival. These nasty little things look like toys and are

THE DENIABLE AGENT

virtually undetectable to mine detectors, but they have enough explosives in them to blow a booted foot off.

The fire was increasing in intensity, and some of the ambushers now began to stand to get a better angle on their targets. They were whooping and hooting now with excitement, shouting insults and laughing at their victims below.

Suddenly there was a blinding muzzle flash from below followed by a deafening explosion as a projectile thumped into the boulders close by and exploded. Shards of rock rained down on our heads, and my night vision was fucked. Someone down there had fired a shoulder-launched rocket that had narrowly missed both its target and us. An RPG 18 in all probability, which meant one less for us to buy, at least. Urgent shouting joined the sounds of screeching animals and gunfire below us.

Someone in the convoy was now organising return fire. Bursts of gunfire echoed up from the valley as they began to coordinate their response. The ambush wasn't the best I'd witnessed – they'd sprung it too early with insufficient firepower to suppress the response from the convoy – but there was no doubt they were taking lives. All these guys were natural-born bandits, and in theory it should have been arse-kicking time for the ambushers and curtains for the boys below.

But now they were returning fire, and, wild as it was, some of it was finding its mark. I could clearly make out the faces of men from both sides by the muzzle flashes of their weapons. The pass's rocky walls intensified the thwack, thwack, noise of the rounds slamming into the rocks around us followed by the whizzing of ricochets filling the air. Both sides were going for broke and both were taking casualties.

I looked around and concentrated on finding a way out of this mess. We'd actually achieved our aim now. Was the pass being used by convoys? Oh yes. So it was time to PUFO (pack up and fuck off). If the boys below won the firefight then they'd be coming up here to clear the position, and I wasn't planning on staying around for that. But it was obvious we were stuck – if we raised our heads, we would be targets for both sides. Shooting our way out was also out of the question – we were totally outgunned. The next time an explosion hit our neighbours, we'd have to make a run for it and head for our emergency rendezvous (ERV). The Afghans' night vision would be totally to pot now, so all we needed was a distraction.

I leaned towards Karsi and pulled his ear against my mouth: 'ERV next missile, we go.'

He nodded in acknowledgement. I'd spent a good deal of the journey in his truck and the early part of the tab to the OP talking him through some patrol basics, so he knew what I was talking about. I was worried that the people in the convoy might see us and take a few shots, but it was dark enough that they probably wouldn't see us: we'd just have to run like fuck and hope that they weren't looking in our direction.

We didn't have long to wait. Moments later, another RPG round whooshed up the side of the pass, impacting among the bodies to our flank. We both jumped to our feet and ran like hell. My legs felt lifeless, numbed by those motionless hours. Now I was asking them to work flat out. We both stumbled through the night. Running, falling over, swearing under our breath. Sucking in cold air, I stopped after 300 metres. We crouched down, lungs bursting, listening in the darkness. We had made our ERV – a fork in a stream marked the spot – and waited there in silence.

The gunfire stopped abruptly; one side had obviously won, and we waited for the inevitable. After ten minutes or so, the first ear-splitting human scream bounced off the valley walls. The wounded or captured prisoners were being finished off, and from the sound of it none too quickly. Once, in Belize, I'd watched a wild boar being clumsily butchered. The high-pitched squealing noise it made had never left me, but this was far, far worse. When I was sure that we hadn't been followed, we moved on.

We set off at a deliberate pace, picking our way along the edge of the stream. We didn't really speak for another four hours until we reached the Surf parked under a bridge further down the mountain. We knelt in the darkness watching for movement. After 20 minutes, my sweat was turning into a cold clammy layer, and I was starting to shiver again. That was enough. I cautiously made my approach while Karsi covered me. I checked the vehicle's underside: all clear. We climbed in. Karsi started the engine then turned and grinned at me. We both started to snigger. It had been a long night and the sun was just starting to rise as we headed back for Kabul.

It wasn't long before the effect of warm air blowing from the vents and the rhythmic bumping of the vehicle travelling off road as we made our descent sent me into a deep sleep. Suddenly, however, I was awake. There'd been a violent swerve in the vehicle's direction, and Karsi had slammed on the brakes. The sun was up and glaring into my eyes. I tried hard to focus and cursed myself for nodding off.

'Looks like roadblock ahead. Maybe Talib, good position,' Karsi muttered.

Fuck, that was all we needed. I tried to clear my head. All that running around at high altitudes and lack of sleep had clearly taken its toll. I looked around at the high rocky walls either side of the route we'd been travelling: there was no way out. I was hoping against the odds that unseen eyes had not noted our sudden stop.

About 100 metres up ahead on a sharp left bend, I could see the front end of another Japanese import. The angle suggested that Karsi was right: it appeared to be slewed across our intended path. By rights, if we could see a vehicle pulled across the track ahead, then we'd already passed their cut-off groups. They'd be the ones armed with PKs, a kind of AK variant that's belt fed and on a bi-pod, thus providing accurate and sustained fire. These groups would be placed up to 50 metres or more away from the roadblock – up there in amongst the rocks probably taking a bead on us right now, waiting to see if we made a run for it.

As the name suggests, it was their job to stop that from happening. One accurate burst from them would send a shed full of 7.62mm rounds tearing into the old Toyota, shredding it to pieces and us along with it. There was nothing to do except move off again and keep going.

'If it's real, Karsi, we're in the shit. We've no option, drive on.'

We pulled away, slowly making for the bend. This was going to be interesting. I reached down between my legs and eased my AKS slowly onto my lap.

The AKS for all intents and purposes is the same as the AK-47. Just like the one Karsi had wedged between him and the door except for the fact that my model was more Gucci – it came with a folding stock. This design feature enabled me to bring the weapon onto my lap and hold it at right angles to the door without disrupting Karsi's driving. From here, I was planning to shoot any stupid fucker who tried to ruin our day out.

The safety was off, we were both sweating, and the adrenalin was kicking in. It was fight or flight time, and I'd already committed us to the former. With every inch of progress, we were both staring intently at our surroundings, trying to locate the enemy, waiting for a full view of what was around the bend. The wall of the pass fell back and away to our right, leaving a clear view of the track's path as it wound its way into the distance. A fine covering of water reflected from the stony surface of the track, and this sign of melted snow indicated that we were further down the pass and had obviously made some progress. On the far side of this deep ravine, I could see a smattering of trees and small gorse bushes.

We'd reached a section that I knew to be near to a village called Zenya. This location or hereabouts had served as an excellent ambush point in the past for the Mujahideen fighters. A dozen destroyed BMP and BTR Russian personnel carriers were now lying half submerged in the waters below.

As we drew closer, it became clear that the vehicle we'd both partially seen was in a shit state – the weird angle across our path had been caused by some kind of accident. There were a dozen tribesmen standing around the back of the oddly shaped pick-up, and they appeared to be waving at something. So far, none of them appeared to be taking any notice of us. Still, that didn't mean that we were off the menu. These cunning bastards had an array of tricks up their sleeves and for now I still kept a firm hold of the AKS.

The last few metres provided the answer to our questions. There'd been an accident, all right. The back of the pick-up had been crushed almost to the floor; it looked like something had driven over it and its occupants. Barely visible and in amongst the twisted metal I could just make out some bundles of rags or cloth all chewed up with the remains of the vehicle. I guessed that these were probably the remains of those not so quick off the mark at bailing out.

The tribesmen were hysterical, screaming and pulling at their clothing and repeatedly calling to God. I didn't fully understand what they were saying, but I guessed that in any language it translated to the same thing. These poor bastards had just lost family or friends to an act of God. In these parts, landslides were common, as were minor earthquakes; in fact, the whole pass was liable to movement and anything could have caused the rock fall.

There were still a few large boulders on the road by the wrecked car, but the whole rock fall had done some serious damage. The sheer momentum had caused most of them to barrel through the vehicle, continue on through a small retaining wall at the road's edge and finally tumble over the side and down into the deep gorge below, forged by the fast flowing Daryayi Pulikhumri River.

It was clear this wasn't an ambush but simply the scene of a minor, if random, human tragedy. I told Karsi to stop. It wouldn't do us any harm to help them if we could, not least because in places like this you needed all the potential friends you could get. You never knew, one day you might ask for some kindness in return – though whether you'd get it was a different story altogether.

A quick glance at the group before me confirmed that only one of their number was carrying: slung over his shoulder was an old British Lee Enfield .303 bolt-action rifle. I gathered that these boys were from the back of beyond, as even the poorest of souls here wouldn't be seen dead without an AK of some variety. I guessed from their nomadic appearance that they were from the mountainous region known as Nuristan; to a man, they were all wearing the pakol. I hoped that my matching headdress didn't give them a reason to try and spark up a conversation with me. As usual, I'd let Karsi take the lead in that department.

We both climbed down from the vehicle. I stretched – Christ, my back was stiff – but the sun's rays felt good. I realised Karsi must have let me sleep for hours. I held onto my AKS but gripped it in a non-threatening pose – one handed with the muzzle pointing at the ground.

One of the men turned and started screaming at us, gesturing towards the sky and at the ground like he was engaged in some kind of demented Mexican wave. Soon they all turned to look at us; momentarily, I wondered why I'd told Karsi to stop.

On further inspection, I could see that they were a shoddy lot, all dressed in rags similar to mine, only theirs had genuine signs of wear and tear. All wore rubber curly-toed shoes, a bit like wellington boots cut at the ankle. Most were wearing eyeliner, not commercial stuff, though; instead, they used soot. This was complimented by painting their hands with a kind of henna dye. I'd been told that this was supposed to make them more attractive to the *batcha* – young boys aged between five and twelve years old who would dance for the men folk in their mountain villages. These children would wear bells on their ankles and dress and dance in a feminine way. The result was that many young men in the rural areas of Afghanistan had arseholes the size of the Khyber Pass, whilst most girls remained virgins until they married.

The eldest of the bunch was bent over at the waist and supported himself by the use of a stick. I guessed he was the boss by his long jet-black beard. In normal circumstances, I'd put him at around 60 to 70 years old. He looked like a bearded Gollum. However, out here I'd learned that the hardship of everyday life could put 20 or 30 years on your face: premature aging was a fact of life, as was their ever present desire to look younger. Many men wore make-up, and most men blackened their beards and hair with dye or – if they couldn't afford that – boot polish, not that this had much of an effect other than making them smell bad. In reality, the bent old man in front of me might have been no more than 50 years old and was possibly even younger.

The elder began to speak and the rest fell silent. He continued to point around, gesturing towards the vehicle, tears filling his eyes, make-up running. The others were beside themselves, holding their heads in their hands or wringing them together.

They were trying to hold back the tears. Their shoulders were heaving up and down accompanied by the odd strained cry. As the elder continued his pitch, I slowly walked over towards the pick-up. The men nearest to me moved aside as though willing me to see the carnage and join them in their grief. I put on my 'I feel sorry for you' face and grunted a quick 'Salaam Aleikum'.

I peered over the remaining side of the pick-up and nearly gagged. What a fucking mess! I'd seen people blown up in the past, with bits and bobs thrown to the four winds, but I'd never seen someone who'd been well and truly squashed: that was an entirely new experience. There were at least three bodies as far as I could make out – all intermingled together and mashed as flat as a naan bread by tons of careering rock.

I was drawn to the few remaining full limbs that had escaped the onslaught. Twisted at strange angles, they appeared at least double their normal thickness. Purple and black in colour, they were like stretched oversized black puddings slowly cooking in the heat. The noise of buzzing reached my ears: the flies had already gathered. The stench from the corpses' released bowels blended with the smell of raw entrails must have alerted fly HQ, as a crawling mat of insects was busily helping itself to the human soup.

I turned away before they had the chance to land on me and walked back to Karsi's side. He was in full conversation with the group, and it must have been his turn to do the pointing – only this time it was at our vehicle. I immediately remembered the sticker on Karsi's windscreen that proudly stated 'God Bless America' in bold red, white and blue letters. I'd told him on several occasions that he should remove it, but he seemed to be proud of his fashion accessory and was adamant that it should stay, even if it cost him his life. I had warned him about the implications it might have for me, but that just fell on even deafer ears.

It could be that one of these characters had spotted it and was now questioning him. The mood had changed slightly, and I was struggling to pick up the conversation. It seemed that Karsi was sympathising with the group, pointing back and forth to the wreckage and then our Surf. The body language wasn't threatening, still passive – that was good. The man with the

THE DENIABLE AGENT

Enfield still had it slung over his back, and that was even better.

From what I could make out, they were enquiring about a lift to Kabul. Now that was out of the question: goodwill or not I wasn't going to spend any more time with these people than was necessary from both a security angle and a point of hygiene. We'd take a message to the next village, some 20 clicks away, to send help, but that was it.

We said our brief farewell, backed up to the Surf and climbed in one at a time. I kept my AKS pointed up towards the dashboard, purposely visible just in case they decided to get brave and steal our ride.

We slowly moved off, and Karsi picked his way through the rocks strewn across our path. I kept a bead on the group through my door mirror, and as if a secret signal had been given, as one they started the Mexican wave.

'Did you see the fucking mess in that truck, Karsi?' I asked him.

'I did,' he said. 'The men very sad.'

I turned to look at my friend. He was shaking his head as though empathising with their loss. This was a completely new side to him. Like most Afghans, he was unconcerned to the point of callousness about the suffering of others. In fact, the only living thing I'd heard him speak warmly or emotionally about was his dog, Wolf: a puppy that looked like it was half Alsatian, half Velociraptor. The really weird thing about Wolf was his diet. Karsi wanted him to grow up into an intelligent dog and, as a result, fed him exclusively on human breast milk that he bought from an Indian woman in Kabul. The milk had to be from an Indian woman, he told me, because Afghan women were stupid, and he wouldn't dream of using milk from a hated Pakistani.

'It must be a terrible thing to suffer a loss like that,' I went on. 'I wonder what they'll do now?'

Karsi was quiet for a few moments then, nodding his head

KALASHNIKOV NIGHTS

sagely, told me, 'Allah is merciful. They will find the money to buy a new car.'

I didn't take the conversation any further: that was Afghanistan at its most caring.

We carried on in silence for some time, finally picking up the metalled road. We followed the ever twisting and winding route through the deep pass. There were huge sections of the road that were barely passable, as the surface had simply slipped into the raging waters of the gorge below. The whole route was awash with pieces of destroyed vehicles and artillery, either from the jihad against the Russians or the latest battles against the Taliban, all of which we had to pick our way carefully round.

We were managing about three miles an hour at this stage, which was irritating but unavoidable, because every time we came across a bomb crater or landslip, we had to get out to ensure it was negotiable. Karsi had his own way of doing this – it was like a little routine. Every time we stopped, he would get out of the truck and, with an air of quiet deliberation, pick up a handful of stones, carefully selecting one about the size of a golf ball. When he was ready, he would throw the stone into the centre of the pool in the crater, scratch his chin and study the ripples it produced, counting them off with a stick he carried just for this purpose. He completed the whole pantomime with a grunt.

When, eventually, my curiosity got the better of me, I asked him, 'Karsi, what are you doing?'

He lapsed into his occasional mystical persona. His brow creased and his eyes took on a faraway look.

'Mr Colin, some things are not known by you.'

'Yes, Karsi. That's why I'm asking what you're doing.'

He looked at me patronisingly.

'It is better I don't tell you. You would not understand. Your mind is closed.'

On this philosophical note, he stood up and blew his nose by

THE DENIABLE AGENT

blocking each nostril in turn and snorting the contents of the other – great, wet, green bogeys – out onto the road. This done, he motioned that we should get back inside the Surf. I climbed back in, and Karsi turned the engine on. Slowly we drove into the crater and, keeping close to the left side, we started to skirt the edge. With each turn of the Surf's wheels, the vehicle lurched to an ever-increasing angle.

I held onto the grab handle above my window to prevent myself from being pushed against the door. I wasn't just holding on for comfort's sake either – this was an old vehicle and knowing my luck the door would fly open under my weight and drop me in the drink.

The grating sound of the vehicle's sump hitting the broken surface reminded me to make sure that Karsi had the vehicle looked at by one of the many mechanics in Kabul. The last thing you ever needed out here was to break down – our 'friends' from earlier would stand testament to that.

As we grew closer to Zenya, I started to notice small groups of locals down by the river's edge. They were fish farming in small man-made water inlets. Many of the mountainsides here had been terraced to allow the growing of crops. Like most areas of Afghanistan, these patches of green amidst the ever-present backdrop of beiges and browns were fields of grain, fruit or poppies.

Small mud-brick homes were spread high up on the natural outcrops; most were covered in plastic sheeting or the branches from some long-lost tree. Trees were few and far between in this region, and I'd only seen a few ravaged examples in the past few hours. Most had been used for construction or firewood long ago. The dwellings reminded me of the buildings I'd seen as a kid in Western films, especially *The Alamo*: small slits for windows, rounded timbers exposed at the front and rear supporting the roof and, of course, the usual pack of half-starved dogs lying around the doorways.

Afghanistan was a country of hardship and brutality, and the people and landscape bore the scars. As we passed the first few homes by the roadside that formed the village, our progress was eyed with deep suspicion. Old hags covered in light-blue, brown or black cotton burkhas, which covered the wearer from head to foot with only a lattice slit for the eyes, sat along the road's edge, hands outstretched, begging for anything on offer.

I'd learned long ago never to give anything, as it simply made you a target. In seconds, rent-a-mob would appear and go from beggars to muggers at the drop of a hat. They viewed compassion as weakness, and that was not a good way to be seen.

As usual, many of these women were accompanied by their filthy children of all ages, several of whom bore the all too obvious scars of playing in the mine-strewn fields. Out here, the idea of a false limb was almost unheard of. Of course, the medical charities had done what they could, but most hadn't dared venture outside of the main cities for fear of their own lives. Only a week earlier, a female German aid worker had been brutally gang raped in front of her escort and then shot. Her crime had been a simple one: she'd neglected to dress like the locals. The male population in the country regions were always on the lookout for pretty western prey to supplement their diet of batcha. They wrongly assumed that any woman showing more than her eyes was asking for attention: after all, why else would she show any bare flesh? Our cultures were centuries apart.

Meanwhile, the dogs had decided to play 'bite the Surf's tyres' as we moved along the road, and Karsi was screaming a thousand curses at whomever he could see. Eventually, the inevitable happened, and one of the unfortunate fur-covered bags of bone became trapped under the wheel: a quick bump and yelp confirmed it.

We had to stop in case the bloody thing somehow became entwined in the axle. As soon as we stopped, the other dogs descended on it and began to tear it to pieces. The old women seized their chance and came running forward, waving their sticks in the air. I turned to Karsi and we both locked the doors.

This little commotion had all the ingredients of a situation that could spiral out of control. I was sure that at any minute our crime would be noted by some of the men working up on the terraces. An accident and opportunity like this could leave the guilty party paying dearly for a beloved dead friend. This Muslim custom of paying blood money was known as *guama*, and it was a way of asking and securing forgiveness for your crime, negating the need for a legal punishment. This done, most law courts would then expect some money themselves and all your sins would be forgiven. It's a nice little earner for the judges and lawyers who carry out the negotiations, and it can represent a considerable windfall for a peasant or nomad family. Normally it only applied to people, since animals – and particularly dogs, which are generally regarded as unclean – were not viewed as God's creatures by these people. In our case, though, we'd be seen as a good target: we had a vehicle and to them that meant money. If we weren't careful, we'd soon be bargaining over blood money for the late lamented 'Towser', or whatever they called him.

One particularly grubby old witch had got herself very worked up and was leading the attack on our vehicle, striking the bonnet with her stick and her gnarled old hands. All around, the pockmarked and snotty faces of the undernourished urchins were pressed up hard against the windows. All were screaming, 'Dollar! Dollar!' and trying to block our path to prevent us from leaving the scene without some form of payment.

Karsi was beside himself with rage; how dare these women and children strike his beloved pick-up? How dare women bar his way? He uttered a curse in Dari and then, for my benefit, repeated it in English: 'By Allah, this is too much!'

He jumped from the vehicle, kicking back his door and sending two or three of the small children sprawling to the ground. With dust and fists flying, Karsi began to beat everyone in sight with his huge hands. Both young and old alike fled for the safety of their homes; even the dogs looked up from the partially devoured Towser and decided to drag his bloody pelt up onto some rocks, away from the spectacle below.

Karsi screamed after the fleeing crowd, daring them to call their men folk. That was my cue to get out. I opened my door, AKS in hand, and said, 'Karsi, come on, let's go.'

He turned, still full of anger, and walked back to the vehicle. If anything was guaranteed to upset an Afghan male then it was an Afghan woman who dared to think of herself as equal.

I got back in, scouring the rocks and terraces around us for movement, but all was quiet. One final shout from Karsi and he climbed in, slamming his door shut.

'Animals,' he said. 'All animals.'

I'd learned that Karsi's outbursts were best ignored, so I just grunted in agreement and concentrated on the road ahead as we moved on.

Mile after mile, hour after hour of the same lunar landscape passed by, with only the movement of strange fluttering flags drawing my attention. Here and there were sticks stuck in the ground with black or green material tied to the top; the material was flapping in the chilly breeze. They were markers for dead martyrs: those who had fought and died in the jihad against the Russians.

Occasionally, the odd vehicle would pass us at break-neck speed from the other direction – each one was laden with passengers, some hanging from the windows or gripping on to the roof rack. In all cases and without exception the women would be either sitting in the boot, or if it was an estate car, then they'd be pushed to the back along with the luggage or animals. Maybe it had something to do with who could get out of the vehicle the fastest.

As the light faded, Karsi tuned his radio to an Indian station and began to sing to the music. Like most semi-educated Afghans, he could speak fluent Hindi. After all, the Indian people were their allies: they shared in their hatred for the Pakistanis. So, being able to welcome them or greet them on the day they both destroyed Pakistan was essential.

If we were picking up music then we were progressing. The nearest transmitter was at Bagram Airbase, currently occupied by the British contingent of ISAF, which meant that we were closing on Kabul. We passed the odd village, but there were few signs of life apart from the occasional glimpse of candlelight showing through the threadbare curtains at the windows. The curfew that had prevented people from leaving their homes after nine at night had recently been lifted, but no one with an ounce of sense ventured outside after dark anyway, except, of course, soldiers, police and criminals.

While travelling through the dark, we spotted the oncoming lights of a beaten-up Nissan or Toyota. The best thing to do in these circumstances was to get out of the way, as the custom here was much the same as that found in many a developing country: they enjoyed playing 'chicken'. I'd come across two vehicles that had collided head on whilst travelling on an all but deserted road in Belize and seen the results. I therefore felt less inclined to enter into this game, so we pulled over.

The last part of any journey always seems to drag, or maybe it just felt that way. I turned to Karsi but failed to find anything of importance to say, and idle chatter was always difficult. His limited English coupled with my very basic grasp of Dari made long conversations hard work. I just couldn't be arsed to go through the routine of finding easy words for him to understand or to find the right phrases in Dari.

Finally, we hit the outskirts of Kabul; the hazy backdrop of the surrounding mountains was still visible against the horizon. The sun was slowly coming up and a mismatch of lights began to form an ambient glow over the city. Mains power had only recently been returned to some of the government buildings, with some of the more affluent citizens using commercial generators, their constant drone adding to the already noisy waking city. From a distance and in the gloom, you could be fooled that this was just another city getting ready to start another day.

CHAPTER SIX

THE TUNNEL

Afghanistan has its distinctive mixture of smells. In rural towns and villages, the air carries a pleasant mixture of spices, cooked vegetables and roasting meat. But in Kabul you need a stronger stomach, for mixed in with the aroma of cooking is the stink of decay: of flesh, fish and humanity.

The Kabul River slices through the heart of the city. Once as impressive as the Thames, it has now all but dried up thanks to a seven-year drought. At the bottom of the riverbed, a rancid trickle of scum – liquid, human and animal – snakes through the foul-smelling mud. The public water system was destroyed years ago along with most of the city's infrastructure, and the only way to collect water now is through boreholes sunk deep into the rock-hard ground. Tractors pump the water up and through rusty pipes that gurgle a stream of clear cold water onto the ground to form mini oases that supply hundreds of families, together with dogs, rats and other city parasites.

As Karsi and I drove into the city, I looked out at the human flotsam scavenging in the riverbed and thought of a hot bath and food. Unfortunately, a Kabul wash was not a long soak in a clean bath filled with bath salts. It was a scummy wash in water that would either scald the skin off me or freeze my bollocks off.

THE TUNNEL

Even with $1.9 billion in aid to help them get the infrastructure right, the principles of basic plumbing eluded the Afghans. But when you do what I do, it is amazing how quickly you can come to appreciate things that at home would turn your stomach.

As we bumped along the road, sharp blasts of a whistle alerted us to a traffic cop on a raised platform in the middle of the road. Looking like Charlie Chaplin in his over-sized uniform and black eyeliner, he blasted away and waved frantically to stop the traffic, causing a fury of horn blowing and cursing from drivers, including Karsi. We didn't need this hold-up. We needed to get back to the villa.

'Do you know any shortcuts?' I asked, looking around for a side street to slip down.

Karsi grinned, spun the car round like a London taxi and cut across the oncoming traffic. Horns blazed. Charlie Chaplin's whistle became more hysterical.

'I thought you'd never ask,' he shouted through the noise.

We sped back down the road we'd just travelled up. Karsi was pushing the Surf as hard as he could, scattering cars and pedestrians. We screeched round a corner then WHACK! It was a bloody big hole. My guts seemed to be heading for the ceiling, while the rest of my body dropped into the pothole with the car.

'Fucking hell, Karsi! Take it easy, we want to get there in one piece!' I shouted.

'Fucking roads!' screamed back Karsi. He mashed the gears, reversed and slammed the Surf round the crater and down a mud track that posed as a city street.

'Fucking roads!' he cursed again between mouthfuls of angry Dari. I knew better than to say anything, so hung on for dear life and looked around for any warnings that we were in the wrong neighbourhood – no easy task in a shit hole like this where every neighbourhood looks bad.

I'd learned this lesson in Northern Ireland as a teenage soldier on my first tour. Don't take anything for granted. What looks innocent might be what kills you. It might be a car you've never seen before parked in a council estate, slightly low on its back axles. The windows of some of the houses might be open on a winter's day. This could mean that the local gunmen are a sympathetic mob and this is their patch, so they warned a few friends and now the windows in the local homes have been left slightly open to lessen the impact of the 100 lb home-made bomb stuffed in the boot of the car. It could be that number 36 hasn't collected the milk from her doorstep, a daily ritual normally carried out by 0700hrs. Is this an oversight on her part or could it be that she's tied up somewhere and her house is being used as an ambush site in a normally quiet street? To stay alive, you have to take into account any of a hundred apparently innocuous signs that could mean death to the unwary. Absence of the normal, presence of the abnormal – it is an easy enough rule to follow, especially having witnessed a few scenes where those basics had been forgotten.

I didn't like the feel of this street. Ragged children stared at us as we drove by, holding out their hands and chanting, 'Dollar! Dollar!' Reading the signs out here, where everything looked fucking threatening, was almost impossible for an outsider. Destruction blended into chaos. Everything felt like a threat. Being on high alert all the time drained the senses, but you couldn't afford to nod off. Here the enemy blended with the shadows, waiting for that one lapse in concentration before it struck.

Karsi must have sensed my discomfort and eased up on the gung-ho driving. He took a sharp right and drove through a snake of shabby back streets before we broke out onto the main road again and spotted the only sight that would make me feel happy: the villa. Home.

'No problem,' he grinned. I just gave him a sideways look.

THE TUNNEL

I was shagged out after all the excitement, followed by the long drive back, but I wanted to get my notes written up as soon as possible, so I got myself some coffee in the kitchen and cracked on with them: describing the route we'd taken to get there, drawing a sketch map of our OP area, together with GPS readings and a description of the ambush we'd witnessed. Of course, in some ways what we'd seen had been inconclusive: a mule convoy had been ambushed by some bandits, but so what? It happens all the time in Afghanistan. But in reality it was highly indicative. What we'd seen was almost certainly one faction hijacking something of value from another, and there was little of value in Afghanistan other than drugs, weapons and stolen antiquities that would have attracted that kind of attention.

With my notes written up in veiled language, substituting innocuous words for those which indicated what I was really interested in, I went down to the office that Nikos had set up to fax them to Sam in Dubai and also back home for my own personal files. I'd decided early on that I needed to keep a full record of everything that I'd done as a sort of insurance policy and, indeed, as back-up in the event of any disputes about money or payment. Nikos came in as I was doing this.

'Colin, my friend, how did it go? How are you?'

'Fine thanks, Nikos. It went OK, we got what we needed.'

'You look tired, you need to rest.'

'You're right, I do.'

With the faxes sent, I went back up to my room and ran myself a bath. The water was hot today but brown from the rusting pipes. Even so, it was better than nothing. When I'd scrubbed the dust of the journey off myself and given my teeth their first good brushing for three days, I flopped into bed for a good long sleep.

Over the next few days it was back into the routine of our primary mission, buying weapons and collecting other information of interest to the head shed back in London. Apart from the weapons themselves, narcotics were always at the top of the list of information requirements, so, between us, Nikos and I made every effort to pick up whatever scraps we could on the major heroin operations in the country. One interesting factor about the jihad against the Soviets, which I hadn't fully appreciated until now, was that a lot of the weaponry which found its way from the western intelligence agencies to the Mujahideen hadn't actually been given to them, it had been sold, and the money for this had come from the sale of opium base to drugs traffickers, with the connivance, at least, of the CIA.

As previously mentioned, one positive aspect of the Taliban's short reign in Afghanistan had been their anti-drugs stance, though the violence and barbarity with which they pursued it had not been quite so acceptable. This had cut production by around 90 per cent and led to the street price in Europe and the US rocketing as suppliers failed to meet demand. But with the Taliban gone, many of the warlords and their vassals were happy to resume production and even increase it, and there was an estimate that something like 3,000 tons of raw opium was exported from Afghanistan in the year after the fall of the Taliban.

The crude solution to this was for the US and ISAF forces to use their air power to get rid of the poppy fields. Unfortunately, the reality of this would have been starvation and even more poverty in Afghanistan's rural areas. The reason for this is that opium has effectively become a cash crop for Afghan peasants. In typical gangster style, farmers receive 'protection' from the warlords, but they have to pay for it, and the only way to raise the money for this is by devoting all their energies to growing poppies rather than food for their families. If the Americans sprayed a field of poppies, the reality was that it would mean that the farmer had no real way of paying the several thousand dollars he would owe the warlord.

THE TUNNEL

A week or so after returning from the recce in the north, we got word from one of Waddoud's people that there was a man trying to find us to set up a meeting. We were doing some admin stuff at the Museum, which had become a kind of semi-official headquarters for us and the Americans, and so we suggested that he come along there at a certain time.

There were a lot of these kind of speculative meetings, and mostly we didn't take them too seriously. This time, the person who eventually showed up looked like a character out of *The Man Who Would Be King*. He had probably once been tall, but now he was hunched up and stooped, swathed in traditional blanket-like winter robes and wearing a dirty, greasy pakol on his head. His face was wrinkled and lined like old leather, and when he smiled through his long grey beard, you could count the number of teeth he had left on the fingers of one badly mutilated hand. He looked about a thousand years old but was almost certainly under sixty.

The story he had to tell us was long and complex. During the Soviet occupation, he had been a Mujahid, fighting with Ahmed Shah Massoud's Tajik Jamiat-i-Islami out of the Panjshir Valley, but he had become too old for hard fighting in the mountains and instead he was given a special job.

Rather than fighting the Soviets, the old man was set up in a small village in the Ghorband Valley, to the south-east of Kabul, to guard a tunnel.

'Oh yeah? And what's in this tunnel?' I asked.

'Many weapons,' he replied through Karsi, who was interpreting.

'Uh huh. What kind of weapons?'

'First, you must understand, that this is not just one tunnel but six that were dug by the Mujahideen to hide their weapons.'

'OK, six tunnels. What's in them?'

The old man had a discussion with Karsi in his rough Dari

dialect. I think even Karsi had real difficulties understanding him, and there was much gesturing and miming of what looked like rockets and explosions.

'He says there are many different types of weapon, some very big. There are cannon and anti-tank missiles and the rockets that are fired from the back of a truck . . .'

'What, Katyushas?'

This was an old but highly effective Soviet weapons system that dated back to the Second World War. It consisted of a bank of about 20 high-explosive rockets that would be launched together and land more or less together, devastating large swathes of territory. Back then, the Germans had called them 'Stalin Organs' because of the groaning sound they made whilst travelling through the air.

'I don't know,' Karsi said, but I was sure this was what he meant, and it was the first time that these had been on offer.

'What else is there? Do they have Stinger?'

Karsi asked, and the old guy began babbling away again, as if on permanent send.

'Yes, many Stinger, he says.'

'Anything else?'

There was another interlude of jabbering away in Dari, which I couldn't follow at all, even though my language skills were improving.

'He says there are big, big missiles there.'

'Like what? Anti-aircraft missiles?'

They spoke again and, with much gesturing, the old man was clearly explaining what he meant.

'No,' said Karsi. 'They are bigger. Like the rockets that go to space.'

My mind was boggling at this.

'Does he mean like a Scud?'

This was a word both of them had heard before. The old man clapped his hands together in agreement.

THE TUNNEL

'Yes, Scud. That is the name,' Karsi said to me.

We talked a bit longer. The old man was clearly very excited about it all and, no doubt, about the payday he assumed was on its way. Karsi also seemed very fired up – chances were he was planning on taking a percentage of the old man's fee somehow or other. Having heard what was on offer, it was now time to bargain.

This part was simpler than you might expect. If the old boy was telling the truth – and the whole thing struck me as highly unlikely – then obviously we would have been happy to cough up a lot of cash to keep this kind of arsenal out of the hands of al-Qaeda or the Taliban. If he wasn't, then he'd get nothing. Without committing to any specific sums, this was the deal we put to him: you show us where the arms are and you'll get enough cash to retire in Florida. He'd go down a storm there with the geriatric snowbirds from New York. He agreed.

It struck me that there would be an easy way and a hard way to do this: the hard way would be a recce, using the engineer 'school building project' cover that we'd used before for trips out into the mountains; the easy way would simply be to load up a couple of helicopters with US or ISAF special forces and fly directly to the village in force, take a look around to see if we could find anything and either fly straight out again or guard and secure it all if there was actually something there. I called Andrew, the American, to come on down to the Museum for a meeting.

Andrew and several of his guys showed up about two hours later. I told them about the old boy and then outlined his story, finishing up with my recommendation to do a recce in force using the military. Andrew listened, asked a few questions and then stood up.

'I gotta make a call,' he told me.

We sat around chatting and drinking coffee for a few minutes until the door opened and there was Andrew again, pushing

THE DENIABLE AGENT

his mobile phone back into the pocket of his trousers.

'It's a no go on the chopper, Colin,' he announced. 'They're all tied up down south, and it's going to be several days before they can free enough up to do this.' This was probably true: the Americans had an operation going on down near the Pakistani border at Parachinar. So it looked like it would be the hard way.

'OK, we'll head off this afternoon, as soon as I can get my stuff together.'

'That's great, Colin . . . hey, I know it's no walk in the park out there . . . do you want to take one of my guys to ride shotgun?'

'That would be great! Which one?'

At this point, one of Andrew's escorts spoke up.

'Hey, yeah. I'll go.'

This was a guy they called Moose. I knew him reasonably well and liked him: he was a cool, laconic kind of man who didn't seem like he would be easily fazed.

'Great, Moose, but we'll need to leave pretty soon. Do you need to get your gear?'

'Nope, I think I've got everything I need in my daysack. And I've got these, of course . . .' He patted his thigh holster, which contained an enormous Desert Eagle-style automatic pistol, and slapped the butt of his M203.

'Yeah, mate, but you can't take 'em. We're meant to be engineers, not special forces. If you take those, they'll never let us anywhere near the target . . . that's if they don't kill us. I can lend you a Kalashnikov or a pistol, but take those things and you'll stick out like a sore thumb.'

This caused a rapid rethink, and I'm not sure I blamed him. I doubt he was getting paid much more than his military salary for this job, and heading off into the wild like that without back-up and without the weapons he was familiar with was definitely beyond his pay grade.

THE TUNNEL

'Look, shit, Colin. I'm sorry . . . I wouldn't be comfortable . . .'
'Don't worry about it,' I told him.

If we were going to make it anywhere near the Ghorband Valley that day, we needed to move fast, so I headed back to the villa while Karsi went back to his place to pick up his stuff. He came back about an hour later but was visibly upset. He actually looked like he'd been crying.

'Karsi, what's the matter, mate?'
'My dog, Wolf. He die.'
'Shit, I'm sorry about that, mate.'

It turned out that the puppy had eaten something which had choked him, and Karsi had found him dead when he'd returned home. He was genuinely upset, although whether it was over the death itself or his wasted investment in the Indian woman's breast milk, I couldn't be entirely sure.

With everything packed and ready, including my 'surveying' equipment, we set off in the early afternoon. We had the old man with us on the back seat of the truck. He was a crucial part of the plan, such as it was. According to him, there was a village not far from the place he was taking us where we could stay for the night, while he went on into his home village to make sure we would be welcomed. We already had the clearance of the local warlord to go into the area, obtained through Waddoud, but the old man should ensure that we weren't turned away or killed at this specific place. When the old man returned from setting it up, we would drive in with him as our escort, and, hopefully, everything would be fine.

The drive out towards the Ghorband Valley was fairly straightforward, at least while we were on proper roads; but as we moved onto tracks, it became much slower going as usual, although, of course, with the old man to guide us we didn't need to worry too much about navigation.

The village where we were planning to stop overnight was about ten miles from the target village, and we arrived there as dusk was falling. In reality, it turned out to consist of about ten buildings and a lot of rubble, but as it was apparently a well-known stop on a route through the mountains, the inhabitants didn't seem that concerned to see us, particularly as we had our local escort with us. We were shown to the guest house – actually a bare room with a smoky kerosene heater – and while Karsi and I sat down to eat some goat stew and bread that was brought to us, the old man set off for his village on foot.

It wasn't exactly a buzzing metropolis, and there wasn't enough light from the couple of tallow candles which the owner brought us to read by, so I decided to get my head down for an early night. I hoicked my sleeping bag and roll mat out of the Surf and got myself sorted out in the shelter of the back wall of the room. Karsi decided that he would sleep in the wagon, so that nobody broke into it or stole anything.

Morning came with the familiar chorus of 'Allah-u-akhbar' and with it a breakfast of yogurt, bread and green tea, but there was no sign of the old man. Unless he'd managed to cadge a lift, I doubted that he could have made the walk the previous evening in much less than three hours, which would have taken him up to about 2200hrs. Assuming that he went to bed rather than trying to do anything then, I wasn't expecting him to return until midday at the earliest, and so it turned out.

The old man didn't walk back down to meet us; he was driven in a Toyota Surf even more battered and ragged than Karsi's. Having sat around for several hours, I was bored rigid and delighted to see him. We greeted him and his driver, and, after exchanging a few pleasantries, formed a convoy with them and followed them back up to the village.

It was at a higher altitude, but this village was not that much different to most of the others we'd visited. Half the houses

THE TUNNEL

seemed to be derelict, but kids and dogs were swarming around us, slapping on the sides of Karsi's Surf as we drove into the village. A lot of the children had sores and open infections on their faces, a sign of malnutrition rather than any specific disease, but this didn't stop them immediately moving into begging mode. On this occasion I'd brought a bag of boiled sweets with me to deflect them, and I handed them around carefully, anxious not to start a riot.

The village headman was expecting us, of course, and came out with a small delegation to meet us. Disturbingly, I noticed that they were all wearing black turbans, which, according to what the Americans were telling us at the time, meant that they were supporters of the Taliban or al-Qaeda. This was puzzling, as it directly contradicted what the old man had told us, and I later discovered that it was complete bullshit – the colour of turban was simply a local tribal custom. All the same, it tallied with their vehicle-recognition skills, so ten out of ten to the Yanks for continuity on that front.

We drank some tea with him, and then he began to show us around the village. I made great play of taking photographs of their existing school, taking GPS readings and drawing sketches of areas where I suggested we could build for them. While this was going on, the old man had faded into the background, and, in fact, we didn't speak to him again. This didn't matter, though, as he had given me, through Karsi, a very detailed description of where the entrance to the tunnel system was supposed to be.

We passed this towards the end of the tour. It was an area used as a rubbish tip and a latrine by the villagers. It was buzzing with flies and stinking of shit, piss and whatever else had been dumped there to rot. On the furthest edge of this area was a kind of embankment of earth and rubble. It looked like what could only be described as a bombsite made of orangey mud. Set into this array of half walls and debris was a large wooden board about six foot by four foot, looking for all the world like a door – a door that would lead into hobbit world.

My first thought was that the whole thing was a wild goose chase. If that was the entrance to a tunnel system, then there was no way that anything much larger than man sized could have been taken down there, let alone a huge great thing like a Scud, which can't actually be moved without a large transport vehicle the size of a big articulated truck. Thinking about it some more, however, I realised that I could be wrong. The board might not be the only entrance to the tunnel, and, equally, it might well be that the original entrance had been covered over or disguised in some way. Even so, I had strong doubts.

With the tour done, the headman offered us a room to sleep in and told us that we would be having something nice to eat later on. We stashed our gear in the room, and, while Karsi pottered about with his Surf, I went back into the village to carry on with my survey. Interestingly, the atmosphere was fine: as far as I could tell, nobody was watching us or paying particularly close attention to what I was doing. The introduction from the trusted old man had obviously been enough to satisfy their curiosity.

As night was falling, I decided I needed to get a closer look at this possible tunnel entrance. As it was close to the latrine, I had the ideal cover because I was feeling a bit of a stirring in my bowels, probably as the result of the food I'd eaten at the guest house. It was still light enough to see reasonably well, and I made sure to get fairly, but not suspiciously, close to the 'door'.

From what I could see from my squatting position as I squirted my guts out, there was no particular sign that it was in frequent use, but there were indications, from the general look of it, that it was some kind of entrance. I didn't want to get too close at this stage because I was sure that, first, the locals would be able to spot straight away if anyone had been poking around, and, second, it was highly likely that if it was an entrance it was going

THE TUNNEL

to be booby trapped. I finished my crap and headed back to our room.

We ate with the senior village men that evening, with me making all kinds of promises about what we were going to build for them when the spring came. Then, when it was polite to do so, we headed back to our room to get some sleep. I'd decided by now that I really needed to get a closer look once the coast was clear, but I reckoned that wasn't going to be until much later. Consequently, I settled down in my sleeping bag to doze for a couple of hours.

Around about two in the morning, I decided that the time was ripe for another look. Once again, I was concerned that I shouldn't look like I was doing some kind of sneaky recce, so, while I was quiet enough not to start the dogs barking or wake anyone, I didn't creep around but made it look like I was going back for another dump. There was enough moonlight to see reasonably well. But, of course, this meant that I would be visible to anyone who was watching me, so I decided to take the bull by the horns and make it look like I'd come across the door by accident. I walked over to the latrine area, being careful where I stood, dropped my trousers and managed to take another crap. Then I cleaned myself up and made as if to head back by a slightly different route, which brought me next to the door. I then 'stumbled' against it and took the opportunity to give it a sharp rap with my fist.

It certainly sounded hollow, but the noise of my fall had now set the dogs off barking. I didn't hang around but picked myself up and headed straight back to our room to wait. When I got there, Karsi was awake and no doubt shooting me his standard one-eyed look. I settled back down on my bed, but I knew I'd disturbed the ground around the door quite a bit, and I decided that we needed to get away as soon as possible – certainly before anyone got a good chance to look around in daylight.

The next couple of hours felt like an eternity, but, eventually, shortly before dawn, we started to hear the sounds of the village coming to life and preparing for morning prayers. Karsi began to get himself up and get his things together to go and pray with them, but I stopped him.

'Karsi, I don't think you'd better pray now. I think we need to go.'

He looked at me quizzically, shrugged and began to pack his sleeping gear back into his holdall. We could hear the prayers in full swing now, and I was anxious that we should high tail it out of there before they finished. My gear was ready to go, and I went out and slung it into the back of the truck. Karsi was being slower – still stretching, clearing his throat, spitting and coughing.

'Karsi, we really need to leave . . .'

The prayers came to an end, and the villagers began to appear outside the mosque-cum-meeting place. Children began to hover around us, asking for more sweets. Karsi slowly and carefully placed his bag in the car. Suddenly, there was what sounded like a cry of alarm.

To this day, I don't know what it was: maybe a child had fallen and hurt themselves; maybe one of the villagers had noticed what I'd been doing around the hobbit door. Whatever it was, I didn't want to wait around to find out.

'Karsi, let's GO.'

This time, he caught the real urgency in my voice. We both jumped into the Surf, he started the engine, and we set off down the track that led back out of the village. Looking back, I could see some of the men of the village running out to find out what was happening. Even if they hadn't discovered my recce, what we were doing now – leaving without thanking them – was at best a grave discourtesy and at worst a sure sign that we had been spying on them – assuming that the whole village was in on the

THE TUNNEL

'secret' of the tunnels. We barrelled down the track, with Karsi shaking his head in disbelief at my antics.

Once again, I was anxious to put as much distance between ourselves and the village as we could, in case they had pickets or cut-offs out at night which might try to intercept us. But nobody appeared in front of us, and I began to relax as we sped down the road. At least until Karsi said, 'Mr Colin, they follow us.'

Shit. I looked back, and, sure enough, there was the old Surf we'd followed up to the village yesterday, together with some kind of black saloon car – it was a Russian Volga, I later discovered – following us maybe half a mile behind and slowly gaining on us. Afghan tribesmen were hanging from the windows, waving rifles, and while I couldn't hear gunfire, I got the distinct impression that they were shooting in our direction. Shit.

I pulled my Makarov from the shoulder holster and thumbed back the hammer for single-action shooting, which makes it far easier to get the first shot on target, then leaned forward to get my Kalashnikov out from under the blankets in the footwell. I kept it there with the stock folded, a magazine on, but not cocked, because you can never be completely sure, with the loose tolerances of the AKS, that the sear is going to hold if it's being bumped around.

I looked back again. The two cars behind us were being driven hell for leather and had closed the gap to maybe 600 metres. Not good.

With nowhere to go to but the next village, we were soon going to be cornered. The valley we were driving through had steep sides, and there was no way we could get off the road to evade them. Shit.

'Karsi, we're going to have to stop and take them out,' I shouted.

He nodded grimly.

Coming up was a tight outside bend with dead ground behind it.

THE DENIABLE AGENT

'Karsi, stop after this bend, then we hit them.'

He nodded again.

We passed the bend and Karsi stopped, pulling the Surf into position oblique to the road.

'Get off the road into those rocks,' I shouted. It was a hasty 'in-your-face' ambush for want of a better description; we had about a minute max to set it up.

Having positioned the vehicle, Karsi moved off the road to the right in amongst the rocks, and I leaned forward into the vehicle's wing, stock folded out and pushed back hard into my shoulder. I racked back the cocking handle and flipped the safety lever down one notch to automatic. For the next few seconds, I waited behind our Toyota Surf.

With a roar of engines, they came around the bend, and I let rip a long burst, maybe eight or ten rounds, straight through the windscreen and into the cab at less than twenty-five metres. I had placed my two spare mags on the bonnet and was using the thickness of the wheels on our vehicle as cover – very few small arms will penetrate a vehicle wheel. The Afghans' Surf careered wildly across the road, and I just leaned in, following it with quick three-to-four-round bursts: very easy, very quick. At that range, I could hardly miss.

The driver of the first vehicle lost control. I remember that the passenger door was swinging open, and I caught a brief glimpse of the faces of the men in the back, open mouthed with shock as their vehicle flew over the edge of the road and into the ravine below.

The second car braked heavily, skidding to a dusty halt, but by then it was fucked. I'd changed mag and we took them in the same manner, only this time it was easier since they'd made themselves a static target. I fired a long burst into the car to take out the driver, and Karsi took out those not killed by my first rounds with short, sharp, well-aimed bursts from the side as they

THE TUNNEL

tried to debus. Maybe the second mag was a bit more deliberate: I was no longer worried about being thrown 20 feet by an impact or being run over!

Karsi and I closed in, rifles in the aim – what the army quaintly calls the standing alert position – firing aimed shots at any sign of movement from inside the car. There were five dead there, four still in their seats in the old black Volga, one half out of the rear door on the off side. My ears were ringing from the sound of the gunfire.

We both had a quick squint inside: it smelt of smoke, sweat and burst raw innards. When a bullet goes through someone's guts, it rips open the stomach and intestines, and all kinds of shit – literally – gets splashed around.

We pushed number five back into the vehicle and forced the bodies as far into the footwells as possible, then locked the doors. With me leaning in and steering, Karsi used the Surf to push the Volga over the edge and into the river below. I watched to make sure no one came out. I'm not sure why I made sure, but by locking them in that car and then shoving it into the river, it was as good a burial as they were going to get. The idea of one or more of them being left in limbo on the side of the ravine (maybe midway 100 feet up or 100 feet down) must have troubled me. From a tactical point of view, I did not want their mates (if more were following) to know what we'd done, because they'd have been really pissed off. Much better that any follow-up worked on the assumption that we were still being tracked by both of the vehicles which were now bobbing their way downstream.

There were two strike marks on our Surf: one in the front passenger door and the second on the pillar by the windscreen. Both were about two feet away from where I'd been standing. They must have happened during the ambush, but I couldn't for the life of me remember seeing them firing at us. Possibly they were ricochets from the rounds that Karsi and I had fired, or possibly one of the Afghans had had an ND (negligent discharge), when I'd opened up on them. Realistically, the only time anyone could have fired on me was in the split second I was firing in through their windscreens and that seemed unlikely; anyway, we'll never know now.

I suppose that from the moment we stopped our vehicle to the moment the Afghans' Volga hit the water in the river, it can't have been more than five minutes, though my sense of time was so screwed up by the incident it might have been three times as long. But it was still only a little after dawn and we had long hours of driving ahead of us before we got back to Kabul and relative safety.

I've thought about the incident a lot since then. I wonder whether they were coming after us to kill us, or maybe they thought we'd forgotten to say goodbye, or they wanted to ask or tell me something. I don't honestly know, and I never will. It isn't that I feel particularly guilty about it: it was one of those situations when you just cannot afford to take the chance. In any case, it was all very quick – as these things usually are – and to our credit, from a professional point of view at least, very one-sided. I suppose it was fight or flight time again, and in this instance I chose the latter, simply because we had run out of other options.

Still, there was no denying that I was now coming down from the surge of adrenalin I'd felt earlier. You get a kind of jet-lagged feeling, and both Karsi and I sat in silence for much of the rest of the day as we drove back to Kabul, lost in our own thoughts. I whiled away a fair part of the journey by cleaning my Kalashnikov and reloading the two magazines I'd used. Not that I really needed to: you could dig your vegetable patch with a Kalashnikov, then bury it for six months, and it would probably still function when you dug it up.

I was still feeling subdued when we got back to the villa around

THE TUNNEL

lunchtime. I got some coffee and something to eat, and then took a shower in brown rusty water. After getting dressed in some clean clothes, I began writing up my notes. Although this had been ostensibly an American-sponsored operation, I found myself strangely unwilling to report what had happened to them, and, as it happens, I never actually managed to do so. I'd made the decision to give my report to a contact I had in the ISAF J2 cell, but before I could do so, I'd been shot and imprisoned. I did give Andrew and Patrick a verbal briefing – leaving out the part about the ambush – over a meal later that week, but without the GPS readings I'd taken and the photographs, it was worse than useless, and, as far as I know, they never got their hands on them.

With the notes more or less complete and back in my briefcase, I headed downstairs. In the sitting room, I found Nikos and Hinna, together with a houseboy-cum-tout that Hinna had dug up from somewhere and whom I called 'the Rat'.

'So, tell me about your journey,' Nikos asked in a conversational tone.

'Nothing much to say. It went OK. A few little hiccups but fine otherwise.' I gave an exaggerated yawn.

'Oh, come on, Colin, tell me what happened. You know how it can help our situation.'

Basically, Nikos wanted to be the guy who took the information to the Americans. It was his way of building up trust with them and making himself appear indispensable to their efforts.

'I don't understand, Nikos.' I acted dumb. I found it the best way to play him. He was a cocky bugger, and it blunted his sharpness. As long as he thought of me as a halfwit jobsworth, I wasn't a threat. If, on the other hand, I looked like I was thinking for myself, I became a danger, and I suspect Nikos was at least halfway to that conclusion already. Spread out on the dining room table were various dishes that the Rat had collected as a carry-out from a local restaurant: roast chicken, rice, bread, salad, samosas and stews. Nikos waved his arms expansively.

'Eat, eat, eat!' he said, acting the big host.

I scooped a little chicken and rice onto a plate, but my stomach was still growling from the bug I'd picked up two days before and after taking a couple of mouthfuls, I didn't feel like any more. There's no point in feeding the bacteria, and I'd learned over years in the army, and travelling on business since then, that the only way to get rid of something like that is to starve it. Plus, the chances were that this food was probably just as bad as the stuff that had given me the shits in the first place. I'd learned in the army to watch what I ate and when; just because you've been told what fungus and berries are safe to eat you don't have to turn into 'bush tucker man'. If in doubt, don't eat it or go to McDonald's, not that there was one in Kabul.

Nikos tried a different tack.

'Was it a long journey? Where exactly did you go?'

'Look, why are you asking all this? I'll write it up in my report.'

He flashed back.

'Everything has a value, Colin. Don't be so blind. We're in the information business: that's what we're selling!'

As far as I was concerned, the information we had was already bought and paid for, but Nikos didn't see it that way. I felt like a trout faced by a fisherman dangling a fat, juicy worm, waiting for me to bite. But I just wasn't that hungry. I never would be. Play two sides and you get stuck in the middle.

'No, Nikos. I am not interested. It is too complicated and dangerous for me.'

'What does it matter who gets the information first? We are all on the same side.'

It was easy for him to say that, but it was not that simple. His

THE TUNNEL

temper snapped. He slammed his hand into the silk blanket in front of us, scattering food everywhere.

'Colin, for God sake!' The anger surged into his face, and he punched his hand into his thigh before struggling to his feet. The Rat tried to help him but was hurled across the room with such force that he fell over. Nikos paced up and down like the Penguin in *Batman*, an angry little bundle of menace. I just acted dumb, which wound him up even more. All the time the Rat cowered in the corner, unsure whether or not to risk tidying up the mess.

Nikos pointed his stubby finger at me; it was greasy with the food he had been tearing at a moment before.

'You should do what I say! I am your elder. You should look up to me,' he raged. He hated my apparent lack of respect for his age. In his view, this meant that I should always defer to him. But who the fuck did he think he was? My bloody father? Fuck him.

Faced with my resistance, he tried to rein in his temper.

'Look, think about what I'm saying, Colin. We can both make big money out here. Think about it and get back to me.' The words were almost spat in my face.

'I'm thinking about nothing. I am tired, and I am going to sleep.' My eyes were in fact stinging with tiredness, my head had started to swim and I was shivering with fatigue. I didn't want to fight. I just wanted sleep. I had gone 48 hours without any kip.

That was the last straw for Nikos. He bent down, pushed his face into mine and sneered, 'Sleep well.'

With that I was dismissed. Hinna continued to stare as I got to my feet and left the room, but she was smiling strangely to herself.

Fuck him and fuck them. I went to my room, stripped off, brushed my teeth and went to bed. I'd had enough of Nikos for the day and maybe for the rest of my life. I still had several thousand dollars in expenses cash, and, as I lay drowsily in bed,

I decided that it was time to put a bit of distance between Nikos and myself.

The next morning, I got up early, packed my bags and called Karsi using my mobile.

'Karsi, I'm moving out. Which is the best hotel to stay in?'

'Intercontinental, Mr Colin.'

'You're right. Can you get a taxi driver to come round and pick me up?'

'No problem, Mr Colin.'

When the Intercontinental was built back in the 1960s, it was a pretty smart place. Not any more. The outside was pockmarked with bullet holes and scorch marks, and to get there you had to drive up a hill to a checkpoint where a bloody big hole had been dug to stop unwelcome visitors crashing through the gates, into the lobby and detonating themselves. Unsuspecting four-by-fours always got stuck. There was one there as I was driven through by my taxi driver, who was an obvious veteran of the hole and knew to drive slightly to the left to avoid losing the entire underside of his yellow-and-white Renault. The driver of the four-by-four was arguing with the checkpoint guards, arms and guns being waving around. In front of the hotel was a car park filled with taxis, military vehicles and Land Cruisers driven by hired locals for the various NGOs that infested the city, or delegates to the endless meetings on women's rights which seemed a permanent fixture at the hotel.

An Afghan, dressed in full Ali Baba outfit, right down to droopy moustache and turban, opened the door for visitors. Like everything in Kabul, his uniform had seen better days. The hem of his trousers had come down and his waistcoat was threadbare and faded. His sandals were, however, above standard issue: instead of being made from discarded tyres, his looked like they were camel hide. His main purpose seemed to be to tap anyone who came through the door – a nice little earner when dealing

THE TUNNEL

with the Americans who were ever willing to flash their cash around the place.

In the lobby were sofas where Chinese, Iranian, American and Korean businessmen waited for contacts and the NGOs did business. There were a handful of shops where you could buy a souvenir of Afghanistan – tourist tat made of gemstones mounted on cheap metal containers. A spent bullet would have been more appropriate. There was a television in the lobby, which was being watched by groups of uniformed American servicemen. They didn't seem to give a fuck about safety, piling up their vehicles outside, offering an easy target for any passing terrorist looking for a straightforward hit.

Permeating the place was the smell of boiled cabbage from the kitchens. Whatever they were cooking in there stank of rotten school dinners and made the restaurant less than enticing.

I checked in and, deciding to give the clunking life a miss, headed up the stairs to my first-floor room. I had been very specific in my requirements. I wanted a first-floor room with a balcony by the stairs: two escape routes should anything untoward happen. I walked in and threw my bag on the bed: it wasn't exactly home, but it was my place and I was in control, more or less.

Russian officers had requisitioned the hotel during the occupation, and the rooms looked like they hadn't been cleaned since. My bath had a thick green stain around its side that looked like it could be used to cultivate penicillin. The water burst from the taps scalding hot or freezing cold, but always tinged with rust. The toilet only worked after flushing it half a dozen times. Not bad for Kabul, really.

There was a bullet hole in my window through which the wind whistled, and my ceiling was ready to fall down – after four days it gave up the effort and collapsed on my head, cutting my scalp, while I worked on my laptop one evening. When I told the manager, he shrugged.

THE DENIABLE AGENT

'OK, would you like a new room?'

He put me in room 118. I felt safe. I could come and go as I pleased without anyone asking questions or noticing any visitors I invited over for meetings. I had easy escape routes. I was still on good terms with the Americans, who didn't seem to notice that I'd split from Nikos, and I was in touch with Sam in Dubai, who was happy that I continue to work independently of Nikos. All in all, I felt much better about the situation, and I began to enjoy what I was doing again – the bread-and-butter work of buying in arms and information. It couldn't last.

Two days later, there was a knock on my door.

'I am concerned to hear about your accident, Colin. How are you?' It was Nikos.

'I can't talk now, Nikos, I have a meeting.'

'No need to worry. We have plenty of time – I am only next door, so come and see me after you have met your friends.'

He had moved into room 119. Right next door. The bastard.

From next door, he could listen in on everything that happened in my room. Gone was any hope of privacy. There was no doubt that he would bribe the staff for keys to access to my room. But there was no point in moving again. He would just follow me. I felt both trapped and pissed off by his presence.

There was a function room opposite my room, which, to make his point, Nikos hired on his first night as my neighbour. Nikos was always the big man for parties. They were part of his power game. He would purposely invite people who would rather avoid one another in public, people embassies would take months to contrive secret meetings between. He would blow any cover in one night and make sure that everyone knew that he knew exactly what was going on between them.

Everyone I knew but didn't want to bump into was there – opposite my room. Not only did they all know where I was, they put two and two together to make five and presumed that Nikos

THE TUNNEL

and I were bosom buddies. As far as they were concerned, I was up to my neck in Nikos's little tricks.

This couldn't last. I had to have it out with him, even if it meant alienating him even more. I was a marked man anyway while I was here. The next night, I knocked on his door. Hinna opened it slightly.

'What do you want?' she spat through the narrow gap. 'Nikos is busy right now.' What was she trying to hide?

'I need to see him.'

'Now is not a good time.' I heard Nikos groan. What the hell was going on in there? I pushed past her and there he was laid out on his bed, naked, his modesty preserved only by a skimpy towel, with an attractive Chinese masseuse astride his back. It was not a pretty sight.

'Colin, what do you want? Can't you see I am rather tied up?' The room stank of baby oil.

I laughed.

'I can see that,' I replied.

Hinna sat down heavily on the sofa.

'Nikos is not well. His back is bad.'

Not surprising, really. A week or so back, Nikos had been feeling off colour and Hinna, a big fan of quack medicine, had brought in an Afghan 'traditional healer' of some description. He had given Nikos some tablets, which looked eerily similar to rabbit shit but which I strongly suspected had originally been mixed and ground to a pulp in the healer's mouth. Then he'd tried some back manipulations on the old boy, a bit like a chiropractor. Unfortunately for Nikos, this hadn't gone quite according to plan, and he had been in considerable pain ever since. I suspect that this partly accounted for his bad temper in the period before I walked.

The masseuse had been called in to put right the damage. While she was pummelling Nikos, he was vulnerable and I had the psychological upper hand: nobody looks good being beaten up by a Chinese girl in a nurse's outfit, particularly when the victim is small, pudgy, hairy and naked.

'Nikos, we have different ways of working and we've both got a lot to do at the moment. We'll cover the ground much quicker if we work separately rather than together.' I could see his body tense up at my suggestion.

'Relax,' ordered the masseuse.

'Go on,' he answered, ignoring the order.

'It makes sense. You know we have been struggling to keep up with everything.'

He didn't like it, but he wasn't in a position to argue.

'If you feel that is what *you* need, then perhaps we can try it . . . for a while.' He put heavy emphasis on the 'you'. He was not happy about letting go, and I could tell he didn't want to do it. I'm still not so sure about why he was so keen to hang on to me; maybe he thought I was a bit 'handy', as we'd say in east London, but very little of what Nikos, in particular, did involved any serious physical risk.

'The problem for you, Colin, is that if we're not working together, it will be difficult for me to protect you if anything goes wrong.'

It sounded like a veiled threat of some sort, but I'm still not sure if it was or if it was just a statement of fact. Nikos had his fingers in a vast number of pies, and I'm reasonably confident that, had we not had our bust-up, he would probably have been able to get me out of the shit I later found myself in.

CHAPTER SEVEN

REMEMBER THE ALAMO

As it happened, my now slightly more distant relationship with Nikos, and thus the Americans, didn't go completely unnoticed in Kabul, and a couple of days after our meeting over the massage table, I received a summons of sorts.

The Ministry of National Defence, Foreign Relations and Affairs is the grandiloquent title for a somewhat shabby and dishevelled building in the centre of Kabul. Like most of the city it has seen better days. Its imposing granite exterior is not too bad: it recalls a time when the city was the capital of a reasonably prosperous, stable country which looked west as much as east and where extremist religious zealotry was confined to the rural peasantry – a sharp contrast to the shit hole of fanaticism, terrorism and narcotics it has become. The story is completely different behind its doors.

Walk into the gloom and the first thing that hits you is the stink: a pungent mix of stale tobacco, mildew and sweat that clings to the inside of your mouth and lines your lungs. After the bright sunshine of the street, the dark strains your eyes. Once I got used to the dim light I could see a guard slouched behind a desk, his Russian uniform tatty, his boots muddy and his cap pushed back. He didn't give a shit, and he didn't care who knew

THE DENIABLE AGENT

it. The only thing he took pride in was his Kalashnikov, which lay across his lap, his right hand cupping the trigger. He glared at me with make-my-day defiance.

I had been called in to see General Waddoud again. Since first meeting him back in London, my respect for this Afghan patriot had only increased, and we had developed a relationship based on mutual trust.

As I walked through the entrance hall, the noise of my shoes echoed on the marble floor. Civil servants in 1970s brown suits with wide lapels emerged from offices and scuttled like beetles across the slippery floor. I had been shown to an office where a dirty curtain hung in lieu of the door. I could see Waddoud inside reading, but, in typical Afghan style, he left me to wait with a cup of the disgusting green tea brewed up with bore-hole water. I just hoped they had boiled it first.

On walking into his office, I had to sink my teeth into my bottom lip to stop laughing, as on his desk was a bright pink lamp, switched off, alongside his computer, which was plugged into a small portable generator. He'd obviously had dealings with one of the many Japanese NGOs who'd set up shop – either that or they were giving the lamps away, one free with every Land Cruiser.

Waddoud smiled. 'Mr Colin, my brother, I am glad you have come here.' He dismissed his aides and, after the usual formalities of a hand shake, three quick kisses and a hug, told me what he wanted.

'I have a favour to ask of you, Mr Colin. For which, of course, we will pay you. I need you to train a group of our loyal brothers to cross the border into Pakistan to bring back information about the Taliban and al-Qaeda. We think we know where the nest is, but we need help to find them.'

'Why do you want me to do that? The British or American armies have much more resources for this kind of thing than I do.'

Actually, I already knew the answer.

'We do not want the Americans involved. We do not trust them. If we work with you, we know that the information we bring back will not reach unfortunate hands.'

I knew exactly whom he meant: Pakistani intelligence, the ISI. The Americans needed Pakistan as an ally if they were to dominate the region. They also wanted to keep Afghanistan weak, as if it grew strong, ancient rivalries between it and its neighbour could brew up into a bloody conflict that would threaten regional stability, American oil interests and even nuclear war. Pakistan wanted a weak Afghanistan as well: having a basket case state on its North-west Frontier gave Pakistan a good excuse to maintain significant numbers of troops in the region, which helped keep the somewhat independent tribes of the border areas in check. It also meant that there was nobody much in the region shouting about the reality: that it was Pakistan – and particularly the ISI – which was effectively sheltering the remainder of the Taliban and al-Qaeda, for reasons that I don't pretend to understand.

Pashtuns, the same ethnic group as the Taliban, dominated Pakistan's elite. They hated the Northern Alliance and demanded a high price for their cooperation with the US. The price was money and information that would help weaken their hated neighbour. I had seen how this special relationship worked: the Yanks would dribble intelligence to the ISI, and Afghan lives of no value and little consequence would be sacrificed.

In return for training and equipment, Waddoud promised that any intelligence his men collected would be shared with me, and thus London. It's the kind of deal that goes down well with Britain's intelligence services because it buys them a place at the top table; it was attractive to me because it would keep me away from Nikos for a while. In fact, he had to be kept right out of the picture by any means possible, which would not be easy in a city as gossipy and leaky as Kabul.

Waddoud put me in touch with a guy called Husseini, a political spokesman for the Afghans, who in turn introduced me to Colonel Wakil. As a rule of thumb in the Afghanistan army, rank has nothing to do with soldiering and ability, and everything to do with connections. Wakil was no exception. He wasn't a 'real' officer, whatever the rank badges on his shoulder might say. But there's always a plus with a minus, because it also meant that he did not have the arrogance that is second nature to most officers.

A slightly built 39 year old with a 'Magnum PI' moustache and long sideburns, Wakil was a mouse of a man. His 20-year-old Russian uniform was pristine though threadbare, his manner quiet and intelligent, but what he lacked in authority he made up for in patriotism. He was determined to return Afghanistan to its glory before the Soviets, before the Taliban, before the chaos – and that made him all right with me.

The training was to take place in a bombed-out house at the back of the ministry, where people could come and go without suspicion. On the first day, I took a taxi there, vaguely wondering about what kind of men Wakil would bring me. The week before he had squared his shoulders and boasted, 'The men I have chosen are the best.' That was all well and good, but I remained to be convinced.

I suppose Wakil's boasts had made me think I would be dealing with strapping young Rambo lookalikes; I was wrong. The sight which actually greeted me as I arrived at the 'Alamo' (as I'd nicknamed the place) was a group of 20 or so rag-tag-looking Afghans in their late 30s and early 40s. All cops, all doing their best to look smart and all failing. But, despite my original disappointment, as I got to know them over the next few days, I began to realise that what they did have was motivation: they were proud of their badge and desperate to do right for their country. That attitude gave me something to work with, and over the following week, we embarked on an intensive training course covering everything from global positioning to weaponry and camouflage. I had two weeks to get them ready. Lambs to the slaughter sprang to mind, but, despite my misgivings, at least they were all ex-combatants and had held a weapon of one type or another since they were children.

A military intelligence collection team would normally spend weeks on surveillance, burrowing deep into the mountains and watching the target silently and unseen until they had enough intelligence to report back or take out the bad guys. We didn't have that luxury: I didn't have that luxury. Time was against us, and, besides, we could not risk our men getting too close to the target, as they would stick out like very sore thumbs. My 'concept of operations' took that into account. All I wanted from the teams was that they would get as near to the target as possible without being compromised, get a GPS fix and then get the fuck out.

A digital camera is vital in this kind of operation. Surveillance is a skill. Everyone sees things differently. The trained military eye is looking at the lay of the land, re-entrances, gullies, reverse slopes, open areas and the cloud line; checking for good lines of approach, lay-up areas, potential dangers – a million things understood at a glance. For this op we were looking to find out how to mount an attack – not something easily appraised. I couldn't risk these guys missing an important feature, so they were briefed to bring back as many photographs as possible.

They were also shown when and how to use comms equipment. I taught them the use of veiled speech that would give nothing away to unwelcome ears. There was none of that 'the swans are on the lake' crap you read in spy novels; our comms were crude but basic: 'How are you?'; 'How's the family?'; 'What is the weather like?' These were seemingly mundane phrases, easy to remember, but each with a specific meaning that told us everything we needed to know about their situation. 'The weather is beautiful' meant 'I am OK and on target'. 'My mother-in-law has landed herself on us' meant 'I am not alone and must break off comms'.

Their safe return was all that mattered, all we had time for. In the British Army, there's time to teach Unit Standard Operating Procedures (USOPs). The list is endless. USOPs ensure that everyone knows what's going on and how they are expected to react in different situations or terrains, both as a group and as individuals. These hard-learned drills prevent senseless risks and the waste of valuable resources, including number one. We wanted these guys back so that we could use the intelligence they gathered, maybe send them out on more missions or use them to train the next batch of volunteers.

Although two weeks' training is not long enough to do more than get across the bare essentials of what I was trying to teach these guys, it was certainly enough to get to know them, and, try as I might, it was impossible not to start seeing them as people rather than tools in a very nasty trade. Walheed was one recruit who made an impression. In his mid-40s, he had been through the worst of the war between the Soviets and the Mujahideen. As a young Kabul cop of 20, he had witnessed the death of his mother and the maiming of his father. When his father's right leg was blown off, he carried him across the city in search of medical help, his young brothers and sisters running after him.

He was on this mission because he wanted his kids to have a better life than he had. He wanted them to have a future. He had loved his job in the police before the troubles began, and now he was a policeman again he wanted to make a difference. But the Afghan police force is a cesspit of corruption. Everyone is on the take and a clean-up is impossible. A brutal example is made of whistleblowers. For a decent man like Walheed, keeping schtum must be hell. He needed to feel he was doing something.

REMEMBER THE ALAMO

'Mr Colin,' he would say to me, 'we are not going to let you down.'

Though dirt poor, he would bring me little presents of chocolate as a way of saying thank you. He almost pleaded, 'Mr Colin, we will make this place a better place with your help.'

What could I say? I doubted that in 20 years' time this place would be much different. The powers that be would move on in a year or two to the next front in the War on Terror and I too would be gone.

'It will be better won't it?' they would ask. To them, I was their direct line to Tony Blair.

'Your government will fully support us and help us out of this mess, won't it?' That our previous governments helped create this mess in the first place was never mentioned.

Enthusiasm counts for a lot in training men. If they have the right attitude, they will learn, and these guys were no exception. Within a week, they had improved beyond anything I could have hoped for. Wakil had also started to act like a real colonel. I had built him up by deferring to him at every point so that he took pride in his office and would remain a strong leader long after I left Afghanistan.

If I could keep this going for another week, I felt sure we'd be in with a chance of accomplishing the mission successfully. But that was a big if. It all depended on keeping Nikos out of the picture, but in a city as leaky as Kabul I knew that sooner or later he was going to find out what I was doing.

I had managed to avoid him for the past fortnight. Things had become so cool between us that it made sense for us to be apart. But Nikos didn't like not knowing where I was, and word reached me that he was asking questions. 'Where is Colin? Why hasn't he been in touch? I miss him,' he would moan to his minions in feigned hurt. 'Are you sure he isn't avoiding me?'

Knowing that Nikos's spies were on the lookout, I had taken

precautions to avoid being followed. I would take buses, double back halfway through my journey and then take a cab. I would walk in the opposite direction to the Alamo then take two cabs – all good evasion tactics.

But when labour is cheap and you have a whole city in which informing was a way of life under the Taliban, I knew that whatever I did to avoid being followed was pointless. True to his MI6 training, Nikos had had me tailed. It was impossible for me to get away. I felt trapped and spent the whole time looking over my shoulder knowing that whatever precautions I took were pretty much a waste of time.

In a way, then, it was a relief when Nikos pulled up beside me as I searched for a cab. He wound the window down.

'Colin, you look lost. Come let me help you out.' His ever-calculating bitch wife Hinna was with him.

'I'm fine, don't worry.'

He ignored me.

'Get in the front. I have something I want to show you.'

Reluctantly, I climbed in the front passenger seat, barely acknowledging his wife, who sneered at me and then barked an order to the driver.

'You have been so elusive. I thought you were avoiding me.'

I twisted round in my seat to look him in the eye. It was an uncomfortable position, and he knew it. He liked to keep his quarry on edge.

'You know how it is, Nikos, we both have a lot on our plate.'

Hinna muttered something to the driver, but I couldn't catch what she said. The cab suddenly veered left and hurtled through the traffic.

'Ah we are on our way,' Nikos smiled and my heart sank. I knew exactly where he was taking me, and I had to think fast. I kept quiet, riding his silence in the hope that it would force him to speak first, but he was a master of the heavy silence.

REMEMBER THE ALAMO

The cab pulled up outside the academy.

'Now, Colin, don't you want to show me around your little project?'

'Nikos it is hardly worth your while. The whole thing is a bit of a joke. I am doing it for a favour, that's all. You know, you scratch my back and I'll scratch yours. It won't come to anything.' I was desperate.

'Oh, don't be so modest, Colin. Show your friends round. You never know, I may be able to help you – or at least I may know someone who can.'

Fuck, fuck, fuck. This is what I had been waiting for: he was on a recce for the Yanks. The mission was doomed. Reluctantly, I pulled myself out of the cab and decided the only way to handle the situation was to call Nikos's bluff. I gave him a highly edited account of what we were doing: the guys were being trained to cross the border. Nothing had been firmed up, and anyway this bunch of fuckwits was unlikely to make the grade.

I walked ahead of Nikos – I wanted Wakil and his men to see me first, in the vain hope that my presence would reassure them. It didn't. Wakil was in the middle of arms drill when I walked in.

'Mr Colin, how are . . .' his words faded and his smile disappeared as Nikos and Hinna followed me into the room. I held my palms out and shrugged my shoulders in a gesture of helplessness. It was not enough. Wakil's eyes said it all: 'You treacherous bastard.'

Hinna walked round the room like some Afghan Cruella de Ville, dressed to the nines, her face thick with make up. She looked Wakil up and down, then she spat out imperiously, 'Get out.' Any authority I had instilled in Wakil over the past week evaporated. His men knew immediately what was happening and looked from Wakil to me and then at Nikos's wife. They scurried out, relieved to get away.

THE DENIABLE AGENT

Afghanistan is a feudal society. Class and caste means everything. Before the Taliban, Nikos's wife had been part of the ruling elite. Related to the royal family, she had grown up with a strong sense of her station in society and a thorough contempt for the lower classes, which she regarded as vermin. But her self-importance was a weakness. If she had respected these guys, they would have told her all she wanted to know. As a result of her arrogance, Nikos only had me to question, and I was giving nothing away.

The three of us stood in silence, Nikos looking around the room, his eyes calculating the meaning of everything on show – the rifles, the GPS, the satellite phones. Then he broke the silence.

'Colin, you aren't doing justice to your activities. It looks like a serious effort to me.'

He tugged on his left cuff and brushed an imaginary speck of dust from his linen jacket before walking round the room, picking up pieces of kit as he went. 'Interesting, interesting,' he said half to himself and cocked an eye at me. 'Do you want to tell me exactly what is going on? I feel hurt that you have kept this all to yourself.' He tried to look wounded, but a heart that hard can't feel pain.

He laughed a hollow laugh.

'Oh, come on now. We are friends, and I think I can help. I know someone who would be very interested in this little operation. Very interested.'

'Look, Nikos, it is a two-bit operation, like I said. I can't see it happening to be honest. I am sure that you have other more important things to do than deal with this lot.'

'Whatever, I have someone who is interested in helping.'

He took out his mobile and dialled. I caught snatches of the conversation: 'Yes, yes . . . where we thought . . . Now? We'll wait.'

'My contact is on his way. I think you know him, Colin. His name is Moose.'

Oh great. The whole point of all of this was to do it separately from the Americans and without their knowledge. Moose wasn't a bad guy, but he was certainly going to go back and give Andrew and anyone else who cared to listen a full briefing on what was happening here, which was the last thing that Waddoud wanted.

Moose arrived half an hour later. He breezed into the room like he owned the place.

'Colin, great to see you. So what is going on here? Nikos has told me a bit, but I would like more detail so that I can gauge how we can help.'

He approached some of the items that had been left out despite hurried attempts to clear everything away. 'We have better equipment than this that we can supply you with.'

The last thing I wanted was US kit – especially comms kit, which I knew would be bugged – so I declined his offer. He wanted to know when we were leaving for the mission, drop-off points (DOPs), rendezvous (RVs), where we were going. There were too many questions that I couldn't avoid, and I got a sinking feeling in my stomach that the mission was doomed.

Throughout the following week, Moose would turn up unannounced, occasionally making snide remarks to the men and Wakil that completely undermined the confidence I had so carefully nurtured. In truth, my heart was no longer in it either. I knew these guys were fucked. Too many people knew what was going on. Nikos had passed the information on to the Americans, but who else knew? If he'd told the Pakistanis, these guys were as good as dead as soon as they crossed the border. Wakil and I had discussed several times whether the mission should go ahead, and his view was that the risks were justified. It wasn't an opinion I could share.

THE DENIABLE AGENT

The night before the mission, I got the guys together for a final briefing. I tried to master my fears, but the night was distinctly downbeat.

'Mr Colin, we will not let you down,' Walheed told me. 'We will return with your information, and we will help make Afghanistan free again.' I shook his hand, but he pulled me to him in a magnanimous hug.

Moose shook his head and said, 'You shouldn't get too close to these guys.'

By dawn the next day, Wakil and I were at the Alamo. The recruits had left in two groups of eight plus a driver. I'd hinted at Walheed that he should drive one of the two beaten-up minibuses we'd bought just days before for the job, but he'd laughed it off – nothing was going to stop him doing his duty.

The vehicles had left at different times during the night; the two drivers were briefed to put their teams down as close to the DOP as possible, lights off, engine off, coasting the last 75 metres. The first minibus was then to wait for the arrival of the second before returning back to base. I'd kept it simple, one DOP.

When the first minibus arrived, the recruits had split into their four-man teams again, one team securing the area from a stand-off position, out of sight but able to observe the staging point, while the other moved off. With the next arrival, the team in situ handed over and moved off on their allotted route. The last eight waited together for half an hour then split into teams again, one moving quietly off into the darkness. After another half an hour of making sure they'd not been followed, the last team departed; by 0400hrs all four had left the DOP. By 0430hrs the minibuses had started their engines and were heading back.

They had been given specific times to call on their satellite phones to let us know they were OK. Conversation was kept bland: 'What is the weather like there?' 'Good.' 'How is the wife?' Only we knew exactly what each question meant and what the answer should be. By 1800hrs everyone had reported in. They had reached their FRVs (final rendezvous), just short of crossing the border. We had to drag out the communications, making the messages sound like real conversations to prevent giving the game away, as the next call wasn't due for another 12 hours and any decent analyst would realise that short messages to a schedule represented some kind of code. Wakil and I then left the Alamo with our own private thoughts.

The next day Karsi joined us. He had sat in on the training, a sour presence squatting in a corner and whittling away at a stick. Occasionally, he would look over to me and raise his eyebrows to the ceiling as if to say, 'Why are you bothering?' But deep down I knew he was feeling the tension; he was as keen as any of us to hear they were safe, he wasn't fooling me. We waited for them to ring, but nothing happened. Wakil checked the kit.

'There must be something wrong with the phones,' he said, but I knew he felt as uneasy as me.

Another 12 hours and still nothing. Wakil was getting desperate. We broke radio silence, calling their call signs one by one, but there was nothing, just the noise of static and the click of the pressel switch each time it was released.

'It must be the telephone. It must be.'

Wakil paced back and forth, rubbing his forehead and then manically checked everything and made me change the batteries in the radios.

'It is not the kit, Wakil,' I said wearily.

'But it must be. It has to be.'

It wasn't.

He slumped into a chair and twisted his cap in his hands.

'What should we do?' Wakil asked.

Karsi raised his eyes to the ceiling. 'What did you expect?' he muttered half to himself.

'What did you say?' Wakil snapped at him.

'Nothing, my brother, we are all at Allah's mercy.'

'Look, we are getting nowhere here,' I interrupted. I was worried, too, and figured it would be better to get out there and find out what was going on than sit on our arses here bickering. 'I think we should set off at first light and find them. We'll start at the DOP and follow their allotted RVs. It is a long drive. Let's get our shit together first.'

We spent the next few hours in oppressed silence packing our kit for the march. As I came to the trauma kit, I hoped we'd not have to use it but placed it at the top of my old bergen. We cleaned and checked our weapons then rechecked them, finally studying their routes on the map on which we had made our plans.

At 0400hrs the next day, we stowed our gear on the rear seat and climbed into the Land Cruiser. At that time of the morning, Kabul, which throbs with life by day, is eerily silent apart from the occasional bark of a dog or the sound of an ISAF security patrol rumbling through the streets. The air was crisp and cool, free of pollution and dust. It was still dark and so were our moods. As usual, Karsi had nominated himself as driver. I sat up front beside him, AKS cradled in my lap, and Wakil took up the only free rear seat. After ten minutes, the vehicle stank of cigarette smoke and WD40 from our cleaned weapons. So much for the fresh air.

We were heading south through the Lowgar and then Paktia regions. I had decided to go all out until we reached the town of Gardeyz, a real trouble spot. The Land Cruiser was conspicuous, but it knocked spots off Karsi's Surf for this kind of road trip, and I was banking on us being able to drive out of trouble.

It was a straightforward run down tarmac roads and tracks so ancient they had been rolled smooth by time. As we drove along, the sun began to rise over the mountains; it was going to be a beautiful day, but it would be wasted on us. We travelled in depressed silence, wrapped in a cloud of gloom and foreboding.

Though we had decided to push as hard as possible to our destination, we stopped at the border town of Khowst to buy dried fruit and enquire about the local al-Qaeda. They were apparently still holed up in the Tora Bora and Shah-i-Kot mountains, having only recently done battle with the British and American special forces. A huge operation codenamed 'Anaconda' had taken place in the region in the spring. It had enjoyed some success, but, as with most of these encounters, the tribal people had soon escaped through secret tracks and passes into the relative safety of Pakistan.

This meant we now had two things to worry about: being seen by the enemy and by our allies. The American special forces flew Predator surveillance drones in this region, and the last thing we wanted was some friendly fire directed at us because we'd neglected to inform Moose about our day out in the country.

By mid-afternoon we had reached the border, which was unmarked in most places. There was the occasional friendly warning about landmines and other goodies – usually placed 50 metres beyond where the unsuspecting had been blown to pieces – but it was impossible to say exactly where the border was; the GPS just supplied a trig point, nothing more. I just worked on the premise that wherever we were we were in the shit.

We decided to drive the Land Cruiser off road and as far as we could into the foothills, where the sun was throwing shadows off huge boulders behind which we could stash the vehicle. As further disguise, I took a couple of blankets to break up its silhouette. I used blankets because traditional camouflage nets tend to rustle in the wind, and since there were no rustling goats or trees to be seen for hundreds of miles, I felt that the potential of any noise reaching the ears of the local bad guys or potential car thieves was to be avoided.

As final back-up, I set up a couple of PADs (Projectile Area Defence devices or Claymores). These would form part of our surprise if anyone was found lurking around our vehicle upon our return. These little fuckers would give any unwelcome visitors one hell of a headache. Just a couple of Claymores will fire thousands of ball bearings at break-neck speed, embedding themselves in anything in their way. The Claymores were well hidden and could be detonated by any one of us connecting the firing pad to the buried command wire located some 50 metres away behind a neighbouring boulder. There was no way we were going to be fucked at this point; I'd be too tired to piss around.

Small talk soon became a doom-laden silence as we set off up the mountain. This was the final stage of our journey, and, though we did not want to admit it, we each knew what we would find when we reached our destination. Wakil was impatient to get on and would race ahead without regard to the dangers that surrounded us. We were meant to be moving forward in pepper-pot formation. One of us would provide rifle cover for the other two as they moved forward 30 metres, stopped and covered the latter in the group as they caught up. It was time consuming, and Wakil made sure that we knew he was unhappy with the slow progress. But, if we blazed ahead without thought, we were unlikely to get there at all, as we could be picked off by enemy snipers or blown to smithereens by one of the many mines strewn across the barren landscape.

The terrain was as bleak as our mood, and it was an arid climb through rocks and scree in blazing heat by day. As the sun began to sink, a cool breeze from the east provided some relief, though the darkening light slowed our progress even more. We had been climbing steadily for about two hours when we saw the first grim sign that we were close to our goal: a black cloud of buzzards circling ahead. There must have been about 40 of them. Wakil sank onto his haunches and pointed.

REMEMBER THE ALAMO

'Oh no, no . . .'

'Get up! Get up!' I barked at him, pulling him by the shoulder. 'We have to get on, it is getting dark.'

We reached yet another plateau, and there I saw what the buzzards were after – or was it? For the shortest of moments as I looked through my binoculars I thought rags had been strewn across the open ground, maybe just maybe some martyrs fell here and their old markers had blown over and were there resting on the ground below.

But on closer inspection I could see that the torn and scattered piles of clothes were wrapped around flesh: the decapitated corpses of four comrades.

Before I could say anything, Wakil ran forward.

'NO!'

'Wakil stop! Stop! This place may be booby-trapped,' I shouted, any hope of cover blown by his hysterical shouting.

Covering the last hundred metres with speed, he ran from body to body, pulling at his hair and wailing. Karsi and I continued our deliberate approach, watching in anguish. I walked up to the nearest body. It was a mess. Flies covered its wounds and the stink of rotting flesh was all too familiar. They'd died soon after their last transmission. What their killers had left, the buzzards and other wild animals had begun to take. The heads had been taken for burial elsewhere. In Afghan culture, a body without its head will be headless in heaven. It was a final indignity for an enemy.

'May Allah forgive me. How could I have done this to them?'

Wakil was on his knees, weeping.

'Wakil, it was not your fault. You can't blame yourself.'

Karsi stood behind me and muttered something. I needed to positively ID the group of bodies, which was only possible by sending a signal to each team's radio. I changed the signal frequency to that of each team and pressed the pressel switch for four seconds. On the third attempt, Walheed's radio crackled into life at the furthest body. He had not died an easy death. His body was a mass of bruises and burns. His sandals had been ripped off and the bottoms of his feet beaten – a standard torture technique. 'Mr Colin, I won't let you down' – his final words to me – flashed across my mind. I had to push the image away. We had work to do, and I couldn't let emotions get in the way. Wakil was doing enough of that for all of us. The best thing to do was keep busy.

'Look, Wakil, we need to get these bodies down to the second RV. That was the point at which they'd taken their separate routes, some 3,000 feet above the DOP. We need to confirm the fate of the others before the light goes completely,' I said, though I knew none of us had the stomach for the task.

Karsi jumped into action. Having tethered the feet of one body with para cord, he bent down and scooped up another body, slung it over his back and across his neck. He looked like some kind of mythical lion slayer. Less ceremoniously, the other body was dragged by its tethered feet. I followed his example and we set off back down the mountain. Wakil, too distraught to be much use to anyone, was given the task of carrying our bergens.

It was a grim harvest. By midnight, we had gathered all the bodies and carried them back to the second RV, originally chosen because it would be easier for the students to identify in the dark. It was a small knoll on an otherwise featureless reverse slope. We began collecting large stones to cover the bodies. As the sun rose over the mountain, I placed the final rock onto the cairn we had erected over them. Wakil stepped forward. He'd torn his shirt into strips and tied them to the antennae of one of the team's radios. Now, carefully, as if not wishing to harm the bodies below, he pushed it in amongst the stones. A flag marking the graves of martyrs. Briefly it fluttered in the first breeze. Our work done, I slumped to the ground, exhausted and angry.

REMEMBER THE ALAMO

The conclusion was fucking obvious: we'd been betrayed by someone. But who? I doubted anyone in the immediate Afghan team would have let anything slip: they had too much to lose, but God alone knew how many people in Waddoud's ministry knew about what was happening. He was a shrewd operator and probably tried to keep the circle of knowledge as small as possible, but it only took one person to shoot their mouth off and the story would be in Pakistan in days. I doubted whether the Americans would have betrayed what we were doing. I think if they didn't want it to happen, they would have told me to stop, end of story. And then of course there was Nikos. I knew for sure he was taking money to supply both the British and Americans with information, but who else? He was related to various Afghan factions through his wife, and I am sure he wouldn't have been above selling the information on to the Pakistanis if the price was right. The problem was, I didn't have any proof; it was just speculation. Fucking Afghanistan.

When we got back to Kabul, I went to see Waddoud to back-brief him on what had happened. With him was a colleague, General Zubira, a brother-in-law of the Minister of Defence and a man with more than 30 years' combat experience fighting the Russians and then the Taliban. Both were furious and both were directing their anger against the Americans even though, as I pointed out, it was unlikely to have been them. They weren't convinced or even particularly interested in my arguments. As far as they were concerned, the Americans were responsible for pretty much everything bad in Afghanistan.

'Mr Colin, my friend, I think you will need to be very careful now,' Zubira said.

'Why?'

'Because these Americans and this Nikolaides don't want you to help us. They will kill you.'

'No, I'm sure they wouldn't do that.'

'Don't be too sure. What are you to them? An obstruction and nothing more. You should be very, very careful indeed.'

On that note, we parted. I've thought about what he said to me a lot since then, and I've always come to the same conclusion. There was nothing in it for the Americans in having me whacked, and, in reality, when the shit hit the fan, they did come and rescue me, after a fashion. Nikos, on the other hand . . . well, I don't think there was any advantage to him either in having me killed, but he would get it done just out of sheer badness. I'll never be convinced that what happened wasn't in some way down to him. I went back to the hotel for a shower, some food and a sleep. I was starting to think that I'd had enough of Afghanistan.

I'd been asleep for maybe four or five hours when there was a knocking at my door. Groggily I got up, pulled on my bathrobe and walked to the door. I took a quick look through the spyhole: Nikos. I opened the door.

'Nikos, what can I do for you?'

'Colin, I hear you had some bad news?'

'Yes, Nikos, I did.'

'Well, I'm very sorry it worked out like that. Maybe next time you'll let me help you organise it.'

'Right . . .'

'Colin, I need to ask you a favour. Hinna and I have to go to Dubai for five days. Can I leave some of our things in your room?'

My mind instantly started racing through the various permutations of what this could be about. Was he trying to bug me, perhaps? Or maybe plant something incriminating? Or maybe he just wanted to leave a couple of bags in my room.

'Sure, how much is there?'

It turned out to be two suitcases and two holdalls, plus Nikos's supply of booze, which he wanted to put in the fridge that had recently been installed in my room.

'Sure, no problem.'

Nikos made a gesture and an Afghan bellboy began transferring the stuff from his room to mine. Nikos and I both knew that I would be checking his bags later for anything dodgy.

'Well, Colin, I shall see you next week,' said Nikos, shaking my hand.

'Not if I see you first,' I was thinking as we said our goodbyes.

I gave Nikos and Hinna half an hour to get well clear of the hotel, then did a quick rummage search through their bags. There was nothing special there, just their rather expensive, rather uninspiring clothes.

Nikos's departure made it easier for me to do something I'd been thinking about since my infiltration teams had been wiped out. I grabbed my room phone, got an outside line and began calling round the airlines, trying to get myself on a flight home. Waddoud and Zubira had been right: there was no real sense in me hanging on if I was always going to be looking over my shoulder. Time to cut my losses and go home. On the second call, I lucked into a seat on a direct flight to Frankfurt, which was excellent news: I wouldn't have to go anywhere near Nikos on the way home. The flight was on 24 February, so just a two-day wait and then I would be out of there. Great. I paid for it with the 'company' credit card and, feeling rather pleased with myself, headed down to the restaurant to eat.

It was too late to call Alison that evening, so instead I rang her the next morning, after I'd spent half an hour or so packing my bags. She was delighted that I was coming home but slightly surprised by the suddenness of it all. I didn't want to worry her, so I didn't tell her what had helped me make the decision.

For much the same reason, I didn't immediately tell anyone else in Kabul what I was doing. Much better to leave as quietly as possible so nobody gets too excited and does anything untoward.

A couple of hours later, I was reading quietly in my room, lying on my bed, when there was a knock at the door. Looking through the spyhole, I saw Mashouq, General Zubira's driver and another of the Afghans I'd got to know and like. It always amazed me that, despite losing most of a leg when he was a Mig pilot, he'd managed to teach himself to drive again. He certainly hadn't had access to any physiotherapy or rehabilitation in Kabul.

'Mr Colin, you come with me. General Zubira wants to see you.'

It was a cold February day, so I got my coat and my boots and followed him out, down to the car park where Zubira's Land Cruiser was parked.

'Are we going to the General's office?' I asked.

'No, is demonstration in Kabul. General there. We go see him.'

Mashouq drove me to a residential district close to the centre of town. We arrived near some blocks of flats where there seemed to be large numbers of police and soldiers milling about. Mashouq stopped the car and led me through this crowd to where Zubira, a stocky figure in a camouflage Russian winter parka, was standing.

'Ah, Colin, my friend. Look at this, huh? Fucking troublemakers.'

He indicated the nearest block of flats. It was a long building about eight stories high with balconies running along the fourth and eighth floors. The fourth-floor balcony was crowded with bearded young men waving flags and banners, and shouting insults down at Zubira and the security forces.

'Who are they?'

'Students from the university, they want better accommodation.'

'I can understand why.'

The building had clearly seen better days. There was barely

a pane of glass left in it – most of the windows were hung with blankets to keep out the cold – and it was easy enough to see the smoke stains on the walls where people had been lighting fires in small flats without chimneys to keep warm.

'No, no, Colin. They want to live in a place like this: this is civil servants' accommodation.'

'Right.'

There was more shouting from the balcony and suddenly a couple of burly-looking policemen moved forwards. They disappeared up a stairwell in the centre of the building, and, a minute or two later, we saw an eddy in the crowd on the balcony, as they evidently appeared there. There was more raucous shouting from above, but this was suddenly replaced by high-pitched screaming. One of the protestors hurtled from the balcony, flailing at the air, screaming, before landing face first on the concrete 50 feet below with a sickening, crunching splat. The body lay still as a pool of blood spread around it.

Fuck!

There were more shrill screams of panic from the balcony, and this time I saw one of the policemen pick one of the protestors up, hold him above his head and then pitch him off the balcony. This one landed on his shoulders and back and didn't die immediately, but there was no doubt he was going to. None of the policemen took any notice as he groaned and gurgled his last few breaths, his left arm and leg convulsing and juddering rather repulsively.

At this point the protest effectively petered out, and Zubria turned to me and asked, 'Colin, have you thought about what we talked about yesterday?'

'I have, General, I'm leaving tomorrow.'

'That is good. Kabul is not safe for you. Come and eat with me tonight. I'll send Mashouq for you.'

Mashouq took me back to the hotel, and I spent the next couple of hours lying on my bed, reading and watching the television, until, a couple of hours later, reception rang to say that there were two men to see me.

CHAPTER EIGHT

A GUEST OF THE MINISTRY

It was literally only a matter of hours after I'd been shot that General Jellali turned up. I'd never met him, but I'd heard the name mentioned a few times in the context of the police.

'Mr Berry, you are a spy!'

'What? I'm not a spy!'

'You're a spy, and you're going to tell us what happened at the Intercontinental Hotel.'

Fucking, fucking shit! This was exactly what I'd feared was going to happen from the moment that the Americans had brought me through the gates of the War Victims Hospital. If they'd taken me to Bagram Airbase or ISAF Headquarters, these Afghans wouldn't have got past the front gates, and I would doubtlessly be being prepped for the first flight out of the country, but, for reasons I didn't fully understand and basically still don't, someone had ordered them to bring me here, where I was effectively at the mercy of the Afghan Ministry of the Interior.

At which point it's worth making a couple of points about the government of Afghanistan, then and now. In reality, positions in the big government ministries weren't allocated on the basis of aptitude or suitability; they were carved up according to which faction had the most power and influence, and, rather than working together, they were in intense competition with each other for power and influence, just as they had been during the jihad and the civil war. I was pretty much secure with the Ministry of Defence, Foreign Relations and Affairs, but Jellali, as a police general, came under the Interior Ministry – run by one of his relatives – and was working with the newly formed Justice Ministry, who were an entirely different kettle of fish.

There was an Afghan orderly called Abbas standing nearby, and Jellali turned to him.

'You! When will we be able to move this man?' he asked in Dari.

'I don't know,' replied Abbas. 'He has a gunshot wound. You need to ask the doctors.'

Jellali stomped off with his two bodyguards in tow, leaving the kipper-tied detectives and an immaculately dressed and coiffed elderly Afghan man, who pulled up a chair and sat at the end of my bed, smiling benignly at me.

A few minutes later, Jellali returned. He came straight to the point.

'What happened in your hotel room?'

I told it pretty straight the first few times. I stuck with the cover story that I was a businessman, but, as for the details of the shooting, I described what had happened. I didn't actually think I had anything to fear. The truth was that these two characters had come to rob me, they'd shot me first and then I took them out with a pistol I'd been issued with by a department of the Afghan government. That seemed very straightforward to me. Apparently not. Jellali was intensely suspicious, particularly about why the Americans had brought me to the hospital.

'Why did you call them?' he kept asking.

'They're just friends of mine, that's all.'

This went on for some time, and I was in a fair amount of pain from the bullet wound throughout. There was a small flurry of activity outside the cubicle, then the next thing I knew there were three more men standing at the end of my bed. This time they were white, and, once I'd pulled myself together, I realised they were British.

'Mr Berry, Mr Berry? Can you hear me?'

'Er . . . yes . . .'

The man who was talking was probably about 40 to 45, with salt-and-pepper hair. He was quite small, not more than about 5 ft 8 in. tall. He held out his hand to shake.

'John Jones, British Consulate. I'm here to find out what happened to you.'

I went through the story again as he jotted down notes. I was chuffed to fuck that he was here, because, I assumed, it was a prelude to him saying, 'Right, we're going to take you to the Embassy, or ISAF or wherever.' But he didn't. Instead, he asked me for contact details for my family and asked who I was working for. This was odd – surely he knew what the score was? It seemed he didn't. I named an NGO that I'd had a few dealings with as part of my low-cost housing cover. The two guys with him were in the standard close-protection rig, and I assumed they were members of the Royal Military Police (RMP): they certainly looked the part, in combat waistcoats with grenades hanging off them, Glocks in hip holsters and MP5s across their chests.

'But,' I told him, 'I'd really like you to get in contact with my business partner, Mr *Langley*.'

I thought this was pretty obvious. Doesn't everyone know that the headquarters of the CIA are in Langley, Virginia?

'Who?' he said.

'Mr *Langley*,' I repeated.

'I don't think I know him . . . is he in Kabul?'

Jesus Christ. I caught the eye of one of the Close Protection (CP) men.

'Do you know who I'm talking about?' I asked.

He nodded his head.

'Yes, mate, don't worry.'

Thank fuck for that.

Suddenly, the old Afghan at the end of my bed spoke up.

'I know who you're talking about, too!' he said, grinning. The weird thing was he spoke in perfect middle-class English.

Jones apparently still wasn't getting it.

'I'm afraid I don't,' he said, 'but I'll make some enquiries for you and let your family know what's happened. I'll be back to see you soon.'

I was stunned by this. My assumption was that the British Embassy would have sparked straight away when they heard what had happened to me, but this didn't appear to be the case. Jones and his escorts left, leaving me there with Jellali and his goons. Jellali grinned.

'I will also return soon. Meanwhile, I shall be leaving these guards with you, purely for your protection, of course.'

With that, he took off, leaving the two 'detectives' behind, one of whom stationed himself outside my curtained-off cubicle, while the other took post outside the window, leaving just me and the old man.

Now the old boy started making conversation.

'You really are in a frightfully sticky situation, aren't you, old boy?' he said in his pukka English. It turned out that his name was something like 'Pew', and while he never said anything about it, I realised that he must have spent a good deal of his life in England to have picked up such an excellent grasp of the language, accent and idiom. We were chatting about this and that, but all the time he was trying to probe me about my background and my family rather than what had happened in Kabul, and he kept on repeating that the best thing I could do would be to 'make a clean breast of the whole thing, old boy. We're trying to help you, you know.'

This carried on for a couple of hours, and by the end, I felt absolutely exhausted. I made an excuse and let myself doze off, and by the time I woke, he'd gone. Thank Christ for that.

I lay there blearily, wondering how long it would be before Jones found out who I was and came back to get me. Not long surely? Or maybe the Americans would come back? Shit.

I was lying there with these happy thoughts when Kate, the hospital director, returned with the news that they were going to move me to a different room. A few minutes later, several Afghan orderlies, accompanied by the guards that Jellali had left behind, came in, carefully shifted me onto a trolley and wheeled me out through the gardens and into a different block. After wheeling me along a short corridor, they took me into a room which was empty apart from one bed and a couple of chairs. I think that it must have been a children's ward or playroom at one time, because the walls were painted with brightly coloured pictures of bears, elephants, lions and monkeys, but the key difference was that the windows in this room were barred. They carefully moved me onto the bed and reattached the IV line into my arm, then the orderlies departed, leaving one guard in the room and one outside. Soon after this, Jellali returned, but he didn't speak to me, simply moving the other guard outside the room, leaving me alone. He was obviously concerned that leaving a single armed guard in the room might present me with some kind of escape opportunity, even though I was wounded and obviously going nowhere. At this point I was still convinced that at any moment either the British Embassy or the Americans were going to return and move me to safety.

After I'd been lying there a few minutes, Kate returned to see how I was. She was a highly strung woman, but she seemed nice enough in a quirky way. I was conscious that I needed to get her on my side, so I started to chat to her.

It turned out that she was a nurse from Oldham who had

somehow got herself out to the Panjshir Valley during the jihad and given medical aid to the Mujahideen there. She had been a friend of Massoud then, and the result of this friendship was her privileged position in Afghanistan now: she more or less had carte blanche to travel the country giving medical assistance, and her concern was that my presence in her hospital was going to compromise this. The reality was that there was virtually no access to medical treatment outside the major towns, so her hospital and the doctors who worked there were a lifeline for the thousands of people every year who are still being wounded and damaged by the munitions left behind after 30 years of warfare. While I was at the hospital, children would be coming in from the outlying provinces often weeks after they'd been wounded, screaming their heads off with the most dreadful injuries, and while the treatment at the hospital was often pretty rough and ready – almost brutal at times – it was the best chance they had of survival.

When I thought I'd done enough buttering up, I asked Kate if I could use her phone. The look she gave me made me feel like I'd asked her to drive red-hot needles through her eyes.

'I can't let you do that.'

'Look, I'd really like to phone my wife to let her know where I am and tell her I'm OK. She's at home looking after two small kids and she'll be worried sick.'

We went backwards and forwards over this a few times, but eventually she relented provided it was for less than two minutes and she was able to listen in. I agreed: I didn't really have any choice. Before I made the call, Kate reminded me that the mobile phone company was American and that it was certainly going to be monitored. I knew that anyway, and I didn't care.

It was obvious when Alison answered that she'd been crying, and she soon started again. Jones had dropped the bombshell on her, telling her that I'd been shot and was in hospital, and she was desperate for any information. I didn't have much time: I gave her the name of a contact I wanted her to tell – my friend in MI5 – and tried to reassure her that I was OK and that I would be home soon.

'Do you promise me that?' she asked.

'I promise,' I said. In my defence, I can only say that that was what I sincerely believed at the time.

It was about another 36 hours before I saw anyone other than the hospital orderlies and, occasionally, doctors. But I did have one promising piece of news during this period. Ibrahim, one of the orderlies, came in to tell me that there were a group of Americans outside who had come to collect me, but that a stand-off had developed between them and some Ministry of the Interior guards who had been posted round the hospital to 'protect' me. I briefly thought about trying to climb out and hop a wall, but, as Ibrahim left, I saw that the guard outside my room had been increased, and I realised that any chance I'd had of busting my way through was gone.

The pain from the wound was subsiding now, but I was puzzled and worried that the cavalry – in the form of the British Embassy – still hadn't come to get me out. Pew was the first one back, once again sitting by my bed making jovial conversation, but it wasn't too long before Jones returned with his CP team.

I felt a huge wave of relief as they came through the door, which promptly gave way to complete disbelief.

'I'm afraid I've had no luck tracing your friend Mr Langley,' Jones said, 'though I did speak to your friend Mr McNeil back in England.' This was my actual business partner, who had no idea what I was doing in Afghanistan other than trying to sell our glass-reinforced concrete housing units. One of the CP guys caught my eye, then rolled his eyes upwards. I couldn't work out if Jones was just being deliberately cautious in front of the Afghan guards. He chuntered on for a bit, but I was waiting for him to tell me that they were going to take me away and still he didn't. What the fuck was going on?

Jones's inconclusive second visit was followed by a flurry of activity. The Afghans must have suspected, rightly or wrongly, that sooner or later I'd be moved by the British. Within the hour, Jellali had turned up with five or six of his men. They came into the room, pulled my blankets off, pulled the IV line from my arm and hauled me out of bed. They weren't violent or rough, but they weren't particularly careful either. This was the first time I'd been on my feet since I'd arrived at the hospital, so I was a bit unsteady, but two of these guys supported me as they frogmarched me outside to the small car park which I recognised from when I'd been brought in.

Waiting there was a green-and-white Volkswagen police van, looking for all the world like the kind of thing you see on the streets of Berlin or Stuttgart and obviously donated by the German government. They slid the back door open and then pushed me into the van, lying me down on the floor rather than the seats.

This worried me: if they were putting me on the floor, they obviously didn't want anyone to see me. Shite. And it probably meant they didn't want anyone to know where they were taking me.

Jellali's men piled into the van and held me down, but for some reason they left the side door partly open, meaning that I could get a good look at where we were. Not that it did me any good. After the first couple of turnings, I was completely lost.

The van set off at what seemed like break-neck speed, and I caught the odd glimpse of men running alongside with Kalashnikovs, and cars in front of and behind us as we took bends. At some stage we hit a parked car, taking its door off amidst much shouting and swearing from the owner.

We drove for about 15 minutes, then lurched to a halt. I heard

A GUEST OF THE MINISTRY

the sound of metal gates being opened and soon we roared into a small dark compound. The engine was switched off, the door slid fully back, and I was pulled out and set on my feet by a couple of Afghans in police uniforms.

Oddly enough, my first impressions of the place weren't bad. It was in a good state of repair, the electricity was on and there were trees shading the courtyard inside the perimeter wall, which was most unusual in Kabul.

There was a set of steps leading up to the main entrance to the building and standing at the top, grinning from ear to ear, was General Jellali.

'Mr Berry, welcome! Now you are our guest. This is the guest house. Now you will be able to tell us what you were really doing!'

'Oh shit,' I was thinking. I had a nasty idea about what was coming.

I was hustled inside and up some more stairs to a room on the first floor with a barred cage door. This wasn't a cell, I later discovered, but their communications room and ops room combined. Inside was a plain wooden chair, a table with radios and telephones on it, and a hospital-type bed for me pushed up against the wall. I was taken over to this, made to sit down and then handcuffed to the bed frame by my right wrist.

'Don't worry,' they kept telling me. 'You're our guest and we'll look after you, but you're going to tell us what you were really doing.' I wasn't exactly shitting myself, but I knew that nothing nice was going to happen.

The building itself was a kind of administrative block at the back of the Ministry of the Interior. It was surrounded by high walls and there were guards everywhere, but it didn't seem that intimidating. In reality, as I discovered, it was basically where they brought prisoners for torture.

I sat quietly on the bed for most of the rest of that day, while various Afghans came to look at me, either through the barred door or right up close. Handcuffed to the bed, I wasn't going anywhere, so I just sat still while all the activity played out around me. I thought about the chances of escaping, but there was no real possibility. I was still in a lot of pain, and, even if I got out of the building, I wasn't going to get far.

I was more or less left alone for the first three days. On the first day, they forgot to feed me at all, but I wasn't too bothered. I was feeling pretty shitty, and I was worried that if I threw up, I might burst the wound open. On the second day, a bunch of guards came to eat their lunch in the room next to me, and some of them offered me their own bread and stew, but I still didn't feel like eating. It was only on the third day that someone specifically brought me my own food: a kind of chicken broth.

The third day was also when I had my first interrogation. The door was flung open, the handcuff was unlocked, and I was frogmarched out into the corridor, along a veranda and into what I assume was Jellali's office. It was big but spartan. I was put on a kind of couch, and in front of me, lined up, were three chairs occupied by three men: one dressed in what looked like Russian army gear; one tiny, wizened rat-like fellow; and a rather good-looking, friendly-seeming man with deep-blue eyes and an almost gentle look about him. Pew pulled up a chair and sat next to me, while Jellali either paced about the room or sat behind his huge wooden desk.

Jellali started the questioning gently.

'Mr Berry, I know you're an innocent man. What we want to do is find out what happened, then we can let you go home. I hope that everything is all right? You are comfortable? Would you like to drink some tea? Good.'

We went through the incident in the hotel room again and again. By now, they had made some enquiries and knew that I'd been taken out by the Americans and that the Yanks had also removed six bags from my room (Jellali originally called them boxes, which confused me as I hadn't had any boxes in my room). The Americans had taken my pistol, so I decided to tell them that I'd managed to snatch a gun from one of my attackers during the struggle.

'That is not possible,' said Jellali.

'It is, I'll show you,' I told him. He took the magazine off his pistol and held it out in front, pointing it at me. I grabbed it, pushed it back against his thumb and took it from him.

'See.'

'No, no, no.'

I gave the pistol back and said, 'Hold it tighter and I'll do it again.' Once again, I grabbed it, pushed it back and took it from him. Jellali said something to the three men, who all laughed, shaking their heads. It was obvious that they didn't believe me.

My strategy at this time, so far as I had one, was just to keep stalling until rescue arrived, as I continued to assume it would. There was clearly very little about my story that they actually believed, but I stuck with it. I calculated that I'd been moved because the Afghans believed that someone was going to come and get me from the hospital, which buoyed me up somewhat, and I hoped that when they found out where I was being held, they'd come and fetch me.

The questioning continued in this gentle vein for the first three days. By now I'd learned from Pew that the three men were prosecutors from the Ministry of Justice who would be overseeing my case. I wasn't too happy about that because prosecution meant trial, and trials take time. Where the fuck were the people from the Embassy? Surely they must have known I'd been taken from the hospital by now.

On about the second day after Jellali had started the interrogation, I heard a commotion in the yard outside: people shouting and, from what I could tell, giving orders of some sort.

THE DENIABLE AGENT

Two of Jellali's bodyguards then came in, unlocked me from the bed and took me out onto the balcony. Down in the yard, there was a loose circle of guards standing around Jellali, who was strutting around holding onto a German G3 rifle, and a frightened, dishevelled-looking man of early middle age, dressed in a threadbare western-style suit. I couldn't understand what Jellali was saying, but it was obviously aimed at this man, who was shaking his head and stuttering out what could only be denials.

Suddenly, Jellali swung the rifle and cracked the guy with its butt. Ouch, it must have fucking hurt . . . certainly the man dropped to his knees, clutching his head. Jellali took a step back to examine his handiwork, then stepped forward again and jabbed the butt into the guy's neck: he fell to one side with a moan of pain. Two of Jellali's men stood him up again: he was shaky but still able to stand unaided . . . just. Jellali shouted something at him, took a pace forwards and delivered a short sharp jab to the man's face with the butt of the G3. This got the blood flowing from his nose. He started to cry. Jellali swung his boot and delivered a kick to the side of the guy's knee, and down he went again.

The man was lying in the dust now, crying and holding his bloody nose. Jellali deftly stepped over him and delivered a hefty kick in the small of his back while continuing to shout at him. The man gingerly took his hands away from his face; Jellali leaned in closer and spoke again, and I saw the man wet himself, a pool of piss spreading out in the dust in front of him. Jellali casually kicked at him, connecting with his head with a resounding *thwack*, then looked up at the balcony where I was, caught my gaze and held it for a few seconds. Then, with an inclination of his head, he ordered the guards to take me back inside. I don't know what happened to the guy he'd beaten up afterwards, but one of the guards told me that his offence was having a CB antenna on his car.

On the fourth day, the atmosphere had obviously changed. The guards were being rougher, pushing me about where before they'd only 'guided' me, and when they took me to Jellali's office, there was no more tea and no more smiles. This time, instead of the couch, they put me on a plain chair in the middle of the room.

Jellali was pacing around, coming up close behind me.

'We know you haven't been telling us the truth, Mr Berry.'

'I have. There isn't anything else I can say. Everything I've told you has been true.'

'No, Mr Berry, come here and sit in my chair.'

The guards picked me up, took me round to his chair and pushed me into it. It was obviously a well-rehearsed routine.

'Now what would you say if you were asking the questions and you knew that the person who was answering was telling you lies? What would you say then, Mr Berry?'

I played dumb.

'I don't know, I've been telling you the truth.'

He shouted something to the guards, and they picked me out of the chair and took me back to my own in the centre of the room.

'Don't be stupid, Mr Berry.'

He walked behind me and BANG! He clouted me around the ear with the back of his hand.

Fuck, fuck, fuck. This was not good news: the interrogation was obviously going up a gear. It wasn't all that painful, but it was a shock: bastard.

'Finally, Mr Berry, you are going to start telling me the truth.'

He said something else to the guards, who pulled me up from the plain wooden chair I'd been perched on and brought over a lower wooden chair which had arms. They sat me down in this and then handcuffed my hands to the legs, forcing me to lean forwards at a painful angle.

THE DENIABLE AGENT

'I know you were working with the Americans, Mr Berry,' he said. 'You are CIA!'

I laughed at this.

'If I was CIA, do you think I would be here?'

He didn't think it was funny at all: BANG! He twatted me round the ear again.

'Then if you aren't CIA, you're MFI!' I laughed again, not because I thought his confusion of MI5 and MFI was funny but because I was trying to defuse the situation and keep some control over myself. It was probably also a reaction to the fear I was feeling. BANG! Another slap.

'You have to stop lying to us. We have all the evidence we need: you're a spy and you work for the CIA and the British government. We have photograph of you spying at the NDF [National Defence Force] building in Ghazni. We know you were at the hotel with the Americans.' BANG!

He then changed tack slightly.

'Why are you covering for the Americans? What were they doing in your hotel room?' BANG!

I was pretty shaken by the slaps and digs he was giving me, but I was still in sufficient control to realise that he seemed to be giving me a way out. Blame the Americans for everything! From the direction his questioning was leading, it certainly seemed to be what he wanted to hear from me. Maybe that would be the road to go down.

'You better start thinking, Mr Berry. Because you are in a lot of trouble.'

He motioned to the guards who unlocked the handcuffs and hustled me back to my cell.

It took a while to adjust to this new reality. We were supposed to be allied with the new Afghan government, but it was clear that Jellali didn't give a toss whether people knew he'd been beating me or not. I was getting really indignant that the Embassy hadn't tracked me down yet: what the fuck were they playing at? The difficulty, of course, was that I had no idea what was going on behind the scenes.

Things eventually quietened down in the building and I slowly drifted off to sleep, still handcuffed to the bed.

CLANG! The door to the room flew open and three of Jellali's bodyguards dressed in their black jumpsuits came in, picked me up under my arms and began to drag me out of the room at high speed . . . What the fuck? It was dark outside, but I had no idea what time it was. They dragged me along the corridor and down some stairs, taking me out into the rear courtyard of the building. There were some cells here, which I'd seen from the window of the toilets. One of the cells was open, and they took me in. It was empty apart from a wild-eyed man in a sort of paramilitary uniform with a couple of bandoliers of ammunition slung across his chest: the cell block commander. The only furniture was a slab of concrete formed into the wall as a kind of bed. They threw me down on this, the commander looked around to satisfy himself that everything was OK, then left, clanging the door shut. I was in real pain from the bumping and stretching on my wound as they'd hauled me down the stairs.

Everything was quiet for a bit, then I heard the sound of people outside. The door opened again and a figure I recognised swayed in, clearly as drunk as a skunk. It was a guy called General Latif, and behind him were three bodyguards, all dressed like SWAT team members, pointing HKs at me. What the fuck was going on?

Latif started talking drunkenly.

'Mr Berry, why are you doing this to yourself? We only want the truth, then you can go! Look, I trust you, you should trust us.' With that, he pulled his pistol from his holster, cocked it and put it on the bed next to me.

THE DENIABLE AGENT

'Here, pick it up: I trust you!'

Yeah, right. I had a nasty feeling that if I went anywhere near it, the bodyguards were going to shoot me.

'Pick it up, it's OK!'

I refused. He carried on with this for a while, then gave up, put the gun back in the holster and left, chuckling to himself. Half an hour later, the door clanged open, and I was carried back up to my original room and handcuffed to the bed again.

The next day, the interrogations went up another notch. Around mid-morning, I was pulled out of the cell, taken back to Jellali's office and handcuffed back in the wooden armchair. Someone produced a *shemagh*, which they used to tie my ankles to the chair, and then a bloke appeared carrying a field telephone. I'd seen a lot of this guy because he manned a radio set in the room where I was being held during the day. He had bushy hair and a moustache, and I'd nicknamed him 'Bobby Ball' after the British comedian.

Bobby set up the telephone in the corner and ran some wires from it to where I was sitting, then he attached the wires to each of my feet with crocodile clips. This did not look good.

Jellali spoke.

'Mr Berry, I don't want to do this, but this is your last chance to tell the truth.'

'I've told you the truth.'

One of Jellali's bodyguards stood behind me, holding tightly on to the back of the wooden chair.

He nodded at Bobby, who started cranking the handle to generate current.

JESUS CHRIST! Intense pain passed through my entire body as if everything had gone into spasm. I lurched forwards as my stomach muscles cramped. If the guard hadn't been holding the chair, I would have smashed forwards onto my face.

As suddenly as it started, the pain stopped . . . I panted to get my breath back. Fucking hell!

A GUEST OF THE MINISTRY

'Admit you are working for the Americans: you are a spy!'

'I'm not . . . FUCK!'

They zapped me again. The problem was, they weren't going to believe me whatever I said to them. I tried to convince myself that they wouldn't do it again, but they did, and each time he asked a question for which there was no real answer, so when I failed to answer to his satisfaction, he zapped me again.

They'd given me four or five big shocks when Jellali said, 'Take him away.' I was shaking with pain, exhaustion and fear by now as they dragged me back to the bed. I knew I was in real trouble and I had to come up with something that would stop the torture.

The next day, they came up with a different approach. In the interrogation room, Jellali suddenly produced my Makarov. How the fuck had he got hold of that? The Americans had taken it . . .

The questions were better formulated now. The Makarov was something concrete for Jellali to talk about.

'Where did you get this?'

'You know where I got it.'

WHACK!

'You answer the questions! Where did you get this?'

'General Waddoud gave it to me.'

'What do you know about this man? Is he a spy?'

'I don't know . . . I only met him a couple of times.'

'Who did you shoot with this gun?'

'I told you, I didn't shoot anyone with this gun.'

WHACK!

'You liar! Who killed those men in your room?'

'I've told you . . .'

WHACK!

'Don't lie! I know it was the Americans who did it. You have to tell me!'

This version of events was something I could live with if it would get me off the hook a bit, but I thought I needed to try to drag it out a bit more to make it more realistic. The slaps and punches hurt, of course they did, but they were nothing compared to the electric shocks: that was something I really didn't want again.

Suddenly, with a mildly triumphant grin, Jellali produced a pair of old nickel-plated handcuffs: the cuffs that one of the Americans had put on one of the bodies. They were still closed, and I wondered if they'd sawn the man's hands off to get them off him.

'Have you seen these before?'

'No.'

'Liar!' WHACK! 'These prove that the Americans kill those men in your room! They have US Government mark on them! Now you tell me about the Americans.'

'Look, I can't talk, the Americans are very powerful people: they'll kill me . . .'

This was a good tactic: it fitted in exactly with what Jellali thought. Instantly, he was all concerned for my welfare.

'No, no, no! They can't hurt you; I will protect you; you stay at my house!'

Well, that would be nice and cosy! I decided to keep going.

'I'm not here to spy on your country. My government sent me to see what this man, Nikos Nikolaides, is doing with the Americans.'

I knew Nikos was safely out of the country and beyond their reach, so it didn't much matter what I said about him. He would know what had happened to me, and he wouldn't be coming back.

'Why do they do this?'

'They think he is an American spy.'

This line went down a storm. I carried on for a bit about how the Americans were spying on us, and eventually the session came to an end and I was taken back to my room and given some food.

In fact, it turned out that Jellali was so pleased that I got the weekend off from being tortured. It was early March now, and the days were beginning to get a little warmer, so they would let me sit out on the balcony and quietly read a book or chat with the guards. Tension was mounting all over the Muslim world just then because the Americans and British were just about to launch their invasion of Iraq. It was fortunate from my point of view that the British role was being largely ignored at the grass-roots level, but much of the conversation was about the evil of George W. Bush and the 'Great Satan', and I felt sure that when the time came, the Iraq situation would be adding further power to the kicks and punches I would get.

On the second afternoon of this weekend, Pew turned up and took me for a walk around the compound, under the trees, talking about how to get me out.

'You know, old boy, it's awfully good that you've decided to talk, because now we can get to work on an exit strategy for you. Once you've told the General exactly how and why the Americans killed those men, I'm pretty sure he'll let you go.'

Of course, I knew he was just softening me up, but at the same time my conviction that someone was going to get me out was beginning to waver, and this was exactly what I wanted to hear. I was certainly ready to cooperate, with my version of the truth, at any rate.

But I didn't get the chance. I was lying on my bed the next evening when, once again, the door was thrown open and four guards came in. They uncuffed me and dragged me back down to the cells.

The first time I'd been in there, I'd noticed a steel bar running across the room about seven feet off the ground and wondered what it was for. Now I found out. One of the guards produced a kind of shackle, and they suspended me from this bar, with my right wrist shackled to my left ankle. By wriggling about, I could just about get my right foot down on the ground, which took some of the weight off, but after 20 minutes I was in agony, both where the shackles were biting into my skin and from the unaccustomed strain on my shoulder, my hip, my elbow and my knee. I was shouting and shouting at them, 'OK, you fuckers, I'll talk, I'll talk', but nobody came.

They left me hanging there for more than 36 hours. I don't know why, and I don't think they did either. If they'd actually come to my cell to interrogate me, I would have told them everything I knew, no question about it, but they didn't; they just left me hanging there. When they finally came to unhook me, they just left me collapsed in a heap on the floor. Maybe 30 years of war had turned them into savages.

It was after this that I had my most crushing moment. After I'd been lying on the floor of the cell for a couple of hours, I was dragged back upstairs to Jellali's office and handcuffed again to the chair. On his desk was my briefcase.

Over the previous couple of weeks, Jellali had produced a few of my things, which had puzzled me. The gun in particular, because I'd given it to the Americans and I knew they had it; but maybe there'd been some specific reason that they'd handed it over to the Afghans, or they'd just dumped it somewhere to get rid of it. But the briefcase . . . the thing was, the briefcase contained all the hard copies of the notes I'd taken, it contained photos, it contained contact lists. I knew I shouldn't have written any of that stuff down, but there was nothing else to do with it. We didn't have any secure comms, there was no dead letter box system, and our relationship with the British Embassy was 'arm's length' at best. All I could do was send the less incriminating parts out as faxes and smuggle the rest out by myself.

But the fact that Jellali had my briefcase meant that the

A GUEST OF THE MINISTRY

Americans had given it to him, and that they knew who was holding me, and that they weren't coming to get me, and that they didn't give a fuck how much incriminating evidence they handed over to the Afghans. I was stunned and overwhelmed.

It also took me down roads I didn't want to go down. Somewhere in the case they found a picture of Alison and the boys. Jellali was waving this around, asking questions about them. I was so upset, I lost it completely.

'Don't fucking touch that, you little raghead bastard.'

Well, that got me a fucking good kicking.

But the immediate problem was trying to remember what was in there and to come up with a strategy for dealing with it. As we went through the interrogation, I began to see that the Yanks had removed stuff which related to them but left all sorts of my shite in there. Worst of these was my notebook. The notebook contained a lot of details about meetings and personalities that I really didn't want Jellali reading. Fortunately, he couldn't: most of it was in my own shorthand which, combined with my handwriting, made it impossible for him to understand what was there. So I offered to help. If he gave me a pen and paper, I would write a translation for him. He went for this, and, after one of the prosecutors had assiduously numbered each page, they gave me the book, pen and paper and sent me back to my room with Bobby Ball to watch me.

The first thing I did was read through it again. There were two pages that were really incriminating, fortunately next to each other. They had notes from a meeting where one of the Afghan participants had made character assessments of various fellow Afghans, none of them flattering. This needed to go. Bobby Ball wasn't paying too much attention, so I eased the pages out and stuffed them into my mouth.

James Bond never had this problem. Maybe you can chew up rice paper easily enough, but Ryman's notebook paper is stronger

THE DENIABLE AGENT

stuff, and it took me maybe 20 minutes to chew it into a state where I could get it down, turning my mouth blue in the process as the ink slowly leached out. Then I thought about the problem of the page numbers. Fuck it, maybe they wouldn't notice.

Next morning, I was taken back up to Jellali's office where I handed him the notebook and the paper I'd written my translation on. Jellali didn't look at the book, just at my writing: so far so good. But then one of the prosecutors – the blue-eyed, friendly-faced one – picked up the notebook and leafed through it. He spotted the missing pages almost immediately and told Jellali straight away.

Jellali went fucking ape. I was already handcuffed to the chair, and he launched a ferocious series of kicks and punches at me. He shouted something to Bobby Ball, who went off and came back with the field telephone. I was thinking, 'Oh no, oh no, oh no!', but there was sod all I could do about it.

They didn't attach the crocodile clips to my feet this time; Jellali decided to get a bit more creative and he pinched up the skin at either end of my gunshot wound and attached the crocodile clips there. He gave Bobby the nod, and he immediately cranked it up.

FUCKING HELL!

If anything, this was worse than the first time because of the way it made my stomach cramp up. The sensation was like having your guts dragged out from inside, but, again, there were cramps from every other muscle as well. Each time they shocked me, they left me gasping with pain and fright as well, I suppose.

They continued with the electric shocks, trying to make me tell them where the pages were and, when I'd told them that, what was on them, which I really didn't want to do.

The thing was that Jellali was a crap interrogator. I've known a few people who did interrogation in the army, and the reason that our people don't use torture or anything like it is because it simply doesn't work – at least not in the way you expect it to. First off, your victim is going to say pretty much anything he can, true or false, to stop the pain. So just because you've tortured someone doesn't mean you can rely on what they've told you. Second, they're trying to stop the pain long term, so they're basically going to try to tell the interrogator what the interrogator wants to hear ... which is exactly what I did. And from my point of view, I had the distinct advantage that Jellali was inadvertently telling me exactly what he wanted to hear: that the Americans, whom he hated, had killed the two Afghans and that they were spying in his country.

Which is exactly what I told him, again and again.

Not that it stopped the torture. I honestly think it wouldn't have occurred to Jellali to behave differently. If you wanted information from a prisoner, you tortured him. Even after he'd got the statement from me implicating the Americans – which, as far as I could tell, he believed completely – if they wanted me to amplify it at all, they would wire me up to the field telephone and crank it up. That was just the way they did things. I sometimes got the impression from Jellali's bodyguards, who would take me to and from the torture sessions, that they didn't approve of it, but they never said anything. They were a bit subdued while it was going on, but immediately afterwards they would be chatting and laughing, and trying to persuade me to teach them English.

Throughout the time I was being held at Jellali's 'guest house', there were visits from western policemen who were involved in training and mentoring the Afghan police. The FBI, the DEA, Scotland Yard – they all came through, but every time one of their vehicles appeared in the car park, I would be hustled out and hidden away in the cells. I did once manage to bump into some German policemen who were there, but they simply looked at me in astonishment as I tried to explain who I was. I was also visited on a couple of occasions by Italian doctors from the War

Victims Hospital, because apparently Jellali was worried that my gunshot wound wasn't healing very well – hardly surprising as they kept shoving some fuck-off great electric current through it. Apart from my generally battered appearance, there were some combination burn marks and bruises next to my gunshot wound where the crocodile clips had been attached. The doctor was looking at the wound, clearing away dead flesh, with Jellali watching us.

'See those marks? Look at those marks. Do you know what they are?'

The doctor looked at the marks, looked in my eyes and nodded, but he didn't say anything.

Around about this time, they tried out a few mock executions. Every now and then I was taken out of my cell and allowed to walk around the garden of the building, under guard, to stretch my legs. On a couple of occasions, this was punctuated by two or three of Jellali's bodyguards appearing in their SWAT outfits, ordering me to stand still, cocking their rifles and making as if to shoot me. Did I really think they were going to fire? I don't know, probably not, but I was damned sure they could fuck it up and accidentally kill me. It certainly served to build up the tension, anxiety and uncertainty.

Eventually, to my complete surprise, John Jones from the Embassy turned up. My heart leapt when I first saw him, but by now I wasn't sure what he was going to be able to do for me. He asked me how I was, but didn't seem to take in the fact that I'd been beaten and tortured. Instead, his main message was to Jellali: either charge me or release me. But all this achieved was more beatings and sessions with the field telephone for me for the next week.

A lawyer also appeared who claimed to have been sent by the Embassy to negotiate my release. Fuck knows what this was all about. In any event, I was advised it was all sorted. My immediate

A GUEST OF THE MINISTRY

release had been arranged, and all I needed to do was pay Jellali $50,000, some judge $50,000 and, surprise, surprise, $50,000 for 'legal expenses'. Apart from the fact that I didn't have $150,000 immediately to hand, I pointed out that, as far as I was concerned, I hadn't done anything which might merit coughing up $150,000. The lawyer was a bit put out by this, but I honestly wasn't interested in what was for sale.

The next day, Jellali told me that they were going to release me anyway.

CHAPTER NINE

HELL ON EARTH

Unfortunately, all that glitters is not gold. I'd accumulated a couple of bits and pieces now – toothbrush, a couple of ragged old T-shirts and pants, which I kept in a plastic bag – and I assumed that I would be able to take these with me. Nope. Not a chance.

I was bundled into a Volkswagen van and driven back out into Kabul. I didn't believe I was being released, and I was right. We drove around for a while, partly to confuse me, I suspect, before we arrived at a group of buildings.

The first of these was a large multi-storey block that I'd actually visited before. I don't know what it had been used for in the past, but now it was used – or, at least, several floors were – as offices by various coalition police, security and intelligence groups. The second was a large, low, walled compound which I'd never been into. This was Kabul Central Prison, and if you were compiling a list of the worst prisons in the world, this would be very, very close to the top.

The gates were opened, and in we swept. The prison was basically a series of low buildings built round a large open yard. In one corner at the front, I later discovered, there was a sort of meeting area, where prisoners' families could push food through the bars. Somewhere nearby, there was a women's prison and some broken-down huts where the guards lived, but all the action essentially took place in the yard, in the cells, where the general population slept in rooms of eighty to ninety people, and in the commander's office, which was a small two-room cottage by the main entrance.

I caught a few glimpses of the guards as we drove in. They were a dirty, slovenly, dishevelled bunch, mostly wearing olive-green shirts over a combination of different trousers, and footwear ranging from Russian jackboots to flip-flops. Waiting to greet me, as the van came to a stop, was the prison commander, Ajmal: a youngish man in a dirty uniform, with ammunition bandoliers slung across his narrow chest. He obviously knew I was coming and gave me both barrels of the insincere Afghan hospitality bullshit.

'Mr Colin, you are my friend and my brother! You are here as my guest! Welcome, welcome!'

I was led from the van to his 'office': a small building by the entrance where he ate, lived and slept. It was fairly bare: a couple of chairs, a bed and a desk with a pot of plastic flowers and, of all things, a dusty and broken-looking computer. There was a teenage Afghan boy standing next to this, tinkering with it nervously. Ajmal – who had been all affability until now – suddenly lashed out and cracked the boy round the back of the head with his open hand.

'Why isn't it fucking working? Get me the Internet!'

The boy looked at me and said, in excellent English, 'Excuse me, sir. I understand you are English. Could you tell the commander that his computer won't work unless it has electricity, and it can't connect to the Internet without a telephone line. He won't believe me.'

'Er, yes of course.'

'Thank you.'

I did my best, but I'm not sure that Ajmal ever really believed me. The boy was also called Ajmal – 'Little Ajmal' – and like many people in the prison, he was there on completely bogus trumped-up charges.

The way it worked, if that's the right phrase, was that the budget for the prison, including food for the prisoners, pay for the guards and so on, was given to Ajmal, who immediately stole it, after paying off certain people and giving some of it to his senior staff in the men's and women's sides of the prison. It was then incumbent on junior members of the prison staff to raise their own salaries, which they basically did by 'arresting' people on the streets and imprisoning them until their families came to bail or bribe them out. I'm not joking. Little Ajmal was there for having supposedly given a prison guard a piece of drugged chewing gum.

For the first three or four days I was there, Ajmal kept me in his office, apparently as an exhibit to show his friends when they visited. Some of the time he talked – partly to me, partly to himself, or so it seemed, in a rambling, disconnected stream of consciousness – with Little Ajmal translating; part of the time he ignored me completely, like when he slept or when he had a group of women guards in there to 'flirt' with – in reality, he simply made crude statements of sexual intent, which got the women, none of whom were likely candidates to win Miss World, giggling coquettishly.

On the second day I was there, two huge, armed European men in uniform appeared. One of them appeared to have a bag of goodies for Ajmal, but while these were being handed over, the other one started talking to me.

'You are the Englishman, Colin Berry?'

'Yes.'

'I'm Erik, that's Nils. We're from the Danish Jagerkorpset.'

This is the Danish Army special forces – their equivalent of

HELL ON EARTH

the SAS. As I was to learn, western SF and intelligence people made regular visits to the prison in case any Taliban or al-Qaeda prisoners had been thrown in there.

'Listen to me, be careful with this Ajmal,' he continued. 'He's a schizo – very dangerous. We'll try to get in here to check on you when we can.'

'Look, what's happening? Is anyone trying to get me out?'

'Sure they are, but there's a lot of politics going on. It won't be easy.'

'Shit.'

'Look, if you can get out of here, we're in the big building across there on the third floor. If you can get in there, we'll get you out of the country. Is there anything we can do for you now?'

I asked him to call Alison to let her know where I was and that I was OK. He whipped out his notebook, wrote down her number and did call her later that day.

'OK, we've gotta go. Be careful. See you soon.'

They were right about Ajmal: he was seriously unstable. One minute he would be all smiles and heavy-handed charm, the next it was a flurry of kicks and punches. Like many Afghans, Ajmal was a big fan of Indian cinema and particularly favoured Bollywood martial arts films, and I came to realise that his hobby, within the prison, was to practise his kung fu moves on the prisoners, often beating the living shit out of them for no discernable reason. His second big enthusiasm was pornography – ranging from Bollywood dancing-girl films to European hardcore – and this is how Erik and Nils bribed him to get access to the prison.

Having spent three days sitting in Ajmal's office, it seemed he then got bored with having me there and had me moved out to a cell for the nights. In some respects, I was lucky. Most of the prisoners slept in large, massively overcrowded communal cells, squeezing together on the dirt floor to sleep. Not surprisingly, these places were heaving with disease of one sort or another, and every day I congratulated myself for having kept all my vaccinations and inoculations up to date. They were also hideously violent. It was survival of the fittest writ large: if you had some possession that Ajmal hadn't already stolen and could be bartered, someone was going to try to steal it from you, by force if necessary. If you looked remotely like you couldn't defend yourself, you were going to get raped – many of the boys and younger men in the prison were being buggered senseless. But I was kept in a solitary confinement cell at night, which meant I was able to avoid all of that, thank fuck!

The cell I was put in was basically a narrow empty room, about 4 ft by 8 ft, with a hard-packed earth floor, a ceiling about 15 ft off the ground, a single-barred window at about 12 ft, a very stout wooden door and that was it. No bed, no blanket, no toilet. The walls were made of large roughly cut rocks piled on top of each other and bound together with some kind of lime mixture.

The day in prison started around 4 a.m. with morning prayers which, although I didn't take part, always woke me up. Some time after this, I would be taken out of my cell and escorted to Ajmal's office to sit there and listen to him rambling until he got bored with me and I could drift off to wander around. When I wasn't with Ajmal, my mind was largely focused on getting out of there. Partly this was fantasising about imminent release and day dreaming about what I was going to do when I got out, partly it was concrete escape planning. The frustrating thing was that relative safety was so close: from the courtyard, I could see an ISAF observation post on the top of a nearby mountain. I'm damn sure they could see me, and there were constant ISAF helicopters overhead, ferrying people around the city. What I didn't know enough about were the immediate surroundings of the prison. It would be no use hopping over the wall to find myself in the back garden of the guards' house, but I was able to fill in these kind of gaps by talking to Erik and Nils, when they came in, and through chatting with Little Ajmal, who acted as my interpreter and guide.

I've said before I'm a big bloke. I'm 6 ft 2 in. tall and my usual 'fighting weight' is around 16 st., but I knew I'd lost an awful lot of weight. Physically, I felt like shit. Our daily ration of food usually consisted of a slice of watermelon, a handful of rice and potatoes, flavoured with thin, greasy meat gravy, and that was it. Some prisoners got food brought to them by their families – though if it was nice, Ajmal would steal it – but the rest of us slowly starved. I constantly had the shits from drinking filthy water, I was weak and I was suffering from slight disorientation – mostly, I think, as the result of hunger.

But if the food was crap, at least I wasn't being tortured. Ajmal was certainly violent, but, for the most part, his attacks on me weren't systematic: he was sufficiently in control of himself to limit it to the odd kick, punch or slap. This didn't stop him trying to intimidate me by beating people half to death in front of me – he would often lie them spreadeagled on the ground and beat their spines with a wooden *lathi*, a kind of long, light Indian baton, until they wet themselves with fright and pain. I did often get the impression that he was trying to provoke me to start a fight with him, but that was the last thing I wanted to do.

I'd been in the prison about two months when a strange group of Americans arrived. There were three of them, two men and a woman, and they claimed to belong to some kind of charity or NGO looking after the welfare of prisoners. Their plan was to show a film for the prisoners. Ajmal was game for this, and a laptop and a projector were set up in one of the long corridors of the prison and everyone, prisoners, guards, Ajmal and me, crammed in to see it.

The Americans had been insistent that I be allowed to watch the film – it was a Charlie Chaplin silent film, of all things, with subtitles and captions in English – and while they were getting everything set up in this corridor, I found myself standing next to one of the men.

'Colin, don't worry, we're trying to get you out,' he whispered to me out of the corner of his mouth.

'What?'

'We know you're here now, and we're trying to get you out.'

'Who the fuck are you?'

'Just be patient, we will get you out.'

That exchange caused a big boost in my morale, but it pissed me off somewhat as well. I'd first spoken to the Danes two months before, so it can't have been a big secret that I was there. The Americans were followed a few days later by John Jones, together with his bodyguards. The message he had was much the same: they were working to get me out but it was a complicated situation.

I found all of this hard to believe. The real power in Afghanistan at the time was the US. If America pulled the plug, the whole place was going to go to the wall. I'm not suggesting that Afghanistan should have been sacrificed to get me out of prison, but in the great scheme of things I was a minor irrelevance to both sides. It seemed to me that, in the interests of good relations, there could be no advantage to the Afghans in hanging on to me and no disadvantage to the Brits and Americans in insisting that I was released. But apparently there was.

Around about now I managed to get access to a phone – Ajmal's brother's mobile – and with that managed to make a few calls home. These were difficult. Alison had been working her socks off trying to mobilise people in England to work on my case, but the official advice was always: 'Don't make a fuss; don't go to the press; don't go to your MP; leave it to the Foreign Office.'

HELL ON EARTH

Fortunately, she ignored this and got our local MP, Bob Russell, on the case, hassling government ministers in Parliament and working on the Foreign and Commonwealth Office (FCO) to get off their arses. Even so, our phone conversations were emotionally charged and emotionally draining. I realised that it wasn't fair on Alison to complain to her about my treatment – she had enough on her plate already – and instead I found myself reassuring her about how well I was and about how everyone in Kabul was working together to get me released. In reality, it didn't matter: hearing her voice was enough to boost my morale.

I was getting a bit stir crazy. As the broiling heat of the summer arrived, I found myself pacing aimlessly round the prison, following a mindless routine like a bear in a zoo. Fuck it, I decided, I have got to get out of here and snap myself out of this. I was feeling ill and weak, and I worried that if I didn't go now, I wouldn't be strong enough in the future to get myself out.

The monotony was partly relieved when there was an accident in the prison. Some of the inmates had been cooking some food in a home-made pressure cooker, which had exploded in their faces, severely lacerating and scalding them. There was a prison doctor of sorts, with a hunchbacked assistant, and I began to work with them looking after these people, together with the others in the 'sick bay'. This made me feel somewhat better, as I had been getting increasingly disturbed by the brutality towards the other prisoners and the helplessness I felt. I wanted to intervene to stop it, but I knew that if I did, I was likely to get a beating that might kill me. I wanted to show – myself as much as anyone – that it was possible to have humanity in this savage place, and working with the doctor helped me achieve this.

At least until Ajmal found out. I'm not sure quite why he didn't want me working in the sick bay, but he didn't, and his explanation cost me a good few punches and kicks. That night, I started work to escape.

My cell looked formidable, but in reality it wasn't. The rocks and stones which made up the wall were only lightly bound together, and it was easy to remove them to create hand and footholds. By night, alone in my cell, I began to work the stones loose to enable me to climb up to the window high above my head.

Unfortunately, it turned out that I wasn't the only one with this idea in mind. About two nights after I started work on my escape, a group of Panjshiris did the same thing in one of the communal cells and most of them got out before the balloon went up at about 2.30 a.m. The shit hit the fan in a massive way: everyone was dragged out of their cells and stood out in the courtyard until Ajmal could be bothered to get out of his bed and deal with it. When he did finally appear, he was frothing like a maniac.

By about midday they'd been systematically working their way around the prison for hours, searching room-by-room, cell-by-cell. The heat was unbearable.

No matter how I stood or what way I looked, I couldn't escape the burning sun: its punishing glare was reflected by the whitewashed walls of the courtyard. A kind of hazy mirage was sitting just above our heads. Combined with the sticky odour of prisoners, it was choking: our own personal mini ozone layer.

So far I'd counted 23 half-cooked prisoners who had succumbed to the stifling heat. One by one they'd collapsed to the ground and instantly been attacked by the guards. They'd just pile in, kicking, punching and stamping on the poor bastard on the floor. Sometimes they'd be more methodical, take their time to place a kick or punch at the most vulnerable part exposed.

Once bored with that, they'd revert to using their rifle butts, a length of metal cable or a handy club shaped like a pickaxe handle. After ten or fifteen minutes of this individual treatment, the prisoners had been systematically reduced to heaps of quivering bloody rags. We all had to watch, there was no choice.

HELL ON EARTH

At times the onslaught was relentless; the beatings were so intense that several had vomited or literally shat themselves.

The guards were all small, sinewy but not strong looking, but as a pack they fed off each other's bravado and had a collective strength and ruthlessness. I'd seen this type of mentality before in Rwanda, and it was scary. Like then, these characters were out of control. All they had to do was follow the commander's orders. Through him, they had a licence to do what they liked, and they knew that no one would stop them.

The last inmate to fall had just curled up in a foetal position, coughing through broken ribs, his rasping breath coming in sharp intakes. The guards were laughing to themselves, offering the odd kick at the bundle before them. I averted my eyes. It wasn't that I'd not seen violence before or cruelty; it was the fact that I was powerless to do anything. This was a fight I'd have to pass up on, look the other way and think about self-preservation. I looked back down, trying to protect my eyes from the glare and trying to think of something to keep myself as alert as possible.

The heat from the sun was slowly sapping away what little energy I had left. I was already seriously dehydrated from my constant stomach troubles and general debilitation, and I was in real danger of collapsing. I thought of a game, a simple game, to keep my mind active. I focused my thoughts and tried to locate the search party. Listening to the guards' yells as they moved around the corridors, I tried to work out exactly where they were. 'Easy enough,' I thought: I'd seen their point of entry and now all I had to do was try and determine which area of the prison the noise was coming from.

I closed my eyes and listened; the minutes passed by. I opened my eyes and squinted from the sudden explosion of bright light. My game was boring; in fact, in my current state, it was fucking mind-numbing. I wasn't that big on games, anyway. I was annoyed at myself. I'd been subconsciously listening for a sign that my attempted escape from the night before had been discovered. I didn't want to think about it, but with eyes closed I'd kept asking myself the same questions: did I put the stones back in the wall correctly? I'd been in a rush, hadn't I?

I decided to think of another method of distraction, something easy like 'I spy' – a smile spontaneously spread across my face, how apt. Suddenly there was the sound of commotion; the prison commander was screaming at the top of his voice. A quick bearing put him in the solitary confinement block. Fuck.

I guessed that my efforts of concealment had not been enough. I was tired and weak and the last thing I needed right now was another beating. I hadn't been intimidated by the visual display of the guard's prowess, I'd seen that a hundred times before. My worry came from my own ability to judge my current levels of resistance to a good kicking. This was going to hurt.

The commander came raging up to me.

'Berry, why do you try to escape? You are my brother, I have given you my protection, my love, and now with Allah as my witness you force my hand.'

He accompanied each new word with a mouthful of spit, all landing on my face.

I was tired of all of this bollocks, and now I had this maniac to contend with as well. What a fucking head case, brother my arse. I knew I was going to get a good kicking, so get on with it. Looking him straight in his only non-twitching eye, I chose my words for maximum effect.

'Why don't you fuck off, you crazy fucking bastard, and shove your fucking prison up your arse,' and I twatted him as hard as I could, which, due to the state I was in, wasn't actually all that hard. For a second or two, Ajmal and his guards were completely shocked that anyone should dare to stand up to them, then, like any self-respecting psycho, he reacted, his face contorted and he uttered a manic scream.

HELL ON EARTH

I put my head as low down as possible, trying to avoid the slaps and punches that were already raining down on me. I didn't see where they were coming from, but I could feel their combined effect and weight all over me. I struggled to stay on my feet. Each new blow caused me to move backwards, towards the wall. A sharp blow to the back of my neck suddenly sent pain surging down my spine, causing my knees to buckle; again, another blow found its mark. I was being treated to the well-placed punch routine. I tried to stop my head from snapping back up after every blow, but it was useless. With each bodily reflex, my face was fully exposed. A full slap connected with my right ear, causing me to slump forward. I could taste blood from somewhere, and I could hear myself beginning to grunt involuntarily with each new blow.

I'd fucked up: the last thing I should have done was provoke them, and now I was paying for it. I felt myself drifting away – a combination of exhaustion and pain was causing me to shut down. I knew how to play the grey man, blend in, avoid eye contact and act like Larry the fucking Lamb. I'd done it before, and, up until now, I'd not let my barrier slip. Now they were in. And I was paying dearly. All I wanted to do was curl up on the floor with the ants, show my torturers I was in pain and ask for mercy – maybe they'd lay off a bit. But it was too late. They had hold of me and I was going nowhere. I wasn't the one in control, either mentally or physically.

'Enough.'

The attack stopped: as one, they released their grip. I felt myself falling forward to the ground. I tried to protect myself, turn on the way down, arm out, head in, but it was all too late. From a distance, I heard my head strike the floor with a sickening crack. Nothing was functioning to command, everything was becoming a blur. I found myself gasping for breath, trying to draw in air. I tried to get ready, use the second to collect my thoughts. But all I could think of was, 'You fucking stupid bastard.' I slowly put my hands up to my face: a quick bit of damage assessment before more punishment. I ran my fingertips across my half-closed eyes, trying to clear the blood that was already starting to congeal there. For the briefest of moments I almost felt comfortable lying on the cool ground.

Suddenly their hands were back, grabbing for me, pulling me to my feet. Gradually I got up; my head was spinning, and I instantly felt myself falling over again. The guards lunged forward and, grabbing me under my arms, dragged me, feet bumping, across the uneven and bloody surface of the prison courtyard.

I raised my head just enough to realise that I was not being carried back to my cell; instead, I was being dragged towards the front yard and the commander's office. I could only guess that this trip was not for a private chat.

I was falling in and out of consciousness, and my head was thumping from the beating. I decided that, given the chance, I'd just curl up and follow orders. Maybe then they'd get bored with me and send me back to my cell. I felt myself being lifted up the three or four stairs to the office; it was a relief to be out of the sun, albeit a temporary one. The commander was already there, standing next to his desk. His office was an aqua colour and neatly adorned with cheap plastic flowers and second-hand couches. But that wasn't what was catching my eye. One of the guards was standing on one of the chairs and eagerly attaching some chains to a large metal ring protruding from one of the walls.

Suddenly I was pushed hard in the back of the head, face first against the wall. I took the impact just above my right eye. I pulled my head away and saw the blood smeared against the cold plaster. My arms were hauled up behind my back, and I felt some kind of handcuffs or manacles being applied to my wrists. The guards backed off, leaving me to support myself on my shaky legs.

'Berry, you think perhaps that we Afghans are stupid, yes? You

HELL ON EARTH

think that we are fools, no? Well, my friend, I must teach you a lesson, so that you will not try to escape again.'

A sudden noise from behind me indicated that the door of the office had been opened, and in that brief moment I caught the sound of excited voices outside. I guessed that a crowd of guards had gathered – they'd all be waiting to see what the commander was going to do to me.

I didn't have to wait long. I just heard the whooshing sound before I felt the cable wrap itself around my back. The pain was intense. The cable being used was similar to that used back home to secure motor bikes to posts or what have you, only this one had had the plastic outer cover removed.

I don't know how long this beating went on, but I lost consciousness and woke up back in my cell, manacled by crude cuffs that wrapped around both ankles and wrists and were joined centrally to each other by a solid bar of rusty metal. There was a lot of commotion outside and people banging against the door. I was confused and disorientated, but I eventually realised that they were trying to get in! What the fuck was this all about?

My Dari was good enough for me to realise that they weren't shouting endearments at me through the door – they were racial and religious insults. Fuck me, hadn't I been through enough? An arm was squeezed through the inspection port in the door, and I felt it pawing at my shoulder. Bollocks to this. I couldn't use my arms or hands because of the manacles, otherwise I would have done my best to rip the arm off, so instead I sank my teeth as hard as I could into a fleshy part. There was a howl of pain outside as the arm's owner tried to withdraw it. I bit down harder and was rewarded with a mouthful of human meat, which I spat out into the corner for the mice, cockroaches and ants to fight over. Suddenly, there were shots nearby, and the crowd outside my cell disappeared. I never found out for sure what it was about – maybe some Taliban or al-Qaeda prisoners organising a pogrom.

THE DENIABLE AGENT

The beating that Ajmal gave me was a kind of catalyst. Obviously, I was no longer his 'friend' or his 'brother'; after that, all he seemed to want to do was ransom me. Within a week I was in court, in front of the three men who had sat in on my torture and with a very flustered John Jones trying to tell me that everything was going to be OK. Was it bollocks.

The evidence, such as it was, consisted of a child's scrapbook into which photographs of the two dead Afghans had been glued, together with a couple of photographs of my gun. Several things were said which I didn't understand, then the book was snapped shut and I was dragged out of the court. It seemed that I was guilty, although I hadn't yet realised I'd been charged.

Jones came out.

'Don't worry,' he told me. 'We aren't going to stand for this.'

He stood up in court and, through a translator, informed them that although Britain supported justice and the rule of law in Afghanistan, they couldn't accept this result, as I had had no time to prepare a defence. There was some head nodding and a whispered conversation: I had 21 days, they announced, to prepare my defence and then they would hear the case again.

I had a chance for a quick chat with Jones outside the courtroom (I say courtroom, it was a tiny boxroom in the Justice Ministry). I was reaching the end of my tether, and I told him to try to find out what would have to be paid to get me out of prison. The only other foreigner in the prison had been a German psychopath who called himself something like 'Mr Papa'. He had murdered a Kabul taxi driver 'because he had too much blood' and claimed to have done something similar in Pakistan. The German government had allegedly paid $40,000 and he'd been sent home without charge: couldn't the Brits organise something similar for me? Apparently not. I was dragged back to the prison and given another beating, presumably for something I'd said in court.

This time, the beating took its toll. I developed a serious

fever, one of my testicles swelled to the size of a grapefruit, and I collapsed unconscious in my cell. Ajmal suddenly realised he could be very deeply in the shit. Apart from the fact that if I died, he was never going to get a bribe for letting me go, he also understood that if he managed to kill his only foreign prisoner, he was going to suffer the consequences.

His answer to this was to have me taken back to his office and handcuffed to the bed. He also sent for a 'doctor', who came in and tried to give me an intravenous drip. This was a complete fuck up. The doctor, who was a friend of the hunchbacked medical orderly, didn't have a clue what he was doing and missed the veins in my arm, simply causing it to swell up like a football, but more importantly the drip contained some kind of illegal heart accelerant which made me even more ill.

At this point, with Ajmal beginning to panic, I got another visit from the Embassy. It wasn't Jones this time but a female RAF officer, Karen, who was on secondment to the Embassy, together with Derek, the head of Embassy security who was an ex-SAS SNCO I vaguely knew from my past life. They were visibly shocked by the state I was in. Either that or they weren't expecting to see Ben Gunn in the flesh.

Karen, God bless her, wasn't taking any shit from Ajmal.

'We're taking him to hospital now,' she told him, 'because if we don't, he'll die and you will be held responsible.'

By now, Ajmal was shitting himself. He called his brother, a senior police officer, who quickly appeared. Karen cut the Embassy completely out of the equation and called ISAF, arranging for me to be received at the hospital. Between them, Derek and Karen browbeat Ajmal into releasing me to the hospital and, with Derek's security team helping, bundled me out of the prison and into their blue air-conditioned Land-Rover. I don't think I've ever been so grateful to be in the back of a Land-Rover in my life.

Ajmal insisted on putting one of his people in the Land-Rover with me, and on following me in another vehicle, but I wasn't that bothered. Delirious as I was, I understood that I was out of his hands, the bastard.

At the ISAF hospital, I was met by uniformed German medical staff. Ajmal had come in as well and was attempting to throw his weight around, but, profoundly stupid as he undoubtedly was, even he was beginning to realise how badly he'd fucked up, first by letting me get into this state, then by letting Karen and Derek hijack me from the prison. For all his bluster and bullshit, he was now surrounded by real soldiers who were a lot bigger and tougher than he was and who weren't going to be intimidated by him. He told a couple of his guards to stay with me and then left, telling me that he would soon get me back.

I wasn't really listening. The German medics were fantastic. They got me stripped, washed, blood tested and scanned. Apart from the drug I'd been given, which I was later told could have induced a heart attack, the immediate cause for concern was my massively enlarged testicle, which was causing me absolute agony. Initial tests suggested that there was a possibility of testicular cancer, triggered by the constant kickings and beatings I'd received, though it was more likely the swelling was caused by a haematoma and an associated infection. To my eternal gratitude, the doctor who told me this basically also said that testicular cancer would be the story going forwards, as this would get me out of the prison and Afghanistan.

With the initial examinations completed, I was put in a tent on my own, in the care of a very pretty, very pleasant Hungarian nurse. My surroundings were like heaven. I was in an air-conditioned tent with a Portakabin-type ablutions block at one end, and outside was a sort of refreshments bar, where I could hear normal people having a pleasant chat over a cup of coffee or a can of Coke. At this stage I had two IV lines going into me. One was rehydrating me, I suppose, whilst the other was supplying me with broad-spectrum antibiotics to deal with all the bugs I'd picked up over the time in prison and in Jellali's torture centre.

The two guards that Ajmal had left behind stayed for a day or two, but nobody gave them anything to eat, and in the end, they just fucked off and left me. I was over the moon with happiness by now. One of the doctors took me to his office and let me call home on his satellite phone, and one of the others, a Dutchman, took me into his office for a chat.

I said to him, 'You remember how, in the war, the Dutch resistance helped British pilots get back home?'

'Sure.'

'Well, how are you going to get me home?'

He laughed, then said, 'I think we're going to say that you've got cancer and we can't do the operation here.'

That sounded good to me. That evening, a couple of Belgians from their Para-Commando Regiment, who wear the SAS cap-badge, came in to see me, bringing a few magazines and some food.

'Hey, Colin, what're you lying around here for? We have a C-130 out on the runway which is flying out tonight. Come with us.'

I had my sensible head on though and, like a fool, turned them down. I was out of prison now, and it was only a matter of time before I was flown home officially, or so I assumed.

After I'd been at ISAF about a week, I was starting to feel a whole lot better. I was sleeping properly and putting on a bit of weight from eating proper food, and I basically assumed that my ordeal was over. Wrong. Apparently someone had suggested that I was dangerous and might try to escape, which was of course ludicrous, as I was very happy where I was and the last thing I was planning to do was to go anywhere. Worse, it was now decided that I should be moved back to the Italian War Victims Hospital. Kate was called, and in very short order I was being transported back there in an ISAF ambulance.

I couldn't believe it. I'd thought I was safe and on my way

THE DENIABLE AGENT

home, and now I was back at the mercy of the Afghans. Within an hour or two of my arrival at the hospital, some of Jellali's men had appeared, and, not long after, Ajmal was there, gloating that I wouldn't escape from him again and giving me a crack round the face. Great.

They put me back on one of the general wards. After I'd been there for about a day, I had a relapse of some sort – I can remember sweating and shaking in a violent fever – and they put me back on a drip for a while until I got over that. When that had cleared up, I was taken back to the ISAF hospital by Kate, to meet the chief doctor there, a German.

He simply told me, 'We suspect that you may have testicular cancer and there are no facilities in this country to treat you correctly. We are therefore advising that you are flown home where you can be properly looked after.'

We talked a little, then he remarked, 'You have had a bad time, haven't you?'

'Yes.'

'Then this is for you.'

He gave me a US Military copy of the Bible, with a camouflage cover. I'm not a religious man, but it was a very comforting gesture.

The next day, back at the War Victims Hospital, I received another visit. It was someone I had seen but never spoken to in person: Gareth Burton, our emergency MI6 contact at the Embassy.

This was the first time, since I'd spoken with Sam in Dubai at Christmas, that I'd felt able to talk without holding anything back. I'd lost confidence that anyone knew what I'd been doing or what had really happened, and Gareth was the first person who had said 'I know' or 'I understand' as I explained something. As it all spilled out, I became somewhat emotional, and at the end of my spiel, he simply said, 'You've been a very brave man.'

HELL ON EARTH

Then it was his turn to explain what was happening. The complications had arisen because of the Americans' uncertainty about where to take me on the night of the shooting. If we'd gone straight to ISAF, or Bagram, or one of the embassies, then everything would have been OK, but their duty officer wasn't thinking straight and had ordered them to take me to the War Victims Hospital while he got further instructions. By the time they had authorisation to get me out, it was too late. Since then, he told me, they'd been working on freeing me from the clutches of the Interior Ministry while trying not to showing complete contempt for the Afghan legal system. The deal they'd organised was that during a forthcoming visit to Kabul, the British Foreign Secretary, Jack Straw, would ask for my release on compassionate grounds and this would be granted by Hamid Karzai, the interim President. All this would happen in about ten days' time.

It was a tremendous relief to finally talk to somebody who knew what was going on and who didn't stonewall or bullshit me. After Gareth had gone, I felt as if there was a light at the end of the tunnel. But it wasn't over yet.

While I'd been in prison, a British male nurse called Chris had arrived to work at the hospital. He was an ex-British Army Airborne medic and naturally had come to see me as soon as I arrived back there. He was a good guy and we soon made friends. But after Gareth had gone, Chris came to see me with disturbing news. Jellali's people had apparently been told that my condition was improving and that, as far as the hospital were concerned, it was time for me to go back to prison.

I couldn't believe it. As the swelling in my testicle was subsiding now that nobody was regularly kicking or punching it, the hospital authorities seemed to think this might well mean that I didn't have testicular cancer.

And, of course, they were right: I didn't have testicular cancer. It had never been anything more than a pretext to get me out of there. It was a game that all the doctors I'd met had been happy to go along with. Now I was desperately keen that my testicle didn't shrink any more. It called for desperate measures.

I asked Chris if he could get me a syringe and a needle. Maybe. I promised him I wasn't going to do anything violent with it, like stab someone in the neck, so he agreed to bring me one.

I have to admit, I still find it difficult to believe what I did next. I was allowed to move out of my bed to go to the lavatory and wash, and so I headed off with the syringe and needle concealed in my pants. The guard had a quick check around the toilet to make sure there were no guns or plane tickets hidden in there, then left me to it.

The toilet was a basic, filthy hole-in-the-ground crapper used by everyone on the ward, and it was liberally encrusted with piss, shit and vomit. I got the syringe out, then sucked as much of this filth into it as possible. I attached the needle, uncapped it and paused for a moment. I was sitting on the floor, with my scrotum cupped in my hand, thinking to myself, 'Am I really going to do this?' It seemed to me I had no alternative: I gripped my swollen testicle firmly and pushed the needle through the skin of my scrotum, into the ball itself.

If you've ever wondered what it might be like to push a needle into your testicle, the answer is surprisingly painless, in my case at least. Maybe it was a result of the inflammation or the infection I'd had there, but the only real sensation I felt was from my hands. Initially, it was quite resistant to the needle, then it sort of pushed through more easily, then another 'hard' bit, then it was into the soft, fleshy centre. I gently injected the contents of the syringe, extracted it and dropped it down the crapper. That should sort me out, I hoped.

I must have been fucking mad. With hindsight, I know that I could easily have killed myself from gross blood poisoning. Weirdly, however, nothing happened. I suppose I was so full of antibiotics that it was instantly neutralised and I continued to get better. So much so that, sure enough, the next day Jellali's men loaded me into a van and took me back to the prison.

There was a change when I got back there: Ajmal had gone. The story was that a senior police officer had beaten the shit out of him for letting me get moved to ISAF. Unfortunately, the man who'd taken over from him was one of his friends, and, while on the surface he was much more placid, he was happy to join in when Ajmal got himself back into the prison and organised another beating for me while I was chained against the wall in the office. I suppose the purpose of this was a kind of 'welcome back' gesture. I'd also managed to acquire a few bits and pieces like soap, some spare clothes and a toothbrush, and they stole these from me before throwing me back in my solitary confinement cell.

I was feeling much stronger now and much more 'westernised' after several weeks of good food and humane treatment, and the beating and the theft really outraged me. It was typical of the mindless, idiotic thuggery of the average Afghan when put in a position of authority. I know why they had become like that – 30 years of warfare had brutalised them – but I couldn't forgive them for it.

The really sickening thing about them all now was their desperation to somehow get some money out of me. I think they all realised that the game was up and that I would be going soon, but they couldn't give up the thought that they might make a few dollars. Ajmal's brother was trying to get me to pay to use his mobile phone again; while another man who had been involved with my case came in to tell me that he knew I was CIA and that I would have to pay him $50,000 to get out. I'd had enough of this shit and told them all to fuck off.

After a couple of days, a girl called Patti turned up from the Embassy to see how I was. We were in the office, with just her British bodyguard, so I asked if she had a camera. She didn't, but the

THE DENIABLE AGENT

bodyguard had a digital camera in his pocket. I lifted my shirt and asked her to take a picture of the damage from the last beating. I heard an odd noise and turned around: she had burst into tears.

'For Christ's sake, take the bloody photographs before they come back.'

She recovered enough to take some pictures.

'You can use those to persuade people why you need to get me out of here,' I told her.

'But that's why we're here, Colin, you're flying home tomorrow: we've come to make the arrangements. We've done a deal. I've already phoned your wife and told her.'

At this point, the Afghan contingent began to come back into the office and the meeting proceeded. The purpose of the meeting was for Patti, and an official from the Justice Ministry, to explain the arrangements that had been made for me to go home. Patti gave me a sheaf of documents to sign, which I was doing, and was explaining some point of detail to the Justice Ministry bloke, when I distinctly heard the prison commander saying in Dari, which I understood well by now, to a Ministry of the Interior guy who was there, 'He isn't going anywhere until he's paid us.'

I put the pen down.

'Look, Patti, what the fuck is going on? He's just said they're not releasing me.'

'But they've agreed to it all . . . I've told your wife.'

I didn't want to be nasty because Patti was a lovely well-meaning girl, but I wasn't in the mood to fuck around.

'Next time you come to a meeting here, bring a fucking interpreter. And try to remember, this isn't Westminster, this is Afghanistan, and these fuckers would mug their own mothers given half a chance. Just because one official says I can go, it doesn't mean the rest will.'

She left the prison, somewhat crestfallen.

In fact, what had happened was typical of Afghanistan. Jack Straw

HELL ON EARTH

had been to see Hamid Karzai and, armed with the report of the German doctor, they had agreed that I would be repatriated for treatment for testicular cancer. Karzai announced this, but it was rejected by the Interior Ministry. Instead, he decided that there would be a Foreign Prisoners Amnesty Day to commemorate an historical event, and, as I was the only foreign prisoner, I was to be the beneficiary.

Patti came to explain this a couple of days later. I was still sceptical, but she was confident that it was all going to work.

'The plan is to get you on the flight to Dubai next Thursday,' she told me.

'Fuck Dubai, just get me on the next flight out,' I told her.

She hadn't thought of that, but it got her fired up.

The big day came. I was given a set of hideous, ill-fitting 'western' Afghan-made clothes and sat waiting in the prison office for someone from the Embassy to show up. Nobody came. I borrowed a mobile phone from a Ministry of Justice official who was there to make sure I was released and phoned Alison in England to ask her to phone the Embassy to ask them to phone me. Fifteen minutes later, John Jones called.

'*Where are you Colin, we're waiting for you at the airport?*'

'Well I'm at the prison, you've got to come and collect me.'

'*No, no, no. That isn't the agreement; they have to bring you here!*'

'Look, as far as the Afghans are concerned, that is what's happening. If you don't fucking well come and get me now, I'm just going to walk out of the gates and take my chances.'

'*No, you mustn't do that, it's dangerous.*'

Eventually, he agreed to come to the prison.

About half an hour later, there was a commotion outside. Jones had arrived. Thank fuck for that. He signed for me, and I was ushered through the gates and into an Embassy Land-Rover that was empty but for an Afghan driver. In front and behind were two more Land-Rovers, containing Embassy people and security staff, and we set off for the airport. The prison commander didn't wave goodbye.

Presumably the idea of keeping me at arm's length at this stage was to demonstrate that I wasn't the British Government's darling boy. The Afghan drove me to the airport in total silence, and I noticed the escorting vehicles getting further and further away, as if their drivers were embarrassed to be seen with us.

I can't say I felt any great wave of nostalgia as we drove through the streets of Kabul. I did feel sorry for the inmates of the prison I'd just left behind: nobody was ever going to give a fuck about them and they were destined to live in misery. Arriving at the airport, I left the same way I'd come in: someone opened the side gate, and we drove straight on to the apron, bypassing customs and passport control.

There was a small group of SAS soldiers standing by these gates as I drove through, and a couple of them gave me a half-wave and a smile as I passed, which was nice of them, then we were out on the runway.

At this point, Patti jumped down from one of the other Embassy vehicles and walked across to my car. I wound the window down, and she gave me a temporary passport and a couple of hundred dollars in cash, which I had to sign for. It had all been formal so far, but then she leaned in and gave me a kiss.

'Good luck, Colin, I hope everything works out OK.'

She stood back, and my driver set off down the runway towards a small executive jet about 500 metres away. The SAS team followed me down in their vehicles, protecting me, I suppose, and the Embassy people walked, rather than drive with me. My driver pulled up at the foot of the steps, I got out, climbed up the steps, ducked into the cabin and was pointed to a seat. I strapped in, the Embassy people outside sort of half-waved at me, the door was shut and we were off.

EPILOGUE

Forty-five minutes later I was in Islamabad and safe. I was met at the airport by an embassy girl called Candy, who drove me to the High Commission, where they issued me with air tickets for London, some more money and another temporary passport. They'd booked me into a hotel in town, but it was a bit of a fleapit, and I relocated myself to a Ramada, where I ate, phoned Alison, who was over the moon, and then got my head down for a kip, all ready for my flight first thing the next morning.

Which I missed. I actually woke up around midday, confused and disorientated. As I tried to work out where I was, I suddenly realised that, for the first time in my life, I'd missed a flight. Shit.

There was a travel agency on the ground floor of the hotel and, after a bit of negotiating with them and the High Commission, I was able to cash in my tickets and replace them with a flight home via Karachi. I caught a domestic flight up there almost immediately and then spent a day wandering around, taking the opportunity to buy some properly fitting clothes before getting my flight out to London at 3 a.m.

The flight itself was pleasant enough – the FCO had booked me into Club Class, for which I had to pay them back, of course

– but there was one last little cock-up. I'd expected to land at Gatwick but actually flew in to Heathrow. Bollocks.

Of course, I didn't realise this at first, and Alison was waiting for me at Gatwick. I managed to call her on her mobile from a call box and eventually she appeared, driven by her brother. I was crying, she was crying and he was crying: it was a good moment.

The plan was for slow 'decompression'. Alison's brother headed off home, and we booked into the Hilton with the intention of spending a quiet evening talking things through and getting to know each other again. Inevitably, we went straight to bed. I'd lost five stone and Alison, who is slim anyway, had lost a lot of weight, too, with the anxiety of it all, so they must have been able to hear our bones rattling two storeys down. Afterwards, we lay there for half an hour or so and then, more or less simultaneously, we both decided it was time to go home. We quickly packed and checked out. Within two hours, I was home for the first time in nine months.

If I'd expected to come back to a hero's welcome, I was wrong. The silence from my contacts at Customs and Excise and M16, who, as far as I was concerned, had sent me there, was deafening. All was explained about a week later by a visit from a detective. He was investigating corruption in customs intelligence. Over a couple of beers in my local, he explained the police's suspicions that I was, in effect, a fall guy, set up to take the rap in case anything went wrong in Afghanistan. Nikos was in the Middle East and apparently staying there to avoid any danger of British justice, while investigations into British staff are at the time of writing still ongoing.

I was also invited to the Foreign Office for a debrief. This was a very peculiar event. I found myself being led down lengthy corridors and eventually sitting at the end of a very long, highly polished table whilst a small panel of FCO officials sat at the other end. It felt as if I was a naughty schoolboy called in to be

EPILOGUE

punished by the headmistress. They weren't interested in telling me what had happened behind the scenes, or what negotiations had taken place to get me out. Instead, they seemed to want me to agree to a kind of 'transcript' of the Foreign Office's dealings with me that showed them up in the best possible light. Mostly it was accurate, as far as it went, but the gaps seemed to me to be glaring and obvious.

'You seem to be forgetting that I was beaten and tortured,' I said to the head Foreign Office woman at one point.

'Ah yes, but can you prove that?' she replied, smugly.

'Yes. I have copies of the photographs that were taken in the prison [one of which appears in the picture section of this book].'

This seemed to set the cat amongst the pigeons, and the panel had a heated whispered exchange.

'We think it would be better if you didn't make a fuss about that, Mr Berry,' I was told.

So there was a minimal debrief on the intelligence side of what I'd been doing. The Foreign Office seemed to think that they'd done enough to cover their arses, and that was that. In my opinion, though, if it hadn't been for Alison and my mother keeping the pressure on the FCO and persuading my MP Bob Russell to intervene; and if a few British journalists hadn't taken an interest in my case and kept it in the public eye, I would have been forgotten about in the furore which followed the American and British invasion of Iraq and the farce that followed in the occupation. Frankly, I suspect that as far as the people I thought I was working for were concerned, they wouldn't be bothered if I was still in Kabul Central now.

I live a quiet life now: no more James Bond for me. Afghanistan nearly crippled us financially and came close to doing the same thing for me physically. I've moved on, rebuilt my life and career, and moved back into engineering, where I should have stayed, as a projects manager for a large civil-engineering company with a major public-transport project. Anyone with any interesting part-time undercover work abroad can fuck off.

As a soldier, I was a patriot, happy to do my duty for my country. I thought I was doing the same thing as a spy, but I was wrong. With hindsight, I still find it difficult to think that anyone deliberately sent the two Afghans to kill me in my room, but the result was just as disastrous as if they had. I expected my country, which had asked for and was using the information I was collecting, to back me up, but they didn't. After all, why should they? When the shit hit the fan, they could demonstrate that the only person I was working for was a dodgy Cypriot renegade. In other words, I was easily sacrificed and, as such, the perfect deniable agent.